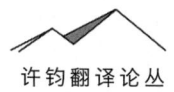
许钧翻译论丛

二十世纪法国文学在中国的译介与接受

（增订本）

许钧 宋学智 著

译林出版社

图书在版编目（CIP）数据

二十世纪法国文学在中国的译介与接受 / 许钧，宋学智著. —— 增订版. —— 南京：译林出版社，2024.10
（许钧翻译论丛）
ISBN 978-7-5447-9913-3

I.①二… II.①许… ②宋… III.①文学翻译 – 研究 – 法国 – 现代 IV.①I565.06

中国国家版本馆CIP数据核字（2023）第185634号

二十世纪法国文学在中国的译介与接受（增订本） 许　钧　宋学智／著

责任编辑	王理行
装帧设计	侯海萍
校　　对	戴小娥　王　敏
责任印制	颜　亮

出版发行	译林出版社
地　　址	南京市湖南路1号A楼
邮　　箱	yilin@yilin.com
网　　址	www.yilin.com
市场热线	025-86633278
排　　版	南京展望文化发展有限公司
印　　刷	苏州工业园区美柯乐制版印务有限责任公司
开　　本	718毫米×1000毫米 1/16
印　　张	35.5
插　　页	4
版　　次	2024年10月第1版
印　　次	2024年10月第1次印刷
书　　号	ISBN 978-7-5447-9913-3
定　　价	128.00元

版权所有　·　侵权必究

译林版图书若有印装错误可向出版社调换。质量热线：025-83658316

翻译的价值是无可估量的
——"许钧翻译论丛"总序

从大学毕业至今，已经近45年了。回想这40多年走过的路所做的事，我自己觉得最有意义的是翻译。我曾不止一次地说过，我做的工作，基本上只与翻译有关。我做翻译，包括口译与笔译，口译做过同声传译，也做过学术翻译、陪同翻译，有机会认识了联合国前秘书长加利、著名哲学家德里达、诺贝尔文学奖得主勒克莱齐奥等先生，有的还成了很好的朋友。笔译主要是文学翻译，也译过一些重要的学术著作。在做翻译的基础上，我对翻译进行思考，进行研究。除了做翻译，研究翻译，我的主要工作是教翻译，培养做翻译、研究翻译的人才。这几十年来，我之所以坚持不懈地做翻译、研究翻译和教翻译，是因为我对翻译重要性的认识在不断深入，因为我们都知道不同民族的交流离不开翻译，社会的发展离不开翻译，世界的和平也离不开翻译。

我从翻译出发，通过翻译研究，把目光投向了人类悠久的翻译历史，在历史的审视中，对翻译的本质、翻译的作用、翻译主体的活动、翻译研究的发展和翻译学科的建设进行思考。感谢译林出版社的厚爱，系列推出我的翻译研究成果。可以说，这套"许钧翻译论丛"记录的就是我40余年来在翻译与翻译研究的道路上对翻译的思考与探索的印迹。

翻译活动是丰富的，有多种形态。雅各布森将翻译活动分为三种类型：符际翻译、语际翻译和语内翻译。符际翻译和语际翻译，我们译学界有过不少研究，但对语内翻译，似乎关注不多。我在《绕不过去的翻译问题》一文中曾谈到,"一个民族的文化是不断创造、不断积累的结果。而翻译,在某种意义上,则是在不断促进文化的积累与创新。一个民族的文化的发展,不能没有传统,而不同时代对传统的阐释与理解,会赋予传统新的意义与内涵。想一想不同时代对四书五经的不断'翻译',不断阐释,我们便可理解,语内翻译是对文化传统的一种丰富;是民族文化得以在时间上不断延续的一种保证"。

翻译的价值是无可估量的。在我看来,翻译的价值是多方面的,有社会价值、文化价值、语言价值、创造价值和历史价值。对于翻译的社会文化价值,我们现在了解得比较多了。从整个人类社会发展来看,翻译能够克服语言差异造成的阻碍,达成双方的相互理解,为交流和对话打开通道。正是借助翻译,人类社会才从相互阻隔走向了相互交往,从封闭走向了开放,从狭隘走向了开阔。从某个具体国家民族的社会文化发展来看,翻译通过对别国先进科技和文化的介绍,能够引进知识,开启民智,塑造民族精神和国人思维,在特殊时期甚至能对社会重大政治运动和变革实践产生直接的影响,成为一种文化的构建力量。

而翻译的语言价值观,从根本上说,就是如何认识翻译活动对语言产生的作用和影响问题。翻译是一种特殊的写作活动,又与写作活动不同,两种语言的交锋很容易创生"第三种语言",进入译者母语后,能够从句法、词汇等方面丰富并拓展后者。梁启超曾讨论过佛经翻译文学对汉语的直接影响,据他介绍,当时日本人编了一部《佛教大辞典》,其中收录"三万五千余语",暂不论这"三万五千余语"是否完全进入汉语系统,可以肯定的是,创造新词的过程是汉语逐渐丰富的过程。另外很重要的一点是,新词汇也意味着新观念,语言上的变化也会对思想观念、思维方式造成影响,如是观之,我们就会明白为何五四运动前后,几乎所有进步报刊都登载了翻译作品,而鲁迅、刘半农、沈雁冰、郑振铎、瞿秋白等人又为何会如此热衷于翻译了。

关于翻译的创造性,学界关注不够。翻译本身是一种创造性活动,只有凭借译者的创造才能实现。而且当我们讨论翻译的社会、文化和语言价值时,实际上已经涉及了翻译在这些层面所表现出的创造力。而当"本我"意欲打破封闭的自我世界,向"他者"开放,寻求交流,拓展思想疆界时,自我向他者的敞开,本身就孕育着一种求新求异的创造精神。与此同时,翻译中导入的任何"异质"因素,都是激活目的语文化的因子,具有创新作用。

在当今的时代,我特别关注在全球化的语境下,翻译应该承担的使命。在我看来,全球化和世界一体化给翻译提供了更广阔的发展前景,另一方面也赋予了翻译更为重要的使命。2002年,联合国前秘书长布特罗斯-加利曾访问南京大学。当他得知我多年来一直从事翻译实践与研究后,充分肯定了这一工作的重要性,还为我正在撰写的《翻译论》题写了一句话:"翻译有助于发展文化多样性,而文化多样性则有助于加强世界和平文化的建设。"我认为这句话很好地定义了翻译在全球化时代的使命。全球化有其积极的一面,但其负面影响也不容小觑。加利访问南京大学时,曾发表了题为《多语化与文化的多样性》的重要演讲。在演讲中他指出,世界化进程会对文化产生直接的影响,甚至有可能危及文化多样性。他的这种担忧并非没有根据。在当今的国际社会,某些国家以强大的经济势力为基础,以经济利益为诱饵,在推动经济一体化的过程中,谋求强势文化的地位,甚至表现出十足的"文化霸权主义"。面对这种现状,不难理解会有越来越多的人呼吁对"文化多样性"的维护,而翻译因其本质属性,能够而且必须在维护"文化多样性"过程中承担重要使命。

那么,翻译要怎么做,才能承担起维护文化多样性、加强世界和平建设的使命呢?通过研究,我认识到,我们应该从跨文化交流的高度去认识翻译。有几点特别重要:一是在理解翻译的本质时,要坚持将翻译视作一种"跨文化的交流活动"。翻译不仅仅是一种语言转换活动,更是一种跨文化的交流活动,它在世界文明进程中扮演着重要而独特的角色。作为不同语言、文化之间的"转渡人",译者对"文化多样性"及其重要性的体认应该更为深刻,也因此承担了更为重大的责任。只有正确认识翻译,充分看到翻译的跨文化交流本质,译者才有可能在自己的实践活动中对文化因素更为敏感,对保存和传达文化因素更为谨慎。二是在翻译中,要以平等的态度去善待各种不同的语言。加利在南京大学所做的题为《多语化与文化的多样性》的演讲中就曾指出,语言多样性与文化多样性之间存在着千丝万缕的联系,语言多元是维护文化多样性的基本条件,而世界的民主与和平有赖于语言与文化的多元,因为在他看来,"一门语言,它所反映的是一种文化和一种思维方式。说到底,它表达了一种世界观。如果我们听凭语言单一化,那将导致一种新型的特权群体,即'话语'的特权群体的出现!"翻译如要为维护语言多样性做出贡献，就要坚持开放与交流的文化心态。三是要发扬翻译精神，勇敢承担历史赋予翻译的使命。南京大学的程章灿教授在读了我的《翻译论》后，曾写过一篇富有真知灼见的读后感。在文章里，他指出，我们正处于一个翻译的时代，而翻译的时代不可缺少的是翻译精神。他从我对翻译本质的定义出发，将翻译精神总结为"交流、传承、沟通、创造与发展"五个方面。实际上，我们所提倡的对不同文化的尊重，在翻译中努力再现语言、文化差异，都是这翻译精神的体现。发扬这一翻译精神，实际上便是在准确定位翻译的同时，勇敢承担起语言、文学、文化、社会、历史等种种层面的使命，而加利所说的"发展文化多样性，加强世界和平文化建设"的历史使命自然也被包括在了里面。

在对翻译进行思考与研究的同时，30多年来，我和翻译教学与研究界的同行一起，一直致力于翻译学科的建设。在这方面，我们的努力一直没有停止。在中国翻译协会成立30周年之际，我为《中国翻译》撰写了一篇长文，题目为《翻译研究之用及其可能的出路》。过去常有人说"翻译无理论"，现在翻译理论实实在在地存在了，不少人又说"理论无用"，这种对翻译研究的实用主义态度危害不小，它在很大程度上限制了我们对翻译本质的形而上思考、对翻译过程的多层面研究以及对翻译价值的多元化追求。我本人在翻译实践过程中是有明确的理论追求的，而且我认为这非常重要。理论意识在译者选择原作、研究原作、确定翻译策略、解决具体问题等方面都有很大的帮助。而翻译活动的经验总结、理论升华更能对今后自己和他人的翻译实践有所启迪和助益，避免实践的盲目性。本论丛所收入的《文学翻译批评研究》《文学翻译的理论与实践——翻译对话录》《文字·文学·文化——〈红与黑〉汉译研究》等著作，就是在这一方面探索的结晶。

事实上，从最朴素的翻译思考到今天多视角多方法的科学理论，翻译研究在不断加深人们对翻译本身的理解，深化了人们对翻译复杂性和重要性的认识。如果没有翻译的语言学研究，翻译活动可能还囿于经验主义的层面。如果没有翻译的文化研究，我们可能还无法对制约翻译产生与接受的机制具有如此全面自觉的意识。而对翻译理解的深化也促使人们从社会交流、文化传承、语言沟通、创造精神和历史发展等多元角度来看待翻译的价值，对翻译的重要性有了更加全面的认识，有利于在维护文化多样性、促进世界和平方面进一步凸显翻译的重要性。回顾我的翻译探索之路，可以看到自己的学术视野不断拓展,对翻译的理论思考也不断深入,《翻译论》《翻译学概论》《二十世纪法国文学在中国的译介与接受》《傅雷翻译研究》等著述,集中地展现了我和翻译界的同人在翻译理论、文学译介与翻译家研究等方面所做的重要工作。

翻译研究为我们理解和探索人类交流的历史开辟了一条新路。翻译是人类跨文化交流的一种重要形式,我们甚至可以毫不夸张地说,一部翻译史,就是一部文化交流史。作为一个翻译学者,我清醒地认识到,翻译历史悠久,形态丰富,翻译的许多问题需要我们继续研究与探索。鉴于此,这一论丛是开放性的,我会加倍地努力,不断给读者奉献有关翻译研究的新成果。

许钧

2020年10月22日

于南京黄埔花园

目 录

1 **绪　论　二十世纪法国文学在中国的传播历程**

　　第一节　二十世纪法国文学在中国译介的历史回顾 ············ 1
　　第二节　二十世纪法国文学译介的特点 ···················· 20

上 篇　思 潮 篇

37 **第一章　超现实主义在中国的传播**

　　第一节　超现实主义在中国的译介概述 ················· 37
　　第二节　超现实主义在中国的影响寻踪 ················· 48
　　第三节　新时期以来对超现实主义的研究 ··············· 56

68 **第二章　法国存在主义在中国的"存在"历程**

　　第一节　法国存在主义在二十世纪四十至
　　　　　　六十年代的中国 ···························· 68
　　第二节　新时期以来对存在主义文学的翻译 ············ 78

1

第三节 新时期以来对存在主义文学的研究 ………… 82
第四节 存在主义文学在我国新时期的影响和接受 ……… 97

107　第三章　新小说在中国的探险之路

第一节　最初的评论与翻译 ……………………………… 107
第二节　新时期对新小说的翻译与研究 ………………… 109
第三节　新小说在中国的接受 …………………………… 117

127　第四章　荒诞派戏剧在中国的回响

第一节　早期批判式的评介 ……………………………… 127
第二节　开放时代的翻译、研究与评论 ………………… 129
第三节　荒诞剧在中国：接受与反响 …………………… 133
第四节　"荒诞热"之后的研究 …………………………… 136

下篇　人　物　篇

143　第一章　法朗士与人道主义的新声

第一节　法朗士在中国的译介历程与特点 ……………… 144
第二节　新文学革命与法朗士在中国的形象塑造 ……… 152
第三节　新时期的译介与"人道主义斗士"
　　　　形象的确立 …………………………………… 159

167　第二章　罗兰与中国光明行

第一节　民国时期罗曼·罗兰的中国之旅 ……………… 167
第二节　新中国成立以来《约翰·克利斯朵夫》的
　　　　生命之旅 ………………………………………… 177
第三节　《财主底儿女们》与《约翰·克利斯朵夫》的
　　　　不解之缘 ………………………………………… 189

目 录

198　第三章　纪德与心灵的呼应

　　第一节　"谜一般的纪德" ················ 199
　　第二节　理解源自相通的灵魂 ············ 202
　　第三节　独特的目光和多重的选择 ········ 208
　　第四节　延续的生命 ···················· 217

223　第四章　普鲁斯特与追寻生命之春

　　第一节　迟到的大师 ···················· 224
　　第二节　跨越语言障碍，理解普鲁斯特 ···· 234
　　第三节　普鲁斯特在中国的影响 ·········· 251

258　第五章　莫洛亚与大师生命的重生

　　第一节　传记大师在中国 ················ 258
　　第二节　大师与其笔下的大师 ············ 262
　　第三节　永远的魅力 ···················· 268

273　第六章　莫里亚克与人性的剖析

　　第一节　莫里亚克及其作品在中国的译介 ·· 273
　　第二节　探照灵魂深渊 ·················· 279
　　第三节　剖析人性内核 ·················· 282
　　第四节　莫里亚克创作艺术面面观 ········ 286

292　第七章　圣埃克絮佩里与另一种目光

　　第一节　"小王子"在中国 ················ 292
　　第二节　是战士，也是作家 ·············· 300
　　第三节　永远活着的"小王子" ············ 305

第八章　尤瑟纳尔与思想的熔炉 … 315

第一节　走近"不朽者" … 315
第二节　探测历史的回声 … 318
第三节　理解尤瑟纳尔 … 322

第九章　杜拉斯在中国的奇遇 … 325

第一节　选择杜拉斯 … 326
第二节　杜拉斯及其作品研究 … 328
第三节　《情人》的东方情结：杜拉斯与中国作家 … 331

第十章　勒克莱齐奥与诗意历险 … 347

第一节　勒克莱齐奥与中国之"缘" … 347
第二节　翻译的选择与渐进的理解 … 353
第三节　勒克莱齐奥在中国的诗意历险与阐释 … 365

第十一章　罗兰·巴特与文论 … 381

第一节　罗兰·巴特在中国的译介历程 … 382
第二节　译介与反思 … 391
第三节　巴特在中国的接受与影响 … 398

主要参考书目 … 409

法国作家和学者及其著作索引 … 422

中国学者、译者和作家及其著译索引 … 460

代结语 … 548

再版补记 … 552

三版小记 … 554

绪　论
二十世纪法国文学在中国的传播历程

　　法国文学在中国的译介，历史并不算长。从严格意义上说，小仲马的《茶花女》是在中国被译介的第一部完整的法国小说。那是在1899年，由林纾与王寿昌合作翻译的该小说，由素隐书屋出版，译名为"巴黎茶花女遗事"。一年之后，也就是二十世纪的第一年，女翻译家薛绍徽翻译的凡尔纳的《八十日环游记》，由经世文社刊发，由此开始了中国译介法国文学的世纪历程。本书所关注的是二十世纪法国文学在中国的译介与接受情况。在绪论中，首先对二十世纪法国文学在中国的译介做一简要回顾，然后在此基础上，对二十世纪法国文学在中国译介的主要特点做粗浅的分析与探讨。

第一节　二十世纪法国文学在中国译介的历史回顾

　　在译介外国文学、促进中国文化与外国文化的交流方面，我国的法国文学研究界和翻译界人士始终起着积极的作用。在整个二十世纪，中国的法国文学研究和翻译工作者与别的语种的同行一起，实际上担负着对整个外国文学在中国的研究、选择、翻译与传播的工作。法国文学源远流长，流派纷呈，在世界文学之林占有十分突出的位置。在二十世纪，中国的法国文学研究与翻译工作者一方面对从中世纪到十九世纪的法国文学进行了有选择的译介，无论是中世纪的英雄史诗、宗教文学与骑士文学、市民文学，十六世纪的人文主义文学、七星诗社，十七世纪的古典主义文学，还是十八世纪的启蒙文学，或是十九世纪的象征主义文学、现实主义文学、自然主义文学，无一不纳入他们的视野。另一方面，他们关注二十世纪法国文学的发展，特别是从二十世纪八十年代初开始，随着中国的大门向世界慢慢打开，中外文化的交流日渐频繁，中国的法国文学研究与翻译工作者有机会与法国文学界、出版界进行直接的交流甚至对话，得以不断加深对法国文学的认识与理解，把更多的精力投向对法国二十世纪文学的译介工作，取得了令中国外国文学界瞩目的成绩。北京大学中法文化关系研究中心和北京图书馆参考研究部中国学室曾合作编了一部《汉译法国社会科学与人文科学图书目录》[1]。据编者的话，该图书目录收录了从十九世纪末到1993年3月出版的汉译法国社会科学与人文科学图书的书目资料。全书共333页，其中文学书目占209页，包括复译在内，约有1 800种。尽管如编者所言，因"我国目前图书呈缴制度不够完善"，所收书目不全，但我们通过该书目，至少可以看到法国文学在中国译介的一个概貌。

　　从时间上看，在二十世纪八十年代之前，被译介的二十世纪法国文学作品较少，且多为零星的译介，比较成规模成系统的译介工作是在八十年代之后进行的。进入二十一世纪以后，中国对法国当代文学也有持续的译介。从体裁来看，译介最多的是小说，但具影响的传记、诗歌、戏剧和文学理论作品也有部分译介。中国翻译界曾有人撰写文章，认为二十世纪外国文学作品在中国的翻译太少，当代作品的译介更是少之又少。但从二十世纪法国文学在中国的翻译情况看，事实并非完全如此。据不完全统计，被译成汉语的二十世纪法国文学作品超过600种，这是法国对二十世纪中国文学的译介所远不能相比的。在中国，与其他语种的文学的译介相比，法国文学翻译的成绩也是十分突出的。下面，我们分别对二十世纪法国诗歌、戏剧、传记、文学理论和小说的汉译做一简要的回顾与梳理。

一、诗歌翻译

　　在二十世纪初，法国诗歌在"主旋律开始发生变化，一致主义、立体

---

[1] 北京大学中法文化关系研究中心、北京图书馆参考研究部中国学室主编：《汉译法国社会科学与人文科学图书目录》，北京：世界图书出版公司，1996年。

主义等新思潮破土而出、异军突起的同时，人道主义、理想主义、浪漫主义、民族主义、神秘主义等诗歌潮流此起彼伏，各领风骚。概而言之，它呈现在人们眼前的是一幅五光十色的拼盘式图像，其中先锋派或曰现代派诗歌的萌发在这一时期尤为炫目，它与文学、艺术中的现代主义躁动异曲同工，交相辉映，汇成了 20 世纪初叶现代主义宏伟交响乐的序曲"[1]。在这一序曲之外，象征主义继续在发出自己的声音，并在后来的发展中赢得了自己独特的地位。

后期象征主义的杰出代表保尔·瓦莱里可以说是法国二十世纪最伟大的抒情诗人。瓦莱里与中国学者、诗人梁宗岱有过一段不解之缘，梁宗岱是他认识的第一个中国人。通过梁宗岱，他感到"中国民族是或曾经是最富于文学天性的民族"[2]。他曾给梁宗岱讲解过他的名作《水仙辞》，梁宗岱得其真谛，于 1928 年将《水仙辞》译成了汉语[3]，介绍到了中国。后来，瓦莱里的《友爱的森林》《失去的美酒》《海滨墓园》《风灵》《石榴》《蜜蜂》等诗篇被卞之琳陆续介绍给了中国读者[4]。直到 1996 年，中国文学出版社推出了葛雷与梁栋合译的《瓦雷里诗歌全集》，瓦莱里成了二十世纪法国诗人在中国拥有汉译诗歌全集的第一人。与保尔·瓦莱里齐名，被誉为后期象征主义"双峰之一"的保尔·克洛岱尔与中国读者结识的时间相比之下则要晚得多。直到二十世纪八十年代末，他的一些诗作才开始被译介到中国。最早是《法国研究》，该刊在 1986 年第 2 期上发表了葛雷的《克洛岱尔与法国文坛的中国热》。南京大学主办的《当代外国文学》在 1991 年第 3 期上，发表了一组评介克洛岱尔的文章，有徐知免先生的《克洛岱尔与〈认识东方〉》和秦海鹰的《中西"气"辨——从克洛岱尔的诗谈起》；在评介的同时，他们向中国读者介绍了克洛岱尔的一些诗作和散文。

九十年代，除了保尔·克洛岱尔，与中国文化有着特别关系的谢阁兰、圣-琼·佩斯、亨利·米修也受到了特别的关注。1997 年，在法国驻华大使馆的支持下，在北京举办了圣-琼·佩斯专题研讨会；1999 年

---

1 张泽乾、周家树、车槿山：《20 世纪法国文学史》，青岛：青岛出版社，1998 年，第 7 页。
2 参见钱林森：《法国作家与中国》，福州：福建教育出版社，1995 年，第 414—423 页。
3 同上。
4 同上。

10月，又在南京大学举办了二十世纪法国作家与中国国际研讨会，会上对这几个作家有过较为深入的讨论。对这几位诗人的作品的译介，比较系统的有秦海鹰与车槿山夫妇合译的谢阁兰的《碑》（三联书店，1993年）、管筱明翻译的《圣-琼·佩斯诗选》（安徽文艺出版社，1999年）以及杜青钢翻译的《米修诗选》（漓江出版社，1991年）。此外，还有叶汝琏、徐知免、江伙生等翻译的一些较有影响的代表诗作。2006年，上海书店出版社出版了邹琰翻译的《谢阁兰中国书简》；2010年，该社出版"谢阁兰文集"，包括李金佳翻译的《出征》、黄蓓翻译的《画＆异域情调论》以及邵南和孙敏翻译的《诗画随笔》；2014年7月23日，历史人文纪录片《灵感之源：维克多·谢阁兰与西安》在西安试映。

在象征主义和现代西方哲学基础上发展起来的现代主义，在二十世纪法国诗坛上占有重要的位置，法国现代派诗歌由以阿波利奈尔为代表的未来主义和以布勒东为领袖的超现实主义为主流。阿波利奈尔于1913年发表了未来派宣言，成为法国先锋派诗歌的开拓者，并影响了超现实主义。戴望舒是中国最早译介阿波利奈尔诗歌的翻译家之一，他译的《莱茵河秋日谣曲》在中国文学界有广泛的影响。徐知免、罗洛、闻家驷、飞白等都译过阿波利奈尔的诗作。李玉民译过阿波利奈尔的诗集《烧酒与爱情》。布勒东以及查拉、阿拉贡、苏波等一批重要诗人的代表诗作也被陆续介绍到了中国。在法国诗坛有"启明星"之称的雷尼埃，"兼有魏尔伦的音律感和超现实主义的幻觉"的图莱，在1912年当选为"诗歌王子"的保尔·福尔，曾创作长达八千余行的惊世之作《夏娃》的夏尔·佩吉，深受浪漫主义影响、诗风热烈的安娜·德·诺阿伊，富有幽默感的马克斯·雅各布，有"女才子"之称的卡特琳娜·波兹和以风格简洁著称、对人类处境极为关注的于勒·苏佩维埃尔等著名诗人的作品，也有译介[1]。在罗洛译的《法国现代诗选》（湖南人民出版社，1983年）、钱春绮译的《法国名诗人抒情诗选》（江苏人民出版社，1987年）、徐知免译的《现代法国诗抄》（外国文学出版社，1989年）、李玉民与罗国林合译的《爱的梦呓：法国当代爱情朦胧诗选》（花城出版社，1989年）、江伙生译的《法国当代五人诗选》（外国文学出版社，1989年）、郑克鲁译的《法国爱情诗选》

---

[1] 参见胡小跃编：《世界诗库》第3卷，广州：花城出版社，1994年。

(上海译文出版社，1990年)、叶汝琏译的《法国现代诗与古典诗》(中外文化出版公司，1990年)、郑克鲁译的《法国抒情诗选》(上海译文出版社，1991年)、江伙生编译的《法国当代诗选》(武汉大学出版社，1991年)等诗选中，以及在《世界文学》《外国文学》《当代外国文学》《国外文学》《文艺报》《诗刊》等刊物上，除上文所列举的二十世纪法国诗人外，有作品被译介过的还有如弗、勒韦尔迪、蓬热、科克托、艾吕雅、普雷韦尔、德斯诺斯、格诺、塔迪厄、吉耶维克、弗雷诺、夏尔、德·拉图尔迪潘、埃马纽埃尔、博斯凯、克洛等诗人。应该说，二十世纪法国诗歌几个大的流派的一些具有代表性的诗人的作品，或多或少都有中文的译介，我们的诗歌翻译家为此付出了很多的心血。

二、戏剧翻译

在二十世纪的法国文学中，戏剧的成就令世人瞩目。从某种意义上说，二十世纪的法国戏剧并不逊色于法国诗歌创作。在法国大众中，戏剧的影响远远超过了诗歌。有评论说，法国有多少文学流派，就有多少戏剧流派，这一评论并不夸张。但对中国而言，真正产生影响的恐怕只有存在主义戏剧和荒诞派戏剧了。对法国二十世纪戏剧的译介，比较系统的，恐怕也只有这两个流派的戏剧。《汉译法国社会科学与人文科学图书目录》在"戏剧"部分，只收了两条：一条是王维克辑译的《法国名剧四种》(商务印书馆，1935年)，均为法国古典戏剧；另一条是施康强等译的《荒诞派戏剧选》(外国文学出版社，1983年)。戏剧翻译远不止这两个条目，因为有的条目被编者编排在了有关作家的名下，如巴尼奥尔的《巴尼奥尔喜剧选》(王振孙译，上海译文出版社，1981年)。戏剧的价值是在"看"与"听"中，而不是在"读"中体现的。没有观众，就没有戏剧的繁荣。法国二十世纪戏剧在中国的译介受到了观众与市场等因素的限制。就我们手中所掌握的材料看，二十世纪戏剧的翻译兼有研究与实验的目的。存在主义戏剧是与萨特的名字紧密地连在一起的。萨特的文学成就是多方面的，其戏剧创作占有重要的地位。早在二十世纪四十年代初，以萨特为代表的存在主义作品就开始被介绍到中国。他的剧作《恭顺的妓女》(一译《毕恭毕敬的妓女》)于1955年由罗大冈介绍给中国读者；1985年，人民文学出版社出版了《萨特戏剧集》，萨特的主要译作均有了中译本。另一位存在主义代表加缪一共写过四个剧本，除《戒严》之外，《误会》《卡利古拉》《正义者》均已译为中文。

荒诞派戏剧的汉译对中国的戏剧发展起到过重要的作用。在荒诞派戏剧的影响下，在中国戏剧舞台上，曾出现过一批具有先锋性的戏剧作品。据钱林森的《法国作家与中国》介绍，第一次向中国人介绍法国荒诞派戏剧的是程宜思，他于1962年10月21日在《人民日报》上刊发了《法国先锋派戏剧剖视》。"同年11月，尤奈斯库的名剧《椅子》由黄雨石译出，第一次向中国展示了法国荒诞派戏剧真品"[1]。六十年代初，围绕着荒诞派戏剧，曾有过一场"以政治为第一标准"的讨论。1965年，施咸荣译出了贝克特的《等待戈多》。"文化大革命"后，在七十年代末八十年代初，在中国兴起了"荒诞派戏剧热"，《外国文艺》《外国戏剧》《当代外国文学》相继译介了尤奈斯库的《阿麦迪或脱身术》(1979)、《犀牛》(1980)和《秃头歌女》(1981)，贝克特的《啊，美好的日子！》(1981)和《剧终》(1981)。上海译文出版社于1980年推出了《荒诞派戏剧集》；1983年，外国文学出版社又推出了第二本《荒诞派戏剧选》。除了上文已经提及的剧作之外，两部戏剧集中还收有美国的阿尔比的《动物园的故事》、英国的品特的《送菜升降机》，以及法国的让·热内的《女仆》。

除了存在主义戏剧和荒诞派戏剧，二十世纪法国戏剧界的一些大家的剧作在中国基本没有译介。二十世纪被称为"法国的易卜生"的弗朗索瓦·德·居雷尔、法兰西学院院士莫里斯·多奈、浪漫主义戏剧大家爱德蒙·罗斯当、无声派戏剧代表让-雅克·贝尔内、超现实主义戏剧代表让·阿努伊等剧作家，对中国读者和观众而言，几乎是完全陌生的。在六十年代法国风行一时的太阳剧社的一些创作，很长一段时间内都没有见到过中文的翻译。进入二十一世纪，人民文学出版社于2009年出版了王文融翻译的爱德蒙·罗斯当的《西哈诺·德·贝热拉克》；2007年底到2008年初，太阳剧社在台湾举行了《浮生若梦》的绝美演出。倒是诗人兼剧作家的保尔·克洛岱尔，凭借他与中国文化的特殊因缘，他的《正午的分界》和《缎子鞋》在九十年代分别由蔡若明和余中先介绍给了中国读者。于勒·罗曼的《克诺克或医学的胜利》是在中国译介较早的一部剧

---

[1] 钱林森：《法国作家与中国》，福州：福建教育出版社，1995年，第606页。

作,译者是黎烈文,由上海的商务印书馆于1933年出版。1998年,中国戏剧界将于勒·罗曼的《克洛克医生》搬上舞台,由姜文出演主角,一时轰动。在中国产生了影响并拥有相当多读者的,是善于将小说、电影和戏剧艺术熔于一炉的玛格丽特·杜拉斯,她的一批剧作和电影剧本,如《广岛之恋》《印度之歌》《塞纳-瓦兹的高架桥》《阿邦、萨芭娜和大卫》《音乐之二》《纳塔丽·格朗热》《恒河女子》[1]《伊甸园影院》[2]等在世纪之交相继在中国问世。

三、传记翻译

传记是中国读者非常喜爱的一种文学体裁。传记的翻译受制于一个主要因素,那就是传主的地位。著名的政治家、军事家、科学家、文学家和各类明星都可以入传,传主的名声越高,越有可能被读者所关注。在中国读者的视野里,自然少不了法国政治家、军事家拿破仑、戴高乐,科学家玛丽·居里夫人,文学家巴尔扎克、雨果,电影明星阿兰·德龙,足球明星普拉蒂尼,天才足球教练雅凯,还有香水女王香奈尔等。有关这些人物的传记,在中国都有译本,有的还不止一种,如拿破仑,据不完全统计,从法文译过来的,有十余种译本,有的注重拿破仑的军事、政治生涯,有的则注重拿破仑的私生活,如朱莉埃特·班佐尼的《拿破仑与女明星》和法兰西学院院士奥克塔夫·奥布里的《拿破仑的私生活》(一译《拿破仑外史》)等。传记的翻译还受时代风尚因素的影响,不同的时代,有不同的风尚,读者心目中的"英雄"或"明星"也有不同。二十世纪九十年代末期,随着国内出现一股"杜拉斯热",杜拉斯成了读者关注的对象,国内出版社一部接着一部地推出杜拉斯传记。在1999年中至2000年初短短几个月时间里,就出了五种有关杜拉斯的传记,如布洛-拉巴雷尔的《杜拉斯传》(徐和瑾译,漓江出版社,1999年7月)、米歇尔·芒索的《闺中女友》(胡小跃译,漓江出版社,1999年7月)、弗莱德里克·勒贝莱的《杜拉斯生前的岁月》(方仁杰译,海天出版社,1999年9月)、雅恩·安德烈亚的《我的情人杜拉斯》(彭伟川译,海天出版社,1999年

---

[1] 参见许钧主编:"杜拉斯文集",沈阳:春风文艺出版社,2000年。
[2] 参见"杜拉斯小丛书",桂林:漓江出版社,1999年。

9月）和劳拉·阿德莱尔的《杜拉斯传》（袁筱一译，春风文艺出版社，2000年1月）。另外，中国学者也推出了有关杜拉斯的研究性传记，如户思社著的《痛苦欢快的文字人生——玛格丽特·杜拉斯传》（中国文联出版社，2002年）。在翻译成中文的许多法国传记中，有的具有较高的史料价值，也有的具有不可忽视的文学价值，但不可否认的是，有相当一部分是为了满足读者的好奇心而编撰的"时髦作品"。这样一些作品的汉译，不是这里所关注的对象。

　　二十世纪的法国传记作家，首推安德烈·莫洛亚。安德烈·莫洛亚对传记这一文学体裁的贡献，不仅在于他的多产，还在于他对传记文学的更新。莫洛亚所写的传记为中国读者所熟悉。早在1931年，中华书局就推出了李惟建翻译的《爱俪尔》（一译《雪莱传》）。1936年，傅雷又翻译出版了他的《服尔德传》（一译《伏尔泰传》，由商务印书馆出版）。新中国成立后，特别是"文化大革命"后，国内多家出版社出版了莫洛亚的传记作品，如郎维忠等译的《乔治·桑传》（湖南人民出版社，1986年）、程曾厚与程干泽合译的《雨果传》（人民文学出版社，1989年）、艾珉与俞芷倩合译的《巴尔扎克传》（人民文学出版社，1993年）。浙江文艺出版社于1998年推出了"莫洛亚传记丛书"，共五种，除收入中国已有译本的《乔治·桑传》《雨果传》《巴尔扎克传》之外，还有罗国林翻译的《夏多布里昂传》与徐和瑾翻译的《普鲁斯特传》。上海东方出版中心曾与笔者联系，准备翻译出版一套"莫洛亚传记"，因为版权问题与对方商研未果而搁浅。进入新世纪以来，浙江大学出版社于2013年推出谭立德、郑其行翻译的安德烈·莫洛亚的《雪莱传》，2015年推出郭安定翻译的《三仲马传》和谭立德、郑其行翻译的《屠格涅夫传》；上海译文出版社2014年推出裘小龙、王人力翻译的《唐璜：拜伦传》。亨利·特洛亚也是一位出色的传记作家，他的一些传记写得很有特色，已被介绍给中国的有：《神秘沙皇：亚历山大一世》（迎晖等译，世界知识出版社，1984年）、《风流女皇：叶卡特琳娜二世》（冯志军译，世界知识出版社，1983年）、《一代暴君——伊凡雷帝》（张志、刘广新合译，世界知识出版社，1986年）、《彼得大帝》（齐宗华、裘荣庆合译，天津人民出版社，1983年）、《普希金传》（张继双等译，世界知识出版社，1992年）、《契诃夫传》（侯贵信等译，世界知识出版社，1992年）、《末代沙皇尼古拉二世》（胡尧布译，世界知识出版社，2000年）、《巴尔扎克传》（胡尧布译，商务印书馆，2002年）以及《永远的叛逆者：茨维塔耶娃的一生》（李广平译，花城出版社，2014年）等。在向中国读者介绍优秀的法国传记文学作品的翻译家中，傅雷最受中国读者推崇。在1933年，傅雷以"自己出版社"的名义自费出版了他的第一部译著《夏洛外传》。在《译者序》中，傅雷交代了《夏洛外传》的作者为菲列伯·苏卜（Phillipe Souppaut），这部书不是严格意义上的传记作品，而是"以小说的体裁，童话的情趣"写的一部"外传"。《服尔德传》是傅雷译的一部真正意义上的传记，该书出版后曾多次再版。之后，傅雷又翻译出版了罗曼·罗兰的《巨人三传》，包括《贝多芬传》、《弥盖朗琪罗传》和《托尔斯泰传》，这部作品在中国拥有广泛的读者。

九十年代末，在二十世纪法国传记文学作品的翻译介绍方面，特别值得一提的，是北京大学的杜小真、孟华、罗芃。他们以明确的目的、系统的翻译，在北京大学出版社推出了由他们联合主编的一套"二十世纪法国思想家评传丛书"。该译丛共十二种，向中国读者分别展示了阿尔贝·加缪、让-保尔·萨特、雷蒙·阿隆、米歇尔·福柯、保尔·利科、雅克·拉康、梅洛-庞蒂、乔治·杜梅泽尔、克劳德·列维-施特劳斯、加斯东·巴什拉尔、罗兰·巴特和西蒙娜·韦伊等十二位思想家的生活和思想历程[1]。

四、文学理论著作翻译

法国的文学理论界向来是最为活跃的，二十世纪的法国文学理论更显多元、开放的特点。对二十世纪法国文艺理论产生过重大影响的文艺理论家伊波利特·泰纳是中国文学理论界十分熟悉的，他的决定文学的"种族"、"环境"和"时代"三要素论广为流传。1949年，上海群益出版社出版了由沈起予翻译的《艺术哲学》，后来，又有了傅雷的译本。对二十世纪初文学批评产生过重大影响的，还有柏格森，他的经典著作之一《笑》，"集中阐述了艺术的性质和功能"[2]；1923年，张闻天据英译本转译

---

[1] 参见杜小真：《总序》，见"二十世纪法国思想家评传丛书"，北京：北京大学出版社，1997年。
[2] 参见张泽乾、周家树、车槿山：《20世纪法国文学史》，青岛：青岛出版社，1998年。

了这部著作，由上海的商务印书馆出版。在法国文学史研究领域自成一派的居斯塔夫·朗松的作品也有一部分被介绍到了中国。另外，像法朗士、阿拉贡、加缪等一些文学大家的文论也有译介，如盛澄华等译的《阿拉贡文艺论文选集》（人民文学出版社，1958年）。

　　法国的文艺理论思潮与哲学社会思潮往往有着密切的联系，比如在二十世纪五十年代极为活跃的加斯东·巴什拉尔，他既是哲学家，又是文学批评家；又如二十世纪六十年代"新批评"浪潮中出现的文学社会学批评大师吕西安·戈德曼，他将社会学和结构主义引入了文学批评之中。发生在二十世纪六十年代中期的一场新旧批评之争，更是一场超越了纯文艺理论范畴的思想之争。中国的法国文学研究界和翻译界，对二十世纪五十年代之后的法国文艺理论和思潮比较关注，在八十和九十年代，对法国的精神分析、马克思主义分析、结构分析、存在主义或现象学等一系列文艺批评理论思潮，都有或多或少的译介，一批代表性论著相继被译成汉语。新文学批评理论是译介的一个重点，如热奈特的《叙事话语·新叙事话语》（王文融译，中国社会科学出版社，1990年），罗兰·巴特的《写作的零度》、《符号学原理》、《符号的王国》、《S/Z》、《批评与真实》和《恋人絮语》等。上面谈到的社会学批评代表人物戈德曼的理论著作，也有多部被介绍给中国读者。他于1956年出版并激起了强烈反响和热烈争议的《隐蔽的上帝》，有蔡鸿滨的译本（百花文艺出版社，1998年），另被译介的还有《论小说的社会学》（吴岳添译，中国社会科学出版社，1988年）。此外，布鲁奈尔的《什么是比较文学》（葛雷、张连奎译，北京大学出版社，1989年）和罗贝尔·埃斯卡尔皮的《文学社会学》（符锦勇译，上海译文出版社，1988年）也有了汉译本。进入二十一世纪后，也不断有新、老文论思想家的作品被翻译或修订再版。以译家史忠义为例，翻译面世的作品就有：热拉尔·热奈特的《热奈特论文集》（百花文艺出版社，2001年）、《热奈特论文选》（河南大学出版社，2009年）；让-伊夫·塔迪埃的《20世纪的文学批评（修订版）》（河南大学出版社，2009年）；朱莉娅·克里斯蒂娃的《符号学：符义分析探索集》（复旦大学出版社，2015年）；还有让·贝西埃的《文学理论的原理》（暨南大学出版社，2012年）、《当代小说或世界的问题性》（北京大学出版社，2012年）、《文学与其修辞学：20世纪文学性中的庸常性》（中国社会科学出版社，2014

年），以及让·贝西埃等主编的《诗学史》（百花文艺出版社，2002年）、《诗学史（修订版）》（河南大学出版社，2010年）。此外，还有罗兰·巴特的《流行体系——符号学与服饰符码》（敖军译，上海人民出版社，2000年）和《神话修辞术》（屠友祥译，上海人民出版社，2016年）等。中国社会科学院外国文学研究所编辑过一套"20世纪欧美文论丛书"。有关法国的，除了上文提到的戈德曼、热奈特的著作外，还有朗松的《方法、批评及文学史》、瓦莱里的《文艺杂谈》、萨特的《萨特文论选》和普鲁斯特的《驳圣伯夫》。1998年，安徽文艺出版社出版了施康强等人所译的《萨特文学论文集》，集中有不少文章译自萨特的《处境种种》。特别值得一提的，是施康强翻译的《什么是文学？》。萨特的这部论著产生过广泛的影响。有关普鲁斯特，我们可以读到让-伊夫·塔迪埃的《普鲁斯特和小说》（桂裕芳、王森译，上海译文出版社，1992年）和安德烈·纪德、让-弗·雷维尔的有关评论[1]。北京大学中法文化关系研究中心主编的"法兰西思想文化丛书"，包括了列维-施特劳斯的《看、听、读》、勒内·基拉尔的《浪漫的诺言与小说的真实》、乔治·杜梅齐尔的《从神话到小说——哈丁古斯的萨迦》等二十余部较有影响的文艺理论著作。为了帮助中国读者，尤其是法国文学爱好者和学生了解法国文学的发展概貌，九十年代，有一批具有特色的法国文学史、小说史或批评史著作译成了汉语。比较有影响的有布鲁奈尔（一译布吕奈尔）等的《19世纪法国文学史》（郑克鲁、黄慧珍等译，上海人民出版社，1997年）和《20世纪法国文学史》（郑克鲁等译，四川文艺出版社，1991年）、贝尔沙尼的《法国现代文学史》（孙恒等译，湖南人民出版社，1989年）、罗杰·法约尔的《法国文学评论史》（怀宇译，四川文艺出版社，1992年）和让-伊夫·塔迪埃的《20世纪的文学批评》（史忠义译，百花文艺出版社，1998年）等。另外还有徐知免、杨剑翻译的米歇尔·莱蒙的《法国现代小说史》（一译《大革命以来的法国小说史》，上海译文出版社，1995年）和冯汉津等编译的《当代法国文学辞典》（以安德烈·布兰和让·鲁斯洛合著的《当代法国文学辞典》为蓝本，江苏人民出版社，1983年）。此外，还有郑克鲁翻译的《爱情小说史》，该书作者为皮埃尔·勒帕普（商务印

---

[1] 参见塞·贝克特等：《普鲁斯特论》，沈睿等译，北京：社会科学文献出版社，1999年。

书馆，2015年）。

五、小说翻译

在世界小说之林，法国小说占有非凡的地位。郑克鲁在《现代法国小说史》绪论中这样评价道："法国小说在世界小说史上占有数一数二的地位，19世纪如此，20世纪自然如此。19世纪的法国小说与俄国小说共执世界小说的牛耳，20世纪的法国小说则与美国小说共执世界小说的牛耳。"[1]在中国，法国的小说一直被广大读者所喜爱，法国小说的翻译是二十世纪法国文学汉译中的重头戏。在一个世纪的漫长岁月中，被译成汉语的法国小说具有相当的数量，要想以较短的篇幅对二十世纪法国小说的汉译进行一番全面的清点，看来是不可能的。何况二十世纪法国小说流派纷呈，名家辈出，即使对一些佳作进行重点梳理，也难免有所疏漏。笔者查阅了中国法国文学界的几位同行研究法国文学，特别是法国小说的著作，如江伙生与肖厚德的《法国小说论》[2]、张泽乾等的《20世纪法国文学史》、吴岳添的《法国文学流派的变迁》、郑克鲁的《现代法国小说史》、柳鸣九的《法国廿世纪文学散论》[3]以及柳鸣九与吴岳添主编的"法国当代文学广角文丛"中的几部著作，对二十世纪法国小说的演变与发展脉络有了个基本的了解。为方便起见，我们不妨参考上述几位专家的评论视角，以流派为主线，兼及翻译的时间顺序，对二十世纪法国小说在中国的译介做一有重点的概要回顾。

郑克鲁的《现代法国小说史》分上下两编，上编共七章，着重介绍了"跨世纪小说家"、"意识流小说家马塞尔·普鲁斯特"、"长河小说"、"心理小说"、"社会小说"、"乡土小说"和"超现实主义小说"；下编共六章，分别为"存在主义小说"、"新小说"、"社会小说"、"女小说家"、"侦探小说、科幻小说和通俗小说"和"新一代小说家"。另有附录，附录一为"作家及其重要作品译名对照表"。根据手头所掌握的资料，我们进行了对照，发现郑克鲁在附录中所列举的近一百七十位二十世纪法国小说家，大部分已被介绍到中国，有的作家的作品不止一部被译成汉语，还有几位名

---

[1] 郑克鲁：《现代法国小说史》，上海：上海外语教育出版社，1998年，第1页。
[2] 江伙生、肖厚德：《法国小说论》，武汉：武汉大学出版社，1994年。
[3] 柳鸣九：《法国廿世纪文学散论》，广州：花城出版社，1993年。

家已拥有汉译作品集或文集。

在十九世纪末二十世纪初的法国文学创作中，阿纳托尔·法朗士以其辛辣的讽刺和鲜明的人道主义色彩而独树一帜。他的唯物主义和无神论立场，尤其是他在1905年担任俄国人民之友社主席之后，为正义呐喊，为正义斗争，使他比别的作家更有机会进入中国翻译家的视野。法朗士是一个跨世纪的作家，在二十世纪前所创作的主要作品，有《波纳尔的罪行》、《苔依丝》和《鹅掌女王烤肉店》，跨世纪的创作是他的四卷本长篇小说《现代史话》，后期的代表作有幻想小说《企鹅岛》、《天使的叛变》和《诸神渴了》。另外，他的中篇小说及短篇小说创作也很有特色。上述作品中，除了《现代史话》外，其余各种均被译为汉语。有的作品如《苔依丝》，有多个复译本。据钱林森的《法国作家与中国》，早在二十世纪二十年代初，《小说月报》和《东方杂志》就开始发表有关法朗士的评介文章和法朗士的部分作品。在二十年代和新中国成立后的一段时间，曾两次形成了不可忽视的法朗士热。关于法朗士作品在中国的译介与研究情况，吴岳添曾有过专门的介绍[1]。

在跨世纪小说家中，保尔·布尔热、安德烈·纪德以及沙尔-路易·菲利普与皮埃尔·洛蒂等重要作家的主要作品在中国均有译介。如布尔热，著名诗人戴望舒在1936年翻译出版了他在十九世纪最后一年出版的《弟子》，四十年代又有杨寿康译的《死亡的意义》及狄宇仁译的短篇小说。纪德是中国文学界特别关注的一个作家。1931年，王了一在上海开明书店出版了他从英语转译的《少女的梦》，拉开了译介纪德的序幕；至四十年代，纪德的主要作品，如《地粮》《背德者》《窄门》《梵蒂冈的地窖》《田园交响乐》《伪币制造者》等，在中国陆续翻译出版。著名翻译家卞之琳、盛澄华、闻家驷、陈占元、黎烈文和金满成都曾译过他的作品。特别值得一提的，是盛澄华对纪德的较为深入的研究和译介。2001年是安德烈·纪德逝世五十周年。国内出版外国文学作品的几家著名出版社相继推出《纪德文集》，其中人民文学出版社和花城出版社联合出版《纪德文集》。前者出版了收入纪德大部分叙事作品的《纪德文集》，包括卞之琳译的《浪子回家》，盛澄华译的《伪币犯》，桂裕芳译的《窄门》和《梵

---

[1] 参见吴岳添：《编选者序　人道主义的斗士》，见吴岳添编选：《法朗士精选集》，济南：山东文艺出版社，1997年。

蒂冈地窖》，李玉民译的《帕吕德》、《背德者》、《田园交响曲》和《忒修斯》，赵克非译的《太太学堂》、《罗贝尔》和《热纳维埃芙》，罗国林译的《大地食粮》，张冠尧译的《大地食粮（续篇）》，以及施康强译的《乌连之旅》；后者则推出了五卷本的《纪德文集》，分为日记卷、散文卷、传记卷、文论卷和游记卷，其中有罗国林译的《如果种子不死》、朱静译的《访苏联归来》、黄蓓译的《刚果之行》、由权译的《乍得归来》等中国读者熟悉的名篇。译林出版社也以《纪德文集》的名义，于2001年9月推出了徐和瑾译的《伪币制造者》、马振骋译的《田园交响曲》和由权译的《苏联归来》等作品。

　　二十世纪的法国长河小说备受中国读者的青睐。罗曼·罗兰的《约翰·克利斯朵夫》由充满激情的翻译家傅雷首次介绍给中国读者，于1937年由上海商务印书馆出版，不久便在中国读者中产生了强烈的反响。有关该书翻译与接受的情况，在本书的下篇，我们将做进一步分析。除了《约翰·克利斯朵夫》，罗曼·罗兰的另一部长河小说《欣悦的灵魂》在七十年代末也被全文介绍到了中国，汉译本叫《母与子》，由罗大冈翻译。另外，在罗曼·罗兰小说创作中占有一定地位的长篇小说《哥拉·布勒尼翁》由许渊冲翻译，于1958年出版。在罗曼·罗兰之后，于1937年获得诺贝尔文学奖的罗歇·马丁·杜伽尔的《蒂博一家》，经历了半个世纪之后，才在中国落户。由郑克鲁翻译的这部多卷长河小说于1986年在漓江出版社出版；差不多在同一时期，王晓峰、赵九歌合译的《蒂博一家》也由上海译文出版社推出。杜阿梅尔是一个多产的作家，他的两部长河小说都很成功。五卷本的《萨拉万的生平和遭遇》和十卷本的《帕斯吉埃家族史》在法国文学史上都占有一定的地位。但在中国，读者更喜爱的似乎是傅雷翻译的《文明》和罗国林翻译的《子夜的忏悔》。花城出版社曾经想把杜阿梅尔的《帕斯吉埃家族史》完整地介绍给中国读者，但很遗憾的是，我们至今只见到该小说的前两卷，由罗国林与李玉民合译，于1986年出版。普鲁斯特的《追忆似水年华》就其结构而言，自然也可归入长河小说之列，但由于种种原因，特别是由于翻译的难度很大，它姗姗来迟，直到九十年代初才由十五位翻译家合作翻译成汉语，由译林出版社出版，与中国读者见面。亨利·特洛亚是中国读者比较喜爱的一位作家。他的长篇历史小说有多种被介绍到中国，比较重要的有《正义者之光》（分别有

14

李玉民和顾微微、李宝源和陈祚敏的合译本，译名为《巴黎之恋》和《异国之恋》），还有《莫斯科人》（钱林森、许钧译，春风文艺出版社，1987年）。在二十世纪，创长河小说长度之最的是于勒·罗曼，他从1932年至1947年，创作了长达二十七卷的《善意的人们》，但至今，这部小说尚未译成汉语。

法国二十世纪的心理小说在中国译介的并不多，且大多是在二十世纪八十年代之后被介绍到中国的。弗朗索瓦·莫里亚克是译介比较多的一位，他的《爱的荒漠》《蝮蛇结》《黛莱丝·德克罗》有多个译本，在中国拥有广泛的读者。在柳鸣九主编的"法国廿世纪文学丛书"中，被介绍给中国读者的心理小说有贝尔纳诺斯的《在撒旦的阳光下》和拉迪盖的《魔鬼附身》《德·奥热尔伯爵的舞会》等。新世纪以来面世的贝尔纳诺斯的作品有：《在撒旦的阳光下》（李玉民译，华夏出版社，2010年）、《少女穆谢特》（王吉英译，上海文艺出版社，2011年）。如果从精湛的心理分析出发，在此可以提及纪德的作品的翻译，如《伪币制造者》（盛澄华译，上海译文出版社，2015年）、《梵蒂冈的地窖》（陈筱卿、李玉民译，上海三联书店，2016年）、《背德者·窄门》（李玉民、老高放译，上海译文出版社，2015年）。纪德的《地粮》早在二十世纪四十年代就有盛澄华的译本（新生图书文具公司，1943年；上海文化生活出版社，1949年）。与心理小说相比，法国二十世纪的社会小说在中国拥有更多的读者。郑克鲁在他的《现代法国小说史》第五章"社会小说"中所介绍的一些作家，或多或少都有作品被译成中文，有的在中国已经享有较高的知名度，如在上文已作为重点介绍的安德烈·莫洛亚，他的短篇小说经罗新璋的妙笔传译[1]，尤受中国读者欣赏。比较重要的还有塞利纳的《茫茫黑夜漫游》[2]，蒙泰朗的《少女们》，圣埃克絮佩里的《空军飞行员》、《夜航》、《人的大地》和《小王子》，马尔罗的《征服者》、《王家大道》、《人的状况》和《希望》，埃梅的《变貌记》、《捉猫故事集》[3]、《侏儒》和《陈尸台》，巴比塞的《光明》、《地狱》、《火线》以及他的短篇小说，勒内·吉约的《丛

---

[1] 如《栗树下的晚餐》《大师的由来》《阿莉雅娜，我的妹妹》等篇。
[2] 塞利纳的 Voyage au bout de la nuit 已有两个中译本，一个是沈志明译的《茫茫黑夜漫游》（漓江出版社，1988年），另一个是徐和瑾译的《长夜行》（上海译文出版社，1996年）。
[3] 据不完全统计，埃梅的 Contes du chat perché 至少已有五个中译本，请参见《汉译法国社会科学与人文科学图书目录》。

林虎啸》，凯塞尔的《骑士》，莫朗的短篇小说集[1]，尼赞的《阴谋》，皮埃尔·伯努瓦的《大西洋岛》，巴尼奥尔的《法妮》、《父亲的光荣》、《爱情的时代》和《泉水的玛侬》，埃里亚的《宠儿们》，阿拉贡的《巴塞尔的钟声》、《共产党人》和《圣周风雨录》等，瓦扬的《律令》、《荒唐的游戏》、《325 000法郎》和《弗斯特上校服罪了》，巴赞的《绿色教会》，加里的《天根》和《绿林情仇》，多泰尔的《谁也到不了的地方》，维尔科的《病榻前的故事》和《海的沉默》，梅尔勒的《有理性的动物》、《杀人是我的职业》、《倾国倾城》和《瑞德库特的周末》，凯菲莱克的《野蛮的婚礼》，克朗西埃的《黑面包》（四卷），罗布莱斯的《这就叫黎明》、《蒙塞拉》和《威尼斯的冬天》，居尔蒂斯的《夜森林》和《一对年轻的夫妇》（一译《离异》），德吕翁的《大家族》[2]和《宫廷恩仇记》，萨巴蒂埃的《大街》和《瑞典火柴》，尼米埃的《堕入情网的火枪手》，以及博达尔的《安娜·玛丽》等。与这些社会小说有关的，在二十世纪，法国还有以描写大自然和乡村生活见长的优秀作家。他们的作品也有一些被介绍到了中国，其中最有影响的，当数让·季奥诺和柯莱特。前者的《人世之歌》和《再生草》在八十年代初由罗国林翻译出版。后者的《紫恋》早在三十年代就被戴望舒介绍给了中国读者，另外被译成中文的还有《姬姬》、《流浪女伶》和《茜朵》等。除了季奥诺和柯莱特，我们还可以读到阿兰-傅尼埃的《大个子莫纳》和路易·埃蒙的《玛丽亚·沙德莱纳》等作品。

综观二十世纪的法国小说创作，上面所介绍的这些作家，从某种意义上说，都属于传统作家，与巴尔扎克、福楼拜等作家所开创的法国现实主义小说传统有着继承与延续的关系。吴岳添在《法国文学流派的变迁》一书中指出，法国二十世纪文学，"能够用'现代主义'来概括。这种概括并非否认现实主义文学或传统文学的存在，而只是表明现代主义是二十世纪特有的并且占优势的文学"[3]。根据这一视角，我们不妨把目光投向在二十世纪法国文学中占有重要地位的超现实主义、存在主义和新小说，来看一看这些流派的小说在中国的译介情况。

---

1 《天女玉丽》（*Contes*），戴望舒译，上海尚志书屋，1939年。
2 德吕翁的 *Les grandes familles* 至少有三个中译本，分别为蔡若明（《大家族》）、冯百才（《豪富世家》）和罗国林（《家族的衰落》）所译。
3 吴岳添：《法国文学流派的变迁》，北京：北京大学出版社，1995年，第153页。

超现实主义主要以诗歌创作为主，但其小说创作也不可忽视。不过，与其他流派相比，超现实主义小说在中国译介较少。阿拉贡和布勒东是超现实主义小说的开创者，但据我们所掌握的材料，他们的超现实主义小说很少被介绍到中国，目前仅见布勒东的《娜嘉》（董强译，上海人民出版社，2009年）。在他们之后，参加过超现实主义运动的朱利安·格拉克、皮埃尔·德·芒迪亚格、雷蒙·格诺，以及明显具有超现实主义创作倾向的鲍里斯·维昂的作品，中国读者了解得也很少。就我们所知，目前，维昂的《岁月的泡沫》（一译《流年的飞沫》）、格拉克的《林中阳台》与《沙岸》（一译《沙岸风云》）、格诺的《扎齐在地铁》、芒迪亚格的《摩托车》与《闲暇》等有中译本。2014年，海天出版社出版了《维昂小说精选（上）》（徐晓雁、蒙田译）和《维昂小说精选（下）》（蒙田、徐晓雁译）。另外，写作颇具超现实主义特色的让·科克托的《可怕的孩子》也有了中译本（王恬译），于2012年由人民文学出版社出版。

在中国，自改革开放以来，译介较为系统并成规模的，是存在主义的作品和新小说。有关这一现象，我们将在本书上篇中细做分析。关于存在主义小说，可以说该流派的主要作品均已有汉译本，并在中国产生了很大的影响，如萨特的《厌恶》《墙》和《自由之路》三部曲，加缪的《局外人》《鼠疫》《堕落》《流亡与王国》和《第一个人》，波伏瓦的《人总是要死的》《女宾》《他人的血》《名士风流》[1]和《美丽的形象》等。新小说在中国的评介最早可追溯到六十年代初。据钱林森的《法国作家与中国》，《世界文学》在1961年第11期上发表了有关新小说的评介文章；后来，《光明日报》《文艺报》等也发表了有关介绍文章。据柳鸣九先生的《巴黎名士印象记》，"我们开始注意'新小说'派是在六十年代前期，那时，正是'新小说'发表的高潮时期"[2]。由于政治和社会的不同，新小说直到七十年代末才真正与中国读者见面。1979年8月，上海译文出版社率先出版了罗伯-格里耶的《窥视者》（郑永慧译）。在这之后二十余年里，新小说派的主要小说相继被介绍到中国，主要有罗伯-格里耶的《橡

---

[1] 《名士风流》，许钧译，最早由漓江出版社于1991年出版，见"法国廿世纪文学丛书"第四辑，后又作为外国文学教学研究参考资料，被收入"法国龚古尔文学奖作品选集"（柳鸣九主编），由北京师范大学出版社于1996年出版。中国书籍出版社从伽利玛出版社购买了版权，又于2000年4月出了修订版。十年后，上海译文出版社又购买版权，出版该书（2010年，2013年）。
[2] 柳鸣九：《巴黎名士印象记》，北京：社会科学文献出版社，1997年，第4页。

皮》《嫉妒》《重现的镜子》《去年在马里安巴》《吉娜》，娜塔丽·萨洛特的《童年》《天象馆》《这里》《金果》，克洛德·西蒙的《弗兰德公路》《农事诗》《植物园》，米歇尔·布托尔的《变》（一译《变化》）[1]和《曾几何时》等。另外，据说排列组合的可能几近无限的马克·萨波塔的《第一号创作》也译成了中文[2]。

在上文中，我们谈到，二十世纪法国小说流派纷呈，色彩斑斓，除了新小说、存在主义文学这些具有相同创作倾向的创作群之外，还有一些相对独立的作家，勒克莱齐奥就是其中一位。据法国《读书》杂志介绍，勒克莱齐奥在1994年曾被读者选为最受欢迎的当代作家。勒克莱齐奥是一位不愿在文坛凑热闹的"孤独"作家，但他实际上并不孤独。他的作品不仅在法国拥有广泛的知音，在中国也受到读者钟爱。自他的《沙漠的女儿》在1983年被介绍给中国读者之后，他的成名作《诉讼笔录》，短篇小说集《少年心事》，长篇小说《战争》《流浪的星星》《金鱼》等受到了中国读者的普遍欢迎。2008年，勒克莱齐奥获得诺贝尔文学奖之后，他的作品在中国得到了广泛且持续的译介，在本书下篇的第十章，我们有详细的介绍。在法国当代作家中，图尼埃和莫迪亚诺也是两位比较引人瞩目的人物。图尼埃在《世界文学》上曾专门做过介绍，柳鸣九先生曾译介过他的短篇小说，给中国读者留下了深刻的印象。此外，他的《礼拜五或野蛮生活》《礼拜五——太平洋上的灵薄狱》《桤木王》都有了汉译本。对莫迪亚诺的译介，也比较多，如《一度青春》《往事如烟》《凄凉别墅》《暗店街》《寻我记》《魔圈》等。2014年，莫迪亚诺获得诺贝尔文学奖，其作品得以重版；有关该作家的作品翻译与文学贡献，柳鸣九在《诺贝尔文学奖选莫迪亚诺很有道理》[3]一文中有较为全面的论述。

在二十世纪的法国文学之林，女作家是一道独特的风景，吸引了众多的中国读者。除了在上文中我们已经提及的柯莱特、萨洛特、波伏瓦和杜拉斯之外，已介绍给中国读者的重要女作家还有特丽奥莱、尤瑟纳尔和

---

[1] 布托尔的 *La modification* 有两个译本：一个是桂裕芳译的《变》（外国文学出版社，1983年），另一个是朱静译的《变化》（上海译文出版社，1998年）。
[2] 《第一号创作：隐形人物和三个女人》，江伙生译，长沙：湖南人民出版社，1988年。该译本与原作一样，由散页组成，不装订成册，每页为一片段。
[3] 柳鸣九：《诺贝尔文学奖选莫迪亚诺很有道理——当代法兰西文化观察随笔之三》，见柳鸣九：《后甲子余墨》，深圳：海天出版社，2016年，第77—85页。

萨冈。艾尔莎·特丽奥莱原籍俄国，是阿拉贡的妻子，马雅可夫斯基的小姨子。她的作品在五十年代就被介绍到中国，主要有《阿维侬情侣》《人类的愿望》《第一个回合花费了二百法郎》，另外还有《月神园》等。尤瑟纳尔是个"不朽者"。对她的译介，主要是她于1980年当选为法兰西学院院士之后。据我们了解，国内有多家出版社有意出版她的文集，著名翻译家李恒基生前一直努力在做这方面的工作。东方出版社2002年出版了史忠义主编的七卷"尤瑟纳尔文集"，包括《哈德良回忆录》（陈筱卿译）、《火／一弹解千愁》（李玉民等译）、《苦炼》（赵克非译）、《何谓永恒》（苏启运译）、《虔诚的回忆》（王晓峰译）、《时间，这永恒的雕刻家／遗存篇》（陈筱卿、张亘译）、《北方档案》（陈筱卿译）。除了上面东方出版社的文集中的几本外，还有《三岛由纪夫或空的幻景》（姜丹丹、索从鑫译，上海三联书店，2014年）和童书《画家王福历险记》（曹杨译，人民文学出版社，2016年）。萨冈是中国读者比较喜欢的一位女作家。她的成名作《你好，忧愁》令不少中国女作家为之着迷，有多种译本。除了《你好，忧愁》之外，中国文联出版公司还于1987年推出了她的《心灵守护者》（胡品清译）、《失落的爱》（蕾蒙译）和《您喜欢勃拉姆斯吗？》（方荃译）。1999年，海天出版社出版了柳鸣九主编的"萨冈情爱小说"，收了几个修订的旧译本，另外还新译了《某种微笑》（谭立德译）和《一个月后，一年之后》（金龙格译）。此外，还有《战时之恋》（张蓉译，花城出版社，1992年）、《狂乱》（吕志祥译，中国文学出版社，1996年）等。进入二十一世纪，上海文艺出版社2011年推出过《心灵守护者》（段慧敏译）、《某种凝视》（段慧敏译）、《枷锁》（宋旸译）和《逃亡之路》（黄小彦译），2013年又推出《奇妙的云》（戴巧译）、《灵魂之伤》（朱广赢译）以及《豺狼的盛宴》（毕笑译）。浙江大学出版社2011年推出过《平静的风暴》（李焰明译）、《舞台音乐》（孔潜译）、《冷水中的一点阳光》（黄荭译）和《凌乱的床》（顾微微译）。人民文学出版社推出过《毒》（王加译，2010年）和《孤独的池塘》（陈剑译，2011年）。江苏人民出版社在2007年至2008年间推出过《我最美好的回忆》（刘云虹译）、《无心应战》（段慧敏译）、《淡彩之血》（黄小彦译）和《我心犹同》（张健译）。此外还有一些单行本如《肩后》（吴康茹译，广西师范大学出版社，2006年）、《蚂蚁和知了》（黄荭译，重庆大学出版社，2014年）和《租来的房子》（段慧敏译，河南大学出版社，2018年）。二十世纪的法国女作家中，在中国最走红的是玛格丽特·杜拉斯。上文我们已经谈到有关杜拉斯的传记的翻译情况。这里需要交代的是，在世纪之交，杜拉斯的出版在国内形成了一股热潮，读者热情不减。除了已有七个译本之多的《情人》之外，在1999年底和2000年初，漓江出版社推出了"杜拉斯小丛书"，作家出版社出版了"杜拉斯选集"（陈侗、王东亮编），春风文艺出版社则从法国伽利玛出版社购买了版权，组织翻译了伽利玛出版社半个世纪以来出版的二十二种作品，结为"杜拉斯文集"，收录了"杜拉斯从步入文坛到离开这个世界各个阶段的代表作，包括小说、电影、戏剧、随笔等各种形式的作品"[1]。2005年以来，上海译文出版社又推出了杜拉斯三十余部作品，其中有多种为新译。

最后值得一提的是，在对法国二十世纪文学的译介中，通俗文学也占有一席之地。有关通俗小说的译介，我们不拟在这里细做介绍，但其中侦探小说的翻译，有必要介绍一下莫里斯·勒布朗和乔治·西默农这两位作家。早在三十年代，勒布朗就被介绍到了中国，如张碧梧翻译的《空心石柱》于1933年由上海大东书局出版。在这之后，勒布朗的作品被译介成中文的有几十种之多，"亚森·罗宾探案系列"，至少有十四家出版社先后出过选集或单行本，足见其受欢迎的程度。西默农也是中国读者喜爱的一个作家，他的"梅格雷探长系列"，有十余种被译成了中文，其中的《黄狗》已成为侦探小说的经典之作，在读者中广为流传。

第二节　二十世纪法国文学译介的特点

在上面，我们对二十世纪法国文学在中国的翻译情况做了一个简要的回顾。通过列举的具体翻译情况，我们可以看到中国的法国文学研究和翻译界在二十世纪，特别是近三十余年来所取得的成绩是引人瞩目的。在这一译介工作中，翻译家们是如何选择作品的？有哪些因素对整个翻译和研究工作产生过不可忽视的影响？整个译介工作又有哪些特点呢？下面，我们根据手头掌握的资料，对上述的这些问题做一分析和探讨。

---

[1] 参见许钧：《序》，见许钧主编："杜拉斯文集"，沈阳：春风文艺出版社，2000年。

一、翻译动机和选择

我们知道，翻译是一项文化交流活动，实践性很强。考察二十世纪法国文学在中国的翻译情况，我们看到，翻译在很大程度上都是为一定目的服务的。一个翻译家选择一部作品来翻译，都出于某种明确的目的，并要受到各种因素的影响。我国对二十世纪法国文学的翻译，基本可划分为三个主要时期，从某种意义上也可以说形成了三个小的高潮。第一个小高潮是在1919年以后的十余年间，随着五四新文化运动的兴起，我国对法国文学的翻译进入了一个相对活跃的时期。在这期间，大量法国文学作品被介绍到中国，其中包括二十世纪的作品，比如被称为"人道主义斗士"的法朗士，他的主要作品在二十年代和三十年代初几乎全部被引入我国。第二个小高潮是在新中国成立后，特别是在五十年代末和六十年代初这个阶段，"百花齐放，百家争鸣"的文艺政策也给翻译文学带来了良好的时机，一批优秀的二十世纪法国文学作品被有目的地介绍给中国读者。第三个高潮是"文化大革命"结束之后，从七十年代末至今，国家改革开放大业不断深入发展，翻译事业迎来了前所未有的繁荣局面。可以说，这个时期的法国文学翻译，是过去任何一个时期都无法相比的。在这三个不同的阶段，我们发现，影响译者对所译作品的选择，既有一些相同的因素，也有一些与时代相联系的不同的因素。

在众多影响翻译的因素中，最为活跃的是译者的选择视角和动机，而译者的选择，除了个人的追求和爱好，如艺术上的追求、政治上的追求和审美趣味，还要受到社会、时代和政治因素的影响。如对法朗士的选择，无疑有政治、艺术和时代等多种因素所起的作用。翻译法朗士，最重要的是因为"他是拉伯雷、蒙田、服尔德的光辉继承者，是他把法国传统的民主主义的火炬从左拉手中接过来，保持着它的纯净而旺盛的火焰交到巴比塞和罗曼·罗兰的手里，为今天的法国的战斗文学打下了基础"[1]。在赵少侯翻译的《法朗士短篇小说集》的《前记》中读到的这段文字中，我们可以明确地看到译者的选择立场和标准。罗曼·罗兰在中国的影响超过了他在法国的影响，在某种程度上，是因为追求正义、追求真理的中国人民与

---

[1] 转引自钱林森：《法国作家与中国》，福州：福建教育出版社，1995年，第510页。

他在心灵上产生的一种共鸣。傅雷选择了罗曼·罗兰，并将他介绍给中国读者，是因为他认为："现在阴霾遮蔽了整个天空，我们比任何时都更需要精神的支持，比任何时都更需要坚忍、奋斗、敢于向神明挑战的大勇主义。"[1] 傅雷翻译罗曼·罗兰的动机，在这儿再明确不过。而三十年代初巴比塞在中国受到普遍欢迎，更是因为在他的作品中回响着正义的呼声。毫无疑问，在社会动荡和大变革的时期，译者选择一部作品，往往更为看重作品的思想价值。我们发现一个现象，在五十年代和"文化大革命"结束后的一段时间里，被译介成汉语的大都是传统的、带有现实主义特征的作品。这在很大程度上体现了一种求真的翻译动机和需要。

如果说在社会动荡变革年代，求真是主要的翻译动机和社会需要的话，那么在相对自由、安定的时期，求美则是翻译的主要追求。作品内在艺术价值和审美价值，也是译者选择一部作品和一个作家时非常重视的一个因素。如盛澄华选择纪德，是因为纪德是一个伟大的艺术家，是因为纪德作品的"艺术中并无咆哮与呼号，自然更无口号。他以纤净峻严的文笔暗暗地道出了人生的诸问题。他作品所发挥的力量是内在的"[2]。卞之琳翻译纪德的《浪子回家集》[3]，是因为纪德在这部书的六篇小说中，表现出了他的典型风格："极富于圣经体的两重美，灵性的热烈和官感的富丽"[4]。《追忆似水年华》被介绍到中国，编者韩沪麟看重的是这部巨著的"独特的艺术形式"，它表现出了"文学创作上的新观念和新技巧"，而"普鲁斯特的这种写作技巧，不仅对当时小说写作的传统模式是一种突破，而且对日后形形色色新小说流派的出现，也产生了深远的影响"[5]。柳鸣九先生主编"法国廿世纪文学丛书"，推出了各种体裁的作品七十种，"唯具有真正深度与艺术品位的佳作是选，并力求风格流派上多样化"[6]。

选择作家和作品加以译介，作家在文学史上的地位和影响也是一个极其重要的参照因素。若对已被译介的二十世纪法国作家的情况加以分

---

1 见《傅雷译文集·第十一卷·译者序》，合肥：安徽人民出版社，1982年，第7页。
2 转引自钱林森：《法国作家与中国》，福州：福建教育出版社，1995年，第548页。
3 《浪子回家集》为纪德的中短篇小说集，包括 Le traité du Narcisse, La tentative amoureuse, El Hadj, Philoctéte, Bethsabé, Le retour de l'enfant prodigue 六篇。
4 参见卞之琳：《译者序》，见纪德：《浪子回家集》，卞之琳译，上海：文化生活出版社，1936年。
5 《编者的话》，见《追忆似水年华》，南京：译林出版社，1989年。
6 见柳鸣九：《一个漫长的旅程——写在 F.20 丛书七十种全部竣工之际》，《出版广角》，1999年第8期，第43页。

析，我们至少可以看到以下两点：一是在文学史上已有定评的作家被翻译的作品多，如米歇尔·莱蒙在《法国现代小说史》中重点介绍的作家和作品，几乎已被全部介绍给中国读者。二是获得重要文学奖的作家作品被译介的机会要远远多于其他作家的作品。漓江出版社于1996年推出了一套"获国际著名文学奖作家作品丛书"，主编吴元迈指出："事实已经表明，世界各国的各种文学奖的创立与颁发已越来越显示出了自己的不可忽视的作用，它们不仅对鼓励作家的创作热情、发现一批又一批文学新人具有重要意义，而且对引导读者的阅读、促进各国文学事业的发展产生很大影响。"[1] 从翻译选择的角度看，文学奖的创立与颁发，对译者或出版社选择作品也同样起着引导的作用，像诺贝尔文学奖，在二十世纪，法国有罗曼·罗兰、法朗士、马丁·杜伽尔、纪德、莫里亚克、加缪、萨特、克洛德·西蒙八位作家获此奖；在二十一世纪，又有勒克莱齐奥与莫迪亚诺荣获诺贝尔文学奖，这些获奖作家的代表作品在中国的译介，这里不拟多加介绍。就法国本土而言，其文学奖历史悠久，名目也很多，最重要的小说奖有龚古尔奖、法兰西学院奖、费米娜奖、勒诺多奖、联合奖、梅迪契奖，还有八十年代初创立的保尔·莫朗奖等。二十世纪法国一些重要作家的作品在中国得到译介，与他们获得这些奖项是分不开的。如龚古尔奖，从1903年评出首届获奖作品、约翰-安托万·诺的《敌对势力》至1999年法国新一代作家埃什诺兹以《我走了》一举夺魁，共有九十七部小说获奖。据不完全的资料统计，在这九十七部小说中，至少已有三分之一的作品被译成中文。从二十世纪九十年代末起，龚古尔奖获奖作品成了我国出版社和译者的首选对象，每年十一月获奖作品一公布，马上便引进版权，组织翻译，在短时间内介绍给中国读者，如1998年波尔·贡丝坦的《心心相诉》，1999年9月就有了中文版[2]；1999年埃什诺兹的《我走了》，在获奖三个月后，就由余中先译成中文。除了文学奖作为选择参照之外，近年来，法国电台、报刊发布的作品排行榜，也是出版部门选择作品翻译的一个参照，尤其是通俗文学作品，这里不再赘述。

翻译作为一项有目的的跨文化交流活动，同时还要受到社会、政治、

---

[1] 吴元迈：《新的角度、新的视野、新的开拓——"获国际著名文学奖作家作品丛书"序》，"获国际著名文学奖作家作品丛书"，桂林：漓江出版社，1996年。
[2] 波尔·贡丝坦：《心心相诉》，周小珊译，沈阳：春风文艺出版社，1999年。

意识形态因素的影响。法国翻译理论家安托瓦纳·贝尔曼在《翻译批评论》一书中，在论及翻译批评研究时，指出翻译批评主要涉及两个层面：一是翻译的诗学层面；二是翻译的道德层面[1]。而所谓"道德"，根据《辞海》，是指"社会意识形态之一"。我们回头看一看二十世纪法国文学在中国译介所走过的路，可以清楚地看到社会因素、政治因素和意识形态因素对翻译起着重要的制约作用。柳鸣九长期从事法国文学研究，对政治因素与意识形态对外国文学译介的影响有着深切的体会。在《一个漫长的旅程》中，柳鸣九再次提及了他在《凯旋门前的桐叶》一书自序中说的一段话："从林琴南以来，中国人愈来愈多地接触、认识了大量的外国文学名著佳作，时至今日，对外国二十世纪以前的文学已经咀嚼、体味了一个多世纪，但对外国二十世纪的文学的接触、认识却要少得多。民族灾难、战争纷争、社会动乱、自我折腾，使得中国人在这个世纪无暇及时追踪外国二十世纪文学的发展，即使社会条件允许追踪一时，也完全是在政治道德要求与意识形态戒条的禁锢之下。直到改革开放时期，中国人才得以在较为宽松的状态下接触与译介外国二十世纪文学。"[2] 法国二十世纪的荒诞派戏剧、存在主义文学和新小说在中国的译介历史，充分说明了这一点。

二、自发的选择与系统的组织相并存

翻译就其本质而言是一种跨文化的交流活动，但它也可以是译者个人的一种文学行为，也可以是出版社的一种文化产品生产活动。二十世纪法国文学的译介，我们已经谈过，是零星的翻译与系统的组织相并存。零星的翻译，往往是译者个人的一种选择。如傅雷，出于他的爱好与追求，他年轻时对罗曼·罗兰创作的传记情有独钟，于是，他便进行翻译，并自费出版。从对作品的选择形式看，特别是近三十余年来的翻译，主要有三种形式：一是译者根据自己的爱好和追求，看中一部值得翻译的书后，向出版社推荐出版；二是出版社根据自己的选择标准（如今出版社似乎都遵循着社会效益和经济效益这双重标准），选定可翻译的作品，请合适的译者进行翻译；三是文学学术团体和文学研究专家从理论的高度，本着借鉴的

---

1 参见许钧：《论翻译活动的三个层面》，《外语教学与研究》，1998年第3期。
2 参见柳鸣九：《一个漫长的旅程——写在F.20丛书七十种全部竣工之际》，《出版广角》，1999年第8期，第42页。

原则，组织系统的译介。

近三十余年来，我国对二十世纪法国文学的翻译之所以取得较为瞩目的成就，除了得益于相对自由安定的政治与社会环境和译者所做的努力之外，与国内几家重视外国文学译介的出版社的努力，特别是与法国文学研究会前会长柳鸣九及其他研究专家的精心组织是分不开的。如《追忆似水年华》这一填补空白的汉译本的推出和工程浩大的"法国廿世纪文学丛书"的问世，就是译者、出版社和文学研究专家共同努力的结果。

《追忆似水年华》是一部"超时代、超流派"的杰作，它"空前大胆地运用了客观第一人称的叙事手法；它强调了知觉过程的相对性；它离经叛道，摆脱了线性时序的束缚；它通过形象、关联和巧合，安排了宏丽的布局"[1]。这部作品，艺术手法独特新奇，笔触细腻至极，作者以追忆为手段，借助超时空概念的潜在意识，凭借现时的感觉和昔日的记忆，通过嗅觉、味觉、听觉和触觉，立体、交叉地重现似水年华，追寻生命之春。为了表达的需要，作者在创作中充分调遣了独特的句法手段，采用或连绵，或分列，或交错的立体句法结构，句子长，容量大，结构巧，形成了为表达原作复杂、连绵、细腻的意识流动而刻意追求的独特风格。加之作者善用隐喻，比喻新奇、巧妙，给翻译造成了难以移译的重重困难。所以，尽管《追忆似水年华》可与巴尔扎克的《人间喜剧》相媲美，但问世半个多世纪以后，一直无缘与中国读者见面。为了填补这一翻译的空白，译林出版社编辑韩沪麟做了大量的工作，说服了社领导，在八十年代中期将《追忆似水年华》列入了正式出版计划，一步步组织翻译，从选择翻译人员开始，然后制定长达数十页的统一的人名地名译名表、作品人物关系表，组织研讨会，与专家译者探讨作品风格和写作特色，组织审读译稿，甚至为确定作品的译名，组织了专门的讨论，在专家、译者意见难以统一的情况下，最终以举手表决的方式敲定，成了译界的美谈。正是在出版社、译者和研究专家的通力合作下，《追忆似水年华》这一被称为"不可移译"的伟大作品才得以介绍给了广大中国读者。

在法国文学的译介中，新中国成立前的商务印书馆，成立后的人民文学出版社、上海译文出版社、译林出版社及漓江出版社做了大量工作。花

---

1 参见贾斯廷·温特尔编：《现代世界文化词典》，祁阿红等译，南京：江苏人民出版社，1988年，第532页。

城出版社、中国文学出版社、海天出版社也积极引进选题,组织翻译法国二十世纪的文学作品。此外,安徽文艺出版社、同济大学出版社("同济·法兰西文化丛书")、天津人民出版社("法国大学128丛书")、作家出版社等,都做了不少努力。《世界文学》《外国文艺》《当代外国文学》等刊物也为介绍法国现当代文学做了大量的工作,特别是它们推出的一些流派或作家专辑,对我们深入、系统地了解这些作家或流派的作品有很大的帮助。

"法国廿世纪文学丛书"是我国对法国二十世纪文学译介的一个里程碑式的工程,更是凝聚着主编、数十位译者和出版社编辑人员的心血。"法国廿世纪文学丛书"由柳鸣九先生主编,系国家"八五"重点出版工程,全书共十批七十种,分别由漓江出版社和安徽文艺出版社出版。据柳鸣九先生介绍,这套丛书从1985年开始筹划、编选、翻译,由漓江出版社和安徽文艺出版社分别出版三十五种,前后经历了十二个春秋。"就规模而言,它是迄今为止国内唯一一套巨型的二十世纪国别文学丛书,就难度而言,它不仅在选题上是开拓性的、首选性的,而且每书必有译序,七十种书的序基本全部出自主编之手";从"阅读资料、确定选题、约译组译、读稿审稿,再到写序为文、编辑加工,还要解决国外版权问题",将"一个文学大国在一个世纪之内的文学,精选为七十种集中加以翻译介绍,构成一个大型的文化积累项目",这一工程,对主编来说,无异于"西西弗推石上山"[1]。柳鸣九先生组织翻译出版这套丛书,基于多方面的考虑:一是便于中国人对法国现当代文学有直接的认识与了解;二是为中国的二十世纪法国文学的研究打下一个扎实的基础;三是为中国的社会文化做一积累性的工作。在制订计划与确定选题方面,主编也有明确的指导思想,"所选入的皆为法国二十世纪文学名家的杰作巨著或至少是重要文学奖中文学新人的获奖作品,唯具有真正深度与艺术品位的佳作是选,并力求风格流派上多样化,但又要与通俗文学、畅销书划清界限,以期建立一个严肃文学的文库。"[2] 这一视野开阔、目的明确、组织严密、译介系统而有质量保证的大型文化工程,在我国的外国文学译介史上,无疑是一个重

---

[1] 参见柳鸣九:《一个漫长的旅程——写在F.20丛书七十种全部竣工之际》,《出版广角》,1999年第8期,第41页。
[2] 同上,第43—44页。

要的篇章。

有组织的译介，对选择真正有价值的作品进行翻译，促进研究，为我国文学创作提供养分，繁荣我国的文学创作，具有积极的意义。九十年代以来，专家学者与出版社频频合作，系统地译介某一流派、某一作家的作品，使二十世纪法国文学的译介进一步向深度发展，如柳鸣九主编的"法国龚古尔文学奖作品选集"和《加缪全集》，郭宏安等主编的"新人间喜剧书系"，吴岳添编选的《法朗士精选集》，译林出版社的"法国当代文学名著丛书"、《加缪文集》，上海译文出版社的"法国当代文学丛书"，中国书籍出版社的"西蒙娜·德·波伏瓦作品系列"，许钧主编的"杜拉斯文集"和陈侗、杨令飞选编的《罗伯-格里耶作品选集》，以及进入新世纪之后上海译文出版社推出的"玛格丽特·杜拉斯作品系列"等[1]。特别值得一提的，是痴迷于法国新小说派和现代派艺术的陈侗所策划的"午夜文丛"。据陈侗介绍，"午夜文丛"即为法国"午夜出版社作品丛书"，是湖南文艺出版社与法国午夜出版社之间的一项较为持久的合作项目，出版的主要有《逃亡者——克里斯蒂安·加伊小说选》（王战、赵家鹤译）、《工厂出口——弗朗索瓦·邦小说选》（施康强、程静、康勤译）、《高大的金发女郎——让·艾什诺兹小说选》（车槿山、赵家鹤、安少康译）、《女巫师——玛丽·恩迪耶小说选》（姜小文、王林佳、涂卫群译）、《望远镜——新小说新一代作家作品选》（李建新、张放、康勤、赵家鹤译）、《史前史——新小说新一代作家作品选（2）》（余中先、曹娅、曾晓阳、赵阳译）等[2]。此外还有克洛德·西蒙的《刺槐树》（金桔芳译）、阿兰·罗伯-格里耶的《欲念浮动》（徐普译）和《吉娜》（南山译）、艾曼纽·朗贝尔的《我的大作家》（王金英译），以及《贝克特选集》（余中先、郭昌京等译）等。

三、翻译与研究互为促进

译介外国文学，意义是多重的，它对一个国家和民族的文化建设有着

---

[1] 这方面还有海天出版社胡小跃策划的"西方畅销书译丛"和谢天振主编、花城出版社出版的"当代名家小说译丛"，其中收入了法国当代重要作家的一些代表作。
[2] 详见沈浪：《关于陈侗和他策划的"午夜文丛"》，《社科新书目·阅读导刊》，1999年12月18日，第11版。

直接的影响。在不同民族的文学交流中，翻译总是承担着根本的角色。对一个国家或民族来说，翻译什么，引进什么样的作品，不仅仅是语言转换层次的译者的个人活动，还关系着一个民族的文化借鉴什么吸收什么的重大问题。选择一部作品，要求译者对这部作品的各种价值要有深刻的理解，包括对原作风格的识别，对原作审美价值的领悟，甚至对作品所蕴含的细微意义也要有着细腻的体味。一部作品、一个作家、一个流派的译介，离不开研究这一基础，没有系统的研究为基础，选择有时会是盲目的。从某种意义上来说，研究是翻译的前提，但反过来，翻译也可以促进研究。从二十世纪法国文学在中国译介的情况看，翻译与研究始终起着相互促进的作用。一般来说，翻译一个作家的作品，往往以对这个作家的介绍为先声，尽管这种介绍开始往往是肤浅的、片面的，甚或是错误的。而翻译的过程，也是对一个作家、一部作品的了解的深化过程，等作品翻译过来后，给广大不通外语的读者提供了阅读、了解的机会，也为不懂外语的研究者提供了研究的文本，从而有助于深化人们的理解和认识，为日后的借鉴与吸收，丰富民族文化，促进其发展打下基础。

由于翻译与研究之间存在着密切的互动关系，我们可以看到这样一个现象：不少译著宏富的翻译家，同时也是出色的研究专家，也有不少研究者因欣赏、喜爱一个作家的作品，而走上了翻译的道路。通过二十世纪法国文学的译介，在读者的心头，不少翻译家的名字跟某个作家或某个流派的名字紧密联系在了一起，如梁宗岱与瓦莱里，卞之琳与象征派，徐知免与克洛岱尔，赵少侯与法朗士，傅雷、罗大冈与罗曼·罗兰，盛澄华与纪德，郭宏安与加缪，桂裕芳与莫里亚克，罗国林与季奥诺，王道乾与杜拉斯，等等。

在许多译本中，我们可以读到具有相当研究深度的译序，有的序是请专家作的，是专家的研究成果；也有的序是译者自己写的。这些译本序或译后记，都集中反映了译者对所译作品的认识和理解，有的具有很高的价值。前者如"法国廿世纪文学丛书"，主编几乎为每个译本都写有译序，这些译序，涉及面广，"从普鲁斯特到萨洛特的心理现代主义的发展、从莫里亚克到龚古尔文学奖众多获得者的传统现实主义——自然主义的巨流、从马尔罗到萨特与加缪的震撼人心的哲人文学、从罗伯-葛利叶到克洛德·西蒙的文学实验'新小说'"[1]，构成了对二十世纪法国文学一些重要课题的系列研究。后者如郭宏安翻译加缪的作品。郭宏安翻译加缪，是基于加缪深刻的思想和有度而"高贵的风格"。他翻译了加缪的《西绪福斯神话》《局外人》《堕落》《流放与王国》等重要作品。翻译加缪作品，郭宏安是有其研究作为基础的，但翻译的过程，也是郭宏安对加缪的思想与艺术的认识与理解不断深化的过程。他为"获诺贝尔文学奖作家丛书"阿尔贝·加缪卷[2]写的译本前言《加缪与小说艺术》长达一万五千余言，对加缪的小说艺术进行了系统研究与分析，为广大读者阅读加缪、理解加缪提供了一把钥匙。

翻译促进研究，是一个普遍的现象，像对纪德的研究，对罗曼·罗兰的研究，对新小说的研究，翻译都起到了积极的推动作用。应该看到，对一个作家和一部作品，有一个不断认识和理解的过程，如我们在上文提到过，对作家的作品的一般介绍，往往会流于表面甚至片面。特别是在以政治道德和意识形态作为衡量一个作家和作品的主要标准的年代，对一个作家或一部作品的评价和研究有可能会失去把握，对作品的艺术价值认识不足。而翻译，则可能有助于改变人们这种标签式的认识方法，让读者通过阅读作品来全面认识作者。如对纪德，若以政治标准和个人的生活来对之加以评价，往往会把他打入冷宫，但盛澄华通过对纪德作品的翻译，加深了对他的认识。针对某些批评家对纪德的恶意批评，盛澄华指出："法国论纪德者最大的错误在于以法国的文学道德的准绳去衡量纪德，挑拨多于理解。批评家高于作家，批评家所属（党或派）高于批评家自己"；"对一个伟大的艺术家应予以理解，而非衡量，他的作品本身即是他自己的尺与秤"[3]，而作品的翻译，其重要作用之一，就是给广大读者提供了作品本身，提供了人们认识和研究作家的尺与秤。

在中国，对法国现代派文学的译介和研究过程，也是一个不断以翻译冲破偏见和思想禁区，深化认识和理解的过程。如对荒诞派戏剧的译介，就为人们对之进行正确的评价提供了"尺与秤"。法国荒诞派戏剧，在二十世纪六十年代初中国部分学者的最初认识中，是一种"堕落的艺

---

1 柳鸣九：《法国廿世纪文学散论》，广州：花城出版社，1993年，第3页。
2 阿尔贝·加缪：《局外人·鼠疫》，郭宏安等译，桂林：漓江出版社，1990年。
3 转引自钱林森：《法国作家与中国》，福州：福建教育出版社，1995年，第546页。

术"[1];"在尤奈斯库的戏剧里,点起灯笼火把也寻觅不着与生活真实相关的'典型环境中的典型性格'的足迹"[2]。但在二十年之后,当一批荒诞派戏剧作品被翻译成中文,并在北京、上海等地上演之后,无论是外国文学研究者,还是中国戏剧界,对荒诞派戏剧都有了新的认识。荒诞派戏剧的翻译,无疑为中国探索话剧艺术的多元化,促进中国话剧艺术的发展,起到了积极的作用。对新小说,也同样经历了一个以翻译促进研究、拓宽视野、深化认识的过程,柳鸣九在《"于格洛采地"上的"加尔文"——阿兰·罗伯-葛利叶》一文中对这一问题有过详尽的论述[3],这里不拟赘述。

普鲁斯特是法国二十世纪最伟大的作家之一,他的《追忆似水年华》的翻译,是一项填补空白的工程。在普鲁斯特的这部巨著被翻译成汉语之前,中国对普鲁斯特的了解很少,更谈不上什么研究了。正是《追忆似水年华》的翻译,为人们了解、研究普鲁斯特提供了可能性和广泛接受的机会,起到了对研究的推动作用。据不完全统计,自《追忆似水年华》汉译本出版以来,有关普鲁斯特的研究成果不断问世,在《世界文学》《外国文学评论》《外国文学研究》《当代外国文学》《国外文学》《文艺报》以及大学学报等重要报刊上发表的研究文章有近百篇,比较重要的有罗大冈的《试论〈追忆似水年华〉》(《追忆似水年华》"代序"),柳鸣九的《普鲁斯特传奇——〈寻找失去的时间〉》,郑克鲁的《普鲁斯特的意识流手法》《普鲁斯特的语言风格》,以及张新木对《追忆似水年华》的符号学研究系列论文等。另外还有研究专著《经典的诞生——〈追忆似水年华〉文学批评研究》(臧小佳,外文出版社,2011年)和《普鲁斯特的美学》(张新木,南京大学出版社,2015年)等。同时,《追忆似水年华》的翻译,还为翻译研究提供了有价值的资料和可贵的机会[4]。

研究促进翻译,主要表现为以下几个方面:一是研究有助于选择有

---

1 参见董衡巽:《戏剧艺术的堕落——谈法国"反戏剧派"》,《前线》,1963年第8期。
2 参见丁耀瓒:《西方世界的"先锋派"的文艺》,《世界知识》,1964年第9期。
3 详见柳鸣九:《巴黎名士印象记》,北京:社会科学文献出版社,1997年,第1—19页。
4 见许钧:《文学翻译批评研究》,南京:译林出版社,1992年。该书以《追忆似水年华》的第一个汉译本为主要批评对象,通过对译文多层次、多角度的批评,在研究文学翻译基本规律与方法的同时,对文学翻译批评的基本范畴、原则和方法进行了探讨,也为读者释读《追忆似水年华》提供了新的视角。书中有五个章节对《追忆似水年华》的翻译进行探讨:《文学翻译的自我评价》、译本整体效果评价——评〈追忆似水年华〉卷一汉译》、《句子与翻译——评〈追忆似水年华〉汉译长句的处理》、《形象与翻译——评〈追忆似水年华〉汉译隐喻的再现》和《风格与翻译——评〈追忆似水年华〉汉译风格的传达》。

价值的作家加以译介；二是研究有助于拓宽译者的视野，加深对作品的理解；三是研究有助于提高翻译质量；四是研究有助于提高普通读者对作家作品的认识，为译本的接受拓展空间；五是研究可以加强翻译功能的发挥，使翻译作品为丰富译语文化、促进译语文化发展起到积极的作用。若考察一下我国对二十世纪法国文学的译介的情况，我们可以更为清楚地看到研究对翻译所起的促进作用。我们不妨来看一看改革开放以来我国的法国文学研究对法国二十世纪文学的译介所做的一系列有目的的推进工作。首先，法国文学研究会作为一个群众性的学术团体，自成立以来，特别是近二十几年来，召开了一系列学术研讨会，交流研究成果，对二十世纪法国文学的译介起到了导向作用。其次，中国社会科学院外国文学研究所柳鸣九、罗新璋主编的"法国现代当代文学研究资料丛刊"，"以编译介绍法国现代当代文学研究资料为任务，内容包括现代当代文学中的重要文论、代表作以及有关资料，分辑出版，每辑一个专题，或以作家，或以流派，或以文学史问题为对象"[1]，为翻译工作者选择作家作品提供了参照。像已经出版的《萨特研究》《新小说派研究》《马尔罗研究》《西蒙娜·德·波伏瓦研究》《尤瑟纳尔研究》《阿拉贡研究》《莫洛亚研究》《圣爱克苏贝里研究》等，有力地促进了有目的的借鉴和系统的译介。

四、广泛与直接的交流促进了翻译

二十世纪法国文学的译介，特别是当代法国文学的译介有一个最大的优势，那就是有关流派、作家的资料相对来说比较容易觅得。特别是与一些健在的作家，可以尝试着建立直接的联系。即使一些作家已经去世了，也还可与他们的亲属好友建立联系、进行交流。这些条件，是翻译十九世纪以及十九世纪以前的作家的作品所不具备的。

译者与作家直接的交流，无论对选择作品，还是提高翻译质量，都有重大的意义。回顾二十世纪法国文学的译介，我们可以发现，许多作品的翻译都与译者和作家之间的交流有着直接的关系。这种交流增进友谊、促进了解，更为文化交流奠定了坚实的发展基础；法国了解中国文化，中国认识法国文化，都离不开双方的接触与交流，而译者与作家的直接交往与

---

[1] 参见"法国现代当代文学研究资料丛刊"出版说明。

交流，是文学交流和文化交流中一个重要的环节。在二十世纪二十年代，中国有一批学生赴法国留学，有了直接了解法国社会与文化的机会，在各自的学习研究中，与一些著名作家和文学研究专家建立了联系，发展了友谊。如上文中我们多次提及的梁宗岱，他于1925年到法国留学，次年与伟大诗人瓦莱里相识。在他们后来相互的交往中，瓦莱里通过梁宗岱的译诗，渐渐地对中华民族有了一定的了解，认为中华民族是"最富于文学天性的民族"；梁宗岱则在对瓦莱里的研究中，发现了他"旅程的方向"，深得象征主义诗歌的真谛，将瓦莱里的不朽名著《水仙辞》等介绍给了中国读者。在整个二十世纪，译者与作家之间的交往，例子不胜枚举，特别是改革开放以来，交流更是越来越频繁。一批法国重要作家，也有机会来到中国，如罗伯-格里耶、米歇尔·布托尔、罗兰·巴特、吕西安·博达尔、勒克莱齐奥等，与中国文学界和翻译界进行直接交流。中国译者通过各种不同方式，与法国作家进行接触交流，如写信、拜访、参加研讨会等，直接推动了翻译工作。如罗国林，在访法期间，拜见了法兰西学院院士、著名作家端木松。在这次访问之前，罗国林原来计划翻译他的小说《上帝及其生平和业绩》，但通过直接交流，最后选定了《流浪犹太人的故事》一书[1]。像罗国林这样的例子不少，直接的交流有利于选择好的作品进行翻译。另外，译者通过交流，更有利于理解作品，特别是遇到作品中的理解难点，可以直接向作家请教，如笔者在翻译特洛亚的《莫斯科人》、博达尔的《安娜·玛丽》、勒克莱齐奥的《沙漠的女儿》和《诉讼笔录》、艾田蒲的《中国之欧洲》等作品时，都曾向作者直接请教。他们为译者正确理解原文，把握原作的精神，领悟原作的风格，提高翻译质量，提供了有益的帮助。特别是作者为中译本写的序言，更为中国读者认识与了解作家作品开启了一扇明亮的窗户。

自改革开放以来，随着中法文学文化交流的增多，中国的法国文学研究与翻译界不仅通过交流，选择翻译了一批又一批杰作，更为日后的研究打下了基础。一些学者利用访法的机会，制订了详尽的计划，对当代法国一些具有代表性的作家进行有目的的采访。例如，柳鸣九于1981年10月至1982年1月，在法国进行了三个多月的学术考察，在考察访问期间，

---

[1] 参见罗国林：《访问端木松先生》，《中华读书报》，2000年3月29日，第17版。

拜访了新小说派的领袖人物罗伯-格里耶，龚古尔奖得主皮埃尔·加斯卡尔，存在主义文学大家西蒙娜·德·波伏瓦，"作家之友"克洛德·迦里玛，"掌握着龚古尔学院标准"的著名作家艾玛吕埃勒·洛布莱斯，"不朽者"玛格丽特·尤瑟纳尔，"现代派文学的'工匠'"米歇尔·布托尔，以及著名作家娜塔丽·萨洛特、皮埃尔·瑟盖斯等[1]。这些访问，对柳鸣九主编"法国廿世纪文学丛书"，无疑起到了推动作用，也为他把握二十世纪法国文学的发展脉络，深入研究有关流派、作家和文学现象，有不小的帮助。

  应该看到，法国文学，特别是法国当代文学在中国的译介，在一定程度上也得益于法国政府的文化政策。法国政府为弘扬法兰西语言与文化，扩大法兰西文化在国际上的影响，多年来一直采取积极的措施，增进外国学者和翻译家与法国文学界的联系，为他们提供直接交流的机会。如法国文化部拨出专款，设立"奖译金"，每年邀请三十来位优秀的翻译家从世界各地去法国进行为期两至三个月的访问，带着翻译研究或翻译项目，与有关作家、出版家或研究专家进行直接交流。法国有关部门还在南方美丽的历史名城阿尔设立了国际文学翻译中心，为各国翻译家在法国的交流提供了良好的环境和许多便利条件，每年11月还在这儿举行文学翻译研讨会，让各国的法国文学翻译家、研究专家与法国文学界进行切磋、交流。近三十年来，我国有四十多位翻译家和学者获得了法国政府提供的"奖译金"。另外，法国政府还牵线搭桥，为中国和法国的出版社、中国翻译家与法国作家、中法两国的文学研究机构之间的交流提供各种帮助，为中国选择翻译项目、引进版权做了许多促进工作。特别是1991年启动的"傅雷计划"，对法国现当代文学作品和学术著作的翻译，是一个有力的支持和推动，像商务印书馆组织的两百种"我知道什么？"丛书，三联书店与北京大学中法文化关系研究中心组织翻译的"法兰西思想文化丛书"，北京大学出版社出版的"二十世纪法国思想家评传丛书"，以及译林出版社、上海译文出版社、海天出版社、花城出版社、漓江出版社在此之后出版的一系列当代法国文学作品，都得益于这一计划[2]。

---

1 参见柳鸣九：《巴黎对话录》，长沙：湖南人民出版社，1983年。
2 参见赵武平：《法国明年将加大"傅雷计划"赞助——法国驻华使馆文化科技合作参赞卜来世访谈录》，《中华读书报》，1999年11月17日，第17版。

五、一支富有活力的出色的翻译队伍

我国对二十世纪法国文学的译介，无论是就数量而言，还是就质量而言，都为我国外国文学研究界和翻译界的同行所瞩目，这是我国一代又一代的翻译家求真求美默默耕耘的结果。一个世纪以来，我国的法国文学翻译家们怀着崇高的理想、远大的抱负，为丰富中国文化、促进中国文化的发展，向中国人民介绍了一批又一批优秀的文学作品，为中法文学文化交流做出了卓越的贡献，像前辈翻译家梁宗岱、卞之琳、戴望舒、李青崖、赵少侯、黎烈文、盛澄华、穆木天、金满成、傅雷、焦菊隐、罗大冈、闻家驷、李健吾、罗玉君、陈占元等。中华人民共和国成立以后，一批老翻译家继续默默耕耘，翻译介绍法国文学作品，提供精神食粮，如郑永慧、许渊冲、郝运、沈宝基、罗洛等。改革开放之后，迎来了翻译的春天，在对二十世纪法国文学的译介中，出现了一批出色的翻译家，像北京的徐继曾、桂裕芳、施康强、郭宏安、罗新璋、沈志明、袁树仁、吴岳添、谭立德、罗芃、陈筱卿、葛雷等，上海的王道乾、林秀清、郑克鲁、王振孙、徐和瑾、马振聘、周克希、何敬业等，南京的徐知免、陈宗宝、汪文漪、冯汉津、陆秉慧、王殿忠、韩沪麟等，武汉的江伙生、张泽乾、周国强等，西安的张成柱，广州的罗国林、黄建华、程依荣、郎维忠等，长沙的佘协斌，洛阳的潘丽珍，广西的黄天源等，翻译介绍了大量的二十世纪法国诗歌、戏剧、小说作品以及文艺理论著作。近三十余年来，在前辈翻译家的积极影响下，经过大量的翻译实践，一批年轻的翻译家在健康成长，像许钧、余中先、杜青钢、王东亮、秦海鹰、罗国祥、曹德明、朱延生、张新木、刘成富、边芹、杨令飞、管筱明、胡小跃、金龙格、董强、树才、李焰明、袁筱一、袁莉、黄荭、刘云虹、高方、曹丹红等，我国的法国文学翻译事业后继有人，前景看好。

在上文中，我们对二十世纪法国文学在中国的翻译历史做了一个简要的回顾，并对其特点做了分析。有关二十世纪法国文学在中国的接受情况，以及二十世纪法国文学在中国产生的各种影响，如对中国当代文学观念、对中国作家创作的影响等，也是一个值得研究的相关课题，我们在下文中将加以探讨。

上 篇
思 潮 篇

第一章
超现实主义在中国的传播

超现实主义兴盛于二十世纪二三十年代，是法国现代主义文学中生命力最强、最具有流派特征的一大流派。它打着马克思的"改造世界"和兰波的"改变人生"的旗号，以柏格森的直觉主义和弗洛伊德的精神分析说为哲学基础，在第一次世界大战后的西方世界，充当摧毁传统文学、传统美学和传统道德的急先锋，在"黑色幽默"的海洋里，驾着"自动写作"的轻舟，迎着"梦幻的浪潮"，大胆接近"绝妙的僵尸"，追寻神奇的意象，探索精神世界超现实的真实。它那坚决反理性和彻底反逻辑的美学观点和艺术手法所产生的影响，不仅超越了文学范围而波及艺术的诸多领域，也超越了法国本土，传播到欧亚美很多国家，为后来的现代主义文学拓宽了道路。

第一节　超现实主义在中国的译介概述

一、中华人民共和国成立前对超现实主义的译介

我国早期对法国超现实主义的译介，主要集中在二十世纪三十年代。1930年2月的《小说月报》发表过徐霞村译的苏保（即苏波）的《尼克·加特的死》。在译后记中，徐霞村这样介绍道：苏保"创造出一种新

的小说形式，用热闹的外壳包在一个或数个从内部看得非常深刻的人物的周围，完全打破了传统的小说观念。这种形式很受战后的一帮寻找新形式的青年作家热烈的接受，被称为'超写实派'"[1]。一年后的《小说月报》正式使用了"超现实主义"概念，但对这一"文派"只是稍加提及："他（指超现实主义）对于已成的文学是一种剧烈的否认，他赞颂一种兴奋的情绪和一种高叫声；但同时很冲突的，他又似乎得力于一种内心的论战，得力于一种咒骂现世与一种雄辩的习惯。"[2]1932年，《东方杂志》发表了一篇直接取名为"超现实主义"的短小但完整独立的文章，文中指出："超现实主义是上承达达主义而来，但不若达达主义之趋于极端。……他们不用现在一般小说家所用的心理方法与内省，而想捉住人们脑中的潜意识，把它表现出来，那就是想将一个人达到催眠状态，把人们脑中的一团潜藏的事物，没有程序，没有人物的个性，而只有一团模糊的轮廓地表现出来。André Breton 奇特小说 Nadja 即是这种形式。"[3] 文章对超现实主义的把握已相当准确。笔者尽管不赞成首句里"超现实主义是上承达达主义而来"之说，但这种认识也是法国文坛当时较为普遍的一种观点。即便在当今中法学界，持这种观点的也大有人在。当时上海唯一的文艺刊物，施蛰存主编的《现代》，对超现实主义也做了多次介绍。在创刊号上，玄明评论了达达主义和超现实主义，最后"总结起来说：这两种新主义，正像大多数的其他新主义一样，都不过是因对现实不满而起的愤世的表现而已。前者是拿它的整个 Nonsense 常做恶意的冷嘲，而后者是更进一步，竟以文坛的暴徒这资格而出现了"[4]。显然作者只从某个侧面进行了评介。在第 2 期上，戴望舒化名陈御月翻译了核佛尔第（即勒韦尔迪）诗五首，并介绍说，"苏保尔、布勒东和阿拉贡甚至宣称核佛尔第是当代最伟大的诗人，别人和他比起来便都只是孩子了"[5]。在第 4 期上，高明在"法国文艺杂志"的展望里，介绍了超现实主义革命和服务于革命的超现实主义，并强调指出，"结集于后者的现在的超现实主义者们，已完全转变到

---

[1] 徐霞村：《〈尼克·加特的死〉译后记》，《小说月报》，第21卷第2期，1930年2月，第433页。
[2] 第波德：《1930年的法国文坛》，颜歆译，《小说月报》，第22卷第3期，1931年3月，第369页。
[3] 芒：《超现实主义》，《东方杂志》，第29卷第2期，1932年1月，第94页。
[4] 玄明：《巴黎艺文逸话》，《现代》，第1卷第1期，1932年5月，第172页。
[5] 陈御月：《比也尔·核佛尔第》，《现代》，第1卷第2期，1932年6月，第269页。

Communism方面去了"[1]。这也是如实的介绍,因为那时期,布勒东、阿拉贡、艾吕雅等超现实主义干将和其他成员都加入了法共。玄明和高明两人的介绍产生的效果显然是不同的。同期,戴望舒还翻译了倍尔拿·法意的《世界大战以后的法国文学》。戴望舒可以说是那时期对法国超现实主义比较热衷的介绍者。1936年10月,他与人创办了《新诗》杂志,在创刊号上,就专门做了许拜维艾尔(即苏拜维艾尔)特辑,戴选译了许拜维艾尔的《肖像》和《一头灰色的中国牛》等八首诗,并写了译后记和《记诗人许拜维艾尔》(戴评传)。不久,他还翻译了艾吕雅的《公告》、《自由》和《为了饥馑的训练》等八首诗[2]。回到《现代》第4期上,倍尔拿·法意把布勒东、阿拉贡、苏波、艾吕雅等作为达达派"年轻的首领和弟子"突出加以介绍,因为他们"产生了些真正美丽的作品"。布勒东、阿拉贡、艾吕雅等在扛起超现实主义大旗前,确实曾和以查拉为代表的达达派共事过,但两者很快就分道扬镳的事实说明,他们的追求完全不同,只是在出发点上有着短暂的志同道合而已。然而正如前面所说,正因为他们有过并肩作战的历史记录,无论是在法国还是在中国乃至整个世界文坛上,都流行着一个认识,即超现实主义是从达达主义演化而来,或者说,布勒东、阿拉贡、艾吕雅等人曾经是达达派的主将,后来转变为超现实主义者了。在我国尤其早期对达达主义的介绍中,常常这样提到他们三人。因此,若论及我国对达达主义的介绍,还可以继续上溯到二十世纪二十年代。

早在1922年4月,《东方杂志》就有一篇文章,简述日本学者片山孤村在《太阳杂志》上介绍达达主义的文章《礑礑主义的研究》:"礑礑主义者并不像表现派隐居于'精神'的隐居所,乃是在咖啡店和交际社会,吐放气焰,称为天才、机智的人或住居都会售卖书稿文稿的艺术家的变形,他们是那一般毫无魄力,对于时事问题,不生兴趣,嫌恶市廛喧哗的人的正反对。"[3]同年6月,沈雁冰在《小说月报》上介绍"法国艺术的新运动——达达主义"时,以布勒东和苏波合作的名剧《你会忘了我》为例:"剧中人物是一件浴衣,一柄伞和一座缝纫机。全剧最精彩的一段,

---

1　高明:《1932年的欧美文学杂志》,《现代》,第1卷第4期,1932年8月,第501页。
2　见唐荫荪编:《戴望舒译诗集》,长沙:湖南人民出版社,1983年。
3　幼雄:《礑礑主义是什么》,《东方杂志》,第19卷第7期,1922年4月,第81页。

为缝纫机亲吻在浴衣的前额。"[1] 沈雁冰同时以阿拉贡的诗《自杀》为例，全诗由25个字母分五行构成，除去了字母J。J通je（我），无J即抹去了自我，"自杀"之意或许在此。我们还可以在随后找到《不规则的诗派》[2]和《瞌瞌派小说》[3]等相关的介绍。二十年代末，李青崖写过一篇长文对现代法国文坛进行鸟瞰，在"大大主义"一节中，举出勒韦尔迪、阿拉贡、布勒东、艾吕雅、穆朗和科克托等，认为他们是"竭力使一种新诗得以实现"的似乎"与法国不相干的异国人"[4]。如果说，沈雁冰在二十年代初将布勒东、阿拉贡、艾吕雅等视为"达达主义者"加以介绍还有案可稽，那么到了二十年代末，当达达主义早已偃旗息鼓，李青崖还把这些人归入达达派加以介绍，就显得中国文坛对西方现代主义新潮的捕捉有点儿落后了。

到了三十年代中期，我们对超现实主义的介绍，因两种截然不同的倾向而形成一个热点：一方"给以痛烈的批评和嘲骂"，另一方给以热情积极的宣扬。前者以苏联爱伦堡的《论超现实主义派》（《译文》，1934）为代表。作者以疾恶如仇的语言，把超现实主义者贬斥为"最腐败的野鸡"，"仅仅在研究手淫的学说和露阴狂的哲理"，"只要饮酒、唱歌并搂抱女人"，只会从事微不足道的淫亵文学，"于性的变态，那是叙述得非常完备的"，"有些似乎是应当送到病院去的真正的疯人"，等等[5]。译者黎烈文在不久后撰写的《什么是超现实主义》[6]一文中，对这一"犬儒学派"依旧保持这种鄙视和攻讦的姿态。同时期的《清华周刊》上，也有译文抨击超写实主义者"迷失于自己的幻觉的世界中"，认为超写实主义是"布尔乔亚的诗底最后的形式"云云[7]。这些文章想必是以布勒东、艾吕雅等一批超现实主义者退出法共为背景的，因而他们遭到像爱伦堡这样的革命家的猛烈批评也是可以理解的。另一方的代表是《艺风》杂志。1935年第10期的《艺风》对超现实主义做了有史以来规模最大的一次介绍，一半以上

---

[1] 沈雁冰：《海外文坛消息》，《小说月报》，第13卷第6期，1922年6月，第3页。
[2] 川路柳虹：《不规则的诗派》，馥泉译，《小说月报》，第13卷第9期，1922年9月，第10—15页。
[3] 劲风：《瞌瞌派小说》，《小说界》，第1卷第1期，1923年1月。
[4] 李青崖：《现代法国文坛的鸟瞰》，《小说月报》，第20卷第8期，1929年8月，第1218页。
[5] 爱伦堡：《论超现实主义派》，《译文》，第1卷第4期，1934年12月，第367—375页。
[6] 黎烈文：《什么是超现实主义》，见郑振铎、傅东华编：《文学百题》，上海书店，1981年（根据上海生活书店1935年版复印）。
[7] P. Nizan：《今日之法国文学》，云梦译，《清华周刊》，第43卷第10期，1935年8月，第64页。

的篇幅用作了《超现实主义》专栏，除布勒东的《超现实主义宣言》译文外，还有李东平的《什么叫做超现实主义》和《超现实主义的美术之新动向》、梁锡鸿的《超现实主义论》和《超现实主义画家论》、曾鸣的《超现实主义的批判》和《超现实主义的诗与绘画》六篇评介文章以及超现实主义诗作的翻译。该专栏同时配发了一篇可以称为"编者按"的文章《酵母性艺术之捣乱》，编辑孙福熙明白道出了对超现实主义"要特别介绍的意思"："艺术是社会的酵母，专事善意的捣乱"，因而对于这个"划出新时代的狂澜"，"我们必须虚心研究，供我们采择，但这是采择而已，并非随波逐流"，"我们可以免去对于新兴艺术与思想的攻击，同时不至于盲从时髦"[1]。由于评介者都是中华独立美术协会会员，他们除从文学的角度外也从绘画的角度做了阐说。总的来说，在这次集中介绍中，他们对超现实主义真谛的领悟已相当准确和深刻。如"这主义是一种世界认识根本思想之概念所生的世界观……有几分是根据了柏格森的理论和胡罗特（即弗洛伊德）的精神分析做基础"[2]；"超现实画家所描绘的东西，不能不说是从生理现象中所产生的一种想象的形态，那种表现精神好似梦般的而从心理现象中得到想象之技法"[3]；"超现实主义好似一种生理现象的密蕴，更是一种心理现象中的幻想"，"超现实不是一种现实的事，而是一种绘画的现实，同时也可以说是诗的现实……他们的取材都是向着梦中的世界上去着力"[4]。当然介绍中也有疏漏的地方，如把布勒东的《超现实主义宣言》的发表时间误作1920年（李东平文第28页，曾鸣文第39页），对超现实主义画家G. Chirico和A. Masson在同一篇文章中竟有两种译名（直力／直力可；马霜／默霜，见梁锡鸿文第42，43，44页）。而赵兽对布勒东的第一次超现实主义宣言的翻译不按原文段落划分，误译较多，无法让人耐着性子读下去。但不管怎么说，他们对超现实主义的热情倡导对我国艺术的推陈出新还是有积极作用的。同一年的早些时候，《申报月刊》也载文介绍了超现实主义，文章特别强调指出：超现实主义者"在政治上主张联络共产党，他们实在是左翼文人的一派"[5]。

---

[1] 孙福熙：《酵母性艺术之捣乱》，《艺风》，第3卷第10期，1935年10月，第26页。
[2] 梁锡鸿：《超现实主义论》，《艺风》，第3卷第10期，第29页。
[3] 李东平：《什么叫做超现实主义》，《艺风》，第3卷第10期，第28页。
[4] 曾鸣：《超现实主义的诗与绘画》，《艺风》，第3卷第10期，第38，41页。
[5] 吕文甲：《最近法国文艺界之动向》，《申报月刊》，第4卷第3期，1935年3月，第90页。

三十年代中期，除上述两种倾向评介超现实主义外，《国闻周报》上的一篇长文则从前人的介绍中多所取资，对达达主义进行了系统的研究，涉及达达主义的历史、主张、作品和其本质之解剖等，其中"大大主义的诗歌"一节就参考了前面沈雁冰的介绍文章；在"大大主义的继承者"一节中主要介绍了超现实主义：它"并没有超越现实，反而是潜入现实"，"它没有大大主义那样趋于极端……可以说是大大主义的合理化"[1]。

除期刊的介绍外，1931年，上海中华书局出版的《现代法国小说选》收录了徐霞村译的《尼克·加特的死》；1934年，上海天马书店出版的《法兰西现代短篇集》也收录了戴望舒译的同名小说《尼卡特之死》。

此后从三十年代末至四十年代初，由于抗日战争日益激烈，国难当头，对超现实主义流派的译介渐趋冷落。进入四十年代中期后，一些从事法国文学研究的专家又在自己的研究中对阿拉贡、艾吕雅等做了或多或少的评介。如徐仲年在《时与潮文艺》上介绍法国文学中的抗战诗时，就采撷了阿拉贡的《玫瑰与香草》和艾吕雅的《感觉》《黎明溶解了怪物》[2]。稍后不久，在同一刊物上，编辑孙晋三也把阿拉贡和艾吕雅作为抗敌运动里最活跃的两位诗人做了介绍。两篇文章都没有把阿拉贡和艾吕雅作为超现实主义作家加以介绍，而是突出了他们的爱国主义热情，一方面因为他们的创作实践确实发生了很大的转变，孙文称阿拉贡是新浪漫派的领袖，称艾吕雅是新古典派的领袖[3]；另一方面，因为当时我国的抗日战争还没有取得最后的胜利，作者借法国的抗战作品和抗敌的文艺活动，欲唤起我国文学界更为强烈的爱国情怀。到1947年，盛澄华在大型文艺期刊《文艺复兴》上介绍《新法兰西杂志》和法国现代文学时，又对超现实主义做了简略的阐述："超现实主义派诗人中如艾吕雅、阿拉贡、苏波在诗坛中一向占有相当的地位。本次大战中法国受敌人入侵后在极端痛苦的生活中诗歌却像得了新的生机。阿拉贡、艾吕雅与茹佛的诗都曾吸引了广大的读者。"[4] 盛澄华还把布勒东、阿拉贡、艾吕雅、苏波、苏拜维艾尔、科克托、莫朗等超现实主义作家视为《新法兰西杂志》"特别值得提出"的撰稿

---

1 孙席珍：《大大主义论》，《国闻周报》，第12卷第27期，1935年7月，第12页。
2 徐仲年：《巴黎解放前后的法国文学》，《时与潮文艺》，第4卷第5期，1945年1月，第41—44页。
3 孙晋三：《照火楼月记·抗敌的文艺活动》，《时与潮文艺》，第5卷第1期，1945年3月，第170—175页。
4 盛澄华：《〈新法兰西杂志〉与法国现代文学》，《文艺复兴》，第3卷第3期，1947年5月，第322页。

人。同一年,《文学杂志》刊登了罗大冈的文章,介绍两次大战间的法国文学。作者对达达主义给予了毫不客气的清算:"'大大'的精髓,倘使读者允许我们借用一句中国游戏文章的名句,就是'放屁、放屁,真真岂有此理!'玩世不恭,正是'大大'文学主要目的……不可理喻,亦不求理喻,这就是'大大'可怕的疯狂……不求不朽,但求喧嚷一时,愈闹得凶愈好,闹完拉倒……根本不是文学。"[1]而涉及超现实主义时,文中既有深刻的把握,如"超现实主义……明显地反映着柏格森的直觉论,及弗洛依特的心理分析的影响……是潜意识界不可言喻的直觉的表现";也有准确的洞察,如"超现实主义虽在艾吕雅的诗中延续到目今,在内容与技巧已非当初可比";同时也有失之偏颇的判定,如"超现实主义最主要的作品,恐怕只是他们的理论,和保尔·艾吕雅的诗","我们不能不推他为超现实主义的唯一忠臣"。作者全然不提布勒东这一始终不渝的超现实主义领袖及其超现实主义的代表小说《娜嘉》和代表诗作《自由结合》;还有某种嘲讽的腔调,认为"此种新的诗术,批评者无以名之,只能名之为'超现实主义'",全然忘却他刚刚谈论的超现实主义的理论基础和其纲领性的宣言。文章显露出作者对超现实主义的睥睨姿态,所以,"和'大大'一般,超现实主义所希求的只是空间而不是时间……运动本身没有长期存在的必要与可能"[2]。

二、二十世纪五六十年代的译介情况

1952年11月18日,保尔·艾吕雅在法国病逝。我国《光明日报》次年年初翻译转载了法国《人道报》上的悼念文章《代表理性的真正诗人保尔·艾吕雅》,对他的创作生涯和政治生涯给予极高的评价,认为"他经过了战争和战后人们所称的超现实主义这一个近于狂热而实际却是极其崇高的火焰","共产主义对他来说是人类幸福和希望的一条合理道路,是他长期摸索得来的一条真正出路"[3]。几乎同时,罗大冈也发表了《悼艾吕雅》,与罗阿对超现实主义的看法不同,罗大冈认为诗人早年曾被"消极地引向颓废的'达达主义'和'超现实主义'的文学流派中",但文章还

---
1 罗大冈:《两次大战间的法国文学》,《文学杂志》,第2卷第5期,1947年10月,第32—33页。
2 同上。
3 克·罗阿:《代表理性的真正诗人保尔·艾吕雅》,《光明日报》,1953年1月31日,第3版。

是肯定了"艾吕雅在法国文学史上独辟一章的朴质、恬静和优美的诗歌艺术"[1]。五十年代在我国，艾吕雅和阿拉贡，因他们走上了共产主义道路，因他们的文艺思想发生了转变，是作为保卫国家和平与世界和平的光荣战士，作为"脱离超现实主义的虚无混乱而走向社会主义现实主义"的法共进步作家来介绍的；布勒东由于依旧陷入往日幼稚的泥沼而遭到遗忘[2]。当时对阿拉贡和艾吕雅的介绍，尤其集中在《译文》期刊上，如罗大冈等译的艾吕雅的《诗选》[3]、阿拉贡的《法兰西晨号》组诗[4]；还有苏联和美国进步评论家分别撰写的《保罗·艾吕雅》[5]和《阿拉贡：诗人——组织者》这样的长篇评介；也有盛澄华等译的阿拉贡的文论如《论司汤达》、《左拉的现实意义》和《关于苏联文学》等[6]。在前后不久的时间里，人民文学出版社出版了《艾吕雅诗钞》（1954）和《阿拉贡文艺论文选集》（1958），作家出版社出版了《阿拉贡诗文钞》（1956）和阿拉贡的《共产党人》（1956）。五十年代末，《世界文学》还发表了阿拉贡夫人，即马雅可夫斯基夫人的妹妹爱尔莎·特丽奥莱的中篇小说《第一个回合花费了二百法郎》。罗大冈在同一期上介绍了近年来法国进步小说的概况，首先就谈到了阿拉贡及他的《共产党人》和《受难周》[7]。同一时期，罗大冈还在《文学评论》上发表了近三万字的《阿拉贡的小说〈共产党人〉》，称赞作品中新颖的叙述方式和结构，以帮助读者解作品"难读"之惑，从小说的主题思想和丰富而复杂的内容方面，从作者处理事物的立场与态度上面，从作者在创作中对自己提出的重大任务和严格要求的角度，肯定了作品艺术上的新尝试，认为《共产党人》是一部"高度思想性和高度艺术性相结合的完美的小说"，"是社会主义现实主义在法国文学上占领的第一个桥头阵地"[8]。

进入六十年代，《世界文学》第一期就有阿拉贡的翻译随笔《让·布里埃尔还活着吗？》。《现代文艺理论译丛》于1963年至1965年间依然

---

1 罗大冈：《悼艾吕雅》，《文艺报》，1953年第1号。
2 迈·高尔德：《阿拉贡：诗人——组织者》，《译文》，1956年9月号。
3 见《译文》，1953年第2期（8月号）。
4 见《译文》，1955年2月号。
5 见《译文》，1953年第2期（8月号）。
6 分别见《译文》，1956年10月号与11月号、1957年10月号。
7 罗大冈：《近年来法国进步小说概况》，《世界文学》，1959年7月号。
8 罗大冈：《阿拉贡的小说〈共产党人〉》，《文学评论》，1959年第4期。

对阿拉贡的文论进行了译介,作为《社会主义现实主义、现实主义及其争论》栏目里的内容。但也在这一时期,由于国内无产阶级专政下继续革命的思想意识形成气候,由于中苏关系的恶化,那一批紧跟苏共的法共作家渐渐不再受欢迎,于是《文学评论》上出现了批判长文《阿拉贡的小说〈受难周〉——现代修正主义文学产物之一例》。作者揭示了《受难周》的真正主题思想和这部曾经引起西方世界广泛注意的小说暗示给读者的"生存的理由",认为阿拉贡"通过小说《受难周》向历史上的反动统治势力伸出和解之手,实质上等于向当前的反动统治势力伸出求和乞怜之手。他以'人道主义'的名义,要求劳动大众放弃革命斗争,安于命运,怀着但求活命的心情,个人去种自己的园地",并总结道:"现代修正主义在文学艺术上所能施展的伎俩,也不过改头换面地贩卖一些最陈腐最恶劣的资产阶级梦呓。"[1] 随后"文革"开始,极"左"路线盛行,即便像阿拉贡和艾吕雅这样的法共作家,也被划入"封资修"的行列,不是受到指谬摘误,就是被扫进历史的垃圾堆。

三、新时期以来的译介工作

改革开放为包括超现实主义在内的西方现代主义文学再次进入我国提供了前所未有的宽松的文化氛围。从此,对超现实主义的译介、研究也渐渐进入了一个新阶段。尽管新时期以来我国学界对超现实主义的研究规模逊于对法国其他现代流派,如存在主义和新小说的研究,但我们通过对这一时期相关资料的检索,也可发现,作为西方早期的现代主义流派,超现实主义并没有超脱开我国的外国文学研究者的视阈,学界对它的研究仍是硕果累累,成就可观。因而,有关超现实主义在我国新时期以来的研究,将于后文专述。在此先就超现实主义在我国新时期以来的译介工作做一番清理。

1980年,《青海湖》和《星星》两刊发表了德斯诺斯和阿拉贡的诗作[2],显示了普通的文学期刊对外国作品的译介并不落后于外国文学专业类的期刊。随后,《春风译丛》也在较早的时间里发表了艾吕雅的《盖尔

---

[1] 罗大冈:《阿拉贡的小说〈受难周〉——现代修正主义文学产物之一例》,《文学评论》,1965年第2期。
[2] 见《青海湖》1980年7月号和《星星》1980年12月号,均为王意强译。

尼加的胜利》等诗和德斯诺斯的诗作[1]。《外国文艺》作为介绍外国文学作品的主要阵地，对超现实主义的介绍自然最多，发表了普雷维尔的《这爱》和《我就是我》[2]，徐知免译的艾吕雅的《恋人》、阿拉贡的名作《艾尔莎的眼睛》和勒内·夏尔的《悲痛，爆炸，沉寂》等十多首诗，以及苏波的诗作《今夜伦敦第一百次遭到轰炸》[3]。在《当代外国文学》上，也能找到艾吕雅的《视觉给以生命》等诗六首[4]。还有《法国研究》，不一而足。除诗歌外，《外国文学报道》还对阿拉贡的《戏剧——小说》做了选译，并发表了其短篇小说《罗马法不复存在》[5]。进入九十年代，我们还可以通过布勒东的《答问录》了解到超现实主义及其代表人物鲜为人知的情况[6]。树才翻译的勒内·夏尔的《早起者的淡红色》和《你出走得好，兰波！》等诗篇出现在《世界文学》和《北京文学》上，让读者领略了这位"居住在闪电里的诗人"如何"让本质的痛苦，最终沉入河底，跃为活生生的生命本身"[7]，并且"在更广泛的范围内实现了超现实主义先驱们的理想，成为超现实主义的发展者和集大成者"[8]。尤其值得一提的是，像《诗刊》这样在全国很有影响的文学期刊，也选登了普雷维尔的《落叶》诗篇[9]。

自八十年代以来，以出书的形式对超现实主义作品的译介，也有不小的收获。其中，下列几部作品的出版，对超现实主义在我国的介绍起到过积极的作用，吸引了读者和学界较为广泛的目光：袁可嘉等选编的《外国现代派作品选》四册八卷，从1980年起，陆续不断地向文化开放后的我国读者展示了西方现代派文学的全景，在第二册上介绍了布勒东、艾吕雅和阿拉贡三个代表人物的作品[10]。沈志明选编的《阿拉贡研究》，不仅有阿拉贡的诗歌选、小说散文选和文论的翻译，也有其他作家、批评家对他的评论译文，全书六十余万言，对阿拉贡七十年的文学生涯做了全方位的介

---

1 见《春风译丛》，1981年第1期，张冠尧、沈一民译。
2 见《外国文艺》，1981年第3期。
3 见《外国文艺》，1983年第6期和1987年第2期。
4 见《当代外国文学》，1984年第3期，周海珍译。
5 见《外国文学报道》，1983年第6期，于沛、程晓岚、袁震华译。
6 布勒东：《〈答问录〉三章》，《外国文艺》，1997年第2期，欧阳英译。
7 树才：《勒内·夏尔：居住在闪电里的诗人》，《北京文学》，1999年第5期。
8 树才：《〈散文诗六首〉译序》，《世界文学》，1999年第4期。
9 见《诗刊》，1994年第2期，冯若怡译。
10 袁可嘉等编：《外国现代派作品选》第二册（上），上海：上海文艺出版社，1981。

绍[1]。柳鸣九主编的《未来主义·超现实主义·魔幻现实主义》同时展示了现代西方的三个文艺思潮，为了有助于读者和研究者对超现实主义更切实地了解，特地翻译了超现实主义的三次宣言及其他理论资料[2]。柔刚翻译的《西方超现实主义诗选》，据译者自己说，"囊括了从本世纪20年代到70年代整整半个多世纪中，在英国、美国、法国、西班牙和瑞典以及拉美等国出现的具有代表性的超现实主义诗作"[3]。但译者并未注明每位作者的国籍，加之有些作者的译名不够规范，如法国的Péret（佩雷）译成了佩尔特，给读者的识别带来困难，而且原作收入的超现实主义的大本营——法国的作家也为数甚少。此外，张秉真、黄晋凯主编的《未来主义·超现实主义》，也有对超现实主义"理论部分"和"作品部分"的介绍。其中"理论部分"的文论均引自柳鸣九主编的《未来主义·超现实主义·魔幻现实主义》；"作品部分"除收录了法国的超现实主义作品外，还收录了西班牙、英国、希腊、墨西哥和美国的超现实主义作品[4]。在《法国现代诗选》、《20世纪外国诗选》、《外国现代派诗集》、《古今中外文学名篇拔萃·外国诗卷》、《欧美现代十大流派诗选》和《外国诗歌精品》中，都可读到超现实主义优秀的诗作[5]。阿拉贡的小说《巴塞尔的钟声》和《圣周风雨录》、格拉克的《沙岸风云》、艾吕雅的《公共的玫瑰》等也先后出版[6]。

　　在此有必要说明的是，这里论及的超现实主义作家，严格意义上说，只有布勒东一人彻头彻尾、始终不渝。其他的作家，在他们曾经的创作生涯中确实参加过超现实主义运动，甚至发出过耀眼的光辉，但因种种原因，大都或早或迟地脱离了这一运动。他们的创作有的已明显地改弦易辙，有的还留有超现实主义的遗风。就个人而言，也有作家的创作一度风

1　沈志明编：《阿拉贡研究》，北京：中国社会科学出版社，1986年。
2　柳鸣九主编：《未来主义·超现实主义·魔幻现实主义》，北京：中国社会科学出版社，1987年。
3　柔刚：《译者序》，见爱德华·B.格梅恩编著：《西方超现实主义诗选》，柔刚译，福州：海峡文艺出版社，1988年。
4　张秉真、黄晋凯主编：《未来主义·超现实主义》，北京：中国人民大学出版社，1994年。
5　罗洛译：《法国现代诗选》，长沙：湖南人民出版社，1983年。王惟甦、邵明波编：《20世纪外国诗选》，成都：四川文艺出版社，1987年。禾凡、禾珉主编：《外国现代派诗集》，北京：中国文联出版公司，1989年。绿原编：《古今中外文学名篇拔萃·外国诗卷》，青岛：青岛出版社，1990年。袁可嘉主编：《欧美现代十大流派诗选》，上海：上海文艺出版社，1991年。辛晓征、郭银星编：《外国诗歌精品》，沈阳：春风文艺出版社，1994年。
6　《巴塞尔的钟声》，蔡鸿滨译，北京：外国文学出版社，1987年。《圣周风雨录》，李玉民等译，桂林：漓江出版社，1991年。《沙岸风云》，张泽乾译，武汉：长江文艺出版社，1992年。《公共的玫瑰》，李玉民、顾微微译，合肥：安徽文艺出版社，1994年。

格大变，一度对超现实主义又有所回归。鉴于这些复杂的情况，为了方便文学爱好者和研究者对这些作家全方位的了解和多维度的考察，这里遂将他们都划入超现实主义大纛下加以介绍。

进入二十一世纪后，对法国超现实主义作家（或曾经的超现实主义作家）的作品译介仍热情不减。二十一世纪之初在短期内出版了四位作家的诗选：《勒韦尔迪诗选》、《勒内·夏尔诗选》、《伊凡·哥尔诗选》和《保尔·艾吕雅诗选》[1]。《外国诗歌百年精华》收录了十多位（曾）与超现实主义有关的法国作家的作品[2]。《外国诗歌经典100篇》则收录了艾吕雅和阿拉贡的优秀篇什[3]。《当代外国文学》上也再次出现了勒内·夏尔的诗作[4]。上海人民出版社于2013年又推出了勒韦尔迪的《被伤害的空气》（树才译）。

第二节　超现实主义在中国的影响寻踪

钱林森在《法国作家与中国》中论述了法国超现实主义在中国的传播情况，文末提到，"很少有人探讨中国文化跟超现实主义的关系"[5]。诚然，与西方其他的现代主义流派相比，超现实主义对中国的影响恐怕最不明显，但这不等于说没有。面对钱林森提出的课题，笔者将从客观史料出发，并以前人的探索做基础，试对超现实主义在中国的影响做一些梳理。简单地说，这种影响在二十世纪三四十年代，主要表现在中华独立美术协会的一批画家的热情介绍和艺术实践上，表现在现代著名诗人戴望舒的一些优秀的篇什中；在五十年代末至六十年代，则在海峡对岸的台湾得到诗人洛夫及《创世纪》杂志的大力倡导；而在新时期里，由于外国其他现代主义思潮在我国高歌猛进而隐没不显。

1935年第10期的《艺风》杂志，封面上就赫然印着"超现实主义介

---

[1] 《勒韦尔迪诗选》和《勒内·夏尔诗选》，树才译，太原：北岳文艺出版社，2002年。《伊凡·哥尔诗选》，董继平译，石家庄：河北教育出版社，2002年。《保尔·艾吕雅诗选》，李玉民译，石家庄：河北教育出版社，2003年。
[2] 《世界文学》编辑部选编：《外国诗歌百年精华》，北京：人民文学出版社，2002年。该书收入的法国作家有：苏拜维艾尔、勒韦尔迪、科克托、艾吕雅、阿尔托、布勒东、阿拉贡、苏波、德斯诺斯、普雷维尔和夏尔等。
[3] 莎士比亚等：《外国诗歌经典100篇》，屠岸等译，北京：人民文学出版社，2003年。
[4] 见《当代外国文学》，2001年第2期，黄荭译。
[5] 钱林森：《法国作家与中国》，福州：福建教育出版社，1995年，第588页。

绍"几个大字。一批中华独立美术协会会员不仅从文学和美术的角度介绍了超现实主义，阐述了他们对超现实主义的领悟，而且也发表了二十多幅超现实主义绘画，其中既有毕加索的《静物》与《绘画》、达利的《怜心》与《肉欲的同心》、恩司特的《少女所预想的》以及碧加比亚、米罗和直力可的作品，也有他们自己的超现实主义艺术实践，如曾鸣的《月夜》、赵兽的《相会的微笑》和李东平的《速写》等。他们曾举办过两次现代画展：第一次画展在广州，具体时间不详，但李东平在《什么叫做超现实主义》文末提及，"我国最初可说在1933年间由画家曾鸣、赵兽、梁锡鸿、白砂等提倡，其中间还有些人也在努力"[1]，似乎可以提供一点时间性的参考；第二次画展在上海举办，展期是1935年10月10日至10月15日。《艺风》第11期作过题为"独立美术会展"和"第二回展筹备经过"的报道，也介绍了"独立线上的作家群"。中华独立美术协会的热情举动在当时引起了很大的反响，褒扬者有之，批评者有之。同年第12期的《艺风》以包容的姿态为两种不同观点提供了辩论的舞台。这是超现实主义在我国引起的两种对立观点的第一次正面交锋，没有发生在文坛而发生在艺坛。晋洒的《中华独立美术协会画展及其"超现实主义"》对第10期上的"十多篇文章"和在沪举办的第二次"独立展"提出了尖锐的批评和强烈的质疑。他说，那"十多篇文章，都不曾把我的迷玄与以任何解述"；李东平的"所谓'超现实'这名词，虽是一种'非现实'的东西，可是它决不是'无现实'的"这等解释，……"究底终也超不过'非现实'三字"；在资本主义没落的过程中，艺术家从迷茫中摸索出一条出路，那种伟大的行动原是值得珍惜的，"但如其一个正确的方向不曾为他们辨认清楚时，则一切的努力，纵使起首是珍贵的，终也被不经意地荒废了"，所以同样，中华独立美术协会会员们的艺术实践"充其量也只限于对于过去因袭陈腐的艺术大胆的却是盲目的破坏，可惜在这无情的破坏之中并不曾孕育下新的建设的种子"，"他们的行程是从过去旧的混沌中超脱出来，踏着神秘的步调，不自觉地投入新的五里雾中去了"[2]。画家白砂发表了《从批评说到现代绘画的认识》作为答辩，认为那些"像读无字的诗章，看白布的图画

---

1 李东平：《什么叫做超现实主义》，《艺风》，第3卷第10期，1935年10月，第28页。
2 晋洒：《中华独立美术协会画展及其"超现实主义"》，《艺风》，第3卷第12期，1935年12月，第55—58页。

一样"的看不懂现代画的人,主要因为他们"对于现代绘画的鉴赏力方面的幼稚","大概是一般人对现代绘画的少接近,和对理论上缺乏研究的缘故"。针对晋文的斥责,白砂一一做了回应,认为"这'非现实的现实'是想象中的一种现实,并不是玄妙,它是与'现实'这说法中的一个区别……并不关于'有现实'与'无现实'这上面"。并且白砂强调指出,第10期上"那十几篇文章并不能表白超现实主义而只能算是给读者的一种进阶的方法","研究一种学问时并不在一期的《艺风》或几篇杂志的文章就可以完全鉴赏现代的绘画"[1]。孙福熙再次配发了编者按《艺术问题的讨论》,指出"一种学术的创始,必须借众力的讨论与研究,方能深切的辩明其是非得失",也指出,"天下是非并不划一……尤其是在艺术上哲学上……不能以是非的名目来区别的"[2]。通过发表他人对"独立展"的褒扬的评论和继续推出米罗、加拉、丁皆和恩司特等超现实主义画家及作品并加以介绍,《艺风》和中华独立美术协会表达了自己对超现实主义不改初衷的接纳姿态。

戴望舒曾于1932年秋至1935年春留学法国,这使他的诗歌创作进一步受到了法国象征主义的影响,同时也显露出超现实主义的某些迹象。在后来的回忆中,他就说过:"我从前喜欢耶麦、福尔、高克多、雷佛尔第,现在呢,我已把我的偏好移到你(指苏拜维艾尔)和爱吕阿尔身上了。"[3]这一时期,"任凭原有艺术兴趣的自然延伸,望舒选择了象征派的后裔超现实主义和后期象征派的诗歌作为知音,这不仅促进他的纯诗观念的形成,而且在他此时为数寥寥的诗作中留下了印记,如《灯》(作于1934年12月——笔者注)这首诗,明显是从许拜维艾尔《烛焰》一诗得到启发,《眼》(作于1936年10月——笔者注)这首诗的构思,很容易使人想起艾吕雅的《人们不能》一诗:'你的眼睛(在里面沉睡着/我们两个人)为我的人的闪光/比这世界的夜晚/安排了一个更好的命运'。其中诡谲变幻的眼睛——大海的点染,又有瓦雷里《海滨墓园》的

---

[1] 白砂:《从批评说到现代绘画的认识——为答辩晋酒君之质疑而作》,《艺风》,第3卷第12期,第59—64页。
[2] 孙福熙:《艺术问题的讨论》,《艺风》,第3卷第12期,第58页。
[3] 戴望舒:《记诗人许拜维艾尔》,《新诗》,第1卷第1期,1936年10月。转引自郑择魁、王文彬:《戴望舒评传》,天津:百花文艺出版社,1987年,第115页。

影子"[1]。而《灯》里"由烛焰的凝视展开的幻象中梦的美丽之网，也大部分是在超现实中进行的，'手指所触的地方：火凝作冰焰，花幻为枯枝'，径直是超现实主义表现感觉的方式"[2]。当然，《灯》也受到了西班牙诗人洛尔迦的《木马栏》的启发。但无论是《灯》里的"火凝作冰焰/花幻为枯枝"，还是《眼》里的"透明而微寒的/火的影子/死去或冰冻的火的影子"，都表现了悖理的、矛盾的意象组合，这是超现实主义惯用的创作风格。在回国前，戴望舒拜访了苏拜维艾尔，"就在相遇的一瞬间，许拜维艾尔已和我成为很熟稔的了，好像我们曾在什么地方相识过一样，好像有什么东西曾把我们系在一起过一样"[3]。这足可见两位诗人的相互理解和接纳的程度。戴望舒对这位给了他"许多新的欢乐的诗人"保持着长期的偏爱。1940年，苏拜维艾尔创作了《远方的法兰西》，表达自己对德国侵略者占领下的山河破碎的法兰西祖国的忧思。1942年5月，戴望舒在被占领香港的日军关押拷打数月后，经叶灵凤保释出狱。7月，他创作出了一首代表了他的诗艺巅峰，并熔艺术性与思想性于一炉的名篇《我用残损的手掌》："我用残损的手掌/摸索这广大的土地/这一角已变成灰烬/那一角只是血和泥……无形的手掌掠过无限的江山/手指沾了血和灰，手掌粘了阴暗……"[4]有论者分析认为，"无形的手掌掠过无限的江山"就是运用了超现实的手法，但表现的却是执着现实的情感——诗人金子一样纯净的爱国主义精神和对党领导的解放区的热爱[5]。手掌上的这"血和灰"，这一片"阴暗"，"是超现实的想象，却达到了过分写实所无法达到的揭示诗人情感本质的效果"[6]。"触到荇藻和水的微凉"，觉得"这长白山的雪峰冷到彻骨/这黄河的水夹泥沙在指间滑出"，"是幻中见真的超现实主义手法"，是"用超现实的手段来写来自现实生活的诗情"[7]。不可否认，诗人借鉴了《远方的法兰西》的创作手法："我在远方寻觅法兰西/用我贪婪的手/我

---

1 郑择魁、王文彬：《戴望舒评传》，天津：百花文艺出版社，1987年，第135页。另：《灯》和《眼》见梁仁编：《戴望舒诗全编》，杭州：浙江文艺出版社，1989年，第116，122页。《烛焰》和《人们不能》见罗洛译：《法国现代诗选》，长沙：湖南人民出版社，1983年，第66，87页。
2 孙玉石主编：《中国现代诗导读》，北京：北京大学出版社，1990年，第220页。
3 转引自郑择魁、王文彬：《戴望舒评传》，天津：百花文艺出版社，1987年，第116页。
4 见梁仁编：《戴望舒诗全编》，杭州：浙江文艺出版社，1989年，第132—133页。
5 转引自郑择魁、王文彬：《戴望舒评传》，天津：百花文艺出版社，1987年，第168页。
6 郑择魁、王文彬：《戴望舒评传》，天津：百花文艺出版社，1987年，第244页。
7 袁可嘉：《现代派论·英美诗论》，北京：中国社会科学出版社，1985年，第365页。

在空虚中寻觅／远隔漫长的距离／……抚摸我们的群山／我又沐浴于江河／我的双手来而复往／整个法兰西溢散出芳香"（徐知免译）[1]。然而，诗人的借鉴是极其成功的。可以说，《我用残损的手掌》是超现实主义艺术（梦幻与组合的意象）和象征主义手法（地图象征山河国土）与诗人一腔爱国真情完美糅合的艺术杰作，它突破性地达到了辉煌的审美效果，通过潜入幻象与幻境中的"摸索"，打开诗人一个深藏着爱国情结的真实的内心世界，为他在中国现代主义诗歌的星座上确立了显赫的标志。

除上述作品外，也有论者认为，戴望舒创作于1937年3月的一首由"庄周梦蝶"和笛卡尔"我思故我在"点汇而成的《我思想》，"溶入了梦幻与现实交融的笔调，很带有勒韦尔迪超现实的特点"[2]。现代名家施蛰存还认为，戴望舒的《等待》"很有些阿拉贡、艾吕雅的影响"[3]。

从五十年代末起，超现实主义在台湾刮起了旋风。其中作力最大的是台湾《创世纪》诗刊以及同名诗社的成员洛夫、痖弦、张默、商禽和罗英等。由于他们的大力倡导和大胆试验，超现实主义在六十年代风靡台岛，很多现代派作家也投入了潜意识和梦的世界里遨游，其张扬之轰烈，不时也引出了批评的声音。在这些成员中，最引人注目的是"诗魔"洛夫。从1959年起，他连续五年之久在他和痖弦、张默"三驾马车"创办的《创世纪》上，连载了《石室之死亡》诗章。《石室之死亡》被誉为把"超现实主义发挥到极致"的作品[4]，在台湾引起了强烈的反响。他曾在《诗人之镜——〈石室之死亡〉自序》中谈到自己的灵魂远赴法兰西向超现实主义取经的体会，坦白自己已经"为超现实主义诗作之题材新颖，表现手法奇特，能激发丰富想象的生动情景所迷"，并深切地认识到，"凡创造的艺术都含有超现实的意味"，"超现实主义对诗最大的贡献乃在扩大了心象的范围与智境，浓缩意象以增加诗的强度"[5]。同时，洛夫还撰写了长文《超现实主义与中国现代诗》，从理论上对超现实主义加以鼓宣。痖弦早在1958年就发表了《给超现实主义者——纪念与商禽在一起的日子》。从1959

---

1 见唐正序、陈厚诚主编：《20世纪中国文学与西方现代主义思潮》，成都：四川人民出版社，1992年，第302页。
2 同上，第300页。
3 施蛰存：《引言》，第4页，见梁仁：《戴望舒诗全编》，杭州：浙江文艺出版社，1989年。
4 见谭楚良：《中国现代派文学史论》，上海：学林出版社，1996年，第201页。
5 见朱寿桐主编：《中国现代主义文学史》（下），南京：江苏教育出版社，1998年，第734页。

年起,他发表了长诗《深渊》和《盐》等作品,对超现实主义意象组合的技法进行了成功的运用,通过意象与意象之间不合逻辑的并置铺陈,如"有毒的月亮""冷血太阳""肉里展开黑夜的节庆"[1],释放出新颖奇特的审美效果。商禽作为台湾最典型的超现实主义诗人,以诗集《梦或者黎明》(1969)"在自我创造的这些一切都被夸张变了形的梦幻般的世界中呈露着自己隐蔽的心象"[2]。罗英作为台湾最坚定的超现实主义诗人,著有诗集《云的捕手》和《二分之一的喜悦》,无论从艺术的感受方式还是艺术的表达方式看,二者都具有浓厚的超现实主义色彩[3]。除上述诗人外,还有创世纪诗社的辛郁、管管、碧果,不一而足。就连创世纪诗社之外的罗门,也在潜意识与梦幻中探索了自己的内心世界。他说:"诗不是表现第一层面的存在,而是将第一层面的现实投进内心的经验层面,获得交感,转化为内心更为丰富的第二层面的现实,予以再现。"[4]可见,他对超现实主义的接受与消化的程度并不亚于创世纪诗社的成员。

对于台湾诗坛上的超现实主义实践,若归纳一下,似也可以发现下列一些特征:其一,他们基本上是以《创世纪》诗刊为阵地来译介、论述和实践超现实主义的。其二,他们对西方超现实主义的接受是经过筛选的,既有吸收也有批判。如从艺术手法上讲,他们普遍注重借鉴超现实主义的意象组合方式,让毫无关联的异质意象,或偶然碰撞,或任意并置,以求从"玫瑰"与"炮声"[5]编织的意象中诞生一个艺术新世界;同时他们也注意利用语词之间的矛盾,试图借悖论"踏上一程痛楚的忻悦"[6],去发掘人物内心世界深奥与隐秘的真实。但对于"自动语言",洛夫就曾批评过:"'自动语言'并非超现实主义诗人必具之表现技巧",超现实主义的一个严重错误,就在于"过于依赖潜意识,过于依赖'自我'的绝对性,以致形成有我无物的乖谬"[7]。其三,他们在倡导超现实主义的同时,也对之提

---

1 见朱寿桐主编:《中国现代主义文学史》(下),南京:江苏教育出版社,1998年,第725页。
2 同上,第728页。
3 同上,第730页。
4 见谭楚良:《中国现代派文学史论》,上海:学林出版社,1996年,第201页。
5 "玫瑰"与"炮声"的意象出自罗英的《战事》一诗,转引自朱寿桐主编:《中国现代主义文学史》(下),南京:江苏教育出版社,1998年,第730页。
6 "踏上一程痛楚的忻悦"出自方莘的《无言歌:水仙》,转引自李岫、秦林芳主编:《二十世纪中外文学交流史》(下),石家庄:河北教育出版社,2001年,第817页。
7 见朱寿桐主编:《中国现代主义文学史》(下),南京:江苏教育出版社,1998年,第724页。

出了一些调整与修正。如洛夫就说过："超现实主义诗人不仅要能向上飞翔，向下沉潜，更须拥抱现实，介入生活，使艺术与现实密切结合又超于现实之上"；超越性乃诗的重要性，它"既是意识的，也是潜意识的，既是感性的，也是知性的，既是现实的，也是超现实的"[1]；"诗人不但要走向内心，探向生命的底层，同时，也敞开心窗，使触觉探向外界的现实，而求得主体与客体的融合"[2]。痖弦也提出过"制约的超现实"的创作主张[3]。其四，理论与实践上的中西结合。洛夫可以说是台湾超现实主义运动的主将。但是，他从开始的超现实主义前卫诗人也渐渐走向了东西文化的融合点，"将超现实主义美学思想与中国诗歌传统汇通起来，如超越现实与禅宗顿悟的融合，超现实手法与中国传统诗法的亲和，超现实主义理论与中国古典诗论的相通"[4]。而张默的诗歌，"在东方风味和中国意境中融入了超现实主义的技巧"，如他的《夜读》，就采用了超现实主义的手法，"运用幻觉的效果使庄子复活，与诗人交谈，形象地刻画了诗人夜读《庄子》时的痴迷心态"[5]。商禽的《遥远的天空》，则将中国诗歌创作的"顶真"法与超现实主义的幻觉意象和直觉感悟做了十分巧妙的糅合。

除上述诗坛上的情况外，台湾的小说界自六十年代以来，也受到了超现实主义的影响。如欧阳子的《墙》和《最后一节课》，前者受到了超现实主义的"下意识书写"理论的影响，后者受到了超现实主义的强调描写梦幻、疯狂、联想的理论影响[6]。七等生的《隐遁者》、《精神病患者》和《我爱黑眼珠》等作品，也运用了超现实主义手法，在现实的基础上，展开了一系列有所指涉的虚幻世界。

1971年，洛夫撰文批评余光中十年前创作的《天狼星》"语言太明朗，意象太清晰"，不符合超现实主义的创作原则。余洛之间爆发了论战[7]。洛夫的观点从一个侧面说明，台湾超现实主义运动经历了六十年代的盛况后，在七十年代仍有余波回荡。1978年，余光中在台湾《中华日

---

1 见李岫、秦林芳主编：《二十世纪中外文学交流史》（下），石家庄：河北教育出版社，2001年，第804、805页。
2 见谭楚良：《中国现代派文学史论》，上海：学林出版社，1996年，第254页。
3 同上，第261页。
4 朱寿桐主编：《中国现代主义文学史》（下），南京：江苏教育出版社，1998年，第737页。
5 见谭楚良：《中国现代派文学史论》，上海：学林出版社，1996年，第266页。
6 见李岫、秦林芳主编：《二十世纪中外文学交流史》（下），石家庄：河北教育出版社，2001年，第824页。
7 见谭楚良：《中国现代派文学史论》，上海：学林出版社，1996年，第198页。

报》（10月18日）上还评论洛夫的创作"仍然保留了超现实手法造成的那种虚实相生疑真疑幻的惊奇之感"。洛夫后来也直言不讳地承认，他的"后期诗中之所以能突破时空的局限，突破后设语言的藩篱，而'创造出虚实相生的诗境，直探生命与宇宙万物的本貌'，除了师法古典之外，无不拜超现实主义表现手法之赐"[1]。我们完全可以说，洛夫不仅是台湾岛内也是我们全中国受超现实主义影响最深、对超现实主义艺术最热衷的一位作家。

1979年和1981年，宗璞发表了《我是谁》和《蜗居》[2]，开辟了她的另类创作风格，在文学界引起一定反响。不久，她就在一封公开信中说："我自78年重新提笔以来，有意识地用两种手法写作，一种是现实主义的……一种姑名为超现实主义的，即透过现实的外壳去写本质……"她又补充说："我所说的现实主义和超现实主义并不同于文学史上在一定时期内的一定流派，只是笼统地借用名词。超现实主义顾名思义，是与现实主义不同的，不拘泥于现实世界的现象，但并非脱离现实，也非与现实相对立。"但她同时也表示："我想，西方表现主义、超现实主义的作品并非全是呓语，而有可借鉴之处。"[3]从上述两部作品来看，《我是谁》"是一篇由韦弥幻觉构成的作品，里面缺乏对现实生活的精确细致的描写，一切都染上了韦弥强烈的主观色彩"，具有超现实的梦幻意味；《蜗居》也"借虚幻写真实"，"从梦幻般的内心独白和超现实的场景描写开始，把人引入恍惚迷离的境界"[4]。因而有论者也曾明确指出，宗璞借鉴学习了超现实主义手法[5]。但是，正如作者在公开信中所说的那样，她笔下的超现实主义不同于西方的超现实主义。因为西方的超现实主义常通过梦幻、潜意识、自动语言等手法，仅以揭示个人的内心世界为鹄的，而宗璞在她作品中，摒弃了"西方超现实主义流派中有些作品的意识脱离现实"[6]的倾向，努力把超现实主义的可借鉴之处化入自己的作品，成为中国的和她自己的。在《我是谁》和《蜗居》中，作者借助"内观手法"和变形艺术，通过人物的潜

---

[1] 朱寿桐主编：《中国现代主义文学史》（下），南京：江苏教育出版社，1998年，第738页。
[2] 宗璞：《我是谁》，载《长春》，1979年第12期；《蜗居》，载《钟山》，1981年第1期。
[3] 宗璞：《给克强、振刚同志的信》，《钟山》，1982年第3期。
[4] 方克强、费振刚：《迈在探索和创新的路上——宗璞短篇近作漫评》，《钟山》，1982年第3期。
[5] 黎跃进：《外国文学新论》，上海：学林出版社，1997年，第270页。
[6] 宗璞：《给克强、振刚同志的信》，《钟山》，1982年第3期。

意识的流动与联想，通过飘飘忽忽的幻觉和梦境，无情地揭示了十年动乱噩梦般的本质，有力地批判了那个时代人妖不分的社会现实，强烈地表达了在是非混淆的年代人们对真理的呼唤。

在此，顺便做一个链接介绍：林亚光在八十年代中后期发表了一系列文章，一方面指出，在现实主义和浪漫主义之外一直存在着一个人们长期视而不见的第三大创作方法——"超实主义"；另一方面又进而指出，现实主义和超实主义相结合，已经成为当代世界文坛一股引人注目的新潮流。不过，作者明确表示，"超实主义""不是指西方现代派中那个'超现实主义'流派"，而是一种"古已有之"的"创作方法"[1]。笔者之所以做这个链接，是因为"超实主义"和"超现实主义"的能指关系似应相同，而且若译成外语，恐怕都是一个词。

不过总的来说，新时期我国实行文化开放，超现实主义同意识流、荒诞文学、新小说和存在主义等西方各种现代思潮同时涌进我国。由于其他现代主义思潮对我国新时期文化气候更加适应，由于超现实主义运动本身的特殊性，如坚定地反对传统、否定一切但自身缺乏经典作品的影响力和渗透力等，所以比较而言，在我国新时期以来的文学创作中，超现实主义没有留下多少鲜明的足迹。

第三节 新时期以来对超现实主义的研究

一、二十世纪七十年代末至八十年代末的研究工作

新时期我国对超现实主义的研究，如同对其他现代主义流派一样，主要是从本体研究开始的。因为十年"文革"不是把西方现代主义流派封杀在国门之外，就是早已把它们批倒批臭，打入冷宫。对于已经变得陌生的超现实主义，如同对新出现的先锋派文学一样，需要首先做一些以介绍为主的起步性的研究工作。于是，在七十年代末至八十年代初，这种类型的研究文章较多地出现在各种学术期刊上，如《超现实主义的形成与发展》

---

[1] 林亚光：《二十世纪一股世界性的文学新潮——现实主义与"超实主义"相结合》（上），《当代文坛》，1987年第5期。同一作者还有：《现实主义和超实主义相结合——当代世界文坛一股引人注目的新潮流》，《外国语文》，1987年第1期。

《谈谈超现实主义的若干理论》《超现实主义的发展》《超现实主义》《法国超现实主义初探》[1]等。并且到八十年代中期,还有这样的文章出现,如《超现实主义的起因及其主要理论》[2]。新时期里,学界对其他现代主义流派的研究,大都呈现出较为明显的由浅及深的学术性发展过程。但回顾我们对超现实主义的研究,却发现这种迹象不大明显。几乎还在初期,研究探讨似乎已获得某种加速度,很快就冲进了深层的领域。从上述的文章中,我们可以略见一二。但更主要的表现,是在下列三位专家程抱一、罗大冈和老高放的研究成果中。这或许一方面因为超现实主义是西方现代派早期出现的一个流派,二十世纪三十年代起就在我国有了译介与传播,存积在那里;另一方面,恐怕与三位专家的个人经历与学识等因素有关。

程抱一在1983年探讨超现实主义时指出:"有一客观事实众所公认:这运动革新了诗语言、开拓了诗意境;今后写诗的人已无法忽视它所带来的积极成分。"同时,他对超现实主义十分注重的"想象"与"梦幻"的创作意识做了颇具穿透力的分析:"想象与梦幻是人的最丰盛而不可缺的一部分,它们使人的精神不断开向无限的可能。现实生活虽然动员人的很多精力,往往只运用人的非常表层的一些功能。是的,人的肉体不超过七尺,然而精神却可感应甚至超越宇宙的浩瀚、神奇。所以人不像其他动物生下来就既定不移;他不断创新,他真正的命运是大可能、大形成,是一种向外同时向内的探险。基于此,超现实主义者认为现实生活与梦幻不但不应对立而应纠缠为一体。"[3]这种独到的体认,一方面因为他自1948年起就旅居法国,深得法国文学"三昧",另一方面,也与他的生命追求有着十分密切的关系。他曾在另外的场合用哲学语言表达过自己的感慨:"人是精神的动物。应该让人的精神得到真正的发挥。然而,人生的地平线不能事先预定好,需要有超越的层次,才能将人真正的可能性,最大限度地发挥出来。"[4]他的一句名言即是"人是一个最大的可能性"。而他的一部

---

[1] 何敬业:《超现实主义的形成与发展》,《外国文学报道》,1980年第2期。程晓岚:《谈谈超现实主义的若干理论》,《外国文学报道》,1980年第2期。陈先元:《超现实主义的发展》,《外国文学研究》,1981年第3期。刘锡珍:《超现实主义》,《译林》,1980年第1期。施康强:《超现实主义》,《河北文学》,1981年第5期。谷启珍:《超现实主义》,《北方文学》,1982年第10期。廖练迪:《法国超现实主义初探》,《外国文学》,1983年第12期。
[2] 李夏裔:《超现实主义的起因及其主要理论》,《法国研究》,1985年第1期。
[3] 程抱一:《法国超现实主义运动》,《外国文学研究》,1983年第3期,第8—10页。
[4] 见余熙:《程抱一:东西文化"摆渡"人》,《新华文摘》,2003年第11期,第127页。

《天一言》，是他"开掘自我最大可能性"的"精神超越之旅"，"把已经活过的和可能活过的，或想象活过的东西浑然一体而后托出"，"以虚抱实"，超越了生命的本原[1]。可以说，他在中西文化的"摆渡"中已成功地超越了自我。他无愧于2002年获得的法兰西学院"不朽人"的光荣称号，成为四百年来获得此殊荣的华裔第一人。

也是从1983年起，罗大冈在多篇文章中论及了超现实主义。他指出："超现实主义提倡潜意识实质上是提倡反理性主义，'自动文字'的表达法等于提倡反逻辑。反理性的内容，反逻辑的表达法，抓住这两个要点，这就是抓住了现代文学的灵魂。"[2]次年他指出："超现实主义不足以代表二十年代以来的法国现代派文学的全貌，但这是现代派文学的核心问题，探讨现代派文学的主要线索。"[3]后来，他又在《超现实主义札记》中从多角度评析了超现实主义，着重指出："无论在思想方面，或在美学观点方面，超现实主义对现代法国文学，甚至直到80年代的法国文学，有着十分深远的影响。"[4]罗大冈早年也曾留学法国，在二十世纪四十年代就对达达主义和超现实主义做过研究与介绍。

老高放是我国研究超现实主义的专家，在八十年代，就对超现实主义进行了深入研究，发表了一系列研究成果。在《法国超现实主义面面观》里，他论析了超现实主义的政治主张、哲学思想和美学思想，认为"超现实主义不仅是一个锐意探索的文学流派，而且也是一个政治色彩很浓的思想流派"，因为它把马克思的"改造世界"和兰波的"改变人生"结合起来，试图探求社会问题的解决方法；它的哲学思想从第一宣言时期的二元论演变为第二宣言时期的一元论，因为它从初期探索现实世界之外的"无意识世界""梦幻领域""内部世界"这样的"更高现实"走向了探索内心世界和外部世界、主观和客观、现实和想象等种种矛盾的统一关系。这一认识确实有助于避免人们在用超现实主义理论阐释超现实主义作品时出现的混乱指涉。在他看来，超现实主义美学认为，艺术不应该是对现实的"纯粹的反映"，而应该是艺术家思想、欲求、幻觉、感觉、梦幻的体现。

---

1 见余熙：《程抱一：东西文化"摆渡"人》，《新华文摘》，2003年第11期，第127—130页。
2 罗大冈：《试论二十世纪法国文学》，《当代外国文学》，1983年第1期。
3 罗大冈：《关于法国现代派文学的几点初步认识》，《外国文学研究》，1984年第1期。
4 罗大冈：《超现实主义札记》，《外国文学评论》，1987年第4期。

超现实主义美学是一种实践美学[1]。作者不久在《超现实主义美学思想初探》[2]中又进一步对这个问题做了深入的探讨。在这两篇文章中，作者也指出，超现实主义的同一性并不是建立在对事物客观规律的理解之上，实际上是一种主观主义哲学思想；尽管超现实主义美学强调艺术对社会的能动作用，但由于它颠倒了主观与客观之间的关系，它在理论上和实践上都使自己陷入了无法解决的矛盾中。同时期，作者还发表了《评法国超现实主义思潮的历程》[3]，指出作为一个文学流派，超现实主义积极介入政治生活，努力寻求解决社会问题的方法的可贵之处和企图在超现实的世界中解决社会问题的乌托邦性质；他的《论超现实主义的"黑色幽默"理论》，开头就强调，"关于'黑色幽默'，我国学者往往只谈60年代的美国黑色幽默作家……实际上，早在1937年，布勒东就发表过一篇题为《论黑色幽默》的文章，并于1940年编著出版了《黑色幽默选》。因此，研究'黑色幽默'，似应从法国的超现实主义开始"[4]。确实，美国的黑色幽默与法国的超现实主义有着不可否认的传承关系，这仍然可以作为我们今天继续探讨的一个命题。老高放还撰写了《超现实主义的自动写作及其他（一）、（二）》[5]，专门探讨了超现实主义的"自动写作"、"梦幻记录"和"绝妙的僵尸"等艺术手法。

除上述三位专家的研究外，《求是学刊》上的《超现实主义剖析》也是很有研究深度和学术价值的文章。作者从"寻求真实主体"、"艺术联姻人生"、超现实主义"总体概念"和"神奇美感"四个层面进行了深入独到的阐发[6]。还有一些研究，或探讨了"超现实主义及其承上启下的作用"[7]，或探讨了"魔幻现实主义与超现实主义"的关系[8]。廖星桥在"法国现代派文学浅探"[9]中，对超现实主义的"盲目革命性"进行了批判；葛雷在《法

---

[1] 老高放：《法国超现实主义面面观》，《外国文学报道》，1987年第2期。
[2] 老高放：《超现实主义美学思想初探》，《外国文学评论》，1987年第4期。
[3] 老高放：《评法国超现实主义思潮的历程》，《晋阳学刊》，1987年第2期。
[4] 老高放：《论超现实主义的"黑色幽默"理论》，《文学研究参考》，1987年第3期。
[5] 老高放：《超现实主义的自动写作及其他（一）、（二）》，《文学研究参考》，1988年第1期与1988年第2期。
[6] 周荣：《超现实主义剖析》，《求是学刊》，1987年第4期。
[7] 安少康：《超现实主义及其承上启下的作用》，《法国研究》，1989年第1期。
[8] 李德恩：《魔幻现实主义与超现实主义》，《外国文学》，1989年第6期。
[9] 廖星桥：《法兰西是西方现代派的发源地——法国现代派文学浅探之一》，《外国文学欣赏》，1984年第1期。

国二十世纪诗坛漫笔》[1]中则着重介绍了二十世纪前半叶具有重要的文学史地位的超现实主义诗歌。

以上是从本体性的视角或综合性的层面所做的研究工作。八十年代对超现实主义作家及作品的研究也时有成果出现。林秀清的《阿拉贡曲折的生活与创作道路》以阿拉贡的生活经历为引线，评述了他的小说（尤其是其巨型"壁画"《现实世界》小说总集和《受难周》）及诗歌的创作过程，介绍了他的文艺思想由早期的超现实主义过渡到后来的社会主义现实主义，但并没有完全摆脱超现实主义的影响，并谈到了他的"无止境的现实主义"（现多译为"无边的现实主义"）的文艺观，同时也对他的创作特点（如梦想与现实浑成一体）和创作方法（如将小说、诗歌、散文、评论等多种体裁综合在一部作品里）做了概述[2]。

1982年12月24日，阿拉贡逝世。法国报刊纷纷发表文章，评价这位"二十世纪的雨果"。我国的《外国文学动态》对此做了综述[3]。到八十年代末，有论者把他一生的创作分阶段再次进行了述评，尤值一提的是，论者给他最后一个阶段（从五十年代中期到八十年代初期）的创作加上了"探索'新小说艺术'"的副标题。作者认为，1958年发表的《受难周》"涵蕴着类似'新小说'的与传统小说大相径庭的技艺革新"，但作者强调指出，阿拉贡后期的作品并不完全是新小说，不能把他纳入新小说作家的行列[4]。笔者有必要换个角度指出，超现实主义对后来的新小说确实产生了影响。阿拉贡笔下的"内心小说""客观小说""笔录／报告小说"等形式和时空的混合、语言的破碎、完全突破时间的顺序等手法，都是后来新小说作家擅长的形式和手法。因而这也可以成为我们研究法国文学流派变迁的一个课题。

这一时期，对艾吕雅的研究涉及"艾吕雅诗中的女性形象"、"艾吕雅爱情诗的意义"以及对其名诗《自由》和具有独特意象组合的《你眼睛的曲线》的赏析[5]。

1　葛雷：《法国二十世纪诗坛漫笔》，《外国文学动态》，1986年第2期。
2　林秀清：《阿拉贡曲折的生活与创作道路》，《外国文学报道》，1983年第6期。
3　周丽君：《阿拉贡逝世后法国报刊对其评价综述》，《外国文学动态》，1983年第9期。
4　钟翔：《永远进击、锐意创新——阿拉贡和他的创作》，《外国文学研究》，1989年第4期。
5　李夏裔：《论艾吕雅诗中的女性形象》，《法国研究》，1987年第2期；《爱，就是未完善的人——论艾吕雅爱情诗的意义》，《外国文学研究》，1988年第3期。邓永忠：《自由的梦幻——艾吕雅〈自由〉一诗赏析》，《法国研究》，1987年第4期。杜青钢：《独特的意象组合——艾吕雅〈你眼睛的曲线〉浅析》，《外国文学欣赏》，1988年第3期。

关于超现实主义戏剧的探讨，从七十年代末就已开始。有《超现实主义和科克托的剧本〈奥尔菲〉》、《超现实主义戏剧》和老高放的《法国超现实主义戏剧理论概说》[1]等文。

八十年代对超现实主义的研究，也散见于当时研究西方现代主义的著作中。如《外国现代派小说概观》中，冯汉津撰写了《超现实主义小说》这样的长篇综合研究，并对超现实主义小说代表作，布勒东的《娜嘉》做了选译和简析[2]。《西方现代派文学简论》、《西方现代派文学评述》和《外国现代派文学导论》[3]等著作中，也有专门的章节做了各有特色的探讨。《外国现代派文学导论》中的近三万字的《论超现实主义》后来也在《外国文学欣赏》1989年第4期上发表。柳鸣九主编的《未来主义·超现实主义·魔幻现实主义》收录了程晓岚的《超现实主义述评》、吴岳添的《超现实主义简论》和王建齐的《超现实主义的理论基础》。其中程文约八万字，是八十年代对超现实主义最全面的一次探讨。沈志明编选的《阿拉贡研究》，对阿拉贡七十年的文学生涯提供了一个概貌，为我国读者和学者探索阿拉贡自我战斗的历程，揭示这位诗人、小说家的灵魂和艺术奥秘提供了最为丰富的资料。[4]

我们不能忽视这一时期对超现实主义文论的翻译和对外国评论家超现实主义研究的译介，因为它们无疑为我们的研究工作提供了宝贵的资料和重要的参考价值。伍蠡甫的《现代西方文论选》、袁可嘉的《现代主义文学研究》[5]等编著，都收入了超现实主义的文论或宣言。更值得一提的是王忠琪的《法国作家论文学》，因为它收录了除布勒东、阿拉贡和艾吕雅外的不少超现实主义作家，如德斯诺斯、尤尼克、勒内·夏尔和勒韦尔迪等人的文论[6]。直到九十年代，在《二十世纪世界小说理论经

1　金志平：《超现实主义和科克托的剧本〈奥尔菲〉》，《外国戏剧资料》，1979年第3期。路海波：《超现实主义戏剧》，《戏剧创作》，1982年第4期。老高放：《法国超现实主义戏剧理论概说》，《戏剧学习》，1985年第3期。
2　见陈焘宇、何永康主编：《外国现代派小说概观》，南京：江苏文艺出版社，1985年。
3　陈慧编著：《西方现代派文学简论》，石家庄：花山文艺出版社，1985年。林骥华编著：《西方现代派文学评述》，上海：上海人民出版社，1987年。廖星桥：《外国现代派文学导论》，北京：北京出版社，1988年。
4　沈志明编选：《阿拉贡研究》，北京：中国社会科学出版社，1986年。
5　伍蠡甫主编：《现代西方文论选》，上海：上海译文出版社，1983年。袁可嘉等编选：《现代主义文学研究》，北京：中国社会科学出版社，1989年。
6　王忠琪等译：《法国作家论文学》，北京：三联书店，1984年。

典》[1]中，也能找到布勒东的超现实主义宣言。外国评论家的研究成果对我们的研究工作更有直接的借鉴作用。1978年《国外社会科学》上的《阿拉贡：成长与变化》[2]，可能是新时期最早出现的外国学者评论超现实主义的文章。我国学者继之而来，首先开始的是对超现实主义名家艾吕雅和阿拉贡以及苏拜维艾尔的"传记性"的介绍[3]。随后，外国学者的评论还有《超现实主义诗歌概论》、《法诗人让-路易·贝杜安论超现实主义》和《告别超现实主义》[4]等文。这一时期翻译过来的国外研究成果，最重要的应是法国评论家杜布莱西斯的《超现实主义》[5]。这本小册子虽只有八万多字，却简明扼要，在西方再版逾十次，可见其不可轻视的学术价值。它为我国学者不仅勾勒出了超现实主义的一个轮廓，也打开了一扇富有启迪性的窗户。此外，贝尔沙尼等著的《法国现代文学史》和九十年代伊始翻译的布吕奈尔等著的《20世纪法国文学史》[6]，也对超现实主义做了别开洞天的述评。

二、二十世纪九十年代以来的研究情况

进入九十年代，我们首先看到的是关于阿拉贡的研究文章。有论者针对阿拉贡由"超现实主义窄狭的胡同，踏上现实主义的康庄大道"[7]这一观点提出不同见解，认为阿拉贡在文学创作上，风格始终如一，即不愿套上任何一种枷锁，因而很难将他硬性纳入某个固定的流派。他可以算作二十世纪法国文学中的一个特殊现象[8]。柳鸣九撰文评析了阿拉贡的《圣周风雨录》(即《受难周》)，认为"这是法国20世纪文学中以历史事件为描述内容的一部现实主义巨著"，它展示了"辉煌的历史画卷"，表达了"深刻

---

1 吕同六编：《二十世纪世界小说理论经典》，北京：华夏出版社，1995年。
2 普列伏斯特：《阿拉贡：成长与变化》，《国外社会科学》，1978年第4期。
3 见张英伦等：《外国名作家传》(上、中、下)，北京：中国社会科学出版社，(上、中)：1979年；(下)：1980年。
4 爱德华·B. 杰曼：《超现实主义诗歌概论》，黄雨石译，见《外国诗》(二)，北京：外国文学出版社，1984年。《法诗人让-路易·贝杜安论超现实主义》，葛雷译，见《外国文学动态》，1986年第10期。康诺利：《告别超现实主义》，汤永宽译，《外国文艺》，1988年第4期。
5 杜布莱西斯：《超现实主义》，老高放译，北京：三联书店，1988年。
6 贝尔沙尼等：《法国现代文学史》，孙恒等译，长沙：湖南人民出版社，1989年。布吕奈尔等：《20世纪法国文学史》，郑克鲁等译，成都：四川文艺出版社，1991年。
7 见沈志明：《编选者序》，见沈志明编选：《阿拉贡研究》，北京：中国社会科学出版社，1986年，第9页。
8 邓永忠：《试论阿拉贡的创作倾向》，《外国文学评论》，1990年第1期。

的历史哲理"[1]。还有论者或从超现实主义诗人的角度，或从真实与虚假二律背反上面探讨了阿拉贡其人及其创作[2]。吴岳添在阿拉贡诞辰一百周年之际，谈到了作家的"炼狱"问题，认为阿拉贡是将成为经典作家而升上天堂名垂后世，还是将消失在地狱般的黑暗之中，永远沉默下去，想要盖棺定论还为时尚早[3]。

布勒东虽然是从一而终的超现实主义代表，但在我国，除了他的文论或几个宣言被到处收录发表外，对他个人及其作品的研究并不多。这可能不仅与他过激的文学主张有关，恐怕与他偏激的政治主张和人生思想也有关。另外，萨特的《什么是文学？》在我国新时期很早就有流传。萨特在文中对超现实主义做过措辞严厉的批判。这对作为超现实主义主将的布勒东也起到了一定的抑制其影响的作用。我们可以搜索到的文章，有葛雷的《布勒东的超现实主义美学及其诗歌创作》。作者从"美是一种抽搐"、"美是一种奇妙"和"美是发现"三个方面阐释了布勒东的诗歌美学，指出布勒东的全部美学思想可以概括为"自由即美"[4]。另有张放的一篇文章对布勒东的代表诗《自由结合》和《醒觉状态》做了赏析[5]。

关于艾吕雅，同样也有像《一束冰水里的阳光》和《献给自由的赞歌》这样的名诗赏析，以及对其多首诗作进行评介的文章《爱与梦的诗人》[6]。也有论者探讨了勒内·夏尔和他的诗[7]。在二十世纪的法国文学中，鲍里斯·维昂被视为一个奇才，他的代表作《岁月的泡沫》被视为一本奇书。柳鸣九在评介此书时认为，这部介于现实与超现实之间的小说，似可算作超现实主义在法国二十世纪文学中滋润出来的一朵奇花[8]。李万文在《国外文学》与《当代外国文学》上发表了多篇研究鲍里斯·维昂的论

---

1 柳鸣九：《历史画卷中的历史哲理——阿拉贡：〈圣周风雨录〉》，《外国文学评论》，1991年第4期。
2 张放：《超现实主义诗人——路易·阿拉贡》，《法国研究》，1998年第1期。刘武和：《真实与虚假：二律背反中的阿拉贡》，《云南师范大学学报》（哲学社会科学版），1998年第4期。
3 吴岳添：《阿拉贡的"炼狱"》，见吴岳添：《世纪末的巴黎文化》，北京：社会科学文献出版社，1998年。
4 葛雷：《布勒东的超现实主义美学及其诗歌创作》，《外国文学评论》，1990年第2期。
5 张放：《布勒东及其代表诗作赏析》，《法国研究》，1995年第2期。
6 王以培：《一束冰水里的阳光——保罗·艾吕雅诗歌赏析》，《名作欣赏》，1991年第2期。张斌：《献给自由的赞歌——浅析艾吕雅的〈自由〉》，《法国研究》，1995年第1期。张放：《爱与梦的诗人——保尔·艾吕雅及其诗作》，见刘岩编：《20世纪西方现代派文学名著导读·诗歌卷》，天津：天津人民出版社，2000年。
7 马秀兰：《勒内·夏尔和他的诗》，《国际关系学院学报》，1991年第4期。刘成富：《讴歌生命的夜莺——评当代诗人勒内·夏尔》，《当代外国文学》，2004年第3期。
8 柳鸣九：《现实与超现实之间——鲍里斯·维昂：〈岁月的泡沫〉》，《世界文学》，1994年第3期。

文[1]，并以其博士学位论文为基础，出版了专著《现实与超现实——鲍里斯·维昂作品多维度研究》（南京大学出版社，2015年）。

大陆的学术期刊上一般很少看到台湾学人的研究文章，然而在《江西社会科学》上，我们读到了台湾文化名人洛夫的《超现实主义的诗与禅》。被称为"诗魔"的洛夫是台湾《创世纪》诗刊的创办人兼总编，是二十世纪六十年代台湾超现实主义运动的最积极的倡导人和最热情的实践者。他对超现实主义理论既有深入的研究和领悟，也有积极的转化和发挥。他之所以在文中把西方超现实主义的诗与代表东方智慧的禅相提并论，完全是他个人多年来在诗的创作中寻求新的语言形式和形而上的本质时所做的一种探索。通过这种潜心探索，他深深体悟到："诉诸潜意识的超现实主义，和通过冥想以求顿悟而得以了解生命本质的禅，两者最终的目的都在寻找与发现'真我'。"[2]

在九十年代以来出版的评论西方现代派的著作中，也有不少论及了法国超现实主义。如袁可嘉的《欧美现代派文学概论》对超现实主义的理论、作家与作品，包括英国和希腊的超现实主义作家与作品，做了专门的介绍[3]。丁子春主编的《欧美现代主义文艺思潮新论》主要从哲学美学观、艺术本质论和艺术创作论等方面展开论述，把超现实主义概括为"疯狂与梦幻的投影"[4]。对超现实主义的论述更多地出现在法国文学研究专家的著作中。吴岳添在《法国文学流派的变迁》中，把超现实主义作为浪漫主义的尾声做了阐述[5]。江伙生、肖厚德的《法国小说论》主要评介了阿拉贡和格拉克的生平、创作及两人的代表作品，前者有《共产党员们》、《受难周》和《戏剧／小说》，后者有《西尔特沙岸》[6]。郑克鲁的《现代法国小说史》首先评介了布勒东和超现实主义小说的特点，随后既介绍了鲍里斯·维昂、格拉克、雷蒙·格诺，也论及了巴塔伊、勒里斯、芒迪亚格、阿波利奈尔、苏拜维艾尔和科克托等"其他"作家[7]。郑克鲁后来还对超现

---

1 如《论鲍里斯·维昂小说〈岁月的泡沫〉中的黑色幽默》，《当代外国文学》，2014年第1期。
2 洛夫：《超现实主义的诗与禅》，《江西社会科学》，1993年第10期。
3 袁可嘉：《欧美现代派文学概论》，上海：上海文艺出版社，1993年。
4 丁子春主编：《欧美现代主义文艺思潮新论》，杭州：杭州大学出版社，1992年。
5 吴岳添：《法国文学流派的变迁》，北京：北京大学出版社，1995年。
6 江伙生、肖厚德：《法国小说论》，武汉：武汉大学出版社，1994年。
7 郑克鲁：《现代法国小说史》，上海：上海外语教育出版社，1998年。

实主义的理论与实践做过"热点"述评[1]。张泽乾等著的《20世纪法国文学史》采用了分门别类的方法，不仅在"作家专论"中谈到了布勒东、阿拉贡和勒内·夏尔，在"超现实主义诗歌"里谈到了苏波、艾吕雅、德斯诺斯和佩雷，而且还把阿尔托、科克托、勒韦尔迪、雅各布、蓬热作为超现实主义诗歌的同路人，把普雷维尔、雷蒙·格诺作为超现实主义的"边缘作家"做了介绍[2]。《北京2000年纪念法国诗人雅克·普雷维尔诞辰100周年文集》[3]也在新世纪初与我国的法国文学爱好者和研究者见面。此外，还有一些有关超现实主义整体介绍或研究的论文[4]。

九十年代最不能忽视的研究成果当推老高放的《超现实主义导论》。这是继八十年代程晓岚的《超现实主义述评》发表十年后又一次更深入、更系统、更全面的研究，给读者提供了很多更有说服力的解释。譬如关于超现实主义与达达主义的关系，学界普遍的观点是超现实主义脱胎于达达主义，然而作者却明确指出，超现实主义和达达主义是两个独立的运动。虽然超现实主义在孕育之初与达达主义有许多共同之处，但它绝不是从达达主义派生出来的，它从一开始就有着自己的特殊追求，就与达达有着显著的不同："它并不像达达主义那样对一切都持虚无主义的态度，而是相信诗以及人的心理生活当中包藏着人的本质，只要排除了理性、道德、美学的制约，人的本质就可以恢复其本来面目。"[5]老高放在八十年代对超现实主义的研究中，也表达过类似的观点，但他当时使用的是"查拉的达达主义"和"以布勒东为代表的巴黎的达达主义"以示二者的区别[6]。看来当时他的认识还不很明确。这也说明一个学者的认识是不断发展、不断提高的。在这个问题上，罗大冈前后的观点也是有变化的。他起先就曾认为"超现实主义的前身是'达达'"，但后来也做了些修正："不能认为超现实主义的来源仅仅是1916年产生于瑞士苏黎士的'达达'运动"，布勒东、阿拉贡和苏波合办的《文学》受'达达'的影响是无可否认的，但它和

---

[1] 见曾繁仁编：《20世纪欧美文学热点问题》，北京：高等教育出版社，2002年，第103—111页。
[2] 张泽乾、周家树、车槿山：《20世纪法国文学史》，青岛：青岛出版社，1998年。
[3] 唐杏英等编：《北京2000年纪念法国诗人雅克·普雷维尔诞辰100周年文集》，北京：外语教学与研究出版社，2002年。
[4] 徐真华、王淑艳：《超现实主义的创作实践》，《学术研究》，2012年第9期。王璇：《超现实主义的"同路"人——法国超现实主义和弗兰克·奥哈拉的诗艺研究》，《文艺争鸣》，2014年第9期。
[5] 老高放：《超现实主义导论》，北京：社会科学文献出版社，1997年，第17页。
[6] 老高放：《评法国超现实主义思潮的历程》，《晋阳学刊》，1987年第2期。

'达达'并非完全一样"[1]。只有程抱一在达达主义与超现实主义两者的关系上，一开始就表达了清醒的认识："两者均是紧接第一次欧战在异地同时兴起的反抗运动，从年代来看，达达主义出生较早……查拉乃于1920年来巴黎和他们相会。"[2] 这是一个小问题，但还是值得谈一下的。笔者认为，早期超现实主义与达达的关系，应该是一种短暂的合作关系，自以为志同道合才走到一起，但很快因目标不同而分道扬镳。甚至可以说，达达只是反抗一切、打倒一切、破坏一切，根本没有目标，所以很快偃旗息鼓。而超现实主义不但要破旧还要立新，所以后来继续发展，持续了近半个世纪。《超现实主义导论》全书十四万字，通过作者苦心研究，达到了"要正确引导读者了解什么是超现实主义"的写作目的。当然书中也有个别疏漏的地方，如将阿拉贡的诗《自杀》变成了二十六个字母的排列。到目前为止，就总体的研究深度看，《超现实主义导论》可以说是最有标志性的研究成果。

三、留待探讨或进一步探讨的问题

尽管超现实主义研究在我国新时期以来取得了不可忽视的成就，但对于一个持续了近半个世纪的文学流派来说，所做的研究工作并不算多，至少还有下列几个课题值得挖掘或进一步挖掘。

其一，超现实主义是现代主义文学中影响领域最为广泛的一个流派，即使后来波澜壮阔的存在主义运动也望尘莫及。在法国如此，在整个西方亦如此。除文学外，超现实主义几乎影响到艺术的各个领域，如电影、绘画、雕塑、建筑和装饰艺术。这是一个很值得思考的问题。当然，对于文学研究者来说，没有必要把落脚点放在超现实主义如何具体影响电影、绘画、雕塑和建筑等其他专业领域，但我们可以以超现实主义为出发点，从其本体上着力探讨它之所以能超出文学运动的范围、扩大自己的畛域的内在张力与核心动力。

其二，超现实主义对后来欧美的现代主义文学的发展产生了深远影响。大一点看，美国的黑色幽默文学和拉美的魔幻现实主义都留下它的痕

---

[1] 罗大冈：《试论二十世纪法国文学》，《当代外国文学》，1983年第1期；《超现实主义札记》，《外国文学评论》，1987年第4期。
[2] 程抱一：《法国超现实主义运动》，《外国文学研究》，1983年第3期。

迹；小一点看，法国本土的新小说和荒诞派戏剧都汲取过它的养分。这是我国的外国文学研究专家或法国文学研究专家普遍的认识。但是，关于超现实主义对这些流派产生影响的具体深入的研究，如从超现实主义文艺思潮或美学观点或创作手法去深入探讨它的种种影响的文章几近阙如。目前只能看到一些相关文章中有所论及，如《亨利·米勒小说中的超现实主义与"自我重建"主题》（王庆勇，《河南社会科学》，2013年第2期），至今仍无人深考。

其三，超现实主义对我国现当代文学的影响虽不如欧美其他现代流派那么明显，但这种影响的存在已不能否认。袁可嘉的《现代派论·英美诗论》、郑择魁和王文彬的《戴望舒评传》已做了些开拓性的探索。孙玉石的《中国现代诗导读》、唐正序等编的《20世纪中国文学与西方现代主义思潮》和张大明的《西方文学思潮在现代中国的传播史》[1]已有较多涉猎。谭楚良的《中国现代派文学史论》、朱寿桐主编的《中国现代主义文学史》和李岫等编的《二十世纪中外文学交流史》，对超现实主义在台湾现代文学，尤其现代诗坛上的重大影响，做了篇幅较大的论述。但我们仍有很多研究可做，或探讨超现实主义对我国现当代文学的直接影响，或探讨超现实主义经由黑色幽默或魔幻现实主义的间接影响，或探讨包括超现实主义在内的众多现代主义流派的综合性影响。

其四，以往我国对超现实主义的研究，主要是传统思维模式下的一种研究。然而，当代社会科学和人文科学的发展，为我们研究西方现代主义开辟了新领域。如叶舒宪的《论20世纪文学与人类学的同构与互动——从超现实主义到魔幻现实主义》连载长文[2]，就跳出了布勒东往日对超现实主义所定义的狭小范围，在整个现代主义思想运动的背景中，运用人类学或社会学的最新成果，探讨了超现实主义对现代性的反叛和对原始文化的认同等诸多问题，对超现实主义做了一番新的考察，给我们今后拓宽研究的视野带来了启迪。

---

1 张大明编著：《西方文学思潮在现代中国的传播史》，成都：四川教育出版社，2001年。
2 叶舒宪：《论20世纪文学与人类学的同构与互动——从超现实主义到魔幻现实主义》，《中文自学指导》，2001年第1—4期（但第1和第2期上内容重复）。

第二章
法国存在主义在中国的"存在"历程

法国存在主义是兴起于二十世纪三十年代末、鼎盛于第二次世界大战后的西方重要的文学流派。其代表人物萨特、加缪和波伏瓦，在西方传统的价值观念分崩离析，普遍发生"生存"危机的年代，通过小说和戏剧的形式，广为张扬了存在主义哲学思想，给生活在"恶心"和"荒诞"的世界中迷惘困顿的人们"选择"了一条"使人生成为可能"的"自由之路"。法国存在主义在六十年代走向式微前，曾持续在本土掀起狂澜，它后来广泛地影响了欧美国家，并且波及亚洲的印度和日本。它也曾两度东渐，对中国现当代文学产生影响，一次主要发生在二十世纪四十年代，另一次主要发生在新时期的八十年代。

第一节　法国存在主义在二十世纪四十至六十年代的中国

一、迅速反应的四十年代

我国早期对法国存在主义文学的译介，可以上溯到1943年11月，《明日文艺》第2期发表了展之翻译的《房间》，这是法国于1939年出版的萨特短篇小说集《墙》中的一篇。次年3月，《文阵新辑》发表了作家荒芜翻译的《墙》，而现代著名诗人戴望舒1947年也再次翻译了《墙》，发表在9月《文艺春秋》第5卷第3期上。

我国较早对存在主义文学进行介绍的期刊，应是《时与潮文艺》，因为从1945年起，编辑孙晋三就为每一期撰写了《照火楼月记》，来介绍西欧文坛概况。"照火"出自韩愈的"以火来照所见稀"句。这一年年初发行的第5卷第1期上，孙晋三对"声名增高最多"的作家萨特及其新剧《苍蝇》和《此门不开》做了介绍，其中说道，《苍蝇》是"和希腊悲剧中的Orestes的主题相同"，《此门不开》"含哲理气甚浓"[1]。孙晋三后来还撰写了《所谓存在主义——国外文化述评》，指出存在主义既有悲观也有积极的两个方面，认识到："只是，世上太多的人害怕自由，往往逃避人的责任，而昏昏冥冥地放弃了真正做人的机会。"[2]这一认识已经抓住了存在主义哲学的本质。

早期对存在主义文学介绍最为热烈的时期，是1947年至1948年间，除孙晋三外，还有盛澄华、罗大冈、吴达元、冯沅君和陈石湘等人，陆续发表了多篇文章：1947年5月，盛澄华就撰写了《〈新法兰西杂志〉与法国现代文学》，介绍说，法国文坛上"最引人注目"的存在主义正在"热烈的展开"中，有可能"成为法国现代哲学思想的最高表现"；萨特是"它真正的领导人"；《生命与虚无》是这运动的理论与法典"[3]。盛澄华后来还翻译了纪德的《文坛追忆与当前问题》[4]和《意想访问之二》[5]，里面都有纪德对存在主义的评论。1948年2月，罗大冈发表了《存在主义札记》连载文章，辨析了存在主义哲学与传统哲学的区别，对存在主义的关键词如"抉择、自由、投效（即介入）、焦虑和存在"等一一做了分析。文中还指出，"无论存在主义在哲学与文学上的价值如何，无论存在主义是否如一般人所说，只是一时的'茅柴火'，我们认为它在解答时代苦闷的一部分真理上，对于明日世界文学与思想上所留下的，不可磨灭的烙印，均有不能轻视的重要性"[6]。而他同年发表在《益世报》上的《〈义妓〉译序》[7]

---

1 孙晋三：《照火楼月记》，《时与潮文艺》，第5卷第1期，1945年3月。
2 孙晋三：《所谓存在主义——国外文化述评》，《文讯》，第7卷第6期，1947年12月。
3 盛澄华：《〈新法兰西杂志〉与法国现代文学》，《文艺复兴》，第3卷第3期，1947年5月。
4 纪德：《文坛追忆与当前问题》，《文艺复兴》，第4卷第1期，1947年9月。
5 纪德：《意想访问之二》，《大公报·星期文艺》，第66期，1948年2月1日。
6 罗大冈：《存在主义札记》，《大公报·星期文艺》，第67和68期，1948年2月8日和17日。
7 罗大冈：《〈义妓〉译序》，《益世报·文学周刊》，第116期，1948年10月。

(《义妓》即《恭顺的妓女》，依卞之琳当时建议而改名）可视为这一时期最有认识深度的评介文章。他剀切中理地指出：萨特的"先有存在，后有本质"，要点在于"生命即是存在的意识，或者说有意识的存在"；《义妓》的"主题似乎是种族偏见，但细读妙文，觉得作意不限乎此"，"作者从现社会的矛盾，描写到个人内在的矛盾"。随后罗大冈做了进一步的揭示："奴隶根性，是弱者之所以为弱者的重要原因之一"；"存在主义者说人在因袭势力支配下，他不自己猛省，终无翻身的一日"。其实，罗大冈对存在主义的介绍从1947年就已开始，当时他已写了《两次大战间的法国文学》[1]。罗大冈和盛澄华那时都是从法国归来的学者，对法国存在主义自然有较多的了解和较深的认识。这一时期，法语专家吴达元也在《大公报》上对"存在派作家加缪"的新作《外人》（即《局外人》）进行了评介，用加缪的《西西弗的神话》所表达的"人生是荒诞无稽的"哲学观来阐释其作品《外人》，并提醒读者，存在主义者倡导的人道主义绝非普通人的人道主义[2]。而作家冯沅君翻译发表在《妇女文化》上的D. 维尔登的《新法国的文学》，直接向国内学界展示了外国学者对以萨特为代表的法国存在主义的领悟。文章说：我们已跨进社会文学的纪元，"文人，果真像文人，须完成一种社会的职务"，作家要"介入"社会，要调和社会的职责与个人的尊严和自由[3]。在这热烈的时期内，最全面地介绍法国存在主义的，当属陈石湘的《法国唯在主义运动的哲学背景》，文章以萨特的《存在主义是一种人道主义》为参照系，分析了法国存在主义哲学产生的历史、文化和社会背景（如两次世界大战尤其第二次世界大战给人类带来的灾难，人的价值在现代文明中的失落，资本主义社会制度造成的人的异化以及人的荒诞处境）；指出了存在主义与先前一切哲学的本质区别（在于反对传统哲学的理性观和决定论，通过具体个人的经验存在来探索个体解放和人生价值）；对存在主义的重要命题如"存在先于本质"和"自由选择"进行了评述（前者是指"人的存在是主观个体的自觉，因而人生的一切价值都要从个人的自觉的存在出发"；后者则与"个人主义的放任，以及浪漫主义中夸张的自我都是不同的"，"这样的自由自主的选择，代替

1　罗大冈：《两次大战间的法国文学》，《文学杂志》，第2卷第5期，1947年10月。
2　吴达元：《名著评介〈外人〉》，《大公报·图书周刊》，第21期，1947年6月20日。
3　维尔登：《新法国的文学》，《妇女文化》，第2卷第1期，1947年1月。

了上帝的工作，一步一步创造人的新形象，因而时时对自己，亦即对全人类，负责")。这篇文章引起我们注意的，还有作者对存在主义文学作品的描述：因为要表现反抗精神，所以写实更为大胆；因为要形成具体的主张，所以说理不落空洞；因为有具体的主张，借用古典或历史主题时，其象征的意义和兴趣更为鲜明[1]。

我们注意到，四十年代我国对法国存在主义的介绍，不是由哲学家来完成的，而是由现代作家和法国文学研究专家来完成的，这说明存在主义在我国最初就是以文学的面貌出现的；另一方面，由于介绍者都具有很高的文化修养，他们对存在主义的理解和把握已相当准确，甚至已十分深刻，如罗大冈对《义妓》的认识。他们的介绍基本反映了当时在法国风头正劲的存在主义的概况。

那么，为什么我国（文）学界在四十年代会对法国存在主义表现出极大的兴趣和热情呢？这里面既有客观上的原因也有主观方面的原因。从客观上说，在二十世纪初至二十年代间，有鲁迅、茅盾、郭沫若、田汉、朱光潜等对存在主义先驱克尔凯郭尔或尼采的翻译、介绍和探研；在三十年代，有冯至对以海德格尔为代表的德国存在主义的接受和阐发；所以，到四十年代，当法国存在主义崛起，"存在主义装束、存在主义发式、存在主义狂游"风行的时候，当战争灾难成为中法两国共同的不幸经历的时候，存在主义作为一种人生哲学，与最适宜表现人生的文艺作品之间的紧密联系，自然便引起我国文学工作者的极早关注。另一方面，存在主义哲学本身也有其积极的一面，至少当时它那积极的一面显得格外醒目，因为正如萨特所说，"存在主义……是一种使人生成为可能的学说"，"它把人类的命运交在他自己手里，所以没有一种学说比它更乐观"，"它的用意丝毫不是使人陷于绝望"，"它是一个行动的学说"[2]。也就是说，存在主义主张个人去选择，去行动，来实现人的真正的存在自由和存在价值，恢复人的尊严。因而，从主观方面说，这些早期的介绍者希望在那个动荡不安的战争年代，能够借此新哲学唤起吾民个体的生存意识和生命价值，最终唤醒那些依然沉睡的民众。所以，盛澄华才会这样介绍说："'存在主

---

1 陈石湘：《法国唯在主义运动的哲学背景》，《文学杂志》，第3卷第1期，1948年6月。
2 萨特：《存在主义是一种人道主义》，周煦良等译，上海：上海译文出版社，1988年，第4—30页。

义'虽以哲学性的否定作出发，却主张借人间共同的合作以谋世间的改进。"冯沅君通过她的翻译，表达的是作家要"介入"社会，承担其责任的意旨；罗大冈对《义妓》的辨析，不啻是为了张扬存在主义"自我拯救"的人生观，其真正的用心想必还在于告诉国人，只有摆脱人身上奴性之劣根，才能获得人的真正解放。当年的文学工作者本着唤醒生命个体的存在价值的良好心愿，对法国存在主义文学做了积极、迅速的翻译和介绍。

到了四十年代末，伴随着解放战争的胜利，一些党员作家在香港出版了《大众文艺丛刊》，很快确定了"文艺的新方向"，同时严厉地批判了"西欧文学的没落倾向"，其中最受非难的就是存在主义[1]。站在今天的立场，我们不会因为《大众文艺丛刊》里的批判而把存在主义看成毒草，也不会反过来把存在主义当作一种十全十美的人生哲学；我们已经学会从专业学术的角度，以客观公允的姿态去审视各种文艺流派。我们要说明的是，这种风云突变的批判，并不能否定四十年代初期开始的对法国存在主义文学的翻译和介绍工作，因为那只是一次纯粹的文化方面的传介活动，是抱着良好心愿的知识分子针对那个时代做出的一种负"责任"的"选择"。可是为什么会发生这种"风云突变"呢？原来在1946年7月，萨特在法国的《现代》杂志上发表了《唯物主义与革命》，其中对马克思主义带有一些否定性的评价，他认为共产主义的政治是进步的，但他对其哲学却有不同看法。1948年，萨特的戏剧《肮脏的手》公演，又被红色苏联视为反苏宣传。法共在《人道报》上斥责萨特是"帝国主义的走狗"，是"难于索解的哲学家，令人厌恶的小说家，引起公愤的剧作家，第三势力的政客"[2]。文学遭遇政治，事情就复杂起来。萨特的"介入"导致法共和苏共的反击，因而出现了变化，这是最初介绍法国存在主义文学的我国文学工作者始料不及的。

法国存在主义于四十年代在我国的译介还是产生了效果的。尽管在此之前，有对丹麦的克尔凯郭尔和德国的尼采及海德格尔的介绍，但国人对"存在主义"概念形成一大体之认识轮廓，则是从法国存在主义在我国

1　解志熙：《生的执著》，北京：人民文学出版社，1999年，第256页。
2　徐崇温：《萨特及其存在主义》，北京：人民出版社，1982年，第162—163页。

的译介开始的。而且，四十年代我国对法国存在主义的迅速反应，不仅表现在翻译和研究两个方面，还表现在对它的接受上面。作为当时一个正在发展壮大的文学思潮，法国存在主义在四十年代的我国，已经留下了可以寻踪觅影的痕迹。例如，戴望舒在翻译萨特的《墙》的同年，就发表了《我和世界之间是墙》[1]，显然是受了"在法国文坛风靡起来的""生存主义""新潮流"的影响[2]。汪曾祺在回忆自己在西南联大学习的时候说过："那时萨特的书已经介绍进来了，我也读了一两本关于存在主义的书。虽然似懂非懂，但是思想上是受了影响的。"[3] 在汪曾祺的早期创作中，我们可以发现，他的《落魄》中的"荒诞"与"恶心"的存在体验、《礼拜天早晨》中的耽于"自欺"的存在状态以及《复仇》中表现"自为"和"自由选择"的存在意识，均与萨特和加缪的存在主义创作思想有着不可分割的联系。虽然尚不知汪先生当时阅读的是翻译作品还是原文，但这并不妨碍论证他对法国存在主义文学的接受。至于钱锺书的长篇小说《围城》对人性入木三分的刻画，自然使人联想到萨特的《恶心》与加缪的《局外人》。主人公方鸿渐对既有的人生价值和社会价值的怀疑，对事业、爱情如同《局外人》中的默尔索那样不感兴趣的生活方式，以及"围城世界"里人与人之间的"间隔"与制约，也都可以成为探研《围城》作品里的存在主义思想的切入点。有论者因而认为，《围城》"是一部表现人的存在困境的形象哲学，与加缪的《局外人》和萨特的《恶心》有着异曲同工之妙"[4]。杨昌龙认为，《围城》"写出了人生的哲理内涵：两难选择中的困顿处境。这种'围城意象'的题旨中，就渗透着存在主义的'非理性'内容"[5]。解志熙在自己的博士论文中，也对《围城》与存在主义的关系做了探讨，提出这样的观点："这与其说萨特和加缪影响了钱锺书，毋宁说是钱锺书在尼采、克尔凯郭尔等存在主义思想先驱的启发下，站在与萨特、加缪相同的思想起点，而对着同样关心的现实问题，遵循着相近的思路，

1　戴望舒：《戴望舒全集·诗歌卷》，北京：中国青年出版社，1999年，第175页。
2　戴望舒：《〈墙〉译后附记》，《文艺春秋》，第5卷第3期，1947年9月。
3　汪曾祺：《美学情感的需要与社会效果》，《汪曾祺全集》第三卷，北京：北京师范大学出版社，1998年，第283页。
4　唐正序、陈厚诚主编：《20世纪中国文学与西方现代主义思潮》，成都：四川人民出版社，1992年，第405页。
5　杨昌龙：《萨特在中国》，《东方丛刊》，1998年第3期。

进行同步的哲学思考和艺术创造。"[1] 他在萨特、加缪与钱锺书之间做了平行比较，得出这样的结论："钱锺书的《围城》和萨特的《理性的时代》是殊途同归，而与加缪的《局外人》则如出一辙。如果说萨特的《理性的时代》是直接从正面来肯定个人的自由和自为的勇气，并把这种自由和勇气推到极端的话，那么钱锺书的《围城》和加缪的《局外人》则是从反面来启示人们，当孤独的个人面对虚无的人生和荒诞的存在处境时，有没有一种个体主体性，有没有一种敢于独立自为的勇气，一种不畏虚无而绝望地反抗的勇气，就是生死攸关的事了。"[2] 不过，笔者还想补充一些。钱锺书先生精通法语，自1935年起游学欧洲，"对存在主义哲学不但知之甚详，而且接触甚早——三十年代末四十年代初他已读到过存在主义大师的原著了"[3]，甚至，"早在他写的30年代末的散文集《写在人生边上》里，对存在主义的诸观念就多所阐发"[4]，因而恐怕不能排除法国存在主义对其发表于1946年至1947年的《围城》[5]的影响。当然话又说回来，如果《围城》确乎受到过法国存在主义的影响，钱锺书也早已把法国存在主义思想彻底地"化"到了家。我们知道，钱锺书向来把"化境"视作文学翻译的最高境界，自然也有才能把萨特和加缪的人生哲学彻底融化在自己的《围城》世界里，来灵活自如地表达超越了"围城世界"而面对整个人类荒诞的存在困境的形而上思考。这是他的过人之处。

二、冷热变化的五六十年代

五十年代初我国对萨特的介绍，还是承袭四十年代末对他的认识，如1951年7月25日的《文艺报》，依旧把萨特排除在"战斗的法国进步文学"家[6]之外，把他当作"反动的""唯生存主义"创导者看待。这也难怪，因为就在不久前，萨特还批评过共产党人的道德[7]。然而到了五十年代中期，我国

---

[1] 解志熙：《生的执著》，北京：人民文学出版社，1999年，第210页。
[2] 同上，第233页。
[3] 同上，第83页。
[4] 唐正序、陈厚诚主编：《20世纪中国文学与西方现代主义思潮》，成都：四川人民出版社，1992年，第443页。
[5] 钱锺书的《围城》连载于《文艺复兴》，第1卷第2期（1946年2月25日）至第2卷第6期（1947年1月1日）。
[6] 孙源：《战斗的法国进步文学》，《文艺报》，第4卷第7期，1951年7月25日。
[7] 萨特：《词语》，潘培庆译，北京：三联书店，1989年，第254页。

又把萨特视为"进步作家"了,并且在他访华前后进行了肯定的宣传介绍。这种友好的转变主要鉴于下列几个客观原因:(一)1951年底,法共党员亨利·马丁因反对法国政府在印度支那的殖民战争,拒服兵役而被捕,萨特应共产党知识分子的请求,参加了营救马丁的运动,并使后者最终获释;(二)1952年5月,法共领导人雅克·杜克洛在抗议美国侵朝将军访问巴黎的示威游行后被捕,萨特原本就痛斥美国的侵朝政策,认为"美国方面寡廉鲜耻",这时迅速发表了《共产党人与和平》,支持法共,在政治上与法共保持接近,成了共产党的"同路人",按他的话说,"同路人就是站在党外来思索何为真理,希望对党有所补益的人"[1];(三)1955年6月,戏剧《涅克拉索夫》(以下简称《涅》剧)的上演。如果说1948年上演的戏剧《肮脏的手》在客观上确实对共产党的形象造成了损害的话,那么《涅》剧则表现出亲共的倾向,它对资产阶级新闻宣传中为制造反共高潮而运用的种种卑鄙伎俩做了无情的揭露和公开的讽刺。萨特说:"我想在我的新作中揭露反共宣传的手段……以此为争取和平的斗争作出我作为作家的一份贡献"[2]。

所以,1955年9月,应中国人民对外文化协会邀请,萨特与波伏瓦两位"进步作家"来华进行了为期一个半月的访问。《译文》于1955年第10期做了报道。虽然双方未就存在主义进行探讨,但萨特的来访无疑促进了双方的相互理解。萨特说,来到中国,他所感到的只是愉快。在萨特访华之前,《译文》于1955年第8期就已发表罗大冈的《萨特的新著:〈涅克拉索夫〉》。罗文指出,《涅》剧是继《义妓》之后的又一次极大的成功,"作者锋利的笔尖,不留余地戳穿了资产阶级报纸对于法国共产党、对于苏联造谣侮蔑的一套卑鄙愚蠢的惯技"。萨特访华结束后,《译文》第11期还发表了罗大冈翻译的萨特名剧《丽瑟》(即《恭顺的妓女》)。据罗大冈回忆,"文革"前,根据该剧改编的电影《可尊敬的妓女》已在我国上映(到七十年代后期,这部进口片重新放映时,片名改为《被侮辱和被损害的人》)[3]。

访华促使萨特写下两篇文章:一篇为《我对新中国的观感》,发表

---

[1] 徐崇温:《萨特及其存在主义》,北京:人民出版社,1982年,第163页。
[2] 同上,第274页。
[3] 罗大冈:《关于存在主义文学》,《小说界》,1983年第1期。

在当年11月2日的《人民日报》上，文章说，他看到"一个有了非常明确方向"的伟大的国家"正在不断地转变"。他赞叹中国人民选择了社会主义道路，深信"在中国，直接的现实是未来"，并用"深切的人道主义"称颂中国"人与人之间最合乎人情的关系"；另一篇为《法共的作家与争取和平的斗争》，发表在11月15日的《文艺报》上，文章介绍了法国进步作家为恢复民族独立和维护世界和平所做出的贡献，也介绍了他们为宣传社会主义国家的真实情况所做出的举动。在来华访问的前一年，萨特就曾为《法兰西文学》周刊上的中国照片集作序积极宣传，回到法国后，又在《法兰西观察家》当年12月1日与8日两期上发表了《我们所见到的中国》。波伏瓦也写下了随笔《万里长征》。

五十年代末起对存在主义的译介主要集中在《现代外国哲学社会科学文摘》上。据统计，从1959年至1966年间，在该刊上刊发的包括论及德国存在主义的译文有近二十篇，其中直接涉及法国存在主义的就有八篇，如在《学派与人物》栏目下发表的《马赛尔与沙特——两个法国存在主义哲学家》和《不接受诺贝尔或列宁奖金的让-保罗·萨特》；在《书刊评介》栏目下刊发的《一种存在主义美学：沙特和梅劳-庞蒂的学说》和《萨特：〈情势种种〉》；还有作为"资料"的《内在性问题：柏格森和沙特》。这一时期，对存在主义译介的一个重要现象就是转以批判为宗旨，萨特已从五十年代中期的"进步作家"又变成了反面人物，加缪更是难免，如译文《亚尔培·加缪》的编者按说，加缪"只是一个丧失了人生高贵理性的人……对马克思主义进行种种污蔑……（他）反对人类为明天的幸福而斗争"；译文《无神论的存在主义》（摘自《存在主义是一种人道主义》）的编者按说，"现代存在主义思潮，从其社会阶级根源来说，乃是垄断资本主义腐朽性、反动性在意识形态上的表现"；而《沙特，马克思主义与历史》的编者按则说，萨特"是想把马克思跟恩格斯、列宁对立起来，借'辩证法'之名，贩卖存在主义之实，企图以存在主义来篡改并取消马克思主义"[1]。

为什么萨特在中国又变成了一个被否定的对象呢？原来在1957年，萨特发表了《存在主义与马克思主义》（后改名《方法论若干问题》，收入

---

[1] 本节所引八篇译文分别见《现代外国哲学社会科学文摘》1961年第2期，1965年第7期，1964年第1期，1965年第11期，1963年第7期，1960年第4期，1961年第2期，以及1964年第7期。

《辩证理性批判》）。文中他虽然表明，马克思主义"依然是我们时代的哲学，它是不可超越的，因为产生它的环境还没有被超越"，但他同时又对马克思主义进行了一些批评[1]。在1960年出版的《辩证理性批判》中，萨特又系统阐述了他的"存在主义"观点，力图用存在主义来"补充"和"革新"马克思主义，具体说就是要用"人学辩证法"去取代唯物辩证法，用"历史人学"去代替历史唯物论。[2] 这样一来，萨特就结束了他与共产党"同路人"的关系，他对马克思主义的大不敬在我国必然要遭到人们旗帜鲜明的批判。

在六十年代对以萨特为代表的法国"反动的"存在主义思潮的批判性的介绍中，最有代表性最有力度的文章，是发表在《光明日报》上的《存在主义文学印象》。作者"以萨特为脉络论述了存在主义文学的概略"，对存在主义术语（"存在先于本质"和"自由观念"），存在主义"社论"（《争取倾向性文学》）、小说（《厌恶》和《自由之路》）和戏剧（《闭塞》）都阐述了一种否定的"印象"，给萨特做了反映那个年代评论特点的定性结论：萨特的文艺思想属于法国传统的自由资产阶级，而自由资产阶级和垄断资产阶级是同一阶级的两个集团，所以尽管萨特也写过少数有一定进步因素的剧本，参加过和平运动，"但是一定要看到，存在主义文学在根本上维护资本主义制度，是资本主义制度发展到末期的极端个人主义的精神产物，这才是它本质的一面"[3]。

尽管那个年代以萨特为代表的法国存在主义在我国受到了严肃的批判，但还是有一些存在主义作品作为内部读物被翻译过来：1963年，商务印书馆就出版过萨特的哲学著作《辩证理性批判》；同年，中科院编译的《存在主义哲学》中，收录了他的《存在主义是一种人道主义》和《存在与虚无》的部分篇章。从1962年至1965年，商务印书馆还出版过让·华尔的《存在主义简史》、卢卡奇的《存在主义还是马克思主义？》以及包含了《存在主义是一种人道主义》的《人道主义、人性论研究资料》等哲学著作和材料。文学方面则有1961年上海文艺出版社出版的孟安翻译的加缪的《局外人》和1965年作家出版社出版的郑永

---

1 萨特：《词语》，潘培庆译，北京：三联书店，1989年，第282页。
2 徐崇温：《萨特及其存在主义》，北京：人民出版社，1982年，第165页。
3 程宜思：《存在主义文学印象》，《光明日报》，1962年6月29日，第3版。

慧翻译的萨特的《厌恶及其他》。在六十年代前前后后，存在主义同西方任何现代主义在中国的命运一样，翻译不是为了宣传，介绍是为了批判。正如《厌恶及其他》的"后记"所言：萨特的作品既"荒谬"又"反动"，其哲学是"狼的哲学"。在当年的形势下，西方现代主义被归入扫荡之列。

第二节　新时期以来对存在主义文学的翻译

一、存在主义作品的翻译

七十年代末起，改革开放给我国的文化领域也吹来春风。"文革"期间一直受到冷落的西方现当代"资产阶级"的诸多文学思潮，开始得到大规模的翻译和介绍。1978年6月，《世界文学》第3期发表了施康强翻译的加缪的《不贞的妻子》；同年7月，《外国文艺》第1期发表了林青翻译的萨特名剧《肮脏的手》。这两部译作是进入新时期后对存在主义文学作品最早的译介。1980年4月15日，萨特的逝世在我国引发了逐渐升温的"萨特热"，也使这一年成为翻译和发表存在主义文学作品的一个高潮。因为这一年间，《当代外国文学》第1期发表了萨特的《禁闭》、《墙》和《可尊敬的妓女》；《世界文学》第4期发表了萨特的《死无葬身之地》（两刊还登载了评介萨特和存在主义的文章）；《外国文学》第5期办成了"法国、意大利文学专刊"，其中发表了加缪的《沉默者》和波伏瓦的《知命之年》；《外国文艺》第5期则发表了萨特的哲学作品《存在主义是一种人道主义》。1981年，罗大冈"全文直译"了《恭顺的妓女》，发表在《春风译丛》第4期上。此后在《世界文学》、《外国文艺》、《当代外国文学》、《外国文学》和《小说界》等期刊上，不断有存在主义文学作品出现，一直持续到九十年代末。

1980年，上海译文出版社出版了加缪的《鼠疫》，这是新时期以出书的形式出版的存在主义文学最早的译著之一。但对存在主义文学作品大量的出版工作，到八十年代中期才拉开帷幕。1985年，外国文学出版社推出了《加缪中短篇小说集》和波伏瓦的《人都是要死的》；人民文学出版社推出了《萨特戏剧集》；商务印书馆推出了《局外人》；中国文联出版公司推出了《西绪福斯神话》（郭宏安译）。

进入九十年代后，出版存在主义文学作品的一个特点，就是以"文集"或"结集"的形式出现，如1995年，中国检察出版社就出版了秦天、玲子编的《萨特文集》共三卷，分别是《恶心》、《苍蝇》和《自画像》；1998年，中国文学出版社出版了丁世忠、沈志明译的《自由之路》三部曲；同年，安徽文艺出版社出版了李瑜青、凡人主编的包含了《萨特小说集》、《萨特戏剧集》、《萨特文学论文集》、《萨特哲学论文集》及《辩证理性批判》等在内的一套《萨特文集》。2000年，人民文学出版社推出了由沈志明、艾珉主编的包括四部小说卷、两部戏剧卷和一部文论卷在内的七卷本《萨特文集》。2005年，人民文学出版社又推出了八卷本《萨特文集》，增加了书信卷。关于加缪，译林出版社1999年出版了郭宏安主编的《加缪文集》；河北教育出版社2002年出版了柳鸣九、沈志明主编的《加缪全集》四卷。关于波伏瓦，江苏文艺出版社1992年推出了《西蒙·波娃回忆录》四卷[1]，即《闺中淑女》、《盛年》、《时势的力量》和《清算已毕》；中国书籍出版社从1998年至2000年，也出版了她的系列作品，有被视为女性"圣经"的《第二性》[2]以及《他人的血》、《女宾》[3]、《越洋情书》和《名士风流》[4]等。另一方面，由于 Les Mots 是萨特作品中颇受读者欢迎的作品，因而在我国迄今至少有五个版本和四种译名：《文字生涯》、《萨特自述》、《词语》和《我的自传：文字的诱惑》[5]。关于加缪，他的哲理名著《西西弗的神话》或译《西绪福斯神话》至少已由十家出版社出版。他的名著《鼠疫》表现了面对灾难人们积极行动、团结战斗的姿

---

[1] 《西蒙·波娃回忆录》共四卷，谭健、盛年、陈际阳等译。另有上海书店1987年版，译者杨翠屏。
[2] 此版《第二性》由陶铁柱译。另有湖南文艺出版社1986年版，译者桑竹、南珊，但只是原著的第二卷。原著的第一卷由中国国际广播出版社1988年出版，译者晓宜、张亚莉，但更名为《女性的秘密》。此外还有西苑出版社2009年版，译者舒小菲；上海译文出版社2011和2014年版，译者郑克鲁。2015年，上海译文出版社又推出了《第二性》的合券本。
[3] 此版《女宾》由周以光译。另有陕西人民出版社1990年版，译者陈淇等。安徽文艺出版社1994年版的译名为《女客》，周以光译；该译本后由中国书籍出版社（1999年）和上海译文出版社（2010和2013年）出版，出版时译名改回《女宾》。
[4] 《名士风流》另有漓江出版社1991年版，北京师范大学出版社1996年版，中国书籍出版社2000年版，以及上海译文出版社2010和2013年版，译者均为许钧。
[5] 萨特的 Les Mots 五个版本分别是：《文字生涯》，沈志明译，北京：人民文学出版社，1988。《萨特自述》，苏斌等译，石家庄：河北人民出版社，1988。《词语》，潘培庆译，北京：三联书店，1989年。《我的自传：文字的诱惑》，张放译，桂林：漓江出版社，1990年。《文字生涯》，郑永慧译，北京：中国检察出版社，1995年。另外，黄忠晶等编译的同名著作《萨特自述》，内由六篇文章组成，郑州：河南人民出版社，2000年。

态，最终用集体斗争代替了《局外人》中的孤立反叛，因而在2003年春我国出现"非典"的时候再度热销，成为"瘟疫流行时期的希望之光"和"拯救心灵的最佳读本"。

从八十年代至今，除上述集中出版的情况外，萨特、加缪和波伏瓦的大部分作品或重要作品都先后由多家出版社零星出版过，一些代表作品也被"外国现代派"、"西方现代派"、"欧美现代派"或"现代主义"等名下的各种"作品选"收编。其中，再版现象（如《鼠疫》《局外人》）、复版现象（如《西西弗的神话》）、复译现象（如《词语》）和复编现象（如各种现代派"作品选"）不断出现，充分说明了三位各有千秋的法国存在主义代表作家在中国受到的欢迎之普遍、之热烈。

二、存在主义文论的翻译及其他

在译介存在主义文学作品的同时，存在主义作家的文论也同时被译介过来。在新时期的八十年代，最集中的文论翻译，发表在中国文联出版公司1984年和1985年出版的《文艺理论译丛》第2和第3期上。两期分别设立了《萨特哲学文学论文选》专栏和《加缪论文选》专栏，同时还翻译发表了外国学者的诸多"评论"。此外，零星的文论翻译还出现在《文艺理论研究》、《外国文学》、《外国文学报道》、《当代外国文学》、《译林》和《外国戏剧》等期刊上。《法国研究》1986年第2期还发表了萨特的《关于存在主义的几点说明》，萨特在文中强调指出："存在主义只是一种思考有关人的问题的方法，它拒绝给予人以某种永远凝固的本性"；"存在主义并非使人贪恋不舍的快乐，而是行动、发奋、战斗、团结合作的人道主义哲学"。萨特文论专著的翻译，除了和他的文学作品一同编入"文集"中出版的之外，单独面世的还有1989年上海人民美术出版社推出的《萨特论艺术》，1990年上海三联书店推出的《生活、境遇——萨特言谈、随笔集》和1991年人民文学出版社推出的《萨特文论选》。而萨特的著名长篇文论《什么是文学？》的节译，也出现在《现代西方文论选》（伍蠡甫）、《现代主义文学研究》（袁可嘉）和《二十世纪西方文论选》（朱立元等）等多种研究资料丛书中。在《福克纳评论集》（李文俊编选）和《外国现代剧作家论剧作》等编著中，也有萨特的文论翻译。加缪的文论也散见其中。我们甚至还可以在钱锺书的随笔集《人生边上的边上》里，看到他翻译的萨特《想象的事物》[1]的第四部分的结论。

存在主义哲学不属于本书探讨的范围，但因为萨特总是把他的哲学思想融入其文学作品中，所以他的下列哲学著作的翻译需要一提：1978年，商务印书馆出版的《外国哲学资料》第四辑上发表了《科学和辩证法》，它标志着法国存在主义哲学著作和存在主义文学著作在我国新时期的翻译工作同时启动；1987年，三联书店出版了《存在与虚无》，它是萨特前期哲学思想的体现；1988年，上海译文出版社出版了《存在主义是一种人道主义》，它主要是《存在与虚无》的通俗性读物，同时也是对其前期哲学思想的一种补漏；1998年，安徽文艺出版社推出了《辩证理性批判》，它是萨特后期哲学思想的展现。

一个国度的文学思潮在另一个国度之所以产生影响，从翻译活动发生的功效去考察，一方面，对这一文学思潮的作品和文论的译介是最主要的诱发因素；另一方面，我们也不能忽视对国外学者相关研究成果的译介。因为国外学者的研究，无论是对这一思潮的本体性研究，还是对作家个体的研究抑或对文体的分析研究，都是国外学者在这一领域研究的广度和深度的种种展示，不但可以使接受国对它有拓宽的了解和加深的认识，也可以给接受国的学者开展学术研究提供多种借鉴，带来不少启发。根据查阅到的资料，关于存在主义文学的外来评论文章，除可在《译林》和《当代外国文学》等期刊上找到外，更多的刊登在《外国文艺》上面，尤其是略萨的几篇文章[2]，其中《局外人该死》还引起了我国学者的争鸣。甚至《参考消息》到2000年还刊发了法国《新观察家》杂志上的《哲学同行评萨特》的编译。其中就有米歇尔·福柯对萨特的评价。而另一位哲学教授翁弗雷对萨特作品及生活的概括，在西方学术界也具有一定的代表性[3]。不过这方面翻译最多的还是外来评论专著，尤其以作家评传为主的专著，粗略统计就有近二十部之多，其中主要有《从普鲁斯特到萨特》、《存在主义——从陀斯妥也夫斯基到沙特》、《存在与自由——让-保尔·萨特传》、《萨特传》（波伏瓦著）、《萨特、波伏瓦和我》、《西蒙娜·德·波伏

---

1 《想象的事物》又译《想象心理学》，褚朔维译，北京：光明日报出版社，1988年。钱锺书译文见《写在人生边上·人生边上的边上·石语》，北京：三联书店，2002年，第461—464页。
2 略萨：《评〈局外人〉——局外人该死》《加缪与文学》《萨特与加缪》，分别见《外国文艺》，1994年第5期，1995年第3期，1997年第3期。
3 见《参考消息》2000年2月11日《走近萨特》一文。

瓦传》[1]以及《阳光与阴影——阿尔贝·加缪传》和《加缪传》等。在此还可以提及，台湾学人叶玄翻译的荷兰学者雷登·贝克等著的《存在主义与心理分析》，从1970年至1979年五次印刷出版。书中既谈到了萨特的存在观，也谈到了海德格尔及他人的存在观。该书在大陆也有少量发行。

第三节 新时期以来对存在主义文学的研究

一、研究的开拓

我国新时期对法国存在主义的评介与研究，离不开下列几位开拓者：柳鸣九、罗大冈、施康强和冯汉津，以及哲学界的欧力同、王克千和徐崇温等。1980年4月17日，《人民日报》发布了《法国著名作家让-保罗·萨特去世》的消息；5月5日，《人民日报》刊登了张英伦的《萨特——进步人类的朋友》。为了纪念这位"作为中国人民的朋友曾经访问过中国"的法国作家，罗大冈在《世界文学》第4期上发表了《悼萨特》。翌年他发表的《关于〈恭顺的妓女〉》[2]可以说是新时期最早对萨特作品进行专门评述的文章。文中着重指出了《恭顺的妓女》与《可尊敬的妓女》两种译名、改写本《丽瑟》与直译本《恭顺的妓女》两种结局，所产生的高低不同的思想艺术价值。他在不久之后发表的《试论二十世纪法国文学》和《关于存在主义文学》中，针对我国当时正在兴起的"萨特热"和"存在主义热"，也提出了"必须对存在主义文学做实事求是的科学研究"，"必须对萨特的文学成就有实事求是的、严肃的看法"[3]。在早期对萨特的评介中，最有影响的应属柳鸣九。早在1978年11月，柳鸣九就在广州召开的全国外国文学研究工作规划会议上，做了《现当代资产阶级文学评价的几个问题》[4]的发言，多处提到萨特，尤其在发言稿的第三部分"如何看

---

[1] 《西蒙娜·德·波伏瓦传》有中国妇女出版社1989年版，译者贡捷等；另有中国社会科学出版社1990年版，译者全小虎。
[2] 罗大冈：《关于〈恭顺的妓女〉》，《春风译丛》，1981年第4期。
[3] 罗大冈：《试论二十世纪法国文学》，《当代外国文学》，1983年第1期；《关于存在主义文学》，《小说界》，1983年第1期。
[4] 柳鸣九：《现当代资产阶级文学评价的几个问题》，《外国文学研究》，1979年第1和第2期。

待现当代资产阶级文学的思想基础"里,以萨特为例,从理论、创作和社会活动三个层面,肯定了他的进步思想倾向。他在1980年发表的《给萨特以历史地位》[1],对作为哲学家、文学家、文艺批评家、思想家和社会活动家的萨特给予了充分的肯定,提出了对从前的工作具有纠偏意义的意见:"指出萨特哲学思想中可取的部分和合理的内核……比把萨特批得体无完肤费力不讨好,但却……是作为一个社会主义大国的研究界所应尽的责任。"他编选的《萨特研究》一书的迅速出版,为学界极早献出了最充分、最全面的研究资料,为学人和广大读者了解萨特、认识萨特、走近萨特提供了多重维度。"自由"和"自由选择"是萨特存在主义哲学的要义,也是极易引起误解的概念,施康强在《萨特的存在主义释义》[2]一文中对此做了必要的和及时的阐释。施康强还另外撰文,从萨特具体的几部"境遇剧"展开分析,探讨了作者的自由观,指出这种自由观始终以个人的自由为出发点和归宿[3]。在新时期初年对萨特和存在主义的研究中,具有代表性的还有冯汉津。他在《萨特和存在主义》[4]一文中,对存在主义的演变、萨特的思想倾向、存在主义哲学的基本原则以及萨特关于小说创作方法和技巧的理论进行了剖视;在《当代法国文学流派披涉》[5]中,冯汉津还为我们勾画出存在主义文学的众面相。如果说,冯汉津在上述两篇文章中,对萨特和存在主义还能从积极与消极两个方面做比较客观的评述,那么三年后,他发表在《红旗》上的《评萨特的存在主义文学》[6],则把萨特的存在主义批得"体无完肤"了:"那种同客观世界和人类社会格格不入的唯心主义哲学基础,注定了存在主义文学形象的畸形性和否定性";"存在主义把资本主义社会中人的现实的某些侧面加以高倍放大,掩盖了另一些侧面,把它们当作人类的永恒现实,这是存在主义思辨方法反科学和反现实的表现"。当然,像《红旗》这样的期刊登载此文,是以当时我国普遍兴起且不断升温的"萨特热"为背景的,也代表了某种倾向,表达了某种意识。除上述的柳、罗、施、冯四位法国文学研究专家外,稍后而来的是研

---

1 柳鸣九:《给萨特以历史地位》,《读书》,1980年第7期。
2 施康强:《萨特的存在主义释义》,《世界文学》,1980年第4期。
3 施康强:《从萨特的"境遇剧"看他的自由观》,《世界文学》,1982年第4期。
4 冯汉津:《萨特和存在主义》,《当代外国文学》,1980年第1期。
5 冯汉津:《当代法国文学流派披涉》,《社会科学战线》,1981年第4期。
6 冯汉津:《评萨特的存在主义文学》,《红旗》,1984年第10期。

究加缪的专家郭宏安。他在1986年至1989年间，在《读书》期刊上发表了三篇评论加缪的《堕落》、《局外人》和《叛教者》的文章[1]：《法官——忏悔者》一文指出，"《堕落》实际上是一位关心人类命运的作家对当代重大问题的严肃思考"；《多余人？抑或理性的人？》揭示了《局外人》隐藏的严酷的逻辑，即任何违反社会基本法则的人必将受到社会的惩罚；《我读〈叛教者〉》一文指出，"《叛教者》是以极严谨的结构和极清晰的陈述限制着一种杂乱如麻的思想的奔涌，引导着一股狂荡不羁的意识的流动"。其实，早在1982年，他就在《读书》上谈到了加缪的《鼠疫》[2]。

二、研究的梳理

其实，对于新时期九十年代前的存在主义文学研究的情况，钱林森在《法国作家与中国》里已做了梳理。进入九十年代后，一方面研究文章继续层出不穷，另一方面，研究专著陆续出版，尤其成为九十年代后期研究的一大特征。由于涉及存在主义文学的研究成果十分丰富，笔者拟就收集到的一些较有代表性的观点进行梳理，具体将从下列的整体研究、本体研究、个体研究、文本研究、戏剧研究和"荒诞"研究等方面着手：

（一）整体研究

整体研究指涵盖了流派本体评述、作家个体研究和文本分析研究在内的综合性研究。1985年出版的《外国现代派小说概观》中，对存在主义文学的探讨正是属于整体研究的范围，书中既有对存在主义哲学基本概念的介绍，对萨特、加缪和波伏瓦每个个体的讨论，也有对存在主义文学本体的概要似的阐述，及对存在主义作品的选译和分析。廖星桥的《外国现代派文学导论》，也在"存在主义"两个章节中，包含从"概述""哲学渊源"论述到萨特、加缪、波伏瓦的存在主义文学和"存在主义的艺术特征"。整体研究还包括江伙生、肖厚德的《法国小说论》和郑克鲁的《现代法国小说史》中的相关部分，两书都对存在主义小说的形成或特点等做了综合性的评述，对存在主义三位代表作家及代表作品做了评介。此外，

---

[1] 郭宏安：《法官——忏悔者》《多余人？抑或理性的人？》《我读〈叛教者〉》，《读书》，1986年第7期、1986年第10期、1989年第9期。
[2] 郭宏安：《谈谈阿尔贝·加缪的〈鼠疫〉》，《读书》，1982年第2期。

张容在《法国当代文学》中，以"存在主义小说"和"存在主义戏剧"为题，也从整体上描述了二者的历史渊源、发展过程、代表人物以及代表性的理论和作品，甚至论及"存在主义小说的边缘作家"。作者还在专门的章节中探讨了"沙特存在精神分析法文学批评"。由于该书是台湾远流出版公司发行，这无疑扩大了大陆学者研究成果的影响范围。

（二）本体研究

早期以"名词解释"的形式对存在主义文学的介绍，可以说是本体研究的开端，这在不少学术期刊上都可以找到。其中评介最有深度的，是1981年第3期《外国戏剧》上的"关于存在主义"，作者王文彬从人的存在、人的处境和人生的态度三方面介绍了存在主义的内涵。当然，早期介绍中还普遍存在着"定义＋背景＋批判"的模式[1]。时间的推移使得理论研究朝纵深发展。进入九十年代后，最有创新的本体研究是柳鸣九的《存在文学与二十世纪文学中的存在问题》[2]，文章也是1994年5月在西安（由中国法国文学学会、中国社会科学出版社和西安外国语学院联合）举办的同题学术讨论会的开幕词。作者把"存在主义文学"正名为"存在"文学，因为作者认为这一文学是有关人的存在哲理的文学，一如波伏瓦所说，存在主义文学的作家"是根据自己的人生体验，而不是根据理论体系来写小说的"。就学术会议而言，研讨的内容还涉及存在主义美学、存在主义与人道主义、存在主义与精神分析、存在主义与理性、存在与死亡、语言与存在等命题。《社会科学战线》1994年第4期还专门刊登了研讨会撮要。本体研究具有"特色"成果的，还有杨剑的《本世纪法国小说创作的几种主要倾向及其美学特征》[3]。此外，也有一些论者从"文学化的哲学与哲学化的文学"或"存在主义文学的人道主义内涵"[4]等不同的层面和角度，进行了有意义的探研。在此也当提及，早在1978年，台湾就已经第四次印刷出版了李天命的《存在主义概论》，作者在书中论及了齐克果（克尔凯郭尔）、尼采、海德格、沙特、加缪、马劳·庞蒂、马色

---

[1] 翁绍军：《从存在主义的定义谈起》，《读书》，1986年第4期。
[2] 柳鸣九：《存在文学与二十世纪文学中的存在问题》，《外国文学评论》，1994年第3期。
[3] 杨剑：《本世纪法国小说创作的几种主要倾向及其美学特征》，《当代外国文学》，1996年第1期。
[4] 曾艳兵：《文学化的哲学与哲学化的文学》，《外国文学研究》，1991年第4期。钟良明：《论存在文学的人道主义内涵》，《外国文学评论》，1995年第4期。

尔、雅斯培（雅斯贝尔斯）等存在主义的先驱、大师和代表人物。他做的"导引"反映了存在主义在当时的兴盛态况："当代的西方哲学，最盛行的是分析哲学和存在主义……就一般的知识分子而言，则无论在英语国家抑或在欧洲大陆，都以存在主义为最风靡、最受人注目的一种哲学。"而牟宗三为该书写的序，反映了台湾学者对存在主义的认知程度：存在主义"这一思潮既是客观地涉及时代精神问题，亦是主观地指向个人的精神生活如何超转之问题"。该书也让大陆学者了解到了台湾同人的学术研究情况。

（三）个体研究

萨特是存在主义当之无愧的主将和旗手，对他的个体研究自然最多。早在1982年，刘放桐就在《文艺报》第8期上发表了《存在主义与文学》一文，认为对萨特评价过高或简单否定或拒斥都是不妥当的；应当把他的哲学和文学当作一个思想总体系来评价；对其存在主义文学作品既要吸取其中的合理因素，又不能低估其作品的消极影响。这些认识在今天仍然有着现实的意义。对萨特较有力度的个体研究主要体现在下列几篇文章中：杨昌龙的《论萨特的文学主张》[1]，主要以萨特的《什么是文学？》为切入口，探讨了萨特的"创作引导论"和"召唤自由论"，提出前者是他的"文学介入论"的具体化，后者则是前者的深入化。他的另一篇文章《解读萨特》[2]，一改"过去那种笼统界定和简单结论"的批评研究方式，对于萨特从"绝对自由论"到"相对自由论"的人学思想的发展过程做了分析，论证了萨特自由选择中的"人道主义向度"的确存性。萨特小说最大的特点在于它是哲理的形象化。郑克鲁的《萨特小说创作的特点》[3]专门探讨了萨特的创作在故事、人物和表现手法上为形象化阐释其哲学观点而形成的相应特征。吴岳添的《萨特与加缪的恩怨》[4]，则从两个存在主义大师的人生道路、创作风格、哲学思想和政治态度等方面，分析了两人之间的复杂关系及其根源。此外，针对萨特的个体性研究，在新时期八十年代就

---

1 杨昌龙：《论萨特的文学主张》，《西北大学学报》（哲学社会科学版），1991年第1期。
2 杨昌龙：《解读萨特》，《外国文学评论》，1996年第1期。
3 郑克鲁：《萨特小说创作的特点》，《华东师范大学学报》（哲学社会科学版），1998年第2期。
4 吴岳添：《萨特与加缪的恩怨》，《外国文学评论》，2003年第2期。

已涉及"文学的哲学倾向"、"伦理学的方法论特征"、"非理性倾向"和"自由形象说"[1]等命题。《法国研究》1985年第2期还开设过《萨特哲学专栏》。进入九十年代后的研究，除上述论点之外，还涉及"创作中的悲观主义"、"价值论批判"、"人生哲学"、"创作中的共时性"和"文学与政治的处境"[2]等。也有比较性的研究，探讨了普鲁斯特和萨特的"意识魅力和时空光彩"[3]。1995年8月11日至17日，《外国文学研究》杂志社和九江师专在庐山举行了萨特与二十世纪学术研讨会，就如何认识萨特其人，如何理解和评价其存在主义文学，如何对待其存在主义思想在青少年中的影响等问题展开了讨论。九十年代萨特个体研究的一大成果，便是众多既有学术性又有可读性的专著开始面世，如黄忠晶的《萨特传》、《第三性：萨特与波伏瓦》和《爱情与诱惑：萨特和他的女人们》，杨昌龙的《存在主义的艺术人学——论文学家萨特》和《萨特评传》，余开伟的《萨特：永在爱火中燃烧》，何林的《萨特：存在给自由带上镣铐》，廖星桥的《萨特》[4]，杨深的《萨特传》[5]等。另外，李钧的《存在主义文论》中，也有关于萨特的个体研究。在此值得一提的，还有八十年代中后期出版的偏于哲学性的三部专著，即《萨特其人及其"人学"》（黄颂杰等）、《萨特伦理思想研究》（万俊人）和《一个绝望者的希望——萨特引论》（杜小真），因为它们都曾拥有过较多的大学生读者。在萨特研究中，还有一个声音应当引起学界的重视，那就是黄忠晶的《萨特研究中的难点和问题浅析》[6]，文章不仅指出了过去我们的研究工作中的种种缺陷和不足，也分析了造成种种缺陷和不足的众多因素。可以说，这篇文章是萨特研究向纵深发展的一个

---

1 欧力同：《评萨特文学的哲学倾向》，《社会科学》，1982年第6期。陈家琪：《论萨特伦理学的方法论特征》，《法国研究》，1983年第2期。徐潜：《萨特文学创作中的非理性倾向》，《外国文学研究》，1984年第2期。曾杰：《萨特自由形象说初探》，《文艺理论与批评》，1989年第1期。
2 赵凯：《论萨特文艺创作中的悲观主义》，《安徽大学学报》（哲学社会科学版），1990年第4期。马小朝：《萨特存在主义文学的价值论批判》，《外国文学评论》，1992年第4期。赵国平：《萨特的人生哲学》，《外国文学研究》，1997年第1期。邹广胜：《论萨特创作中的共时性》，《当代外国文学》，1999年第3期。徐敏：《萨特：文学与政治的处境》，《外国文学》，2003年第2期。
3 游云：《从普鲁斯特到萨特》，《当代外国文学》，1994年第4期。
4 以《萨特》为名，除廖星桥著（成都：四川人民出版社，2002年）外，还有：李利军编著，沈阳：辽海出版社，1998年；A. C. 丹图著，安延明译，北京：工人出版社，1986年；理查德·坎伯著，李智译，北京：中华书局，2002年。
5 以《萨特传》为名在我国有四种：高宣扬著，北京：作家出版社，1988年；波伏瓦著，黄忠晶译，南昌：百花洲文艺出版社，1996年；黄忠晶著，武汉：长江文艺出版社，1996年；杨深著，北京：中国广播电视出版社，2002年。
6 黄忠晶：《萨特研究中的难点和问题浅析》，《黑龙江社会科学》，1995年第5期。

不可或缺的航标。

在加缪的个体研究方面，张容成就卓著。她先后出版了《阿尔贝·加缪》（香港版）、《阿尔贝·卡缪》（台湾版）和《形而上的反抗——加缪思想研究》。在《阿尔贝·加缪》里，作者从"地中海的儿子"、"荒诞的时代"和"反抗的时代"三个层面对一个忠实于故土、信念以及使命，不断寻求答案，把孤独、异化、罪恶、死亡和战后知识分子的迷思与幻灭描写得既独到又深刻的加缪做了全方位的刻画。该书同她的《法国当代文学》一样，扩大了大陆学者研究成果的影响。在《形而上的反抗——加缪思想研究》中，作者通过对加缪的哲学思想、宗教思想、伦理道德思想及其政治思想和美学思想的论析，展示了加缪思想发展的曲折过程，凸显出加缪上述思想的关键与实质、矛盾与两重性。以论文形式出现的研究成果，仅从新时期九十年代中期算起，就不乏优秀的篇什。郭宏安发表在《中华读书报》上的《加缪的秘密》[1]值得一读。柯岚的《加缪与政治哲学》[2]主要围绕加缪的反叛哲学进行了阐发。有论者认为，加缪的反抗思想是从扎根于灵魂深处的自由主义、地中海思想以及堂吉诃德式的理想主义中孕育而出的[3]。而郑克鲁在《加缪小说创作简论》[4]中，则从内容和形式两方面分析了加缪小说的思想深度和艺术价值，前者表现在加缪的小说提出了当代资本主义社会的重要问题，如对荒诞的认识和对命运的反抗，后者表现在加缪的小说艺术风格简洁而明晰，语言文字严谨而抒情，叙事方式多变而富有创新。黄晞耘则对加缪的叙事作品做了另一种阅读，发现"孤独"具有一种丝毫不亚于"荒诞"和"反抗"主题的重要性。黄晞耘还撰文描述了加缪曾经在阿尔及利亚问题上面临历史理性和国家利益双重挤压而遭受的精神痛苦[5]。另外，《法国研究》还曾在1987年第3期开设过《加缪研究》专栏。

波伏瓦无论在法国还是在中国，留给众人的印象，都融合了下列三个形象：存在主义的一个重要代表；女权主义运动的一位旗手；二十世纪

---

1 郭宏安：《加缪的秘密》，《中华读书报》，1997年11月19日。
2 柯岚：《加缪与政治哲学》，《读书》，1997年第3期。
3 牛竞凡：《走向澄明之境》，《当代外国文学》，2003年第1期。
4 郑克鲁：《加缪小说创作简论》，《上海师范大学学报》（哲学社会科学版），1998年第3期。
5 黄晞耘：《加缪叙事的另一种阅读》，《外国文学评论》，2002年第2期；《加缪在斯德哥尔摩》，《读书》，2001年第9期。

法国文坛杰出的女作家。这就给研究波伏瓦提供了多重侧面和视角。杨正润在评介波伏瓦时，认为她是"一个伟大时代的最后代表"[1]。齐彦芬通过对波伏瓦所塑造的女性形象的分析，探讨了波伏瓦如何借小说中的女性形象反映了存在主义的哲学观[2]。张放则从波伏瓦追求真理的一生，来评说这位"资产阶级的叛逆者"、"萨特的'圣母'和忠诚的情侣"、"女权主义运动的旗手"和"'倾向作家'的典型"[3]。也有论者以《女宾》、《他人的血》和《名士风流》等作品为例，从总体上探讨了波伏瓦的小说创作特色[4]。由于《第二性》是"有史以来讨论妇女的最健全、最理智、最充满智慧的一本书"，有论者便把"第二性"的问题放到了波伏瓦自身上进行了考察，认为波伏瓦极力要将自己的价值与他人他物他值相连接的思维和行动，是造成她自己的"第二性"的根本原因[5]。除上述研究文章外，也出现了不少研究波伏瓦的专著，如罗长江的《西蒙波娃》、陈默的《终身的情侣——波娃与萨特》、高虹的《新夏娃的诞生：西蒙·波伏瓦》和吴康茹的《追求卓越的自由心灵：西蒙娜·德·波伏瓦传》等。另外，由李清安、金德全选编的《西蒙娜·德·波伏瓦研究》是国内目前最重要的波伏瓦资料专辑，为国内学者研究波伏瓦提供了很多的便利。

（四）文本研究

关于萨特的文本研究涉及他的《恶心》、《文字生涯》和《墙》等代表作品。《恶心》是萨特最早的一篇"哲学宣言"，是《存在与虚无》的图解。它奠定了萨特在法国文学界的地位，也是萨特认为自己写得"最好的文学作品"[6]，因而对它的研究探讨也最多。在早期，杜小真与杨剑两人的论点各有不同侧重。前者认为，"《厌恶》一书整个来讲笔调是低沉的，充满忧郁、悲观的情绪。但不能否认，书中还有另一面，那就是乐观主义的一面"[7]。后者在肯定作品对资本主义社会的暴露与讽刺方面有积极意义的

---

1 杨正润：《一个伟大时代的最后代表——波伏瓦》，《文艺报》，1988年1月30日。
2 齐彦芬：《西蒙娜·德·波伏瓦小说中的女性形象及其所反映的存在主义观点》，《国外文学》，1984年第2期。
3 张放：《波伏瓦追求真理的一生》，《外国文学》，1986年第9期。
4 谈方：《波伏瓦与她的小说创作》，《当代外国文学》，1996年第4期。
5 郑敏：《论西蒙娜·德·波伏瓦自身的"第二性"及其教训》，《外国文学评论》，1993年第4期。
6 见柳鸣九编选：《萨特研究》，北京：中国社会科学出版社，1981年，第18页。
7 杜小真：《读萨特〈厌恶〉一书》，《北京大学学报》（哲学社会科学版），1980年第4期。

同时，着重指出了作品里对人生的浓厚的悲观情绪是存在主义文学的一个致命伤[1]。在后来的评论中，曾杰从失乐园和复乐园两个角度，分析了具有独特艺术生命的洛根丁的形象：一个敏感多思的资产阶级知识分子，一个被喧嚣混乱的现实抛出来的孤独者，一个心理阴暗而又执着追求的探索者[2]。还有论者认为，《恶心》为我们展现了一个孤独者的精神漫游，它是萨特前期哲学思想更是萨特其人的真实反映[3]。在众多论者中，柳鸣九的评论篇幅不长，但对作品的把握和定位却十分恰当。他指出，"不言而喻，萨特是赞赏恶心感，是提倡恶心感的，也就是提倡一种清醒的认识，一种否定的、批判性的立场"；"从各方面来说，《恶心》要算是萨特全部存在主义哲理的一个胚胎，一个雏形，是他思想发展的一个起点，是他一生战斗历程的第一站"。柳鸣九同时还将《恶心》与萨特早期的短篇小说集《墙》做了深刻比较，他说："《恶心》中对外部存在偶然性、荒诞性的清醒认识，到《墙》里转化为一种对社会现实的尖锐的否定性的看法；《恶心》中对存在的恶心感，在《墙》中具体化为对社会人生的反感与批判；而荒诞性、偶然性、恶心的存在物，则成为具体的墙，堵塞人之生路的墙，阻碍人际沟通的墙。"[4] 关于短篇小说《墙》，我们还可以读到江龙对作品的哲学和伦理学两个主题进行的探讨[5]。萨特的《文字生涯》也是众家积极探研的对象。其中柳鸣九和禹慧灵的观点较为突出。前者认为，《文字的诱惑》是一本"严酷无情的自我精神分析"的书，它杂然纷呈着一个伟大人物的复杂感情和心态，显出"光光的一个人"的不同凡响的卓越人格[6]。后者认为，《文字生涯》是萨特精神世界的"内窥镜"，更恰当地说，是"自我意识的深渊"[7]。

对加缪的文本研究，除上文提及的郭宏安的研究外，主要集中在《局外人》和《鼠疫》这两部作品上。《局外人》发表于1942年，是加缪的成名作。这部不到十万字的小说，故事情节简单，语言文字朴素，但哲理

---

1 杨剑：《简议萨特的小说〈恶心〉》，《当代外国文学》，1983年第3期。
2 曾杰：《痛失乐园的现代人》，《外国文学评论》，1988年第2期。
3 曾军：《一个孤独者的精神漫游》，《外国文学研究》，1993年第1期。
4 柳鸣九：《萨特早期作品两种》，《外国文学研究》，1992年第3期。
5 江龙：《论〈墙〉的双重主题》，《外国文学研究》，1996年第2期。
6 柳鸣九：《严酷无情的自我精神分析》，《外国文学研究》，1990年第1期。
7 禹慧灵：《自我意识的深渊》，《读书》，1989年第7至第8期。

蕴含层面丰富，被视为《西西弗的神话》的形象图解，尤为引起我国学者的关注。《局外人》在我国新时期的研究，可以说，完全体现了从起步到展开再到深入的活动过程，如八十年代中期的探讨就是从"主题思想和艺术特色"[1]这样笼统的基本问题开始；到九十年代初中期，围绕相同主题阐述不同见解的讨论使得学术问题进一步展开，如针对《论加缪〈局外人〉中主人公的冷漠》而写出的《莫尔索是局外人，还是局内人？》，针对《局外人该死》而写出的《局外人的悲剧》[2]；进入本世纪，学术研究的深化从柳鸣九的《〈局外人〉的社会现实内涵与人性内涵》[3]中完全展示出来。柳文指出，"《局外人》以独特的视角、简洁的笔触揭示了现代司法罗织罪状的邪恶性质，表现了法律机器对人性精神道德的残杀。作品以独特的精神情调、沉郁的感情、深邃的哲理，通过默尔索这个人物传达了丰富的人性内容"。此外，关于《局外人》的研究还涉及"荒诞的人生"、"荒谬的人生"、"如何面对荒诞的世界"和"默尔索形象新释"[4]等命题。比较文学研究在这一方面也取得了成果，有论者将《局外人》与陈染的《无处告别》进行了比较来探讨人生的情境[5]，也有论者将《局外人》同塞林格的《麦田里的守望者》相比较，从特殊话语标记入手，探讨了作品的叙事特征和叙述意义[6]。研究《鼠疫》的也大有人在，研究内容涉及"宿命思想"、"反抗的人生"和"写实的载体、存在的精髓"[7]等。而洪子诚的《读〈鼠疫〉的记忆》和朱正琳的《"放逐在自己家中"的生涯》[8]虽属随笔，却不乏深刻的认识和透视。在此还有必要提及，2003年春"非典"期间推荐《鼠疫》

---

1 龚毓秀：《〈局外人〉的主题思想和艺术特色》，《文学知识》，1985年第2期。
2 易丹：《论加缪〈局外人〉主人公的冷漠》，《四川大学学报》（哲学社会科学版），1989年第3期。丘上松：《莫尔索是局外人，还是局内人？》，《外国文学研究》，1992年第3期。略萨：《评〈局外人〉——局外人该死》，《外国文艺》，1994年第5期。皮皮：《局外人的悲剧》，《外国文学》，1995年第6期。
3 柳鸣九：《〈局外人〉的社会现实内涵与人性内涵》，《当代外国文学》，2002年第1期。
4 张容：《荒诞的人生》，《外国文学评论》，1989年第4期。刘雪芹：《荒谬的人生》，《外国文学研究》，1990年第2期。黄真梅：《小说如何面对荒诞的世界》，《法国研究》，1999年第2期。王福和：《被"玻璃板"阻隔的荒诞人生——默尔索形象新释》，《外国文学研究》，2003年第3期。
5 滕爱云：《生存境遇的思考与探询》，《当代外国文学》，2000年第2期。
6 冯季庆：《特殊话语标记和语义无差异性——论加缪〈局外人〉与塞林格〈麦田里的守望者〉的叙事意义》，《外国文学研究》，2003年第3期。
7 董友宁：《〈鼠疫〉的宿命思想》，《外国文学研究》，1983年第3期。刘雪芹：《反抗的人生》，《外国文学研究》，1992年第4期。杨昌龙：《写实的载体　存在的精髓——论加缪的〈鼠疫〉》，《当代外国文学》，1995年第1期。
8 洪子诚：《读〈鼠疫〉的记忆》，《中华读书报》，1998年4月15日。朱正琳：《"放逐在自己家中"的生涯》，《读书》，1988年第10期。

给读者的作家周国平,在《"非典"期间读〈鼠疫〉》[1]一文中指出:"人们习惯了瘟疫的境况。加缪认为,这才是最可怕的事情,习惯于绝望的处境是比绝望的处境本身更大的不幸";"真正可悲的不是 SARS,而是在 SARS 之后我们的生活一切照旧"。这一认识无疑提高了作品的现实意义,彰显了作品超越时代的价值。除上述两部作品的研究外,还有评论探讨了加缪的《正义者》、《堕落》和《第一个人》等作品[2]。

对波伏瓦的文本研究已经涉及《名士风流》、《女宾》、《他人的血》和《人都是要死的》等作品。柳鸣九曾为《名士风流》作过长序,认为这部作品是"一代知识分子的自我写照",描写了他们"在困顿中的自我选择"。作品以《战争与和平》为楷模来描写战后的法国现实社会与知识阶层的状况,以《克莱芙王妃》的方式来刻画安娜的爱情心理,从而实现了《战争与和平》和《克莱芙王妃》式的结合。值得注意的是,柳文还联系到波伏瓦的《第二性》指出,《名士风流》出版于《第二性》五年之后,波伏瓦正是本着她的《第二性》中的思想观和男女观,来描写一代知识分子的爱情故事和婚外私情[3]。余凤高在叙述了波伏瓦与美国作家阿尔格伦之间越洋跨国的爱情经历后,认为波伏瓦在《名士风流》中比在她的任何其他作品中,都更强烈地融入了她的自我,通过创作解脱了她与阿尔格伦爱情中断后的痛苦[4]。萨特曾经向波伏瓦提过建议,让她把自己融入作品里去。余凤高从这一线索出发,还作文认为,波伏瓦的《女宾》同样是作者对亲身经历的一段三重奏情感纠葛的文本再现,是为了"清除不愉快的往事"而进行的创作[5]。也有论者认为《女宾》宣扬的是萨特的存在主义哲学[6]。此外,《国外文学》和《读书》曾发表过对《他人的血》和《人都是要死的》的评论[7]。

---

1 周国平:《"非典"期间读〈鼠疫〉》,见《鼠疫》,顾方济等译,南京:译林出版社,2003年。
2 陈家琪:《爱与正义之间》,《读书》,1987年第12期。燕妮:《加缪与萨特的论战》,《读书》,1996年第10期。程巍:《布景倒了——读加缪的〈堕落〉》,《名作欣赏》,1997年第1期。周小册:《走近加缪——读〈第一个人〉》,《当代外国文学》,1998年第4期。
3 柳鸣九:《一代知识分子的自我写照》,《外国文学研究》,1991年第2期。
4 余凤高:《波伏瓦写〈名士风流〉》,《名作欣赏》,1998年第6期。
5 余凤高:《波伏瓦写〈女客〉》,《名作欣赏》,1998年第5期。
6 王宝泉:《〈女宾〉——存在主义文学的名作之一》,《译林》,1987年第2期。
7 葛雷:《评波伏瓦的小说〈他人的血〉》,《国外文学》,1986年第1至第2期。曾艳兵:《面对死亡的沉思——论波伏瓦的〈人都是要死的〉》,《国外文学》,1995年第2期。陈宣良:《读德·波伏瓦的两部哲理小说》,《读书》,1987年第11期。

(五) 戏剧研究

之所以把戏剧研究独立出来,是因为戏剧是张扬存在主义思想的一个重要的平台。可以说,正是萨特创作的境遇剧产生的轰动的社会效果,大大推动了存在主义的思潮,大大提高了萨特的声誉。无论是作为哲学家还是作为文学家,萨特的成功在很大程度上都是通过戏剧体现出来的。至于加缪,戏剧作品不多,但也同样是出彩的。在综合研究上面,江龙和黄爱华的成果较引人关注。后者从自由意志论、自由选择论、自由界限论和自由观理论的"误区"四个方面,对萨特剧作中的"自由观"做了全面的评述[1]。前者从必然性和绝对性、崇高性和正义性、痛苦性和无奈性、行动性和具体性四个层面,对萨特戏剧中"选择"主题的丰富内涵做了概括[2]。也有论者探讨了萨特的"处境剧理论的哲学阐述"、"'境遇观'和'境遇剧'"或"'境遇剧'与自由"或"处境观"等问题[3]。在《戏剧艺术》上,也能看到对萨特的综合评介[4]。而江龙的《解读存在——戏剧家萨特与萨特戏剧》是目前国内难得的一本研究萨特戏剧的专著。在剧本研究方面,《恭顺的妓女》(又译《毕恭毕敬的妓女》)与《丽瑟》的差别就在于结局的不同处理。杨荣认为,根据原初版本翻译的《毕恭毕敬的妓女》"超越了对存在主义哲学思想的具体图解,显现出深刻的揭露性、强烈的批判性"[5]。而罗大冈的观点显得较为朴实:"如果不改变原著的结局,并不减损原著的思想价值,反而能够更好地表现原著的艺术匠心","而且意义更为深刻,因为有两个牺牲者"[6]。关于《间隔》,徐和瑾从剧本的主题、哲学概念的阐述、他为的悲剧、脱离苦海的种种尝试、"地狱就是他人"的真正含义、形式和内容的统一等不同的维度探讨了剧中的三人存在关系[7];冉东

---

1 黄爱华:《萨特剧作中的自由观剖析》,《南京大学学报》(哲学社会科学版),1992年第3期。
2 江龙:《从萨特戏剧看"选择"的丰富内涵》,《外国文学研究》,1995年第4期。
3 任生名:《萨特处境剧理论的哲学阐述》,《戏剧》,1989年第2期。钱奇佳:《萨特的"境遇观"和"境遇剧"》,《国外文学》,1996年第3期。罗国祥:《萨特存在主义"境遇剧"与自由》,《外国文学研究》,2001年第2期。晁梅:《论萨特剧作的"处境观"》,《西北大学学报》(哲学社会科学版),1998年第3期。
4 刘明厚:《萨特与存在主义戏剧》,《戏剧艺术》,1997年第4期。
5 杨荣:《超越哲学的图解,显示深刻的批判》,《外国文学研究》,1993年第1期。
6 罗大冈:《关于〈恭顺的妓女〉》,《春风译丛》,1981年第4期;《关于存在主义文学》,《小说界》,1983年第1期。
7 徐和瑾:《论萨特的剧作〈间隔〉中的三人存在》,《外国文学评论》,1995年第4期。

平则着重探讨了该剧的舞台空间、戏剧情境和戏剧人物的假定性问题[1]。冉东平还以观念戏剧的艺术特性为审美视角，探讨了萨特的《魔鬼与上帝》的戏剧冲突、人物塑造、思想价值以及在艺术实践上的突破[2]。还有论者从比较文学的角度，探讨了莎士比亚的《哈姆雷特》与萨特的《苍蝇》中"王子复仇"的差异[3]。甚至对加缪的剧本《误会》也有了探讨，内容涉及"荒谬的现实与荒谬的作品"[4]。萨特的戏剧《肮脏的手》曾于1981年被搬上我国舞台，不久，其导演胡伟民发表的《〈肮脏的手〉导演阐述》[5]，加上该剧本身的"问题"，引发了我国持续一年之久的热烈讨论。我们可以在1981年至1982年间的《戏剧艺术》、《外国戏剧》、《书林》、《新剧作》和《武汉大学学报》（哲学社会科学版）上看到不同观点的交锋。总体来说，对该剧批判的声音多于肯定的声音。这次讨论一方面确实深化了大家对该剧的认识和研究，另一方面，也反映出萨特境遇剧内涵的复杂性，而这种复杂性又赋予了阐释的多重性，以至到了八十年代末，还有论者对该剧提出"脏手不脏"的新论来[6]。直到九十年代中期，杨昌龙的《多维判断论是非》[7]才勉勉强强给该剧的讨论画上了一个似了未了的句号："《脏手》恰似舞台上的一朵罂粟花，它既是含毒原料，又是特效药材；既可致人死命，又可疗治痼疾；不可盲目服用，也不可简单抛弃。究竟怎样去毒取益，从中提取有用成分，恐怕最终还得靠读者自己。"

（六）"荒诞"研究

由于存在主义者的一个重要认知即世界是荒诞的，人生也是荒诞的，我国的法国文学研究者也曾从纯"荒诞文学"的角度，对萨特和加缪的作品进行了探讨和剖析。在这方面，我们至少可以读到下列三篇具有代表性的文章：冯汉津的《卡缪和荒诞派》[8]一文把《局外人》和《鼠疫》作为荒诞派小说的两个样板，分析了面对荒诞由孤立反叛转向承认集体力量的主

---

1 冉东平：《浅谈萨特〈间隔〉的戏剧假定性》，《外国文学评论》，1998年第4期。
2 冉东平：《萨特观念戏剧的艺术特征》，《外国文学评论》，2002年第1期。
3 张玲霞：《"王子复仇"的差异》，《清华大学学报》（哲学社会科学版），1999年第1期。
4 邓世还：《"荒谬的现实"与"荒谬的作品"》，《戏剧》，1988年春季号。
5 胡伟民：《〈肮脏的手〉导演阐述》，《戏剧艺术》，1981年第2期。
6 仵从巨：《"脏手"不脏》，《外国文学评论》，1989年第1期。
7 杨昌龙：《多维判断论是非》，《外国文学评论》，1994年第3期。
8 冯汉津：《卡缪和荒诞派》，《译林》，1979年第1期。

题，也指出了加缪的荒诞哲学思想在发展过程中出现的积极、矛盾和倒退的地方。廖星桥的《荒诞文学中的理性》[1]一文认为，存在主义哲学属非理性主义范畴，但《恶心》和《局外人》等荒诞文学作品却"显示了一种彻悟后的清醒的理性"；"荒诞文学并不否认理性，只是揭示传统理性的局限，并寻求补充这一局限的途径"；"荒诞文学中的荒诞虽然发展到了登峰造极的地步……但这并不影响荒诞文学仍然是一种有理性的严肃文学"。吴岳添的《荒诞的小说与异化的世界》[2]则指出，从萨特的《恶心》到加缪的《局外人》，"荒诞小说是形象地反映存在主义哲学的文学，是描绘异化世界的文学，因而是使人对存在产生荒诞感的非理性的文学。但是就它向人们揭示了世界的异化而言，它又是最彻底地揭露社会现实的文学"。柳鸣九主编的《二十世纪文学中的荒诞》，对此问题多有论述。不过，由于"荒诞文学"在法国当代文学史上也可以作为一个包含了贝克特和尤奈斯库的另类探讨的专题，故在此不过多展开论述。

三、研究结语

我国对法国存在主义文学的研究，在新时期初还伴随着一场关于萨特文学思想性的论争：一方对萨特的文学思想予以了肯定，指出了它的进步性和积极的行动性；一方则予以否定，批判了它的唯心观和颓废观。前者以柳鸣九为主要代表，后者以欧力同、冯汉津为主要代表。双方观点主要阐述在柳鸣九的《现当代资产阶级文学评价的几个问题》和欧力同、王克千的《关于萨特的文艺思想基础——与柳鸣九同志商榷》[3]以及冯汉津的《评萨特的存在主义文学》等文章里。在论争的过程中，罗大冈、施康强和杜小真等也发表了各自的见解。后来达成的基本共识，还是对萨特文学的进步思想倾向给予了认同。现在回过头从客观效果看，这场论争对法国存在主义文学在我国的研究，仍然起到了诱发、推动、强化和开拓的作用。从二十世纪七十年代末至今，我国围绕法国存在主义文学展开的研究，已由初期的"介绍性"或"评介性"的工作，越来越走向深入化、学

1　廖星桥：《荒诞文学中的理性》，《外国文学研究》，1993年第3期。
2　吴岳添：《荒诞的小说与异化的世界》，《外国文学研究》，1994年第2期。
3　欧力同、王克千：《关于萨特的文艺思想基础——与柳鸣九同志商榷》，《外国文学研究》，1980年第1期。

术化、专业化。总体上说，在新时期初或者说在新时期八十年代中期前的研究，尤其是对存在主义文学作品各方面的研究，深度还嫌不够。这一方面因为，过去长期形成的极"左"的意识形态观念，在政治解禁、思想解放的初期，还不可能一下子从人们的大脑中彻底消除，因而当时不少的评论还留有或多或少的政治性批判的痕迹，阻碍了学术研究的深入；另一方面因为，萨特哲学的代表作《存在与虚无》和《辩证理性批判》的译本在我国都出版于新时期八十年代中期往后，分别是1986年和1998年。只有《存在主义是一种人道主义》这样的"简易"阐释萨特哲学观的论著发表在1980年第5期的《外国文艺》上，但出书也是到了1988年。加缪的《西绪福斯神话》或《西西弗的神话》分别出版于1985年和1987年。然而，存在主义哲学和存在主义文学是紧密联系在一起的。存在主义哲学是存在主义文学的灵魂，存在主义文学是存在主义哲学的图解。所以，这些重要的哲学著作的暂时的"缺席"，想必也是研究表层化的不可忽视的原因。从新时期九十年代中期开始，对存在主义文学的研究呈现明显的深化态势。1997年，柳鸣九主编出版了《"存在"文学与文学中的"存在"》，它是1994年西安学术讨论会上的优秀论文和发言稿的选编，是我国学者在研究存在主义文学上面取得成果的一次集中展示。不过，我们的研究在走向深入的过程中，偶尔也显露出认识的片面性和局限性来。这就提醒我们在今后的研究工作中，既要继续避免将存在主义文学与存在主义哲学分开，也要避免将存在主义作品与作家的现实生活和经历分开，尤其是萨特，在做到具体分析其作品的时候，也应做到多面兼顾，即是说，应把他的作品放在那个阶段他所张扬的哲学观上，放在他一生中保持不变的基本思想上去分析，同时，放在他曾经的生活现实中，放在他曾经所处的社会和时代的风云变幻中去把握。

近十年来，存在主义在中国的研究不但多视角，也涉及更多对象。据中国知网2007年至2017年数据，在"存在主义"关键词下出现了"存在主义哲学"、"存在主义文学"、"存在主义美学"、"存在主义小说"、"存在主义心理学"、"存在主义教育"和"存在主义解读"等词条，已经列出文章106篇，其中有从存在主义视域探讨圣埃克絮佩里的《小王子》的论文（见陈梦然、聂茂：《存在主义视域中的童话书写——以圣埃克苏佩里的童话〈小王子〉为例》，《求索》2007年第9期），而一些重要学术期刊如《文学评论》上，也依然可见相关文章（见叶立文：《语言的竞技——论新时期初存在主义文学的传播策略》，《文学评论》2007年第3期）。

第四节　存在主义文学在我国新时期的影响和接受

　　法国存在主义既是一种社会文化思潮，也是一种文学思潮，又是一种哲学思潮。这里主要从文学思潮和社会文化思潮两方面，来探讨法国存在主义在我国新时期的影响与接受。由于存在主义文学与存在主义哲学的交融关系，下文也不可避免地要适当提及存在主义哲学的某些论点。

一、作为社会文化思潮的影响

　　法国存在主义作为一种社会文化思潮，在我国新时期初最明显的影响，就是"萨特热""存在主义热"的出现。这是新时期最先出现的西方思潮热，因为它迎合了当时国人尤其是青年学生在传统价值体系分崩离析、精神信仰面临危机时的普遍心理。在1982年至1983年，有研究机构做过调查，写出了像《一些青年为什么对西方学说兴趣浓厚》[1]和《大学生对存在主义的看法——对三百名大学生的调查》[2]等文。其实，进行调查本身就说明了法国存在主义在当时青年人中的影响，已具有相当的普遍性并到了值得关注的地步。《小说界》1983年第1期曾发表过《关于存在主义答文学青年》组文，陈骏涛、罗大冈和王克千分别撰文对存在主义在文学青年中引发的浓厚兴趣发表了自己的见解。这说明了法国存在主义在当时的影响不仅涉及青年大学生，也涉及更为具体的文学青年。这种影响突出的表现，就是给他们的社会观、人生观和价值观带来了冲击。从以萨特为代表的存在主义的社会观看，人世间是荒诞的、令人恶心的，世人之间相互制约、难以沟通，因而"他人即地狱"成为流传甚广的一句名言；从它的人生观看，人的存在也是荒诞的、不幸的，但世界的或然性和历史的荒谬性给人带来了自由性，因而人是"自由"的；从它的价值观看，人虽处在悲观乃至绝望的境地中，但可以通过"自我选择"行动起来，赋予存

---

[1] 赵培文：《一些青年为什么对西方学说兴趣浓厚》，《文艺情况》，1982年第10期。
[2] 赵子祥、武斌：《大学生对存在主义的看法——对三百名大学生的调查》，《学习与探索》，1983年第2期。

在以意义，对自己负起责任。然而，当时不少青年人对存在主义仅仅是一知半解，这可以从1981年的一个短篇小说《万花筒》[1]中窥见一斑。小说里甚至出现了张冠李戴的情况，把《秃头歌女》当作"法国现代派著名作家萨特的戏剧"。对存在主义的理解也很狭隘，似乎存在主义就是人与人之间"无法消融的冰墙"，就是萨特所宣扬的同居而不结婚的生活方式。新时期初青年学生对存在主义观念片面化、浅表化的接受，尤其体现在上述的"他人即地狱"、"自由"和"自我选择"等关键词上。例如"他人即地狱"，我们不能仅看到它的表层意思，还应联系萨特的哲学思想看到它的深层含义。1965年，萨特在为《禁闭》制作录音时，对"他人即地狱"做了全面的阐释，发表在一月份的《费加罗文学报》上。他的阐释包含了下面几层含义：如果你与他人的关系被扭曲而恶化，那么他人只能够是地狱；如果别人认为你是什么样，你就按什么样生活，那么他人也是你的地狱；如果你囿于一系列陈规定见为之痛苦却不设法加以改变，你就犹如生活在精神地狱中的活死人；如果你有自由去砸碎外在的禁锢而不付诸行动，你就是自由地将自己置于地狱中。值得注意的是，从1980年到1999年，对"他人即地狱"类似上述的解释至少有过五次，持续了整整二十年时间[2]。这就充分说明了这一"名言警句"具有强烈的望文生义性，在接受过程中确实需要不时的提醒。同样，那时的青年学生对于"自由"的理解，多半也是浅层次的、不够全面的。虽然萨特"并不取消""资产者所理解的那种自由"[3]，但存在主义哲学意义上的自由，用萨特自己的话来解释，"不是说人可以随心所欲，为所欲为，而是说人在每一件事情上，或每一个处境中，都要根据自己的判断做出决定……没有任何原则应该先验地指导他的判断"[4]。这是一种走向"自为"的自由，一种把自己塑造为真正的人的自由。我们还应注意到，萨特的"自由观"也是发展的、变化的。1964年，萨特在拒绝诺贝尔文学奖的声明中就这样说过："在西方，

---

[1] 张聚宁：《万花筒》，《星火》，1981年第12期。
[2] 分别参见：张月楠：《萨特〈禁闭〉译后记》，《当代外国文学》，1980年第1期，第38—39页。萨特：《词语》，潘培庆译，北京：三联书店，1989年，第208—209页。杜小真：《一个绝望者的希望——萨特引论》，上海：上海人民出版社，1988年，第233页。徐和瑾：《论萨特的剧作〈间隔〉中的三人存在》，《外国文学评论》，1995年第4期，第35—36页。杨昌龙：《萨特评传》，杭州：浙江文艺出版社，1999年，第90—92页。
[3] 参见萨特：《词语》，潘培庆译，北京：三联书店，1989年，第345页。
[4] 参见沈志明、艾珉主编：《萨特文集》第7卷，北京：人民文学出版社，2000年，第12页。

人们理解的仅仅是一般的自由。而我所理解的却是一种更为具体的自由，它在于有权力拥有不止一双鞋，有权力吃饱饭。"[1] 在1970年的时候，他又给自由这样下了定义："自由是一种小小的行动：把完全受社会制约的生物变成部分摆脱他所受到的制约的人。"[2] 显然，他从早期的注重纯粹个人主义的绝对自由已经走向了后期的意识到境遇限制的相对自由。至于萨特的另一个名言"自我选择"，也曾经颇受青年人的欢呼。殊不知萨特的"选择"概念也是由几个要点构成的：第一，选择是自由的也是必须的；第二，你应该将选择付诸行动；第三，选择的后果并不重要，但自己要对选择的后果负责。同时需要指出，后期的萨特同样出于对各种"境遇"限制的体认，也这样说过："人不可能在任何时间任何地点都有'自由选择'，在有些情况下'无法选择'。"[3] 但不管怎么说，作为一种社会文化思潮，"萨特热"或"存在主义热"在我国持续了相当长的时间，这一方面由于萨特曾经作为"进步作家"和波伏瓦访问过我国，曾经亲自走上巴黎大街卖过宣传毛泽东思想的报纸，他也从没有发表过敌视中国的言论；另一方面，也由于存在主义的价值观念很适合我国当时的社会文化气候，还要加上像《萨特研究》这样的资料编著所起到的推助作用。

二、作为文学思潮对新时期文学观念和文学创作的影响

法国存在主义作为一种文学思潮，对我国新时期文学的影响，既不同于其前的意识流，也不同于其后的新小说和荒诞派戏剧。换言之，这种影响主要不是创作形式和艺术手法的影响，而是文学观念和创作思想的影响，是对传统文学"反映论"或"镜子论"观念的反思和质疑，对"文学是人学"主张的进一步彰显和对文学的社会功能的特别强调。新时期的"伤痕文学"和"反思文学"，对人的异化、人的孤独和人生荒诞的描写以及对人性本质的探索和对人的尊严的呼唤，可以视为存在主义人学观的某种反映。而萨特的"介入文学"则是对文学的社会功能的鲜明指认。他曾说过："写作意在揭露，揭露为了改变。"[4] "介入作家的真正工作就是……

---

1 参见萨特：《词语》，潘培庆译，北京：三联书店，1989年，第318页。
2 参见沈志明、艾珉主编：《萨特文集》第6卷，北京：人民文学出版社，2000年，第578页。
3 同上，第577页。
4 罗新璋：《萨特年表》，见柳鸣九编选：《萨特研究》，北京：中国社会科学出版社，1981年，第415页。

揭示、论证、暴露真相，把神话和偶像统统溶解于批判的酸性溶液中。"[1]这种"揭露不公正而不管这种不公正是在什么地方"[2]的使命感，恐怕也得到了新时期"暴露文学"的认同。也许我们还可以说，法国存在主义文学为我国新时期文学提供了一种创作策略，即将文学与哲学联姻，在文学中凸显哲学意识，通过哲理沉思使小说上升到新的境界。因为法国存在主义文学和存在主义哲学具有众所周知的交融性，而正是这种交融性给予了法国存在主义强大的生命力和广泛影响的施为能力。萨特本人就是作为文学家兼哲学家而创造出显赫成就的。此外，也有论者从新时期小说创作的深度模式出发，认为"确定性——非确定性模式"主要由现代西方存在主义思潮催化唤醒。"'确定性'与'非确定性'的这种对立在一个时期成为一大批作品选择意蕴深度的焦点。"[3]

1982年，易言在《文艺报》第4期发表了《评〈波动〉及其他》。这是新时期较早指涉文学作品中存在主义倾向的评论，也是从文学创作上把存在主义的影响"提得最明确、最尖锐，影响也较大"的一篇文章，因而引起文学界的普遍关注。也有不少论者对该文提出质疑，归纳起来不外两点：一、断言"以存在主义为指导思想的文学流派"的出现不免危言耸听；二、以作品发表的时间[4]先于《萨特研究》的出版时间为依据，排斥了新近受影响的可能。对于第一个观点笔者表示认同，因为符合客观实际的说法，应该是出现了存在主义的思想倾向。作品中确实描写了人的孤独、忧虑和生活的荒谬，也表现了对传统观念的怀疑，透露出了某种自我选择的意识。但笔者认为第二个观点还可以再商榷。因为在《波动》发表之前的1980年，就兴起了翻译发表存在主义文学作品的热潮，当时的《世界文学》、《外国文艺》、《当代外国文学》和《外国文学》等期刊上，都有存在主义译作甚至多部译作发表，同期的《世界文学》和《当代外国文学》上，还有关于萨特和存在主义的评介。《译林》1979年第1期（创刊号）上就有对加缪和荒诞派的评介。柳鸣九在《外国文学研究》1979年第1和第2期上以及在《读书》1980年第7期上，都撰文对萨特的历

---

1 参见萨特：《词语》，潘培庆译，北京：三联书店，1989年，第294页。
2 同上，第220页。
3 高尚：《论新时期小说创作的深度模式》，《文学评论》，1989年第4期。
4 赵振开：《波动》，《长江》，1981年第1期。赵振开即后来以笔名北岛闻名于世的那位诗人。

史地位做了应有的评价。因而,即便《波动》初稿写于1974年,《长江》编辑部请作者修改也是发生在上述翻译和评介法国存在主义的一系列活动之中或之后。所以笔者认为,以《波动》为代表的同时期文学作品(如《晚霞消失的时候》、《在同一地平线上》和《近的云》[1]等)中的存在主义倾向具有不可否认的自发性,但西方吹来的存在主义也是一种不可否认的催生素。这些作品中的存在主义思想完全土生但非完全土长,诚如陈骏涛所言:"这些作品中的存在主义思想倾向,恐怕主要不是接受外来影响的结果。当然,外来的影响起着催化和强化这些思想的作用。"[2]

在张辛欣的作品中,发表于1981年12月的《在同一地平线上》已经流露出存在主义关于"选择"的思考,而发表于1982年8月的《我们这个年纪的梦》[3]则从对存在主义的单薄体认走向丰满,我们可以读到小说中多次出现的洛根丁式的各种"恶心"的体验:当别人解释她手上的婚姻线时,她怔了怔,不自信起来,"多恶心呢";当她瞧着滑溜溜的肉片在手指中间微微颤动时,"心里一阵恶心";一听到倪鹏的声音,"她心里腻得不行";别人给她介绍的对象突然来拉她的手,"她想吐。(永远没法儿跟人说这种感觉)"。我们也能感受到作者借助象征手法对生命"偶然性"的抒发("像是枝头一片绿叶……偶然落在水中……偶然被……一阵偶来的微风……推到一个小小的死角里")。我们还能发现作者对人与人之间难以媾和的感叹("人在人背后到底是个什么样儿,很难说的";"人跟人,最头疼的事")。当然作品中女主人公对"青梅竹马"的手相在潜意识中的自我缠绕与萨特的反"决定论"的观点是截然相悖的。

如果说上述作品中,存在主义思想还具有裸露的创作意图,那么在谌容的《杨月月与萨特之研究》中,存在主义思想与作品意图之间的关系绝非一眼就能识破。作者不但领会了萨特的存在主义内涵,而且对作品进行了精心的谋篇布局。小说由一条主线和一条副线平行发展而构成,主线是妻子阿璋在连续的通信中叙述杨月月不为人知的一个个引人关注的故事,副线是丈夫阿维在回信里一次次地汇报他对萨特的研究进展情况。然而小

---

[1] 礼平:《晚霞消失的时候》,《十月》,1981年第1期。张辛欣:《在同一地平线上》,《收获》,1981年第6期。徐军:《近的云》,《四川文学》,1982年第1期。
[2] 陈骏涛:《关于存在主义与我国当前的文学创作》,《小说界》,1983年第1期。
[3] 张辛欣:《我们这个年纪的梦》,《收获》,1982年第4期。

说叙事过程中，几乎找不到杨月月的故事与萨特研究之间的关联性的叙述话语。稍加思索后的感觉是，似乎作者旨在用萨特的存在主义思想来分析杨月月的人生经历，来说明杨月月的个人不幸是她"自我选择"的结果。因为她也曾有过种种机运，可以使她春风得意，但她却没有做出"选择"，没有"行动"，她应该自己对自己"负责"。英雄成为英雄懦夫成为懦夫都是自己选择的，就像阿璋成为作家也是"按照自己的意志投入世界、深入生活的结果"。那么杨月月成为招待所服务员也是她心甘自认的结果。然而小说临近尾声，"以萨特为伴"的丈夫话锋一转：杨月月的结局"值得深思"，因为"可以说，几乎我们每一个人都不是按照自己的意愿来塑造自己的形象，走向自己的结局的。从这一点说，杨月月的故事，正是对萨特存在主义的一种批判。事实上，萨特（后来）……也否定了他所谓的'自由选择'"……他"宁可要存在主义""标签"也不要马克思主义标签，"看，这就是萨特"，等等。作者深藏不露的创作意图最终突然显露出来。所以在笔者看来，那种认为《杨月月与萨特之研究》是"确定无疑地受到萨特思想影响的一篇小说"的判断似嫌草率。作者并没有接受存在主义思想，而是运用小说形式对存在主义思想进行了巧妙的十分艺术的否定。不过，也许我们可以这样说，作者借用存在主义思想观念进行了独特而又成功的创作构思。

对法国存在主义在新时期文学上的影响给予最高评价的，恐怕莫过于《翻译与新时期话语实践》中的如下言论："在新时期文学已经大量运用'现代派'技巧仍然毫不'现代'的情形下，萨特的存在主义成为了一种思想资源，它对于新时期文学的'现代'演变起了重要的作用。"[1] 作者指的想必是1985年发表的刘索拉的《你别无选择》和徐星的《无主题变奏》。李泽厚当时就说过，《你别无选择》"大概是我第一次看到的真正的中国现代派的文学作品"[2]。两部作品一方面"横移"了存在主义关于人生孤独和人生人世荒诞无稽等命题，另一方面也表达了存在主义"自我选择"的价值指向，用夸张的手法表达了中国现代社会特有的现代情绪。当然，也有论者对这两部中国现代派的作品与西方的现代派做了比较，其

---

1 赵稀方：《翻译与新时期话语实践》，北京：中国社会科学出版社，2003年，第54页。
2 李泽厚：《两点祝愿》，《文艺报》，1985年7月27日。

中，许子东认为"刘索拉、徐星表达的其实是一种在社会中找不到理想位置的'多余人'迷惘愤世情绪，而不是冷漠旁观人类危机的'局外人'姿态"[1]；高尚则认为，"徐星、刘索拉们过多地表现了一种愤世嫉俗式的天真和脆弱，缺乏西西弗精神中所特有的那种清醒、深刻和刚毅"[2]。

在中国作家中，孔捷生毫不讳言他的《大林莽》受到了存在主义的影响，尽管有论者认为《大林莽》"是作家以中国本体文化去化存在主义"[3]。其实，"化"更是接受的一种确认。在此，我们也应该提一提何新1986年发表的《当代中国文学中的存在主义影响》，因为它是新时期里不多见的一篇专题性探讨存在主义影响的文章。作者认为，当代文学中有意无意地追求表现和探索的主题，如人性的异化、主体自由、个性本质的选择、传统价值的幻灭、人生孤独（失落、荒谬、不可沟通性）的陈述和英雄主题的否定等，无一不直接或间接地与西方的存在主义文学运动有关[4]。文章在评论界引起过反响。

三、作为文学思潮对新时期文艺理论的资源提供

法国存在主义作为一种文学思潮，也给我国新时期文艺理论带来新概念，明显的标志就是"存在主义美学"概念的出现。其实，早在二十世纪六十年代，《现代外国哲学社会科学文摘》上就发表了《一种存在主义美学：沙特和梅劳-庞蒂的学说》译文，文中指出萨特的美学理论有两个主要缺点："缺乏一种知觉论来支持他的意象说，和他从文学推广到整个艺术的概括倾向"[5]。然而，这并没有阻挡住二十世纪八十年代存在主义美学概念成为新时期文艺理论的新资源。从八十年代中期起，不少涉及存在主义美学的著作相继出版。其中，有对存在主义美学文论的收选，如《西方马克思主义美学文选》（陆梅林）和《二十世纪西方美学名著选》（蒋孔阳）；也有外来论著的翻译，如日本今道友信的《存在主义美学》（原文名

---

1 许子东：《现代主义与中国新时期文学》，《文学评论》，1989年第4期。
2 高尚：《论新时期小说创作的深度模式》，《文学评论》，1989年第4期。
3 邹平：《中国存在现代主义文学土壤吗？》，人大复印资料《中国现代、当代文学研究》，1988年第5期。
4 何新：《当代中国文学中的存在主义影响》，人大复印资料《中国现代、当代文学研究》，1986年第10期。
5 魏克：《一种存在主义美学：沙特和梅劳-庞蒂的学说》，《现代外国哲学社会科学文摘》，1964年第1期。

直译为《艺术的实存哲学》,但内容是谈萨特的美学思想);而更多的是我国文艺界的研究成果,如《存在主义美学与现代派艺术》(毛崇杰)、《外国美学》(四)、《现代西方美学史》(朱立元)和《当代西方美学思潮评述》(李兴武)等著作。它们从各个层面、各种角度探讨了存在主义美学的多种命题。当然,这方面的文章也不少,例如杨剑的《存在主义的哲理与审美之间的关系》,通过对存在主义哲理与审美之间关系的考察,论述了存在主义美学观的一些基本特征。另一方面,在新时期里,存在主义关注的"文学是人学"、"文学的主体性"和"文学的存在方式"等命题,也成为文艺评论的新维度和文艺界研究探讨的热点。甚至西方传统的人道主义也因为萨特的《存在主义是一种人道主义》的演说文而一度成为讨论现代主义的话题。萨特的《什么是文学?》成了新时期撰写文学评论的重要参考资料,被奉为文学批评的经典文籍。加缪在这方面也没有受冷落。吴俊就运用了加缪的"西绪福斯神话"对史铁生创作的诸多小说进行了心理透视,认为史铁生的小说无疑具有"西绪福斯神话"的色彩,只是"在他们共同的扼住命运的咽喉的搏斗中,加缪的西绪福斯却缺少发生在史铁生身上的内心冲突——西绪福斯获得的是一种幸福的宁静,而史铁生则显示出一种生命的忧虑,尽管悲壮是他们的共同基调"[1]。

四、必要的补充

尽管上文列举了我国新时期的几部文学作品作为法国存在主义文学影响的案例,但稍为严格一点看,它们都不够存在主义的标准。我们可以发现这些作品中的存在主义的种种倾向,却不能指认这些作品中乃至这些作品外的哪一部,作为纯存在主义式的即便是中国特色的纯存在主义式的文学作品。总的来说,在我国新时期文学,尤其是新时期具有现代派味道的文学作品里,法国存在主义时隐时现,显得亦真亦幻。这种"魔幻"现象迫使我们做了如下的原因探析:

其一,存在主义文学是以表现存在主义哲学思想为主要特征的,而存在主义哲学又因探索形而上之非具象而往往不易让人准确把握其精义。*Huis Clos* 一剧在中文译著和评论文章中出现的十六种译名(禁闭／禁锢

---

[1] 吴俊:《当代西绪福斯神话》,《文学评论》,1989 年第 1 期。

/隔绝/间隔/关闭/闭关/闭塞/密室/此门不开/门关户闭/没有出口/隔离审讯/禁止旁听/秘密审判/闲人免进/绝境）至少也可以区分出四五种不同的意思，就是一个很好的说明。早期青年学生包括后来的文学青年对"自由"、"选择"和"他人即地狱"的理解的片面性也出于同样的原因。而我们在这些受到存在主义影响的新时期文学作品中窥见到的，往往也只是"经过通俗化了的萨特存在主义话语"[1]。

其二，存在主义和西方其他的现代派、后现代派在文化开放后几乎同时涌入中国，对中国当代新潮作家的影响产生了一种合成的效果。萨特与尼采、加缪与卡夫卡的"关系"都很不错，还有梅勒、海勒和黑塞等人的加盟。所以，在中国当代具有现代派色彩的作家群中，我们几乎找不到一个受外国某现代派或某位作家单一化影响的人。刘索拉便是这样的作家，她的《你别无选择》除了让我们看到荒诞与自我选择等存在主义式的命题外，也明显地流露出海勒的《第二十二条军规》与塞林格的《麦田里的守望者》的影响，特别是那种"黑色幽默"的味道。

其三，法国存在主义对我国新时期文学还有间接影响的可能，因为法国存在主义思潮在新时期传入我国之前，早已广泛地深刻地波及欧美。在法国，新小说和荒诞派戏剧在形式、结构上的革新，从某种意义上说，是对存在主义观念的一种穿越。加缪的艺术风格尤其是他的白描手法，对克洛德·西蒙的创作有明显的影响。萨特《禁闭》剧的舞台效果给荒诞派戏剧的艺术创新带来过重要启发。另一方面，王宁和陈晓明也认为，不少中国作家对萨特存在主义的接受也是以梅勒、海勒、塞林格等美国后现代主义作家为中介的[2]。

其四，由于我国的社会生活、经济生活和政治生活与现代西方的不同性，由于文化本身具有的浓厚的民族性，由于我国文化接受机制的某些特殊性，由于文学自身发展的规律性和内在的需要性，西方现代主义和后现代主义进入我国后，其中的成分必然要发生或多或少的变形。这样便给原本人们就不敢妄加指认的存在主义又披上了一层面纱，越发让人不敢甄别。而且长期以来，学界对存在主义在我国现当代文坛的影响，大都抱着

---

[1] 王宁：《西方文艺思潮与新时期中国文学》，人大复印资料《中国现代、当代文学研究》，1990年第8期。
[2] 王宁、陈晓明：《后现代主义与中国当代先锋文学》，《人民文学》，1989年第6期。

谨慎的态度，生恐因大胆的抛砖引玉反给自己引来追求"攀比风"的嫌疑。然而，毕竟还是有人在这条布满荆棘的道路上探索的，并且也已取得了成就，如解志熙的专著《生的执著》，把包括法国存在主义在内的整个西方存在主义对中国现代文学的影响做了全面的清理。这方面的文章也时有发表，如吴格非的《从译介到接受——萨特作品在中国的传播与影响》[1]。也许，我们是有点瞻前顾后，不敢正面指出某某作品受到了法国存在主义文学的影响，可是反过来静想一下，我们恐怕也不禁会问：谁又能否认我国现当代的文学创作，尤其是新时期以来的文学创作没有受到法国存在主义文学的影响呢？刘再复在1987年的时候说过，法国的存在主义作家在我国的影响已日渐显著[2]。想必这不是空穴来风。

---

[1] 吴格非：《从译介到接受——萨特作品在中国的传播与影响》，《当代外国文学》，2002年第4期。
[2] 刘再复：《笔谈外国文学对我国新时期文学的影响》，《世界文学》，1987年第6期。

第三章
新小说在中国的探险之路

法国新小说是二十世纪五十年代兴起的一个重要的文学流派。它在哲学思想上背弃了存在主义,在文学艺术上穿越了意识流和超现实主义。其代表作家有阿兰·罗伯-格里耶、娜塔丽·萨洛特、米歇尔·布托尔和克洛德·西蒙。他们在现代小说的写作道路上,高举"反传统"的大旗,以《未来小说之路》、《怀疑的时代》和《作为探索的小说》作为理论"宣言",冒险探新,大胆地进行各执一端的"反小说"实验。他们认为,以巴尔扎克为代表的现实主义已经过时、僵化,早已滞留在"谎言的世界"里;只有用新的小说表现手法和语言形式,才能反映新的时代人们的思维方式,描写出物质世界的"真实"面貌。他们的作品如格里耶的《嫉妒》、《橡皮》、《窥视者》和《在迷宫里》,萨洛特的《天象馆》和《陌生人的肖像》以及布托尔的《变》等,与他们的理论观点相互张目,加大了新小说的声势,使新小说在六十年代达到鼎盛,其理论和表现手法广泛影响了欧美,并风行至亚洲,引起了我国文学研究者的注意。1985 年,克洛德·西蒙获得诺贝尔文学奖,再次让新小说成为世界读者驻足观看的景观。

第一节 最初的评论与翻译

1961 年,《世界文学》第 11 期发表了一篇不足三百字的《"新小说派"的特色》，可以算作我国早期对"新小说派"的一次介绍。文章告诉读者，"新小说派"也就是"反巴尔扎克派"。甚至，我们还可以上溯到1958年第4期的《译文》，因为在这一期的《世界文艺动态》栏中，报道了米歇尔·布托尔的《变更》获得了列诺多文学奖。但当时并没有把它作为新小说来介绍，只是说明"这部作品在创作方法上有了改变，显示了作者才能的发展"。所以，真正具有研究性的评价是从1963年朱虹的《法国新小说派"新"在哪里？》[1]开始的。文章通过对新小说创作理论的透视，通过对《橡皮》、《漠然而视》（即《窥视者》）和《在迷宫里》等作品的分析，揭露了新小说派"反科学的荒谬的本质"，以及其欲"使文学走上脱离社会现实生活、排斥社会现实生活内容的反动道路"的"意图"，认为新小说是"当代西欧资产阶级文学腐朽性的一次恶性表现"。稍后不久，赵少侯撰文在归纳了新小说的特点和新颖技巧，分析了新小说派观察世界的方法后指出："只有把日常的生活的现象集中起来，突出其中的矛盾和斗争，并且把人物性格典型化，才能把现实正确地、艺术地反映出来。"[2]两篇文章都对新小说进行了批判，但有所不同的是，前者从意识形态领域寻找政治话语，后者则从传统现实主义的观点出发看新小说。

　　这一时期最全面地研究和评论新小说的文章，是柳鸣九与朱虹合作发表的长达两万多字的《法国"新小说派"剖视》[3]。文章首先聚焦在新小说"新颖的理论"上，指出物对人的"中立性"和"陌生性"这样的"哲学见解"与在尊重客观、反对主观的口实下提出的反人道主义的观点以及对传统现实主义创作方法的批判构成了新小说创作理论的核心；在论及新小说关于人物描写、作品"深度"和小说语言的问题后，指出了新小说恶劣的自然主义倾向：在罗伯-格里耶和布托尔的作品中，表现为人物在应该有思想的时候没有思想，应该有感情的时候没有感情；在萨洛特的作品中，表现为人的低级动物乃至低级生物般的"向性"。作者还从社会背景和阶级根源上加以分析，最后指出：新小说作家是通过曲折地表现资本主义世界的"荒诞"的自然性来微妙地证明这个世界的合理性。文章虽然是在敏锐的政治觉悟关照下写出来的，但很多论点对后来的研究仍然具有重要的参考价值。

1　朱虹：《法国新小说派"新"在哪里？》，《光明日报》，1963年1月10日。
2　赵少侯：《法国的"新小说派"》，《文艺报》，1963年第5期。
3　柳鸣九、朱虹：《法国"新小说派"剖视》，《世界文学》，1963年第6期。

自存在主义之后在法国出现的文学流派多多少少都带有某些哲学的味道。新小说再由于其与传统文学的格格不入，在这一时期，引起了我国《现代外国哲学社会科学文摘》刊物的特别关注。在 1962 年至 1966 年间，该刊发表了从法、英、美翻译过来的有关新小说的六篇文章，其中《茶杯里的风波——法国小说家及其领域》（1962 年第 1 期）一文，从文学史、新小说作家和作品、新小说理论和技巧以及文学批判的角度进行了概述。《试论法国新小说》（1963 年第 5 期）则从新小说派反传统和重技巧的共同立场出发，通过对罗伯-格里耶、萨洛特、布托尔和西蒙的理论观点和各自的写作技巧的透视，旨在说明，新小说在探求一种更全面更深刻的新的现实主义的创作道路上，已表现出无力和无可奈何的态度。《法国〈费加罗文学报〉讨论新小说派》（1964 年第 9 期）内含三篇文章：第一篇对一批模仿罗伯-格里耶和布托尔手法而闭上"智慧之眼"的青年作家进行了尖锐的批评；第二篇是罗伯-格里耶针对别人的问题而"为'新小说'说几句话"；第三篇针对新小说中的神秘主义创作倾向指出，"不应把艺术和技术混为一谈"。另有两篇即布托尔的《小说是探求》（1964 年第 5 期）和罗伯-格里耶的《从现实主义到现实》（1966 年第 2 期），分别表达了他们的小说观和创作观。还有一篇是美国学者的研究。这些文章只反映出新小说在法国乃至欧美发生影响的一个侧面，因为当时的西方，总的来说，对于新小说应当是褒贬不一。不过，我国从自身政治出发，做了有选择的译介。所以，即便刊登了罗伯-格里耶与布托尔的理论文章，也加上了批判性的编者按。在六十年代，对新小说作品的翻译几乎为零，仅有萨洛特的《行星仪》（即《天象馆》）的开头一节紧随柳鸣九与朱虹的长文之后，也是文中做了引用的缘故。看来，把新小说首先归入"颓废的""倒退的"文学现象里加以评介，不仅是《现代外国哲学社会科学文摘》介绍的宗旨，也是六十年代我国评介新小说的普遍倾向，其目的就是要首先形成一个批判的氛围。

第二节　新时期对新小说的翻译与研究

一、作品与文论的翻译

1978 年，《国外社会科学》第 2 期发表了郑克鲁等编译的《法共〈新评论〉讨论"先锋派"文学和党的文艺政策》，译文旨在表明，法共对文艺的干预政策"有了明显的变化"。我们不妨把该文视为我国即将开始大量译介法国新小说的一个信号。

1979年，《外国文艺》第2期发表了林青选译的阿兰·罗伯-格里耶的《橡皮》，同年8月，罗伯-格里耶的《窥视者》由上海译文出版社出版，新小说作品的翻译与出版从此拉开了帷幕。在随后的时间里，罗伯-格里耶的《橡皮》、《嫉妒》（李清安译，内含《去年在马里安巴》）、《吉娜·嫉妒》（南山译）和《重现的镜子》，布托尔的《变》（桂裕芳译）、《变化》（朱静译）和《曾几何时》，萨洛特的《童年》和《天象馆》，西蒙的《植物园》（有余树勋和余中先两译本）和《弗兰德公路》以及萨波塔的《第一号创作：隐形人和三个女人》等都相继出版。而且，上述不少作品出版之前已经在《外国文艺》、《世界文学》、《译林》、《外国文学报道》或外国现代派作品选集、研究著作中有过节译、选译甚至全译。此外，罗伯-格里耶的短篇如《反射影象三题》、《海滨》和《舞台》，布托尔的《度》，萨洛特的《陌生人的肖像》，西蒙的《农事诗》等，在《当代外国文学》以及上述期刊和作品选集或研究著作中也有登载。湖南美术出版社于1998年还出版了《罗伯-格里耶作品选集》三卷，内含《在迷宫里》和《科兰特最后的日子》等。重要的是，新小说作品的翻译出版在二十世纪末和本世纪初一直持续不断。据不完全统计，上海译文出版社近年来还推出了布托尔的《时情化忆》（冯寿农译，2015年），罗伯-格里耶的《桃色与黑色剧 玩火》（余中先译，2011年）、《伊甸园及其后》、《欧洲快车》和《玩火游戏》（后三部均为余中先译，2012年），以及萨洛特的《天象馆》（罗嘉美译，2013年）。译林出版社2007年推出了罗伯-格里耶的《橡皮》（林秀清译）、《窥视者》（郑永慧译）和《去年在马里安巴》（沈志明译）。湖南文艺出版社2011年推出罗伯-格里耶的《不朽的女人》（徐枫译）、《欲念浮动》（徐普译）和《弑君者》（邓永忠译），于2016年又推出克洛德·西蒙的《刺槐树》（金桔芳译）。上述译本不时还有再版。还有一些出版社零星推出过新小说作品，如吉林出版集团有限责任公司2010年推出萨波塔的《作品第一号》（江伙生译），浙江文艺出版社则于2004年推出克洛德·西蒙的《有轨电车》（余中先译）。

同时期内，新小说派作家的文论也陆续翻译过来，发表在多家学术期刊上。其中有萨洛特的《怀疑的时代》，罗伯-格里耶的《未来小说之路》和《现代小说中的"人物"》，甚至还有西蒙荣获1985年诺贝尔文学奖时所作的《在斯德哥尔摩的演说》[1]。而发表在《文艺理论研究》上的《〈怀疑的时代〉论文集作者自序》及布托尔的《小说技巧研究》和《巴尔扎克与现实》[2]，直接扩大了译作的影响范围，因为该期刊主要是面向中文出身的文学研究者的，他们撰写的研究文章不时有所引用。另外，上述一些文论和新的文论，如罗伯-格里耶的《自然、人道主义、悲剧》和《新小说》，也出现在《现代西方文论选》（伍蠡甫）和《法国作家论文学》（王忠琪）等编著中。同一时期，还有法英评论家有关新小说的评论被翻译过来，主要包括登肯的《克洛德·西蒙：再现真实的危机》和戈德曼的《新小说与现实》以及对新小说给予充分肯定的结构主义大师罗兰·巴特的《新小说派两论》[3]。当然也包括新小说派后起作家里卡尔杜发出的《为什么"新小说"遭到冷遇？》[4]这样的不同声音。

二、新小说研究

在翻译新小说作品和文论的同时，对新小说的研究也迅速展开。本文拟从综合研究、本体研究、个体研究和文本研究的角度加以梳理。

（一）综合研究

综合研究在任何一种文学流派上面一般都是最先起步，因为对于异域的一种文学现象，国人总是想要首先弄清楚它的大概风貌。在这方面，冯汉津从1981年起发表过三篇较有影响的文章：在《当代法国文学流派披涉》[5]中，作者一方面分析了新小说作家的共同特点，如取消故事情节、取消人物和削弱人物形象、描写事物；另一方面也指出了他们各自不同的风格，并以《在迷宫里》为例做了具体探讨。在两年后发表的《"新小说"

---

[1]《怀疑的时代》，见《外国文艺》1980年第6期。《未来小说之路》和《现代小说中的"人物"》，见《当代外国文学》1983年第1期。《在斯德哥尔摩的演说》，见《外国文艺》1986年第4期。
[2] 分别见《文艺理论研究》1982年第3和第4期，1985年第1期。
[3] 分别见《外国文艺》1986年第3期，1987年第1期，1990年第4期。
[4] 见《外国文学报道》1981年第3期。
[5] 冯汉津：《当代法国文学流派披涉》，《社会科学战线》，1981年第4期。

漫步》[1]中，作者在"从传统小说到'新小说'"、"'否定的'小说"（即否定虚构故事、否定人物形象、否定心理分析、否定道德使命、否定语言规范）、"'新小说'的两极"（即罗伯-格里耶的客观现实主义和萨洛特的主观现实主义）和"小说的悲剧"（即阉割意义、自我否定）四个层面上展开论述。又两年后，作者再次撰文，首先对四个代表作家做了评介，接着分析新小说反传统小说的四个主要方面（与上述"'否定的'小说"中前四个方面相同，但表述内容不同，显示了作者宽阔的批评视阈），最后归纳了新小说的十大写作技巧（即写物、录话、错割、穿插、复现、跳跃、设谜、镶嵌、环合、舞文）[2]。另一位有影响的论者是柳鸣九，他编选的《新小说派研究》[3]收集了当时关于新小说最充分最全面的材料，以至于后来不少论者总是从中引文支撑起自己的论点。《新小说派研究》在"新小说派文论选"部分收录了除西蒙外三位代表作家各自的理论"宣言"；在"新小说派作品选"部分收录了除西蒙外三位代表作家的主要作品的部分翻译和全译；《新小说派研究》还分有"批评家论新小说派"部分和"有关新小说派的资料"部分（包括"作家访问记"、"四位主要作家简介"、"书目介绍"和"作品提要"），确实为他人的研究提供了方便。另外，他主编的《从现代主义到后现代主义》[4]包含了"法国新小说四例析"：有"萨洛特的《天象馆》与心理现代主义"和"格里耶没有嫉妒的《嫉妒》"的文本研究；有"布托尔的新小说代表作的杂色"和"西蒙的文学荣誉与他的代表作"的个体研究；还有罗伯-格里耶和西蒙的"文论"。因而，该书对新小说的研究可视为综合研究。除上述两人外，综合研究的成果还包括在吴岳添的《法国文学流派的变迁》、廖星桥的《外国现代派文学导论》、郑克鲁的《现代法国小说史》、林骧华的《西方现代派文学评述》和陈慧的《西方现代派文学简论》等著作中。

（二）本体研究

早在1980年，廖练迪就发表了《法国的"新小说"》[5]。文章归纳了新

1　冯汉津：《"新小说"漫步》，《当代外国文学》，1983年第1期。
2　冯汉津：《新小说派小说》，见陈焘宇、何永康主编：《外国现代派小说概观》，南京：江苏文艺出版社，1985年。
3　柳鸣九编选：《新小说派研究》，北京：中国社会科学出版社，1986年。
4　柳鸣九主编：《从现代主义到后现代主义》，北京：中国社会科学出版社，1994年。
5　廖练迪：《法国的"新小说"》，《外国文学》，1980年第5期。

小说的五大写作技巧（即情景的重复、模棱两可、故事多发生在一天之内、星形展开的叙事以及要求读者的参与），也对新小说做出了评价，并介绍了这样的阅读经验："读第一遍时：觉得头绪纷繁、不知所云；读第二遍时：若有所悟；读第三遍时：原来如此。"1981年，林秀清在《关于法国新小说派》[1]一文中，归纳了新小说派的七大特点，即反巴尔扎克式的传统小说、不从主观感情出发描写客观世界、人物的非中心、打破传统的时空观、反对虚构情节、以场景组合代替传统小说的情节发展、注重语言创新。第二年，有论者对新小说产生的政治、经济、科技、社会生活与社会结构等时代背景做了探讨[2]。王泰来则以小见大，从罗伯-格里耶的三篇短文探研了新小说的人物、情节、结构和写作目的以及读者与作者的关系[3]。对新小说本体介绍最为全面的还是同一年间张裕禾发表在《文学报》上的《法国新小说》[4]一文，作者归纳了新小说的三种结构（复调、多声部、螺旋）、四种手法（重复和雷同、不合逻辑的连接、嵌入法或故事中的故事、摊牌术）、三种描写（客观的、现象学的、繁衍性的）和两种处理人物的方法（分散零碎地描写人物、故意破坏人物形象）。新小说后起作家里卡尔杜有句名言："小说不是惊险故事的写作，而是写作的惊险故事。"[5]杨建钢似乎由此展开话题，发表了《从冒险的叙述到叙述的冒险》[6]，深入研究了新小说在创作观念上的革新。进入九十年代，对新小说的本体研究仍然热情不减。马小朝从本体论、创作论和价值论上分别指出了新小说无目的的目的、无内容的内容、无意义的意义的艺术观[7]。塞昌槐则从后现代视角来观照新小说，指出新小说通过"意义的耗散、形式的解体和数码的置换"分别完成了"削平深度、颠覆体裁和膨胀话语"的后现代叙事[8]。还有论者继续探索"新小说写作的历险"[9]。另外，由于新小说派（尤其罗伯-格里耶）善于借鉴电影表现手法，钱红林便把新小

---

1 林秀清：《关于法国新小说派》，《外国文学报道》，1981年第3期。
2 董友宁："新小说"产生的社会及其主要理论初探》，《外国文学研究》，1982年第2期。
3 王泰来：《从阿兰·罗伯-格里耶的三篇短文看新小说》，《世界文学》，1982年第3期。
4 张裕禾：《法国新小说》，《文学报》，1982年6月24日和7月1日。
5 转引自张裕禾：《二十世纪法国主要文学流派》，《译林》，1980年第4期。
6 杨建钢：《从冒险的叙述到叙述的冒险》，《青年论坛》，1986年第5期。
7 马小朝：《揪着自己的头发不能飞离脚下的大地》，《外国文学评论》，1994年第4期。
8 塞昌槐：《后现代视角下的新小说》，《外国文学评论》，1997年第1期。
9 严泽胜：《新小说：写作的历险》，《外国文学研究》，2001年第2期。

说与当时法国影坛兴起的"新浪潮"中的"左岸派"电影艺术做了交叉透视[1]。

(三) 个体研究

　　罗伯-格里耶被视为新小说派的首领,因而针对他的个体研究也最多。杨建钢曾从理论与技巧两方面,探讨过罗伯-格里耶小说中"巴尔扎克式小说的终结"和"令人窒息的物事世界"以及"迷宫般的结构形式"[2]。不少论者的研究还涉及他的新小说理论与传统人道主义文学观的分歧[3];涉及他的小说中的"反悖"与"复现"手法[4];或把"物本主义"作为其理论主张的核心加以探讨[5];或指出他的"非意义论"在从现代主义到后现代主义流变过程中的作用[6]。对于诺贝尔奖得主西蒙,王泰来探讨了他的"语言文字的魔力"[7];林秀清着重梳理了其创作发展的三个阶段,揭示了作家在"诗和画"上面的创作性[8];廖星桥则主要从绘画技艺的角度,进一步探讨了其创作风格的形成[9]。关于萨洛特,吴岳添对她在创作道路上的多重探索进行了总结和评论[10];董鼎山则将萨洛特与罗伯-格里耶作为新小说的"两大师",在两人的作品与风格上做了等量齐观[11]。而刘成富在其新著《20世纪法国"反文学"研究》一书中,对新小说四位代表作家一一做了评论:罗伯-格里耶是用现时的瞬间体验,从各个方面和各个层次去细致客观地反映一种漂浮的世界;西蒙通过画面的拼贴与意识的流淌来寻求创作中的立体感;萨洛特在普鲁斯特和乔伊斯未曾开辟的心理领域,运用"潜对白",描绘了她那个"怀疑的时代";布托尔以音响效果和造型艺术以及全新的时空观为自己赢得"百科全书式技巧作家"的称号[12]。此外,

---

1　钱红林:《艺术交叉口的选择》,《外国文学研究》,1990年第1期。
2　杨建钢:《罗伯-格里耶小说理论与技巧初探》,《法国研究》,1985年第1期。
3　赵新林:《罗伯-格里耶新小说理论与传统人道主义文学观的分歧》,《文学评论》,1991年第5期。
4　徐肖楠:《阿兰·罗伯-格里耶小说的复现手法》,人大复印资料《外国文学研究》,1998年第8期。
5　李伟昉:《物本主义:罗伯-格里耶理论主张的核心》,《外国文学研究》,1999年第2期。
6　张唯嘉:《罗伯-格里耶的"非意义论"》,《外国文学研究》,2001年第4期。
7　王泰来:《文字的魔术师——克洛德·西蒙》,《读书》,1986年第12期。
8　林秀清:《克洛德·西蒙在小说创作上的探索》,《外国文学报道》,1986年第3期。
9　廖星桥:《论克洛德·西蒙小说创作风格的形成》,《法国研究》,1988年第3期。
10　吴岳添:《娜塔丽·萨洛特的创作道路》,《当代外国文学》,1997年第1期。
11　董鼎山:《法国"新小说"两大师》,《读书》,1987年第7期。
12　刘成富:《20世纪法国"反文学"研究》,南京:江苏文艺出版社,2002年。

有关新小说代表作家的访谈录，也构成了个体研究的另一道景观。柳鸣九的《巴黎对话录》和《巴黎名士印象记》收编了自己对罗伯-格里耶、布托尔和萨洛特的采访。《当代外国文学》自1985年以来，也发表过对上述三人的不同的"访谈"[1]，其中涉及罗伯-格里耶的就有三篇，他曾经来过中国。

（四）文本研究

在这里，罗伯-格里耶的作品仍然是主要关注的对象。柳鸣九对《嫉妒》这部"篇幅不长而艺术容量不小的作品"在文学史上的探新给予了充分的肯定，认为全篇没有流露出任何嫉妒的情感、情绪及内心活动，却让叙述人的嫉妒又无处不在，是一部"没有嫉妒的《嫉妒》"[2]。笔者借此还想指出，这部作品运用了西方反传统的非人化的写实，似乎仍表现了中国传统文学中的"不著一字，尽得风流"的美学观。对于《嫉妒》的讨论，还涉及"隐蔽的视点"[3]和"独特的视角"[4]。关于《窥视者》的探讨涉及"叙述时间、叙述语式和叙述的功能结构"等叙述艺术[5]，或涉及作品中"错综复杂的窥视关系网络"[6]；甚至郑若麟把《窥视者》与卡夫卡的《变形记》比较，来"对西方现代派文学进行剖析"[7]。关于《橡皮》的探讨则涉及"写作的零度与阅读的创造"[8]、"原型与变形"[9]和"用传统擦抹传统"[10]等话题。关于《去年在马里安巴》，柳鸣九从不确定性的哲理谈到不确定性如何引起读者注意、谈论、思索、感受和辨析的魔力[11]。另外，张唯嘉从"虚幻建构真实"的视角，对罗伯-格里耶的自传三部曲《重现的镜子》、《昂热

1　共有五篇访谈录，分别见：《当代外国文学》，1985年第1期，1993年第4期，1997年第1期，2001年第2期，2002年第1期。
2　柳鸣九主编：《从现代主义到后现代主义》，北京：中国社会科学出版社，1994年，第189—196页。
3　晁召行：《隐蔽的视点在〈嫉妒〉中的作用》，《外国文学评论》，1989年第4期。
4　吉人：《独特的视角——罗伯-格里耶的小说〈嫉妒〉》，《当代外国文学》，2002年第4期。
5　姚公涛：《试论〈窥视者〉的叙述艺术》，《外国文学评论》，1989年第2期。
6　晁召行：《游移于各种窥视关系之间》，《外国文学评论》，1993年第2期。
7　郑若麟：《从〈变形记〉到〈窥视者〉——西方现代派文学剖析》，人大复印资料《外国文学研究》，1985年第1期。
8　曾艳兵：《写作的零度与阅读的创造》，《外国文学评论》，1994年第4期。
9　晁召行：《原型与变形——〈橡皮〉浅析》，《外国文学评论》，1994年第4期。
10　张唯嘉：《〈橡皮〉：用传统擦抹传统》，《外国文学评论》，2002年第2期。
11　柳鸣九：《艺术中不确定性的魔力》，《文汇月刊》，1986年第9期。

丽克或迷醉》及《科兰特最后的日子》进行了解读[1]。对于西蒙的文本研究，主要集中在他的成名作同时也是他的代表作《弗兰德公路》上。对这部深受不少中国当代作家偏爱的作品，论者们的探讨涉及它的"绘画结构"[2]、"多媒体的技术美学特征"[3]和"性爱与战争"[4]等主题。柳鸣九的研究则向我们透视了作者多重艺术手法的交融：作品内隐层面与外显层面之间的追逐与游离，意识流方法运用的别具一格以及意识流画面的多样化和影视艺术化[5]。另外，关于西蒙的回忆录小说《植物园》，也能找到余中先的简介[6]。关于布托尔，文本研究则集中在他的代表作《变》（另译本《变化》）上。我们首先注意到，译者朱静曾发表过两篇文章，一篇主要探讨了布托尔的时空结合的概念和作品立体性的内在结构[7]；另一篇则将《变化》的创作手法与《文心雕龙》创作论做了深刻的比较[8]。林青则从第二人称的叙述视角对作品进行了探讨[9]。同时，石海峻从"人类灵魂的自我拯救"的"高度"出发，用独到的分析对作品的主题做了"深度"发掘[10]。关于萨洛特，她的自传作品《童年》也成为文本研究的对象。杨国政的文章认为，《童年》处处体现着作者对于一切传统、成规、套式、惯例的怀疑精神，因为它追求的不是诗与真的统一与和谐，而是二者间极度的张力[11]。

据中国知网数据，2007年至2017年间，以"新小说"为关键词发文113篇，相当部分涉及法国文学，研究内容大体不出上述四个领域，其中包括《从新小说到新自传——真实与虚构之间》（王晓侠著，《国外文学》2010年第1期）、《论罗伯-格里耶与萨特的文学之争》[杨令飞著，《广西民族大学学报》（哲学社会科学版）2011年第1期]等。

---

1 张唯嘉：《用虚幻建构真实——解读罗伯-格里耶的"新自传"》，《外国文学评论》，2001年第1期。
2 孙恒：《〈弗兰德公路〉的读解：绘画结构》，《外国文学评论》，1991年第1期。
3 塞昌槐：《多媒体：〈弗兰德公路〉的技术美学特征》，《外国文学研究》，1999年第3期。
4 杜林：《性爱与战争：〈弗兰德公路〉》，《外国文学评论》，1997年第3期。
5 柳鸣九：《克洛德·西蒙的荣誉与他的代表作》，《世界文学》，1993年第2期。
6 余中先：《被散栽在花圃中的记忆碎片》，《外国文学动态》，1998年第5期。
7 朱静：《布托尔及其代表作〈变化〉》，《外国文学报道》，1981年第3期。
8 朱静：《法国现代小说〈变化〉的创作手法与刘勰的〈文心雕龙〉创作论》，《文艺理论研究》，1985年第1期。
9 林青：《〈变〉的第二人称的叙述视角》，《外国文学评论》，1989年第2期。
10 石海峻：《人类灵魂的自我拯救》，《外国文学研究》，1990年第1期。
11 杨国政：《怀疑时代的自传》，《外国文学评论》，2002年第2期。

第三节　新小说在中国的接受

二十世纪八十年代中期，纯文学遭受商品经济大潮的冲击，被挤到社会边缘。无论"寻根派"还是"现代派"，都徘徊在"人的理想"中。节奏越来越快的社会生活，开始抹平世人精神"深度"的追求，对传统意识形态制约下的文学的政治与社会"意义"的拒斥仍强劲有余。另一方面，自七十年代末八十年代初起，我国开始对新小说派的作品和理论进行了大量的译介，紧随其后便是专家学者们的研究探讨，加之西蒙在此期间获诺贝尔文学奖，自然使得法国新小说进入了我国锐意创新的年轻作家的阅读视野，引起他们对小说形式的高度关注和重视，诱使他们也大胆地拨动久已凝固的小说形式，开始尝试和探索新的叙述机制。事实上，注重形式革命的法国新小说，无论在小说观念上还是在写作技巧上，确实都对中国当代文学产生了重要影响。关于这一点，我们可以从吴炫的有关论说中窥见一斑："现代小说理论如果不提及新小说派，如果不提及隐匿叙述和中止判断，不张扬情节淡化和形式强化，好像就已无事可干。"[1] 陈晓明在论及西方现代主义、后现代主义和拉美魔幻现实主义对当代实验小说的影响时，也强调指出："特别是二战后的实验小说，作为西方后现代主义的先锋，在当代中国的先锋小说急于摆脱'寻根'的深度阴影时，起到了启迪的作用。"[2]

一、观念的影响和接受

法国新小说对我国当代先锋小说在观念上产生的影响不可低估。如果没有新小说，中国先锋文学可能又是另一番景观。陈晓明在总结我国先锋派文学的时候，就曾这样说过："可以不夸大地说，先锋小说改写了当代中国小说的一系列基本命题和小说本身的定义。"[3] 现在看来，这种"改写"，新小说应是功不可没。从本体论出发，"小说是什么"这样的问题已经有了超越传统观念的新的解答，那就是"小说并非是交流已有事件的一

---

[1] 吴炫：《中国当代文学批判》，上海：学林出版社，2001年，第49页。
[2] 陈晓明：《无边的挑战》，长春：时代文艺出版社，1993年，第42页。
[3] 同上，第308页。

种良好的愿望，而是一种把语言当作一个特殊世界去探究的实在行为"[1]。而在读者那里，阅读已成为文学的本体存在。从此，曾经作为社会意识形态载体的文学，可以合法地回到自己的家园；另一方面我们也看到，"新小说派的做法确乎可以代表小说领域迄今为止的一系列革命方式。这种方式的惯性是如此巨大，以致使我们在谈到小说还有什么可能的时候，总是会轻易地朝小说还会有怎样的写法上去想"[2]。新小说不仅诱导年轻一代作家改变了书写方式，也改变了读者的传统的被动的阅读方式，把叙述的空白和所指的飘忽不定留给了读者，让他们进一步参与本文的创造。我们还可以再具体一些来探讨新小说在创作观念上对我国当代先锋文学产生的影响：

从创作发生论看，"怎么说"开始占首位，"说什么"退居其次。新小说派总是使作品的构成停留在"怎么说"上而迟迟不向"说什么"过渡，罗伯-格里耶的观点就是一种代表："真正的作家是没什么可说的，有的只是一种说的方式而已。"[3] 这种观点唤起了我国年轻一代作家的形式自觉，促使他们开始了继白话文运动后的以发掘小说语言表现潜力为目的的又一次话语革命。语言不再只是内容的表衬，叙述本身变成了目的。于是，马原提出了"小说创作的工艺过程"[4]；余华发表了具有"怀疑的时代"内涵并指向"未来小说道路"的形式主义追求的《虚伪的作品》[5]。

从创作思维论看，马原的《方法》一文主要是谈小说的逻辑的。他说："生活不是逻辑的，但是其间有些很逻辑的片断；存在不是逻辑的，有些局部存在又似乎在证实着逻辑学的某些定义。我于是不喜欢逻辑同时不喜欢反逻辑，我的方法就是偶尔逻辑局部逻辑大势不逻辑。"[6] 而"偶尔逻辑局部逻辑大势不逻辑"的观点，换个角度看，正是罗伯-格里耶下面观念的绝好翻版："在我们周围，世界的意义只是部分的（所以'局部逻辑'）、暂时的（所以'偶尔逻辑'），甚至是矛盾的（所以'大势不逻

---

[1] 朱伟：《序》，见朱伟编：《中国先锋小说》，广州：花城出版社，1990年，第3页。
[2] 吴炫：《中国当代文学批判》，上海：学林出版社，2001年，第46页。
[3] 转引自杨建钢：《从冒险的叙述到叙述的冒险》，《青年论坛》，1986年第5期。
[4] 王庆生主编：《中国当代文学》（下），武汉：华中师范大学出版社，1999年，第271页。
[5] 余华：《虚伪的作品》，《上海文论》，1989年第5期。
[6] 马原：《马原散文·方法》，杭州：浙江文艺出版社，2001年，第44页。

辑'——括号内为笔者所加)。"[1]

萨特说过:"反小说保留了小说的外表和轮廓;给我们介绍虚构的人物和讲述故事的是想象的活动。可是,我们大失所望:小说自己否定了自己,人们似乎在建树小说时,小说在我们眼中毁灭了;作者是在写一部……小说中的小说。"[2] 可以说,马原对新小说的领悟完全达到了萨特的认知程度,他已经深谙布托尔"小说是模仿实情的虚构"的蕴意,故而在自己的作品中"有意识地混淆真和假的界限"。其实,被吴亮揭破的他的"叙事圈套"[3],就是要让我们看到小说的"虚构性",看到他是怎样"用小说来否定小说"的。

罗兰·巴特的"写作的零度"是对新小说剥离叙述主体情感判断后的纯粹客观叙述的最恰当的诠释。罗伯-格里耶的语言自述功能正是通过叙述人消失来体现的。我国年轻作家在创作过程中,也自觉地去追求"忘我"的情境,把主观情感调到零度,让叙述主体变成无动于衷的冷眼看客,尤其余华的"死亡叙述"麻木得令人愕然。他的《河边的错误》、《一九八六年》、《现实一种》和《世事如烟》等,也都展示了罗伯-格里耶的冷漠的"白描"。马原在谈到《拉萨河女神》时也说过,"我尽可能地客观,客观地叙述,客观地描写,客观地反映我的主题感受(包括观察)"[4],以至于他对拉萨河河心岛的经纬度和《喜马拉雅古歌》中一个小村庄经纬度的刻写,其客观的程度,都使人不禁联想到罗伯-格里耶笔下的"柱子的阴影"。这一切正如格非所发现的,作者表面的"中庸"或者"客观"产生的实际效果往往比"直接"引导和介入更加强烈[5]。

二、技巧的接受与运用

萨洛特说过,"小说被贬为次要的艺术只因它固守过时的技巧"[6]。而一

---

1 格里耶:《新小说》,见王忠琪等译:《法国作家论文学》,北京:三联书店,1984年,第400页。
2 转引自柳鸣九编选:《新小说派研究》,北京:中国社会科学出版社,1986年,第480页。
3 吴亮:《马原的叙事圈套》,见张国义编选:《生存游戏的水圈》,北京:北京大学出版社,1994年,第210—222页。
4 马原:《我的想法》,《西藏文学》,1985年第1期。
5 格非:《小说叙事研究》,北京:清华大学出版社,2002年,第31页。
6 转引自柳鸣九编选:《新小说派研究》,北京:中国社会科学出版社,1986年,第59页。

且创作观念发生改变，当代年轻的作家也在创作过程中开始了全面实践新的写作技巧。

从叙述语言说，新小说破坏传统的语言规范和"句法经序"的反语言性，也成为识别先锋小说的一个主要标识，因为先锋作家意识到文学是语言的艺术，从语言上突破常规是小说革命的必由之路。他们大胆地颠覆既定的语言秩序，探索语言无限丰富的表现可能，乃至让语言成为小说的主体。例如，马原的叙事语言就具有纯粹的操作性，孙甘露的作品成了箴言的制造车间，残雪的作品则把反语言发展到了极致。另外，新小说"录话"的方法在马原的《冈底斯的诱惑》中也有娴熟的运用；新小说"舞文"和"设谜"的语言技巧也能在先锋小说里找到"游戏性"或"打哑谜式"的类似标签。

从叙述结构说，《冈底斯的诱惑》通过新小说惯用的"错割""穿插""跳跃"的技法，把打猎、看天葬和顿珠顿月的传说三个没有逻辑关联的碎片式的故事进行拼贴组合，打破了传统小说中线性思维的因果链。新小说的"环合""复现"手法在格非的《褐色鸟群》中被广泛运用。在马原的《游神》中，我们看到了开始也是结局，结局也是开始。而在罗伯-格里耶的《橡皮》《嫉妒》《在迷宫里》等作品中，"错割""穿插""跳跃""环合""复现"等技法的并置运用，也被先锋作家借鉴，汇同记忆的空缺和联想的偶然性，最终摧毁了传统小说结构的整体性与和谐感，形成先锋小说特有的"迷宫风格"，主要体现在马原的《虚构》、格非的《迷舟》和《褐色鸟群》以及孙甘露的《请女人猜谜》等作品中，而尤以格非的"迷宫风格"为突出。当然，先锋小说家的"迷宫风格"不仅仅来源于罗伯-格里耶的《在迷宫里》，它同时是博尔赫斯的《小径分叉的花园》、马尔克斯的《迷宫中的将军》、卡尔维诺的《命运交叉的城堡》以及巴思的《迷失在开心馆中》共同影响下的艺术"迷宫"。

从叙述时间说，布托尔在《日程表》（又译《曾几何时》）中采用"时间切割"的技巧颠覆了传统的"时间流"，呈现出新颖奇特的阅读视野，而余华在《往事与刑罚》中，也把穿越了十几年时间的"清晨、中午、傍晚、深夜"整合在新的时空里，达到了同样的艺术效果。罗伯-格里耶认为，过去是不可靠的，而未来尚未降临，只有现实才是可信的。

或许这正是余华倾向于在"今天的立场"去书写"记忆的逻辑"的答案所在。

从叙述客体看,新小说尤其是罗伯-格里耶作品中的"物化"具有两层含义:一是作品的"物化",即不厌其烦地辨析和罗列物的样态;二是人的"物化",即人的"道具化"。在第一层意义上,我们可以在余华、格非、苏童、孙甘露 1985 年至 1989 年的作品中,看到这种对"物"的单纯性的彰显,找到他们接近物象的语言形式;在第二层意义上,正如罗伯-格里耶所说,"小说未来的主人公将只是在'那里',而那些解释将流落'彼地',在主人公无可否认的存在面前,它们将显得无用、多余甚至不诚实"[1]。人物不再成为文本的中心。所以,在马原的《拉萨河女神》和余华的《世事如烟》中,人物只有编码,几个阿拉伯数字,标明他们的存在和周围环境里的"物"没什么不同,一如萨洛特所说,"人物的姓名……对现代的小说家来说也成了一种束缚"[2]。

从叙述主体和叙述视角看,新小说作品惯用第一人称和内视角(包括视角转换)来进行局部化叙事。萨洛特就曾说过:"用第一人称叙述故事,不仅能满足读者理所当然的好奇心,而且也可以解除作者难以避免的顾虑。除此以外,故事至少得像是亲身的经历,真实可靠,对读者既有说服力,同时也可以消除他的顾虑。"[3] 这种向内转的叙述方式虽然使作品不时显出脱节与空缺,但也显示出客观生活的某种真实性,而且,它直指传统小说里那种全知全能和全方位的叙述视角的虚假,因而在先锋作品中被大量采用。余华就从罗伯-格里耶的作品《嫉妒》的内视角里发现,原先教科书中关于心理描写的专业术语只是个错误的路标[4]。而马原在《冈底斯的诱惑》中,就采用了内视角的交叉位移,既逼近了多元的社会生活的本来面目,也呈现出每个人物内心世界的多重性。正如布托尔所说:叙述视角的轮流转换"不仅能区分各种人物,而且是唯一的手段,使我们能恰当地区分不同阶段的意识或每个阶段存在的潜

---

[1] 转引自柳鸣九编选:《新小说派研究》,北京:中国社会科学出版社,1986 年,第 64 页。
[2] 同上,第 84 页。
[3] 同上,第 36 页。
[4] 余华:《眼睛和声音》,《读书》,1998 年第 11 期,第 97 页。

意识"[1]。

新小说的影响不仅反映在先锋作家的作品里，也反映在"新写实"作家的作品里。王蒙曾对"新写实"之"新"总结了七条，其中前四条分明与新小说的特色相关：（1）倾向于平静的叙述，而不做出对于自己的人物与事件的评价；（2）取消作者对人物的道德审判功能；（3）讨厌感情的流露；（4）还语言以自己的本色（以上四点非原语）[2]。具体来看，从人的"物化"角度说，池莉的《烦恼人生》中的印家厚就已被抽去性格内涵，而仅变成了多种用途的道具；同样，方方的《风景》《落日》也以七哥、小六子或春夏秋、麦子、豆儿等作为人物的能指符号。另外，萨洛特的《天象馆》（又译《行星仪》）中的"潜对话"和"内心独白的前奏"，在《烦恼人生》中也不乏其例。

三、接受的变形与原因探析

一个国度的文学现象传入另一个国度，往往会因为民族的、文化的、历史的、时代的和地域的不同等种种因素而出现某种变形，所以，尽管新小说给中国当代先锋小说带来了重要影响，尽管中国先锋小说对传统叙事机制的颠覆精神和对形式创新的强烈诉求可与法国新小说派比肩，但我们不能说，中国的先锋小说就完全等同于法国的新小说。在这个问题上，王宁曾指出，那是因为后现代主义是西方后工业、后现代社会的产物，中国社会还没进入能产生后现代主义文学的后工业社会阶段，加之中国文学本身也从未形成过现代主义运动[3]。余华则认为，"西方先锋派是文学发展之中出现的，而中国先锋派是文学断裂之后开始，并且在世界范围内不太可能出现先锋派的时候出现了"[4]。他们都说出了其中的原因。在此，笔者还想具体从下面四点谈谈看法：

（一）外域的综合影响

新小说派是与荒诞派、黑色幽默派、拉美魔幻现实主义同时涌进我国

---

1 转引自柳鸣九编选：《新小说派研究》，北京：中国社会科学出版社，1986年，第146页。
2 王蒙：《中国的先锋小说与新写实主义》，《当代作家评论》，1992年第6期。
3 王宁：《西方文艺思潮与新时期中国文学》，《北京大学学报》（哲学社会科学版），1990年第4期。
4 余华：《读与写》，北京：西苑出版社，2001年，第119页。

的，所以，当代先锋作家不同程度地还受到博尔赫斯、马尔克斯、卡尔维诺、海勒、略萨等后现代主义大师的影响，同时也受到像卡夫卡、普鲁斯特、乔伊斯等现代主义大师的启迪，就像陈晓明所指出的那样，"西方的现代主义、后现代主义以及拉美的魔幻现实主义，是当代实验小说的主要范本"[1]。上文所说的"迷宫风格"就是外域文学综合影响的一例，我们不可能排除迷宫风格里的博尔赫斯的"叙事空缺"。从个别作家身上看，马原虽然从罗伯-格里耶的作品中领悟了小说的物象感和形式感，但也没有摆脱博尔赫斯的意象和略萨的结构主义。

（二）内部的传统制约

我国传统文学注重文情并茂，正如刘熙载《艺概》所言，"作者情生文，斯读者文生情"。文和情总是连在一起，所以才有"文气""文采"之讲究。当代先锋作家在创作过程中确实很难从心理上穿越传统文学的审美范式，尽管他们也力求"客观地叙述，客观地描写"，但几乎做不到像罗伯-格里耶那样把叙述人全部的思想情感和主观意愿过滤干净。在苏童、格非、孙甘露以及潘军等人的作品中，都或多或少地流露出语言的抒情性，乃至哲理性和寓言性。而马原"虽自觉地吸收了格里耶'客体主义'的观念，但其作品中，那种把客观世界简化成纯粹外观的倾向要比格里耶作品轻得多。在某种程度上，马原作品叙述的主体色彩依然浓烈"[2]。只有余华与罗伯-格里耶走得最近。

（三）当下性因素

新小说解构意义，往往通过打破作品整体构架的有序时空，使作品的意义失去整体向度，如西蒙的《弗兰德公路》，就通过对时空结构的剪切拼贴，使中心意义的产生成为不可能。但时空各单元之间的意义并没有被消解，而是被作者置于"十字路口"。然而，先锋文学虽然也采用了打乱时空秩序的技法，却是通过各叙述单元之间的意义的否定，来消除作品的整体性意义指向的。因而，新小说"意义"理解的多元性在先锋小说中嬗

---

1 陈晓明：《无边的挑战》，长春：时代文艺出版社，1993年，第42页。
2 邹定宾：《论中国当代实验小说本体的内在矛盾》，《文学评论》，1998年第4期。

变为意义理解的不可能性。例如，余华的《世事如烟》和《现实一种》、格非的《风琴》、苏童的《1934年的逃亡》和《罂粟之家》，都表现出"对历史崇高性和传统伦理文化正当性"的否定[1]的意义指向。而我们要指出的是，对"历史崇高性的否定"是对"十年动乱"历史意义否定的伸延；对"传统伦理文化正当性的否定"则是对社会转型期传统价值观的一种扬弃。

（四）个人因素

个人因素是人人都能理解的因素，因此，在这里与其把作家个人的因素一一详加列举，毋宁把注意力集中在先锋作家在接受新小说时出现的变异结果上。以马原为例，他的小说创作受新小说作家的启发，也尝试着一种让读者共同参与创作的方式。但是在这一点上，他与新小说作家不同，因为他似乎要让读者与他在叙述的裸露状态下完成小说的虚构，完成初始的小说结构方式，而新小说派虽主张读者与作者的平等地位，但实质上是让读者参与小说的再创作，在阅读过程中，让读者根据作者提供的客观信息进行独立思考，从而做出自己的判断。所以马原认为罗伯-格里耶所说的"面对小说，读者不应是被动的，而应处于创造者的地位"的观点，"不过是想当然的愿望"，因为读者与作者不可能在同一个时间刻度上共同完成作品[2]。看来他理解错了。

另外，从某种意义上说，新写实小说就是先锋小说在接受法国新小说后的一个变体，或者说，它是新小说和现实主义之间的一种调和。因为它对先锋小说"过度的形式实验和语言迷宫趋势作了适当的纠偏"，"非常识时务地考虑到了读者的存在及阅读的可接受性"[3]。也可以说，新写实作家借用了新小说纯客观的叙事手法后，就从先锋的立场后撤下来，转而用对生活形态原汁原味的叙述来拉拢疏远的读者。由此看来，苏童的创作从"先锋""流动、摇曳"到"新写实"，恐怕也不仅仅出于"希望在小说的每一处打上他的某种特殊的烙印"[4]。总之，笔者认为，在与新小说的关系

---

1 邹定宾：《论中国当代实验小说本体的内在矛盾》，《文学评论》，1998年第4期。
2 马原：《小说》，《文学自由谈》，1989年第1期。
3 陈旭光：《"新写实小说"的终结》，《小说评论》，1994年第1期。
4 苏童：《片段拼接》，北京：西苑出版社，2001年，第77页。

上，新写实小说的变形主要出于作家的主观自觉，而先锋小说的变形则多半是客观因素使然。

四、不同的见解与结束语

作为现代小说技巧总结的法国新小说，由于它彻底叛逆传统的姿态，深受其影响的中国先锋小说，从诞生的那一天起就受到评论界热烈的关注。批评者有之，赞赏者有之。批评的话题主要集中在"先锋"超常规的语言和离谱的形式上，指责先锋作品"把话说得太不像'话'"，在"玩弄文学"，或指出这种形式主义的"游戏品质"使先锋作品失去了深度和精神向度。有论者就批评道，"文革"时期的文学服从的是政治观念，而新小说服从的是语言学的概念，前者毁灭了文学，后者则正在制造拯救文学的幻象[1]。然而在此之前，钟本康就提出来，小说形式是小说家艺术思维的方式，是小说内容的存在方式，是读者对小说直观的感受方式；小说形式沟通着作家、作品、读者，是一个充满生气和生命的独特的表现王国[2]。钱谷融也指出：这种形式探索的自觉意识无疑就是新时期文学真正成熟的开始[3]。批评者的另一个话题是，先锋作家对于西方（后）现代小说的接受，由于没有好好加以消化，而暴露出明显的模仿痕迹。对于这一点，作家赵玫也发表了自己的看法，她认为，"接受必须是一种潜移默化式的、渗透进生命意识中的，又不失却了你自己的种族的个性的接受"，只有"用心的很深的层次去解释他们的心的很深的层次而不是解释他们的作品的层次"，才可能使自己的创作"接近一种真实的自由状态"[4]。

现在回过头来看二十世纪八十年代中后期盛行的先锋小说，我们可以说，先锋小说以牺牲内容、抹平深度、否定传统的极端姿态来进行语言革命和形式探索确实走过了头，用符号代码系统上的变幻出新来取代作品内在的精神维度，不可能真正获得文学的生命价值。但是换个角度看，先锋作家的实践探索也有着不可否认的积极意义：它不仅动摇了文学服务于

1　郭银星、辛晓征：《告别新小说时代》，《当代作家评论》，1990年第5期。
2　钟本康：《小说形式的创新及其对内容的超越》，《今日文坛》，1987年第5期。
3　钱谷融：《论"探索小说"——中国新时期文学的一个侧面》，《社会科学辑刊》，1989年第2期。
4　赵玫：《无形的渗入》，《世界文学》，1987年第4期。

政治权力话语的传统信条，让小说叙事回归了文学本体，而且这种先锋探索确乎拓展了现代汉语的表现空间，丰富了现代小说的艺术形式，从此再也没人敢小视形式的价值。它为形成今天小说叙事模式的多元化格局而迈出的丛林探险般的步履，无疑具有划时代的意义。当然，无论先锋小说在形式探索上的"功"与"过"，都与法国新小说有着直接而又明显的渊源。

第四章
荒诞派戏剧在中国的回响

　　荒诞派戏剧是二十世纪五十年代兴起于法国现代派文学顶点上的一个具有广泛深远的世界影响的戏剧流派。它以存在主义哲学为思想基础，集象征主义、表现主义、超现实主义和存在主义等现代戏剧之大成，融哑剧、闹剧、悲喜剧、杂耍剧、即兴表演和滑稽表演于一体。它标新立异，离经叛道，一反传统的戏剧程式和表现手法，置戏剧冲突和人物塑造于不顾，运用夸张、变形、离奇、怪诞等非理性和反逻辑的艺术形式，变化出支离破碎的舞台形象、分崩离析的语言对白和模糊梦幻的艺术时空，在反文学的纯戏剧舞台上，以悲观和绝望为主旋律，演绎了二战后西方人形而上的痛苦、恐惧与不安，表达出他们对社会现实和自身处境的总情绪和总评价。荒诞派戏剧从思想上看，是西方世界"精神荒原上的一枝奇葩"，从艺术上看，是二十世纪法国文学的一大奇景。它那以丑审美和用荒诞的形式表现荒诞的内容而产生的强烈的艺术效果，震撼了整个欧美舞台，不久也波及中国。

第一节　早期批判式的评介

　　法国荒诞派戏剧初始在中国的介绍，应是1962年《人民日报》上近万字的《法国先锋派戏剧剖视》[1]。文章批判了尤奈斯库形而上学的美学思想后指出，"近半个世纪，法国资产阶级文艺思潮的发展趋势是越来越腐朽"，先锋派剧作家"在哲学上走上了歧途，在文艺创作上走进绝门"；在他们的戏剧里，"点起灯笼火把也寻觅不着与生活真实相关的'典型环境中的典型性格'的踪迹"；他们认为，"在人的生活中没有值得为之斗争的东西，这话的主旨在于否定人民的革命，从而阻止历史的发展"。翌年，《前线》杂志刊发了一篇题为《戏剧艺术的堕落——谈法国"反戏剧派"》[2]的文章，对法国"反戏剧派"四个主要成员一一点评：尤奈斯库"仇视西方戏剧的进步传统"，"他的悲剧通过混乱离奇的情节来表现，喜剧则写得阴森可怕"；贝克特"写的戏都像谜语一样，有的连他自己也莫名其妙"；阿达莫夫"常常用人物生理上的摧残，来表现心理上的摧残"；谢奈（即热内）"这个人从小就是个惯窃"，在作品中歪曲现实的本来面貌，颠倒是非。文章概括了四个作家的"三个共同特色"：（1）"违反传统的戏剧形式"。其中语言的毁灭"说明资本主义社会的文艺怎样在毁灭"。（2）手法和观点上的"荒诞"。"用之于政治上便是否定一切形式的革命"，"即是说资本主义社会制度是天经地义，是人类社会的永恒制度"。（3）"悲观主义"。"这是一种宣传死亡的颓废哲学"。文章最后批判道，"反戏剧派"的思想观点"是对人类进步传统、对今天世界上的进步势力一种恶毒的诬蔑"。时至1964年，《世界知识》发表了《西方世界的"先锋派"文艺》[3]一文，对包括荒诞派戏剧在内的"先锋派"文艺做了这样的结论："先锋派"文艺深刻反映了资产阶级的"没落腐朽"，也"践踏了传统的艺术规律和准则"；"从主观上来说，'先锋派'文艺是资产阶级艺术陷于绝望主义世界观和颓废的人生观的产物。从客观上来说，它是资本主义总危机和资本主义政治、经济、文化、思想矛盾的产物"。

二十世纪六十年代初的中国，由于国际和国内的政治气候，以阶级斗争为纲的思想又一次得到强调，"单有一九五六年在经济战线上的社会主义革命，是不够的，并且是不巩固的……必须还有一个政治战线上和一个思想战线上的彻底的社会主义革命"。而在实际情形中，政治思想高于一

---

[1] 程宜思：《法国先锋派戏剧剖视》，《人民日报》，1962年10月21日。
[2] 董衡巽：《戏剧艺术的堕落——谈法国"反戏剧派"》，《前线》，1963年第8期。
[3] 丁耀瓒：《西方世界的"先锋派"文艺》，《世界知识》，1964年第9期。

切意识，政治成了评判任何文艺的首要原则。从当时这样的社会意识形态来看，我们不难理解上面的三篇文章中都流露出来的鲜明的政治倾向，其作者不可避免地要从无产阶级和社会主义的立场出发，来阐释西方资本主义的代表国家里盛行的荒诞派文艺，自然也就给自己的文章打上了时代的烙印。所以，六十年代初我们对法国荒诞派戏剧的评介，诚如钱林森先生所言，是以"批判式的评介"[1]开始的。

上面三篇文章中使用了"先锋派"或"反戏剧派"两个词，是因为马丁·艾斯林1961年出版的《荒诞派戏剧》[2]还不可能迅速统一这个戏剧流派的指称。在这些文章中，我们除了可以感觉到一种严肃的政治气氛外，还会注意到，评论者是用传统的尺子来衡量新的艺术形式，似乎忽视了不断创新是美学规律中最根本的一条。尽管如此，在这一阶段，仍然有两部荒诞戏剧作品被翻译过来，一部是1962年11月黄雨石翻译的尤奈斯库的《椅子》，一部是1965年7月施咸荣翻译的贝克特的《等待戈多》。

第二节 开放时代的翻译、研究与评论

一、作品与作家文论的翻译

1978年，朱虹发表了《荒诞派戏剧述评》[3]一文，从荒诞派戏剧的兴起和"前驱"谈起，论述了《等待戈多》与"荒诞"的含义、贝克特与"荒诞"的生存状态、尤奈斯库和失去了的"自我"、品特与"威胁的喜剧"、阿尔比和"美国之梦"的破灭，直到荒诞派戏剧的思想出发点和艺术特点。全文长达两万五千余言，是经过"文革"之后我国对荒诞派戏剧评介得最早、最充分的一篇文章。该文后经过整理，又在《荒诞派戏剧集》中作为"前言"出现。回过头看，我们完全可以说，《荒诞派戏剧述评》一文所做的研究对于我国译者开始选择荒诞派戏剧这一体裁和这一体裁中有价值有代表性的作品来翻译，起到了不可否认的推助作用，因为一

---

[1] 钱林森：《法国作家与中国》，福州：福建教育出版社，1995年，第608页。
[2] 马丁·艾斯林是二十世纪六十年代英国著名的剧评家，他的《荒诞派戏剧》在国际学术界被公认为评论荒诞派戏剧的经典著作。中译本有：刘国彬译，北京：中国戏剧出版社，1992年；华明译，石家庄：河北教育出版社，2003年。
[3] 朱虹：《荒诞派戏剧述评》，《世界文学》，1978年第2期。

年过后，我们便看到了荒诞派戏剧作品的译本接连不断地出现在我国读者面前：1979年，《外国文艺》第3期发表了尤奈斯库的《阿麦迪或脱身术》；1980年，《外国戏剧》第1期发表了尤奈斯库的《犀牛》（同期发表了马丁·艾斯林的《荒诞派之荒诞性》，文章出自《荒诞派戏剧》一书的导论）；1980年12月，上海译文出版社推出了《荒诞派戏剧集》，内除收有《等待戈多》和《阿麦迪或脱身术》外，同时收录了美国荒诞派剧作家阿尔比的《动物园的故事》和英国荒诞派剧作家品特的《送菜升降机》；1981年，《当代外国文学》第2期刊登了贝克特的《啊，美好的日子！》与《剧终》以及尤奈斯库的《秃头歌女》；1981年，上海文艺出版社推出的《外国现代派作品选》中除收录了《等待戈多》外，还收录了尤奈斯库的《新房客》和阿达莫夫的《侵犯》；1983年，外国文学出版社也推出了一部结集《荒诞派戏剧选》，收录了《等待戈多》、《啊，美好的日子！》、《秃头歌女》、《椅子》、《犀牛》以及热内的《女仆》。在前后五年的时间内，我国就形成了一个翻译出版荒诞派剧作的热潮。在这一热潮里，中国译者完成了对法国荒诞派戏剧的主要作品的翻译工作。

1986年底，上海戏剧学院还把《等待戈多》搬上了中国话剧舞台。中央戏剧学院于1992年也内部演出了《椅子》。

在对荒诞派戏剧作品翻译的同时，也在对荒诞派作家文论进行翻译。在荒诞派作家中，尤奈斯库是乐于阐述自己的戏剧观的。他的言论不仅为我们充分理解他的作品提供了帮助，同时，在某种意义上说，也反映了这一戏剧流派总的艺术倾向。1979年，《外国文艺》第3期发表了尤奈斯库的《起点》，文章道出了尤奈斯库"所有的剧本都源自两种基本精神状态"：一是由于活在一个不再受到搅扰、不再存在的宇宙里而感到的"欢乐和惊奇"；一是由被物质壅塞的宇宙对人的侵袭所带来的"苦恼和晕眩"。而正是物体反精神力量的获胜与其内心世界精神原动力的碰撞，成为《阿麦迪或脱身术》等剧作的起点。不久，尤奈斯库的《〈秃头歌女〉——语言的悲剧》[1]也翻译发表。尤氏在文中叙述了《秃头歌女》诞生的过程，揭示了语言的机械性和悲剧性，也揭示了剧中人物具有普遍性指涉的意义。随后，《外国戏剧》（1982年第4期）发表了对尤氏的采访录

---

[1] 朱静译：《〈秃头歌女〉——语言的悲剧》，《外国文学报道》，1981年第5期。

《荒诞派戏剧家纵谈古今》。如果说尤氏在这里只是以漫谈的方式表达自己的戏剧观，那么，同一期刊第二年发表的尤氏的《戏剧经验谈》[1]，则表明他在 1958 年撰写此文时，就已具备了十分成熟的戏剧艺术理论。文中有些论点如关于"言语的延续"（或"语言的伸延"）和"戏剧的效果"已成为学者们探讨的命题。该刊同期发表了马森的《〈椅子〉的舞台形象》和英国学者沁费尔德的《贝克特剧作的艺术特色》。此外，我们还可从这一时期出版的《法国作家论文学》（王忠琪）中找到尤氏的《论先锋派》等文论。

二、研究与评论

对荒诞派戏剧的研究如同对任何外国文学作品的研究一样，最先也是由译者和外国文学工作者来做的。所以，我们在上述翻译过来的荒诞派剧作的译序或译后记中，就能找到很多可以帮助我们理解作品的论述。尽管多数译序或译后记篇幅不长，但里面不乏真知灼见，例如冯汉津为《剧终》所写的译后记就是一篇短小精悍、鞭辟入里的文章。但不管怎么说，对荒诞派剧作和作家文论的翻译促进了中国学者对荒诞派戏剧的了解和深入研究，翻译的热潮推动了研究的热潮。

1981 年，高强和蒋庆美同时发表了《约内斯库和〈秃头歌女〉》和《贝克特及其剧作》[2]两篇文章。前者主要对《秃头歌女》的艺术特点和基本思想进行了评析；后者主要对贝克特作品中的忧郁主题、艺术创作形式和作品的象征意义阐述了观点。翌年，罗大冈也发表了《耐人寻味的〈秃头歌女〉》[3]，阐述自己的见解。他指出，尤奈斯库运用直接表现法这个现代派文艺的创作特点代替了传统文艺创作中的说明性的手法，"最充畅地"表现了具有强烈个性的激情，使得作品具备了一部划时代的文艺作品所必需的条件：用"新的艺术形式"表达了"时代的意识"。文章高屋建瓴，给人深入理解剧作带来很大启迪。当然文章最后也指出了荒诞派戏剧"不适合晴空朗日的我国气候"。但这并不影响我国学界对荒诞派戏剧的研究。

---

[1] 朱静译：《戏剧经验谈》，《外国戏剧》，1983 年第 1 期。
[2] 高强：《约内斯库和〈秃头歌女〉》，《当代外国文学》，1981 年第 2 期。蒋庆美：《贝克特及其剧作》，《当代外国文学》，1981 年第 2 期。
[3] 罗大冈：《耐人寻味的〈秃头歌女〉》，《外国戏剧》，1982 年第 4 期。

于是，我们又读到了《虚无与绝望的悲剧》[1]，文章指出了贝克特"把存在主义关于人生的悲观看法寓于虚无绝望的舞台形象中，寓深思与严峻于荒诞中"的创作倾向。我们还看到了《荒诞中的真实——论贝克特荒诞戏剧的艺术特点》[2]，有趣的是，作者将通译的《等待戈多》处理成《等待隐帝》。陈嘉撰写了《谈谈荒诞派剧本〈等待戈多〉》[3]，陈述自己的观点。他说："《等待戈多》所反映的问题实际上也是荒诞派戏剧以及其他一些现代派作品的主要思想出发点之一，即整个人生是荒诞的、没有意义的。"总的来看，陈嘉先生对《等待戈多》的认识既具有深刻的洞穿力，也带有传统文艺观的痕迹。

以上是对荒诞派作家和作品所进行的研究。我们注意到，研究主要是围绕着尤奈斯库和贝克特两人及他们的代表作品来进行的，因为他们俩是荒诞派戏剧的代表性作家。另一方面，对荒诞派戏剧的本体研究，也同样取得了重要成果：1981年，冯汉津发表了《当代法国文学流派披涉》[4]，不仅对尤奈斯库和贝克特的作品进行了独到的分析，指出了二者不同的艺术风格，而且也论述了荒诞剧共有的艺术特征和表现手法，指出应从整体上把握荒诞派剧作的主要意义的阅读方法。1985年，红雪从革新与继承两个方面论述了荒诞剧对传统戏剧美学的扬弃和新的舞台语言的诞生以及艺术形式本身的延续与蜕变[5]。王捷则论述了"象征是荒诞派建造荒诞戏剧艺术大厦的基本砖瓦"，并从抽象的主题、寓意的形象、割裂的情节和外化的精神四个方面对象征手法进行了分析[6]。在随后的研究文章中，较有学术价值的还有《荒诞派戏剧及其表现手法的借鉴》[7]和《痛苦人生的探索——论荒诞派戏剧》[8]。前者"以辩证法的否定规律为指导"，既指出了荒诞派表现形式一定的局限性，也肯定了其一定的艺术价值，认为"有机地、创造性地运用荒诞派的表现形式来为我们的生活服务是有可能的"；后者主要从非理性的结构、非逻辑的语言、直喻的舞台形象和抽去个性的人物四个

1　崔成德：《虚无与绝望的悲剧》，《外国文学研究》，1985年第3期。
2　景体渭：《荒诞中的真实——论贝克特荒诞戏剧的艺术特点》，《松辽学刊》，1987年第1期。
3　陈嘉：《谈谈荒诞派剧本〈等待戈多〉》，《当代外国文学》，1984年第1期。
4　冯汉津：《当代法国文学流派披涉》，《社会科学战线》，1981年第4期。
5　红雪：《荒诞剧纵横谈》，《法国研究》，1985年第1期。
6　王捷：《抽象、寓意、割裂、外化——浅谈荒诞戏剧的象征手法》，《艺谭》，1985年第3期。
7　刘强：《荒诞派戏剧及其表现手法的借鉴》，《文艺研究》，1986年第3期。
8　汪义群：《痛苦人生的探索——论荒诞派戏剧》，《外国戏剧》，1987年第4期。

方面阐述了荒诞剧的艺术特征，指出了荒诞剧在戏剧史上的意义及其自身的矛盾性。本体性的研究还有《荒诞派戏剧》、《荒诞派戏剧及其代表作》、《荒诞派戏剧纵横谈》和《荒诞戏剧与相对主义》等文[1]。

上述关于荒诞派作家、作品以及荒诞派戏剧本体的诸多研究，各有其特色与价值。不过，我们已经注意到：有论者认为荒诞剧可以借鉴，有论者则认为它不适合于我国。这是两种对立的观点，虽然在学术上是很正常的，但也颇值得我们去关注，因为一场关于荒诞剧与中国的大讨论已经在酝酿之中了。

第三节　荒诞剧在中国：接受与反响

法国荒诞剧在中国的翻译与研究之所以形成热潮，是因为那时候，中国刚刚从"文革"动乱的历史中走出，中国人民刚刚经历了一段荒唐的岁月，正处在伤痕文学兴盛的文化背景下。也正因为此，从西方译介而来的荒诞派艺术之风，让中国敏锐而进取的戏剧工作者，从中捕捉到了可以表达人们当时某些情绪和思想的新的艺术表现形式。于是，从八十年代初期开始，在译介过来的法国荒诞剧的直接影响下，中国很快也出现了创作、演出乃至广泛讨论自己的荒诞剧的另一个热潮。一批荒诞剧相继出现，如魏明伦的《潘金莲》以及其他作家的作品，如《屋外有热流》《一个死者对生者的采访》《孔子、耶稣和披头士列农》《荒原与人》《挂在墙上的老B》《美哉，人间》《魔方》，还有《乱世荒唐人》《爸爸妈妈应选举产生》《求骗记》《走出死谷》《皮钱儿轶事》《天才与疯子》《我为什么死了》《血，总是热的》《路》《山祭》《寻找男子汉》等。在这批荒诞剧中，较有代表性、引起反响较大的是魏明伦的《潘金莲》等作品。

1984年，陈瘦竹发表了《谈荒诞戏剧的衰落及其在我国的影响》[2]，就如何学习现代派戏剧的问题阐明主见，指出"向外国学习……必须符合创作个性与民族精神"。

---

[1] 裘小龙：《荒诞派戏剧》，《飞天》，1981年第1期。褚伯承：《荒诞派戏剧及其代表作》，《戏剧界》，1981年第15期。宁英：《荒诞派戏剧纵横谈》，《外国文学欣赏》，1989年第4期。张生泉：《荒诞戏剧与相对主义》，《戏剧艺术》，1989年第4期。
[2] 陈瘦竹：《谈荒诞戏剧的衰落及其在我国的影响》，《社会科学评论》，1985年第11期。

荒诞川剧《潘金莲》（以下简称《潘》剧）曾在我国引起轩然大波。

《潘》剧"根据《水浒传》原型故事，撇开《金瓶梅》续作篇章，取舍欧阳老的剧本得失，重写一个令人同情，令人惋惜，又招人谴责，引人深思的潘金莲"[1]。该剧面世后，受到褒贬不一的评论，主要焦点在于：一、关于"千古淫妇"潘金莲的翻案问题，对此吴祖光指出，"潘金莲只是一部小说中一个虚构的人物，而不是一个历史人物……现代剧作家魏明伦有权塑造他所设计的潘金莲"[2]；二、关于该剧的"荒诞"问题，这正是我们要讨论的。

1986年，《戏剧与电影》第2期同时发表了几篇关于《潘》剧的文章，其中一篇给予肯定说："此剧的'荒诞'之处，乃在于跨朝越代，跨国越洲，集古今中外人物于一台，不仅大胆地突破了传统编剧的各种'规矩''程式'，而且，借鉴了'荒诞'的某些手法，达到了'外壳荒诞、内核合理'的艺术。"另有文章则反对说，《潘》剧的荒诞之处，正在于"作者对古典名著中的典型人物进行了篡改"。不久，又有论者提出批评，认为《潘》剧"不伦不类，荒诞不经"，"是一锅大杂烩"；这种"探索"和"创新""是一次彻底的失败"，"因为它在艺术上背离了现实主义的创作手法，在社会效果上，把历史搞乱，把人们的思想搞乱，产生众多的糊涂观念"。针对这些批评，也有论者提出反对，认为《潘》剧是具有现代意识的现代艺术，"'荒诞剧'是以符合当代人类精神世界的形式，来反映和剖析当代人的生活……'荒诞剧'并不是为了追求'荒诞'的效果，而是为了更真实、更有力、更有序地来表现生活，反映人生"[3]。

《潘》剧当年成了一个热点，《人民日报·海外版》曾做过报道[4]。不过确实，荒诞剧不仅与欧洲传统的戏剧观背道而驰，也与中国的戏曲观念千差万别，因而可以想象，现代戏剧观与传统戏曲观的碰撞是剧烈的。在这种情况下，针对荒诞剧艺术能否在中国移植，已经有人撰文《从法国荒诞派戏剧〈犀牛〉说起：中国是否也要荒诞派戏剧？》[5]，论者的"别开生面"

1　魏明伦：《戏海弄潮》，上海：文汇出版社，2001年，第91页。
2　吴祖光：《吴祖光选集·杂文卷》，石家庄：河北人民出版社，1995年，第174页。
3　本段所引材料出自魏明伦：《戏海弄潮》，上海：文汇出版社，2001年，第273—285页。
4　李明光：《荒诞川剧〈潘金莲〉众说纷纭》，《人民日报·海外版》，1986年7月2日。
5　邵如芳：《从法国荒诞派戏剧〈犀牛〉说起：中国是否也要荒诞派戏剧？》，《戏剧界》，1986年第1期。

说与他者的"'荒诞'不合中国的国情"说[1]形成对立。

1987年4月30日,《人民日报》刊登了姚雪垠的《关于我国社会主义文学的发展方向刍议》。文章未点名地谈到《潘》剧时说:"当代有些作者……偏要盲目地移植和模仿西方某些作品的写法,……甚至有的作品把古代人、现代人、外国人、中国人乱七八糟地混到一起,既不能反映现代生活,也不能反映历史生活,既不能反映中国生活,也不能反映外国生活,是既无艺术性又无思想性的十八扯,河南话叫做'胡闹台'。我们正在进行法制教育,而有的作品却在反封建反官僚主义的理由下,为谋害他人的生命开脱罪责。"然而同年10月,巴金在亲自到自贡剧场观剧后留言道:"在中国,封建观念还是根深蒂固的,川剧《潘金莲》形式荒诞,内容深刻,这种探索应该肯定。"[2]

笔者认为,如果说《潘金莲》是一部有价值的剧作,那就在于它借鉴了西方现代艺术手法和审美意识来探索传统戏曲新的表现形式,同时提出了对传统道德与文化重新估价的主题。总的来说,关于《潘》剧的大讨论,批评是严厉的,肯定是多数的。著名作家余秋雨认为,魏明伦的探索对于川剧的革新,"至少起了一个'开流'的作用"[3]。

在二十世纪八十年代中国对荒诞剧的研究评论中,我们注意到,研究主体从起先的法国文学研究界扩大到法国文学专业以外的学术界,最后扩大到戏剧艺术界;登载研究评论的刊物从外国文学或外国文艺类期刊扩大到人文和社会科学方面的其他期刊,最后又扩大到戏剧艺术界的许多专业期刊。从研究对象来说,到八十年代后期,已从先前的单就外国的荒诞剧或单就中国的荒诞剧加以研究、探讨,走向兼顾东西的综合研究和比较研究,而且,对于荒诞剧的研究,越往后政治色彩越淡,艺术性和学术性越重。如《西方荒诞派戏剧和中国的荒诞剧》[4]一文,作者一方面在《等待戈多》探索的哲理意识与人类童年时期的神话"潘多拉的魔盒"所表达的哲理意识之间建立关联,让作品的现实意义指向历史命题,又让《犀牛》中的异化问题触及千古不解的人性之谜,指向具有历史深度的哲学命题;另

---

1 魏明伦:《戏海弄潮》,上海:文汇出版社,2001年,第273页。
2 同上,第227页。
3 见魏明伦:《好女人与坏女人:魏明伦女性剧作选》,北京:作家出版社,2001年,第207页。
4 金嗣峰:《西方荒诞派戏剧和中国的荒诞剧》,《外国文学研究》,1989年第4期。

一方面，作者对《潘金莲》一剧招来的责难加以驳斥，论证了"荒诞剧在我国剧坛出现的可能性与现实性问题"。而《中西话剧舞台上的荒诞色彩》[1]则是一篇以比较学为方法的研究文章，作者从荒诞意识的文化背景、荒诞艺术的舞台特征和荒诞戏剧的历史地位三个方面，对中西话剧舞台上的荒诞色彩进行了有意义的比较。

第四节　"荒诞热"之后的研究

经过二十世纪八十年代的"荒诞热"后，九十年代我国对法国荒诞剧的研究仍然热情不减。贝克特曾于1969年荣获诺贝尔文学奖，获奖原因主要是他的戏剧"具有希腊悲剧的净化作用"[2]。龙昕探讨了他的戏剧与远古神话之间的螺旋式循环发展关系[3]，杨亦军则试图追寻这一流派更为久远的文化渊源，把它与原始宗教的关系做了一次"远点"透视[4]。贝克特的获奖还因为，"他那具有新奇形式的小说和戏剧作品使现代人从精神贫困中得到振奋"。贝克特的力作《等待戈多》因而自然成为学界研究的热点，研究涉及作品"探究人类生存的奥秘"的主题，或"信仰的破灭与重建"的潜在主题，或"诗化、对称、荒诞"的语言特征[5]。很多高校学报以及戏剧专业方面的期刊上，都能找到关于《等待戈多》的研究文章[6]，对作品或进行文本分析，或进行主题分析，或进行语义学以及其他方面的分析。仵从巨针对《等待戈多》探讨了贝克特的谜语与谜底[7]。张和龙则从荒诞、虚空和解构三个角度，论述了贝克特的小说创作[8]。张泽乾和廖星桥发表在

---

[1] 张艳华：《中西话剧舞台上的荒诞色彩》，《戏剧艺术》，1988年第1期。
[2] 见《中国大百科全书·外国文学》（I），北京：中国大百科全书出版社，1982年，第128页。
[3] 龙昕：《贝克特戏剧与远古神话》，《外国文学研究》，1999年第2期。
[4] 杨亦军：《荒诞派戏剧的"伸延语言"与原始宗教》，《法国研究》，1998年第2期。
[5] 李赐林：《探究人类生存的奥秘——〈等待戈多〉的主题浅析》，《外国文学研究》，1993年第2期。肖四新：《信仰的破灭与重建——论〈等待戈多〉的潜在主题》，《当代外国文学》，2001年第1期。舒笑梅：《诗化、对称、荒诞——贝克特〈等待戈多〉戏剧语言的主要特征》，《外国文学研究》，1998年第1期。
[6] 戴晖：《等待中的世界——看贝克特的〈等待果多〉》，《浙江大学学报》（人文社会科学版），1998年第12期。王妮娜：《期待中感受虚无：再论〈等待戈多〉的主题》，《陕西教育学院学报》，2000年第2期。王晓华：《后上帝时代的等待者——对荒诞派戏剧〈等待戈多〉文本分析》，《深圳大学学报》（人文社会科学版），2000年第5期。姜学君：《解析戈多》，《戏剧文学》，1999年第6期。陶健昕：《等待的荒谬：〈等待戈多〉主题分析》，《戏剧之家》，2000年第6期。
[7] 仵从巨：《〈等待戈多〉：贝克特的谜语与谜底》，《名作欣赏》，2000年第5期。
[8] 张和龙：《荒诞、虚空、解构：论贝克特的小说创作》，《国外文学》，2002年第1期。

《社会科学战线》上的关于荒诞文学的评论文章尤值一读[1]。搞比较研究的论者则在《变形记》与《犀牛》之间探讨了"异中之同和同中之异"[2]，或在《等待戈多》与一部中国剧作之间探讨了中外戏剧变形手法表面上的近似和本质上的差异[3]。当然，也有论者选择了尤奈斯库的《阿麦迪或脱身术》，探讨了作品中种种对比的特色和"现实主义"的内涵[4]。阿达莫夫也成为研究对象[5]。综合性研究还涉及"荒诞派戏剧的抒情性"和"荒诞派戏剧对艺术时间秩序的超越"等内容[6]。进入九十年代后研究的一个新特点，则表现为专家学者们以"著书立说"的方式来阐述见解。如吴岳添的《法国文学流派的变迁》，就把荒诞剧作为现代主义的终点，从继承与发展的视角梳理了其脉络；廖星桥的《外国现代派文学导论》《法国现当代文学论》，张容的《当代法国文学史纲》以及张泽乾、周家树、车槿山的《20世纪法国文学史》等，都有专门的篇幅或章节对荒诞派戏剧从其理论基础、思想特征、艺术特色和作家作品等方面做了评介；还有刘强的《荒诞派戏剧艺术论》和黄晋凯的《荒诞派戏剧》等，不一而足。而张容的《荒诞、怪异、离奇——法国荒诞派戏剧研究》[7]则是我国第一部研究法国荒诞剧的专著。作者从法国荒诞剧的概貌和作家作品两大部分进行了全面和深入的研究。进入新世纪，刘明厚在《二十世纪法国戏剧》的有关章节中，主要从荒诞剧的创作思维模式和人的情感体验的角度对其艺术意境进行了分析；华明在《崩溃的剧场——西方先锋派戏剧》中，则对荒诞剧新的戏剧风格进行了独到的阐述；王宁主编的《20世纪西方现代派文学名著导读·戏剧卷》中，也有关于《秃头歌女》《等待戈多》《女仆》《侵犯》等作品的述评；刘成富在《20世纪法国"反文学"研究》中，对"荒诞派戏剧大师"尤奈斯库和"否定了人的存在"的贝克特进行了探讨，指出前者的作品"不是现实主义，胜似现实主义"，后者的作品用身残志残的人

---

1 张泽乾：《话说荒诞：西方荒诞文学》；廖星桥：《荒诞文学批判意识与局限》，《社会科学战线》，1993年第5期。
2 杨荣：《异中之同、同中之异——〈变形记〉与〈犀牛〉之比较》，《外国文学研究》，1995年第4期。
3 黄一璜：《荒诞变形：创造悲剧的新世界——对中外戏剧变形手法的比较研究》，《外国文学研究》，1996年第2期。
4 冉东平：《评尤奈斯库的〈阿麦迪或脱身术〉》，《当代外国文学》，1999年第1期。
5 宫宝荣：《略论阿达莫夫的早期创作》，《戏剧艺术》，1991年第7期。
6 李方ében、何高藻：《论荒诞派戏剧的抒情性》，《西南民族学院学报》（哲学社会科学版），1999年第5期。雷体沛：《荒诞派戏剧对艺术时间秩序的超越》，《华中师范大学学报》（人文社会科学版），2003年第2期。
7 张容：《荒诞、怪异、离奇——法国荒诞派戏剧研究》，北京：社会科学文献出版社，1995年。

物来意味人间地狱[1]。近十余年来，我国的荒诞派研究成果远超我国的超现实主义研究、存在主义研究，也超过了"新小说"研究的成果。荒诞派研究中的重中之重，是贝克特及其作品的研究。仅《外国文学评论》上就发表过《感受荒诞人生　见证反戏剧手法——〈等待戈多〉剧中的人及其处境》（蓝仁哲，2004年第4期）、《贝克特英语批评的建构与发展》（刘爱英，2006年第1期）、《"言无言"——论贝克特小说三部曲中的语言哲学思想》（雷强，2010年第1期）、《贝克特后期戏剧的时空体诗学》（朱雪峰，2011年第5期）和《〈等待戈多〉与西方喜剧传统》（冯伟，2015年第5期）等文。这期间，《外国语》《外国文学研究》《当代外国文学》《外国文学》《国外文学》《中国比较文学》《文艺理论研究》等主要学术期刊上都不时可见关于荒诞派研究的文章。

法国荒诞派戏剧是在我国处于文化裂变之际译介过来的，自然给我国的戏剧艺术带来了审美新潮。它对于更新与扬弃我国传统的戏剧观念、探索多元艺术表现形式产生了重要影响，促使一些具有反拨精神和创新意识的剧作家摆脱了我国传统戏剧观念的因袭性和传统戏剧形式的凝固性的束缚。从戏剧观念上就主要的来说：一方面，中国戏剧突破了以矛盾冲突为戏剧基本要素的单调划一的传统观念。在八十年代产生的一批现代剧中，既不再把亚里士多德的"头、身、尾"论奉为神圣法典，也不再把易卜生的悬念、发展、高潮、结局程式视为金科玉律。写意代替写实，表意代替模仿，抽象代替具体，共性代替个性，剧场性代替现实性，假定性代替真实性。剧作家力求在人性的高度上表达作为社会人的总体情绪，宣泄精神世界难以名状之感受。另一方面，八十年代的中国戏剧不再注重从情感上去征服观众，不再把移情夺魂视为表演目的，而是注重发掘现代观众的主体能力，以促使观众进行理性思考为动机。剧作家注意充分调动戏剧不同于其他文学形式的那一面，用强烈的剧场意识引起观众震动之余去严肃思考具有多指向的作品内涵与外延。戏剧本来就是人类认识风暴中的世界和风暴下的自己的一个"风眼"，而荒诞剧更是要通过令人瞠目而难忘的表演，来表现作品思想上绝非寻常的深度，达到引起观众对社会、历史、现实乃至人生诸多方面的直觉感悟和哲理沉思的效果。

---

[1] 刘成富：《20世纪法国"反文学"研究》，南京：江苏文艺出版社，2002年，第156，172页。

从艺术形式上就主要的来说：一方面，在剧情结构上打破时空界限，淡化情节叙事，排除因果关系；另一方面，在演出形式上，探索出多场景、无场次、小剧场演出等诸多形式。另外，具体来看，川剧《潘金莲》以"跨朝越国"的荒诞形式，集古今中外知名人物于一戏，通过这条"荒诞"的副线陪衬着潘金莲沉沦史那条严肃、完整、清晰的主线。对于《潘》剧充满理性的思辨色彩，笔者认为，这正说明作者没有"生搬硬套"西方荒诞剧的创作模式，而是得其要旨的一种吸纳，因为西方的荒诞剧最终留给观众的是那份对荒诞世界荒诞人生的哲理思考，而《潘》剧通过"荒诞"的艺术形式希望引起的是跨越传统道德的一份观念思考，二者都表达了深刻的主题。同时《潘》剧的表现手法也可以说是作者锐意创新的一种表征，因为虽说它既不像我国的传统戏曲，也不像西方的荒诞派戏剧，但也正如余秋雨所说的那样，如果"太像哪一方了，就不再是对未知的开拓"[1]。

1　见魏明伦：《好女人与坏女人：魏明伦女性剧作选》，北京：作家出版社，2001年，第205页。

下篇
人物篇

第一章
法朗士与人道主义的新声

在中国,阿纳托尔·法朗士有着鲜明的形象。人们只要谈起法朗士,"人道主义"这个词马上就会显现在脑中。在中国读者的心中,法朗士与"人道主义"是紧密相连的。吴岳添的《法朗士精选集》的编选者序就以"人道主义的斗士"为题,在开篇第一段这样写道:

> 法兰西民族素有热情奔放、幽默诙谐的天性。在法国文学史上,从拉封丹到贝朗瑞的诗歌,从莫里哀到博马舍的喜剧,从拉伯雷到伏尔泰的小说,讽刺佳作可谓比比皆是。它们有的粗犷豪放,如拉伯雷的《巨人传》;有的小巧玲珑,如拉封丹的《寓言诗》;有的入木三分,如莫里哀的《伪君子》;有的轻松欢快,如罗曼·罗兰的《哥拉·布勒尼翁》。而在伏尔泰之后,法国更出现了一位炉火纯青的幽默大师和讽刺天才,他善于把动人的传说和对现实的抨击巧妙地融为一体,以优雅诙谐的联想来表现寓意深刻的哲理。这位公认的语言大师,就是杰出的人道主义作家阿纳托尔·法朗士。[1]

"人道主义的斗士""人道主义的作家",中国的法国文学研究者对法

---

[1] 吴岳添:《编选者序》,第1页,见吴岳添编选:《法朗士精选集》,济南:山东文艺出版社,1997年。

朗士的这一定位是明确的。那么，阿纳托尔·法朗士在中国的这一鲜明的形象是如何形成的？法朗士在中国的影响又是如何产生的？本章将围绕着法朗士在中国的翻译历程，结合其思想的传播，对法朗士在中国的译介过程和接受特点做一梳理和探讨。

第一节 法朗士在中国的译介历程与特点

法朗士是一个跨世纪的作家，他的"写作生涯长达六十年之久，共出版了近四十卷的小说、诗歌、评论、戏剧、政论和回忆录"[1]。中国对法朗士的接触和了解，发生在一个特殊的历史时期。确切地说，中国学者是在新文学运动的发展过程中开始注意到法朗士，继而开始译介活动的。有学者认为，"外国文学的大量介绍，也是构成'五四'文学革命的一个重要内容，从一九一八年《新青年》出版易卜生专号、译载《娜拉》等作品起，这种介绍就步入一个新的段落，其规模和影响远远超过了近代的任何时期。鲁迅、刘半农、沈雁冰、郑振铎、瞿秋白、耿济之、田汉、周作人等都是活跃的翻译者和介绍者。当时几乎所有进步报刊都登载翻译作品"[2]。1921年前后，中国对俄罗斯等欧洲各国和日本、印度等国的文学作品的译介达到了高潮。特别是，随着新文学运动的发展，出现了一批新的文学社团和刊物，对国外的一些进步的、革命的作家予以了更多的关注。正是在这样的历史背景下，阿纳托尔·法朗士开始被介绍到了中国。

对法朗士在中国的译介情况，钱林森在《法国作家与中国》一书中做过研究，尤其是对早期的翻译情况，做了比较详尽的梳理。根据钱林森提供的线索，较早介绍法朗士的两家杂志是新文学的阵地刊物中的《小说月报》和《东方杂志》。两份刊物几乎不约而同，在1920年底至1921年初把目光投向了法朗士。1920年"11卷12号的《小说月报》刊发了天迦翻译的'亚那多尔法兰西'原著的戏剧《快乐的过新年》（Conte pour commencer gaimment l'année）"[3]，而《东方杂志》在1921年第18卷第1

---

[1] 吴岳添：《编选者序》，第1页，见吴岳添编选：《法朗士精选集》，济南：山东文艺出版社，1997年，第5页。
[2] 唐弢主编：《中国现代文学史》第一卷，北京：人民文学出版社，1979年，第45页。
[3] 钱林森：《法国作家与中国》，福州：福建教育出版社，1995年，第507页。据钱林森，《快乐的过新年》的译者为天迦，但据《小说月报》1924年第15卷第10号所附的《中译的法朗士著作》所列的篇目，译者为高六珈。

号上"译载了英国《观察报》记者访问法朗士的访问记及法朗士本人对欧战的看法"[1]。实际上,在这两家刊物之前,《新潮》杂志在1919年第2卷第2期上就发表了沈性仁翻译的法朗士的剧作《哑妻》(1924年《小说月报》第15卷号外又刊载了沈性仁重译的《哑妻》)。除《新潮》杂志外,像《新生命》《真善美》《习斗季刊》《中法教育界》等,都在二十世纪二十年代零星发表过法朗士的短篇小说或长篇节译。

根据《全国报刊索引》,在二十世纪二十年代,在《小说月报》《东方杂志》《文学旬刊》《中法教育界》《真善美》等十余家刊物上,先后刊载了法朗士的小说、剧作、评论等译文二十余篇,有的为全译,有的为节译或编译。同时,还发表了二十余篇介绍或评论法朗士的文章。在此,我们不拟一一罗列。从刊物选择发表的译文、评介文章和当时的语境看,我们认为有三点值得特别注意和思考。

第一,法朗士在中国的译介,与当时的历史语境是紧密相连的。在上文中,我们已经提及,外国文学的译介,为新文学革命和新文化运动的发展起到了积极的推动作用。早期对俄国文学的特别关注,其意义已经远远超出了文学的范畴。瞿秋白曾就当时中国积极译介俄国文学的动因做过这样的说明:

> 俄罗斯文学的研究在中国却已似极一时之盛。何以故呢?最主要的原因,就是:俄国布尔扎维克的赤色革命在政治上、经济上、社会上生出极大的变动,掀天动地,使全世界的思想都受它的影响。大家要追溯它的远因,考察它的文化,所以不知不觉全世界的视线都集于俄国,都集于俄国的文学;而在中国这样黑暗悲惨的社会里,人人都想在生活的现状里开辟一条新道路,听着俄国旧社会崩裂的声浪,真是空谷足音,不由得不动心。因此大家都要来讨论研究俄国。于是俄国文学就成了中国文学家的目标。[2]

瞿秋白对俄国文学在中国的一时之盛之动因所做的分析,可为我们理解法

---

[1] 钱林森:《法国作家与中国》,福州:福建教育出版社,1995年,第507页。
[2] 转引自唐弢主编:《中国现代文学史》第一卷,北京:人民文学出版社,1979年,第46页。

朗士在二十世纪二十年代何以在中国得到积极的译介提供参照和启迪。从某种意义上说，法朗士得以在中国译介，其主要的且直接的动因，在于法朗士其人其作品表现出的精神与思想倾向契合了当时的新文学革命所提倡的精神和追求的目标。不可否认，法朗士在1921年获得诺贝尔文学奖，也是他在中国得到传播的重要因素之一。但是，我们应该看到，他在晚年对战争的谴责，对和平的赞颂，对人道主义的呼唤，无疑是他的作品在中国得到特别关注的最重要的因素。

第二，法朗士作品与思想在中国的译介与传播，与新文学革命运动的一些主将的强力推动有关。特别需要指出的是，1921年之后，文学研究会的《小说月报》为译介法朗士的作品做了大量的工作，特别是沈雁冰接编《小说月报》之后，1921年，在第12卷第8号上，刊载了高六珈翻译的法朗士的小说《红蛋》。1922年，在第13卷第5号上，不仅在《文学家研究》栏目上发表了陈小航撰写的《法朗士传》和节译的《布兰兑斯的法朗士论》，还刊载了他编写的《法朗士著作编目》，同时，还以插图的形式刊登了"法朗士最近摄影"、"法朗士最近画像"和"初在法国文坛显名时的法朗士"，标志着在中国全面介绍法朗士的开始。紧接着，在当年的第13卷第9号上，又发表了匀锐翻译的法朗士的短篇小说《穿白衣的女人》；1924年，在第15卷第1号上，沈雁冰和郑振铎亲自主笔，在《现代世界文学者略传》栏目上介绍法朗士、拉夫丹、白利欧、伯桑等多位"现代的法国文学者"。同年10月12日，法朗士在巴黎逝世，沈雁冰从路透社得知消息后，怀着钦佩而悲痛的心情撰写了《法朗士逝矣！》一文，发表在10月出版的第15卷第10号上，同期还附有"中文的论法朗士的著作"、"中译的法朗士的著作"和"英译的法朗士的著作撮要"[1]等三种目录。同年的第15卷号外上，又刊登了沈性仁重译的《哑妻》。1925年第16卷第1号的《小说月报》又推出了敬隐渔执译的法朗士的短篇小说《李俐特的女儿》。1926年第17卷第1号上，李金发发表了长文《法

---

[1] 根据附录提供的条目，我们可以知道，《东方杂志》在译介法朗士方面也做了大量工作。在《东方杂志》上发表的论法朗士的著作有马鹿的《佛朗西访问记》（1921年第18卷第1号）、愈之的《得一九二一年诺贝尔奖金的文学家安那都尔佛朗西》（1922年第19卷第1号）和郑超麟的《佛朗西的非战主义》（1922年第19卷第2号）。译文有李玄伯执译的《二年花月的故事》（1921年第18卷第7号）和仲持译的《圣母的卖艺者》（1922年第19卷第1号）（上述两篇译文均收入《东方文库现代小说集》）。关于《东方杂志》在早期译介法朗士的情况，还可参阅钱林森著《法国作家与中国》一书第506—508页。

朗士之始末》，其中引孔子"五百年必有王者兴"之语，称誉法朗士"不惟是法兰西文豪，实亦世界之文豪，英之吉柏龄（Kipling）、意之唐南遮（D'Annezio）的声誉及影响世界文学之价值，无以过之"[1]。1927年第18卷第1号上，《现代文坛杂话》一栏又见介绍文章《左拉与法朗士》。1928年第19卷第4号上刊登了马宗融翻译的法朗士的短篇小说《布雨多阿》。1930年第21卷第5号上，李青崖发表了《现代法国文学鸟瞰》一文，其中专辟一节，又着重介绍了法朗士。上文所列举的《小说月报》在二十年代有关法朗士的译介情况也许还不完整，但从1920年开始到1930年，《小说月报》几乎每年都推出法朗士作品的中译或有关法朗士作品与思想的评介文章，沈雁冰本人更是身体力行，不仅主笔法朗士的略传，而且在第一时间撰写悼念法朗士的文章。《小说月报》如此坚持译介法朗士，绝不是偶然的，而是体现了新文学运动阵地刊物的办刊宗旨。沈雁冰在《新文学研究者的责任与努力》一文中明确指出："介绍西洋文学的目的，一半固是欲介绍他们的文学艺术来，一半也为的是欲介绍世界的现代思想——而且这应是更注意些的目的。……英国唯美派王尔德……的'艺术是最高的实体，人生不过是装饰'的思想，不能不说它是和现代精神相反；诸如此类的著作，我们若漫不分别地介绍过来，委实是太不经济的事，……所以介绍时的选择是第一应得注意的。"[2]在沈雁冰的这段话中，我们特别注意到"选择"一词，而选择的标准则主要为两条：一是文学艺术的标准，二是思想的标准。在他看来，两者的关系是"一半"对"一半"，不可偏废。总之，西洋文学，不可"漫不分别地介绍过来"。按照沈雁冰的这两条标准，法朗士是值得"介绍过来"的最佳人选。他的文学创作的卓越成就，他的人道主义的思想倾向，他的反侵略反战争的坚定立场，正是沈雁冰所赞许的。由此看来，法朗士在中国的译介与传播，和经过革新、由沈雁冰接编的《小说月报》的立场与宗旨是密切相关的。在五四新文学革命时期，译介外国文学风气极盛，有不少"平庸甚至反动的作品"[3]也不加区别地介绍了进来，产生过消极影响，沈雁冰正是注意了这一问题的严重性，在选择当译之本方面厘定了重要的标准。而法朗士得以

---

[1] 李金发：《法朗士之始末》，《小说月报》，1926年第17卷第1号，第1页。
[2] 转引自唐弢主编：《中国现代文学史》第一卷，北京：人民文学出版社，1979年，第53页。
[3] 同上，第46页。

在中国得到大力译介，与沈雁冰等新文学革命主将及同路人的努力是分不开的。

第三，法朗士在中国的译介与他在法国文学界中的独特地位有关。从法朗士的创作生涯看，他的创作历史之长，他涉及的文类之多，他的创作风格之独特，他的思想倾向之鲜明，为他在法国文坛、在广大的读者中赢得了重要的地位。1921年，他荣膺诺贝尔文学奖，确立了他在世界文坛的伟大地位，吸引了全世界的目光。应该说，法朗士为中国所关注、所译介，与他最终获得诺贝尔文学奖存在着必然的联系。从我们手头所掌握的资料看，虽然在1920年，中国已经开始注意到法朗士，也对他做了介绍，但主要的译介工作是在他获得诺贝尔文学奖之后展开的。尤其需要指出的是，他在中国得到译介和传播，与当时中国的社会与文化语境、与新文学革命的需要固然有着直接的关系，甚至有着重要的关系，但法朗士作为一个作家所达到的深度和高度，是他的作品在中国能得到持久译介并产生持续影响的最根本的原因。

确实，从二十世纪二十年代开始，除在六七十年代中断外，法朗士的作品几乎一直在译介与重译之中。他的影响虽然谈不上巨大，却持久不断，在中国读者中确立了一定的地位。下面，我们根据《汉译法国社会科学与人文科学图书目录》和我们通过南京大学图书检索系统所能检索到的资料对法朗士作品的翻译情况按时间顺序做一大致的梳理。

法朗士作品的汉译在早期主要见于《小说月报》《东方杂志》《文学旬刊》等杂志[1]，但译介的大都是篇幅相对较小的短篇小说、剧作和短诗。比较重要的作品有《阿伯衣女》（金满成译，《文学旬刊》1924年12月5日）、《嵌克庇尔》（马宗融译，《小说月报》1926年第23卷第7号）和《波纳尔之罪》（李青崖译，《小说月报》1926年第23卷第13号）等。在同一时期，与有关杂志有着密切关系的出版社也开始出版法朗士的作品。现按出版时间的先后把国内已出版法朗士作品列举如下[2]：

---

[1] 详细情况恕不一一列举，请参见钱林森：《法国作家与中国》，福州：福建教育出版社，1995年，第506—512页。
[2] 出版的详细情况请见北京大学中法文化关系研究中心与北京图书馆参考研究部中国学室主编的《汉译法国社会科学与人文科学图书目录》，北京：世界图书出版公司，1992年，第64—67页。

《蜜蜂》	穆木天译	上海泰东图书局	1924 年
《法朗士集》	沈性仁等译	上海商务印书馆	1925 年
《堪克宾》	曾仲鸣译	上海创造社出版部	1927 年
《友人之书》	金满成译	上海北新书局	1927 年
《波纳尔之罪》	李青崖译	上海商务印书馆	1928 年
《红百合》	金满成译	上海现代书局	1928 年
《黛丝》	杜衡译	上海开明书店	1928 年
《裁判官的威严》	朱溪辑译	上海北新书局	1928 年
《乐园之花》	顾仲彝译	上海真美善书店	1929 年
《女优泰倚思》	徐蔚南译	上海世界书局	1929 年
《艺林外史》	李青崖译	上海商务印书馆	1930 年
《乔加斯突》	顾维熊、华堂合译	上海商务印书馆	1930 年
《企鹅岛》	黎烈文译	上海商务印书馆	1935 年
《白石上》	陈聘之译	上海商务印书馆	1935 年
《泰绮思》	王家骥译	上海启明书局	1936 年
《法朗士短篇小说集》	赵少侯选译	上海商务印书馆	1936 年
《红百合花》	伍光建选译	上海商务印书馆	1936 年
《克兰比尔》	赵少侯译	上海三通书局	1940 年
《佛朗士童话集》	谢康译	重庆青年书店	1944 年
《时代的智慧》	徐蔚南译	生生出版社	1944 年
《泰绮思》	徐蔚南译	重庆正风出版社	1945 年
《泰绮思》	徐蔚南译	上海正风出版社	1949 年
《诸神渴了》	萧甘、郝运合译	上海新文艺出版社	1956 年
《法朗士短篇小说集》	赵少侯译	作家出版社	1956 年
《企鹅岛》	郝运译	上海译文出版社	1981 年
《一个孩子的宴会》	叶君健译	中国少年儿童出版社	1981 年
《诸神渴了》	萧甘、郝运合译	上海译文出版社	1982 年
《黛依丝》	傅辛译	上海译文出版社	1982 年

《蜜蜂公主》	方德义、宫瑞华合译	上海少年儿童出版社	1986 年
《天使的叛变》	郝运、李伧人合译	上海译文出版社	1989 年
《苔依丝》	吴岳添译	漓江出版社	1992 年
《法朗士小说选》	郝运、萧甘合译	上海译文出版社	1992 年
《鹅掌女王烤肉店》	吴岳添译	重庆出版社	1993 年
《法朗士精选集》	吴岳添编选	山东文艺出版社	1997 年
《法朗士短篇小说选》	金龙格译	湖南文艺出版社	1998 年
《红百合花》	吴岳添、赵家鹤译	文化艺术出版社	2003 年
《贞德传》	桂裕芳译	译林出版社	2004 年
《文学渴了》	吴岳添译	北京燕山出版社	2011 年
《亡灵的弥撒》	王艳秋译	江苏文艺出版社	2013 年
《温柔蜜蜂》	梅思繁译	浙江文艺出版社	2013 年
《苔依丝》	伦静、朱春晔译	新星出版社	2013 年
《泰绮思》	徐蔚南译	北京理工大学出版社	2015 年
《诸神渴了》	萧甘、郝运合译	文汇出版社	2015 年
《苔依丝》	伦静、朱春晔译	北京联合出版公司	2015 年
《蜜蜂公主》	蒋哲杰译	人民文学出版社	2016 年
《蜜蜂公主》	戚译引译	云南美术出版社	2017 年
《金眼睛的玛塞尔》	丁晓花译	江苏凤凰文艺出版社	2017 年

　　上文所列举的法朗士作品的汉译一定有所疏漏，但我们的目的并不在于做一个完整的目录，而是通过列举的翻译书目，看一看法朗士作品的汉译有哪些值得关注的特点。

　　从时间上看，法朗士作品的汉译在二十世纪的二十至三十年代，八十至九十年代相对来说比较集中。但到二十一世纪，法朗士仍然没有被中国的外国文学界淡忘，仍有出版社继续向中国读者推荐法朗士的作品，如漓江出版社出版了包括《波纳尔的罪行》、《鹅掌女王烤肉店》和《蓝胡子和他的七个妻子》三部作品在内的合集《苔依丝》（诺贝尔文学奖精品典藏文库），文化艺术出版社重新推出收有《波纳尔的罪行》、《苔依丝》和

第一章 法朗士与人道主义的新声

《红百合花》三部重要作品的合集《红百合花》，译林出版社出版了《贞德传》等。需要特别关注的是，法朗士作品的译介有两个比较集中的时间段：一个是第一次世界大战结束至第二次世界大战开始这个时段，另一个是中国改革开放时期。在前一个阶段，法朗士的作品得以流传，与人们在战后的思想状态不无关系；而在后一个阶段，对于"人道主义"的重新认识与定位，是新时期法朗士得以传播的重要推动因素。从翻译的具体作品看，虽然在各个时期对法朗士的各类创作都有所关注和介绍，如诗歌、戏剧、回忆录、评论，但从数量和关注的程度上，译介主要偏重于他的小说，包括短篇、中篇和长篇。他写的童话集也受到了充分的关注。就整体而言，法朗士的主要作品在中国都有了译介，瑞典学院常务秘书卡尔菲尔特在授予法朗士诺贝尔文学奖仪式上所致的授奖词中提到的《希尔维斯特·波纳尔的罪行》、《苔依丝》、《鹅掌女王烤肉店》和《诸神渴了》更是有多个译本的存在，一译再译。此外，像《企鹅岛》和《红百合花》等也有多个译本。法朗士的中短篇受到中国读者的格外喜爱，中华人民共和国成立前后出版过多个选本，如赵少侯的《法朗士短篇小说集》（1936，1956）、郝运与萧甘的《法朗士小说选》（1992）和金龙格的《法朗士短篇小说选》（1998）。相比较而言，在法朗士的创作中占有重要位置的诗歌、戏剧和回忆录，在中国受关注的程度不高，译介也不够充分。

从翻译队伍和译介的选择性看，我们发现无论在中华人民共和国成立前，还是在成立后，法朗士作品的译者都比较出色，没有当下某些畅销书（包括可以拥有众多读者的经典文学著作）所遭遇的译者队伍参差不齐、泥沙俱下的现象。在翻译法朗士作品的译者中，我们注意到李青崖、金满成、黎烈文、赵少侯、郝运、吴岳添、桂裕芳等名字，这些优秀译者的译介工作，在很大程度上保证了法朗士作品的翻译质量，为中国读者走近法朗士提供了坚实的基础。在上述译者中，吴岳添值得特别关注。是他在新时期最早认识到法朗士的真正价值，意识到在新时期译介法朗士的重要性与必要性。1981年，他在《世界图书》第3期上发表了题为《被遗忘了的法朗士》一文，对法朗士在中国的译介历史、法朗士的创作成就和法朗士的独特价值做了简要评述，指出法朗士不应被遗忘，应该"给法朗士应有的历史地位"。此后，吴岳添对法朗士的译介工作抱以极大的热忱，潜心研究与翻译，以译序、论文、论著等多种形式，发表、出版了一系列研究法朗士的成果。同时，他又执译了法朗士的主要代表作。特别值得一提的是，他编选了《法朗士精选集》（山东文艺出版社，1997年），在对法朗士的创作做出比较系统而全面的评价的基础上，在篇幅限制的情况下，尽可能地反映出了法朗士的创作全貌。在《法朗士精选集》中，中国读者因此而有幸读到了经过吴岳添精心编选的法朗士的诗歌（胡小跃译）、剧作（赵家鹤译）、文论（吴岳添、林青、郑其行译）、回忆录（吴岳添、刘晖译）、短篇小说（郝运等译）、中篇小说（赵少侯译）和长篇小说（吴岳添、赵家鹤译）。精选集所附的《法朗士生平及创作年表》也为中国读者进一步了解法朗士提供了方便。

第二节　新文学革命与法朗士在中国的形象塑造

一个作家，要开拓自己的传播空间，在另一个国家延续自己的生命，只有依靠翻译这一途径，让自己的作品为他国的读者阅读、理解与接受。一个作家在异域能否真正产生影响，特别是产生持久的影响，最重要的是要树立起自己的形象。对中国当代读者来说，法朗士的形象是比较鲜明的，如我们在上文中所言，只要提起法朗士，读者脑中马上浮现的恐怕是一个年迈的长者的形象，反对战争，呼唤和平，宣扬人道主义，然后才会想起他的文学创作，想起他的具体作品。

就法国作家在中国的翻译与传播而言，不同的作家命运是不一样的，有的盛行一时，昙花一现，有的则影响持久。法朗士在中国已经有了近百年的译介历史，其间也曾一度被遗忘，但总的来说，他在中国的影响是持久的。他的作品，他的思想，还在中国读者阅读与理解之中。在此，我们把目光聚焦于他在中国的生命历程，看一看他在中国的形象是如何一步步被加以塑造和传播的。

我们知道，文化语境与翻译、与作家的形象构建的关系是息息相关的。翻译作为一种跨文化的交流活动，无论是广义的翻译，还是狭义的翻译，无不在一定的文化语境中进行。而文化语境中所涉及的各个层面的因素，对从翻译的选择到翻译的接受这一整个过程的各个阶段都有着重要的影响。英国的西奥·赫尔曼曾从理论的高度对文化语境与翻译的关系进行过研究。他认为，任何一种文化都会"觉得有必要或者看到能从其他语言

第一章 法朗士与人道主义的新声

引进文本的机会,并借助翻译达到目的,在这种情况下,我们只要仔细观察以下这些方面就能够从中了解到有关这种文化的很多东西:从可能得到的文本中选择哪些文本进行翻译,是谁作的决定;谁创造了译本,在什么情况下,对象是谁,产生什么效果或影响;译本采取何种形式,比如对现有的期待和实践作了哪些选择;谁对翻译发表了意见,怎么说的以及有什么根据、理由"[1]。在他看来,一种文化或文化的某个侧面会以"自我"和"他者"这些词来标明自己的身份,在这种语境下,"翻译明显地提供了获得外来信息的手段,以便进行文化自我界定。从这一点来说,翻译的各个方面都与文化自我界定有关"。在上文中,我们在梳理法朗士在中国的翻译历史时已经指出,法朗士在中国被关注、被翻译,很大程度上取决于当时的中国社会与文化语境。值得注意的是,五四运动所伴随的,是新文化运动,而新文化运动离不开白话文运动,白话文运动则又直接推动了新文学革命。为了推动这些运动或者革命,翻译起到了某种先锋的作用,或拿鲁迅的话说,成了盗火的普鲁米修斯。无论是反帝反封建的需要,还是为了引进新思想、新思维,或是为了改造中国的语言,翻译恰恰可以起到全面而实在的作用。正因为如此,新文化运动或者新文学运动的主将们不仅重视翻译,提倡翻译,而且还身体力行,亲自译介外国文学。虽然在积极提倡与推动的外国文学译介高潮中,曾出现过某些令人遗憾的现象,但总的来说,如何根据当时的现实需要,选择当译的文本,是新文学革命运动的主将们非常关心的一个问题。法朗士在中国的译介和形象的构建过程充分说明了历史、社会与文化语境对翻译,特别是对翻译文本之选择的影响甚至决定作用。

作为一个跨世纪的作家,法朗士在法国文学史上的地位是令人瞩目的。在1921年诺贝尔文学奖颁奖仪式上卡尔菲尔特所致的《授奖词》中,我们可以看到,早在1881年,法朗士就以"奇特的小说《希尔维斯特·波纳尔的罪行》引起了法国文学界乃至文明世界的注意"[2];他"作为诗歌明星闪耀在当时的明星的星座之中"[3];作为"公认的讲故事的大师,

---

[1] 西奥·赫尔曼:《翻译的再现》,见谢天振主编:《翻译的理论建构与文化透视》,上海:上海外语教育出版社,2000年,第13页。
[2] 见吴岳添译:《苔依丝》,漓江出版社,2001年,附录《授奖词》,第603页。
[3] 同上,第604页。

他以此创造了一个纯属个人的体裁,博学、富于想象和清澈迷人的风格,以及为了产生神奇效果而深刻地融合在一起的讽刺和激情"[1]。在《授奖词》中,我们还看到晚年的法朗士渐渐离开"伊壁鸠鲁的花园",开始把目光从关心有点虚无、有点耽于享受的精神世界转向了"人浸在血泊之中"的现实世界。我们特别注意到这样一段话:

> 阿纳托尔·法朗士沿着这种倾向离开了他审美的隐居生活,他的"象牙之塔",使自己投身于当时的社会斗争之中,像伏尔泰一样为自己被曲解的爱国主义、为恢复被迫害的人的权利而大声疾呼。他来到工人之中,设法在阶级之间和民族之间进行调解。他的晚年并未成为一个限制他的坟墓,最后的时刻对于他是美好的。在美惠三女神的宫廷里度过了许多年阳光灿烂的生活以后,他还是抛弃了多彩愉快的学习生涯而投身于理想主义的奋斗,在晚年去反对社会的堕落、物质主义和金钱的影响。他在这方面的活动并未直接引起我们的关心,但是对于在其高尚情操背景下确定他的文学形象却大有裨益。[2]

对于法国读者乃至西方读者而言,法朗士在长达六十年的创作生涯中,如《授奖词》中所言,是充满想象力和创造力的闪耀的"诗歌明星",是为"古典的法语"之美做出了新贡献的"最杰出的艺术家之一",是"公认的讲故事的大师",以"古典大师之手",为读者打开了一个个"充满无价之宝的真珠母","是最后一位杰出的古典主义者"。作为诗人、小说家和艺术家,法朗士是法国读者公认的大师,他之于法国读者的形象,就其根本而言,是文学的形象。正因为如此,当他在晚年逐步走出美的创造世界,"投身于当时社会斗争",反对战争,反对沙文主义,特别是在1921年,以七十七岁的高龄参加了共产党的时候,法国文学界和众多的读者并不认同这种"斗士"的形象。正是因为这一原因,《授奖词》中强调指出,法朗士晚年"在这方面的活动并未直接引起我们的关心"。

---

[1] 见吴岳添译:《苔依丝》,漓江出版社,2001年,附录《授奖词》,第606页。
[2] 同上,第609—610页。

然而，与在法国不同，中国的新文学革命的斗士们在一开始，就敏锐地捕捉到了法朗士在晚年的变化，看到了法朗士与野蛮、与战争抗争的"斗士"形象，而对作为文学家的法朗士，则没有足够的关注。或者说从一开始起，中国就在强化法朗士"社会性"形象的同时，在主观上和客观上忽视、淡化了法朗士的"文学性"形象。在某种意义上，法国读者所形成的法朗士的形象是建立在对其作品的阅读之上的；换言之，在法国，法朗士的形象的构建基础是其作品，是文本。但在中国，法朗士的形象在读者中并不是依靠文本的阅读而形成的，而是通过翻译者或评论者对其作品，特别是对其在晚年的行动的评论与论断而建立起来的。这种方式的形象构建往往是为了目的语国家的文化或社会需要而采取的一种"为我所用"的策略，因此而具有某种"操控"的意味。这种所谓的"操控"力量，在理论上讲，实际上就是对翻译活动起着影响或决定作用的一些外部的因素，它决定了译者对翻译的文本的选择，决定了译者或者评论者对作家的独特的理解视角，而这种理解，不免受到译者或评论者的视野、立场或语境等各种因素的限制。

就法朗士在中国的译介而言，我们通过对手头所掌握的一些重要资料的分析，发现法朗士在中国的前期传播中，翻译的文本起的是第二位的作用，而评论则对塑造法朗士的形象起着决定性的作用。实际上，在中国介绍法朗士的最初几年里，无论是高六珈翻译的《快乐的过新年》，还是沈性仁翻译的《哑妻》，都不是法朗士的代表作，在法朗士的文学创作中并不占有特别重要的地位。就此而言，中国对法朗士的译介，从一开始起，就没有从文学性的角度去加以审视和把握。这一倾向，在早期的评论者的文章中，表现得就更为充分了。下面，我们结合《小说月报》和《东方杂志》在早期介绍法朗士的几篇具有相当代表性的文章，看一看评论者为中国读者介绍的是一个怎样的法朗士，看一看在早期他们是如何一步步树立起法朗士的"爱好和平，反对战争"的形象的。

实际上，在中国介绍法朗士的最早的文章中，《东方杂志》在1921年第18卷第1号上译载的那篇法朗士访问记起着不可忽视的作用。对于中国最早接触法朗士的读者而言，他们对法朗士的认识不是以读他的作品为起点的，而是始于《东方杂志》所凸显的法朗士对欧战的看法与立场。1922年第19卷第2号上，《东方杂志》在《欧洲文坛伟大的时局观》一栏，又发表了郑超麟翻译的《法朗士的非战事主义》一文[1]，进一步强化了法朗士的反战立场。据钱林森的资料，在1922年第19卷第10号的"补白中，再次刊发了法朗士有关战争的警告，在这里法朗士是以一个和平主义者面目出现的"[2]。就这样，通过有关评介文章的一次次介绍，从法朗士对欧战的看法，到"非战事主义者"的界定，再到"和平主义者"形象的形成，法朗士的社会性形象因此而一步步得到了强化。与《东方杂志》一样，《小说月报》在早期评介法朗士的文章中，也在不约而同地突出法朗士反战、反暴力的立场。在早期对法朗士的介绍中，陈小航的《法朗士传》应该说是一篇较为重要的文献。为作家立传，不可能不涉及其人、其作品、其思想。应该说，陈小航的《法朗士传》，对法朗士的作品，对法朗士的思想，对法朗士的生活都有评介。但值得注意的是，陈小航对作品的文学性几乎略而不谈，对法朗士的作品所体现的思想却格外关注，且善于从法朗士的自述、作品或谈话中梳理出一条清晰而深刻的生命轨迹：青年时代"宽大而和平"，对"宣战的通告""满腔忠愤"，在狄德罗和伏尔泰的思想中汲取了"反抗强权和暴力的精神"；中年时对拿破仑"这位代表人类戾气的狂夫"加以批评，后又对德雷福斯事件仗义执言；在晚年，更是"眼见人杀人杀得太不像样了"，所以"常作文演说"，反对战争，呼吁和平。读陈小航的《法朗士传》，我们似乎可以感觉到，作者从头至尾，就是着力塑造一位和平主义者的形象。他在文章的结尾处还特别追溯了法朗士反战态度所形成的最早的影响因素，指出："法朗士小时听见他的母亲说：'我很骇怕战争——天下的母亲都怕战争——因为它会把你们，孩子，毁灭掉。'"[3]从生养他的母亲的教育，到在某种意义上代表了法兰西精神的狄德罗与伏尔泰的影响，陈小航所要突出的，就是法朗士的思想发展的必然性。两年后，即1924年，沈雁冰获悉法朗士逝世的消息，在《小说月报》上发表悼念文章《法朗士逝矣！》。与陈小航的《法朗士传》相比，沈雁冰的这篇悼文对法朗士的思想与行动予以了更多的关注。在这篇悼文中，沈雁冰首先对法朗士在法国和世界文坛的地位做了肯定，认为法

---

1 参见钱林森：《法国作家与中国》，福州：福建教育出版社，1995年，第507页。
2 同上，第508页。
3 陈小航：《法朗士传》，《小说月报》，1922年第13卷第5号，第6页。

朗士"不独是法国现代文坛的权威,并且是世界文坛的权威"[1]。紧接着对法朗士的作品在中国的译介情况做了简短的回顾,然后笔锋一转,写道:

> 法朗士在近代法国文坛上的地位,可与罗丹在艺术界的地位,和柏格森在哲学上的地位相比拟,我要赶紧加一句:如果我们专在文学上推崇法朗士,恐怕还是浅测了法朗士,我们要知道他不但是一个伟大的文艺家,并且是一个伟大的思想家。[2]

在沈雁冰看来,法朗士是个伟大的文艺家,更是一个伟大的思想家。如果仅仅在文学上评价法朗士,那么就难深刻地理解法朗士。因此,在整篇悼念文章中,沈雁冰将重点放在全面评介法朗士的思想演变与发展上。他认为法朗士的一生有四个时期,思想上有四个重要变化。"第一期的法朗士是一个优雅和善而对人同情的诗人。他的冷静的头脑和敏锐的目光,早看透了人世间的种种不合理。他说人生尚可耐者,幸有怜悯与冷讽:怜悯时的热泪使人生神圣,而冷讽时的微笑使人生温馨。"[3]在人生的第二个时期,"他第二次拔剑,向着'偏见与迷信'"[4]。在第三个时期,法朗士的思想发生了重要变化。沈雁冰指出:

> 震动法国朝野的Dreyfus案件起来了,法朗士的思想又为之一变,这便是他的第三期。这件所谓卖国的案子,当时成为保守派与急进派争论的焦点;也成为社会主义者宣传社会主义的好材料,法朗士本来是一个自由思想者,他的怀疑论颇近于无政府主义,所以此案起,他也就站在急进派的一边,他渐渐的由赞成社会主义而进为信仰社会主义,后来就成为显明的社会主义者。[5]

需要指出的是,德雷福斯案件解决后,法国的急进派却未如愿以偿走上政治舞台,而是完全失败了。沈雁冰认为,急进派的失败,令法朗士

---

1 雁冰:《法朗士逝矣!》,《小说月报》,1924年第15卷第10号,第10页。
2 同上。
3 同上。
4 同上,第11页。
5 同上。

由失望到绝望，一度陷入"悲观的虚无主义"，垂垂老矣的法朗士遭遇了他人生"意气最消沉的时期"。"但是一九一四年欧战的炮声又警醒了七十老翁法朗士血液中潜伏的少年精神！他以七十的高龄要求从军。他这种举动，只是他的苏醒的少年精神要活动的表现，未必就是受了爱国主义的麻醉。既不得从戎，法朗士乃奋其健笔，作了许多文章——后合为一集，名为《在光荣的路上》。他对于欧战的意见，与罗曼·罗兰不同，与海尔芙（Gustave Herve）也不同；他是痛恨旧欧洲，渴望一个新欧洲，他是希望这次大战会产生一个新欧洲。所以当俄国劳农革命成功的消息达到法国时，法朗士立刻被鼓动了；他深表同情于苏俄，他且加入共产党。"[1]

由青年"看透了人世间的种种不合理"，到中年拔剑，向着"偏见与迷信"，再到晚年站在正义的一边，为德雷福斯仗义执言，信仰社会主义，最后在第一次世界大战期间，在七十岁的高龄要求从戎，进而加入共产党。沈雁冰在他的悼念文章中，突出了法朗士一生的思想变化。他认为："在思想方面，法朗士凡四次变化；依此四次思想上的变化，乃成就了法朗士一生伟大的文学作品。"[2] 细读沈雁冰的文章，我们发现作者采用的是一种特别的路径，即从法朗士在其一生中的思想变化来评价法朗士，理解法朗士之所以能成就伟大的文学事业的思想基础。从对法朗士一生的四个不同时期的划分，到指出这四个不同时期法朗士的思想变化，再揭示出这些思想变化与同时期的文学创作间的直接关联，作者因此而着力于为中国读者树立一个"伟大的思想家"的形象，在某种意义上，也是为《小说月报》在前几年所致力于塑造的法朗士的形象做进一步强化。

如果我们将沈雁冰的这篇悼念文章与诺贝尔文学奖的授奖词进行对比，不难发现两者的差别殊为显著。沈雁冰与卡尔菲尔特都给予了法朗士高度的评价，但前者突出的是法朗士的思想家形象，而后者赞颂的主要是法朗士的文学"天才"。这两种形象，虽有重叠的部分，但差别是根本性的。革命者沈雁冰看重的是法朗士作品所蕴含的伟大思想，诺贝尔文学奖授奖词撰写人所珍视的是法朗士这个伟大的文学家所闪烁的天才光辉。不同的立场，产生了不同的视角；不同的视角凸显了有别的形象。由此，我

---

[1] 雁冰：《法朗士逝矣！》，《小说月报》，1924 年第 15 卷第 10 号，第 12 页。
[2] 同上，第 10 页。

们可以看到，社会与文化语境对形象塑造与传播起着重要的作用。作为"他者"代表的法朗士经由中国译介这一环节之后，在中国的接受语境中渐渐发生了变化，在新的历史空间形成了为中国读者所认同的形象与身份，进而融入接受语境之中。

第三节　新时期的译介与"人道主义斗士"形象的确立

从法朗士在中国传播至今的近百年历史看，经由新文学革命所塑造的法朗士形象在中国有着延续性。中华人民共和国成立后，由于高尔基对法朗士的推崇，尽管如以阶级斗争的观点衡量，法朗士的作品中有着太多的"虚无主义"与"官能享受"的腐朽因素，但他的一些作品还是得以流传，如1956年北京的作家出版社和上海的新文艺出版社就分别推出了《法朗士短篇小说集》（赵少侯译）和《诸神渴了》（萧甘、郝运译）。不过，随着中国政治运动的不断升级，到了1966年那场灾难的爆发，法朗士在一个相当长的时间内也在中国渐渐地退出了"历史舞台"。直到1981年，吴岳添在《世界图书》上发表了《被遗忘了的法朗士》一文，开启了法朗士在中国译介的新时期。

吴岳添的《被遗忘了的法朗士》一文并不长，但作为一个法国文学研究者，他以敏锐的目光捕捉到了在新时期重新认识法朗士的必要性、重要性与可能性。之所以说重新认识法朗士，是因为在二十世纪"二十年代的中国曾出现过一个介绍法朗士的热潮"。对于这个热潮，我们在上文已经做了比较详尽的介绍和分析。在吴岳添看来，尽管在法朗士逝世前后中国出现过一个介绍法朗士的热潮，但"解放前对法朗士的评论，大都是从外国人那里寻章摘句，鹦鹉学舌，没有对他的作品做系统的研究"[1]。从我们手头掌握的材料看，1949年前中国对法朗士的评论主要集中在二十年代。如我们在上文已经指出的，在二十世纪二十年代的中国，对法朗士的接受不是基于作品的传播与研读，而是基于对法朗士人生、思想与行动的关注和评价。这些评价中的确有如吴岳添所说的"寻章摘句"的现象，但并非

---

[1] 吴岳添：《被遗忘了的法朗士》，《世界图书》，1981年第3期，第16页。

仅仅是"鹦鹉学舌",而是有着明确的目的,那就是根据当时的历史文化和社会语境而塑造一个有别于西方的法朗士形象。不少文章,不仅没有"鹦鹉学舌",反而是与西方的评论大相径庭,如陈小航的《法朗士传》就不同于登在同期的由陈小航执译的布兰兑斯的《法朗士论》;沈雁冰的悼念文章如此,李金发的文章《法朗士之始末》如此,胡风在1935年写的《蔼理斯·法朗士·时代》(《太白》1935年第12期)一文中所论及的法朗士与西方一般的评价也有不同。但不可否认的是,在1949年前,中国学界对法朗士的作品确实没有做过系统的研究。

然而,"法朗士在文坛上活动了近六十年,创作了近四十卷小说、诗歌、戏剧和评论","他的作品谈古论今,旁征博引,内容十分丰富,加上他善于讽刺,文笔清晰自然,幽默典雅,所以读起来明白流畅,妙趣横生,特别是充满了浓郁的人情味"[1]。在文章中,基于对法朗士的全面把握,吴岳添重点列举了法朗士的《希尔维斯特·波纳尔的罪行》《苔依丝》《红百合花》《滑稽故事》《企鹅岛》《天使的反叛》《诸神渴了》等作品,并做了概括性的评价。最后,他强调指出:

> 阅读法朗士的作品,我们不仅可以汲取丰富的知识,获得优美的艺术享受,而且可以了解一个人道主义者与旧世界顽强斗争的曲折历程,在目前对资产阶级人道主义进行重新评价的时候,我们应该把对法朗士的研究和介绍作为文艺评论工作的一项任务,给法朗士以应有的历史地位。[2]

吴岳添文章的这段结语,意味深长。我们特别注意到最后的一句话。在吴岳添写这篇文章时,国内确实正在就人道主义的问题进行论争,思想界和文学界试图对人道主义进行重新评价。吴岳添以其思想的敏锐,借国内对资产阶级人道主义进行重新评价的时机,把研究和介绍法朗士的任务提了出来,目的十分明确,那就是给法朗士应有的历史地位。

吴岳添借对资产阶级的人道主义重新评价的时机,提出对法朗士进

---

[1] 吴岳添:《被遗忘了的法朗士》,《世界图书》,1981年第3期,第17页。
[2] 同上。

行研究和介绍，具有两个方面的重要原因：一、如他在文中所说，法朗士"是一个资产阶级人道主义作家。仅此一点，就足以使解放后的文艺评论家退避三舍"[1]。因此，要评论法朗士，就得以破除资产阶级人道主义这一研究禁区为前提。二、在吴岳添看来，法朗士不是一个一般意义上的资产阶级人道主义者。中国文艺评论界难以评价他，也难以批判他，因为"法朗士这个人道主义作家还不大好批，他是一个彻底的无神论斗士。教廷圣职部于1922年下令禁止了他的一切著作。在十九世纪末震动法国的德雷裴斯事件中，他和左拉是民主进步势力的领袖人物。1905年，他担任了'俄国人民之友社'主席，一贯支持俄国革命"[2]。因此，在1956年之后，中国的文艺界和翻译界处于两难的境地：不能评价法朗士，也无法评价法朗士。于是，只能一时"冷落"法朗士。在吴岳添看来，之所以出现这样的局面，关键是中国学界对人道主义没有正确的评价。因此，当国内开始重新评价资产阶级人道主义的时候，他适时地提出了重新认识和研究法朗士的重要任务。

　　国内对资产阶级人道主义的重新评价，是随着改革开放新时期的开启而开始的。有学者认为，在中国，"新时期人道主义思潮的来源主要是蕴含于世界文学名著中的西方古典人道主义，它首先是由外国古典文学名著的重印引起的"[3]。"文化大革命"后，突破思想的禁区，外国文学名著起到了难以替代的作用，而其作用主要是通过作品中所蕴含的人道主义而发挥的。吴岳添正是在思想解放的高度，把握到了重新评价资产阶级人道主义这一时机，提出了评价与研究法朗士的任务。在他看来，法朗士是一个人道主义者，又不是一个一般意义上的人道主义者。理解法朗士，必须基于对他的作品的研读。吴岳添不仅研究法朗士，而且翻译法朗士，以加深对法朗士的理解，促进对法朗士的研究，反过来又以研究的成果来指导翻译，同时引导中国读者对法朗士的阅读和理解。翻译与研究的互动，为法朗士在中国的进一步传播起到了积极的推动作用。而作为译者和研究者，吴岳添为法朗士的作品在中国读者中树立新的形象也做了重要贡献。

1　吴岳添：《被遗忘的法朗士》，《世界图书》，1981年第3期，第16页。
2　同上。
3　赵稀方：《"名著重印"与新时期人道主义》，《外国文学研究》，2000年第2期，第110页。

勒菲费尔曾经指出："翻译文学作品树立什么形象，主要取决于两个因素。首先是译者的意识形态；这种意识形态有时是译者本身认同的，有时却是'赞助者'（patronage）强加于他的。其次是当时译语文学里占支配地位的'诗学'。译者采用的翻译策略，直接受到意识形态的支配。原文语言和'文化万象'（universe of discourse）带来的各种难题，译者也会依据自己的意识形态寻找解决方法。"[1] 由于有着明确的思想指导，吴岳添不同于一般的翻译者，无论是选择法朗士的作品进行翻译，还是对法朗士的作品加以评论，他始终考虑如何给法朗士以应有的历史地位，也就是如何给法朗士以正确而恰当的定位。这一定位的过程，也就是翻译和评论为法朗士的作品树立形象的过程。从 1981 年的那篇文章看，吴岳添对法朗士的认识已经非常明确。在其后的翻译与研究中，吴岳添不断深化自己对法朗士的认识和理解，与此同时，法朗士的"人道主义者"形象也不断得到深化与强化。

然而，法朗士的"人道主义者"形象的树立过程，并不是轻而易举的，它不可避免地要遭遇主流意识形态所设立的障碍。实际上，在吴岳添发表《被遗忘了的法朗士》那篇文章的同一年，上海译文出版社也意识到了法朗士的重要地位及向中国读者介绍法朗士作品的必要性，率先出版了郝运翻译的《企鹅岛》，1982 年又出版了萧甘与郝运合译的《诸神渴了》和傅辛翻译的《黛依丝》。法朗士的这几部作品在"文化大革命"之后能有机会先与中国读者见面，是因为在译者与出版社看来，这几部作品代表了法朗士积极的思想倾向，乃至革命的精神。无论是在译后记，还是在介绍作品的内容提要中，我们发现译者和出版者都在根据当时的主流意识形态，着力于给作品树立一种"革命"的形象。就《企鹅岛》而言，译者在《译后记》中没有就作品本身，特别是就作者的独特的创作手法和寓言展开分析，而是基本上因袭了新文学革命时期的那些说法，延续了沈雁冰等老一辈革命评论家对法朗士的评价，着重就法朗士晚年的革命立场与态度来评价《企鹅岛》一书的思想性，如强调法朗士"在七十七岁高龄毅然站到无产阶级战线上来"[2]，说他的《企鹅岛》对"资产阶级的议会

---

1 参见陈德鸿、张南峰编：《西方翻译理论精选》，香港：香港城市大学出版社，2000 年，第 177 页。
2 郝运：《译后记》，见郝运译：《企鹅岛》，上海：上海译文出版社，1981 年，第 329 页。

制度、帝国主义的对外政策和贪赃枉法的司法部门进行了毫不容情的批判"[1]，认为"《企鹅岛》对我们说来不仅有认识历史的作用，还有擦亮我们的眼睛，帮助我们识破假、恶、丑，并且与之作坚决斗争的教育作用"[2]。无论从语言的使用，还是思想的表达，《译后记》所传达的是一种明确的信息，那就是《企鹅岛》具有符合中国当时的主流意识形态的翻译与出版价值。

关于《黛依丝》，译者同样写了一个《译后记》，篇幅不长，对作品的人物和主旨做了简要的介绍，在结尾的那一段，重点说明"鲁迅先生很早就对《黛依丝》有很高的评价"，并引用了鲁迅的有关评价[3]。该《译后记》的目的也很明确，同《企鹅岛》的《译后记》如出一辙，目的在于强调作品是符合主流意识形态的，从而让出版的主管与检查部门认识到《黛依丝》有翻译出版的价值与必要性。至于《诸神渴了》，出版者为该书中译本写的内容提要更是不遗余力地为作品打上"革命"的标志：

> 本书是一部描写十八世纪末叶的法国资产阶级革命的小说。
> 作者在本书中塑造了一个光辉的爱国分子的形象——主人公哀代利斯特·甘墨兰。他是个心地善良的画家，热爱祖国，忠于革命事业。他以革命法庭陪审员的身份，跟反动的政客、投机奸商、失职的将军、通敌的奸细等展开无情的斗争。最后，在革命遭到危险的时候，他毫不犹豫地抛弃艺术与爱情，把自己的生命献给他的祖国。
> 同时，作者在本书里也刻画出了那些背叛革命、出卖革命、窃取革命果实的大军需商、大银行家的丑恶面貌。

萧甘与郝运翻译的《诸神渴了》曾于1956年由上海新文艺出版社出版，上海译文出版社的1982年版实际上是根据1956年版重印的。内容提要的作用是多重的，既表明了出版者和译者对作品的认识和理解，也是

---

[1] 郝运：《译后记》，见郝运译：《企鹅岛》，上海：上海译文出版社，1981年，第330页。
[2] 同上，第331页。
[3] 傅辛：《译后记》，见傅辛译：《黛依丝》，上海：上海译文出版社，1982年，第192—193页。

引导读者阅读与理解该作品的重要提示，更是向审查部门负责为该作品打上了的一个标签。从1982年版《诸神渴了》的内容提要看，出版者和译者似乎不是在介绍作品，而是按照主流意识形态的要求给作品笼罩上"革命"的光环。内容提要区区两百来字，但"革命"一词煞是耀眼，先后重复了七次之多，而与此相对应的，还有诸如"反动""丑恶"等常见的革命性、批评性的词语。从上述的译后记和内容提要看，当时的中国思想的禁区刚刚被打开，出版者和译者很难把握政治气候，于是"认同"当时的主流思想形态，便成了能保证作品得以翻译和出版的有效策略与方法。至于出版者与译者对作品的这种"革命性"的定位，虽然多多少少影响读者对作品的理解，但这种影响并不是决定性的，因为读者通过阅读作品，会有自己的理解和认识。

值得注意的是，郝运与萧甘在十年后再次合作，于1992年在上海译文出版社出版了《法朗士小说选》，其中收录了《波纳尔之罪》（郝运译）、《诸神渴了》（萧甘、郝运译）和《克兰克比尔》（郝运译）等名篇。这部小说选没有再收进译者的有关后记或说明文字，而是请吴岳添为译本作序。吴岳添的《译本序》于1989年1月写于北京，那是一个比较特殊的时期。细读《译本序》，我们可以看到一条明晰的主线，那就是作者根据他在1981年发表的那篇文章的观点，自始至终，将法朗士与"人道主义"结合在一起，通过分析，将法朗士明确地定位于"人道主义者"。《译本序》长达八千字，一开始就明确指出："从十九世纪末开始，法朗士积极投身于进步的社会活动，倾向于社会主义，成为一个杰出的人道主义者。崇高的政治声望和卓越的艺术成就，使他在生前就被公认为是与拉伯雷、伏尔泰齐名的伟大作家，高尔基赞扬他'是全面地、深刻地和自己人民的精神联系在一起的，他完全可以和全世界最伟大的天才并驾齐驱'。"[1] 法朗士作为一个"杰出的人道主义者"，不仅仅表现在他的社会活动中，更是体现在他的文学创作之中。吴岳添在《译本序》中没有沿袭新文学革命时期那些评论，而是将重点转向了对法朗士作品的分析。他分析了《波纳尔之罪》，认为法朗士"在波纳尔身上倾注了自己的人道主义理想"[2]；他概括

---

[1] 吴岳添：《译本序》，第1页，见郝运、萧甘译：《法朗士小说选》，上海：上海译文出版社，1992年。
[2] 同上，第3页。

了《贝尔热雷先生在巴黎》的主旨，指出"小说描写了神父们争当主教的斗争，揭露了教会的黑幕和民族主义派的复辟阴谋，塑造了人道主义者贝尔热雷的动人形象"[1]。吴岳添认为，"法朗士的人道主义理想在资本主义社会里只能是一种空想"，德雷福斯事件的结局使他"十分痛心和失望"，但是法朗士仍然没有放弃人道主义理想的追求，他的《企鹅岛》和《天使的叛变》"不仅反映了法朗士成熟的人道主义思想，而且表明作者在艺术上也达到了炉火纯青的地步"[2]。而对于《诸神渴了》，吴岳添更是从作者思想的发展逻辑去把握作者在作品中所表现出的积极的人道主义思想。对《黛依丝》，吴岳添也同样在分析的基础上，指出作品体现了"法朗士人道主义思想的一个基本观念"。《译本序》中，人道主义像一条红线，贯穿了对法朗士作品的整体评价。法朗士的"人道主义"的内涵与发展，在《译本序》中得到了充分阐发与揭示，法朗士的"人道主义者"形象因此而渐渐定格于读者的脑中，为深化广大读者对法朗士的认识与理解提供了新的可能性。

差不多在为郝运与萧甘的《法朗士小说选》写序的同时，吴岳添在为漓江出版社的"诺贝尔文学奖精品典藏文库"翻译法朗士的代表作，后以合集形式出版，以《苔依丝》为名，其中包括《波纳尔的罪行》、《鹅掌女王烤肉店》及《蓝胡子和他的七个妻子》。1993年，单行本《鹅掌女王烤肉店》由重庆出版社出版。1995年，他翻译的《红百合花》又在重庆出版社出版。1997年，吴岳添编选了《法朗士精选集》，由山东文艺出版社出版。为所有这些作品，吴岳添以译者序、出版说明等形式，进行了分析与介绍。其评介文字基本上都包含三个方面的要素：一、介绍法朗士的生平与创作经历；二、强调法朗士在晚年的思想变化与发展；三、对作品的内涵与创作特色进行分析。而在所有评介文字中，我们可以看到，贯穿这三个要素的，便是法朗士的人道主义精神。特别是为《法朗士精选集》写的编选者序，吴岳添更是以《人道主义的斗士》为题，把阿纳托尔·法朗士明确定位于"杰出的人道主义作家"[3]。吴岳添前后二十余年，通过其翻

---

[1] 吴岳添：《译本序》，第1页，见郝运、萧甘译：《法朗士小说选》，上海：上海译文出版社，1992年，第5页。
[2] 同上，第7页。
[3] 吴岳添：《编选者序》，第1页，见吴岳添编选：《法朗士精选集》，济南：山东文艺出版社，1997年。

译与研究，紧紧地把握着法朗士的思想及其创作之源，为读者接近文本、理解法朗士起到了重要的引导作用，与此同时，也使中国读者对何为法国传统的人道主义有了基本的了解，对法朗士赋予传统的人道主义以新的内涵有了进一步的认识。我们相信，吴岳添为法朗士的定位，他所着力塑造的这一"人道主义者"形象将越来越深刻地活在中国读者心中。

第二章
罗兰与中国光明行

在二十世纪的法国作家中,罗曼·罗兰无疑是中国读者最为敬仰和爱戴的作家之一。傅译《约翰·克利斯朵夫》自 1937 年出版以来,影响了我国一代又一代的读者。本章将在尽可能全面、系统地梳理和总结罗曼·罗兰及其作品在中国的译介、研究与接受的基础上,努力凸显傅译《约翰·克利斯朵夫》在中国长期、广泛的传播和巨大、深远的影响;并将运用译介学、文化研究和比较文学研究等方面的基本理论和方法,对傅译《约翰·克利斯朵夫》在我国新的文化语境中经历的"接受—抵抗—再接受"的过程进行透视和评析,从翻译理论和文学理论的层面,探讨罗兰与傅译"合铸"的《约翰·克利斯朵夫》成为翻译文学经典的过程与动因。

第一节 民国时期罗曼·罗兰的中国之旅

早在二十世纪二十年代前,罗曼·罗兰就以一个"为精神,为真理,为人类全体很出过力"的具有英雄主义气息和博爱襟怀的世界公民的形象,与享誉世界的伟大作家的身份,走进了中国。1919 年 12 月,《新青年》发表了张嵩年翻译的罗曼·罗兰的《精神独立宣言》。译者在译文后附注了长达十七页的相关介绍[1]，其中着重介绍了罗曼·罗兰"最得名誉的杰著"，也是被称为"二十世纪最名贵高尚的说部著作"——《约翰·克利斯朵夫》。

二十世纪二十年代，《小说月报》成为介绍罗曼·罗兰的一个主要阵地。而最早向读者推出罗曼·罗兰的，正是该刊的主编茅盾。从第12卷第1号起，茅盾以沈雁冰之名撰写了《罗兰的近作》，随后还撰写了《罗兰的最近著作》和《两本研究罗曼·罗兰的书》[2]。1924年，茅盾又撰写了《罗曼·罗兰》[3]。这一年，《小说月报》出了第15卷号外《法国文学研究》专辑。在这一期上，沈泽民根据茨威格的《罗曼·罗兰，其人及其作品》，发表了长达两万言的《罗曼·罗兰传》。到了1925年，《小说月报》第16卷第1号刊登了《罗曼·罗兰给敬隐渔书手迹》和敬隐渔的译文。罗兰书信透露给中国读者：六年前就在中国谈论的《约翰·克利斯朵夫》，很快就要有中译本了，译者正是给罗兰写信的敬隐渔。罗兰非常希望约翰·克利斯朵夫有助于在中国造成新人的模范，成为中国青年的朋友。敬隐渔是罗兰结识的第一个中国人，他对罗兰在中国的译介做出了不可忽视的前期努力。两年前的1923年，他就写下了《罗曼罗朗》[4]，主要评介这部长河小说的第一卷《黎明》，通过它来阐述罗兰的创作艺术和小说的艺术魅力。1926年1月，《小说月报》第17卷第1号正赶上罗曼·罗兰六十寿辰。由敬隐渔翻译的《若望克利司朵夫》（一）在这一期上与中国读者见面。敬隐渔还发表了《蕾芒湖畔》，记录了他对罗曼·罗兰的一次拜访。在接下来的第17卷第2和第3号上，继续刊登了《若望克利司朵夫》的译文。

《莽原》是鲁迅主编的文艺期刊。没有《莽原》，罗兰在二十世纪二十年代中国的传播是不完整的。1926年4月25日，《莽原》第1卷第7和第8两期合刊而出，期刊的封面写着"罗曼·罗兰专号"。这是为庆贺罗

---

1 张嵩年：《〈精神独立宣言〉附注》，《新青年》，第7卷第1号，1919年12月。
2 沈雁冰：《罗兰的近作》《罗兰的最近著作》《两本研究罗曼·罗兰的书》，《小说月报》，第12卷第1号，1921年1月，第12卷第4号，1921年4月，第12卷第7号，1921年7月。
3 茅盾：《罗曼·罗兰》，《小说月报》，第15卷第2号，1924年2月。
4 敬隐渔：《罗曼罗朗》，《创造日》，第16，17，18，19期，1923年8月8，9，10，11日，转引自贾植芳、陈思和主编：《中外文学关系史资料汇编（1898—1937）》，桂林：广西师范大学出版社，2004年，第951—956页。

兰六十寿辰推出的，同时，也是二十年代我国期刊中唯一推出的罗兰研究专号。专号中除罗兰三篇作品的译文外，还有张定璜的《读〈超战篇〉同〈先驱〉》和赵少侯的《罗曼·罗兰评传》，鲁迅翻译的日本学者的《罗曼·罗兰的真勇主义》也在其中。1926年1月24日，敬隐渔在法国里昂给鲁迅写信，告之他用法文翻译的《阿Q正传》得到罗曼·罗兰的好评，译文将发表在罗兰和朋友合办的《欧罗巴》杂志上。信中请鲁迅在罗兰六十诞辰之际，"精印一本论罗曼·罗兰的专书……为人类为艺术底爱，为友谊，为罗曼·罗兰对于中国的热忱，为我们祖国底体面"[1]。鲁迅正是应敬隐渔的请求，才出了《罗曼·罗兰专号》。

除《小说月报》和《莽原》外，1926年，《晨报副刊》还翻译发表了美国学者席尔士在中国的演讲《罗曼·罗兰》。席尔士关于《约翰·克利斯朵夫》这样说："我读此书很受感动。凡青年男女，关心世界问题，要在生活里头求出人生哲学，没有比这书再好的了。书内讲苦乐问题，受苦的哲学。"[2] 很可能鉴于这样的内容，译者把Christophe译成了"奎斯道佛"。同年，我们还读到了陈西滢发表在《现代评论》上的《闲话》，说罗兰"在冤潮怒浪的狠毒的海中，巍然成一个指示迷途的灯塔"[3]。

在二十年代对罗曼·罗兰的介绍中，我们还应提到杨人楩的《罗曼·罗兰》[4]，文章作者也是茨威格（作者译名为剌外格）的传记《罗曼·罗兰，其人其作》(Romain Rolland, The Man and His Work) 的中文译者。茨威格的这部传记在我国至今已有多种译本，但杨译是我国最早的译本[5]。这篇超过万言的文章，是根据茨威格的这部传记写成，也可说是这部传记的一个梗概，但它无疑浸透着作者自己的体会、理解和认识。

综观二十世纪二十年代，我国对罗曼·罗兰及其作品的译介，是有收获、有成绩的。尤其是从译介罗曼·罗兰的起步阶段，很快进入1926年的译介罗兰的第一个高潮，既说明罗曼·罗兰本人的艺术魅力和人格魅力对中国读者的折服，也说明中国译介者在选择外国作家及其作品来译介上面，所表现出的准确眼光和敏捷举动。这一时期，罗曼·罗兰最有影响的

---

1 转见戈宝权：《〈阿Q正传〉在国外》，北京：人民文学出版社，1981年，第32页。
2 席尔士：《罗曼·罗兰》，《晨报副刊》，第1379号，1926年4月17日。
3 陈西滢：《闲话》，《现代评论》第3卷第60期，1926年1月30日，第11页。
4 杨人楩：《罗曼·罗兰》，《民铎》，第6卷第3期，1925年3月。
5 杨人楩译：《罗曼·罗兰》，上海：商务印书馆，1928年。

小说 Jean-Christophe、最有影响的传记《悲多汶传》[1]和最有影响的政论之一《精神独立宣言》，都有了译介。虽然敬译《若望克利司朵夫》只是原作开头的一部分，但它却意味着这部气势恢宏的"交响曲"已在中国拉开序幕。可喜的是，敬隐渔的《罗曼罗朗》还是一篇对《若望克利司朵夫》相当出色的评论。从另一个角度看，敬氏的及早辍笔，也正说明了这部百万余言的长河小说的汉译，绝不是一件轻而易举、一蹴而就的工作；说明后来的译者傅雷，正是用自己燃烧的青春、卓越的才华、火热的激情和坚定的毅力，才最终换来这部将激励中国千万读者的翻译文学经典的诞生。

二十世纪三十年代对罗曼·罗兰及其作品的译介，比起二十年代更显得活跃。1930年，就有罗兰的至少三部作品的四种译本在我国出版发行，即《白利与露西》[2]、《孟德斯榜夫人》[3]、《甘地》和《甘地奋斗史》[4]。此后，除1938年外，每一年都有罗曼·罗兰的一部或多部作品出版或再版。据不完全的搜索，在整个三十年代，至少有罗兰的九部作品十四个译本出现，除上述所举外，还有《安戴耐蒂》[5]、《七月十四日》、《托尔斯泰传》、《弥盖朗琪罗传》和《约翰·克利斯朵夫》第一册等。复译、异地发行、再版等现象，在这十年间，都出现在罗兰作品的译介和传播的过程中[6]。

1934年3月，大型期刊《文学》第2卷第3期的封面就赫然写着"翻译专号"四字，内容主要分三大块：有关于翻译的《文学论坛》，有包括法国在内的十一个国家和地区的文学作品的翻译，还有以评析译著为主的《书报评述》。茅盾和傅东华以多种笔名发表散论，阐述他们的翻译观点[7]。黎烈文翻译的《反抗》就刊登在这一期上，这是《约翰·克利斯朵

---

1 杨晦译：《悲多汶传》，上海：北新书局，1927年。悲多汶现通译为贝多芬。
2 叶灵凤译：《白利与露西》，上海：文化励进社，1930年。这个译本也有上海现代书局版（1928，1931）。
3 李琭、辛质译：《孟德斯榜夫人》，上海：商务印书馆，1930年。
4 陈作梁译：《甘地》，上海：商务印书馆，1930年。谢济泽译：《甘地奋斗史》，上海：卿云图书公司，1930年。两译本出于罗兰同一作品：Mahatma Gandhi。
5 静子、辛质译：《安戴耐蒂》，保定：群玉山房，1932年；或北平：中华书局，1932年。《安戴耐蒂》即《约翰·克利斯朵夫》第六卷《安多纳德》。
6 复译如《托尔斯泰传》（有傅雷的译本和余扬灵的译本）；异地发行如《七月十四日》（贺之才译，商务印书馆的上海和长沙等分社都有发行）；再版如《托尔斯泰传》、《七月十四日》及《甘地》。
7 茅盾：《又一篇帐单》（化名：铭）、《媒婆》与《处女》（丙生）、《直译顺译歪译》（明）、《一个译人的梦》（蒲）；傅东华：《翻译的理想与实际》（化名：华）、《译什么和叫谁译》（水），《文学》，第2卷第3期，1934年3月。

夫》第四卷《反抗》的片段。

1934 年,《国际译报》发表了傅雷翻译的《贝多芬评传》[1]。傅雷在"译者附言"中说,《贝多芬评传》实即罗曼·罗兰撰写的《贝多芬传》的"精要"。这是傅雷最早翻译的罗曼·罗兰的作品。1937 年,傅雷翻译的《约翰·克利斯朵夫》第一册率先由上海商务印书馆推出,被列入"世界文学名著"丛书。

1936 年是罗兰七十寿辰,这一年又成为译介罗兰的一个高潮:《时事类编》、《光明》、《中苏文化》、《天地人》、《七月》和《音乐教育》等期刊上,都有罗兰作品的译介[2]。《译文》复刊后的新第 1 卷第 2 期特别开办了《罗曼·罗兰七十寿辰纪念》专栏,成为三十年代译介罗兰的一个亮点。专栏收入五篇译文,其中一篇是陈占元翻译的亚兰的《论詹恩·克里士多夫》。亚兰认为,这是一部"有前途的书",并且"至今还是",一本"有着真实的青春"的书,"少年人会一直要念《詹恩·克里士多夫》的"[3]。同时,《时事类编》也开辟了纪念专栏[4]。

罗兰的七十岁生日,"世界各地的祝贺信像雪片似的飞到他的怀里"[5]。在中国,纪念他的文章也如雪片似的落在许多期刊上面。除上述文章外,还有黄源的《罗曼·罗兰七十诞辰》[6]、胡仲持的《七十老人罗曼·罗兰》[7]、马宗融的《罗曼·罗兰的七十诞辰在法国》[8]、周立波的《纪念罗曼·罗兰七十岁生辰》[9]、戈宝权的《罗曼·罗兰的七十诞辰》[10]、马尾松的《罗曼·罗兰的七十年》、曼华的《罗曼·罗兰》[11] 和李金发的《罗曼·罗兰及其生

1　傅雷译:《贝多芬评传》,《国际译报》,第 7 卷第 1 期,1934 年 9 月 16 日。
2　如《时事类编》从第 4 卷第 12 至第 15 期,连续四期刊登了梁宗岱翻译的《歌德与音乐》;《光明》第 1 卷第 5 期发表了罗兰的《悲多汶的政见》;《中苏文化》第 1 卷第 3 期刊登了罗兰的《悼高尔基》;《天地人》第 3 期有《罗曼·罗兰论欧罗巴精神》,胡风主编的《七月》第 3 集第 2 期有张元松翻译的罗兰的《艺术与行动:论列宁》;《音乐教育》第 4 卷第 1 期有罗兰为纪念法国作曲家圣·桑丝(1835—1921)诞生百年所写的《圣·桑丝》。
3　亚兰:《论詹恩·克里士多夫》,《译文》,新第 1 卷第 2 期,1936 年 4 月,第 301—304 页。
4　见《时事类编》,第 4 卷第 9 期,1936 年 5 月 1 日。
5　马尾松:《罗曼·罗兰的七十年》,《清华周刊》,第 44 卷第 2 期,1936 年 4 月,第 51 页。
6　黄源:《罗曼·罗兰七十诞辰》,《作家》,第 1 卷第 1 期,1936 年 4 月。
7　胡仲持:《七十老人罗曼·罗兰》,《文学》,第 6 卷第 4 号,1936 年 4 月。
8　马宗融:《罗曼·罗兰的七十诞辰在法国》,《大公报·译文特刊》,1936 年 4 月 22 日。
9　周立波:《纪念罗曼·罗兰七十岁生辰》,《大晚报·火炬》,1936 年 2 月 23 日。
10　戈宝权:《罗曼·罗兰的七十诞辰》,《申报周刊》,第 1 卷第 9 期,1936 年 3 月 8 日。
11　曼华:《罗曼·罗兰》,《华年》,第 5 卷第 16 期,1936 年 4 月;或《出版周刊》,新 182 号,1936 年 5 月 23 日。

活》[1]。这一时期，曾经在法国拜见过罗曼·罗兰的诗人梁宗岱也写下了《忆罗曼·罗兰》[2]。

综合看来，二十世纪三十年代，我国对罗曼·罗兰及其作品的介绍有着下列几个特点：一、译介多，评论少。十年之中有九年可以看到罗兰的作品翻译出版或再版，甚至一年里，就推出他的两三部作品或两三个译本。这种现象在三十年代的其他外国文学的翻译中，恐怕也不多见。《译文》和《时事类编》等期刊为译介罗兰及其作品做出了重要贡献。但研究与评论工作虽比二十年代略有推进，出现了白桦写的《克利斯笃夫与悲多汶——罗曼·罗兰的新英雄主义》[3]这样从形式看较为像样、从内容看较有分量的文章，但总的来说，与三十年代翻译工作取得的成就相比，则明显薄弱。黄源在《罗曼·罗兰七十诞辰》一文中说，当时我国对罗曼·罗兰的理解还很不深入，可能是研究与评论薄弱的主要原因。二、1936年是罗兰七十寿辰之年，大量的译介活动都发生在这一年里，众多的进步期刊都发表了纪念文章，使这一年成为远甚于1926年的介绍罗曼·罗兰的第二个高潮。三、罗兰的政论文章此间虽译介不多，但都切合我国时代之需要，一方面反映了罗曼·罗兰不仅是一位世界知名作家，也是一位世界知名的和平战士，热爱人类，关爱中国，猛烈地抨击帝国主义和军国主义的野蛮侵略；另一方面也反映了译者的政治意识，在国难当头之时做出了关心祖国命运的很有责任感的选译，希望知识分子和一切爱国社团响应罗兰的号召，共捐前嫌，联合起来反对侵略，捍卫和平。由于这一部分与本文关系不大，我们只在这里做一点概说。四、1934年，傅雷与罗兰互通了信函，不久，他开始着手《约翰·克利斯朵夫》的翻译。1937年傅译《约翰·克利斯朵夫》第一册出版。历史地看，这已成为我国的法国文学翻译史上的大事。傅译第一册1937年1月初版后，5月便再版发行，由此可以想象，傅译《约翰·克利斯朵夫》当时一定很受读者欢迎。傅雷在《译者献辞》中说："真正的光明决不是永没有黑暗的时间，只是永不被黑暗所掩蔽罢了。真正的英雄决不是永没有卑下的情操，只是永不被卑下的情操所屈服罢了……《约翰·克利斯朵夫》……不止是一部小说，而

---

[1] 李金发：《罗曼·罗兰及其生活》，《文艺月刊》，第8卷第4期，1936年4月。
[2] 梁宗岱：《忆罗曼·罗兰》，见梁宗岱：《诗与真·诗与真二集》，北京：外国文学出版社，1984年。
[3] 白桦：《克利斯笃夫与悲多汶——罗曼·罗兰的新英雄主义》，《黄钟》，第1卷第7期，1932年11月。

是人类一部伟大的史诗。它所描绘歌咏的不是人类在物质方面而是在精神方面所经历的艰险，不是征服外界而是征服内界的战迹……当你知道世界上受苦的不止你一个时，你定会减少痛楚，而你的希望也将永远在绝望中再生。"[1] 从此，历史的奇遇在罗兰与傅雷之间发生，一部翻译文学经典正在前者的创造和后者的整合中渐渐问世。正由于二者的相遇，才有了这部翻译文学经典后来影响一代又一代进步青年的历史。几乎每一个读者，读了傅雷的献辞，都会感到刹那之间，心里产生了一股"自拔与更新"的力量，都会情不自禁地"以虔诚的心情来打开这部宝典"。

二十世纪四十年代对罗曼·罗兰作品的翻译，无论小说、戏剧还是传记，都取得了更大的成就。先看小说的翻译。傅雷在1937年翻译出版了《约翰·克利斯朵夫》第一册后，经过四年多辛勤的劳作，终于将这百万余言的长河小说翻译完毕，1941年由上海和长沙商务印书馆推出了第二、第三、第四册。在傅译之前，我国有三种零碎的译文或译本，即敬隐渔和黎烈文各自的译文以及《安戴耐蒂》。在傅译之后，1944年和1945年，重庆世界出版社还出版了《若望·葛利斯朵夫》的第一卷《黎明》和第二卷《晨》[2]。

《约翰·克利斯朵夫》与当时的传统小说相比，有两个显著的特点：第一就是作品宏丽的音乐性，第二则是那罕见的长河小说结构。第一个特点当然要求译者除了具有过硬的语言和文学功底外，还应具有很高的艺术修养，尤其是音乐修养。傅雷在留法期间（1927.12—1931.9），就受罗曼·罗兰影响爱上了音乐，很快他就具有了不亚于罗曼·罗兰的艺术造诣。第二个特点还特别需要译者具有坚强的意志。正是由于缺乏坚强的意志，在傅译之前，有着文学修养、音乐感悟和激情姿态的敬隐渔，最终辜负了罗曼·罗兰的厚望；在傅译之后，《黎明》和《晨》也没有了后继的汉译。而艺术修养、激情和意志，则是除去通常那些基本条件外傅雷成功翻译《约翰·克利斯朵夫》的三个不可或缺的条件。强调激情是因为：一方面，罗曼·罗兰是孕育了十年才由"情"而发，用交响乐的结构来安排

---

1 转见傅敏编：《傅雷译罗曼·罗兰名作集》，郑州：河南人民出版社，1998年，第3页。
2 钟宪民、齐蜀夫译：《黎明》，重庆：世界出版社，1944年。钟宪民译：《晨》，重庆：世界出版社，1945年。

这部恢宏巨著的。《约翰·克利斯朵夫》本身就是一部波澜壮阔、激动人心的交响曲。另一方面，激情能够提高译者对这部音乐巨著的艺术感悟的能力。激情能使译者在翻译实践过程中，更积极地、主动地发挥和调动翻译主体再创造的能力。傅雷在给傅聪的信中谈到音乐家的演奏效果时说："光有理性而没有感情，固然不能表达音乐；有了一般的感情而不是那种火热的……感情，还是要流于庸俗。"[1] 用到翻译实践中，就等于说，光有好的水平而没有感情的投入，不可能有好的翻译；但仅仅投入一般的感情，也只能得到一般的译品。所以，翻译要想出成绩，还需要火热的感情深入进去才行。

二十世纪四十年代，罗兰戏剧翻译的突出成就，是贺之才翻译的列入《罗曼·罗兰戏剧丛刊》的七部剧作[2]。加之他的再版的《七月十四日》，贺氏完成了对罗曼·罗兰的包括《信仰悲剧》和《革命戏剧》在内的大部分戏剧作品在中国的介绍。在罗兰传记中，再版次数最多的，无疑属傅雷翻译的《贝多芬传》[3]。这部传记初译于1932年，1942年傅雷全部做了重译，"把少年时代幼稚的翻译习作一笔勾销"[4]。此书经过十年磨难和两次翻译，在罗兰的传记中最受读者的欢迎。它从并不一帆风顺的面世到最终赢得广大读者，似乎具有着某种象征意义，似乎在用它自身的经历来验证传主贝多芬的名言：经由痛苦而欢乐。

1944年12月30日，将近七十九岁的罗兰因病在家乡与世长辞。噩耗传到中国，很快便在文化界引起普遍的追悼和深切的哀思。1945年在我国便成为继1926年和1936年两次译介热潮后的第三个高峰。《新华日报》于1945年1月25日和3月25日，两次在第四版出了悼念罗曼·罗兰的特辑。《解放日报》特意选择1月29日罗兰的生日和1月30日罗兰逝世的整月，在第四版出了两期专刊。《抗战文艺》在1945年6月发行的第10卷第2和第3两期合刊上，也刊出了《怀悼罗曼·罗兰》专栏。

---

[1] 转见傅敏编：《傅雷文集·书信卷》，合肥：安徽文艺出版社，1998年，第421页。
[2] 贺之才译：《丹东》《群狼》《圣路易》《哀尔帝》《理智之胜利》《爱与死之赌》《李柳丽》，上海：世界书局，1944年初版，1947年再版。
[3] 傅雷译：《贝多芬传》，上海：骆驼书店，1946年4月初版，1946年11月再版，1947年和1948年重版。
[4] 傅雷：《译者序》，见傅雷译：《傅译传记五种·贝多芬传》，北京：三联书店，1996年，第115页。

胡风编著的《罗曼·罗兰》[1]，成为继上述两报一刊后纪念罗兰逝世的又一重要的出版物。郭沫若、茅盾、胡风、艾青、萧三、萧军、焦菊隐、陈学昭和路翎等文化界人士，在上述出版物上发表了文章，或以诗歌创作的形式，或以其他形式，寄托哀思。甚至到1948年，《创世》还刊登了《罗曼·罗兰的生平——为罗曼·罗兰逝世三周年纪念而作》[2]。而这一时期，傅雷翻译的《约翰·克利斯朵夫》正受到读书界热烈欢迎，读者竞相购阅，以拥有此书和"转辗借得一读"为莫大荣幸。尤其有越来越多的青年读者，为这部翻译文学经典所倾倒，为主人公的精神所折服，为主人公的命运所震撼。浓浓的怀念加上翻译经典的传诵，二十世纪四十年代中期出现的罗曼·罗兰热，是我国民国时期持续时间最长、发展得最高的一次热潮。

罗兰热带动了罗兰研究。闻家驷于1945年发表的《罗曼·罗兰的思想、艺术和人格》[3]，代表四十年代我国研究罗曼·罗兰的一个水平，反映了作者对罗曼·罗兰的认识有着独到的高度。王元化的《关于〈约翰·克利斯朵夫〉》更是这一时期重要的评论文章。他并不从那种固定模式来谈作品，而是指出，"谁能够抛弃那种文学ABC的滥调俗套，用自己的朴素的眼睛去看，谁才会领略到原作的真正的精神"[4]。他还对作品"不合艺术规律"的"独特"的写法表示肯定，用自己朴素的语言表达出同样闪烁着智慧光芒的真知灼见。

在罗兰热持续不减，《约翰·克利斯朵夫》日益在青年人中传播开来，大有压倒一切的趋势之下，一些学者对这种过热的现象提出"冷静"的观点：戈宝权的《罗曼·罗兰的〈约翰·克利斯朵夫〉》运用传统的作品分析的模式，对这部巨著做了较为全面的评论，但最后指出，"罗曼·罗兰本人在写完它时也是舍弃了它和超越过它的"[5]；1947年，文艺理论家杨晦指出，克利斯朵夫的个人英雄主义"已经失掉了贝多芬时代的进步意义"，无产阶级的革命道路"跟约翰·克利斯朵夫那样英雄的生活与思想已经是

---

[1] 胡风编著：《罗曼·罗兰》，上海：新新出版社，1946年。
[2] 聘梁：《罗曼·罗兰的生平——为罗曼·罗兰逝世三周年纪念而作》，《创世》，1948年第8期。
[3] 闻家驷：《罗曼·罗兰的思想、艺术和人格》，《世界文艺季刊》，第1卷第2期，1945年11月。
[4] 王元化：《关于〈约翰·克利斯朵夫〉》，见其《向着真实》，上海：上海文艺出版社，1982年，第129页。
[5] 戈宝权：《罗曼·罗兰的〈约翰·克利斯朵夫〉》，《读书与出版》，第1期，1946年4月5日。

各奔前程"[1]；与杨文一致的观点，在一年后邵荃麟的《从个人主义到集体主义的道路》中，得到明确强调——约翰·克利斯朵夫是"个人主义的战斗者，并且是这样一个战斗的最高典型"，他的奋斗不过是"在个人主义的盲巷中"所做的"无谓摸索"[2]。

回顾我国二十世纪四十年代的罗兰研究，可以说，它取得了民国时期最为突出的成就。在研究者中，既有法国文学研究专家，也有文艺理论界的批评家以及翻译家。在对罗曼·罗兰的评价中，盛澄华不偏不袒[3]；罗大冈不温不火[4]；闻家驷不人云亦云；王元化的文章不墨守成规套路，语言看似平淡，却直逼艺术之真谛；而戈宝权、杨晦与邵荃麟三人的文章，都以先进的无产阶级思想为武器，指出了《约翰·克利斯朵夫》的过时性、落后性。当然，不管研究活动在各人那里带有何种色彩，不管研究者是从文学作品本身的艺术性出发，还是从自身主观的政治思想出发，我们都可以说，是翻译文学经典赢得了读者的热情，是不断升温的读者的热情推动了研究、深化了研究。

综观二十世纪四十年代罗曼·罗兰在中国的译介，无论是他的小说（如傅译《约翰·克利斯朵夫》）、剧作（如贺译《七月十四日》），还是传记（如傅译《贝多芬传》），都出现了一年之内再版两次的现象。这可以充分说明，是作品原有的力量和翻译的质量共同赢得了广大的读者。再以小说翻译为例，傅雷翻译的《约翰·克利斯朵夫》"终以全貌呈现在中国读者的眼前"[5]，全套发行后接连再版，给当时生活在黑暗中和苦闷中希求进步和有所作为的青年送来福音，带来光明，成为知识分子精神突围的一个重要的力量源泉。约翰·克利斯朵夫为了生命理想百折不挠，跌倒了再爬起来，一如既往、一往无前，这种精神鼓舞了当时我国一代优秀青年和知识分子去坚贞不渝地追求光明、追求人生理想。另一方面，傅雷那充满激情的语言和他那不亚于罗曼·罗兰的艺术造诣，也是汉译《约翰·克利斯朵夫》成功地感染中国广大读者的重要原因。他用融合了自己的艺术才

---

1 杨晦：《罗曼·罗兰的道路》，见杨晦：《杨晦文学论集》，北京：北京大学出版社，1985年，第236—240页。
2 邵荃麟：《代序》，第1—3页，见陈实、黄秋耘译：《搏斗》，广州：广东人民出版社，1980年。
3 盛澄华：《〈新法兰西杂志〉与法国现代文学》，《文艺复兴》，第3卷第3期，1947年5月。
4 罗大冈：《两次大战间的法国文学》，《文学杂志》，第2卷第5期，1947年10月。
5 杨晦：《罗曼·罗兰的道路》，见杨晦：《杨晦文学论集》，北京：北京大学出版社，1985年，第236—240页。

华和激情的汉译《约翰·克利斯朵夫》，在法国文学乃至外国文学翻译史上，同时，也是在我国的翻译文学历史上，树立了一座迄今令人叹绝的丰碑。正因为傅雷有着不亚于罗曼·罗兰的音乐修养和艺术造诣，有着同样正直的人格和高尚的情怀，他才能在移译《约翰·克利斯朵夫》时，与罗曼·罗兰心有灵犀、相契相通、神交共鸣，从而完好地把握这部音乐巨著的重重韵味，使得《约翰·克利斯朵夫》的汉译成为有口皆碑的翻译经典和荡人心魂的传世佳作，成为阴霾蔽天的年代不灭的精神火炬和照耀迷途的光辉灯塔。

第二节　新中国成立以来《约翰·克利斯朵夫》的生命之旅

1950 年，北京三联书店再版了傅译《约翰·克利斯朵夫》，这是老译本的第七版，也是绝版发行。从 1952 年到 1953 年，上海平明出版社推出傅雷的重译本。傅雷为重译本写下言简意赅的介绍文字。1957 年，人民文学出版社根据平明版重印了《约翰·克利斯朵夫》。

傅译《约翰·克利斯朵夫》所产生的积极影响，从译本诞生之时起，就一直推动着我国对罗兰其他作品的译介。《搏斗》、《哥拉·布勒尼翁》、《现代音乐家评传》、《爱与死的角逐》、《狼群》、《韩德尔传》、《七月十四日》和《罗曼·罗兰革命剧选》等作品于二十世纪五十年代纷纷出版[1]。傅雷翻译的《托尔斯泰传》到 1950 年已是商务印书馆的第六版[2]。1955 年，《译文》1 月号刊发了一组关于罗曼·罗兰的文章。尽管《译文》没加任何编者按，但想来还是为纪念罗曼·罗兰逝世十周年编发。从译介的角度看，上海新文艺出版社 1957 年和 1958 年出版孙梁辑译的《罗曼·罗兰文钞》和《罗曼·罗兰文钞》（续编），也是大事之一，我们从译作中还可以读到罗兰对《约翰·克利斯朵夫》的最早构思。译者所依据的翻译原

---

[1] 分别为：陈实、秋云译，广州：人间书屋，1951 年；许渊冲译，北京：人民文学出版社，1958 年；白桦译，上海：上海群益出版社，1950 年；李健吾译，上海：文艺生活出版社，1950 年；沈起予译，北京：三联书店，1950 年；严文蔚译，新音乐出版社，1954 年；齐放译，北京：作家出版社，1954 年；齐放译，北京：人民文学出版社，1958 年。
[2] 转见罗大冈：《论罗曼·罗兰》（修订本），上海：上海文艺出版社，1984 年，第 422 页。

则"首先力求忠实,其次曲传神韵"[1]则是传统翻译思想中得到普遍认同的观念。

在这期间,不但罗兰的多部作品得到翻译,外人研究罗兰的论著也被及时翻译过来,如法国知名的左翼作家阿拉贡的《论约翰·克利斯朵夫》,译著由上海平明出版社1950年初版,1951年再版,1953年第三次发行,可见译著很受欢迎。译者陈占元在《后记》中还写道:"篇内征引《约翰·克利斯朵夫》原作的地方,俱采用傅雷先生的译文。"[2]其实,陈占元本人也是法文翻译家,但他并没有自己来译阿拉贡论著中出现的罗兰作品的引文,由此也可说明,傅雷的译文已让同行诚服。除阿拉贡的论著外,还有苏联的阿尼西莫夫的《罗曼·罗兰》被翻译过来[3]。

二十世纪六十年代对罗兰作品及有关资料的翻译不多。只有少数期刊偶有译介,如1962年,《世界文学》第9期发表了罗大冈翻译的《若望-雅克·卢梭》。二十世纪七十年代的初期和中期,我国对罗曼·罗兰作品的译介基本停止。快到七十年代末,《世界文学》才发表了罗大冈翻译的《欣悦的灵魂》选段[4]。

进入改革开放时期后,政治日渐明朗,文化领域春归燕回。人民文学出版社于1980年、1981年和1983年连续三次重印了傅译《约翰·克利斯朵夫》,1987年和1997年又两度重印。除人民文学出版社外,漓江出版社(1992)、敦煌文艺出版社(1994)、内蒙古文化出版社(1996)、河南人民出版社(1998)和中国友谊出版公司(2000)等,也各自推出傅雷的译本。安徽人民出版社(1981—1985,1989)和安徽文艺出版社(1990,1992,1998,1999)推出的《傅雷译文集》以及辽宁教育出版社(2002)推出的《傅雷全集》,都收入了傅译《约翰·克利斯朵夫》。台湾的远景出版事业公司也曾(1981)推出了傅雷的译本。这里还没有算及根据傅译缩写、缩编的多个译本的出现[5]。自2016年起,由于傅

---

1 孙梁:《代序》,第XIII页,见孙梁辑译:《罗曼·罗兰文钞》,上海:新文艺出版社,1957年。
2 陈占元:《后记》,见阿拉贡:《论约翰·克利斯朵夫》,陈占元译,上海:平明出版社,1950年,第73页。
3 阿尼西莫夫:《罗曼·罗兰》,侯华甫译,上海:新文艺出版社,1956年。
4 罗大冈译:《欣悦的灵魂》选段,《世界文学》,1978年第2期。
5 如雪岗改写的同名作品,北京:中国少年儿童出版社,1993年;萧萍缩改的同名作品,济南:明天出版社,1996年。

雷版权保护期已过，傅雷译作各种版本出得明显多了，仅《约翰·克利斯朵夫》译本，就有北京日报出版社、中国青年出版社、江苏人民出版社、天津人民出版社、安徽文艺出版社、上海科学技术文献出版社等版本。他的作品全集和译作全集也更新出版。特别是还有一些电子书版本随网络流传阅读。这种种现象虽不能说明傅译何以赢得读者的青睐，但能使我们做出这样的判断：傅译《约翰·克利斯朵夫》一定是翻译文学中的经典力作。

另一方面，自新时期以来，早已深入人心的傅译《约翰·克利斯朵夫》所产生的积极影响，也再一次更为广泛地推动了我国对罗兰其他多姿多彩的文字的译介：在小说方面，如罗大冈翻译的《母与子》和陈实、黄秋耘翻译的《搏斗》[1]。在传记方面，罗曼·罗兰的《贝多芬传》、《米开朗琪罗传》和《托尔斯泰传》组成的《名人传》（又称《巨人三传》）以及《米莱传》、《亨德尔传》、《卢梭的生平与著作》和《贝多芬：伟大的创造性年代》等作品，或初版或重版发行。梁宗岱于1943年翻译出版的《歌德与贝多芬》，也由广西师范大学出版社2002年重新出版（此书还有人民音乐出版社2003年版和华东师范大学出版社2016年版）。收录了罗曼·罗兰的《贝多芬传》、《弥盖朗琪罗传》和《托尔斯泰传》等的《傅译传记五种》，1983年由北京三联书店出版，到1996年已第三次印刷（此书后来还有三联书店1998和2010年版，以及北京十月文艺出版社2004年版）。另外，像《罗曼·罗兰回忆录》、《罗曼·罗兰妙语录》、《罗曼·罗兰箴言录》、《罗曼·罗兰隽语录》、《罗曼·罗兰读书随笔》、《罗曼·罗兰音乐散文集》、《罗曼·罗兰日记选页》、《内心旅程》和《罗曼·罗兰如是说》等凡是罗曼·罗兰写下的文字，都受到了读者的欢迎。罗曼·罗兰的《莫斯科日记》有上海人民出版社（1995）和广西师范大学出版社（2003年出版，该译本于2014年又由东方出版社出版）等译本。孙梁辑译的《罗曼·罗兰文钞》新版把原先出版的正编和续编合为一册，由上海译文出版社1985年出版，2004年又由广西师范大学出版社重新出版。罗大冈编选的《认识罗曼·罗兰：罗曼·罗兰谈自己》，

---

[1] 罗大冈译：《母与子》（上、中、下），北京：人民文学出版社，1980年（上），1985年（中），1987年（下）。陈实、黄秋耘译：《搏斗》，广州：广东人民出版社，1980年。《搏斗》是《母与子》中的一卷。

1988年由中国社会科学出版社出版,是"外国文学研究资料丛书"之一种,很有用。2001年,我们还看到了钱林森编译的《罗曼·罗兰自传》。钱林森在《后记》中表达了他那一代人对罗曼·罗兰的普遍的认识和情感。

在此更值得一提的是,自二十一世纪伊始,我国又出现了《约翰·克利斯朵夫》多种译本并存的局面,其中引起关注的有许渊冲的译本[1]和韩沪麟的译本[2]。二人的译本均有再版[3]。

自二十世纪八十年代以来,国外学者研究罗兰及其作品的成果也得到翻译。具体情况分为两种:一是这一时期首次出版的论著或发表的文章;二是在此之前已出版或发表过的作品的再版再发表。前一情况如莫蒂列娃的《罗曼·罗兰的创作》[4];后一情况中最突出的例子,是茨威格的《罗曼·罗兰传》,至少可以找到湖南人民出版社(1984)、湖南文艺出版社(1993)、漓江出版社(1999)[5]、华夏出版社(2002)和团结出版社(2003)的版本。

自从1941年傅译《约翰·克利斯朵夫》全套面世后,在中国广大读者尤其青年读者中,掀起了一浪又一浪的阅读热潮,直至二十世纪五十年代中期,仍势头不减。然而另一方面,自五十年代中期起,我国意识形态领域的工作越抓越紧,政治运动一个接着一个地展开。于是,我国文化界的一些上层人士便把思想问题的矛头,对准了这部在广大知识分子和青年读者中"长期产生""不良影响"的外国名著。

五十年代中期,面对所谓的"胡风反革命集团"利用《约翰·克利斯朵夫》来宣扬他们的"主观战斗精神",和不少知识分子因受《约翰·克利斯朵夫》影响而变成"右派分子"的情形,《读书月报》1957年第12期刊登了王册的《建议讨论〈约翰·克利斯朵夫〉》,并拟出下列讨论提纲:"一、个人主义有高尚的与庸俗的区别吗?约翰·克利斯朵夫表现了怎样的个人主义呢?他的个人主义是进步的呢,还是落后的呢?二、约

---

[1] 罗曼·罗兰:《约翰·克里斯托夫》,许渊冲译,长沙:湖南文艺出版社,2000年。
[2] 罗曼·罗兰:《约翰·克利斯朵夫》,韩沪麟译,南京:译林出版社,2000年初版,2002年再版。
[3] 许渊冲重译本见许渊冲编:《罗曼·罗兰精选集》,北京:燕山出版社,2004年。译文开篇略有修改。
[4] 莫蒂列娃:《罗曼·罗兰的创作》,卢龙等译,上海:上海译文出版社,1989年。
[5] 漓江出版社的版本名为《罗曼·罗兰》,吴裕康译。

翰·克利斯朵夫反抗了什么东西？反抗的是怎样的社会？他是用什么态度去反抗的？反抗的目的是什么？三、约翰·克利斯朵夫拥护'精神自由'、'个性解放'、'充分发展艺术家的天才'、'自我完成'等等，他这样做对吗？四、《约翰·克利斯朵夫》是一部有进步意义的书呢？还是一部有消极意义的书呢？你是如何估价它的？"于是，从1958年第1期至第5期，《读书月报》在《关于〈约翰·克利斯朵夫〉的讨论》专栏下，共计刊发了十三篇文章，使得我国二十世纪五十年代的《约翰·克利斯朵夫》研究，成为一次具有特殊的历史内涵并以大批判为主的"讨论"活动。

《读书》刊发的最后一篇文章，是冯至的《对于〈约翰·克利斯朵夫〉的一些意见》。从《读书》杂志的安排看，是把它作为一篇总结性的文章编发的，所以，该文实际也代表了《读书》给予读者的意见。冯文最后说："我们现在对待这部小说，只能把它当作二十世纪初期欧洲资产阶级一些要求进步的知识分子的思想记程碑来看，……如果不顾时代的不同，只为受了感动就向他（克利斯朵夫）'学习'，那么势必会演出一出可怜而又可笑的堂·吉诃德式的悲喜剧。"[1]

为了"能对《约翰·克利斯朵夫》有更深刻更正确的了解"[2]，作家出版社在同年七月又迅速发行了一本五万字的小册子《怎样认识〈约翰·克利斯朵夫〉》，收选了三篇"比较系统的、全面的"论文，并把荃麟的《修正主义文艺思想一例》中谈及克利斯朵夫的"有指导意义"的一段，节录在卷首。荃文主要强调：排除时代条件，抽象地接受克利斯朵夫的人生观念和人生态度，作为新社会中我们的人生观念和人生态度，显然不是对于这部作品的忠实态度[3]。冯至的《对于〈约翰·克利斯朵夫〉的一些意见》也收入该小册子，可见此文确是作为一种"定论"推向读者的。其中最后一篇是罗大冈的《〈约翰·克利斯朵夫〉及其时代》，主要是通过作品反映的时代来谈作品中的资产阶级思想。罗文与之前他发表的《约翰·克

---

[1] 冯至：《对于〈约翰·克利斯朵夫〉的一些意见》，《读书》，1958年第5期。《读书月报》从1958年第4期改名为《读书》。
[2] "出版说明"，第1页，见作家出版社编辑部编：《怎样认识〈约翰·克利斯朵夫〉》，北京：作家出版社，1958年。
[3] 荃麟：《修正主义文艺思想一例》，见作家出版社编辑部编：《怎样认识〈约翰·克利斯朵夫〉》，北京：作家出版社，1958年，第1—3页。荃麟即邵荃麟的笔名。

利斯朵夫这个人物——给青年的一封公开信》[1]保持了认识上的一致性，但在行文论述时，采取了相对谨慎和辩证的手法。而在后文中，就连罗大冈本人也承认，其"说法""不够周密"，"的确把克利斯朵夫批判得过火了一些"[2]。

由于那是一个"左"倾路线越来越得势的年代，"左"的意识形态已渐渐操控主流话语，"左"倾思想开始不停地影响着我国的一些学术权威，我们完全可以说，二十世纪五十年代在我国开展的对《约翰·克利斯朵夫》的评论，在主流话语里，实质是对它的一次不折不扣的"拷问"。

二十世纪六十年代对傅译罗兰作品《约翰·克利斯朵夫》的研究，主要体现在罗大冈的三篇论文中。第一篇《〈约翰·克利斯朵夫〉与资产阶级人道主义》指出："个人主义和资产阶级人道主义，正是《约翰·克利斯朵夫》思想内容方面的严重局限性的表现。"[3]另一篇"与此衔接"的《罗曼·罗兰在创作〈约翰·克利斯朵夫〉时期的思想情况》，长达三万五千字，除继续深入批判作品中的个人主义和资产阶级人道主义外，还指出："神秘主义倾向影响了《约翰·克利斯朵夫》的整个创作过程"；"克利斯朵夫的悲剧就是作者自己的悲剧。这悲剧的原因不是别的，就是小资产阶级知识分子的两面性的矛盾"[4]。文章中的不少认识后来被作者自己修改或删除[5]。第三篇《〈约翰·克利斯朵夫〉和文学遗产的批判继承问题》[6]刊登在《人民日报》上，这就意味着它在当时代表着一种相当"正确"的观点。文章主要还是提醒人们注意作品中的两个消极因素：个人主义和人道主义。

二十世纪七十年代初期和中期，对罗兰及其作品《约翰·克利斯朵夫》的研究很少见到，大概是因为对于这部作品，早已有了统一的、"深刻的"、基本也是定论式的评价了。到七十年代末，《世界文学》才发表了

---

[1] 罗大冈：《约翰·克利斯朵夫这个人物——给青年的一封公开信》，《中国青年》，1957年第23期。
[2] 罗大冈：《答刘智、郭襄二位同志》，《读书》，1958年第4期。
[3] 罗大冈：《〈约翰·克利斯朵夫〉与资产阶级人道主义》，《文艺报》，1961年第9和第10期。
[4] 罗大冈：《罗曼·罗兰在创作〈约翰·克利斯朵夫〉时期的思想情况》，《文学评论》，1963年第1期。
[5] 见罗大冈：《罗大冈学术论著自选集》，北京：北京师范学院出版社，1991年。
[6] 罗大冈：《〈约翰·克利斯朵夫〉和文学遗产的批判继承问题》，《人民日报》，1964年3月22日。

罗大冈的《罗曼·罗兰的长篇小说〈欣悦的灵魂〉》。文章试图阐明，《欣悦的灵魂》的"重要性显然超过《约翰·克利斯朵夫》"[1]，并大有为《欣》鸣不平的态势。

应当承认，正如柳鸣九所说，《约翰·克利斯朵夫》"是建国以后外国文学中不仅不被善待，反而最受虐待的一部名著，对它的'严正批判'、'肃清流毒'、'清除污染'，几乎从未中断"[2]。如果说，二十世纪五十年代，傅译《约翰·克利斯朵夫》遭受了一场不折不扣的真正的"拷问"，那么，"文革"十年便是它的又一次实实在在的漫长的受难，傅译《约翰·克利斯朵夫》成了一部风雨中的经典。但是，无论经历什么样的"拷问"，无论经历多么漫长的风雨，在读者心中，傅译《约翰·克利斯朵夫》始终是不灭的地下火种。

傅译《约翰·克利斯朵夫》取得的成功、产生的效应，不仅推动了对罗兰其他作品的译介工作，也推动了对这部巨著及作者本人的研究工作的展开。1979年2月，上海文艺出版社出版了罗大冈的《论罗曼·罗兰》。这部三十四万字的研究专著完稿于1976年6月，在粉碎"四人帮"两年后出版，已显得不合时宜，很快引来"纷纷的批评与指责"。1980年，《文汇增刊》发表了《不要再对罗曼·罗兰和〈约翰·克利斯朵夫〉泼污水吧》[3]。不久，《文艺情况》也发表了《为〈约翰·克利斯朵夫〉说几句公道话》[4]。也就在同一时间，《读书》杂志上前后出现了三篇质疑文章:《〈约翰·克利斯朵夫〉在中国》[5]、《要作具体分析》[6]和《重读〈约翰·克利斯朵夫〉的随想》[7]。

面对"北京上海等地的报刊"上出现的批评文章，罗大冈在《外国文学研究》上回答了记者的提问，认识到，"对经典著作的研究不能采取教条主义和实用主义的态度"，"不能把文艺作品和一般思想论文同样对

---

1 罗大冈:《罗曼·罗兰的长篇小说〈欣悦的灵魂〉》,《世界文学》,1978年第2期。
2 柳鸣九:《罗曼·罗兰与〈约翰·克利斯朵夫〉的评价问题》,《社会科学战线》,1993年第1期。
3 贺之:《不要再对罗曼·罗兰和〈约翰·克利斯朵夫〉泼污水吧》,《文汇增刊》,1980年第1期。
4 秋耘:《为〈约翰·克利斯朵夫〉说几句公道话》,《文艺情况》,1980年第6期。
5 成柏泉:《〈约翰·克利斯朵夫〉在中国》,《读书》,1980年第8期。
6 胡静华:《要作具体分析》,《读书》,1980年第10期。
7 柳前:《重读〈约翰·克利斯朵夫〉的随想》,《读书》,1980年第12期。

待"[1]。通过几年的再研究，1984年10月，他拿出了《论罗曼·罗兰》（修订本）。两个版本中让我们最关心的，自然是作者关于《约翰·克利斯朵夫》的评论。上述"纷纷的批评与指责"，多半涉及罗大冈对这部著作的观点。在1979年版的论著中，作者在《约翰·克利斯朵夫》的标题下，撰写了约两万字的旗帜鲜明的批判文章。而在1984年的修订本中，罗大冈在同一标题下，写下一万多文字，取代原先内容。作者分"伟大的心"、"个人社会主义"、"反抗"和"音乐小说"四个部分加以论述，从这几个小标题也可看出，原先那种要彻底肃清流毒的批判性大大淡化。不过同时，作者也这样说明："分析这部小说的精华所在，……并不意味着否定以前我们对于这部作品的资产阶级人道主义和个人主义的批判，而是相反，使以前的批判更全面、更深入。"[2]

在此还可以提及《论罗曼·罗兰》一书的"总结"。在1979年版的论著中，作者"总结"的标题是《历史的评价与教训》，也确是以"罗曼·罗兰的事例给我们的历史教训"作为全书最后的结束语的。而在1984年的修订本中，作者删掉了"历史教训"那一部分，增补了新的更相称的评价，并把"总结"的标题改为《一位目光坚定地注视着未来的作家》。1987年，作者再次修改了结束语的标题，修订为《先生之风山高水长》[3]，从中也可以看出作者对罗曼·罗兰认识的发展脉络。

不管是出于情愿还是不情愿，罗大冈对罗曼·罗兰及《约翰·克利斯朵夫》进行了长达二十年的研究，在客观上一直起着不可否认的学术权威的作用。他说过："我自己研究的大范围是法国文学，小范围是法国二十世纪文学，小圈圈是罗曼·罗兰。"[4]他对罗曼·罗兰及《约翰·克利斯朵夫》的研究评论，无论观点是正确还是有误，都是相当深刻而且很有代表性的，曾经产生过不可忽视的影响。从另一方面说，1979年开始围绕罗大冈的两本《论罗曼·罗兰》引发的探讨表明，我国的学术界、知识界和读书界在改革开放的新形势下，正在拂去落在这部西方文学名著上面的灰

---

1 罗大冈：《罗大冈同志答本刊记者问——谈谈〈论罗曼·罗兰〉一书问题》，《外国文学研究》，1981年第1期。
2 罗大冈：《论罗曼·罗兰》（修订本），上海：上海文艺出版社，1984年，第172—187页。
3 罗大冈：《罗大冈学术论著自选集》，北京：北京师范学院出版社，1991年，第276页。
4 转见闻笛、张帆：《罗大冈谈外国文学翻译和研究》，《大学生》，1982年第2期。

尘，正在为这部翻译文学的经典正本清源。

不可否认，没有傅雷的翻译活动，没有傅雷参与作品的再创造，罗兰的《约翰·克利斯朵夫》在中国不可能产生如此巨大的影响。从这个认识上讲，翻译的力量也一再推动了我国学人对傅译《约翰·克利斯朵夫》的研究，使得这部翻译文学经典自八十年代以来成为多维透视下的探讨热点。

1980年，郑克鲁发表了《谈谈罗曼·罗兰的〈约翰·克利斯朵夫〉》[1]。这是八十年代初对《约翰·克利斯朵夫》评论篇幅最长、观点最为适度的一篇文章。作者从小说的思想性和艺术性两大方面进行了探讨。李清安1989年发表的《重读〈约翰-克利斯朵夫〉》是"要以新时期所应允我们的比前较为开放的目光，重新认识一下对我们无比亲切的罗曼·罗兰，和他的《约翰-克利斯朵夫》"[2]。文章虽篇幅不长，却有新的发现和独到的见解，给后人的研究也带来启发[3]。

进入二十世纪九十年代，柳鸣九的《罗曼·罗兰与〈约翰·克利斯朵夫〉的评价问题》，以其对过去极"左"观点的有力批判和对前期权威观点的鲜明反拨，而醒目于学界，他的论述深刻、合理，令人信服，既代表了九十年代研究《约翰·克利斯朵夫》的一个新的水平，也预示了此后研究《约翰·克利斯朵夫》的一个健康方向。柳鸣九强调指出：《约翰·克利斯朵夫》中的"思想文化内涵、艺术气息、人格力量、人道主义，是历史长河中至今最良性的一部分积淀，是人类精神发展中最优秀的一部分积累。……它们的价值是永恒的，不会随制度、路线、政权、帝国、联盟的嬗变而转移"[4]。还有一篇思路新颖独特的文章，就是王安忆的《〈约翰·克利斯朵夫〉的世界》。这篇文章的独特性表现在，王安忆把自己设想为《约翰·克利斯朵夫》的作者，向我们一步一步地讲解了这部作品的"创作工艺"，她的解说既带有一个作家特有的视角和思路，也带有一个作家特有的敏锐和自信。文章是作为"小说学课程"里的一章来讲的，也就是

---

1 郑克鲁：《谈谈罗曼·罗兰的〈约翰·克利斯朵夫〉》，《春风译丛》，1980年第2期。
2 李清安：《重读〈约翰-克利斯朵夫〉》，《读书》，1989年第2期。
3 如《安徽师范大学学报》（哲学社会科学版）1994年第4期发表的范传新的《〈约翰-克利斯朵夫〉的象征意蕴》一文。
4 柳鸣九：《罗曼·罗兰与〈约翰·克利斯朵夫〉的评价问题》，《社会科学战线》，1993年第1期。

说,《约翰·克利斯朵夫》可以作为小说创作的一个典范[1]。

上述几篇文章是新时期以来对《约翰·克利斯朵夫》的探讨中显得突出的几篇。此外,在二十世纪八十年代,还有研究涉及《约翰·克利斯朵夫》的"主题思想"[2]、"自我追求"[3]、"女性形象"[4]和"个人英雄主义"[5]等命题。进入九十年代,对《约翰·克利斯朵夫》的探讨文章明显增多,涉及范围更广。其中《〈约翰·克利斯朵夫〉英雄乐章的内化与外化》达到一定的学术水平。还有文章对《约翰·克利斯朵夫》的"大河式艺术结构"[6]、"结构艺术"[7]、"象征意蕴"[8]和"文化内涵"[9]等命题进行了关注;有的从"悲怆与欢乐的和谐交响"[10]、"力与爱的生命"[11]和"孤独的英雄"[12]等视角做了探讨。新时期里,鉴于"真诚""朴质(朴实)"与罗曼·罗兰的风格和人格的紧密关联,一些论者不约而同地对《约翰·克利斯朵夫》进行了这两方面的观照[13];鉴于"音乐小说"既是罗曼·罗兰创作之前按它酝酿构思的艺术形式,也是作品完成后最终呈现出来的艺术特色,这部巨著的"音乐性"特征又成为论者不约而同地进行探讨的另一个焦点[14]。而从翻译的角度来探讨作品中的音乐问题,首推刘靖之的《〈约翰·克利斯朵夫〉里有关音乐和音乐的翻译》[15],它无疑是对《约翰·克利斯朵夫》所做的翻译文

---

[1] 王安忆:《〈约翰·克利斯朵夫〉的世界》,《小说家》,1997年第2期。
[2] 姜超:《罗曼·罗兰的思想和〈约翰·克利斯朵夫〉的主题》,《齐鲁学刊》,1986年第2期。
[3] 张唯嘉:《论约翰·克利斯朵夫的自我追求》,《湘潭大学学报》(社会科学版),1982年第4期。
[4] 王群:《试论〈约翰·克利斯朵夫〉中的女性形象》,《扬州师院学报》(社会科学版),1982年第3和第4期。
[5] 马中红:《试论克利斯朵夫的个人英雄主义》,《淮阴师专学报》(社会科学版),1985年第2期。
[6] 张世君:《〈约翰·克利斯朵夫〉的大河式艺术结构》,《西南师范大学学报》(哲学社会科学版),1990年第1期。
[7] 秦群雁:《〈约翰·克利斯朵夫〉的结构艺术》,《外国文学研究》,1990年第4期。
[8] 范传新:《〈约翰-克利斯朵夫〉的象征意蕴》,《安徽师范大学学报》(哲学社会科学版),1994年第4期。
[9] 杨玉珍:《〈约翰·克利斯朵夫〉深广的文化内涵》,《吉首大学学报》(社会科学版),1996年第4期。
[10] 孔祥霞:《悲怆与欢乐的和谐交响——论〈约翰·克利斯朵夫〉》,《浙江大学学报》(社会科学版),1996年第1期。
[11] 肖四新:《力与爱的生命——论约翰-克利斯朵夫对奴性的反抗》,《法国研究》,1997年第1期。
[12] 赵青:《孤独的英雄——克利斯朵夫》,《黔南民族师专学报》,1999年第2期。
[13] 如许金生:《克利斯朵夫——真诚地追求真善美的人》,《外国文学研究》,1981年第2期;壬夫:《用"真诚"和"朴质"构筑不朽的里程碑——罗曼·罗兰与〈约翰·克利斯朵夫〉》,《文学青年》,1984年第4期。
[14] 如蔡先保:《试论〈约翰·克利斯朵夫〉的音乐性》,《法国研究》,1996年第1期;王化伟:《〈约翰·克利斯朵夫〉的音乐特性浅议》,《贵州文史丛刊》,1998年第2期;王锡明、董焰:《论〈约翰·克利斯朵夫〉的音乐性》,《荆州师范学院学报》,2002年第1期。
[15] 刘靖之:《〈约翰·克利斯朵夫〉里有关音乐和音乐的翻译》,见刘靖之:《神似与形似——刘靖之论翻译》,台北:书林出版有限公司,1996年,第311—334页。

学评论中的一个亮点。刘靖之对傅译《约翰·克利斯朵夫》音乐艺术价值的指认，对作者罗曼·罗兰和译者傅雷之间"缘分"的确定，以及对傅雷"在欧洲音乐文化与音乐名词术语中译上的贡献和影响"的揭示，构成了这篇文章独树一帜的学术价值。

改革开放以来，我国的比较文学，在经历了"重新萌芽"[1]之后，随着世界文化交流的发展，取得长足进步。不少论者也开始从比较文学的角度，运用比较文学的种种方法对罗曼·罗兰及其作品加以分析、研究。这一方面的评论文章，有对罗曼·罗兰与托尔斯泰"心理描写方法的比较"[2]；有从"人格三要素"来探讨《约翰·克利斯朵夫》、《牛虻》和《马丁·伊登》三部作品中的"真诚及对真善美的追求"[3]；也有探讨克利斯朵夫性格中的异质与俄国文学的关系[4]。在此，我们还会读到钱林森的《三和弦：良伴、向导、勇士——罗曼·罗兰与中国》[5]。文章从影响研究和平行研究双重视角，考察了罗兰及其作品与中国读者、作家的关系，不仅可为他人的研究提供资料性的参考，也可为他人的研究提供观点性的启发。作者对罗曼·罗兰及《约翰·克利斯朵夫》在中国经历的"肯定—否定—再肯定"轨迹的描述，有助于我们进一步思考这部作品经久不灭的永恒价值。

另外，改革开放以来关于罗曼·罗兰的研究，已经出版了《罗曼·罗兰》[6]、《欣悦的灵魂：罗曼·罗兰》[7]和《罗曼·罗兰传》[8]等专著。在这些研究中，也少不了对《约翰·克利斯朵夫》的评论。

综观二十世纪五十至七十年代，从译介的角度看，傅雷完成的对《约

---

1 季羡林：《序》，第1页，见乐黛云等：《比较文学原理新编》，北京：北京大学出版社，2003年。
2 蒋连杰：《托尔斯泰与罗曼·罗兰心理描写方法的比较》，见朱维之等：《比较文学论文集》，天津：南开大学出版社，1984年，第313—322页。
3 许金生：《真诚，以及对真善美的追求——从"人格三要素"漫谈三部外国小说》，《北京社会科学》，1987年第2期。
4 王少杰、王志耕：《约翰·克利斯朵夫性格的异质与俄国文学》，《河北师范大学学报》（哲学社会科学版），2000年第2期。
5 钱林森：《三和弦：良伴、向导、勇士——罗曼·罗兰与中国》，《南京大学学报》（哲学·人文科学·社会科学版），1990年第3期。
6 陈周芳：《罗曼·罗兰》，沈阳：辽宁人民出版社，1985年。
7 杨晓明：《欣悦的灵魂：罗曼·罗兰》，成都：四川人民出版社，1997年。
8 刘蜀贝：《罗曼·罗兰传》，北京：中国广播电视出版社，2003年。

翰·克利斯朵夫》的重译工作,首先是罗兰作品译介中的一件大事,也是外国文学翻译中的一件大事,因为重译使得这部皇皇巨著的艺术风格更为浑成,使它继续成为中国读者最喜爱的外国作品之一。它"不仅吸引了不少的青年学生,也引起了一般干部的注意"[1]。完全可以说,傅译《约翰·克利斯朵夫》丰富了新中国初年的文化生活。从研究的角度看,在新中国成立到改革开放前这段时间,无论经历什么样的政治运动,对《约翰·克利斯朵夫》的评论,在主流话语那里,观点都具有连贯性,并带有"左"的批判性,分歧只是批判的轻重有所不同。罗大冈在这一时期,针对《约翰·克利斯朵夫》写下了十多万字的文章,既表现了他对《约翰·克利斯朵夫》前后一致的认识,也表现了一个学者少有的连续不断的学术关怀。他的大量而有力度的文章,使他毫无疑问地成为这一阶段评论《约翰·克利斯朵夫》的主力军。

在此有必要指出,傅雷在"反右扩大化"运动中,于1958年4月被戴上"右派分子"的帽子。尽管原因是多重的,但也可以说,与他翻译出《约翰·克利斯朵夫》不无关系。

若再回顾改革开放以来傅译《约翰·克利斯朵夫》在我国的传播,可以说,1980年由人民文学出版社率先重印出版的这套巨著,在当时的读者中再度引起了热烈的反响。重印的傅译《约翰·克利斯朵夫》不仅在内地重新赢得广大读者,而且,也随着文化开禁的春风吹到香港,引起港人的阅读热情。然而,罗大冈为其所作的《译本序》偏冷的写作格调,与作品中表现出的热情和积极向上的精神格调很不吻合。而且,重印本还抽掉了傅雷写的火热的《译者献辞》和深刻的《译者弁言》!可笑的是,还有论者因《译本序》误以为《约翰·克利斯朵夫》是罗大冈所译[2]。然而,《译本序》的冷淡低调并不妨碍新时期各家出版社对小说的青睐,原作的艺术魅力和译文的高水准使得各家出版社能够确信,曾经拥有千万读者,影响了一代又一代优秀青年的傅译《约翰·克利斯朵夫》,未来还会拥有广大的读者,还会影响积极进取的青年,因而它们纷纷推出傅雷的译本,不少译本后来也恢复了原先的内容安排。

---

[1] 袁可嘉:《欧美文学在中国》,《世界文学》,1959年第9期。
[2] 见潘皓:《关于罗曼·罗兰和〈约翰·克利斯朵夫〉的评价问题》,见曾繁仁编:《20世纪欧美文学热点问题》,北京:高等教育出版社,2002年,第285页。

从改革开放以来对《约翰·克利斯朵夫》的研究看，罗大冈的《论罗曼·罗兰》1979 年版虽面世于政通人和之日，却反映了"四人帮"横行时期我国的文学研究领域存在着的极"左"倾向，说明意识形态领域里的问题，不是一朝一夕就能彻底拨乱反正的。也正因为罗大冈当时的观点还代表了以前的陈旧思想，不少论者纷纷提出质疑，引发出改革开放后外国文学经典的讨论中最受关注、最为热烈的一个局面。此外，对《约翰·克利斯朵夫》的评价问题上，有一个明显特点，就是前后存在两种截然不同的观点：一种以罗大冈为代表，认为《母与子》的重要性超过《约翰·克利斯朵夫》；另一种以柳鸣九为代表，认为把《母与子》"尊奉为罗曼·罗兰的代表作，显然是一种缺乏实事求是之意的偏颇"，应"恢复对《约翰·克利斯朵夫》的真谛精华的评价"[1]。前一种观点因反映了唯政治论的倾向，与思想的解放和学术的发展越来越不协调，渐渐地退出学术舞台；后一种观点因注重文艺自身的规律、法则以及客观事实，而有越来越多的学者，朝着这个方向，去继续深入地研究、探讨《约翰·克利斯朵夫》。

第三节 《财主底儿女们》与《约翰·克利斯朵夫》的不解之缘

在中国作家中，鲁迅、巴金、茅盾、胡风、梁宗岱及路翎等和罗曼·罗兰之间，都有缘可探。概括说来，鲁迅与罗兰是东、西两位相互推崇、相互敬慕的"精神战线上"的勇敢"战士"，也都是"最理想的人性"的捍卫者，前者敢做"单身鏖战的武人"，后者高举"精神独立"的"大勇主义"旗帜；巴金从罗曼·罗兰那里接受了"爱真爱美爱生命"[2]的信条，汲取了"和一切挣扎"的"勇力"，他们既具有共同的美学原则——如求真、简约和自然的写作风格，也具有完全一致的思想关怀——热爱人类；茅盾最早讴歌了"批评人生"、"充实人生"并"开示将来给我们看"的《约翰·克利斯朵夫》，他从文艺流派的层面上，针砭了当时缺乏"真

---

[1] 柳鸣九：《罗曼·罗兰与〈约翰·克利斯朵夫〉的评价问题》，《社会科学战线》，1993 年第 1 期。
[2] 明兴礼：《巴金的生活和著作》，王继文译，上海：文风出版社，1950 年，第 57 页。

确人生观"的自然主义和"丰肉弱灵"的写实主义,接纳《约翰·克利斯朵夫》为"新浪漫主义"的代表,后来调整为"新理想主义";胡风始终高度赞扬《约翰·克利斯朵夫》这部"呐喊着为推翻黑暗和为人类未来而奋斗的作品"[1],他从洋溢着人道主义情怀、理想主义情操和英雄主义气概的《约翰·克利斯朵夫》中,获取了可以支持其独特的现实主义文艺美学思想——"主观战斗精神"的感性材料。除鲁迅与罗兰之间的关系主要属于平行研究的范围外,在我国欣赏、喜爱罗兰的作家身上,都可以找到他们"接受"罗兰及其作品《约翰·克利斯朵夫》的印迹。而在接受者中,几乎每一位都主要从精神、道德和思想上接纳了罗兰及其作品,正如梁宗岱所说,"在精神或道德方面,罗曼·罗兰给与我同样不可磨灭的影响",《约翰·克利斯朵夫》是"我们精神底灵丹和补剂"[2];茅盾即便站在文艺理论的高度认识和接受《约翰·克利斯朵夫》的时候,也充分肯定了它可以"提起国内青年的精神","教我们以处恶境而不悲观,历万苦而不馁的真勇气"[3];《约翰·克利斯朵夫》在鼓舞胡风对现实主义文学的创作规律进行坚定执着探索的同时,也构成他在与世隔绝的生活中的精神支柱,一如他所说,作品中"那种巨大的激情支持了我度过艰难的日子"[4];巴金与罗兰之间既有平行研究的探索领域,也有影响研究的重要话题,而从影响方面看,巴金曾坦率地承认,"罗兰的英雄主义"给了他"很大的影响",使他接受了"把生命视为斗争的观念"[5]。此外,作家王西彦也深有感触地认为,《约翰·克利斯朵夫》"独具那种震撼人心的道德力量"[6];当代诗人于坚清楚地说过,《约翰·克利斯朵夫》"给我的东西主要不是文学上,而是思想上的"[7]。以上基本可以说明,大多中国作家很少从创作形式和艺术手法上接近罗兰,他们主要是接受了罗兰及其作品中的精神力量,并以此为助力,推动他们的创作活动,并在创作活动中去实践那种人格与风格的一

---

[1] 转见路翎:《胡风谈他的文学之路》,见张业松编:《路翎批评文集》,珠海:珠海出版社,1998年,第270页。
[2] 梁宗岱:《忆罗曼·罗兰》,见梁宗岱:《诗与真·诗与真二集》,北京:外国文学出版社,1984年,第207—210页。
[3] 茅盾:《杂感》,见《茅盾全集》第18卷,北京:人民文学出版社,1989年,第368—369页。
[4] 胡风:《略谈我与外国文学》,《中国比较文学》,1985年第1期,第177页。
[5] 转见明兴礼:《巴金的生活和著作》,王继文译,上海:文风出版社,1950年,第57—58页。
[6] 王西彦:《打开的门窗——我和外国文学》,《中国比较文学》,1985年第1期,第195—197页。
[7] 小凤:《约翰·克利斯朵夫/破浪/谢南多——诗人于坚访谈录》,《当代小说》,2003年第10期,第47—48页。

致的。

然而，路翎却除外，他在文学创作上受罗曼·罗兰的影响，比在精神思想上受其影响更为突出。同时，正因为很少有中国作家"从纯文学的角度接近罗兰"[1]，在这一方面进行探讨将别有价值。而且，路翎创作的《财主底儿女们》已经留下多重线索，值得我们研究考察。下面，我们就以《财主底儿女们》为例，从人物塑造与心灵刻画，创作的题材与体裁，以及小说的内容、作意与结局等方面，具体考察《约翰·克利斯朵夫》在路翎创作《财主底儿女们》的过程中所起的"伴侣"作用。

早在二十世纪四十年代，英姿焕发、才华倾世的路翎，就对罗曼·罗兰及其作品《约翰·克利斯朵夫》表达了自己深深的迷醉。1945年，二十二岁的路翎在《〈何为〉与〈克罗采长曲〉》中，把罗曼·罗兰视为"向着未来的伟大的理想主义者"，《约翰·克利斯朵夫》是罗兰"不以单纯的理论为满足"，而"热情地与联系着社会矛盾的人生痛苦搏斗"后"产生的伟大的诗"[2]。同一年，路翎写下了《认识罗曼·罗兰》这篇"足以代表中国年轻的精神战线对他（罗兰）的顶礼"的文章[3]。路翎认为，罗曼·罗兰是一个在"苦闷的时期""反抗""庸俗和丑恶"的"热情的斗争者"，他虽然有着"强烈的痛苦"，但也有着"英雄的心愿"，更有着"崇高而热烈的一个观念"，正是这种崇高的观念，给了他崇高的热情和"巨人的力量"，使他能够"孤独地在庸俗的、投机的生活潮流里""战斗"。作者还认为，《战争与和平》是向着过去的作品，而克利斯朵夫——"贝多芬在罗曼·罗兰底精神上底投影"，则"是永远地向着人类底未来的"。克利斯朵夫无疑是"一个个人底抱负"，但他不是我们所理解的个人英雄主义，也不是我们所理解的群众英雄，罗曼·罗兰创造了一个"不和卑俗论争"，"不着眼于平凡男女"，不满足于"混沌的生活"的轻视当时"腐败的制度"的人物，这个人物和罗曼·罗兰一样有着"崇高的境界"。

---

1 钱林森：《法国作家与中国》，福州：福建教育出版社，1995年，第535页。
2 路翎：《〈何为〉与〈克罗采长曲〉》，《希望》，第1卷第1期，1945年1月，第104页。
3 胡风：《略谈我与外国文学》，《中国比较文学》，1985年第1期，第178页。

1947年9月,《泥土》第四辑《新书预告栏》把《财主底儿女们》比作"中国的《约翰·克利斯朵夫》"[1]介绍给广大中国读者。这种比喻不是没有道理的,二者之间确实存在不少共通之处,最主要的表现在以下两个方面:一、罗曼·罗兰和路翎各自塑造的主要人物克利斯朵夫和蒋纯祖两人在禀性气质、精神面貌、人生观和价值观上有着相似或相近之处。两人都是愤世嫉俗的知识分子,都憎恶一切腐朽、堕落、虚伪和污秽的东西,追求自由、爱情和个性解放,真诚地向往光明,鄙视混沌人生,具有反抗黑暗、叛逆社会乃至挑战权贵和搏击命运的勇气,试图通过个人奋斗实现梦想,在泥泞坎坷的人生道路上,历尽磨难,一再挣扎、抗争和搏斗。二、罗曼·罗兰和路翎都描写了各自的主人公"在精神方面所经历的艰险"。前者描写了克利斯朵夫"征服内界的战迹"[2];后者"描写了蒋纯祖艰难痛苦的心灵搏斗"[3],其"精神世界的汹涌波澜"[4]。路翎在创作过程中,"没有把重点放在对社会现象如战争、恐慌、灾难等方面,而是突出地、强烈地描写一个人物内心世界的变化,精神上的发展",让读者看到了"蒋纯祖心灵与现实碰撞、精神与环境冲突的历史"[5]。这种"重人物的心灵、轻社会场景"的倾向,被评论界认为是《财主底儿女们》被称作"中国的《约翰·克利斯朵夫》"的一个重要的因素,而且,这种"灵魂的开掘"也使路翎获得了"灵魂奥秘的探索者"[6]的称号,无论其得与失,都被指认为"路翎对(中国)现代文学的贡献"[7]。

除上述主要的两点外,从创作题材上看,克利斯朵夫从德国到法国到瑞士到意大利的闯荡生涯,也完全符合路翎对流浪汉型人物的领悟与偏好,对于塑造蒋纯祖这个流浪汉型的角色,多少有一点推助;尽管蒋纯祖

---

[1] 转见杨义:《路翎——灵魂奥秘的探索者》,见杨义、张环编:《路翎研究资料》,北京:十月文艺出版社,1993年,第191页。
[2] 傅雷:《约翰·克利斯朵夫·译者献辞》,见傅敏编:《傅雷译罗曼·罗兰名作集》,郑州:河南人民出版社,1998年,第3页。
[3] 杨义:《路翎——灵魂奥秘的探索者》,见杨义、张环编:《路翎研究资料》,北京:十月文艺出版社,1993年,第191页。
[4] 胡风:《〈财主底儿女们〉序》,见杨义、张环编:《路翎研究资料》,北京:十月文艺出版社,1993年,第69页。
[5] 李辉:《路翎和外国文学——与路翎对话》,《外国文学》,1985年第8期,第53—54页。
[6] 杨义:《路翎——灵魂奥秘的探索者》,见杨义、张环编:《路翎研究资料》,北京:十月文艺出版社,1993年,第175—191页。
[7] 钱理群:《探索者的得与失——路翎小说创作漫谈》,见杨义、张环编:《路翎研究资料》,北京:十月文艺出版社,1993年,第172页。

活动的"舞台由苏州、上海、南京、江南原野、九江、武汉以至重庆、四川农村",相形见小,但也足以表现"流浪者有无穷的天地"的豪迈,并且通过蒋纯祖的孤独飘零、浪迹天涯,成功地展现了主人公那"激荡的境界、痛苦的境界、阴暗的境界、欢乐而庄严的境界"[1]。从体裁上看,罗曼·罗兰在小说中有时针对某一具体的社会现象、文化现象或政治问题,把人物放在一边,自己抒发了一通议论和感慨。他说:"我从来没有意思写一部小说。……你们看到一个人,会问他是一部小说或一首诗吗?我就是创作了一个人。一个人的生命决不能受一种文学形式的限制。"[2] 茨威格在谈到《约翰·克利斯朵夫》时说:"这部著作浩如烟海,是我们这一代人的一幅世界画卷,不能用一个包罗万象的词加以概括。……这是一本包罗万象的、百科式的著作,而不仅仅是一部叙事的小说。"[3] 而路翎在创作中,也"试图把罗兰的抒情、哲理、政论统一的小说风格引进自己的作品",以形成多种因素"交织在一起的艺术风格"[4]。路翎自己也说,《财主底儿女们》"也许并不像一篇小说"[5],或许正是想通过这种种手法,路翎要描写出蒋纯祖的"生命是一个斗争的过程"[6]。从这个角度看,《财主底儿女们》被喻为"'五四'以来中国知识分子的感情和意志的百科全书"[7],也是很有道理的。

一般来说,一个作者对其作品的诠释,总是具有不可忽视的重要性,这对于《财主底儿女们》也一样。路翎对其作品所做的诠释,可以使我们进一步确认《约翰·克利斯朵夫》在《财主底儿女们》的创作过程中所起的"伴侣"作用。一、关于内容,路翎在1941年致胡风的信中说,《财主底孩子》(指初稿)"是在写这一代的青年(是布尔乔亚底知识分子);

---

[1] 转见《〈财主底儿女们〉广告选登》,见杨义、张环编:《路翎研究资料》,北京:十月文艺出版社,1993年,第74—75页。
[2] 罗曼·罗兰:《〈约翰·克利斯朵夫〉卷七初版序》,见傅敏编:《傅雷译罗曼·罗兰名作集》,郑州:河南人民出版社,1998年,第854页。
[3] 转见曾繁仁编:《20世纪欧美文学热点问题》,北京:高等教育出版社,2002年,第288页。
[4] 赵园:《路翎——未完成的探索》,见曾小逸主编:《走向世界文学——中国现代作家与外国文学》,长沙:湖南人民出版社,1985年,第317页。杨义:《路翎——灵魂奥秘的探索者》,见杨义、张环编:《路翎研究资料》,北京:十月文艺出版社,1993年,第192页。
[5] 晓风辑注:《胡风、路翎来往书信选》,《新文学史料》,1991年第3期,第173页。
[6] 路翎:《〈财主底儿女们〉题记》,见杨义、张环编:《路翎研究资料》,北京:十月文艺出版社,1993年,第30页。
[7] 鲁芩:《蒋纯祖的胜利——〈财主底儿女们〉读后》,见杨义、张环编:《路翎研究资料》,北京:十月文艺出版社,1993年,第118页。

他们底悲哀、底情热、底挣扎",是写在一条"如何的艰苦、艰苦"的路上,蒋纯祖的"反叛、……挣扎,对生活的认识,对自己底一切劣质的斗争,……从浪漫的理想主义向前发展"[1]。这使我们自然联想到罗曼·罗兰在《约翰·克利斯朵夫》的卷十初版序中的话:"我写下了快要消灭的一代的悲剧。我毫无隐蔽的暴露了它的缺陷与德性,它的沉重的悲哀,它的浑浑沌沌的骄傲,它的英勇的努力。"[2] 二、关于作意,路翎在《〈财主底儿女们〉题记》中最后写道:"我们现在是处在一个亟待毁灭,也亟待新生、创造的时代。一切东西,一切生命和艺术,都是达到未来的桥梁。……年青的生命……自然要,也必得和这个世界上的那种深沉的、广漠的,明确而伟大的东西联结在一起的。但假如这些年青的生命们前进了几步就期待着一劳永逸,……那么,不管他们脸上是挂着怎样的笑容或眼泪,他们都必得被继起的人们,以那个伟大的东西的名字,重重地击倒。"[3] 这一方面反映了作者本人的思想认识并没有停留在其笔下人物的思想意识上面,所以他给这个有着正义感的追求理想和个性解放的小资产阶级知识分子,安排了一个符合现实主义理论逻辑的悲剧结局,以让"继起的人们"超越他。这一点,也正是鲁芊所理解的:"从他(蒋纯祖)的灼热的心和悲壮的行程吸取一点勇气来向即使周围是铜墙铁壁也要碰个你死我活的我们中国的大灾难献身",蒋纯祖的"胜利未必不就是把他的尸体当为一个后来者们冲锋的踏板"[4]。另一方面,路翎对自己作品的认识和罗曼·罗兰对自己作品的认识,也是相当一致的,因为罗曼·罗兰说过,《约翰·克利斯朵夫》描写的是"过去的历史","你们这些生在今日的人,你们这些青年,现在要轮到你们了!踏在我们的身体上面向前罢"[5]。路翎把罗曼·罗兰视为一个"向着未来的伟大的理想主义者",把克利斯朵夫视为"永远地向着人类底未来"的英雄角色,可以说,也是用这样的认识来创作自己的作品的,因而《财主底儿女们》也应是"向着未来"的一部作品;它

---

1 晓风辑注:《胡风、路翎来往书信选》,《新文学史料》,1991年第3期,第173页。
2 转见傅敏编:《傅雷译罗曼·罗兰名作集》,郑州:河南人民出版社,1998年,第1299页。
3 路翎:《〈财主儿女们〉题记》,见杨义、张环编:《路翎研究资料》,北京:十月文艺出版社,1993年,第30页。
4 鲁芊:《蒋纯祖的胜利——〈财主底儿女们〉读后》,见杨义、张环编:《路翎研究资料》,北京:十月文艺出版社,1993年,第120页。
5 罗曼·罗兰:《〈约翰·克利斯朵夫〉卷十初版序》,见傅敏编:《傅雷译罗曼·罗兰名作集》,郑州:河南人民出版社,1998年,第1299页。

只是一个"崇高的""热情的"观念的出发点,而不是终点,所以,在如胡风所说的"悲壮地向未来突进"[1]的人生道路上,仍然需要"战斗",当然,也只有"能够战斗的人们,才能够纪念罗曼·罗兰"。这正是路翎领会到的和在《认识罗曼·罗兰》中要表达的意思。《认识罗曼·罗兰》写于1945年4月11日,《〈财主底儿女们〉题记》写于同年5月16日,我们应当把二者联系起来,去理解路翎对罗兰及其作品的认识,去考察罗兰及其作品对路翎及其作品的启示。

如果再考察《财主底儿女们》与同时代其他作品的相异,与《约翰·克利斯朵夫》的共通,我们还可以用路翎自己的话来说。他试图给我们展示那个时代"灵魂向上的努力",试图"从(人物的)内部打开他们"[2]。而总的来看,作者对"心灵恶战"的描写也是成功的[3],可以说,基本达到了"希望提高人生"的写作目的[4]。这也是《约翰·克利斯朵夫》所具有的艺术效果。

综合上述线索,当我们读到路翎在《〈财主底儿女们〉题记》中坦言的"我所追求的,是光明、斗争的交响和青春的世界的强烈的欢乐"时[5],我们一定还会想到,从《财主底儿女们》的"交响性"的创作特征与积极性的生命追求上,去探索它和《约翰·克利斯朵夫》之间的多种和谐性。况且,在二十世纪八十年代,经过了精神的炼狱大灾难之后的路翎,在回顾他和外国文学的关系时,就已非常明确地谈到了《约翰·克利斯朵夫》对他的《财主底儿女们》的影响:"我在当时,是很欣赏罗曼·罗兰的英雄主义的。我认为在任何时代,真的理想主义就是英雄主义。罗曼·罗兰的英雄主义的内容,是当代的人生追求和当代的人生现实之间的斗争的内容。在我写《财主底儿女们》的时候,罗曼·罗兰的《约翰·克利斯朵夫》伴我走过这段行程。"[6]在同一年的另一场合,路翎还说过:《约翰·克利斯朵

---

[1] 胡风:《〈财主底儿女们〉序》,见杨义、张环编:《路翎研究资料》,北京:十月文艺出版社,1993年,第70页。
[2] 路翎:《对舒芜〈论主观〉的几条意见》,见张业松编:《路翎批评文集》,珠海:珠海出版社,1998年,第28—29页。
[3] 杨义:《路翎——灵魂奥秘的探索者》,见杨义、张环编:《路翎研究资料》,北京:十月文艺出版社,1993年,第192页。
[4] 路翎语,转见杨义:《路翎——灵魂奥秘的探索者》,见杨义、张环编:《路翎研究资料》,北京:十月文艺出版社,1993年,第192页。
[5] 路翎:《〈财主底儿女们〉题记》,见杨义、张环编:《路翎研究资料》,北京:十月文艺出版社,1993年,第29页。
[6] 转见李辉:《路翎和外国文学——与路翎对话》,《外国文学》,1985年第8期,第54页。

夫》是一部"歌颂激烈的搏斗于当代真理的追求中"的作品，表现了"罗曼·罗兰的热烈的对现实的突破"[1]。这里虽没有用"英雄主义"和"理想主义"两个词，但我们还是可以领会到路翎的这种认识和接受的，因为可以说，"搏斗"就是英雄主义的表现，"追求"正是理想主义的表现。而且，罗曼·罗兰的英雄主义，可能还是常驻路翎心中的，因为他在逝世前完成的一百九十一万字的长篇小说，仍取名为"英雄时代和英雄时代的诞生"[2]。

当然，在探讨罗曼·罗兰和路翎或两人的作品之间的关系的过程中，我们也应注意以下几点：一、不要因为关注了路翎与罗曼·罗兰或《财主底儿女们》与《约翰·克利斯朵夫》之间的关系，而忽视了苏联文学对形成路翎的"美学观点和感情的样式"而起到的特别作用，尤其不能忽视托尔斯泰、莱蒙托夫、高尔基、陀思妥耶夫斯基和屠格涅夫对他的影响。二、路翎创作的《财主底儿女们》初稿仅约二十来万字，因胡风在战火中不幸遗失书稿，也因后来在《约翰·克利斯朵夫》与《战争与和平》两部巨著的影响下，在其自身的经历认识增广丰富的情况下，他最后写成了八十九万字的小说。但和罗曼·罗兰比，路翎是十七岁开始写作《财主底儿女们》，二十一岁完成的；罗曼·罗兰则是二十四岁开始酝酿《约翰·克利斯朵夫》，三十七岁开始动笔，四十六岁才完成的。所以，我们在客观指出路翎作品中的不足之处时，也应该充分肯定作者充沛的艺术创造力和"超凡的感受力"[3]，也应该像胡风那样，"把作者自己所说的'失败'和'弱点'只当做青春的热情所应有的特点来理解"[4]，正如二十世纪三十年代，亚兰对《约翰·克利斯朵夫》所做的评说一样："这本书不是没有缺点的；各人都看出了那些缺点，并且作者自己也看出了。话虽如此，他已经许下了删改，却并没有删过也没有改过。这样是最好的。当你给青春削去了一切属于夸张，混杂，激动的东西，这便再也不是青春了。"[5] 胡风与亚兰两人的评说，或许为我们探讨两部作品中的共同点，又

---

[1] 路翎：《我与外国文学》，《外国文学研究》，1985年第2期，第6—7页。
[2] 转见张业松、徐朗编：《路翎晚年作品集》，上海：东方出版中心，1998年，第475页。
[3] 绿原：《路翎文集·序》，第1页，见《路翎文集》第1卷，合肥：安徽文艺出版社，1995年。
[4] 胡风：《〈财主底儿女们〉序》，见杨义、张环编：《路翎研究资料》，北京：十月文艺出版社，1993年，第74页。
[5] 亚兰：《论詹恩·克里士多夫》，《译文》，新第1卷第2期，1936年4月，第300页。

提供了一个新的视角。不可否认,蒋纯祖是一个有缺点的人,路翎说他"是高贵的",并非说他的思想觉悟的崇高,而是因为他"举起了整个生命在呼喊","因忠实和勇敢而致悲惨"[1];也因为"蒋纯祖是幼稚而诚实地在中国的荆棘的道路上"走过了"真诚的一生"[2]。而傅雷对克利斯朵夫的认识——"真正的英雄决不是永没有卑下的情操,只是永不被卑下的情操所屈服罢了","你不必害怕沉沦堕落,只消你能不断的自拔与更新"[3],又让我们注意到了两个主人公的几乎完全相同的英雄本色。三、我们还要充分考虑到读者对这两部作品的理解和认识。二十世纪四十年代一位青年学生读者后来对这两部作品的感受回味,在当时的青年读者中,想必具有普遍性和代表性:"约翰·克利斯朵夫和蒋纯祖站在我们的面前。我们从他们的身上找到了自我的影子,找到自己在向未来突进中所必须遵循的为人的道德规范和对时代的责任感。……在这两部书的直接熏染与启迪下,我们十几个同学先后分别投身到不同的解放区去,走上了革命的道路,确定了我们此后一生的新起点。"[4] 这也再一次说明,《财主底儿女们》和《约翰·克利斯朵夫》还大有共同之处,譬如,都是在人生道路上,鼓舞青年进取、向上的"良伴和向导"。

---

[1] 路翎:《〈财主底儿女们〉题记》,见杨义、张环编:《路翎研究资料》,北京:十月文艺出版社,1993年,第30页。
[2] 鲁芋:《蒋纯祖的胜利——〈财主底儿女们〉读后》,见杨义、张环编:《路翎研究资料》,北京:十月文艺出版社,1993年,第120—121页。
[3] 傅雷:《约翰·克利斯朵夫·译者献辞》,见傅敏编:《傅雷译罗曼·罗兰名作集》,郑州:河南人民出版社,1998年,第3页。
[4] 野艾:《对一个熟悉的陌生人的问候——向路翎致意》,《读书》,1981年第2期,第88—89页。

第三章
纪德与心灵的呼应

2001年,是安德烈·纪德逝世五十周年。这一年,纪德在中国的生命历程似乎达到了高峰,国内出版外国文学作品的几家著名出版社相继推出《纪德文集》,其中人民文学出版社和花城出版社采取"松散"而又有明确分工的协作形式,联合出版《纪德文集》。前者出版了收入纪德大部分叙事作品的《纪德文集》,包括卞之琳译的《浪子回家》,盛澄华译的《伪币犯》,桂裕芳译的《窄门》和《梵蒂冈地窖》,李玉民译的《帕吕德》、《背德者》、《田园交响曲》和《忒修斯》,赵克非译的《太太学堂》、《罗贝尔》和《热纳维埃芙》,罗国林译的《大地食粮》,张冠尧译的《大地食粮(续篇)》,以及施康强译的《乌连之旅》;后者则推出了五卷本的《纪德文集》,分为日记卷、散文卷、传记卷、文论卷和游记卷,其中有罗国林译的《如果种子不死》、朱静译的《访苏联归来》、黄蓓译的《刚果之行》和由权译的《乍得归来》等中国读者熟悉的名篇。译林出版社也以《纪德文集》的名义,于2001年9月推出了徐和瑾译的《伪币制造者》、马振骋译的《田园交响曲》和由权译的《苏联归来》等。

安德烈·纪德在中国的传播历程早在二十世纪二十年代就已经开始了。据北塔写的《纪德在中国》[1],在1923年第14卷第1期的《小说月

---

[1] 北塔:《纪德在中国》,《中国比较文学》,2004年第2期,第116—132页。

报》上，由沈雁冰撰写的《法国文坛杂讯》首次介绍了"颇为一般人所喜"的作家纪德的简要情况。从此，纪德开始了他在中国的生命历程，至今已有九十余年的历史。在这九十余年中，纪德在中国不断地被介绍、被评论、被译介。他的一些主要作品更是被一译再译，出现在不同的历史时期，出自不同译家的笔下。他的思想和创作历程也为中国读者一步步地认识，再认识。在这期间，纪德在中国这块土地上遭受过误解、曲解乃至批判，但是总的来说，这九十余年的历程，是中国读者对纪德不断认识、不断加深理解的过程。在本章，我们将结合纪德在中国译介和接受的情况，着重对这个历程的几个重要阶段做一梳理与分析。

第一节 "谜一般的纪德"

在 1994 年底至 1995 年初，不到半年的时间里，中国的法国文学研究和翻译界先后推出了两部有关法国小说的著作：一部是中国学者撰写的《法国小说论》[1]；另一部是中国学者翻译的法国学者写的《法国现代小说史》[2]。两部著作，一论一史，一东一西，比较中西学者对纪德的小说成就或地位的论述与评价，我们可以发现两者的差异还是相当大的。《法国现代小说史》的作者米歇尔·莱蒙着重展示的是 1789 年以来法国小说的发展与嬗变。从这种角度去评价安德烈·纪德，我们看到的是怎样的一个纪德呢？

在米歇尔·莱蒙看来，第一次世界大战之后，"在一个被战争弄得动荡不宁，被许多疑问搅得摇摇欲坠的世界里，除了那些描写遁世的小说之外，还出现了一些表现惶恐不安的小说"[3]。"表现惶恐不安的小说首先就是描写青年人的小说，青年正是萌生种种惶恐不安的时期。青年人的导师之一安德烈·纪德在他从《沼泽》到《伪币制造者》的所有作品中，都在不断地表明他的作用就是使人产生不安，而不是安定人心；就是提出问题，而不是解答问题。他整个的一生都致力于激起人们的不安……"[4] 我们特别

---

[1] 江伙生、肖厚德：《法国小说论》，武汉：武汉大学出版社，1994 年。
[2] 米歇尔·莱蒙：《法国现代小说史》，徐知免、杨剑译，上海：上海译文出版社，1995 年。
[3] 同上，第 211 页。
[4] 同上，第 212 页。

注意到，米歇尔·莱蒙在《法国现代小说史》中，对安德烈·纪德的评价几乎只限于这么几行字。而从评价的重点看，安德烈·纪德在小说的发展过程中所起的作用几乎被忽略不计，突出的是他的"导师"形象，而这个所谓的导师，并不是传统意义的那种给青年人"指明方向"的导师，而是不断地"提出问题"，一生都致力于激起不安。如他的《伪币制造者》，在米歇尔·莱蒙看来，就是"为误入歧途者、精神失常者和悲观绝望者的惶恐不安描绘了一幅宏伟的画面"，进而提出问题，引起人们的思索。虽然对纪德的评价所花的笔墨并不多，但定位是非常明确的。

那么，在中国学者的笔下，纪德又是怎样的一个作家呢？

在《法国小说论》中，江伙生和肖厚德两位作者既有对纪德的"生平与创作"的简要描述与评价，也有对纪德的主要作品，如《伪币制造者》的分析与评介。在他们看来，纪德的一生是多变的一生：童年时代的孤僻，青年时代的叛逆，中年时代的我行我素。就纪德作品而言，两位中国学者关注最多的，还是其政治性，如"纪德的作品并不是作为道德范本提供给读者的，他的作品更主要的是某一历史阶段中资本主义社会中精神危机的反映，是对资产阶级虚伪道德的一种反抗"，而"纪德的小说世界中一系列'伪币制造者'肖像，对于揭露和批判现代西方资本主义社会中的种种伪善和欺诈，具有相当的深度和力度"[1]。对纪德作品的这种解读明显带有政治性批评的烙印。若以此为标准，那么对于纪德其他一些作品的理解就会有问题，因为像《刚果之行》《访苏联归来》等这些引起普遍反响的作品很难从这个角度去加以解读。

实际上，无论是在法国，还是在中国，对纪德其人其作品的理解一直是一个"令人不安"的问题。我们不妨听听对纪德的作品译介最多的两位具有代表性的翻译家在不同的时期发出的声音。盛澄华在二十世纪四十年代说，"纪德是一个非常不容易解释的作家"。而在纪德离开我们这个世界的五十年之后，翻译家李玉民这样说道："纪德是少有的最不容易捉摸的作家，他的世界就是一座现代人的迷宫。"中国当代作家叶兆言几乎完全认同这两位翻译家的看法，他在一篇题为"谜一般的纪德"的文章中这样写道：

---

[1] 江伙生、肖厚德：《法国小说论》，武汉：武汉大学出版社，1994年，第266页。

第三章　纪德与心灵的呼应

　　纪德是记忆中谜一般的人物，他的书总是读着读着就放下了，我想读不下去的原因，或许自己不是法国人的缘故。从译文中，我体会不到评论者所说的那种典雅。一位搞法国文学的朋友安慰我，说这种感觉不对，有些优秀的文字没办法翻译，譬如《红楼梦》，翻译成别国的语言，味道已全改变了。[1]

　　对叶兆言而言，纪德是一个谜一般的作家，一次次读纪德，又一次次读不下去。他试图把原因归结于翻译，认为翻译改变了"评论者"所言的，也是他所期待的纪德的典雅。然而，这一原因显然不是本质的因素，而只是"一个借口"。他"面对纪德感到困惑，有着更重要的原因"。在文章中，他的另一段话引起了我们特别的注意。

　　我想自己面对纪德感到困惑，更重要的原因，是不能真正地走近他。早在我还是一个初中生的时候，就知道纪德了，那是"文化大革命"中，这样的文化背景下，一个同性恋者的纪德很难成为我心目中的英雄。有趣的是，纪德在中国人的阅读中，始终扮演着一个若即若离的左派角色，早在二十年代，他就被介绍到中国来，到抗日战争期间，更是当时不多的几年走红的新锐外国作家之一。打个并不恰当的比喻，纪德对于我们父辈喜欢读书的人来说，颇有些像这一代人面对马尔克斯和昆德拉，即使并不真心喜欢，也不敢不读他们的东西。[2]

　　纪德的书读不下去，是因为"不能真正地走近他"，也就是上文中两位译家所说的，难以真正理解他。在叶兆言的这段文字中，我们可以比较清晰地看到纪德之于中国读者的形象，以及近九十余年来纪德在中国的传播踪迹。确实，如叶兆言所说，早在二十世纪二十年代，纪德就已经被介绍到中国。在北塔所写的《纪德在中国》中，纪德首次在中国"登场"的时间以及在二十年代的译介情况有明确的交代：在1923年第14卷第1期的《小说月报》上，沈雁冰撰写了《法国文坛杂讯》，其中谈到了纪德；

1　叶兆言：《谜一般的纪德》，《扬子晚报》，2000年10月17日。
2　同上。

1925年第20卷第9期的《小说月报》，又发表了赵景深所写的短文《康拉特的后继者纪德》；1928年11月，上海北新书局出版了穆木天翻译的《窄门》。到了三十年代，随着丽尼翻译的《田园交响乐》（文化出版社，1935年6月）、穆木天翻译的《牧歌交响曲》（上海北新书局，1936年）这两个不同版本的问世，卞之琳翻译的《浪子回家》（文化出版社，1936年）以及郑超麟翻译的《从苏联归来》（上海亚东图书馆，1937年1月）的出版，纪德在中国迅速"走红"，而且"始终扮演着一个若即若离的左派角色"。值得注意的是，叶兆言指出，在那个年代，即使人们"并不真心喜欢"纪德，也"不敢不读"他的作品。言下之意是：即使读了，恐怕也不能真正理解，无法真正走近他。然而，尽管在中国一些翻译家和作家看来，纪德是"最不容易解释""最不容易捉摸""无法真正走近"的作家，可从二十世纪二十年代至今的九十余年中，中国文学界和翻译界始终在不断地试图接近他，理解他，走进他的世界。

第二节　理解源自相通的灵魂

如果说在二十世纪二十年代初沈雁冰撰写的文坛信息让中国人第一次知道纪德这个名字，那么张若名的博士论文《纪德的态度》则是在真正的意义上试图走近纪德、深入纪德的世界的一篇具有特别意义的研究力作。

根据我们所掌握的资料，有必要提一提中法里昂大学，因为毕业于中法里昂大学的中国学生中，有两位对纪德有过较为深入的研究，一位就是上文刚刚提及的张若名，另一位叫沈宝基。

在中法文化和文学交流史上，我们发现存在着一些非常有趣的现象。而围绕着对纪德的理解，张若名对纪德的研究可以说是中法文学交流史上的一段佳话，值得我们特别关注。

据盛成为《纪德的态度》一书的中译本[1]所写的序，张若名，原名张砚庄，于1920年底抵法，后于1924年入中法里昂大学攻文科，1928年获得文科硕士后，专攻文学，《纪德的态度》便是张若名提交的博士论文，于1930年秋通过答辩。盛成对张若名的这篇博士论文赞赏有加，称"若

---

[1] 张若名：《纪德的态度》，北京：三联书店，1994年。

名做了纪德的研究,她也就成了纪德的伯乐"[1]。

"纪德的伯乐",盛成对张若名的这一评价看似有些过分,但是,从安德烈·纪德给张若名的信中,我们看到了张若名的出色研究之于纪德而言,不仅仅是"发现"纪德的"伯乐",更是赋予纪德以"新生"的知音。纪德在读了张若名的博士论文后,给张若名写了一封充满感激之情的长信,信中这样写道:

> 您无法想象,您出色的工作给我带来了多么大的鼓舞和慰藉。旅行归来后,我拜读了您的大作(我曾将它放在巴黎)。当时,我刚好看完一篇登载在一家杂志上的文章,题为《写给安德烈·纪德的悼词》。作者步马西斯及其他人的后尘,千方百计想证实:如果我的确曾存在过的话,那么已真的死去了。然而,通过您的大作,我似乎获得了新生。多亏了您,我又重新意识到自己的存在。大作第五章特别使我感到欣喜,我确信自己从来没有被别人这样透彻地理解过。每当塑造一个人物,他总是首先使自己生活在这个人物的位置上……前前后后的这些评论,正是我很久以来所盼望的。据我所知,以前还从来没有别人这么说过。[2]

细读纪德给张若名的这封信,我们至少可以看到两点。首先是纪德当时的处境。从信中看,当时法国的文学界似乎对纪德的文学生命表示怀疑,甚至否定。所谓的"悼词",是想说纪德"已经死去"。而张若名选择了"死去的"纪德作为博士学位论文的研究对象,不能不说是对纪德莫大的鼓舞和慰藉。在这个意义上,纪德仿佛获得了新生。一个中国女性,在法国文学界对纪德有着种种误解,甚至怀疑否定的时刻,却以另一种目光,亦即东方智慧而理性的目光,观照纪德,为人们理解纪德提供了另一个角度,就像歌德所说,提供了一面"异域的明镜",为人们认识纪德提供了另一束智慧的光芒。其次,张若名对纪德的选择不是盲目的,对纪德的赞颂也不是出于情感上的认同,而是基于严谨的分析和深刻的理解。是

---

[1] 盛成:《序》,第2页,见张若名:《纪德的态度》,北京:三联书店,1994年。
[2] 《安德烈·纪德给张若名的信》,见张若名:《纪德的态度》,北京:三联书店,1994年,第1页。

对纪德的理解使她得以言别人之未言，见别人之未见。

《纪德的态度》这篇博士论文篇幅并不长，原文总共128页，然而却以一个东方女性独有的视角，对纪德进行了揭示性的研究。拿纪德自己的话说，她的这篇论文试图"概括说明我的真面目"[1]。《纪德的态度》分为八个部分，分别为："纪德人格的演变"、"纪德的宗教信仰"、"纪德与道德"、"纪德对待感官事物的态度"、"纪德的纳瑞思主义（narcissisme）"、"纪德象征主义美学观的形成"、"纪德的古典主义"与"现代人目光中的纪德"。从论文所涉及的内容看，张若名的研究具有总体性，旨在总体地把握和全面地"概括"，但从具体章节看，却试图以独特的目光，透过表面，直逼深层，为人们揭示一个真实的纪德。

从译介学的角度看，张若名的研究具有独特的意义。作为一个东方的女性，她的研究无论从角度而言，还是从方法而言，都打上了"中国"的烙印，而其思想，更是闪烁着中国古老智慧的光芒，为法国人理解纪德开启了另一扇大门。对于这一点，我们可以从如下几个方面加以说明。

第一，张若名以不同于法国人的目光，对纪德进行了全面的观照。以论文第一部分"纪德人格的演变"为例。在上文中，我们谈到过米歇尔·莱蒙的《法国现代小说史》，该书写于1967年，亦即在纪德离世四分之一个世纪之后。按照莱蒙的观点，纪德的所有作品，"都在不断地表明他的作用就是使人产生不安"。在法国评论界看来，"多变"与"令人不安"，是纪德难以被理解的主要原因之一。这种观点从二十世纪二十年代一直持续到米歇尔·莱蒙，足见其影响之大。但是，在张若名的论文中，我们却看到了截然不同的见解：

> 纪德的人格究竟怎样？表面看来，它似乎游移不定，以其不同的特点引起读者的不安，实际上，纪德却热衷于突出他的每一种倾向，喜欢它们各异，并全部加以保护。他为每种倾向而生，直到创作一部作品来象征它。纪德不愿把自己凝固在他创造的一种或另一种生命形态中。在他看来，每种形态，只要他经历过，就是一个令人非常惬意

---

[1] 安德烈·纪德：《安德烈·纪德日记》，转引自张若名：《纪德的态度》，北京：三联书店，1994年，第175页。

的住所，但他不会再走进去。每创造一种生命形态，他都会摆脱它。纪德人格的演变像一次次的开花，每次都异常鲜艳夺目。[1]

张若名的这篇博士论文成于 1930 年。当时，法国文学批评界对纪德的创作看法不一，对他的"多变"表示不理解，甚至有评论说他是"变色龙"。张若名的观点与之截然不同。她以东方女性富有色彩的笔触，在认真分析的基础上，直接表明了三个重要观点：一是要分清表面的纪德和本质的纪德；二是纪德的生命在于不断创造，在于不断超越；三是"纪德人格"之花一次次盛开，"异常鲜艳夺目"。二十世纪三十年代初对纪德的人格和文学生命的这一总体的把握和认识如今看来是多么深刻，这是当时许多法国评论家所不及的。

第二，既有严格的分析，又有闪光的洞见。细读张若名的《纪德的态度》，我们在字里行间可以看到体现在张若名身上的中国智慧在具有西方特色的严密分析中时时闪烁出光芒，照耀着读者，引领着读者去发现法国评论家未曾发现或被遮蔽的纪德的不同侧面。如在论文第二章"纪德的宗教信仰"中，张若名对纪德的信仰及其信仰的"分崩离析"与纪德文学创作的关系进行了分析。在分析中，张若名对纪德的《如果种子不死》《地粮》《六论集》等作品的引证，充分表现出了她的洞察力。她在该章的结尾处这样写道：

>   纪德放弃自我，而去拥抱人和人物的生命，并把他们活脱脱地化为己有；他奉献他们以爱心，用自己的力量使他们丰富起来。"对自我的最高肯定寓于自我的否定中"。这是基督教道德的神秘的中心，也是获得幸福的秘诀：个人的胜利在于个性的放弃之中。[2]

对张若名在论文中闪烁的智慧的光芒，纪德非常欣赏。他在给张若名的信中明确地说道："我认为这完美地阐述了那些在我看来十分明了的东西，令我诧异的是，这明了的东西，竟有那么多的人觉得很晦涩。"确实，

---

1 张若名：《纪德的态度》，北京：三联书店，1994 年，第 3 页。
2 同上，第 20 页。

张若名的分析往往能一针见血,揭示出纪德的深刻之处。

第三,张若名对纪德文学作品的理解与领悟,得益于她深厚的中国学养,特别是中国的道家学说对张若名的研究产生了潜移默化的影响。在论文中,我们不时可以读到明显具有中国哲思色彩的语言。对于纪德人格的讨论,法国文学评论者往往观点不一。由于纪德表面上的多变,特别是纪德面对社会、家庭甚至友人的叛逆精神,在一般的论者看来,纪德的人格似乎有着"分裂"的特征,他的道德品格、艺术追求与人生态度也仿佛存在着激烈的矛盾。但是,张若名却以辩证的目光,对纪德人格的演变做出了如下的评价:

> 纵观纪德人格的演变,其中有道德、神话、艺术三种要素同时存在着。它们平行发展,因为各于其人格当中据有自己的领域;又偕同演进,因为它们休戚相关;道德的品格和现实的生活接触,引起纪德焦虑和不安;艺术的品格使纪德津津乐道于这样的情感,并且促使他剖析道德戏剧的每一成分;神秘的品格使纪德遁入生命幽深的境域,引起他的热狂,而道德的品格和艺术的品格从中汲取力量。但三者却朝同一方向发展。[1]

从矛盾中洞见其统一,张若名的这一观点深得纪德之心。这一观点几乎贯穿了《纪德的态度》的全文。无论是纪德早期的作品,还是后期的作品,其中的人物充满了矛盾与对立,甚至充满了危机,如"《窄门》第四章里爆发了危机。阿利莎与朱丽叶,热罗姆与阿贝尔俩俩形成对立。他们的意志发生了强烈的冲突,这使朱丽叶精疲力竭,引起了阿利莎的剧痛,造成阿贝尔的疯狂,让热罗姆陷入昏迷状态";"在《菲罗克忒忒斯》里,狡诈、纯朴与美相互较量。在《浪子回家》里,父亲的宽宏大量,大哥的粗暴,母亲的爱,以及弟弟的仇恨,形成鲜明的对照,使人感到了浪子那痛苦的困惑"[2]。张若名认为,纪德是有意在小说中让过激的东西相撞来引发激动人心的情感,同时借助人物的变化、冲突与对立,让内在的矛盾凸

---

[1] 张若名:《纪德的态度》,北京:三联书店,1994年,第3页。
[2] 同上,第47页。

显出来。她进一步分析道："当各种倾向任意滋生，相互碰撞之时，普通人会因为它们对立而感到痛苦，然而无情的艺术家却为之欢欣鼓舞。它们之间的交斗越激烈，在对立中每种倾向之美就显得更加突出；这些倾向远非导致紊乱，而是借助力量的对抗，建立起了高度的平衡。"而"纪德固有的一致性就居于其中"[1]。纪德对张若名的分析非常认同，尤其是对第八章第一节的结语，更是赞赏有加。这句结语确实非常简洁而深刻："两种观点的对立并不意味着思想的中断。"冲突中见和谐，矛盾中见统一，对立中见发展，张若名的分析处处闪烁着哲学的光芒。如张若名对"小我"与"大我"的分析，对纪德创造的人物与创作主体的关系的分析，明显受到中国《道德经》的思想的影响，且看她在此基础上得出的结论：

  他既是一也是多，作为思维主体他是一，作为那些行动的人物他又是多，因此他的人格高大无比，绚丽多姿。[2]

  第四，作者与研究者的灵魂的共鸣。一个东方的女性，在法国批评界对纪德普遍表现出不解甚至否定的时候，却选择了纪德作为她的博士论文的研究对象，原因何在呢？当法国批评界和普通的读者对纪德的变化及纪德身上所表现出的种种矛盾表现出困惑的时刻，为什么张若名又能以不同的目光，从不同的角度，揭示出一个"人格无比高大"，寓"一致性"于矛盾之中的纪德形象呢？台湾的林如莲对纪德与张若名之间的这段具有重要意义的历史做了深入的研究，写出了《超越障碍——张若名与安德烈·纪德》一文，发表在台湾《中国历史学会集刊》1991 年 7 月第 23 期上。在这篇研究性的长文中，林如莲对中国青年赴法的缘起、张若名与新文化运动、张若名对纪德的研究等重要方面进行了有益的探讨，其中有的研究为我们了解张若名何以选择纪德提出了富有启迪性的思路。"人们可能会感到奇怪，甚么原因把一个年轻的中国妇女吸引到纪德的艺术中去呢？"在林如莲看来，原因有多种。一般人认为张若名选择纪德，是因为在二十年代末，纪德"声名大噪"，张若名因此而被吸引。但最根本的

---

[1] 张若名：《纪德的态度》，北京：三联书店，1994 年，第 47 页。
[2] 同上，第 12 页。

原因则是"纪德是一位传统的破坏者,同时在许多方面也是一位个人主义者。因此对于一位在新文化运动中首次与传统社会决裂,后来又从新组织近五年的束缚下解脱出来的青年妇女来讲,纪德作品的讯息就非常重要"[1]。林如莲认为,张若名所著的《纪德的态度》这篇论文的主旨显示了一个重要的讯息:她通过摆脱现状和开始新生活来找到她的出路。林如莲的分析揭示了张若名选择纪德并对纪德有着深刻理解的深层原因:"对在新文化运动中的中国青年而言,渴望得到自由的个性是最重要的。"[2] 如此看来,张若名的选择不仅是必要的,也是一种必然。正是在灵魂深处对自由的向往,促使张若名向纪德不断靠近。在这个意义上,我们可以说,张若名对纪德的理解源自接受美学范畴的"视野的融合",源自两者灵魂的共鸣。张若名对纪德的理解和纪德对这份理解的分外珍视充分说明了这一点。

第三节　独特的目光和多重的选择

张若名对纪德的研究与理解的深度充分地体现在我们在上文所介绍的博士论文之中。有必要说明的是,该论文用法文撰写而成,由于语言的障碍,答辩之后,在当时的中国文学翻译界并没有产生影响。直到1994年,该论文由周家树译成中文,由北京三联书店出版,中国翻译界与文学研究界才有幸了解到中法文学关系交流史上的这段佳话。不过,张若名对纪德的关注、研究与介绍并未止于她的这篇博士论文。据《纪德的态度》一书所汇集的有关文章和资料,我们知道张若名于1931年回国后,多次发表文章,或介绍纪德的创作成就,或表述自己对纪德的认识与态度。在法国著名文学期刊《法兰西水星》1935年4月和5月份合刊上,张若名发表了《关于安德烈·纪德》一文。后来,在1946年《新思潮》第1卷第2期上,她以司汤达、福楼拜和纪德三位作家为例,对"创作心理"这一问题做了专门探讨,文章题目就叫"小说家的创作心理——根据司汤达(Stendhal)、福楼拜(Flaubert)、纪德(Gide)三位作家"。在同年的

---

[1] 转引自张若名:《纪德的态度》,北京:三联书店,1994年,附录部分,第170—171页。
[2] 同上,第171页。

《新思潮》第 1 卷第 4 期上，她又撰文，以《纪德的介绍》为题，就中国文学界所关心的几个问题，如"纪德是不是一个'叛逆者'"、纪德的"宗教精神"与"独创艺术"等发表了自己独特的观点。

从 1927 年开始以纪德为题撰写博士论文到 1946 年一年内先后两次发表有关纪德的介绍与研究文章，张若名对纪德的爱已经浸入她的灵魂。在 1946 年《纪德的介绍》那篇文章中，我们读到了张若名这样的一段灵魂告白：

> 多日不读纪德的文章了，不知不觉地忘掉了我这一个旧日的好朋友，近来正当夏日难度，心绪不宁的时候，翻开纪德著述稍作消遣，不意忽然间又得到无限的慰藉。因而回想起来，当我年幼无知的时候，我就爱读纪德，我爱他那无边的孤寂，我爱他那纯洁的热情；我爱他那心里隐藏着的悲痛，我尤其爱他那含着辛酸滋味的爱情。为什么多年没有会见他，我还未曾变更我的本性，我还和往日一样，是一个无知的孩子。在这夜深人静的时候，我怀想到那非洲大沙漠的旅客，强烈的日光照得遍地干渴，干渴到不能忍受的程度，希望着得到一滴清水。我怀想那大沙漠里的"哦阿即斯"（Oasis），四周围都是阳光，都是干渴，惟有在这一片隐秘的天地里凉爽的透骨。[1]

张若名对纪德的这份爱和她在"酷热"中感受到的透骨的"凉爽"源自她对纪德的深刻的理解，她的这份理解和由之而产生的爱始终没有改变过。但是，无论是在法国，在苏联，还是在中国，自从纪德的《访苏联归来》问世之后，人们对纪德的认识似乎又遇到了新的障碍：从道德的层面，又进入了政治的层面。纪德的文章在苏联曾一度成为禁品，法国的左派对纪德加以了公开的谴责和攻击。在中国，恰也是在 1936 年的前后，出现了对纪德的大规模译介和不同角度的研究。

首先来看一看《访苏联归来》问世前后纪德在中国的翻译情况。在《访苏联归来》之前，中国翻译界最为关注的是纪德的《田园交响曲》。1935 年，丽尼翻译的《田园交响乐》被列入巴金主编的"文化生活丛书"，

---

[1] 张若名：《纪德的态度》，北京：三联书店，1994 年，第 84 页。

由文化出版社出版；1936年，穆木天的译本以《牧歌交响曲》为题，由北新书局出版。而在此之前，纪德的部分作品已有译介。1928年，穆木天翻译的《窄门》由上海北新书局出版；1931年，王了一译的《少女的梦》由上海开明书店出版。从翻译情况看，纪德在《访苏联归来》问世之前，在中国的传播并不太广，且影响也有限。但是，对于纪德《访苏联归来》一书，中国翻译界与评论界反应则表现得十分迅速。《访苏联归来》于1936年11月于法国问世，次年4月，亦即1937年4月，郑超麟翻译的《从苏联归来》便由上海亚东图书馆出版，介绍给了中国读者，译者的署名是郑超麟的笔名，林伊文。同年5月，上海引玉书屋出版了没有译者署名的《从苏联归来》[1]；1937年7月，上海亚东图书馆再版了郑超麟译的《从苏联归来》。1938年，上海亚东图书馆又推出了郑超麟（林伊文）译的《为我的〈从苏联归来〉答客难》。

关于《访苏联归来》出版前后那个时期对纪德的研究工作，值得一提的是沈宝基的研究成果《纪德》。该文发表在《中法大学周刊》第9卷第1期（1936年4月）上，署名"宝基"。文章首先对纪德的生平做了简要的介绍，继而对纪德的主要作品《刚陀尔王》(Le roi Candaule, 1901)、《托言》(Prétextes, 1903)及《新托言》(Nouveaux prétextes, 1911)、《背道者》(L'Immoraliste, 1902)、《窄门》(La porte étroite, 1909)、《田园交响曲》(La symphonie pastorale, 1920)、《造假钱者》(Les faux-monnayeurs, 1926)、《妇人学校》(L'école des femmes, 1929—1930)以及《若是种子不死》(Si le grain ne meurt, 1926)等做了评述。从研究的范围看，沈宝基的文章涉及纪德所创作的戏剧、小说、日记等体裁的作品，足见其视野是相当开阔的。在评述中，沈宝基虽然没有对有关作品进行深入的分析，但往往能够以简洁而略带散文化的语言，三言两语，一针见血地点明作品的主旨和思想。从文章有关纪德的思想转变的评论看，沈宝基对纪德的创作与其精神状态之间的联系的分析是相当有见地的，其中有这么一段话："他往往不自觉地，讲起布尔乔亚的虚假，谎言，畸形。但他缺少战斗精神：虽在咒骂压制他生活的环境，他仍然接受了这个环境，不想作强有力的反抗。这一点可以解释了他的社会意识的平凡、他的

---

[1] 参见北塔：《纪德在中国》，《中国比较文学》，2004年第2期。据说该书由盛澄华所译。

褊狭和不能超越他自身的阶级的天才的限止。由于他的描写世界崩溃的大胆，由于他的悲哀的结论里表示出中了毒的未来之辈的不可逃脱的命运，我们便知道作者的精神非常不安，总有一天有脱离帝国主义的可能。"[1] 从这段话中，我们可以看到沈宝基对纪德的精神状况及其思考的演变过程是非常关注的。而对于纪德的理解的障碍，恰恰就来自纪德的思想在不同阶段的突然转变。他在刚果之行与苏联之行前后的思想转变之快也正是造成众多研究者评说纷纭的关键原因。

在沈宝基的文章发表之后不久，刘莹也发表了题为《法国象征派小说家纪德》[2]的评述文章。该文共分十八小节，其写法与沈宝基基本相同，通过对纪德的主要作品的简要介绍，对纪德的精神状态、艺术观念、对上帝和宗教的观念以及他的道德观做了分析。在文章的第十八节，刘莹对纪德的艺术观念做了如下的总结："他以为凡是一种艺术，都是由'物'和'我'相辅而成的。'物'得到'我'的精灵，可以变成一幅美景，'我'这方面，遇到'物'的时节，脱去自己的成见，和'物'结合，这样造成'物''我'相通的作品，才可称作名著。这是他对艺术的主要观念。"[3] 刘莹在文中对纪德艺术观念的这段评说，明显带有中国的"物我相忘"的思想痕迹，与其说是纪德的艺术观的表现，不如说是刘莹对纪德的艺术观念的一种中国式的阐释。

在二十世纪三十与四十年代，对纪德的翻译与研究工作贡献最大的，当数卞之琳。江弱水在《卞之琳"诗"艺研究》一书中对卞之琳译介与研究纪德的情况做了梳理：

> 卞之琳对纪德其人其文的兴趣明显保持了15年之久。1933年，他就开始阅读纪德。1934年他首次译出纪德的《浪子回家》一文。1935年译介《浪子回家集》（作为《文化生活丛刊》之一出版于1937年5月，初名《浪子回家》）。1936年译出纪德唯一的一部长篇小说《赝币制造者》（全稿抗战中遗失，仅刊出一章）。1937年

---

1 沈宝基：《纪德》，《中法大学周刊》，1936年第9卷第1期，第12页。
2 刘莹：《法国象征派小说家纪德》，《文艺》月刊，1936年第9卷第4期。
3 刘莹：《法国象征派小说家纪德》，转引自贾植芳、陈思和主编：《中外文学关系史资料汇编（1898—1937）》，桂林：广西师范大学出版社，2004年，第1053页。

译《赝币制造者写作日记》、《窄门》和《新的粮食》。1941年为重印《浪子回家集》撰写译序。1942年写作长文《纪德和他的〈新的粮食〉》，翌年由桂林明日社印行单行本，以之为序。1946年为次年由文化生活出版社出版的《窄门》撰写译序。[1]

卞之琳对纪德的翻译与评介是在一种互动关系中进行的。作品的翻译为卞之琳深刻理解纪德打下了基础，同时也提供了一般的评论者所难以企及的可能性。而反过来，基于对作品深刻理解之上的评论，则赋予了卞之琳对纪德的某种本质性的把握。这种直达作品深层和作者灵魂之底的把握主要体现在两点。首先是对纪德思想的把握，卞之琳突破一般评论者所认为的纪德的"多变"的特征，指出纪德虽然有着"出名的不安定"，"变化太多端"，但"'转向'也罢，'进步'也罢，他还是一贯"[2]。在卞之琳看来，纪德的多变的价值恰恰体现在其不断的超越和进步之中。在《纪德和他的〈新的粮食〉》一文中，卞之琳如此评价纪德："因为'超越前去'也就正是'进步'。这也就是纪德的进步，螺旋式的进步。"其次是对纪德的创作手法的领悟。江弱水在《卞之琳"诗"艺研究》一书中，从卞之琳的创作与纪德的创作的比较入手，揭示了卞之琳是如何深谙纪德的"章法文体"之道，是如何吸取纪德的创作手法形成自身创作的文体的："卞之琳对纪德人格和文体的理解与欣赏，似乎使得自己本来就长于作细密精深的思虑的天性，更自然地结合了对文字的巧妙组织和对感觉的细致安排。小说如此，诗也一样。"[3] 由对纪德的思想与创作手法的双重把握，到化纪德的"章法文体"为我有，卞之琳对纪德作品的译介与接受由此而打上了鲜明的个性烙印。

如果说卞之琳对纪德的译介与接受具有某种互动的特色的话，那么盛澄华与纪德的精神交流与对纪德的研究则为中国学者选择纪德、理解纪德提供了另一种可能性。从1934年在清华研究院读研究生期间开始接触纪德起，盛澄华在此后的很长一段时间内，几乎都潜心于和纪德的精神交流之中：潜心读纪德、译纪德，悉心领悟纪德的思想艺术精髓，全面地研究

---

[1] 江弱水：《卞之琳"诗"艺研究》，合肥：安徽教育出版社，2000年，第206—207页。
[2] 同上，第208—209页。
[3] 同上，第212页。

纪德。

　　盛澄华与卞之琳一样，一方面，他全面地阅读纪德作品，选择有关作品加以翻译；另一方面，他将更多的精力投入对纪德作品的理解与研究中去。在翻译方面，盛澄华主要是翻译了纪德的三部重要作品：《地粮》、《伪币制造者》和《日尼薇》。据北塔写的《纪德在中国》一文，盛澄华翻译的《地粮》一书于1945年由从上海迁到重庆的文化生活出版社出版，但根据北京大学中法文化关系研究中心与北京图书馆参考研究部中国学室合作主编的《汉译法国社会科学与人文科学图书目录》，盛澄华译的《地粮》早在1943年就已由重庆的新生图书文具公司出版，收入"作风文艺小丛书"。《伪币制造者》由重庆的文化生活出版社出版，时间为1945年。1946年，上海的文化生活出版社又出版了盛澄华翻译的《日尼薇》。盛澄华翻译的这些作品后来又多次重版，特别是在中国改革开放之后，上海译文出版社在1983年又出版了盛译《伪币制造者》；2002年人民文学出版社和花城出版社联合推出的《纪德文集》中，盛澄华翻译的《伪币制造者》（改名为《伪币犯》）是唯一一部在解放前出版的旧译，足见其译作的生命力之强。

　　在对纪德的研究方面，盛澄华的努力应该说是继张若名之后中国学者接近纪德的又一次精神交流之旅。据北塔的资料，早在1934年在清华研究院读书期间，盛澄华就写过一篇题为"安德烈·纪德"的介绍性文章。在此后的十五年时间里，盛澄华从结识纪德、阅读纪德、翻译纪德到研究纪德，一步步理解纪德，接近纪德。对盛澄华的这一与纪德的交流历程，王辛笛在半个多世纪后撰文追忆，写成了《忆盛澄华与纪德》一文，收入《作家谈译文》[1]一书。在这篇文章中，王辛笛回忆说，1935年，盛澄华赴法国进修学习，而他赴英国爱丁堡大学攻读英国文学。留学期间，辛笛两次赴法国，闲暇时盛澄华与他一起读纪德，谈纪德。他在回忆文章中这样写道：

　　　　遇到闲暇，澄华还和我一同研读纪德的《地粮》和《新粮》，其文体之优美令我心折，就中尤以纪德"关于我思我信我感觉故我在"

---

[1] 王辛笛：《忆盛澄华与纪德》，上海译文出版社编：《作家谈译文》，上海：上海译文出版社，1997年。

的阐释使我终生难忘，受用不浅。澄华当时一面在巴黎大学攻读，一面日夜埋头于纪德全部作品的研究，常常亲去登门请教，纪德十分欣赏他的见解和心得，已成为无话不谈的忘年交。[1]

从王辛笛这篇回忆文章中，我们可以看到，盛澄华与纪德的交往，已经超越了一般的关系，具有相当的深度，而这一关系是建立在他对纪德作品的研究和独特见解之上的。事实上，盛澄华不仅多次当面向纪德请教，而且与纪德有不少的通信往来。在对纪德长达十余年的研读、翻译和思考过程中，盛澄华写下了一系列文章；在纪德获得诺贝尔文学奖后，盛澄华将他研究纪德的主要心得汇集成书，取名《纪德研究》。王辛笛在《忆盛澄华与纪德》中谈到，盛澄华的这部《纪德研究》还是由他推荐给曹辛之办的上海森林出版社（亦即星群出版公司），于1948年12月出版的。该书由正文与附录两个部分组成。正文收录的是盛澄华自1934年起到1947年在《清华周刊》《时与潮文艺》等报刊上发表的九篇文章；附录部分有二，一是《纪德作品年表》，二是《纪德在中国》。关于盛澄华与纪德的关系及他对纪德的研究情况，钱林森在《法国作家与中国》一书中做了较为详细的考察，其中特别谈到三点，即盛澄华对纪德的研究具有一般的研究者所不具备的优势：一是"认真地阅读纪德，并且有自己的批评观点"，因为在盛澄华看来，"对一个伟大的艺术家应予以理解，而非衡量，他的作品本身即是他自己的尺与秤"。二是盛澄华"真切地通过移译了解纪德"。三是"由于对作者的熟稔因而可以更多地借助于作者本人的阐释洞烛作品真髓"。钱林森由此三个优势而得出结论："在中国的许多研究者所砌的攀向纪德的无数面墙中，只有盛澄华最接近纪德。"[2] 对这一结论，我们可能会有不同的看法，如北塔在《纪德在中国》一文中就提出了不同的观点，但如果仔细阅读盛澄华对纪德的研究文章，我们可以发现盛澄华为我们认识与理解纪德，确实提供了不同的参照系。

首先，盛澄华基于对纪德作品的全面与深入的阅读，从整体上把握与评价纪德在艺术与思想两个方面的发展。在《纪德艺术与思想的演进》一

---

[1] 王辛笛：《忆盛澄华与纪德》，上海译文出版社编：《作家谈译文》，上海：上海译文出版社，1997年，第32—33页。
[2] 参见钱林森：《法国作家与中国》，福州：福建教育出版社，1995年，第545—552页。

文中，盛澄华以纪德的创作为依据，将纪德思想与艺术的演进分为了相对独立但又相互影响的三个阶段：由《凡尔德手册》至《地粮》的创作，是"纪德演进中的第一个阶段，也即自我解放的阶段"；而《窄门》《梵谛岗的地窖》《哥丽童》《如果麦子不死》等作品的问世标志着纪德演进的第二阶段，即"对生活的批判与检讨"的阶段，要回答的是人"自我解放"了，"自由了又怎么样"这一本质问题；而《伪币制造者》，则代表着纪德进入了其思想与艺术演进的第三个阶段，即"动力平衡"阶段。盛澄华在论文中明确写道："不消说，《伪币制造者》在纪德的全部创作中占着一个非常重要的地位：以篇幅论，这是纪德作品中最长的一本；以类型论，这是至今纪德笔下唯一的一本长篇小说；以写作时代论，这是纪德最成熟时期的产物。它代表了作为思想家与艺术家的纪德的最高表现，而同时也是最总合性的表现。纪德在生活与艺术中经过长途的探索，第一次像真正把握到一个重心。由此我们不妨把纪德这一时期的演进称为'动力平衡'的阶段。"[1]

其次，基于对纪德的思想的深刻理解，盛澄华能突破纪德在艺术与思想等方面所表现的种种自相矛盾的"表面"，试图以辩证的方法揭示纪德的精神本质。他指出："纪德是那种人：他重视争取真理时真诚的努力远胜于自信所获得的真理。因此他不怕泄露表面的矛盾，因此他教人从热诚中去汲取快乐与幸福，而把一切苟安、舒适、满足都看作是生活中最大的敌人。在这个意义上，纪德才在尼采、陀思朵易夫斯基、勃朗宁与勃莱克身上发现了和他自己精神上的亲属关系。尼采所主张的意志说，陀思朵易夫斯基所观察的'魔性价值'，勃朗宁所颂扬的'缺陷美'，勃莱克所发现的'两极智慧'，以及纪德所追求的不安定的安定，矛盾中的平衡都是对人性所作的深秘的启发，都是主张在黑暗中追求光明与力，从黑暗中发现光明与力，借黑暗作为建设光明与力的基石的最高表现。"[2] 盛澄华对纪德艺术与思想的发展与演变的轨迹的把握由此可见一斑。对"不安定中的安定"与"矛盾中的平衡"的追求，构成了纪德思想与艺术内核的独特因素。在对立中寻找平衡，也正是由此而得到发展的。面对"艺术的真理"

---

[1] 盛澄华：《纪德艺术与思想的演进》，《文学杂志》，1948 年第 2 卷第 8 期，第 7 页。
[2] 同上，第 10 页。

与"生活的真理"这两种互不相让的真理,纪德所要追求的是"协调与平衡"。盛澄华对此做了这样的阐发:"如何在两种对立性上求得协调与平衡,这正是纪德艺术与思想的精神。纪德认为艺术品所追从的是一种绝对性的境域,而艺术家自身则只借艺术品中绝对性的表达才能维护他自身相对性的存在。"[1] 基于对纪德的精神的这种认识,盛澄华通过对《伪币制造者》的悉心研读与领会,对众说纷纭、难以把握的纪德的"多变"做了不同的解读,提出了自己的观点:"纪德是那种人:骤看,你觉得他永远在变,永远生活在不安与矛盾中;但细加探究,你会发现在他生活中也好,在他作品中也好,无时不保存着内心的一贯。这内心的一贯,即是我所谓的动力平衡。在灵与肉、生活与艺术、表现与克制、个人与社会、古典主义与浪漫主义、基督与基督教、上帝与魔鬼无数对立性因素的探求中纪德获得了他思想与作品的力量,纪德以他最个人性的写作而完成了一个最高人生的作家。而这人性感与平衡感最透彻的表现其实莫过于《伪币制造者》。"[2] "多变"与"一贯",不安定与执着,矛盾与平衡,在盛澄华看来,正是这种种丰富而深刻的对立性和纪德对其深刻的把握,构成了纪德艺术与思想的内核。

再次,盛澄华基于对纪德思想与艺术发展的全面把握,在对纪德的后期创作的认识和判断上,表达了自己独立的思想和与众不同的观点。在上文中,我们已经谈到,纪德于1936年11月发表了《从苏联归来》之后,无论是在法国国内,还是在国外,都处在种种的责难与误解之中。超越了文学层面的种种批评甚至谴责一度淹没了其他声音。但盛澄华没有人云亦云,而是从纪德的思想与艺术的演进角度,对他的《从苏联归来》所表达的观点以及思想上的所谓"突变"做了评价。其中有这样一段话:"但当纪德到了六十岁以后突然思想明朗地走入左倾的道路,这是一九三〇年代轰动世界性的一件事情。其实这对一个一生中追求自由与解放,同情被压迫者痛苦的作家如纪德原可看作是最自然不过的事情。"[3] 在盛澄华看来,纪德从苏联归来产生的失望以及他对苏联的批评恰恰证明了纪德的一贯态度,是追求真理所表现出的一贯的真诚态度。在这一点上,盛澄华对纪德

---

1 盛澄华:《纪德艺术与思想的演进》,《文学杂志》,1948年第2卷第8期,第8页。
2 同上。
3 同上,第9页。

的理解确实是深刻的。

从张若名到卞之琳再到盛澄华，我们可以看到，中国学者对纪德的理解与把握，不是对法国文学界的盲目追随，也不是各种声音的简单回响，而是从各自的角度走进纪德的世界，接近纪德，表达不同的观点与认识，表明了他们对纪德的不同理解。无论在对纪德的思想与作品的评价上，还是对作品的选择上，中国学者充分表现出了目光的独特性和选择的多重性。

第四节　延续的生命

1947年，七十八岁高龄的纪德获得了诺贝尔文学奖。以我们今天的目光来看，这在某种程度上意味着纪德已经被接受，被"认定"。在他被授予诺贝尔文学奖之后，在遥远的东方，确切地说，在中国，曾掀起一个不小的纪德高潮。上文中我们所介绍的卞之琳和盛澄华所翻译的纪德的数部重要著作，在他获奖后得以重版，盛澄华、王锐、赵景深等文坛名家先后撰写了介绍文章。在某种意义上，盛澄华的《纪德研究》也是借着纪德的获奖而得以与中国读者见面的。然而，在高潮之后，纪德和西方当代作家的命运一样，渐渐归入沉寂，在中国经历了一个长达四十年的冷落期。直到改革开放之后，纪德才又开始被中国的翻译界与研究界纳入视野，在二十世纪与二十一世纪之交的那个时期，亦即在纪德离开世界半个世纪的前后，开始了他的新的生命的历程。

对纪德在新中国的命运，北塔在《纪德在中国》一文中做出这样的解释："解放以后，也许是因为纪德的反苏问题使人联想到他的反共，所以国内基本上不再有对他的译介和研究。"[1] 北塔的这一看法自然有其道理，但我们认为，除了政治上的原因之外，纪德作品中所探讨或所涉及的诸如道德、宗教、人性等重要主题，也构成了在新中国成立后的很长一个时期内这些作品难以被接受的因素。从文学生命的传播与接受的环境看，我们知道影响的因素有许多，而纪德在新中国所遭遇的，恰是难以超越的意识形态和政治因素。

---

[1] 北塔：《纪德在中国》，《中国比较文学》，2004年第2期，第126页。

有趣的是，中国经历了一系列"运动"与革命，特别是经历了"十年浩劫"之后，国门再度打开时，中国翻译界也又一次担当起了"开放"的先锋角色。从二十世纪八十年代开始，纪德慢慢地又开始在中国传播。最先与中国广大读者见面的，是盛澄华在差不多半个世纪前翻译的《伪币制造者》，由上海译文出版社推出。之后，刘煜与徐小亚合译的《刚果之行》（湖南人民出版社，1986年）、郑永慧翻译的《蔑视道德的人：纪德作品选》（湖南人民出版社，1986年）以及李玉民与老高放合译的《背德者·窄门》（漓江出版社，1987年）相继问世。在二十世纪末与二十一世纪初，纪德又在中国掀起了一股不小的热潮，先是新版《访苏联归来》（朱静、黄蓓译，花城出版社，1999年）收入《访苏联归来》、《〈访苏联归来〉之补充》与《刚果之行》这三部作品，然后又趁其逝世五十周年纪念之际，他的绝大部分作品得以重译，以文集的形式，由多家出版社出版。

从翻译的角度看，有几点特别值得关注：第一是翻译比较系统，有组织有分工；第二是涉及的面较广，翻译的内容包括纪德的小说、游记、传记、文论等；第三是译者阵容比较强。我们在上文已经交代过，除盛澄华的《伪币犯》为旧译外，其余作品基本上都是在新时期重译或新译的，李玉民、朱静、罗国林、桂裕芳、王文融、施康强、马振骋、徐和瑾等一批优秀的翻译家参与了《纪德文集》的翻译。在这一时期，就翻译而论，李玉民为纪德倾注了不少心血。他译了纪德的散文，并以"纪德散文精选"为题，结集出版（人民日报出版社，1999年），还先后翻译过《背德者》《窄门》《田园交响曲》《帕吕德》《忒修斯》等作品。

在大规模且系统地重译或新译纪德作品的同时，国内的文学界和翻译界也对纪德予以了关注。复旦大学的朱静教授撰写了《纪德传》，于1997年由台北亚强出版社出版，不久后，在贾植芳先生的鼓励下，重译了在"三十年代政坛与文坛引起一场轩然大波的"《访苏联归来》，而贾植芳先生则"自告奋勇地向朱静先生推荐自己以一个从历史深处走过来的人的身份，为这个新译本写几句话"[1]。贾植芳为《访苏联归来》的新译本所写的序，应该说是在新时期为中国读者进一步关注纪德起到了决定性的作

---

[1] 贾植芳：《纪德〈访苏联归来〉新译本序》，第1页，见朱静、黄蓓译：《访苏联归来》，广州：花城出版社，1999年。

用。首先，贾植芳作为一个"从历史深处走过来的人"，与纪德有着相通的心，有些话他是憋在心里几十年，借着新译本的问世，一吐为快。他的序言相当长，结合纪德所走过的路，针对纪德在不同时期对苏联的认识，特别是通过纪德的《访苏联归来》这部作品，对纪德的思想演变做了透彻的分析，为中国读者展现了纪德说真话、求真理的心路历程。读贾植芳的序，我们在字里行间明显可以感觉到，在贾植芳与纪德之间，形成了某种对话，产生了强烈的共鸣。特别是在中国经历了"文化大革命"的浩劫之后，结合纪德对苏联的认识与批评，贾植芳在纪德的作品中似乎得到了更为深刻的启迪。序中有这样两段话，特别意味深长：

[纪德] 亲眼所见的苏联现实打破了他的理想式的幻觉。他对苏联各地的自然风物注意得很少，他关心的是苏联人的生存环境和他们的内心世界，他为苏联的前途深深地担忧 [……]

尽管苏联人竭力向纪德展示苏维埃式的自由幸福，纪德却以一个崇尚自由，崇尚个性的西方人，从人们穿着的整齐划一，集体农庄居住的房屋，家具都千篇一律的背后，一语道破了天机："大家的幸福，是以牺牲个人的幸福为代价。你要得到幸福，就服从（集体）吧？"纪德敏锐地指出，在苏联任何事情，任何问题上，都只允许一种观点，一种意见，即我们所熟知的"舆论一律"，人们对这种整齐划一的思想统治已经习以为常，麻木不仁了。纪德发现跟随便哪一个苏联人说话，他们说出的话都是一模一样的。纪德说，这是宣传机器把他们的思想统一了，使得他们都不会独立思考问题。另一方面，一点点不同意见，一点点批评都会招来重大灾祸。纪德严厉批评道："我想今天在其他的任何国家，即使在希特勒的德国也不会如此禁锢人们的思想，人们也不会是如此俯首帖耳，如此胆战心惊，如此惟命是从。"人们所以为人，不同其他低级动物，在于人有头脑，有思想本能，用极权手段剥夺人的思想自由，或者统一人的思想，使人成为真空的地带，无异于抽去人的灵魂，这是极权统治的结果，同时也维护了极权，使之得以继续存在下去。"面对这种思想贫乏，语言模式化的现状，谁还敢谈论文化？"纪德断言："这将走向恐怖主义。"值得玩味的是，纪德当时的这种隐忧与担心，转瞬之间，就变成了活生生的苏联生活现实。[1]

  细读贾植芳的这段评说，我们不难明白他为何要自告奋勇为《访苏联归来》的新译本写序。"牺牲个人的幸福""舆论一律""用极权手段剥夺人的思想自由，或者统一人的思想"，纪德在二十世纪三十年代对苏联的批评，在我们今天看来具有思想深度的解读，无疑带有强烈的时代色彩，这在二十世纪五十年代至六十年代是想也不敢想的。而纪德《访苏联归来》在新时期得以在中国传播，在很大程度上，得益于中国的思想解放运动和越来越自由的政治空气。在这个意义上，我们可以看到，一部外国作品要开辟其新的生命空间，既取决于作品本身的价值，也取决于接受国的政治、思想与文化环境。

  事实上，对于贾植芳而言，他对纪德的认识也是不断加深的，对纪德的《访苏联归来》这部书的理解也经历了一个历史的过程。1936年末，当《访苏联归来》问世后招致种种批评时，贾植芳认为自己"当时还读不懂这本书"。但随着中国形势的激变，贾植芳经历了新中国成立后的历次政治运动，成了"专政对象"。后来"文化大革命"结束，他获得人身解放，由"鬼"变成人，又适逢中国改革开放，得以接触"阿·阿夫托尔的《权力学》、鲍罗斯·列维斯基编的作为'苏联出版物材料汇编'的《三十年代斯大林主义的恐怖》、罗·亚·麦德维杰夫著的《让历史来审判——斯大林主义的起源及其后果》和他的《苏联的少数者的意见》日译本以及被称为西方马克思主义者，德国卡尔·魏特夫的英文本《东方专制主义》等，以及八十年代以来，我国翻译出版的有关描写斯大林统治时期的文艺作品，如帕斯捷尔纳克的《日瓦戈医生》、雷巴科夫的《阿尔巴特街的儿女》、索尔仁尼琴的《癌病房》、《古列特群岛》[2]等等，至九十年代又读了罗曼·罗兰的《莫斯科日记》等之后"[3]，贾植芳觉得自己"才真正读懂了纪德的《访苏联归来》和《〈访苏联归来〉之补充》，并对这位坚持自己的良知和社会责任感的作家，和他敢于顶住当时的政治风浪的人格力量，表

---

1 贾植芳：《纪德〈访苏联归来〉新译本序》，第4—5页，见朱静、黄蓓译：《访苏联归来》，广州：花城出版社，1999年。
2 原文如此，应该为《古拉格群岛》。
3 贾植芳：《纪德〈访苏联归来〉新译本序》，第9页，见朱静、黄蓓译：《访苏联归来》，广州：花城出版社，1999年。

示衷心的尊敬……"[1]

在新时期，贾植芳对纪德的《访苏联归来》的解读主要是政治性的。他对纪德的接受过程既具有独特性，也具有启迪性。其独特性在于贾植芳以自身的人生经历达到了对纪德之精神的深刻把握和理解以及由此而产生的共鸣；其启迪性在于深刻理解与把握一个作家的思想，正确评价一个作家的作品，是需要时间的，也是需要求真的精神的。在这个意义上，我们便有可能更为深刻地理解纪德对读者所说的如下一段话：

> 你们迟早会睁开眼睛的，你们将不得不睁开眼睛，那时，你们会扪心自问，你们这些老实人，怎么会长久地闭着眼睛不看事实呢？

纪德逝世六十多年了，他的生命历程没有结束，法国的读者在睁着眼睛继续读他的作品，中国的读者也在改革开放的年代，勇敢地睁开了一时被遮蔽的眼睛，正视纪德的作品所指向的人类的境况、人类的精神和人类的内心世界，进行全面的探索。柳鸣九为漓江出版社《背德者·窄门》写的序《人性的沉沦与人性的窒息》从人性的角度为我们接近纪德开启了新的途径；青年学人陈映红的《寻觅、体验、"存在"的意识——探寻纪德的轨迹》[2]，则见证了年轻人探寻纪德的生命历程所做的努力；同时，我们也感受到了众读者读《访苏联归来》[3]后的强烈反响[4]。郑克鲁从思想与创作特色两个层面对纪德进行了研究，发表了《社会的批判——纪德小说的思想内容》和《纪德小说的艺术特色》等论文[5]。而徐和瑾、罗芃与李玉民分别为译林版、人民文学版与花城版的《纪德文集》所写的序言，则从各个不同的角度展开了与纪德的对话，为纪德的文学生命在中国的继续拓展与延伸提供了新的可能。

---

[1] 贾植芳：《纪德〈访苏联归来〉新译本序》，第9页，见朱静、黄蓓译：《访苏联归来》，广州：花城出版社，1999年。
[2] 见《法国研究》2001年第1期。
[3] 1999年，辽宁教育出版社也出版了郑超麟老先生译于1937年和1938年的《从苏联归来》和《为我的〈从苏联归来〉答客难》。需要指出的是，郑超麟是在狱中翻译了《从苏联归来》。
[4] 见东西：《纪德〈从苏联归来〉的中国回响》，《方法》，1998年第7期；李冰封：《纪德的真话和斯大林的悲剧》，《书屋》，2000年第1期；郑异凡：《作家的良知——读纪德的〈从苏联归来〉》，《博览群书》，2000年第2期等文。
[5] 分别见《外国文学研究》1996年第4期与1997年第1期。

近十多年来，纪德的研究在继续，主要集中在两个方面：一是涉及其作品中对灵魂和道德的拷问；二是关于其叙事艺术、创作风格等。主要文章有：《相通的灵魂与心灵的呼应：安德烈·纪德在中国的传播历程》（许钧，《江海学刊》2007 年第 3 期）、《一场跨越半个多世纪的风波——评罗曼·罗兰与安德烈·纪德访苏观感引发的纷争》（周尚文，《探索与争鸣》2014 年第 2 期）、《异国心灵的沟通——纪念安德烈·纪德诞生 140 周年》（乐黛云，《中国比较文学》2009 年第 3 期）、《当纪德进入中国》（刘东，《读书》2008 年第 3 期）、《从〈伪币制造者〉解读纪德小说遗产》（陈曲，《理论界》2014 年第 9 期）、《灵魂的拷问——精神分析批评视野下的〈田园交响曲〉主人公形象解读》（李建琪，《文学界（理论版）》2012 年第 8 期）、《艺术家的使命——论纪德的自我书写》（宋敏生、张新木，《当代外国文学》2010 年第 4 期）、《纪德在中国》（北塔，《中国比较文学》2004 年第 2 期）等。

第四章
普鲁斯特与追寻生命之春

对马塞尔·普鲁斯特，当代的中国文学界应该是不再陌生了。他的不朽之作《追忆似水年华》已成为一个重要的现代"文学符号"，占据着二十世纪文学的中心地位。诚如安德烈·莫洛亚所言，至少"对于一九〇〇年到一九五〇年这一历史时期而言，没有比《追忆似水年华》更值得纪念的长篇小说杰作了"[1]。莫洛亚认为《追忆似水年华》之所以值得纪念，并不仅仅因为普鲁斯特的这部作品像巴尔扎克的著作一样规模宏大，还因为普鲁斯特通过他的小说创作发现了新的"矿藏"，突破了巴尔扎克的《人间喜剧》所开拓的外部世界领地，以一场"逆向的哥白尼式革命"，将人的精神重新置于天地之中心[2]。如果说巴尔扎克的《人间喜剧》描述的是人的外部世界，那么普鲁斯特则致力于探索人的内心世界，以其对小说的独特理解与追求，描写"为精神反映和歪曲的世界"。对于中国而言，这是一个怎样的世界？普鲁斯特发现的是怎样的"矿藏"？他是如何实现那场"逆向的哥白尼式革命"的？在本章中，我们将围绕着上述问题，对普鲁斯特这个伟大的作家在中国的译介历程与接受情况做一描述与思考。

---

[1] 安德烈·莫罗亚：《序》，第1页，施康强译，见普鲁斯特：《追忆似水年华》，南京：译林出版社，1989年。
[2] 同上。

第一节 迟到的大师

　　1871年出生于巴黎的马塞尔·普鲁斯特从小喜爱文学,早在巴黎孔多塞中学读书时,就对象征主义产生了兴趣,1888年与同学合办了《丁香杂志》,后又为象征主义杂志《宴会》撰稿。大学毕业后便开始撰写自传体小说,这就是去世后发表的《让·桑特伊》。之后,翻译英国作家罗斯金的《亚珉的圣经》,并于1904年发表,继后又在1906年发表了他翻译的罗斯金的《芝麻与百合》。从1909年开始,动笔撰写长篇小说,一直到1922年因肺炎去世,历时十三年,完成了共为七卷的鸿篇巨制,总名为 A la recherche du temps perdu,中文译名为"追忆似水年华",或《追寻失去的时间》。在他生前,这部巨著中共有四卷出版,即《在斯万家那边》、《在少女们身旁》、《盖尔芒特家那边》与《索多姆和戈摩尔》。弥留之际,他还在床榻上为《女囚》的出版劳心劳力。他逝世后,其余三卷《女囚》、《女逃亡者》和《重现的时光》分别于1923年、1925年和1927年问世。二十五年后,即1952年,他早年创作的《让·桑特伊》正式出版,而他在《追忆似水年华》之前撰写的一些作品片段,由贝尔纳·法卢瓦整理,于1954年出版,取名为《驳圣伯夫》。从普鲁斯特的文学创作历程看,他的短暂的一生主要贡献给了《追忆似水年华》的创作。安德烈·莫洛亚在《普鲁斯特传》的开篇这样写道:

　　　　马塞尔·普鲁斯特的历史,就像他在自己的书中描述的那样。他曾对童年时代的奇幻世界怀有温柔的感情,很早就感到需要把这一世界和某些时刻的美感固定下来;他深知自己体弱,长久地希望不要离开家庭的乐园,不要同人们去争斗,而是用殷勤的态度去打动人们;他体会到生活的艰辛和爱情的痛苦,所以变得十分严厉,有时甚至残酷;他在母亲故世后失去了庇荫之地,却因疾病而过上受保护的生活;他在半隐居生活的保护下,利用自己的余年来再现这失去的童年和随之而来的失望;最后,他把这样找回的时间,作为古今最伟大的一部小说的题材。[1]

---

[1] 安德烈·莫洛亚:《普鲁斯特传》,徐和瑾译,杭州:浙江文艺出版社,1998年,第5页。

在寻到失去的时间过程中，普鲁斯特经受着慢性哮喘和精神痛苦的双重折磨，他真切地认识到："幸福的岁月是失去的岁月，人们期待着痛苦以便工作。"然而，正是由于他在失去的岁月中失去了幸福，他更为强烈地希冀通过小说这一独特的形式，追寻生命之春，企图重新创造幸福。而他最终达到了这一目的，而且是以双重的形式："他以追忆的手段，借助超越时空概念的潜在意识，不时交叉地重现已逝去的岁月"[1]，找回了失去的时间，从而也重获了失去的幸福；同时，这一追寻的过程整个凝结在《追忆似水年华》之中，使其成为一部超过时代的不朽之作，让重获的幸福永存。生命的追寻于是成就了普鲁斯特的生命之升华与艺术之不朽。

中国读者对于普鲁斯特的这一双重的生命历程，是在普鲁斯特离开这个世界很长时间后，才慢慢开始加以关注，并逐渐有所认识的。应该说，在普鲁斯特生前，即便是法国读者，对普鲁斯特的独特生命历程的认识也并不深刻。他的呕心沥血之作《追忆似水年华》第一卷的出版所遭遇的经历足以说明一点：理解普鲁斯特需要的正是时间。随着时间的流逝，《追忆似水年华》这部作品的独特性得以凸显，其价值才渐渐地被人所承认，所关注，所珍视。《追忆似水年华》经受过法斯凯尔出版社的婉拒、《新法兰西杂志》的退稿和奥朗多尔夫出版社的拒绝，更经历过安德烈·纪德初期的误解、奥朗多尔夫出版社社长恩布洛的讥讽[2]，但普鲁斯特在失望、愤怒和痛苦中坚信自己的作品"是美的"，于1913年在格拉塞出版社自费出版了小说的第一卷《在斯万家那边》；七年之后，小说的第二卷《在少女们身旁》由新法兰西杂志社出版，当年11月荣膺龚古尔奖。小说的获奖并不意味着普鲁斯特已经被全面接受和深刻理解，相反，无论是法国文学界，还是一般的读者，对普鲁斯特真正的认识与理解，是在他逝世之后，一步步加深的。

中国文学界接触到普鲁斯特，差不多是在他逝世十年后。据我们所掌握的材料，《大公报·文艺副刊》于288期（1933年7月10日）第

---

1 《编者的话》，第1页，见安德烈·莫洛亚：《普鲁斯特传》，徐和瑾译，杭州：浙江文艺出版社，1998年。
2 恩布洛在给普鲁斯特的退稿信中这样写道："亲爱的朋友，也许我愚昧无知，但我不能理解，一位先生竟会用三十页的篇幅来描写他入睡之前如何在床上辗转反侧。我徒劳地摇头苦思……"见安德烈·莫洛亚：《普鲁斯特传》，徐和瑾译，杭州：浙江文艺出版社，1998年，第266页。

3版和289期（1933年7月17日）第3版刊登的《法国小说家普鲁斯特逝世十年纪念——普鲁斯特评传》，应该是国内第一篇较为系统地介绍普鲁斯特的文字，作者为曾觉之。有心的读者也许已经注意到了，普鲁斯特逝世于1922年，怎么会在1933年发表普鲁斯特逝世十周年的纪念文章呢？副刊的编者按中有这样一段话："普鲁斯特逝世十周年纪念为去年十一月十八日。此文早已撰写。原当公是日登出。乃因本刊稿件异常拥挤，不得已而缓登。"对于当时的中国读者而言，普鲁斯特总是很陌生的；而从《大公报》副刊的这段编者按看，中国文学界对于普鲁斯特的了解也并不迫切，或者从另一个角度看，对普鲁斯特的重要性认识不足，不然绝不会"因稿件异常拥挤"而推迟发表纪念普鲁斯特逝世十周年的长文，且一推就是七八个月。不过，《大公报·文艺副刊》对中国读者认识并逐渐理解普鲁斯特还是做出了不可否认的贡献。曾觉之的文章长达两万余言，共分四个部分，分别为"绪论"、"普鲁斯特之生活"、"普鲁斯特之著作"和"结论"。这篇文章对普鲁斯特的生活与创作和普鲁斯特的作品的价值发表了重要的观点。在"结论"中，有这样一段话，特别意味深长："作家距我们太近，我们没有够长的时间以清楚的审察；看事物，尤其是评判一位作家，太切近了，是使人目眩心迷而不知所措的。"确实，理解一个作家需要时间，而评判普鲁斯特这样一位独特的作家就更需要时间了，何况在当时，外国人士对于普鲁斯特的批评，"赞成的说他是一位稀有天才，为小说界开一个新纪元，反对者说他为时髦的作家，专以过度的琐屑与做作的精巧炫人"。面对外国人士的是非判别，曾觉之则以一个中国人独特的目光做了如下的结论：

> 普鲁斯特在他的作品中，想以精微的分析力显示真正的人心，想以巧妙的艺术方法表出科学的真理。即他的野心似乎使艺术与科学合一；我们不敢说他是完全成功，但他的这种努力，他从这种努力所得的结果，我们可以说，后来的人是不能遗忘的。他实在有一种崭新的心理学，一种从前的文学没有的新心理学；他将动的观念，将相对的观念应用在人心的认识上，他发现一个类是崭新而为从前所不认识的人。这是近代的人，近代动的文明社会中的人，则他的这种发现的普

遍性可想而知了。[1]

今天看来，曾觉之的结论不完全正确，但他却抓住了普鲁斯特的某些本质特征。他对普鲁斯特其人其事的评析，应该说是第一次向中国学界和中国读者比较全面地介绍了法国文学的这位巨匠。就在这篇文章发表七个月后，还是在《大公报·文艺副刊》，发表了普鲁斯特《追忆似水年华》第一卷开头几段的译文，以"睡眠与记忆"为题。根据我们掌握的情况，这一部分译文也许是国内第一次译介普鲁斯特的文字。当半个世纪之后，《追忆似水年华》全书由译林出版社组织翻译，即将出版之际，卞之琳在《中国翻译》1988年第6期发表了《普鲁斯特小说巨著的中译名还需斟酌》一文，文中有这样一段回忆性的文字：

……三十年代我选译过一段。我译的是第一开篇一部分，据法国版《普鲁斯特片断选》（*Morceaux choisis de M. Proust*）加题为《睡眠与记忆》，1934年发表在天津《大公报》文艺版上，译文前还说过几句自己已经记不起来的介绍语，译文收入了我在上海商务印书馆1936年出版的《西窗集》。[2]

根据卞之琳的这段话，我们查阅了《大公报》，在《文艺副刊》1934年2月21日第12版上，我们读到了《睡眠与记忆》这一篇译文，也见到了卞之琳写下的一段他"自己已经记不起来的介绍语"，其中有这样一段：

有人说卜罗思忒是用象征派手法写小说的第一人。他惟一的巨著《往昔之追寻》（*A la recherche du temps perdu*）可以说是一套交响乐，象征派诗人闪动的影像以及与影像俱来的繁复的联想，这里也有，不过更相当于这里的人物，情景，霎时的欢愁，片刻的迷乱，以及层出不穷的行品的花样；同时，这里的种种全是相对的，时间纠缠着空间，确乎成为了第四度（the fourth dimension），看起来虽玄，

---

[1] 曾觉之：《法国小说家普鲁斯特逝世十年纪念——普鲁斯特评传》，《大公报·文艺副刊》，1933年7月10日，第3版。
[2] 卞之琳：《普鲁斯特小说巨著的中译名还需斟酌》，《中国翻译》，1988年第6期，第26页。

却正合爱因斯坦的学说。[1]

在介绍的话中，卞之琳还提到了曾觉之的文章。他的翻译显然受到了曾觉之那篇文章的影响。卞之琳对 Marcel Proust 的名字及书名的译法，有所不同。曾觉之译为"普鲁斯特"与"失去时间的找寻"，卞之琳却译为"卜罗思忒"与"往昔之追寻"。关于书名，在 1934 年以后，有过不少译法，其中折射的不仅仅是语音的转写问题，更多关系到对作品理解与再表达的深层次问题，在下面的讨论中，我们将会涉及。

卞之琳的译文是《追忆似水年华》第一卷《在斯万家那边》开篇的一个片段，在《文艺副刊》上，共分为五段。这五段译文可以说是在后来的四十多年间仅见的普鲁斯特作品的中文译文，篇幅虽不长，但流传甚广。据卞之琳自己介绍，他在上海商务印书馆 1936 年出版的《西窗集》中收录了这个片段的译文。二十世纪七十年代末，香港翻印了《西窗集》；后于 1981 年，江西人民出版社又出版了《西窗集》的修订版，其中一直收有这个片段。2000 年 12 月，安徽教育出版社出版了《卞之琳译文集》，在上卷中，也收入了卞之琳译的这个片段。有必要说明的是，此时作者名已从俗为"普鲁斯特"，但五段译文经过修订，恢复了原作本来的面貌，变为八段，冠名为"《史万家一边》第一段"，但总的书名，卞之琳还是坚持用"往昔之追寻"。

在卞之琳的译文发表之后，出现了几乎长达近半个世纪的沉默，或者说是淡漠，中国文学界和翻译界似乎对普鲁斯特没有表示出应有的重视或兴趣。对《追忆似水年华》这部巨著，也没有发现谁有翻译的意图或志向。直到八十年代，随着中国改革开放的步伐不断加快，思想的禁区不断被打开，中国学者才开始注意到普鲁斯特在西方小说历史发展过程中的特殊位置，在《外国文学报道》上陆续出现了介绍普鲁斯特的文字[2]，对普鲁斯特的《追忆似水年华》也有了一些新的认识。1986 年长沙铁道学院主办的《外国文学欣赏》第 3 期上，刊出了刘自强翻译的《追忆流水年华》（节译）（后又在 1986 年的第 4 期与 1987 年的第 2 期继续刊出，总共约

---

[1] 见《大公报·文艺副刊》1934 年 2 月 21 日第 12 版。
[2] 如在 1982 年，《外国文学报道》的第 2 期与第 5 期，分别刊登了徐和瑾的《马塞尔·普鲁斯特》与冯汉津的《法国意识流小说作家普鲁斯特及其〈追忆往昔〉》两篇文章。

两万字)。就在同一年,即1986年的《外国文艺》第4期上,发表了郑克鲁翻译的普鲁斯特早期写的两篇短篇小说,一篇是《薇奥朗特,或名迷恋社交生活》,另一篇是《一个少女的自白》,均选自他的短篇小说与随笔集《欢乐和时日》。1988年,《世界文学》在当年的第2期上刊登了徐知免翻译的《追忆似水年华》第一卷《在斯旺家那边》的第一部《孔布莱》的第一章,其中包含"玛德兰蛋糕"那个有名的片段[1]。差不多就在八十年代中期,一方面,法国几家有影响的出版社,竞相出版普鲁斯特的《追忆似水年华》新版,如伽利玛出版社于1987年推出了由让-伊夫·塔迪埃主持的七星文库版,弗拉马里翁出版社则在同年出版了著名的普鲁斯特研究专家让·米伊的校勘版;另一方面,在国内,译林出版社也开始积极物色译者,准备推出《追忆似水年华》的全译本。

在组织翻译出版《追忆似水年华》的工作中,译林出版社的首任社长李景端与编辑韩沪麟无疑做出了重要的贡献。关于组织翻译出版该书的工作,译林版《追忆似水年华》的《编者的话》有明确的说明。在《编者的话》中,编者交代了组织翻译普鲁斯特《追忆似水年华》这部在"法国乃至世界文学史上[……]占据着极其重要的地位"的巨著的背景,对小说的艺术形式与价值做了探讨,然后对翻译这部书的必要性做了如下的阐述:

> 对于这样一位伟大的作家,对于这位作家具有传世意义的这部巨著,至今竟还没有中译本,这种现象,无论从哪个角度来看,显然都不是正常的。正是出于对普鲁斯特重大文学成就的崇敬,并且为了进一步发展中法文化交流,尽快填补我国外国文学翻译出版领域中一个巨大的空白,我们决定组织翻译出版《追忆似水年华》这部巨著。

对于中国文学界而言,普鲁斯特确实是一位姗姗来迟的大师。一部在二十世纪世界文学史上公认的杰作,等了半个多世纪之后,才开始被当作一个"巨大的空白",迫切地需要填补。在这段话中,我们特别注意到两点:一是编者把组织翻译《追忆似水年华》这部巨著提高到了"发展中法

---

[1] 见《世界文学》1988年第2期,第77—121页。

文化交流"的高度来认识；二是要"尽快"填补这个"巨大的空白"。在改革开放进程加快的八十年代中期，随着中法文化交流的不断深入，中国读书界和中国文学界确实有了迫切了解《追忆似水年华》的需要，而时任江苏人民出版社译文室主任的李景端及时把握到了这一需要。在与李景端先生的交谈中，我们了解到，实际上，在《译林》杂志社于1982年在杭州召开的中青年译者座谈会上，韩沪麟和罗国林等不少与会译家与学者就提出了要尽快翻译普鲁斯特的那部传世名著。当时还就中译本的书名展开过讨论。会议后不久就开始酝酿如何组织翻译工作。有人提议应该物色一位高水平的翻译家独立翻译。但鉴于《追忆似水年华》的巨大篇幅与该书难以比拟的翻译难度，当时的法语翻译界普遍认为难有人敢于担此重任。在此情况下，出版社的李景端与韩沪麟倾向于以法语翻译界集体的力量，协力完成。为推进翻译的顺利进行，同时保证翻译质量，出版社的领导与编辑采取了一系列有力的措施，对此，《编者的话》中有明确的说明：

> 外国文学研究者都知道，普鲁斯特这部巨著，其含义之深奥，用词之奇特，往往使人难以理解，叹为观止，因此翻译难度之大可想而知。为了忠实、完美地向我们读者介绍这样重要的作品，把好译文质量关是至关重要的。为此，在选择译者的过程中，我们做了很多的努力。现在落实的各卷的译者，都是经过反复协商后才选定的，至于各卷的译文如何，自然有待翻译家和读者们读后评说，但我们可以欣慰地告诉读者，其中每一位译者翻译此书的态度都是十分严谨、认真的，可以说，都尽了最大的努力，对此，我们表示衷心的感谢。为了尽可能保持全书译文风格和体例的统一，在开译前，我们制定了"校译工作的几点要求"，印发了各卷的内容提要、人名地名译名表及各卷的注释；开译后又多次组织译者经验交流，相互传阅和评点部分译文。这些措施，对提高译文质量显然是有益的。

从落实各卷译者到最后交稿编辑出版，前后经历了差不多六年时间。1989年6月，由李恒基、徐继曾翻译的第一卷《在斯万家那边》终于与中国读者见面了。之后，译林出版社陆续推出了七卷本的全套《追忆似水年华》。全书有安德烈·莫罗亚的《序》（施康强译）和罗大冈的《试论〈追忆似水年华〉》，还有徐继曾编译的《普鲁斯特年谱》。七卷及其译者分别为：第一卷《在斯万家那边》（李恒基、徐继曾译）、第二卷《在少女们身旁》（桂裕芳、袁树仁译，1990年6月）、第三卷《盖尔芒特家那边》（潘丽珍、许渊冲译，1990年6月）、第四卷《索多姆和戈摩尔》（许钧、杨松河译，1990年11月）、第五卷《女囚》（周克希、张小鲁、张寅德译，1991年10月）、第六卷《女逃亡者》（刘方、陆秉慧译，1991年7月）和第七卷《重现的时光》（徐和瑾、周国强译，1991年10月）。《追忆似水年华》全套出版不久后，江西的百花洲文艺出版社又出版了王道乾翻译的《驳圣伯夫》（1992年4月）。1992年6月，由柳鸣九先生组织、沈志明选译的《寻找失去的时间》的"精华本"分上下卷由安徽人民出版社出版。关于"精华本"的选编与翻译，柳鸣九在题为《普鲁斯特传奇》的长序附记中这样写道：

……在几年前，当我创办"法国廿世纪文学丛书"的时候，不能不对《寻找失去的时间》这部在法国20世纪文学中举足轻重的杰作有所考虑。很显然，这套丛书作为法国20世纪文学的文库，不应该缺少这个选题，但考虑到全书庞大的规模与一般读者有限的需要，七大卷当然没有必要完全收入，特别是从读书界广泛的需要来看，有了一个供研究用的全本的同时，一个比较简略、使人得以窥其全豹，并充分领略其艺术风格的选本，实大有必要。

在这里，可以看到，柳鸣九是从为一般读者考虑的角度，兼顾到"法国廿世纪文学丛书"的体例，才决定选编"精华本"的。如何选取"精华"？柳鸣九先生在附记中做了说明：

既然不能单选一卷，就得取出整部作品的一个缩影，但从七卷中平均取出，篇幅亦很可观，是"法国廿世纪文学丛书"的袖珍书所难容纳的，这样，我就只能把注意力放在这部巨著原来的三个基本"构件"，即普鲁斯特1913年所完成的三部：《在斯万家那边》、《在盖芒特那边》与《重新获得的时间》上，这三个"构件"组成了莫洛亚称之为"圆拱"的主体，这"圆拱"正是一个浑然整体，正表现出了

"寻找失去的时间"这个主题,而在这三部进行的选择的时候,所要注意的则是:与其照顾叙事详尽性,不如照顾文句的完整性与心理感受的细微程度以及围绕"时间"的哲理,此外,普鲁斯特那种百科全书式学者的渊博也最好有所保存。[1]

"精华本"的取舍不是一个简单的篇幅问题,它体现了编者独特的眼光和对原著的理解,应该说,普鲁斯特的这个"精华本"是中国视角下产生的一个独一无二的"版本"。后来,在沈志明编选的《普鲁斯特精选集》(山东文艺出版社,1999年)中,也收入了这个"精华本",同时还有沈志明翻译的《驳圣伯夫》和《论画家》。

从译林出版社七卷本的《追忆似水年华》到柳鸣九主持编选的《寻找失去的时间》的"精华本",无论书名的翻译,还是对版本的选择[2],都体现了不同的编辑思想,更反映了对作品的不同理解。在下一节中,我们将结合对作品的理解问题就此展开更进一步的讨论。

两个不同版本的出现,"一个全译本,一个精华本,两者相得益彰,不失为社会文化积累中的一件好事"[3],似乎已经可以为普鲁斯特在中国的翻译画上一个休止符。姗姗来迟的大师在逝世近七十年后,终于在中国延续了生命。然而,一个由十五个翻译者参加翻译的全译本和一个仅从"圆拱"主体中选取的"精华本",从问世起就分别带有某种公认的"缺陷"。前者的"风格不统一"与后者的"内容不全面"的遗憾,注定要给有志还普鲁斯特真面貌的追求者以进一步接近普鲁斯特的雄心。在中国最早翻译《追忆似水年华》片段的卞之琳先生在《追忆似水年华》的全译本还没有面世的时候呼吁"普鲁斯特小说巨著的中译名还需斟酌",同时以非常激烈的言辞指出:

> 文学作品的翻译,除了应尽可能保持在译入语种里原作者的个人风格以外,译得好也总不免具有译者的个人风格。译科学著作、理论

---

[1] 柳鸣九:《序》,第23页,见普鲁斯特:《寻找失去的时间》,沈志明选译,合肥:安徽文艺出版社,1992年。
[2] 译林版依据的是1985年的七星文库版,"精华本"依据的是1987年的七星文库版。
[3] 柳鸣九:《序》,第24页,见普鲁斯特:《寻找失去的时间》,沈志明选译,合肥:安徽文艺出版社,1992年。

著作，为了应急，集体担当，统一审校，还是行得通的，而像普鲁斯特这样独具风格的小说创作，组织许多位译者拼凑，决不会出成功的译品。照原书分七部的情况，最多组织七位能胜任的译者分部进行，最好同时在进行中由这几位合作，互据原文校核（翻译总难免疏忽），由责任编辑统一审订润饰，这是不得已的可行办法，我也顺便作此门外建议。[1]

十五个译者翻译一部《追忆似水年华》，虽然有译林出版社周密的组织，有译者之间的相互切磋，有责任编辑的严格把关，但仍难免有"拼凑"之嫌，更有"风格不统一"之虑。作家赵丽宏直言不讳地指出：

> 到八十年代中期，译林出版社首次印发了《追忆似水年华》的全译本，使我第一次浏览小说的全貌。中国读者能读到的这个译本，其实并不理想。很多翻译家参与其事，每一卷有好几个译者，有时一卷有三个译者，每人翻译三分之一。尽管那些翻译家大多有一定的水平，有的水平很高，但是他们对文字的理解以及把法文转换成中文的习惯和能力不一样，这就造成了这个译本的问题，全书的风格的不统一。[2]

作为一个读者，赵丽宏对翻译有自己的判断和看法，虽然对出版年代和全书翻译的分工情况他不太了解，因不通法文对原文到底为何种风格也难以体味，但作为一个作家，他对风格问题有特别的敏感和关注，因此他的看法应该说是有针对性的。事实上，出版此书的译林出版社也意识到了这个问题：

> 由于《追忆》原先法文版本的版权已到期，加之该译本有十五位译者合译而成，风格不尽统一，又留下了诸多缺憾，所以该社拟重新组译此书，由一位认真负责，对《追忆》有研究的资深译者单

---

[1] 见卞之琳：《普鲁斯特小说巨著的中译名还需斟酌》，《中国翻译》，1988年第6期，第29页。
[2] 赵丽宏：《心灵的花园——读〈追忆似水年华〉随想》，《小说界》，2004年第4期，第168页。

独承担，不限定交稿时间。只要求他细斟慢酌，拿出一个高质量的译本。[1]

翻译风格的不统一，因此而成为一个重新翻译此书的根本理由。出于对原著的尊重，更出于对真对美对善的追求，当年参加翻译《追忆似水年华》的十五位译者中，有多位都曾想过要在一个适当的时期，倾余生独立翻译全书。但译者中有的已经过世，有的年事已高，"美好"而勇敢的想法难以付诸实施。直到二十世纪末，上海的周克希与徐和瑾几乎不约而同地开始了各自"寂寞"的精神之旅，依据不同的版本，重新翻译普鲁斯特的不朽之作。多年的努力过后，我们终于等来了周克希与徐和瑾两位译家的重译本。2004年上海译文出版社推出了周克希翻译的《追寻逝去的时光》的第一卷《去斯万家那边》，该书后转由人民文学出版社出版，目前仅出版了第一卷、第二卷与第五卷。"由于时间、体力与精力"的问题，年过七旬的周克希宣布放弃翻译《追寻逝去的时光》余下的四卷。而徐和瑾翻译的《追忆似水年华》第一卷《在斯万家这边》由译林出版社于2005年4月出版，后陆续推出了第二、第三、第四卷。非常不幸的是，徐和瑾于2015年因病逝世，第五卷没有译毕，第六、第七卷尚未开译，留下了永远的遗憾。看来，普鲁斯特在中国的生命历程将会很长，很长。

第二节　　跨越语言障碍，理解普鲁斯特

普鲁斯特作为世界公认的文学大师，在中国的译介却明显出现了滞后。他为何姗姗来迟？柳鸣九先生在为"精华本"所写的长序的附记中对此做了简要的回答：

> 翻译介绍《寻找失去的时间》，一直是我国法国文学工作者企望达到的目标。但这部巨著，由于其题材内容与艺术形式，长期以来在

---

[1] 家麒：《先着手研究，再动手翻译——记新版插图本〈追忆似水年华〉译者徐和瑾》，《译林》，2005年第3期，第210页。

第四章　普鲁斯特与追寻生命之春

我国被视为一部"资产阶级性质十足的作品",翻译介绍始终未能提上日程。1978 年,外国文学领域里对日丹诺夫论断的批判,大大突破了 20 世纪西方文学译介研究的原来状况,开辟了文学翻译的新局面,从此,对 20 世纪外国文学的译介开始蔚然成风。然而,《寻找失去的时间》却又因为其篇幅浩大与翻译难度以及票房价值可能很低而使各出版社望而止步。

在柳鸣九的说明中,我们可以看到,一部作品的翻译并非简单的语言转换,而是要受到多种因素的限制。他所提及的政治因素、语言因素与经济因素都有可能造成译介的障碍。对于普鲁斯特而言,政治因素与语言障碍无疑是推迟了其作品在中国传播的两大重要因素。关于前者,我们在此不拟展开分析,谁都可以理解,一部"资产阶级性质十足的作品"是不可能在"阶级斗争为纲"的年代翻译出版,毒害人民的。关于后者,即语言障碍,我们不妨先从书名的翻译开始分析。

有心的读者一定已经发现,在上文梳理普鲁斯特的不朽名著在中国的译介文字中,作品名的翻译很不统一。就总的书名而言,从曾觉之的《失去时间的找寻》、卞之琳的《往昔之追寻》,到刘自强的《追忆流水年华》、译林出版社版的《追忆似水年华》、沈志明的《寻找失去的时间》,再到周克希的《追寻逝去的时光》,其中的差异是多个层面的。至于各分卷的书名,别的不论,单就第一卷而言,有卞之琳的《史万家一边》、李恒基和徐继曾的《在斯万家那边》,还有周克希的《去斯万家那边》和徐和瑾的《在斯万家这边》,从"一边"到"那边",再到"这边",出现的并非仅是差异,不是大同小异,而是迥然而异,"那"与"这",一字之差,虽谈不上南辕北辙,至少也是大方向有别了。我们知道,翻译过程虽然复杂,但理解是基础。书名如此不统一,甚至迥然而异,涉及的正是对原著的理解问题。

关于书名的翻译,几乎从一开始介绍普鲁斯特以来,就一直存在着分歧。从语义角度看,分歧主要存在于三个关键词:首先是 A la recherche de 这个短语,分别译为"追忆"、"追寻"、"寻找"与"找寻",其中最大的分歧在于"寻"与"忆",从原文看,"寻"是贴近的,"忆"是实施"寻"之行为的方式;其次是 le temps,分别译为"时间"、"时光"与

235

"年华",其区别在于词的内涵有别,且语阶也有异;再次是 perdu 这个形容词,分别译为"失去的"、"逝去的"、"似水"与"流水",有修辞性的、语域的区别,而且十分明显。关于不同译法的区别,有的认为这只是翻译方法的不同,如译林版的《编者的话》中就有这么一段说明:

> 关于此书的译名,我们曾组织译者专题讨论,也广泛征求过意见,基本上可归纳为两种译法:一种直译为《寻求失去的时间》;另一种意译为《追忆似水年华》。鉴于后一种译名已较多地在报刊上采用,按照"约定俗成"的原则,我们暂且采用这种译法。

作为译林版《追忆似水年华》的译者之一,笔者曾参加过上述的译者专题讨论,记得是在1987年暑假在北京大学召开的。离宁赴京开会前,我专门去拜见赵瑞蕻教授,征求他的意见,他的意见很明确,说应该译为"追寻失去的时间"。那次开会讨论的情况,责任编辑韩沪麟有专文发表在《中国翻译》1988年第3期上。确实,对于书名的翻译,与会的译者观点不一,最后勉强形成《编者的话》中所述的两种意见,但最终取哪一译名,竟采取了表决的方法,结果是九比九。出版社的意见比较倾向于"追忆似水年华",觉得比较美,符合传统的小说名,容易被一般读者接受,当然销路也会好一些。当时与会的柳鸣九先生态度也很明确。他说,可以尊重出版社的意见,但作为法国文学研究者,他明确表示会用"寻找失去的时间"。国内第一个翻译介绍普鲁斯特的卞之琳先生,对译林出版社准备选定"追忆逝水年华"这一译名提出了尖锐的批评意见,与韩沪麟针锋相对,认为"普鲁斯特小说巨著的中译名还需斟酌"。对于自己的译名"往昔之追寻",卞之琳说自己也"不满意",但对译林出版社准备用"追忆逝水年华"的译名,他指出:

> 恕我不客气说,时下风气就是附庸风雅,以陈腔滥调为"喜闻乐见",以荒腔走调,写写五、七字句,自以为美,自以为雅,这正是我依据我国汉语特有的性能而最不敢领教的习气。[1]

---

[1] 卞之琳:《普鲁斯特小说巨著的中译名还需斟酌》,《中国翻译》,1988年第6期,第28页。

第四章　普鲁斯特与追寻生命之春

在卞之琳看来，这不是一个"直译"与"意译"的问题，而是涉及"文风"的根本问题。在他看来，"说到全书名，则我敢大胆说，现定的译名不妥，还需要至少小改一下。我国耍笔杆的，为文命题，遣词造句上附庸风雅的回潮复旧习气，由来已久，'五四'白话文学运动的高潮之后，即时有流行，不仅乱搬风花雪月字眼，还瞎凑五七言以至四言句"[1]。他认为"逝水年华"在中文中"文理欠顺"，说日译本用的是"逝水年华"，中译本若用，不仅是"鹦鹉学舌"，而且是"舌学鹦鹉"。关于何种译法为妥，他有两个选择。一个是《思华年》，他很赞同："现在听说罗大冈同志，不约而同，也建议用这个名字，我觉得理由很充分。虽说此名不如原名一样长，截取李商隐绮丽诗句，以其特殊风味和气氛，正符合普鲁斯特这部小说华丽的情调和风格。"另一个是《寻找失去的时间》，他说："张英伦同志等索性照原文干脆译成《寻找失去的时间》，（古译名为《追寻失落的时光》）'因为该书的灵魂是时间，作者也是围绕"时间"两字［一词］做文章的……此外，最后一部"Le Temps retrouvé"，即《重新找回的时间》与书名遥相呼应，寓言深长'，我认为也很有道理。"[2]

对卞之琳的观点，译林出版社在原则上没有接受，但在语言层面，将"逝水"改为了"似水"。对于卞之琳的批评，译林版的不少译家想必不会赞同，在会上坚持要用"追忆逝水年华"的如许渊冲先生，就反对卞之琳的观点。他后来出版的回忆录，就用了"追忆逝水年华"这个书名。"追忆似水年华"也绝不是附庸风雅的产物，更不是"陈腔滥调"。后来这一书名被读者广为接受，也在一定程度上说明了这一点。

但值得思考的是，张英伦的观点是很有代表性的。柳鸣九是法国文学研究专家，他的观点也很明确，在为《寻找失去的时间》写的序中有这样一段话：

这部小说巨著的主题是什么？主要角色是谁？对这两个问题，批评家都答曰："是时间。"没有看过这部作品的人一定会感到难以理解，这对于一部文学作品来说，简直就是一件不可思议的事！但

---

[1] 卞之琳：《普鲁斯特小说巨著的中译名还需斟酌》，《中国翻译》，1988年第6期，第28页。
[2] 同上，第27页。

实际情况的确如此。作者在写这部作品的时候说："时间的观念今天是如此强有力地压在我的心头"，"我一定要把这个时间的印章打在这部作品上"（见安·莫洛亚：《从普鲁斯特到加缪》第33页，Académique Perrin 版）。他给作品取了这样一个富有哲学意义的标题：《寻找失去的时间》，就准确无误地概括与标明了整部作品的目的、主旨与内涵。[1]

柳鸣九的这段评说应该说十分明确地谈了他对小说主题、主旨与主角的认识与看法。基于对小说的如此理解，他坚持用"寻找失去的时间"这一译名便不难理解了。在这段评说中，我们可以看到"时间"一词的四次出现，如果以"时光"或"年华"来取代"时间"一词，也许柳鸣九的这段评论也就失去了其深刻的意义，也就难以"准确无误地概括与标明"整部作品的目的、主旨与内涵，原作书名的"哲学意义"便会在中译名中大大减弱。看来，对于 le temps 一词的翻译是书名翻译的焦点所在，而能否传达原书名的"哲学意义"便成了关键的关键。正因为如此，《寻找失去的时间》的"精华本"的译者、《普鲁斯特精选集》的编选者沈志明始终坚持柳鸣九的观点，无论在翻译中，还是在研究、评论中，用的都是"寻找失去的时间"这个书名。

上海译文出版社版的译者周克希作为译林版第五卷的译者之一，对围绕书名的翻译而存在的分歧自然十分了解，因此，在重新翻译普鲁斯特的这部巨著时，书名的翻译也成了他一个不得不面对的重要问题。在其译本的译序中，周克希也同样对该书的主题谈了自己的看法：

[普鲁斯特]是柏格森的姻亲，并深受这位膺获诺贝尔文学奖的法国哲学家的影响。柏格森创造了"生命冲动"和"绵延"这两个哲学术语，来解释生命现象。他认为，生命冲动即绵延，亦即"真正的时间"或"实际时间"，它是唯一的实在，无法靠理性去认识，只能靠直觉来把握。普鲁斯特接受了柏格森的观点，认为"正像空间有几

---

[1] 柳鸣九：《序》，第3页，见普鲁斯特：《寻找失去的时间》，沈志明选译，合肥：安徽文艺出版社，1992年。

第四章　普鲁斯特与追寻生命之春

何学一样，时间有心理学"。每个人毕生都在与时间抗争。我们本想执著地眷恋一个爱人、一位朋友、一些信念；遗忘却从冥冥之中慢慢升起，湮没我们种种美好的记忆。但我们的自我毕竟不会完全消失；时间看起来好像完全消失了，其实也并非如此，因为它在同我们自身融为一体。这就是普鲁斯特的主导动机：寻找似乎已经失去，而其实仍在那儿、随时准备再生的时间。普斯斯特用了 A la recherche du temps perdu（"追寻逝去的时光"）这么个带有哲理意味，而又不失文采和诗意的书名，就再也清楚不过地点明了这部卷帙浩繁的作品的主题。[1]

若对照柳鸣九的那段评论来读周克希的这段话，我们发现两人探讨的几乎是同一问题，即对书名的理解。在周克希的这段话中，我们同样可以看到"时间"一词的多次重复出现，准确地说，共六次出现，但在关键的第七次应该出现的时候，周克希却用了"时光"一词取而代之，看上去似乎有些违背他的初衷。我们特别注意到其中这样一句话："这就是普鲁斯特的主导动机：寻找似乎已经失去，而其实仍在那儿、随时准备再生的时间。"主导动机已经再明确不过，在周克希的高度概括中，我们已经找到"寻找""失去的""时间"这几个最为关键的词，也恰好是柳鸣九所解读的那几个词："寻找失去的时间"。有趣的是，周克希笔锋一转，出人意料地在最为关键处，将"时间"改为了"时光"。原因何在？原来柳鸣九在原书名中看到的是"哲学意义"，而周克希从中看到的不仅是"哲理意义"，而且是"不失文采和诗意"，于是在左右权衡之下，原本被他高度概括的主导动机中的"寻找"一词，改为了"追寻"，"失去的"改为了"逝去的"，"时间"改为了"时光"。柳鸣九所强调的整个书名的哲学意义因此而在周克希的笔下让位给了"文采"与"诗意"，由"寻找失去的时间"变成了"追寻逝去的时光"。此重心的转移，是得还是失，这是一个问题。

是得还是失？对此问题，周克希应该是认真权衡或考虑过的。为了

---

[1] 周克希：《译序》，第2—3页，见普鲁斯特：《追寻逝去的时光》第一卷《去斯万家那边》，周克希译，上海：上海译文出版社，2004年。

239

回答这个问题，或者说为了寻找此书名的翻译的正确性，他举了英文修订本 In Search of Lost Time，德文译本 Auf der Suche nach der verlorenen Zeit，西班牙文译本 En busca del tiempo perdido，意大利文译本 Alla ricerca del tempo perduto 的译名为证，认为意思均为"追寻逝去的时光"。但若细究，无论是英文的 time，德文的 Zeit，西班牙文的 tiempo，还是意大利文的 tempo，都可以直接对译成"时间"，而限定"时间"的 Lost, verlorenen, perdido, perduto，原意均为"失去的"。特别是 1934 年问世的英译本书名中的 Past 在 1992 年的修订本中改为 Lost，正是从"逝去的"，改为了"失去的"。在译序中，译者如顺应分析的逻辑发展，应该是自然而然地译为"寻找失去的时间"的。可周克希为何却最后选定了"追寻逝去的时光"呢？

彭伦发表在 2004 年 2 月 7 日《深圳商报》上的《周克希访问》也许能为我们解答这个问题。当时彭伦问："《追忆似水年华》这个书名在读者当中可以说是深入人心。这个重译，为什么要改成《追寻逝去的时光》？"周克希回答说：

> 《追忆似水年华》当然是非常优美的书名，让人想起李商隐的诗句"锦瑟无端五十弦，一弦一柱思华年"和《牡丹亭》里的唱词"如花美眷，似水流年"。但是从法语原名的意思上来说，这个译名似乎不太准确。这一点，也可以从其他语言译本上得到印证。英译本 Remembrance of Things Past（意为"往事的回忆"）于 1934 年问世；1992 年，英国企鹅出版社出版修订本易名为 In Search of Lost Time（意为"追寻失去的时光"）。德文译本、西班牙译本、意大利译本大致上均意为"寻找逝去的时光"。我去年 9 月份应法国文化部邀请到法国访问，特地向法国普鲁斯特研究专家塔蒂埃先生请教过书名的问题。他觉得"追寻逝去的时光"或"寻找失去的时间"都比"往事的回忆"更贴近于 A la recherche du temps perdu 的本意。至于英文书名中的 lost，他以为不如用 past 好。听他一席言，我在《寻找失去的时间》和《追寻逝去的时光》这两个待选的书名中肯定了后者。后来我见到程抱一先生，他也认为《追寻逝去的时光》比《追忆似水年华》好，他们的意见坚定了我改名的决心。

第四章　普鲁斯特与追寻生命之春

周克希的回答似乎难以从根本上对他的选择做出解释。若以"准确性"为翻译标准，他必须舍弃"追忆似水年华"，哪怕在他看来这个书名"非常优美"，哪怕它在读者中"已经深入人心"。但问题是，在兼顾"准确性"的同时，他又难以割舍所谓的"文采"，再加上塔蒂埃与程抱一的意见，他"坚定了改名的决心"。但此处有两点疑问：一是塔蒂埃认为"追寻逝去的时光"或"寻找失去的时间"都比"往昔的回忆"更贴近于 A la recherche du temps perdu，不知在与塔蒂埃的交谈中，周克希是如何用法文回译"追寻逝去的时光"或"寻找失去的时间"的差别的，如果是 le temps passé 与 le temps perdu 的差别，想必塔蒂埃不会赞同以"逝去的"（passé）替代"失去的"（perdu）。二是程抱一的选择是在"追寻逝去的时光"与"追忆似水年华"之间，他认为前者好于后者，但若在"寻找失去的时间"与"追寻逝去的时光"之间，不知程抱一更倾向于哪一个？

上海译文版的译者周克希对采取何种译名有过思考，有过分析，也有了自己明确的选择。译林新版的译者徐和瑾则没有在总书名上过于纠缠，他在《译后记》中几乎重复了1990年版的《编者的话》：

> 关于小说的总书名，当时译林出版社曾组织讨论，结果有两种意见，一是直译为《寻找失去的时间》，二是意译为《追忆似水年华》，后又进行表决，结果各得九票，平分秋色，最后译林出版社决定用后一个书名。

徐和瑾是应译林出版社之约重译《追忆似水年华》的，也许是这一书名真的如彭伦所说，已经深入人心，按照接受美学的观点，该书名符合读者的审美期待，得以留存。作为新版的译者，徐和瑾恐怕也有自己的想法。实际上，无论是在1982年发表的《马塞尔·普鲁斯特》一文中，还是在1985年翻译的热奈特的《普鲁斯特和间接言语》中，或在1998年翻译出版的《普鲁斯特传》中，徐和瑾基本上没有用"追忆似水年华"的译法，而是分别译为了"探索消逝的时光"、"追寻失去的时间"和"寻找失去的时间"。在《普鲁斯特传》的《译后记》中，我们读到了如下一段话：

对于普鲁斯特小说的书名 A la recherche du temps perdu，国内曾有过各种各样的译法：《追思失去的年华》、《探索消逝的时光》、《追忆往昔》、《追忆年华》、《追忆似水年华》、《寻找失去的时间》等，目前最常用的是后两种译名。一九八七年，译林出版社在北京召开讨论会，会上对书名的译法进行了讨论，与会者还投票表决，结果这两种译法各九票。出版社最后决定采用意译的译名，即《追忆似水年华》。这部小说贯穿始终的主题是"时间"（temps），译成"年华"、"时光"等虽说文雅，却失去了"时间"的哲学涵义。介词短语 à la recherche de 可与具体的名词连用，表示"寻找"，也可与抽象的名词连用，表示"探索"、"研究"。在普鲁斯特小说的书名中，这个短语兼有这两种涵义，既表示叙述者通过无意识回忆来寻找失去的时间，又表示一种哲学上的探索。另外，总的书名中 temps perdu （失去的时间）和第七卷的卷名 Le temps retrouvé （找回的时间）相对应，如按译林版译本的译法（似水年华/重现的时光），一般读者就无法看出其中的对应之处。根据让·米伊先生的建议，并参照德语、意大利语、俄语等语言的译名，我采用直译的方法，把小说的书名译为《寻找失去的时间》。[1]

值得注意的是，上海译文出版社和译林出版社依据的原文版有别：周克希依据的是塔蒂埃校勘的版本，徐和瑾依据的是让·米伊校勘的版本。他们在确定中译本的书名时，各自都说征询了校勘者塔蒂埃和让·米伊的意见，由此而取了不同的译名，但有趣的是，法国两位普鲁斯特研究的权威，对普鲁斯特的书名应该没有不同的意见。另外。我们注意到，徐和瑾在《普鲁斯特传》的《译后记》（写于 1997 年 3 月）中的这段话与他写于 2004 年 12 月的译林新版《译后记》的那段说明有明显的矛盾之处。按照徐和瑾在 1997 年的观点，他是不同意用译林出版社的"追忆似水年华"这一译名的。但七年之后，当他应出版社之约重译小说时，却用了"追忆似水年华"这一译名，其中必有出版社的意见在起作用。在这个意

---

[1] 徐和瑾：《译后记》，见安德烈·莫洛亚：《普鲁斯特传》，徐和瑾译，杭州：浙江文艺出版社，1998年，第 332—333 页。

义上,总书名的选择就不仅仅是译者本人的选择,而是涉及"读者期待"、"约定俗成"或"翻译赞助人"的意愿等多种因素了。如此看来,翻译的问题,不是一个简单的语言转换问题,理解固然重要,再表达则是在新的历史与文化语境中进行的。作者的意图、文本的意义、译者的理解与读者的期待在这一新的语境中,接受的是多层面的考验。在普鲁斯特进入中国的八十余年历史中,围绕着其小说的书名的翻译所展开的种种讨论、争论,恰正表明了翻译问题的复杂性。体现了"准确性"的"寻找失去的时间",追求文雅的"追忆似水年华",还有想兼具准确而又不失文采的"追寻逝去的时光",普鲁斯特无法对之进行选择,译者又有不同的追求,看来能做出选择的只能是读者。作家赵丽宏的看法也许可以从读者的角度对书名的翻译表明一个基本的态度:

> 我不懂法文,据正在重译此书的翻译家周克希先生说,《追忆似水年华》这个书名的翻译不太准确。英文译本的书名是 Rememer branch of Things Past(赵丽宏的原文如此,有误——笔者注),就是《寻找失去的时间》,我想英文对法文的转译应该是比较准确的,那么较为准确的翻译,这本书就该叫《寻找失去的时间》,这也许与普鲁斯特的本意更接近一些。时间已经失去了,但是它还在,在你的心里与灵魂中,你可以通过你的方式把它找回来。周克希告诉我,他的译本不会用《追忆似水年华》这个名字,就用《寻找失去的时间》。其实,我觉得《追忆似水年华》也是可以的,基本上也有了"寻找失去的时间"的意思,而且更有诗意。对这样一部名著,书名其实不重要,只要你能静下心阅读,就会被它吸引,不管它叫哪个名字。[1]

围绕着总书名的翻译所展开的争论以及所展示的种种观点,使我们看到了对普鲁斯特这一巨著的理解是在一步步加深的。尽管在翻译方法上和文字风格上,各译者有不同的追求,在翻译中体现了自己的主体性,但通过对总书名的讨论,至少对该书的"主题"和"主角"已经有了比较一致的理解。从卞之琳等的片段翻译,到十五个人合力翻译全书,再到沈志明

---

[1] 赵丽宏:《心灵的花园——读〈追忆似水年华〉随想》,《小说界》,2004年第4期,第174页。

在柳鸣九的建议下选译"精华本",又有周克希与徐和瑾独自追寻各自心目中的普鲁斯特,希望给读者一个更真实的普鲁斯特。在追寻普鲁斯特的过程中,译者在不断加深对普鲁斯特的理解的同时,也为不懂法文的外国文学研究者和广大读者提供了接近普鲁斯特、理解普鲁斯特的可能性。

通过翻译,超越语言的障碍,为中国外国文学界研究普鲁斯特提供了方便,也为中国作家与文学大师普鲁斯特的相逢提供了可能。姗姗来迟的大师普鲁斯特终于渐渐地为中国文学界、为中国广大读者所知晓。在这一历程中,翻译与研究又形成了互动的关系,为理解、接近普鲁斯特打开了通道。

中国对普鲁斯特的关注与研究主要开始于中国改革开放初期的八十年代。确实,没有思想的开放,西方的现代派作品就难以进入中国人的视野。就我们所掌握的资料,在 1980 年之后,中国的法国文学界开始把目光投向了普鲁斯特。1981 年的《大学生丛刊》第 3 期上,王泰来发表了《从普鲁斯特的小说片断看意识流的表现手法》,在新时期开启了了解普鲁斯特的历程。在文章中,王泰来以简洁的文字对普鲁斯特的长篇小说做了不乏见地的介绍:

> 普鲁斯特的主要成就就是创作了一部长达十五卷,多达七部长篇组成的多卷集小说《寻找失去的时光》(1913—1927)。这是一部用第一人称(个别章节用第三人称)写作的故事错综复杂、结构新颖的作品。既像回忆,又不完全是回忆;时间、空间概念与传统小说完全不同。[1]

为了说明普鲁斯特的创作特点,王泰来选择了书中那个著名的有关"马德兰小点心"的片段,进行了评说。在王泰来的文章中,普鲁斯特是被当作意识流小说的先驱介绍给中国读者的。1982 年,徐和瑾与冯汉津分别在《外国文学报道》的第 2 期与第 5 期上发表文章。徐和瑾的文章着重介绍普鲁斯特的生平及其长篇小说的创作过程,对小说的主题、结构和特色也做了简要的分析,其中也特别提到了小说第一部分中那块"玛德莱纳小甜

---

[1] 王泰来:《从普鲁斯特的小说片断看意识流的表现手法》,《大学生丛刊》,1981 年第 3 期,第 54 页。

糕"在普鲁斯特小说创作中的重要意义。冯汉津的文章从意识流入手,将普鲁斯特列为西方文学中意识流写作方法的"开山鼻祖"之一,进而就小说的"精神人物"、小说描写的"精神世界"和创作手法进行了讨论,他认为"时间无疑是主宰这部作品的'精神人物'",也又一次论述了"蛋糕浸在茶里的那段著名描写"。

在王泰来、徐和瑾和冯汉津之后,中国法国文学研究界的不少学者都对普鲁斯特表示出了兴趣,陆续在《外国文学欣赏》、《外国文学研究》、《当代外国文学》、《外国文学》和《外国文学评论》等杂志上发表文章。在译林版的《追忆似水年华》问世之前,国内发表的有关普鲁斯特及其小说创作的文章主要有:廖星桥的《普鲁斯特和他的〈忆流水年华〉——法国现代派文学浅深之三》、韩明的《灵魂探索的历程》、刘自强的《普鲁斯特的寻觅》、罗大冈的《生命的反刍——论〈追忆逝水年华〉》和徐知免的《论〈追忆逝水年华〉》[1]。

1989年6月,译林出版社推出了《追忆似水年华》的第一卷《在斯万家那边》,之后,又艰难地出版了两卷。由于出版效益问题,出版社曾一度延缓其他各卷的出版。后来,在法国驻华大使贡巴尔的支持下[2],译林出版社在1991年陆续推出了其他各卷,并得到了读者的广泛喜爱。《追忆似水年华》的全部出版和广为发行在客观上推动了对普鲁斯特的研究与了解。从1990年至2017年,报纸上的零星报道或涉及该书的文章不计,发表的有关《追忆似水年华》的评介文章或研究论文,在中国知网输入"追忆似水年华"的主题,查获207篇。作者主要分两类:第一类为懂法文的法国文学研究者,如柳鸣九、郑克鲁、张新木、刘成富、涂卫群、刘波、臧小佳等,参加翻译此书的部分译者也以译者序、散论或专论的形式发表了一些文章,如沈志明、许钧、张寅德、袁树仁、徐和瑾、周克希等;第二类是不懂法文的作家和外国文学研究者,如赵丽宏、曹文轩、马莉、曾艳兵等。《追忆似水年华》全套的出版不仅推动了对普鲁斯特的介绍和研究,也推进了有关普鲁斯特生平与研究文献的翻译与出版,如

---

[1] 分别见《外国文学欣赏》1985年第1期、《法国研究》1987年第1期、《当代外国文学》1987年第3期、《外国文学评论》1989年第4期和《当代外国文学》1989年第4期。
[2] 笔者于1990年在南京"中法委员会"成立期间,为前来与会的贡巴尔大使当翻译,谈及了《追忆似水年华》翻译及出版困难等情况,他当即表示法方可以资助。后来笔者向李景端汇报了此事,出版社经过努力,获得了出版资助。

让-伊夫·塔迪埃的《普鲁斯特和小说》由桂裕芳和王森执译，于1992年由上海译文出版社出版；热拉尔·热奈特的《叙事话语·新叙事话语》由王文融翻译，于1990年由中国社会科学出版社出版；安德烈·莫洛亚的《普鲁斯特传》由徐和瑾翻译，于1998年由浙江文艺出版社出版；"文学与思想丛书"还以贝克特等著的长文《普鲁斯特论》的名字为书名结集出版了爱尔兰、俄罗斯、法国等文论家论普鲁斯特、莎士比亚创作的论文（科学文献出版社，1999年）；《外国文艺》1999年第1期发表了英国马尔科姆·布雷德伯里的《马塞尔·普鲁斯特》（刘凯芳译）等。这些文献资料与研究成果的翻译出版和发表，反过来又为研究普鲁斯特提供了方便。在翻译与研究互动的基础上，中国年轻一代的学者还撰写了《普鲁斯特评传》[1]，被认为是我国学者研究普鲁斯特作品的第一部力作。近年来，有关普鲁斯特的文献资料与研究成果的翻译出版仍然不断，如皮埃尔-甘的《普鲁斯特传》（蒋一民译，重庆大学出版社，2011年）、爱德蒙·怀特的《马塞尔·普鲁斯特》（魏柯玲译，三联书店，2014年）、乔纳·莱勒的《普鲁斯特是个神经学家》（庄云路译，浙江人民出版社，2014年）、乔治·普莱的《普鲁斯特的空间》（张新木译，华东师范大学出版社，2015年）、克洛德·阿尔诺的《普鲁斯特对阵谷克多》（臧小佳译，上海人民出版社，2015年）、劳拉·马基等的《与普鲁斯特共度假日》（徐和瑾译，译林出版社，2017年）、亨利·拉西莫夫的《亲爱的普鲁斯特今夜将要离开》（陆茉妍、余小山译，四川文艺出版社，2017年）等。从改革开放之后我国法国文学界的学者开始把目光投向普鲁斯特至今，已经过去了三十余年。三十余年来，应该说对普鲁斯特的研究与理解是在一步步加深。下面我们结合有关文章，看看中国学者是如何看待普鲁斯特及其小说，又从哪些方面对普鲁斯特的小说进行了研究的。

首先需要指出的是，译林版的安德烈·莫罗亚长序（施康强译）和罗大冈的代序《试论〈追忆似水年华〉》对后来的研究者产生了较大的影响。而让-伊夫·塔迪埃的《普鲁斯特和小说》与热奈特的《叙事话语·新叙事话语》为研究者提供了方法论的参照与重要的观点支撑。根据目前所掌握的文章，我们发现在二十世纪八十年代发表的大部分文章基本上都没有

---

[1] 涂卫群：《普鲁斯特评传》，杭州：浙江文艺出版社，1999年。

注释注明文章引用的资料来源。到了九十年代之后，也许是有关杂志社对论文的引文标注开始有了比较严格的要求，大部分论文都有文献标注，而被引用最多的就是上文提及的《普鲁斯特和小说》、莫罗亚的长序以及他所著的《普鲁斯特传》的有关观点与文献。热奈特的观点被直接引用的不算太多。如曹文轩发表在《十月》2000年第3期上的《寂寞方舟——关于普鲁斯特》一文，其引文就是取自《普鲁斯特和小说》、《普鲁斯特传》和《普鲁斯特论》三部译成中文的书籍。即使是法国文学研究界的学者，包括张寅德在内，使用的资料也基本上为上述的有关资料。从发表的论文看，张新木使用的原文资料比较丰富，除上述资料外，他还使用了德勒兹的《普鲁斯特与符号》（法国大学出版社，1964年）、巴特的《新评论集》中的《普鲁斯特和名字》（瑟伊出版社，1972年）、乔治·布莱的《普鲁斯特的空间》（伽利玛出版社，1963年）以及法国《诗学》杂志上的有关普鲁斯特的文章。除这些新的资料外，郑克鲁使用的一些研究资料也值得注意，如他发表在《临沂师范学院学报》2004年第2期上的《普鲁斯特〈追忆似水年华〉的多声部叙事艺术》中就标明引用了布雷的《失去的时间到重现的时间》（法国美文出版社，1950年）、柏格森的《论意识的直接材料》（法国大学出版社，1917年）、皮孔的《阅读普鲁斯特》（瑟伊出版社，1963年）和马塞尔·穆勒的《〈追忆似水年华〉中的叙述声音》（日内瓦德罗兹书局，1983年）等重要资料；在《普鲁斯特的意识流手法》（《社会科学战线》1992年第2期）和《普鲁斯特的语言风格》（《外国文学评论》1992年第2期）这两篇论文中，他使用的也有不少原文资料，如乔治·卡托伊的《失去和重新找到的普鲁斯特》（普龙出版社，1963年）、克洛德·莫里亚克的《普鲁斯特》和让·穆通的《普鲁斯特的风格》（巴黎尼泽出版社，1973年）等。由于张新木与郑克鲁掌握的材料相比较来说更为丰富，所以他们的研究角度与途径就有所不同，对此下文还将详述。

除了译林1989年版的莫罗亚长序与罗大冈的代序之外，我们特别注意到柳鸣九为安徽文艺出版社版的《寻找失去的时间》所作的长序《普鲁斯特传奇》，沈志明为《普鲁斯特精选集》所写的编选者序《普鲁斯特的创作思想和小说艺术》，以及周克希为上海译文出版社版《追寻逝去的时光》写的译序与徐和瑾的译林新版的译后记，对《追忆似水年华》进行了各自的阐释。柳鸣九着力探讨了两个主题：一是小说的主题与主要角色是谁；二是普鲁斯特具有何种条件能谱写出如此的人生传奇。沈志明的长序主要回答了三个方面的问题：普鲁斯特的创作历程、创作思想和创作特色。其中他明确说明"普鲁斯特并非柏格森主义者"。关于这一点，沈志明的观点与中国学界以往对普鲁斯特的介绍是完全不同的。他指出："人们在谈论普鲁斯特的时候，往往先讲一通柏格森，说什么'普鲁斯特师承柏格森主义'，'是柏格森的信徒'，'普鲁斯特的作品图解柏格森的哲学'，等等。我们认为这些说法有失偏颇。诚然，普鲁斯特受过柏格森的教诲，受到一定的影响，但他不是柏格森主义者。"[1] 他认为："普鲁斯特的直觉印象说非但与柏格森的直觉主义不同，而且与象征派非理性的、梦幻式的直觉说也迥然有异。"[2] 周克希的译序与柳鸣九和沈志明的长序相比，具有另一种风格。他没有就小说本身做深入的思考，而是从一个译者的角度，以散文化的笔调，记叙了他对小说结构、小说风格和小说创作历程的认识，字里行间，透出他对小说的一份挚爱以及他移译的艰难与奋斗。徐和瑾是一个学者型的翻译家，他是新时期最早关注普鲁斯特的学者之一，加之他又翻译过莫洛亚的《普鲁斯特传》，应该说，他对普鲁斯特作品的了解与理解是比较全面深入的。在译后记中，他以十分精练的文字，对《追忆似水年华》涉及的几个重要问题做了提纲挈领式的阐述：意识流——内心独白；无意识回忆——马德莱娜蛋糕；房间卧室——回忆的场所；贡布雷——真实和虚构；"斯万之恋"——普鲁斯特爱情理论的范例；卡特利兰花；小乐句——樊特伊奏鸣曲和斯万的梦。借助对作品所涉及的这些重要问题的解释，徐和瑾为中国读者接近和理解《追忆似水年华》打开了一扇扇窗户。确实，作为《追忆似水年华》的译者或研究者，柳鸣九、沈志明、周克希与徐和瑾为《追忆似水年华》在中国的传播做出了不可替代的重要贡献。

在研究《追忆似水年华》的中国学者中，郑克鲁、张寅德和张新木的工作值得特别推荐。

郑克鲁从二十世纪九十年代初开始，一直关注普鲁斯特。他在《外国

---

[1] 沈志明：《编选者序》，第13页，见沈志明编：《普鲁斯特精选集》，济南：山东文艺出版社，1999年。
[2] 同上，第17页。

文学评论》《社会科学战线》等刊物发表了多篇研究普鲁斯特的文章，后又在他著的《现代法国小说史》中专辟一章，题为"意识流小说家马塞尔·普鲁斯特"，对"普鲁斯特的生平与创作"、"普鲁斯特的意识流手法"和"普鲁斯特的语言风格"做了较为系统的研究。他认为，"《追忆似水年华》的独创性首先表现在意识流手法的运用上"，而"普鲁斯特的意识流手法表现为回忆"，"既然是回忆，就必然与时间相连。普鲁斯特创造了一种'时间心理学'"。从意识流这一独创性因素入手，郑克鲁对普鲁斯特的特点做了探讨和分析，进而归纳出普鲁斯特意识流手法的五个特点[1]。除了对普鲁斯特意识流手法的探讨之外，郑克鲁对普鲁斯特的语言风格的研究也颇具特色。他指出："构成普鲁斯特的语言风格的基本要素是：繁复重叠的长句，和谐多彩的句型；前者为主要特色，后者如众星拱月，起着平衡和多变化的辅助作用。两者相得益彰，不可或缺。繁复重叠的长句与细腻曲折的感情宣泄相适应，而和谐多彩的句子与优美、柔和、自然、机智的表达方式相合拍，这正是普鲁斯特的文字在感情色彩上表现出来的风格特点。"[2]

意识流手法是普鲁斯特创作的独创性因素，而风格则是普鲁斯特区别于其他作家的本质性因素，郑克鲁对这两者的分析和探讨的价值是显而易见的。张寅德关注的焦点与郑克鲁不同。他最早探讨的是"普鲁斯特小说的时间机制"问题，之后逐渐关注普鲁斯特的叙事手法与风格。1992年，张寅德在三联书店（香港）有限公司出版了《意识流小说的前驱：普鲁斯特及其小说》一书，全书共四章，分别为"普鲁斯特的生平"、"普鲁斯特的作品"、"普鲁斯特与时代"和"《追忆似水年华》评析"。特别值得一提的是该书的第四章，着力于分析《追忆似水年华》的"三重主题、叙事主体、时间结构与艺术风格"四个重要问题。从全书的写作看，张寅德对《追忆似水年华》的分析主要得益于热奈特的叙事理论。

张新木对普鲁斯特的研究采用的是符号学途径。他发表了《用符号重现时光的典型——试释〈追忆似水年华〉的符号体系》、《论〈追忆似水年华〉中符号的创造》和《论〈追忆似水年华〉的叙述程式》三篇系列论文。他认为："普鲁斯特的小说创作主要依靠两个形式，即'我'和时间。

---

[1] 见郑克鲁：《现代法国小说史》，上海：上海外语教育出版社，1998年，第99—116页。
[2] 同上，第116—117页。

'我'统一了叙述视野,使人物服从于中央视角。同时'我'没有打上明确的个性印记,具有足够的普遍性,成为一切人的我。[……]时间则控制着小说的进展、故事的叙述和人物的生活。"《追忆似水年华》是"以符号的形式重新创造和安排时间,使过去、现在、未来融为一体,组成一个独特的时光体系,造就了《追忆似水年华》的巨大魅力"[1]。关于普鲁斯特在小说创作中的符号创造,张新木指出:"从提取时间并使它成为符号的方法来看,《追忆》中有反理性法、组合法、运转法等。"[2]而整部小说"采用了三部生产作品的机器:生产零碎物品的机器,生产共鸣效果的机器和非逆向运动的机器。每台机器都生产出真理,生产出时光符号:零碎物品显示消逝的时光,共鸣显示重现的时光,非逆向运动用运转法显示时光的消逝,赋予时光符号一种统一的形式"[3]。从张新木的研究看,符号学的研究途径有助于整体把握普鲁斯特的小说创作手法和内在联系。2015年,张新木推出了研究普鲁斯特的专著《普鲁斯特的美学》。该书"以《追忆似水年华》为主要分析对象,系统地梳理了普鲁斯特的美学思想和创作技巧,归纳出普鲁斯特美学的主要成分和应用规律,以重建普鲁斯特的美学思想体系及其实践经验。主要内容集中在作家的人格、作品的风格、叙事艺术、小说美学、戏剧艺术、时间的美学、空间的美学等。此外,本书还探讨了普鲁斯特整体美学和作品接受的问题,以扩展普鲁斯特美学的视野"[4]。

对于中国学界对普鲁斯特的研究历史与现状,涂卫群有过较为系统的梳理与分析[5]。

总体而言,中国学者对《追忆似水年华》的研究应该说是一步步前进的,而且研究的角度也有所变化。但不可否认的是,无论是研究的深度,还是研究的广度,都与普鲁斯特及其巨著《追忆似水年华》在文学史上的地位极不相称。从研究的内容看,我国学者所关注的问题比较集中,或者说比较单一,大部分都只局限于一般的介绍;从研究的方法看,除上文中

---

1 张新木:《论〈追忆似水年华〉中符号的创造》,《外国文学评论》,1997年第2期,第42页。
2 同上,第43页。
3 同上,第46页。
4 张新木:《普鲁斯特的美学》,南京:南京大学出版社,2015年,参见该书"内容简介"。
5 参见涂卫群:《新中国60年普鲁斯特小说研究之考察与分析》,《北京大学学报》(哲学社会科学版),2012年第3期,第91—100页。

提及的一些较有特色的研究之外，不少文章都是采用中国传统的方法，着重于生平和创作思想的评介，很少就作品本身展开系统的分析与深入的研究。而且，重复性的研究比较突出，绝大多数文章都基本上围绕着小说创作的主题——时间、柏格森对普鲁斯特的影响、无意识回忆等手段展开，甚至连举的例子都有雷同的倾向，小玛德莱娜蛋糕几乎成了一个永恒的例证。就此而言，中国学界对普鲁斯特的研究在某种意义上只是刚刚起步，期待着更深入、更为系统的探索。

第三节　普鲁斯特在中国的影响

　　从1934年卞之琳以"睡眠与记忆"为题翻译了普鲁斯特那部不朽名著开篇几个段落开始，到1991年译林出版社出齐了《追忆似水年华》的全译本，再到2004年和2005年上海译文出版社与译林出版社推出分别由周克希和徐和瑾执译的重译本的第一卷，普鲁斯特在中国的翻译历史前后已历经八十多个春秋。作为在世界文学史上有着重要位置的文学大师，普鲁斯特在中国的译介历程远远没有结束，他的长达数十卷的《书信集》在中国基本没有译介，只有零星的介绍[1]；周克希独立执译的重译本目前只出版了第一、第二和第五卷，而徐和瑾的重译本已出第一至第四卷，他于2015年去世，未能完成余下三卷，留下了永久的遗憾。特别是中国学界对普鲁斯特的研究，大都只局限于一般的介绍，少有深入的探讨，更遑论系统全面的研究。所幸中国学界仍在继续探索之中，并有多个研究项目得到中国社科基金的课题立项资助，如1999年郑克鲁的"普鲁斯特评传"，2003年涂卫群的"眼光的交织：在普鲁斯特与曹雪芹之间"，2012年臧小佳的"马塞尔·普鲁斯特与绘画、音乐及哲学的关系研究"等项目。在这个意义上说，普鲁斯特在中国的生命历程还将继续。在上文中，我们对普鲁斯特在中国的译介历程做了比较客观的描述与浅要的分析，从中我们可以看到，译林出版社于1989年开始陆续推出普鲁斯特的《追忆似水年华》的全译本，对于普鲁斯特在中国的传播与影响而言，是一个具有历史性意义的事件。对于翻译者与出版者而言，《追忆似水年华》全译本的

---

[1] 如袁莉翻译的《普鲁斯特致安德烈·纪德的信》，见《当代外国文学》1995年第2期，第140—141页。

问世，填补了我国外国文学翻译史上的一个巨大的空白；对于作者普鲁斯特而言，他终于在人数众多、历史悠久的汉语世界赢得了广大的读者；对于读者而言，通过汉译本，他们终于可以有缘结识二十世纪最伟大的作家之一普鲁斯特，在他创造的神秘的符号世界中与大师交流；对于研究者而言，无论是通晓法语的，还是不懂法语的，《追忆似水年华》全译本的问世，无疑为他们的探索与研究提供了莫大的便利，在某种意义上也直接推动了中国学者对普鲁斯特的关注与研究。

在上文中，我们已经提到，在杂志上对普鲁斯特的片段译介和有关出版社出版的普鲁斯特的著作不计，单就译林出版社推出的《追忆似水年华》的全译本而言，从1991年全译本问世至今，总计发行超过二十万套（不包括该书的台湾版发行的数量），足见中国读者对普鲁斯特的关注和喜爱程度，当然也不排除某种好奇与从众的阅读心理。

1991年，当《追忆似水年华》全译本问世时，在中国应该是产生了巨大的轰动效应，从新华社到《人民日报》《光明日报》等各大媒体，纷纷报道普鲁斯特这部不朽名著中译本的问世，中央电视台和中国国际广播电台也做了报道。次年，《追忆似水年华》全译本荣膺中国新闻出版署主办的中国首届全国外国文学优秀图书奖一等奖（1992）和江苏省第二届文学艺术金奖。在此之前，笔者曾以"神秘的普鲁斯特与好奇的中国人"为题，用法文撰文，将普鲁斯特的《追忆似水年华》在中国的问世过程做了介绍分析，文章分别发表在法国著名的文学刊物《文学半月刊》（1990年2月16—28日刊）和《世界报》（1990年1月20日第2版）上，引起了法国学者和读者对普鲁斯特在中国的译介与传播过程的关注。

《追忆似水年华》全译本的问世，不仅产生了一时的轰动，而且还产生了持续的影响。中国文学界和外国文学界对普鲁斯特始终抱以极大的兴趣，特别是对于中国作家而言，普鲁斯特的《追忆似水年华》是不能不读的作品。2000年，漓江出版社出版了由刘锋、张杰、吴文智主编的《20世纪影响世界的百部西方名著提要》，《追忆似水年华》毫无争议地入选此书。宋学智撰写的提要，就《追忆似水年华》的主要内容、结构、创作方法与特色进行了探讨，对普鲁斯特的地位与影响做了认定。

普鲁斯特借助翻译，在中国得以延伸其生命。《追忆似水年华》全译本巨大的发行量、无数的读者和持续不断的关注，构成了其影响的表征，但在我们看来，一部文学作品真正的持久的影响力，并非完全决定于其发行量的多少，而要看它是否能作用于人类的灵魂，是否能对后来作家的创作产生影响。

在《追忆似水年华》全译本在中国问世后发表的有关阅读或评论普鲁斯特的文字中，我们特别注意到了赵丽宏的《心灵的花园——读〈追忆似水年华〉随想》。普鲁斯特的追忆作用于赵丽宏的随想，而在赵丽宏的随想中，我们可以真切地感受到普鲁斯特对于他的灵魂与精神的影响。赵丽宏在文章开篇这样写道：

> 读《追忆似水年华》，是一次美妙的精神漫游。在一个个寂静的夜间，独自静静地品读，静静地走进普鲁斯特的世界，可以看到一个人的心灵怎么繁衍、成长为一个阔大涵深的花园。[1]

在赵丽宏看来，"世界上最丰富和博大的不是我们可以看见的客观的世界，而是人类的心灵，这种博大和丰富是无穷无尽的"。他读《追忆似水年华》就有这样的感受。普鲁斯特"把自己的心灵开掘出来，打开心门，让内心深处最隐秘的情感源源不断地喷出来、流出来、飞出来，显现出一个丰富而美妙的世界。因此我说它是心灵的一片花园"[2]。

在普鲁斯特开辟的这片心灵的花园中，赵丽宏感到了普鲁斯特用诗意的语言所构筑的对时间、空间和生命的种种感受，具有无比渗透的影响，因此而激起了赵丽宏"强烈的共鸣"：

> 一个热爱艺术的人，拒绝大自然的亲近，那是无法想象的。这点引起我强烈的共鸣。我也是一个非常迷恋大自然的人，曾经在农村生活过多年。"文革"时期，我"插队落户"在崇明岛一个偏僻的村庄里，生活艰苦，处境孤独，心情也忧郁，但我和美妙的大自然朝夕相处，常常会面对着大自然万种风情产生各种各样的遐想。那时有些农民看见我独自一人坐在海堤上看落日沉江，一直到天黑才回家，担

---

[1] 赵丽宏：《心灵的花园——读〈追忆似水年华〉随想》，《小说界》，2004年第4期，第167页。
[2] 同上，第168—169页。

心我这个沉默寡言的知青是不是变傻变呆了，甚至以为我有自杀的倾向。其实他们不了解我，那恰恰是我陶醉享受的时光。面对着美妙的大自然，一切忧伤和忧愁都会在瞬间烟消云散。所以读普鲁斯特对大自然的那些描绘特别能使我引发共鸣。[……] 在《追忆似水年华》中，我听见普鲁斯特时时都在对我说："好好看，世界上所有奇妙的秘密都蕴藏在这些最简单的事物中。因为你愚钝，因为你麻木，所以你才会视而不见！"现在那种科技高度发达、物欲汹涌泛滥的生活会使很多人愈益愚钝麻木，尽管他们觉得自己的聪明胜过前人。我想，如果能静下来读读《追忆似水年华》这样的书，我们的精神世界就会丰富一点，我们的愚钝和麻木或许会少一点。[1]

在赵丽宏的这段文字中，我们不难看到，普鲁斯特对于他的影响是深刻的。普鲁斯特为他打开了心灵的世界，在这个世界里，他看到了激情的生命过程的重演，看到了失去的时光在重现，看到了人的精神世界在丰富，看到了人的心灵在成长。

在2005年上海图书馆纪念上图讲座二十五周年活动中，赵丽宏在上海图书馆名家解读名著讲坛上，与广大听众分享了他阅读、理解普鲁斯特的《追忆似水年华》的经历，通过"空中图书馆"，将他所体验的普鲁斯特介绍给更多的读者与听众。

赵丽宏阅读普鲁斯特的经历与感受，从一个侧面反映了普鲁斯特对读者的心灵世界的影响力与渗透力。同时，在中国当代作家的一些著述中，我们还发现了在写作的层面，中国作家从普鲁斯特那里所受到的启迪与影响。余华的《在细雨中呼喊》就留下了普鲁斯特的痕迹。

《在细雨中呼喊》成书于1991年9月17日，是余华的第一部长篇力作。据上海文艺出版社的作品简介，"小说描述了一位江南少年的成长经历与心灵历程。作品的结构来自于对时间的感受，确切地说是对记忆中的时间的感受，叙述者天马行空地在过去、现在和将来这三个时间维度里自由穿行，将记忆的碎片穿插、结集、拼嵌完整"。《在细雨中呼喊》的这段介绍性文字，自然而然地将笔者的目光引向了普鲁斯特的《追忆似水年

---

[1] 赵丽宏：《心灵的花园——读〈追忆似水年华〉随想》，《小说界》，2004年第4期，第171页。

华》，两者之间，显然存在着某种关联。1991年前后，是《追忆似水年华》在中国最为轰动的一段时间，赵丽宏在用心阅读《追忆似水年华》之后写过这样一段话：

> 时间。回忆。普鲁斯特小说中的这两个主题是发人深省的。时间在毁灭一切，而回忆可以拯救已经消失的往昔。其实人世间任何一刻只要发生过的就不会消失，只要你记得它，只要你愿意回忆它，只要你珍惜它。如果你是一个珍惜光阴、热爱生命、喜爱艺术的人，那么你曾经经历过的生活——那些美妙的、哀伤的、刻骨铭心的瞬间，就可能在你意想不到的时候，当一个特定的情景在你的周围发生时，它们就会不期而至，把你重新找回到已经消逝的时光中，激情的生命过程重现了，重演了。这是一种奇妙的境界。我们相信每个人都可以达到这种境界，普鲁斯特用他的小说为我们作了示范。[1]

我们不知余华是否在《在细雨中呼喊》中达到了普鲁斯特的这种境界，也不知余华是否承认普鲁斯特的小说为他的创作"作了示范"，但《在细雨中呼喊》的作品简介的这几行文字足以显示两者之间所存在的隐秘的联系。实际上，余华在1998年8月9日为《在细雨中呼喊》的意大利文版写的自序中，或多或少地披露了源自普鲁斯特的《追忆似水年华》的某种影响：

> 我想，这应该是一本关于记忆的书。它的结构来自对时间的感受，确切地说是对已知时间的感觉，也就是记忆中的时间。这本书试图表达人们在面对过去时，比面对未来更有信心。[……]当人们无法选择自己的未来时，就会珍惜选择过去的权利。回忆的动人之处就在于可以重新选择，可以将那些毫无关联的往事重新组合起来，从而获得了全新的过去，而且还可以不断地更换自己的组合，以求获得不一样的经历。[2]

---

1 赵丽宏：《心灵的花园——读〈追忆似水年华〉随想》，《小说界》，2004年第4期，第178页。
2 余华：《意大利文版自序》，第5页，见余华：《在细雨中呼喊》，上海：上海文艺出版社，2004年。

余华评介自己作品的这段话，完全可以用于评介普鲁斯特的《追忆似水年华》。安德烈·莫洛亚为《追忆似水年华》所写的长序有类似的评说：《追忆似水年华》的"第一主题，是时间。他的书以这个主题开端、告终"，时间于是又成了全书的结构之源——"'过去'便是我们每个人身上都存在的某种永恒的东西。我们在生命中某些有利时刻重新把握'过去'，便会'油然感到自己本身是绝对存在的'。所以，除了第一个主题：摧毁一切的时间而外，另有与之呼应的补充主题：起保存作用的回忆"[1]。拿余华的话说，回忆，是为了获得过去，一个"全新的过去"。看来，余华对普鲁斯特创作的奥秘是心领神会的。他在2003年5月26日为韩文版《在细雨中呼喊》写的自序中进一步道出了他创作的初衷，也坦言了普鲁斯特对他的影响：

> 我要说明的是，这虽然不是一部自传，里面却云集了我童年和少年时期的感觉和理解，当然这样的感受和理解是以记忆的方式得到了重温。
>
> 马塞尔·普鲁斯特在他那部像人生一样漫长的《追忆似水年华》里，有一段精美的描述。当他深夜在床上躺下来的时候，他的脸放到了枕头上，枕套的绸缎可能是穿越了丝绸之路，从中国运抵法国的。光滑的绸缎让普鲁斯特产生了清新和娇嫩的感觉，然后唤醒了他对自己童年脸庞的记忆，他说他睡在枕头上时，仿佛是睡在自己童年的脸庞上。这样的记忆就是古希腊人所说的"和谐"，当普鲁斯特的呼吸为肺病困扰变得断断续续时，对过去生活的记忆成为了维持他体内生机的气质，让他的生活在叙述里变得流畅和奇妙无比。[2]

显然，对于普鲁斯特，余华是认同的。安德烈·莫洛亚说："普鲁斯特的主要贡献在于他教给人们某种回忆过去的方式。"借助普鲁斯特传授的某种回忆过去的方式，余华通过创作《在细雨中呼喊》，得以"在记忆深处唤醒了很多幸福的感觉，也唤醒了很多辛酸的感受"[3]。

---

1 安德烈·莫罗亚：《序》，第7页，见普鲁斯特：《追忆似水年华》，施康强译，南京：译林出版社，1989年。
2 余华：《韩文版自序》，第7页，见余华：《在细雨中呼喊》，上海：上海文艺出版社，2004年。
3 同上。

第四章　普鲁斯特与追寻生命之春

像余华一样，在普鲁斯特那儿悟到了某种回忆过去的方式的作家在中国恐怕还有。像作家史铁生，当他在轮椅上用心阅读《追忆似水年华》的时候，也许他获得的不仅仅是回忆过去的方式，更是他追寻生命之春、赋予生命新的本质的某种启迪。又如评论家费振钟，在他的《为什么需要狐狸》一书的自序《梦到狐狸也不惊》中，他这样写道：

> 感性在时间之中存在，并且在时间中生长，追寻失去的时间，在普鲁斯特那里，就是追寻那些时间之中的感性世界。你读普鲁斯特的小说，就知道早在写作《驳圣伯夫》时，每天早晨谛听天鹅绒窗帘之外的阳光，他对于时间的幻想和认识，总是与他复活感性的努力联系在一起。感性在时间远处，体现了它记忆的长度和历史厚度。一个能够回到感性的历史之中的人，才说得上感性的复活，才有真正的感性。[1]

读费振钟的这段话，再读他的《为什么需要狐狸》，我们可以相信，费振钟也在普鲁斯特那儿，找到了回到感性的历史之中的道路，也找到了重新找回失去的时间的道路。普鲁斯特应该为此感到高兴，他所开辟的独特的"回忆"之路，将会继续在全世界，在中国，为人们与时间抗争，与遗忘抗争，寻找失去的时间，进而追寻生命之春提供种种可能性。

---

[1] 费振钟：《自序》，第2页，见费振钟：《为什么需要狐狸》，南京：江苏文艺出版社，2006年。

第五章
莫洛亚与大师生命的重生

用著作等身来形容安德烈·莫洛亚是再恰当不过的了。他一生创作了数十种体例的近二百部作品。他既是法兰西学院四十位"不朽者"之一,也是一位以渊博的学识和高雅的格调而得到公认的法国现代文化名人。在中国读者眼中,一方面,他是一位对生活与存在表现出健康的情趣、艺术的情怀、乐观的精神、积极的姿态和坚定的信念的小说家、散文家和评论家,他的大量作品涉及人类精神生活多个领域,因笔触优美细腻、风格清新浪漫,蕴藉智慧与哲理,且长于内心剖析,洞幽烛微,而毫无疑问地归入法兰西优秀文化之列;另一方面,更为突出的是,他打破了传统的传记写法,开创了传记文学的新方向,以一系列成功地表现了诗与真、科学与艺术、历史与文学、真实与个性相统一的传记文学作品,给中国读者留下了一个个性格鲜明而又复杂、矛盾而又真实的人物形象,确立了他作为世界三大传记作家的地位。

第一节　传记大师在中国

一、民国时期的译介

1918年,莫洛亚将自己的军中见闻写成了第一部小说《布朗勃尔上校的沉默》,不想一炮打响,骤然成名的感觉如同"《天方夜谭》里的补鞋匠成了苏丹王的座上客一样"[1]。据罗新璋文载,不久我国就有了毛文锤口授、林纾笔译的《军前琐语》[2]。二十世纪二十年代,我国就有陈西滢翻译的《少年歌德之创造》,这是根据莫洛亚《幻想世界》[3]中的一篇译成,由上海新月书店1927年初版,1928年再版,1930年三版。1929年,启智书店又出版了王了一翻译的《女王的水土》。同年,《新月》期刊发表了莫洛亚的《谈自传》,从这篇文章中,我们可以看出莫洛亚对传记文学情有独钟的一个侧面。二十世纪三十年代出版的莫洛亚的作品,既有传记如《爱俪尔》(即《雪莱传》,1931/1935)、《屠格涅夫传》(1934)、《服尔德传》(1936),也有小说如《爱底雾围》(1932)、《情人的悲哀》(1938),历史作品如《维多利亚时代英宫外史》(1935),游记如《文艺家之岛》(1935),还有傅雷翻译的随笔散文《恋爱与牺牲》(1936)和《人生五大问题》(1936)。傅雷在《人生五大问题》的《译者弁言》中说:"丁此风云变换,举国惶惶之秋,若本书能使颓丧之士萌蘖若干希望,能为战斗英雄添些少勇气,则译者所费之心力,岂止贩卖智识而已哉?"[4]这充分表明了忧国忧民的译者良好的选择动机。更为重要的是,该书深受广大读者喜爱,许多中国读者正是通过这本书认识了莫洛亚。在此之前,傅雷还翻译发表了莫洛亚的《因了巴尔扎克先生底过失》[5]。进入四十年代,我们可以从再版现象注意到,莫洛亚传记作品颇受中国读者的欢迎,其中如,傅译《服尔德传》1947年再版;魏华灼译《雪莱传》1941年初版,1947年再版;许天虹译《迭更司评传》1943年初版,1949年再版。传记大师的魅力开始展现。四十年代还应提及莫洛亚两部作品的翻译:一、他1939年出版的 *Un Art de Vivre*,在我国从1940年到1944年间,共出了五个译本[6];二、他于1940年出版的记述二战初期法国战败情况的

---

[1] 见罗新璋选编:《莫洛亚研究》,桂林:漓江出版社,1988年,第5页。
[2] 见罗新璋:《法国著名传记作家——莫洛阿》,《外国文学欣赏》,1985年第6期,第29页。
[3] 原名 *Meipe ou les Mondes imaginaires*,傅雷译为《恋爱与牺牲》,上海:商务印书馆,1936年。
[4] 傅雷:《译者弁言》,第1页,见傅雷译:《人生五大问题》,北京:三联书店,1986年。
[5] 傅雷译:《因了巴尔扎克先生底过失》,《中法大学月刊》,1935年第7卷第4期。
[6] 即王宛徒:《生活艺术三种:爱的艺术、工作艺术、指导艺术》,峨嵋书屋,1940年;江枫译:《生活艺术》,激流书店,1940年;真茹译:《工作的艺术》,峨嵋书屋,1941年;周文波译:《处世艺术》,文座出版社,1942年;李木译:《生活的艺术》,李木书店,1944年。

Tragédie en France，在我国仅两年间，就出了十个译本[1]。这种超乎寻常的复译现象和惊人的翻译速度，反映了作品与当时我国国情的契合。

除各家出版社推出的莫洛亚的多种作品外，民国期间，不少文艺期刊对莫洛亚及其作品做了译介：《文学》、《世界知识》、《文化建设》、《艺风》、《世界文化》、《文讯》、《今文月刊》和《文摘副刊》等期刊上，或有关于他的介绍文章，或有他的作品翻译。正如《文讯》在发表其译作时所注释的那样，莫洛亚在当时是作为"法国当代名著作家"被介绍给中国读者的[2]，人们把"莫洛亚底著作"作为一种"文化动态"加以关注[3]。人们也同样爱读他《再谈友情》的文章[4]，百读不厌他的《交友的艺术》、《快乐的艺术》和《结婚的艺术》[5]。

二、新中国成立后至改革开放前的译介

新中国成立后至改革开放前这段时间，大陆对莫洛亚的译介，如同对众多西方作家的译介一样，基本处于中断的状态。到了"文革"后期，才出现一本莫洛亚的历史著作《美国史：从威尔逊到肯尼迪》，由复旦大学历史系译。而在台湾，1967年出版过《雪莱传》，1976年出版过《屠格涅夫传》[6]。

三、改革开放以来的译介

改革开放以后，对莫洛亚及其作品的译介进入了一个全新的时期。莫洛亚一生创作了数十种体例的作品，但其传记写作取得的成就最高。这里，为叙述的方便，同时，也是鉴于新时期以来对莫洛亚译介的客观情况，且把他的作品划分为传记、小说、散文及评论几个大类加以描述。

莫洛亚的传记，按罗新璋的统计有十四部[7]。新时期以来，莫洛亚有代表性的传记在我国都有了译介。除了手法走向成熟的《夏多布里昂传》和

---

1 其中一个译本为金万扶译：《法国的惨败》，上海：新生命出版社，1941年。另外九个译本中多译为《法兰西的悲剧》，见"傅雷数据库"：www.fulei.org。
2 见清滨译：《无限之谜》，《文讯》，1942年第2卷第5期，第13页。
3 见《文化动态：莫洛亚底著作》，《世界文化》，1940年第1期，第61页。
4 灵凤译：《人生小品：再谈友情》，《艺风》，1940年第6期，第153页。
5 张静译：《交友的艺术》《快乐的艺术》《结婚的艺术》，《文摘副刊》，1945年新第1卷第3，4，5期。
6 魏华灼译：《雪莱传》，台北：台湾商务印书馆，1967年。江上译：《屠格涅夫传》，台北：志文出版社，1976年初版，1984年再版。
7 罗新璋选编：《莫洛亚研究》，桂林：漓江出版社，1988年，第18页。

揭开了传主神秘面纱的《普鲁斯特传》外,他的开传记文学之新风的《雪莱传》,对传主的性格和诗歌创作做出重要探索的《拜伦传》,对那个"在妇女默默无闻的年代充当她们喉舌"[1]、被世人褒贬不一的女中豪杰所作的《乔治·桑传》,对大仲马及其父子一家三代传奇经历所作的《三仲马传》,以及"他巍峨的文学大厦之巅的冠冕之作"[2]《巴尔扎克传》,在我国都出现了多种译本。或许由于雨果早已为更多的中国读者熟悉、喜爱,莫洛亚那本描写出传主充满矛盾冲突的波澜壮阔一生的《雨果传》,在新时期的大陆就出现了七个不同的译本[3]。这些情况充分说明,莫洛亚作为一个传记大师,对中国读者具有不同凡响的征服力量。他的传记作品因真理与艺术达到理想的契合,赢得了广大读者。

在莫洛亚的长篇小说中,*Climats* 无疑是一部重要作品,并且颇有某种自传的线索。这部作品在我国新时期里,至少出现了四个译本[4]。而莫洛亚的另一部长篇 *L'Instinct du Bonheur*,也早就有了江伙生的译本[5]。同样,莫洛亚的短篇小说因其手法娴熟而显得格外精致,耐人寻味。在这一方面,罗新璋是位主要的译家。改革开放伊始,他就翻译发表了《在中途换飞机的时候》和《大师的由来》,不久又翻译了《星期三的紫罗兰》和《时令鲜花》[6]。"莫洛亚的小说创作,显示出一位写女性各种情致的高手",而罗新璋"是他的一位 grand lecteur(多读其书的读者)"[7]。1997 年,他编选出版了《莫洛亚女性小说》,为译介莫洛亚短篇小说做出了重要贡献。早在 1986 年,我们还看到孙传才和罗新璋编选和翻译的莫洛亚的另一部短篇小说集《栗树下的晚餐》[8]。

---

1 《作者前言》,第 2 页,安德烈·莫洛亚:《风流才女——乔治·桑传》,邹义光等译,北京:中国青年出版社,1988 年。
2 罗新璋选编:《莫洛亚研究》,桂林:漓江出版社,1988 年,第 18 页。
3 即沈宝基等译:《雨果传》,长沙:湖南人民出版社,1983 年;沈宝基等译:《悲惨世界的画师:雨果传》,长沙:湖南文艺出版社,1992 年;程曾厚译:《雨果传》,北京:人民文学出版社,1989 年;周国珍等译:《雨果传》,杭州:浙江文艺出版社,1998 年;周玉玲译:《雨果传》,北京:中共中央党校出版社,2000 年;国竹编译:《雨果传》,北京:中国人事出版社,1995 年;陈侁译:《伟大的叛逆者——雨果》,北京:世界知识出版社,1986 年(据俄译)。另有莫洛夫译:《雨果传》,台北:志文出版社,1979 年。
4 即姜德山译:《爱的气候》,北京:中国文联出版公司,1987 年;马金章译:《爱情的气候》,哈尔滨:黑龙江人民出版社,1988 年;周光怡译:《情界冷暖》,桂林:漓江出版社,1992 年;陈旭英译:《变幻的情感》,西安:陕西人民出版社,1992 年。原名直译为《气候》。
5 江伙生译:《瓦朗蒂娜和她的私生女》,武汉:长江文艺出版社,1985 年。原名直译为《幸福的本能》。
6 分别见《世界文学》1978 年第 2 期,《春风》1984 年第 6 期,《中外文学》1987 年第 2 期。
7 罗新璋:《选本序》,第 3—4 页,见罗新璋编选:《莫洛亚女性小说》,上海:上海文艺出版社,1997 年。
8 孙传才、罗新璋译:《栗树下的晚餐》,桂林:漓江出版社,1986 年。

早在1936年傅雷翻译的《人生五大问题》里，中国读者就注意到，莫洛亚还是一个希望将世人普通平凡的人生提升到艺术境界的作家。他的 Un Art de Vivre，内容既包含《人生五大问题》里的论题，也有更广泛的涉及，娓娓而谈快乐的艺术、思想的艺术、工作的艺术和步入老年的艺术等话题，融其渊博的知识、丰富的经验、超俗的智慧、盎然的情趣和深省的哲理于一体。读者在轻松阅读中，不觉受到"生活艺术"的熏陶和启迪，因而，这类有关艺术生活的散文论集也颇受中国读者青睐。新时期里，除傅译《人生五大问题》和《恋爱与牺牲》再版，并出有《傅雷译莫罗阿名作集》外，先后翻译出版的，还有《生活的艺术》、《生活之艺术》、《艺术与生活——莫洛亚箴言和对话集》、《生活的智慧》和《生活的智慧：安德烈·莫洛亚超凡入圣集》等[1]。

最后，在翻译过来的莫洛亚的作品中，我们不会忽略《从普鲁斯特到萨特》这部作家评论集，它是从莫洛亚的《从普鲁斯特到加缪》和《从纪德到萨特》两部评论集中，选择了他对九位中国读者较为熟悉的法国作家的评论，重新结集翻译而成。莫洛亚"在着眼于作品的同时，还多结合作家的生平，包括作家的社会经历和私生活、心理历程甚至生理特点来论述，既秉有理论文字之严谨，又兼备传记文学的色彩"[2]，因而可以说，它既属于一部文艺评论著作，又体现出一个传记大师的写作特色。它的翻译出版，再一次向我们显示了传记大师融学术性与艺术性于一体的独领风骚的著述魅力。

第二节 大师与其笔下的大师

一、简论大师

对莫洛亚的小说、散文评论和代表其主要成就的传记作品的翻译与

---

[1] 王辉等译：《生活的艺术》，北京：三联书店，1986年。见闻缩写：《生活的艺术》，上海：上海文化出版社，1987年。秦云等译：《生活之艺术》，合肥：安徽文艺出版社，1987年。郑冰梅译：《艺术与生活——莫洛亚箴言和对话集》，上海：三联书店，1989年。张爱珠等译：《生活的智慧》，北京：西苑出版社，2004年。傅雷等译：《生活的智慧：安德烈·莫洛亚超凡入圣集》，西安：陕西师范大学出版社，2003年。
[2] 《本书简介》，见袁树仁译：《从普鲁斯特到萨特》，桂林：漓江出版社，1987年。

介绍是同步进行的，甚至可以说，在我们的介绍中，不时也带有一些深刻的、独到的乃至鞭辟入里的评论。1978 年，《世界文学》发表莫洛亚的三篇短篇小说的同时，就在《现代作家小传》中介绍了莫洛亚，指出他"以擅长编著名人传记而闻名于世"。1985 年，《外国文学欣赏》发表了罗新璋的《法国著名传记作家——莫洛阿》和莘燊的《当代法国文坛上的精英——安·莫洛亚》两文。罗文认为："莫洛阿的传记作品，在忠于史实的基础上，突出人物性格，提炼小说情节，蕴含浪漫情调，形成独特的美学风貌，在世界传记文学中，无疑享有崇高的地位。"[1] 罗文还较为具体地分析了莫氏传记"笔致生动"的特色和既能使读者"趋于旷达高远"的"抒情悲剧"的心境，又具有可以对我辈平淡人生做一种补偿的"浪漫情调"。莘文认为："莫洛亚以他超绝的才华和渊博的学识为我们创作了大量的艺术瑰宝和纪念碑式的名著"；他的传记作品"不仅数量甚丰，且精湛绝伦，为一系列的人类精英塑造了光辉的形象，竖立了不朽的纪念碑"[2]。1991 年，《环球》刊登了一篇题为《传记大师莫洛亚》的文章，作者栗林分"个人的故事"和"别人的故事"对莫洛亚做了评介。在"别人的故事"中，作者自然是评述了莫洛亚的传记文学，指出莫洛亚"使传记作品艺术化，使之能够在文学领域内真正占有一席之地"[3]的不可否认的成就。

如果说，在上面的三篇文章中，罗文把莫洛亚作为"著名"的传记家、莘文把莫洛亚作为法国文坛上的"精英"、栗文把莫洛亚作为传记"大师"分别加以评介的话，那么，李清安在《读书》1989 年第 11 期发表的《莫鲁瓦与阿兰》，则发出了完全不同的声音。作者认为：莫鲁瓦是"真正以旧事物卫道士的面目出现"的"凤毛麟角般"的人物；"他的作品在题材范围和思想深度上最终也未能脱出固有的窠臼"；他"拒绝一切新思潮、新观念，……最终也只能成就为一个二流作家"；他"始终未能达到他理想的艺术境界"所"留下的遗憾，对于那些固守传统的文人，应当说是一种十分深刻的教训"。该文最大的一个特点，是避而不谈莫洛亚在传记文学上取得的突出成就。然而在多数人的眼里，进入法兰西学院"不朽者"行列的莫洛亚，还是以一个"在西方文学史上有特殊地位的作家"、

---

[1] 罗新璋：《法国著名传记作家——莫洛阿》，《外国文学欣赏》，1985 年第 6 期，第 31 页。
[2] 莘燊：《当代法国文坛上的精英——安·莫洛亚》，《外国文学欣赏》，1985 年第 2 期，第 62 页。
[3] 栗林：《传记大师莫洛亚》，《环球》，1991 年第 7 期，第 29 页。

一个功成名就的作家形象留给后人的,所以,还是有学者继续撰文探讨了这位"大作家的成长之路",并从他的名字的来源(安德烈是他阵亡堂兄的名字,莫洛亚是他留宿过的靠近前线的一个村庄的名字),指出了"一位大作家崇高的思想境界与感情寄托"[1]。

二、关于莫洛亚的小说和散文等

在莫洛亚的长篇小说中,*Climats* 在我国前后出现了七个译本[2],这应可说明,它是莫洛亚长篇中的一部力作。罗新璋在谈及这部"陈述夫妇间幽密思绪不易窥透"的作品时,也认为它是"莫洛亚写得最好的一本小说"[3]。刘志威认为,"莫洛亚用细腻的笔触,把人物感情上的'气候'变化描写得十分深刻,菲利普、奥迪尔和伊莎贝尔三个主要形象刻画得栩栩如生。作者的文笔清新流畅,他娓娓的叙述如同在和读者侃侃而谈,似乎是在向青年人讲述爱情的真谛"[4]。译者陈旭英也写过一篇《爱的晴雨表》,对作品"极富感染力的艺术特色"做了探讨[5]。也有论者撰文指出,这是一部"探索复杂奇特的爱的方程式"的让人深思的作品[6]。*L'Instinct du Bonheur* 也是莫洛亚的主要长篇之一。作品发表后在法国引起的反响和轰动,使人不禁由女主人公瓦朗蒂娜和她的私生女联想到雨果《悲惨世界》中的芳汀和珂赛特。译者江伙生认为,这部小说"体现了莫洛亚的独特风格,他在人物命运的淡淡哀愁中逐步展开洞幽烛微的心理分析,言不尽意,耐人寻味"[7]。也有论者通过"凄惋曲折的故事情节"、"生动鲜活的人物形象"和"含蓄深刻的主题思想"指出,这部作品是"一幅惨淡世态的素描、一曲心灵历程的悲歌"[8]。

---

1 钟语甫:《大作家的成长之路——闲话莫洛亚》,《家庭与家教》,2003 年第 2 期,第 32—33 页。
2 新时期里出现的四个译本见前注。另三个译本即王了一译:《女王的水土》,上海:启智书店,1929 年;盛明若译:《爱底雰围》,上海:中华书局,1932 年;杨伯元译:《情人的悲哀》,重庆:商务印书馆,1938 年。
3 罗新璋选编:《莫洛亚研究》,桂林:漓江出版社,1988 年,第 9—10 页。
4 刘志威:《前言》,第 4 页,见陈旭英译、刘志威校:《变幻的情感》,西安:陕西人民出版社,1992 年。
5 陈旭英:《爱的晴雨表——评莫鲁瓦的长篇小说〈气候〉》,《西安外国语学院学报》,1999 年第 3 期。
6 张建华:《探索复杂奇特的爱的方程式——莫洛亚小说〈爱的气候〉分析》,《内江师范学院学报》,2003 年第 1 期。
7 江伙生:《译者的话》,第 3 页,见江伙生译:《瓦朗蒂娜和她的私生女》,武汉:长江文艺出版社,1985 年。
8 黄贻芳:《一幅惨淡世态的素描 一曲心灵历程的悲歌》,《法国研究》,1996 年第 2 期,第 182—188 页。

第五章　莫洛亚与大师生命的重生

关于莫洛亚的短篇小说，新时期里出现较早的评论有柳鸣九的《评〈星期三的紫罗兰〉》。文章分析道：星期三的那一束"紫罗兰是那么鲜明、突出、醒目，它构成了故事的中心"，它"不只是作者用来安排故事的道具，而是他笔下的一种感人的爱情的象征"；"不论是哪束紫罗兰，也许我们可以这样说，作者所看重的，终归还是人与人关系中感情的真诚不渝"[1]。还有论者从小说情节上的"框形结构"、人物关系上的"对应结构"和道具上的"复用结构"三个方面分析了这束星期三的紫罗兰何以"牵情动魄"[2]。这一时期，也有文章对莫洛亚的《启程》和《坦纳托斯大旅社》做了探讨[3]。莫洛亚的短篇小说集《栗树下的晚餐》翻译出版后，还有论者从"爱的追求"、"爱的迷茫"和"爱的悲哀"三个类型，归纳了其中二十余篇小说的爱情主题[4]。

罗新璋在论及莫洛亚小说创作时曾经指出："他的长篇，社会天地不广，艺术情趣较胜，……不偏重于外表的情节，而着力于内心的刻画"；而"短篇小说是他乐于涉笔、运用娴熟的一种体裁"[5]。在《莫洛亚女性小说》的《选本序》中，罗新璋还指出："莫洛亚的短篇，虽无深邃的哲学思想，却有隽永的人生哲理，往往用最后一句话点题，曲终奏雅。"[6]

莫洛亚还是一个因关注生活的艺术、生活的智慧和生活的哲理而深受中国读者喜爱的作家。傅雷翻译的《人生五大问题》累计销量达五十万册以上，他曾在《译者弁言》中说："作者更以小说家之丰富的经验，传记家之深沉的观察，旁征博引，剖析綦详，申述古训，加以复按，尤为本书特色：是盖现世之人本主义论，亦二十世纪之道德论也。"[7] 罗新璋认为，莫洛亚的"多本修养丛谈"让无数读者从中"汲取到生活的勇气和信念"，因而起到了一个作家"愿意起到的社会作用"[8]。《生活之艺术》的译者尤其欣赏莫洛亚"用法国哲人独特的风度，娓娓而谈，剖析人类生活中种种

1　柳鸣九：《评〈星期三的紫罗兰〉》，《文汇月刊》，1981年第5期，第47页。
2　王向峰：《牵情动魄的一束小花》，《春风》，1984年第6期，第237—240页。
3　见杨莘燊：《上穷碧落下黄泉……》，《外国文学欣赏》，1985年第2期；永恒：《一座新式的吃人魔窟》，《吉林师范学院学报》，1995年第9—10期。
4　张建华：《论莫洛亚爱情小说的主题类型》，《内江师专学报》，1995年第3期，第48—52页。
5　罗新璋选编：《莫洛亚研究》，桂林：漓江出版社，1988年，第10—13页。
6　罗新璋：《选本序》，第4页，见罗新璋选编：《莫洛亚女性小说》，上海：上海文艺出版社，1997年。
7　傅雷译：《人生五大问题》，北京：三联书店，1986年，第1页。
8　罗新璋选编：《莫洛亚研究》，桂林：漓江出版社，1988年，第9页。

复杂而微妙的人际关系"[1]。《艺术与生活——莫洛亚箴言和对话集》的译者认为："这部作品中反映出来的显著特色是学识渊博，见解独到，文笔轻松。"[2]

三、关于莫洛亚的传记文学

那么，莫洛亚又是如何描绘其笔下大师的风采的呢？莫洛亚的传记，首先写的是雪莱、迪斯雷利和拜伦几位英国人物。《拜伦情史》的译者认为，"莫洛亚眼光敏锐地看透了拜伦的秉性"，最终一如莫洛亚所说，"诗人和斗士战胜了纨绔公子、上流社会人物和情种"[3]。几乎与《迪斯雷利传》同时，莫洛亚完成了另一部关于英国作家狄更斯的具有研究性质的评传。他出版这部著作主要是为了描写"狄更斯的心理历程"，达到"为狄更斯的私德进行辩护"的主要目的。朱虹认为："莫洛亚笔下出现的是一个富有人情味的狄更斯，有普通人的弱点，但又有过人的精力与非凡的艺术造诣，总之，是既平凡又伟大的天才艺术家"；"莫洛亚在自己的《狄更斯评传》中实际上是在那里引导读者怀着真挚的感情和健康的趣味去探索狄更斯的小说世界，去通过阅读作品'塑造自己的狄更斯形象'"[4]。而方平则认为："莫洛亚评述狄更斯，不仅是作家论作家，而且是一位作家在论述另一位外国作家，因此他更多地注意到他论述的外国作家和他们的民族性格、文化背景之间的密切关系，这对于法国读者自然是有帮助的，对于我们中国读者也同样是有益的。"[5] 紧随英人后，莫洛亚还选择了俄国文学中的三巨头之一屠格涅夫作为传主。有评论家指出："作为传记小说作家，莫洛亚使用的方法，主要不是分析，而是叙述，在许多地方则是描写。他显示给我们的是具体的材料以至生动的形象，给我们以感性的认识，有助于我们更好地领会这位俄国作家的创作。"[6]

《乔治·桑传》的原名为 *Lélia ou la Vie de George Sand*，其中的

---

[1] 秦云：《代译序》，第7页，见秦云等译：《生活之艺术》，合肥：安徽文艺出版社，1987年。
[2] 郑冰梅：《译者的话》，第4页，见郑冰梅译：《艺术与生活——莫洛亚箴言和对话集》，上海：三联书店，1989年。
[3] 《译者序》，第2—3页，见沈大力等译：《拜伦情史》，北京：中国文联出版社，2001年。
[4] 朱虹：《也和狄更斯交个朋友吧》，转见朱延生译：《狄更斯评传》，太原：山西人民出版社，1984年，第3—12页。
[5] 方平：《前言》，第8页，见王人力译：《狄更斯评传》，上海：上海译文出版社，1986年。
[6] 陈燊：《评〈屠格涅夫传〉》，见谭立德等译：《屠格涅夫传》，太原：山西人民出版社，1983年，第5页。

第五章 莫洛亚与大师生命的重生

Lélia（雷丽亚）是乔治·桑同名小说中的女主人公。莫洛亚认为在这个女主人公身上，有乔治·桑的身影。但几个中文译本的译名都做了不同的更改，在"乔治·桑传"前或加上"风流才女"，或加上"一个女人的追求"，或加上"风月情浓"，显然带有吸引读者眼球的目的[1]。乔治·桑生前在生活上受到非议较多，莫洛亚在传记中对她做出了新的很有说服力的解释，从文学史的角度肯定了这位值得尊重的女作家。有论者还曾从《乔治·桑传》出发，较为具体地探讨了莫洛亚的传记文学世界[2]。

"在全世界，声望超过大仲马的人，恐怕并不多见。地球上各民族都读过他的作品，并将世世代代读下去。"[3]这是莫洛亚为《三仲马传》写的序的开头语。译者认为，"传记通过丰富的材料，展示了大仲马多方面的性格与风貌"，"既描绘了大仲马成功的辉煌，又叙述了他失败的凄凉"；同时，也"把小仲马的经历、思想演变与艺术创作水乳交融地糅合一起，显现在时代的舞台上，使公众同样津津有味地看到一位与大仲马纠缠不清但又独具个性的人物"[4]。

《雨果传》的原名 *Olympio, ou la Vie de Victor Hugo*，目前国内出现的八个译本中，有六个只译为《雨果传》，仅有两个译本在"雨果（传）"前或加上"悲惨世界的画师"，或加上"伟大的叛逆者"。Olympio（奥林匹欧）是雨果一首诗的题名，中译名里没有出现，估计译者们认为，仅仅"雨果传"三个字，在中国读者眼里，就具有了足够的诱惑力。《雨果传》的编译者评论说，传记"精彩地记录了雨果丰富多彩，波澜壮阔的一生——一个伟大崇高的雨果，一个喜怒哀乐的雨果，一个天才的雨果，一个活生生的雨果，'沉浸在雨果之中，就像沉浸在大海之中'"[5]。在《雨果传》中，莫洛亚澄清了雨果生平中的许多问题，呈现出这位天才艺术家矛盾的天性。

在十九世纪的法国文坛上，和雨果双峰并峙的巴尔扎克，成为莫洛亚

---

1 即邹义光等译：《风流才女——乔治·桑传》，北京：中国青年出版社，1988年；郎维忠译：《风月情浓女作家：乔治·桑传》，长沙：湖南人民出版社，1986年；郎维忠等译：《一个女人的追求：乔治·桑传》，长沙：湖南文艺出版社，1986年与1992年。另有郎维忠等译：《乔治·桑传》，杭州：浙江文艺出版社，1998年。
2 任晓润：《站在传统与现代的契合点上》，《镇江师专学报》，1992年第3期。
3 安·莫：《作者序》，第1页，见郭安定译：《三仲马传》，北京：人民文学出版社，1996年。
4 郭安定：《译本序》，第5—8页，见郭安定译：《三仲马传》，北京：人民文学出版社，1996年。
5 国竹：《前言》，见国竹编译：《雨果传》，北京：中国人事出版社，1995年。

传记文学中的最后一位传主。罗新璋认为,《巴尔扎克传》是"莫洛亚以毕生积学与识见,融入自己笔耕甘苦的体会,写出一部从巴尔扎克生平揭示《人间喜剧》成因的煌煌巨著"[1],称得上是他的传记文学中的"压轴之作"[2]。对莫洛亚传记作过研究的杨正润认为,在这部传记中,"莫洛亚生动地揭示了这位提坦神是现实和虚幻、生活和梦想、崇高的创造和低下的实践的奇特的结合和活生生的统一";"《巴尔扎克传》不但生动地揭示了巴尔扎克的复杂的性格而且也具有很强的学术性,……为莫洛亚的传记写作画上了一个完美的句号"[3]。

除上述分别就莫洛亚一些主要传记作品发表的评论外,这期间,刘海峰等从"传记文学是艺术"、"传记文学与历史学"、"传记文学的主体性"和"传记文学的视角"四个方面,对莫洛亚的传记文学的美学观做了综合性的解读[4]。还有论者"将莫洛亚的文学传记按时间顺序整理成一本小书,从莫洛亚的角度了解那些在欧洲文学史上产生过重大影响的作家的心路历程",通过这部专著,我们既可以感受传记作者自己"独特的精神漫游"和情感抒发,也可以领略那些传主是如何成为"莫洛亚新生的产儿",了解他们"生活和创作中最精彩的篇章"[5]。

第三节　永远的魅力

在莫洛亚六十年的文学生涯中,其传记作品无疑构成了一座最具魅力的文学重镇。下面,我们将从三个方面对其辉煌的传记作品进行观照:

一、为何莫洛亚对传记文学情有独钟?

我们似乎可以轻而易举地找到两个原因:其一,因为莫洛亚起先偶然阅读了一本别人写的《雪莱传》,引起他感情和意识上不少的共鸣,自

1　罗新璋:《〈巴尔扎克传〉(选译)前序》,《世界文学》,1989年第5期,第115页。
2　罗新璋编选:《莫洛亚研究》,桂林:漓江出版社,1988年,第8页。
3　杨正润:《莫洛亚传记文学述评》,《广西师范学院学报》(哲学社会科学版),1993年第3期,第61—62页。
4　刘海峰、王成军:《莫洛亚传记美学初探》,《外国文学研究》,2002年第2期。
5　孙宜学:《序》,第2页,见孙宜学:《浪漫的精神行旅:走近文学大师莫洛亚》,桂林:广西师范大学出版社,2002年。

己也尝试写了一部《雪莱传》，出版后受到普遍赞誉，这就确定了他以后文学生涯发展的一个方向；况且，"二次大战在他生活途程中形成断裂，……（从美国）回国后，……对新的生活又有隔膜之感，只得放弃再写小说的念头"[1]。其二，他试图通过为伟人立传，来为世人树立榜样，正如他所说："最好的道德教训，唯一有力的道德教训，就是榜样"，"伟大的传记是一种教育"[2]。

不过在此，我们还想举出1929年《新月》发表的莫洛亚的《谈自传》，因为它可以从一个侧面让我们看出莫洛亚对传记写作的选择。译文的编者按中提出："一个人的真相究竟要别人写还是自己写呢？"莫洛亚在文中认为："有许多原因可以使自传的记述不准确，或竟是虚伪。"莫洛亚共谈了六点认识："第一是我们免不了要遗忘。每当我们要提笔写自己的历史的时候，我们差不多都会发现我们已遗忘了一大部分"，因为"遗忘的机械在我们一生中都在工作着"。"第二种使它（自传）变成畸形的原因是我们为了唯美观念而故意有的遗忘"，回忆"能使每一个男子或每一个女人弄得他或她的回忆录变成一件艺术的作品和一个不忠的记述"。第三，"遗忘并不是仅一的原因使自传把真相来变换。把心灵上感到不舒服的事情隐蔽掉也是一个很大的原因"。在这一部分，莫洛亚列举了迪斯雷利在"自传的片段中"就"改换了祖籍"，这或许可以反映出莫洛亚另写《迪斯雷利传》的一个求真的侧面。第四，"很少人有那种勇敢去诉述他们性生活的真情的"，有一种"畏羞心"促成自传者"隐蔽事实"。第五，记忆"竟然还会更正，它会在一件事情发生以后，创造出当时促成这件事情的一种感觉或是观念"。莫洛亚列举了卢梭的《忏悔录》说："假使我们把（卢梭）那些信札和（他）那部《忏悔录》一起读，那么，我们可以看出卢梭对于他的早年的糊涂和心灵的迟钝是描写得太过分了；那些信是太聪明了，决不是他在《忏悔录》里描写的那个笨伯所写得出的。"在这里，莫洛亚对卢梭的《忏悔录》的评价还是很克制的，把它说成是"一部诚实的**记忆录**"（粗体为笔者所加），但在为1949年版的《忏悔录》写的序言中，却毫不客气地指出，它"是骗子无赖冒险小说里最好的一部，一切传

---

1 罗新璋选编：《莫洛亚研究》，桂林：漓江出版社，1988年，第13页。
2 转引自杨正润：《莫洛亚传记文学述评》，《广西师范学院学报》（哲学社会科学版），1993年第3期，第56页。

奇性的素材都具备"[1]。第六，使自传失却真实的最后一个原因，"便是一种完全合法的愿望，要保障在我们所描写的事实里的别人"。

总之，莫洛亚认为：一个自传者"去追叙过去的事情是不可能的；难免无意的更动，更难免有意的修改"，种种障碍使我们"恐怕永不会写成一篇真确的自传"，因为自传"是一种制造勉强附会的媒介物"[2]。

二、莫洛亚传记文学的艺术特色

想必因为自传在"真确"和"透澈"上面存在种种"障碍"，莫洛亚才更坚定了为人立传的动机。由于他对传记文学始终有着深刻的理解和独到的认识，由于他把握住了传记文学的写作尺度和向度，因而在传记文学这一领域，他才能取得独领风骚的艺术成就。所以，接下来我们要探讨的第二个方面，就是莫洛亚传记文学的艺术特色。

在这里，我们主要概述罗新璋的观点。他不仅翻译了不少莫洛亚的短篇小说，也是我国研究莫洛亚的专家。他选编的《莫洛亚研究》既是一部可读性强的莫氏作品集，也是一部很有学术价值的研究资料集。他在《编选者序》中，对莫洛亚的传记文学做了深入探讨，指出其六大特色，足资引述：第一，"莫洛亚传记最基本的特色是信守史实，传真留影；不假虚构，摒弃杜撰。莫洛亚很反感别人称他的传记为"传记小说"，并对此"一直深恶痛绝"。他说："我写传记，从不像'作小说那样加以演义一番'；我既不杜撰场景，也不编造对话。我凭借的是翔实的史料，见诸于文件、书信、日记与回忆资料，态度之严谨一如巴黎大学所做论文，或学者教授之治学。"[3]第二，"突出表现人物性格，着力塑造人物形象"，善于"从一大堆死材料里看出一个活生生的人来"。第三，"叙述生动，文情曲折，具有小说情趣"，一如莫洛亚自己所说："有一点是确实的，那就是我竭力从传记人物伟大的生平里发掘富有小说情趣的事例。"[4]第四，"富有浪漫情调"。"莫洛亚传记的内容，虽是据实而写，信而有征，但基调是浪漫色彩的。甚至可以说，莫洛亚传记的艺术魅

---

1 见卢梭：《忏悔录》，北京：人民文学出版社，1996年，第598页。
2 见邵洵美译：《谈自传》，《新月》，1929年第3卷第8期，第1—17页。
3 罗新璋选编：《莫洛亚研究》，桂林：漓江出版社，1988年，第446页。
4 同上。

力颇得之于作品的浪漫情调。他最好的传记,恰恰是浪漫情调较浓的几部。"第五,"注意结构艺术"。这一方面表现在莫洛亚"不主张用倒叙、回顾、时空交错等手法";另一方面表现在"以传记人物的眼光为眼光,突出表现他生活中具有小说情节的内容","一切通过主人公的眼光去感受、去发现"。这一点也与后来的尤瑟纳尔具有共通之处。最后,"传记家本人的情怀有所抒发,使作品带有一定程度的主观色彩"。

罗新璋在剖析莫洛亚传记文学"独特的美学风貌"的同时,也指出了其传记文学的一些"局限与偏颇",但最终还是强调,传记是他的擅长,也是《莫洛亚研究》这本资料选编的重点[1]。

三、莫洛亚传记文学成功的原因

既然莫洛亚被公认为世界三大传记作家,他的传记作品具有独特的生命力,在世界范围内赢得了广大读者,那么我们接着要做的第三件事,就是对他在传记文学上取得成功的原因进行探讨。

这里,我们主要引述杨正润在《莫洛亚传记文学述评》里的观点。归纳起来,仍是六点:一、莫洛亚"取得成功的秘密首先在于他非常善于选择对象,他总是选择那些最适合他自己的创作风格的人物","善于描写同他有着某种共同点的人物","由于同传主的某种认同,莫洛亚的作品总是充满了感情色彩,也总能打动读者的感情"。二、莫洛亚"总是力图表现人性的复杂性",并且,"设身处地努力发掘他们性格畸变的原因",做出合理解释,使读者"原谅了人物所犯的错误,并且从中得到教训"。而且,他"对人物无论褒贬,都可以使人感到一种乐观主义的精神"。三、莫洛亚的传记"有着广阔的背景,宏大的气魄,众多的人物,但主人公始终占据着舞台的中心",并且,"严格地按照时间的顺序来写",使"读者始终感到自己是生活在人物的历史情境中,并同人物共命运"。但笔者还想再补充一点,莫洛亚传记作品中的"广阔背景"大都因"占据着舞台中心"的人物而被淡化或弱化。作者似乎总是疏于时代气氛的描绘,而着力于主人公复杂的、多维面的乃至对立冲突的性格的揭示。四、莫洛亚对他的人物的性格常有一个"高度形象化的概括",而且,几乎每一部传记都

---

[1] 罗新璋选编:《莫洛亚研究》,桂林:漓江出版社,1988年,第18—32页。

有一个反复出现的具有象征性的"中心意象",使得作品"存在着一种韵律,并给人以诗意和美感"。五、莫洛亚笔下的人物"都是社会生活中的积极行动者、某一方面的伟大人物","他们鲜明的个性和富有传奇色彩的经历""给读者以阅读的趣味"。六、"莫洛亚在写作之前总是尽可能地占有材料,……并作出详尽的笔记",因而他的作品给读者"通过一个人物发现世界的感觉"。杨正润同时指出:莫洛亚的"人道主义和乐观主义的哲学同他的浪漫色彩和优美的文笔结合在一起形成了他独特的风格"[1]。

四、结语

梁启超认为:"传记要紧的是写出这个人与别人的不同之处","凡记人的文字,唯一职务在描写出那个人的个性"[2]。莫洛亚不仅成功地描绘出了一个个伟大的个性,而且,还将自己的感情寄托、精神追求和价值取向融入传主的心路历程中,理想地展现了传记作者与那些伟人之间心灵的磨合与互动,也充分地证实了传记作者"对人性的信念"。在谈到传记文学时,莫洛亚说过:"我总是力求把真理与艺术统一起来,这不是诗或真,而是诗和真。"[3] 莫洛亚在传记写作中,不仅做到了诗与真的统一,也做到了自己与人物在某个或某些共同点上生命的统一,这也许就是他的传记作品始终不失其艺术魅力的主要原因。

---

[1] 杨正润:《莫洛亚传记文学述评》,《广西师范学院学报》(哲学社会科学版),1993 年第 3 期,第 62—63、70 页。
[2] 转引自杨正润:《论传记的要素》,《江苏社会科学》,2002 年第 6 期,第 174 页。
[3] Φ.南奇利埃:《俄文版序》,第 17 页,转引自陈侁译:《伟大的叛逆者——雨果》,北京:世界知识出版社,1986 年。

第六章
莫里亚克与人性的剖析

莫里亚克是一位以天主教思想为宗旨调整自己的小说创作机制的作家，一位深深地扎根在传统观念的基础上而又面向现代思潮的作家，一位从人性的井眼深挖不止、努力探照灵魂深渊的艺术大师。他执着于描绘灰暗的人性和罪恶的秘密，因而给人"绝望的作家"的表象，然而他却用充满诗意的抒情般的语言，表达了他内心多么"热爱生活的原貌"，告诉我们，他在探索人类的"原罪"的同时，也在竭力寻求生命的"原真"。尽管是在"爱的荒漠"上耕耘，他却收获了丰硕的成果，因为"对人的灵魂进行了深入细致的分析，并通过小说的形式，以强烈的艺术激情表现了人类生活"，1952年，他获得了诺贝尔文学奖。

第一节　莫里亚克及其作品在中国的译介

如果我们把莫里亚克和莫洛亚放在一起，可以发现他们有不少共同之处：第一，他们是完全同时代的人，都经历了漫长的人生岁月：两人同生于1885年，莫洛亚逝于1967年，莫里亚克逝于1970年。由于两人的生命都达到了耄耋之年，他们也都有六十年的文学创作生涯：莫洛亚曾写过一篇自传性的演讲文，标题就是"文学生涯六十年"[1]，莫里亚克从 1909 年发表第一部诗集《合手》到 1969 年完成《昔日一少年》，也整整创作了六十年。第二，他们的文学创作多姿多彩，都是众多文体的实践者，并且著作甚丰：莫洛亚"一生结集付刊的作品达八十五种以上"[2]，囊括传记、小说、散文、随笔、戏剧、诗歌、文艺评论、小品文、格言集、游记、回忆录和历史著作等，作品近二百部；莫里亚克一生创作的浩繁的卷帙也包括小说、诗歌、散文、剧本、文艺评论、政论、日记、传记、札记、书信和回忆录等多种体裁，作品不下百部。第三，他们的文笔都十分优美，语言简洁、生动、典雅，描写细腻、精确，风格清隽，富有诗意，反映出深厚的古典主义修养。莫洛亚的作品被誉为"法兰西文学皇冠上的一串耀眼明珠"[3]；莫里亚克本人被戴高乐称颂为"嵌在法兰西王冠上最美的明珠"[4]。第四，他们都是法兰西学院院士，在各自的文学活动中都有重大革新，并取得了可喜成就：莫洛亚在传记写作中打破传统的单一套路，完美地熔历史性与文学性、真实与诗意于一炉，从而开辟了传记文学的新途程；莫里亚克在继承了拉辛的古典主义和巴尔扎克的批判现实主义的基础上，创造性地吸收了现代主义的心理描写手法，把欧洲的心理现实主义推向了新的高峰。莫里亚克在几部具有代表性的重要作品出版二三十年后获得诺贝尔文学奖，就很值得我们译介和研究。

莫里亚克及其作品在我国的译介，主要是改革开放以后的事。尽管代表其主要成就的几部小说都发表于二十世纪二三十年代，但那时在我国，所引起的反响恐怕很小。与莫洛亚相比，民国时期对莫里亚克的译介并不多，甚至可以说是偏冷的。虽然他于 1933 年就入选法兰西学院，莫洛亚到 1938 年才入选，但莫洛亚谈人生修养的作品和名人传记在民国时期就已拥有我国广大的读者。一方面，莫里亚克作品中散发出来的宗教色彩或许是妨碍其作品在中国译介的一个原因；另一方面，他对人性"恶"的深入揭示与刻画，恐怕也不适合当时我国读者的口味。

然而民国时期，还是可以找到对莫里亚克的介绍的。1936 年，《文艺月刊》发表了徐仲年的《无限凄凉的法国文学》。作者是从《夜的尽端》

---

[1] 见罗新璋选编：《莫洛亚研究》，桂林：漓江出版社，1988 年，第 435—448 页。
[2] 同上，第 9 页。
[3] 《内容提要》，见莫洛亚：《瓦朗蒂娜和她的私生女》，江伙生译，武汉：长江文艺出版社，1985 年。
[4] 见周国强：《"法兰西王冠上最美的明珠"——弗·莫利亚克初探》，《外国文学研究》，1980 年第 4 期，第 97 页。

第六章　莫里亚克与人性的剖析

谈起莫里亚克的：

> 《夜的尽端》的作家法朗所怀·莫里约克，是法国当代第一流小说家。……他是心理分析的圣手；他的哥哥是法国南方博度（Bordeaux）城中有名的医生，我们这位小说家自然受了哥哥的影响，所以他的小说是科学化的，对于心理描写一丝不苟地赤裸裸地陈述出来。名著有：描写肺病疗养院的《优先权》(Préséances)，描写畸形婚姻的《向患麻风者接吻》(Le baiser aux lépreux)，描写热恋的《火之河》(Le fleuve du feu)，描写母性爱的《日宜脱莉斯》(Genitrix)，描写性欲需要的《戴莱斯·苔斯盖胡》(Thérèse Desqueroux) 等等。这部《夜的尽端》是继续《戴莱斯·苔斯盖胡》而写的；可是两书自成起讫，合看分看都可以。[1]

在这段介绍中，作者所列举的几部作品虽然不都是莫里亚克的"名著"，虽然他的代表性作品有所遗漏，但所列举的作品也都是莫里亚克的主要作品；作者说莫里亚克的小说是"科学化的"，换成今天的说法，也就是描写精确；作者认为，《夜的尽端》和《戴莱斯·苔斯盖胡》"合看分看都可以"，也完全符合莫里亚克本人的观点[2]。但作者认为《戴莱斯·苔斯盖胡》是"描写性欲需要的"，就失之偏颇。不过，作者在列举莫里亚克作品时注出法文原名，应是一种可取的做法。作者"为了要使读者分外明了"，还介绍了《戴莱斯·苔斯盖胡》的情节，而后指出："所谓'夜的尽端'者，就是说她已走完了黑暗的命运；于她，只有'死'是光明的！"这也是莫里亚克想要表达的思想，因为莫里亚克说过：女主人公"属于那种只有到结束生命时才能摆脱黑夜的人（这样的人有千千万万）！"[3] 作者之所以选择了《夜的尽端》作为介绍莫里亚克的契机，是因为这部作品当时在法国刚刚出版（1935），也因为从这部作品可以看出莫里亚克小说的"残酷""悲惨"的"作风"之"一斑"。总之，这是民国时期对莫里亚克的一次非常重要的也是比较难得的介绍。

---

1 徐仲年：《无限凄凉的法国文学》，《文艺月刊》，1936 年第 8 卷第 1 期，第 48—62 页。
2 《原作者序》，第 1—2 页，见周国强译：《黑夜的终止》，长沙：湖南人民出版社，1981 年。
3 同上，第 2 页。

新中国成立至改革开放前这段时期，西方作家能够进入我国的本来就很少，而像莫里亚克这位宣扬宗教世界观的西方作家，当然和大多数西方资产阶级作家一样，更是几乎完全被排斥在国门之外。然而这期间，我们还是发现，盛澄华翻译的莫里亚克的一部中篇小说《脏猴儿》，发表在了《译文》1957年7月号上。这是莫里亚克早期的一部作品，发表于1918年。更为可贵的是，译者还在译后记中对莫里亚克做了简明扼要的介绍："摩里亚克的小说以细腻的心理分析、诗意的和戏剧情调的文体见称。他的心理分析并不直接插入在小说中，而是通过人物的表情、动作和言谈去衬托出人物剧烈的内心斗争；他文体的动人特别表现在描写和追忆的部分。"[1] 虽然《脏猴儿》是莫里亚克早期创作风格尚不成熟时的作品，但译者对莫里亚克整体创作风格的评介却相当准确、到位，足见译者不是从《脏猴儿》这部作品出发加以介绍，而是在对莫里亚克的整体小说作品有所研究的基础上发表见解的。

改革开放以后，莫里亚克在中国的译介才出现明显的起色，不过也主要是他的小说。有论者几年后做过这样的描述，可以视为当时莫里亚克在我国的译介与影响情况的客观报道："莫里亚克的小说近几年才被译介到我国。我国大多数读者对这位作家及其作品还不大熟悉，但随着我国当代小说创作美学潜力的挖掘，随着广大读者艺术欣赏能力的提高，莫里亚克的小说会逐渐在我国读者的心目中占据应有的位置。"[2]

1980年出版的《盘缠在一起的毒蛇》应当是开放以来大陆出现的莫里亚克小说最早的单行本[3]。第二年又出现了《黛莱丝·德克罗》和《黑夜的终止》两个译本[4]。三部小说的译者都对莫里亚克及其作品做了简介。1983年出版的《爱的沙漠——莫里亚克选集》，是莫里亚克作品译介中很有价值的一次举动。该选集除收录了上述莫里亚克的三部小说外，还新添了《给麻风病人的吻》[5]、《母亲大人》和《爱的沙漠》，可以说，它囊括了莫里亚克所有重要的小说。译者之一汪家荣还为选集写下了一万多字的

---

1 盛澄华译：《脏猴儿》，《译文》，1957年第7期，第66页。
2 李小巴：《弗·莫里亚克的小说：浓缩的艺术》，《小说评论》，1985年第1期，第66页。
3 即汪家荣、薛建成译：《盘缠在一起的毒蛇》，北京：外语教学与研究出版社，1980年。
4 即周国强译：《黛莱丝·德克罗》，南京：江苏人民出版社，1981年；周国强译：《黑夜的终止》，长沙：湖南人民出版社，1981年。
5 《给麻风病人的吻》最早刊登在《当代外国文学》1981年第4期上，石横山译。

《序言》，在其中首先介绍了莫里亚克的故乡、家庭和青少年时代；接着以选集收入的六部小说为主，介绍了莫里亚克的创作情况，介绍了这位"用基督徒的目光审视大地和人类"的、"善于从人们的欢乐中洞察他们心灵的空虚"的"描绘痛苦的大师"；随后，也对莫里亚克的文艺美学观、创作思想、写作技巧、艺术特色和贡献做了论述[1]，为读者深入地理解、把握莫里亚克的作品提供了钥匙。

同是1983年，我们还见到了莫里亚克同名小说的另一个译本《爱的荒漠》[2]。它与《爱的沙漠》一样，实质也是莫里亚克的小说选集，因为除了小说《爱的荒漠》外，它还收入了《苔蕾丝·德斯盖鲁》和《昔日一少年》两篇小说。《苔蕾丝·德斯盖鲁》[3]被认为是二十世纪上半期法国最佳小说之一；《昔日一少年》是莫里亚克带有自传性的最后一部小说，"具有一种扑朔迷离的朦胧气氛"[4]；《爱的荒漠》发表当年（1925）获法兰西学院小说大奖。这部小说集的价值不仅表现在它收选的作品上，还表现在下面两个方面：一、译者桂裕芳以"非凡的洞察力和艺术激情"为题名，撰写了长篇译本前言，回顾了莫里亚克的生平与创作生涯，既介绍了这位"超越了法兰西国界"的"地区作家"与其作品中所表现出来的对资产阶级的叛逆性和批判性，也对收入的三篇小说做了简要述评，同时，还对莫里亚克的创作特色和艺术手法做了论析。二、译本的附录中收入了莫里亚克1952年获诺贝尔奖时瑞典学院的《授奖辞》和莫里亚克本人的《受奖辞》，让读者从一个更高的层面，了解到莫里亚克的创作特色和艺术成就，也了解到莫里亚克灵魂深处的律动和他的"安宁的秘密"。

此外，二十世纪八十年代，还有《苔蕾丝·德斯盖鲁》和《蝮蛇结》等单行本面世[5]。进入九十年代，我们首先看到的是外国文学出版社推出的《莫里亚克小说选》，内收莫里亚克的"早期佳作"《热尼特里克斯》、其"最畅销的作品"《苔蕾丝·德斯盖鲁》和其"代表作"之一《蛇结》。译

---

1 汪家荣：《序言》，第1—20页，见周国强、汪家荣等译：《爱的沙漠——莫里亚克选集》，长沙：湖南人民出版社，1983年。
2 桂裕芳译：《爱的荒漠》，桂林：漓江出版社，1983年；1992年再版。
3 《苔蕾丝·德斯盖鲁》的译文最早刊登在《外国文艺》1981年第2期上，桂裕芳译。
4 《本书简介》，见桂裕芳译：《爱的荒漠》，桂林：漓江出版社，1983年。
5 即桂裕芳译：《苔蕾丝·德斯盖鲁》，北京：人民文学出版社，1986年；王晓郡译：《蝮蛇结》，重庆：重庆出版社，1987年。

者之一金志平也为选集撰写了长篇《前言》，他首先指出："莫里亚克是二十世纪法国一位杰出的社会小说和心理分析小说大师。……他对人物的心理观察极其细致，但他并不满足于传统的心理分析，而是要尽可能'揭示人物心灵中最隐秘的底蕴'，探寻人物行为的真正动机，并用诗一般的语言曲折表述出来，这就形成了独特的莫里亚克风格。他的高度浓缩的作品经受了时间的考验，赢得了世界性的声誉。"[1] 作者最后指出的莫里亚克小说创作中的"种种""艺术特色"，也无疑增加了这篇《前言》的分量。另外，金志平等译的《蛇结》和罗新璋译的《黛莱丝·戴克茹》单行本也分别于1998和1999年出版[2]，而早在1982年，罗译《黛莱丝·戴克茹》就出现在《外国中篇小说》第二卷中[3]。这一时期出版的《世界中篇小说经典》和《世界著名作家传世作品》也都收入了莫里亚克的作品，如《苔蕾丝·德斯盖鲁》和《脏猴儿》[4]。

进入二十一世纪，我们仍然可以看到莫里亚克的作品如《爱的沙漠》《火河》《黛莱丝·代科如》等在我国出版[5]。周国强在新版《爱的沙漠》的译后记中说，莫里亚克"经久不衰地得到法国读者，尤其是知识阶层的喜爱"。其实，莫里亚克在我国也越来越显示出他的艺术价值，可以说，他在我国也渐渐变得经久而不衰了，这一点也正是我们接下去还要探讨的问题。

在翻译出版莫里亚克作品的同时，对莫里亚克及其作品的研究评论也在同步进行。我们注意到，在二十世纪八十年代至九十年代初，每一部莫里亚克作品的汉译本上，都有译者所写的以介绍作家和作品为主的"前言"或"译本前言"、"序言"或"译者的话"，可以说，"译"与"介"是联系在一起的，甚至完全可以说，有些译本的序言或（译本）前言已经超

---

1 金志平：《前言》，第1页，见杨维仪、金志平等译：《莫里亚克小说选》，北京：外国文学出版社，1991年。
2 金志平等译：《蛇结》，北京：外国文学出版社，1998年。罗新璋译：《黛莱丝·戴克茹》，合肥：安徽文艺出版社，1999年。
3 见金子信选编：《外国中篇小说》第二卷，昆明：云南人民出版社，1982年。
4 见桂裕芳主编：《世界中篇小说经典·法国卷》，沈阳：春风文艺出版社，1996年；颜之等选编：《世界著名作家传世作品》，南宁：广西民族出版社，1996年。
5 周国强、徐和瑾译：《爱的沙漠》，南京：译林出版社，2000年。吴友仁译：《黛莱丝·代科如》，长春：吉林摄影出版社，2001年。2013年上海文艺出版社出版的《莫里亚克精品集》（上下册，石横山、桂裕芳等译），收入了长篇小说《给麻风病人的吻》《爱的荒漠》《蛇结》《苔蕾丝·德斯盖鲁》《黑夜的终止》，短篇小说《苔蕾丝在诊所》《苔蕾丝在旅馆》，以及莫里亚克中后期代表作《黑天使》。

出了"译介"的层次,进入了"评介"乃至"评论"或"研究"的层面,这尤其表现在汪家荣为 1983 年出版的《爱的沙漠——莫里亚克选集》所写的《序言》和桂裕芳为同年出版的《爱的荒漠》所写的《译本前言——非凡的洞察力和艺术激情》以及金志平为 1991 年出版的《莫里亚克小说选》所写的《前言》里。这三篇长文中都有作者对莫里亚克及其作品的深刻、独到的见解,既对广大读者起到了导读的作用,也给其他学者的研究带来启发。下面,我们就对莫里亚克及其作品在我国改革开放以来的研究情况,做一番梳理和考察。

第二节　探照灵魂深渊

改革开放之后,我国的法国文学研究者重新投入对法国文学的各项研究工作中。他们利用自己的语言优势,阅读到大量原文材料,也为莫里亚克在中国的研究首先打开了局面。周国强不仅翻译了莫里亚克的多篇小说,也在较早的时间写出了他的"莫利亚克初探",开篇指出:"两次世界大战之间,法国文坛出现过一个相当繁荣的时期。心理现实主义就是这次高潮中的一个主要流派,而弗朗索瓦·莫利亚克则是这个流派中影响最大的作家。"在论及莫里亚克的风格时,他指出:"莫利亚克善于吸收各家优点,取长补短,形成自己的风格。从揭露批判方面,他继承了巴尔扎克,但他没有冗长的说理和细琐的描写;……他用词之严谨,同福楼拜确是一脉相承,……然而,他并不如福楼拜那样对人物和故事一定要进行严密的考证。"[1] 在周国强看来,莫里亚克之所以获得"法兰西王冠上最美的明珠"之称誉,似因为他的创作注意力集中在人物的心理活动上,并在这方面取得了匠心独运的成就。次年,罗大冈也撰文指出:莫里亚克"在文学艺术上坚持古典主义的简洁精练,他虽然决不追求标奇立异的时髦办法,可是没有一个读者能否认弗·莫里亚克的艺术成就给法国文学增加新的光彩"。罗大冈还指出:"莫里亚克艺术的深度正在于他表现了资产阶级的保守落后的精神世界跟现代文明、现代生活的强烈矛盾,表现了他自己内心深处

---

[1] 周国强:《法兰西王冠上最美的明珠》——弗·莫利亚克初探》,《外国文学研究》,1980 年第 4 期,第 97—100 页。

传统思想和现代思潮之间的强烈矛盾。"[1]

1982年,柳鸣九发表了《与克·莫里亚克谈法·莫里亚克》。克洛德·莫里亚克是法·莫里亚克的长子,也是法国当代著名的文评家兼小说家。中法两国著名学者之间的这次交谈,是高层次上的两种见识之间的交流和碰撞。克洛德认为,其父莫里亚克是"新小说派产生之前"法国文学史上"最后一朵传统文学的花朵";心理分析方法的运用,再加上诗意,构成了他的特色。柳鸣九指出:"法·莫里亚克要算是批判现实主义传统的作家,他对资本主义社会中的人情、资产阶级家庭关系有巴尔扎克式的无情揭露",但这位二十世纪的现实主义者,也具有超过巴尔扎克的一个方面,即心理描写。"巴尔扎克在作品里当然进行了心理描写,但其心理分析所占的比例毕竟不大,……不像法·莫里亚克把人物灵魂深处的活动和情状,包括感觉、回忆、想象、思索、内心独白等,展现得那么细致入微。"克洛德还将其父莫里亚克与萨特做了比较,认为在信仰上前者相信神,后者相信人;在文学创作上,前者的作品里有诗意,后者的作品里有哲。柳鸣九则把法·莫里亚克的心理描写与普鲁斯特的做了比较,他认为:"法·莫里亚克作品中没有普鲁斯特作品中那样像江河一样长的意识流描写,他的人物的心理活动都写得比较简练,……和现实生活本身紧密结合在一起,水乳交融。"[2] 双方这种高屋建瓴式的谈论成为我国其他学者研究、探讨莫里亚克的重要参考。

译者汪家荣、桂裕芳和金志平除了分别为莫里亚克的汉译本撰写了长篇的具有研究力度的前言或序言外,也另外先后撰文,推动或深化了我国对莫里亚克的研究工作,使得莫里亚克的译介与研究呈现出良好的互动态势。汪家荣指出:莫里亚克"是一位天主教作家,他的文艺观和美学观都带有宗教色彩。他的小说中或多或少、时隐时现地表达了他的宗教思想";他的"贡献在于用犀利的笔触把他熟悉的、无意中背叛的外省资产阶级揭露得淋漓尽致"。汪家荣还分析了莫里亚克着力"描绘处于罪恶深渊中的人"并发掘他们的内心世界的创作动机[3]。同时期,桂裕芳指出:在小说方面,莫里亚克"笔下的人物不是凭空臆造,而是从作者所熟悉的地区(波

---

[1] 罗大冈:《弗·莫里亚克简介》,《外国文艺》,1981年第2期,第136—139页。
[2] 柳鸣九:《与克·莫里亚克谈法·莫里亚克》,《读书》,1982年第6期,第119—125页。
[3] 汪家荣:《小说家莫里亚克》,《法国研究》,1983年第3期,第21—27页。

尔多），熟悉的自然环境（松林地带），熟悉的阶级（庄园主资产阶级）中的真实人物脱胎而来"；他借助作品，"或是抒发宗教激情、探求教义，或是揭露丑恶的灵魂和孤独的人生"；"盖棺认定，莫里亚克不愧为伟大的法国作家，因为他以精湛的艺术描写了资产者的世界和人生，因为他以锋利的评论反映了时代的风云，还因为他一生追求真理和正义"[1]。不久，金志平也发表文章，指出莫里亚克一生所坚持的"继承传统，善于借鉴，有所创新"的创作纲领：他直接继承了法国批判现实主义的优秀传统——司汤达、巴尔扎克的传统，从现实生活出发，无情地揭露了法国外省表面平静、体面的大庄园主家庭肮脏不堪的内幕；他向陀思妥耶夫斯基等外国大师们借鉴，尽可能"描绘人的内心的最深之处"；由于注重表现人物复杂的思想感情和内心冲突，他在形式上做了不少探索和创新，使他的作品呈现了前所未有的新面貌[2]。上述三人对莫里亚克的深刻认识无疑也得力于他们对莫里亚克作品的翻译实践。

到二十世纪八十年代后期，我们仍然发现了把莫里亚克作为"作家"或"小说家"进行研究的成果。其中，于沛认为，莫里亚克虽然描绘的是法国国内的一个"小小世界"，却引起了法国以外的读者的兴趣，他真实地写出了一个狭小、偏远的世界的普遍性，因为他"深深懂得共性寓于个性之中的艺术辩证法"。可以说，他是"继福楼拜之后，又一个把法国外省资产阶级的内心世界刻画得细致入微的文学大师"，他"从一个侧面深入到二十世纪资产阶级的内心世界之中，对资本主义社会进行了批判，并以此享有殊荣，在世界文坛上占有一席之地"[3]。

二十世纪的二三十年代，正是"法国的文学创作思想、创作内容和表现技巧酝酿着重大变革的时期"，莫里亚克具有代表性的小说都发表在这一时期，因而，杨剑便把作为小说家的莫里亚克放在这个文学变革的时期里，进行了深入的考察。他认为，这一时期的莫里亚克善于借鉴现代派如意识流的某些手法，来描绘人物复杂深邃的内心世界，"通过人物对自身处境的细腻的感受和体验，来揭示他们骚动不安的灵魂和痛苦矛盾的心

---

[1] 桂裕芳：《浅谈弗朗索阿·莫里亚克》，《法国研究》，1983年第1期，第47—48页。
[2] 金志平：《继承·借鉴·创新——介绍法国作家弗·莫里亚克》，《文艺报》，1985年10月26日第3版。
[3] 于沛：《法国现代作家莫里亚克》，《百科知识》，1987年第1期，第37—39页。

情"[1]。而李清安对此似乎还有着更为冷静的认识，他指出，莫里亚克善于在一种"狭小僻静的氛围中搬演一出出人的悲剧，揭示出家庭小天地中灵魂的厮杀，抒写出人性的堕落与美好。莫里亚克的成就不在于表现社会生活的广度，而是刻画现代人精神世界的深度"，他"以缩小题材范围为代价，换取了深入表现人类命运的进展"[2]。

我们注意到，上述每一位学者在对莫里亚克的评论中，都指出了他对笔下人物心理活动的描写、精神世界的刻画和灵魂深处的挖掘，这种认识应已成为学界的一种共识。更有莫里亚克自己的表白佐证："作家的任务在于挖掘他所熟悉的人物的内心世界，进行再创造"[3]；"革新之意在于挖掘得更深些，可以不改变视野，而向深度前进"，以便深入人物的"本质"[4]。传记文学大师莫洛亚也认为，在塑造人物方面，莫里亚克属于"向纵深开掘"的那一类作家[5]。莫里亚克文学创作的一个动机，就是要"用火把去照照我们的深渊"[6]，而他获诺贝尔文学奖，就是因为他"对人的灵魂进行了深入细致的分析，并通过小说的形式，以强烈的艺术激情表现了人类生活"。我们完全可以说，莫里亚克是从传统中走来面向现代思潮的一位探照人类灵魂深渊的大师。

第三节 剖析人性内核

莫里亚克的创作成就主要在小说方面，他一生创作了二十多部作品。有论者曾在较早的时间，对他最重要的四部作品《给麻风病人的吻》、《爱的荒漠》、《泰莱丝·德克鲁》和《蝮蛇结》做过简评[7]。还有论者对他一生"丰富多彩的艺术创作"进行了分门别类的归纳，在涉及小说创作时指出：莫里亚克的初期作品《戴锁链的孩子》、《裙子遁牌》、《血与肉》和《优先权》构成了其创作活动中的第一组作品；《给麻风病人的吻》、《热尼特里

---

[1] 杨剑：《文学变革时期的小说家莫里亚克》，《当代外国文学》，1988年第4期，第168—174页。
[2] 李清安："最后一朵传统之花"，《读书》，1989年第9期，第55—57页。
[3] 转见汪家荣：《小说家莫里亚克》，《法国研究》，1983年第3期，第26页。
[4] 莫里亚克：《小说家及其笔下的人物》，转见崔道怡等编：《"冰山"理论：对话与潜对话》，北京：工人出版社，1987年，第452页。
[5] 莫洛亚：《从普鲁斯特到萨特》，袁树仁译，桂林：漓江出版社，1987年，第63页。
[6] 桂裕芳：《前言》，第1页，转见桂裕芳译：《苔蕾丝·德斯盖鲁》，北京：人民文学出版社，1986年。
[7] 朱延生：《莫里亚克和他的代表作》，《世界图书·A辑》，1981年第8期，第17—19页。

克斯》、《命运》和《爱的沙漠》因时间上和主题上的接近而构成其第二组小说;《黑天使》、《失去了的》和《蝮蛇结》这三部"天主教作品"构成其第三组小说;《黛莱丝·德克罗》、《黛莱丝求医》、《黛莱丝住旅馆》和《黑夜的终止》四部在其"成熟作品中占有特殊地位"的"救世"小说,构成其第四组小说;《弗隆特纳之秘》与之后创作的《海之路》、《法利赛女人》、《羔羊》和《昔日之少年》因回归青少年主题而构成其第五组小说。论者还对莫里亚克的戏剧、诗歌、文学评论等作品也进行了类似的梳理[1]。在我国新时期研究莫里亚克的初期,这种概貌式的介绍无疑还是有着十分积极的意义的。1990年发表的《论莫里亚克及其创作》[2]也是一篇从综合的角度对莫里亚克的主要小说进行评析的文章。正由于是从综合的角度出发,以概要为原则,上述三篇文章在论述上都较为简要。下面,我们将以莫里亚克的几部重要作品为对象,来考察我国学者对它们进行的具体研究。

《黛莱丝·德斯克罗》[3]是莫里亚克最重要的代表作之一。就像福楼拜曾经说过"包法利夫人就是我"一样,莫里亚克也说过"黛莱丝就是我",而且,他还为这位缠绕他很长时间的女主人公写下了作品系列。从我们的考察结果看,这部作品是我国学者探讨最多的一个对象。柳鸣九曾对黛莱丝这个人物做过系统、深入的研究。他从法兰西女性"不安于室"的种种普遍性的"发条",具体探讨了黛莱丝"不安于室"的两点"发条":一、"她自然的个性,自然倾向";二、她"具有一种精神,一种思想,一种哲学"。在分析了黛莱丝的"个性根由"和"精神根由"后,柳鸣九指出,莫里亚克"怀着宗教感情来看待他所有的人物,不祖护、不宽待任何一个人物,力求将他们内心中的混沌、阴暗、卑污都展示出来,他似乎又是在确认与证实生活在这个世上的芸芸众生,都有一个恶德与罪愆有待宗教的圣水去洗涤的灵魂,他的黛莱丝也不例外"。虽然她的"生命之旅只不过是一场黑夜",但莫里亚克"一直关注着、同情着这个女人",并且"在人物的心理心绪中容纳那样多的社会内容、人文内容与个性内容,使他的

---

[1] 王德华:《饰满荣誉的文学生涯——谈弗朗索瓦·莫里亚克及其作品》,《武汉大学学报》(社会科学版),1983年第4期,第65—70页。
[2] 马家骏:《论莫里亚克及其创作》,《西北大学学报》(哲学社会科学版),1990年第1期。
[3] Thérèse Desqueroux 的汉译名有《黛莱丝·德斯克罗》《黛莱丝·德克罗》《黛莱丝·戴克茹》《苔蕾丝·德斯盖鲁》《黛莱丝·代科如》等。

人物具有真实而充分的内心世界，具有真正活人的丰富性与生动性"[1]。

郭宏安对黛莱丝也有着深刻的认识。他指出，进入二十世纪之后，在法国外省这块土地上辛勤耕耘并获丰产者盖不乏人，莫里亚克就是其中的佼佼者。"如果说，使巴尔扎克不朽的，是葛朗台；使福楼拜不朽的，是爱玛；那我真想说，使莫里亚克不朽的，是黛莱丝！""黛莱丝的举动至少是她试图冲破家庭的束缚、摆脱环境的窒息的一种努力"，"她并不确切地知道她要的是什么，但她确切地知道她不要的是什么"。她有罪，但她将得到宽恕，因为罪孽与恩宠是这部小说的两大基本主题，"惩罚而不乏仁慈，这就是莫里亚克对待黛莱丝的态度"。黛莱丝是一个罪人，因而有一个"需要拯救的灵魂"，也因而"容易投入上帝的怀抱"。通过这部作品可以看出，"莫里亚克擅长挖掘人物的内心世界，剖析人物的复杂灵魂"，在"最脏的河水"中探索人性的本源[2]。另外，前述周国强《"法兰西王冠上最美的明珠"》一文，也主要以这部作品来探讨莫里亚克的创作及风格。

1987年发表的《生活的真实与艺术的真实》，从真实案件"萨布兰谋杀案"与艺术作品《苔蕾丝·德斯盖鲁》的比较分析出发，探寻莫里亚克思考与创作的轨迹。文章指出："《苔蕾丝》之所以远远高出从世态或伦理出发的作品而成为饮誉世界的杰作，在于它的作者深邃地透视情杀的表象，竭力探索、挖掘'罪恶的秘密'"，而且，"以巨大的热情去挖掘、发挥罪人身上的'亮点'"[3]。也有论者认为，莫里亚克运用了背反手法这根"魔杖"，"使平凡的事物因矛盾的重组而显得蕴含深沉，寄托遥远，……使人物形象个性鲜明，感染力倍增"[4]。

二十世纪九十年代以来，对莫里亚克的这部代表作的探讨取得了更多的成果，探讨的主题涉及"莫里亚克对传统的弘扬"、"荒原上的女囚"、"贝尔纳·德斯盖鲁的家族情结"、"莫里亚克的心理描写手法"、"苔蕾丝的心理世界"、"苔蕾丝原型分析"、"现实主义和现代主义的完美统一"、"现代文明与传统价值之争"、"不孤独的孤独者"和"苔蕾丝的犯罪

---

1 柳鸣九：《法兰西女性"难养也"的"发条"种种——莫里亚克的黛莱丝四部曲》，见柳鸣九：《超越荒诞》，上海：文汇出版社，2005年，第62—69页。
2 郭宏安：《黛莱丝，包法利夫人的姐妹》，《读书》，1983年第4期，第31—37页。
3 张驰：《生活的真实与艺术的真实》，《外国文学欣赏》，1987年第1期，第24—26页。
4 任傲霜：《莫里亚克的魔杖——谈〈苔蕾丝·德斯盖鲁〉中背反手法的运用》，《外国文学研究》，1989年第3期，第16—21页。

动机"[1]等多个方面和多个视角，充分说明了这部作品蕴藏着丰富的艺术价值，代表了莫里亚克小说创作的一个巅峰。

《给麻风病人的吻》是莫里亚克的成名作。小说初版一万八千册，在不到四个月的时间里便销售告罄。从此，莫里亚克找到了属于自己的创作风格。杨剑认为，这部作品在艺术表现手法上不落俗套，具有自己鲜明的特点：作者不同于普鲁斯特"梦幻状态"般的意识流手法，也不同于埃斯特涅"探索生命奥秘"时的哲理色彩，而是"紧紧抓住人们的精神脉搏"来运用心理描写的方法，从而完成了对主人公的形象塑造[2]。也有论者对作品主题进行了探讨，认为这出"悲剧的实质是爱的缺失"[3]。

《母亲大人》[4]是继莫里亚克成名作后的又一部代表性作品，同时，也是一部连作者本人都承认的写得"非常阴暗的书"，因为它"触及一个根深蒂固、极为普遍的病症"[5]，但作者却运用追忆和内心独白等现代手法，深刻而细腻地描写了人物的心理活动。柳鸣九认为，"《母亲大人》中的母子矛盾……完全在于人性的内因，在于深层的心理根由"。由于作者准确地找到了文学描绘的"泉眼"，"读者可以看清楚人物那细致入微的日常心态以及这些心态中可潜藏的人性的深刻根由"。也正因为它揭示的悲剧是"最深刻、最典型、最普遍不过的……可以说是人性的一种常态"，这部作品是"母子亲情矛盾的一种标本"[6]。

《爱的荒漠》[7]是莫里亚克的奠基作。它确立了莫里亚克在法国文学史上的地位。不少学者认为，"爱的荒漠"一词几乎涵盖了莫里亚克全部小

1　见邓双琴：《从〈苔蕾丝·德斯盖鲁〉看莫里亚克创作对传统的弘扬》，《贵阳师专学报》（社会科学版），1991年第2期；李恒方：《荒原上的女囚》，《开封教育学院学报》，1995年第4期；李恒方：《试论贝尔纳·德斯盖鲁的家族情结》，《开封教育学院学报》，1996年第1期；王晓雪：《莫里亚克的小说心理描写手法浅探》，《法国研究》，1996年第2期；张丽：《火把照亮的深渊——简析苔蕾丝的心理世界》，《德州师专学报》，1999年第3期；马忠东：《〈苔蕾丝·德斯盖鲁〉原型分析》，《山东省农业管理干部学院学报》，2001年第4期；朱卉芳：《现实主义和现代主义的完美统一》，《职大学报》，2001年第1期；李学阳：《苔蕾丝悲剧——现代文明与传统价值之争》，《法国研究》，2002年第1期；梁芳：《不孤独的孤独者》，《玉林师范学院学报》，2004年第1期；马忠东：《苔蕾丝·德斯盖鲁犯罪动机探析》，《山东行政学院山东省经济管理干部学院学报》，2004年第2期。
2　杨剑：《莫里亚克及其成名作〈给麻风病人的吻〉》，《当代外国文学》，1981年第4期，第34—37页。
3　徐曙：《莫里亚克〈给麻风病人的吻〉主题质疑》，《外国文学研究》，2001年第1期。
4　*Genitrix* 的汉译名有《母亲大人》《母亲》《热尼特里克斯》《日宜脱莉斯》等。
5　转引自金志平：《前言》，第3页，见杨维仪、金志平等译：《莫里亚克小说选》，北京：外国文学出版社，1991年。
6　柳鸣九：《母子亲情矛盾的一种标本——莫里亚克：〈母亲大人〉》，《名作欣赏》，1996年第5期，第21—23页。
7　*Le désert de l'amour* 的汉译名有《爱的荒漠》和《爱的沙漠》等。

说的主题。在我国对它的探讨,涉及"人物浅析"和"荒漠里的哀歌"等方面[1]。也有论者认为,"它典型地体现出作家擅长从心理视角大胆、敏锐地揭示西方当代社会爱的匮乏、精神孤独隔绝的资产阶级家庭悲剧的创作特征"[2]。译者桂裕芳、周国强也对它做过深入透析。

《蝮蛇结》[3]是莫里亚克的代表作之一,曾经得到著名作家马丁·杜伽尔和克洛岱尔的高度赞扬。汪家荣等认为,"作者在这部小说中显示了自己犀利的洞察力和独特的艺术风格;把资产阶级的阴暗心理、虚伪言表和惟利是图的本质作了深刻的描述和无情的揭露"[4]。有译者指出:在女主人公身上,"莫里亚克充分表现了灵魂与肉体、理想与现实的交锋,就像是绞缠在一起的蝮蛇结,难解难分"[5]。也有论者认为,莫里亚克通过内心独白揭示人物内心世界的奥秘,并把写景与写人内心结合得天衣无缝,这是这部作品显而易见的艺术风格[6]。

至此,莫里亚克具有代表性的几部重要作品在中国的研究情况,都得到了梳理。在梳理的过程中,我们已认识到,莫里亚克对人性的剖析并不是停留在传统的表层结构上,而是深入人物的深层心理,深入灵魂的最隐私的机关,"剖析人物的每一根神经,直至其末梢",同时,"细察人物的每一阵心绪"[7],细致入微地描绘人的本性中深层行止的秘密。我们已完全可以说,莫里亚克这几部具有代表性的重要作品,都成功地剖析了人性的内核。

第四节　莫里亚克创作艺术面面观

如果在现实主义流派和现代主义流派二者之间选择,莫里亚克无疑属

1　陈康棣:《荒漠中的苦苦挣扎——〈爱的荒漠〉人物浅析》,《梧州师专学报》(综合版),1995年第3期。曹娅:《荒漠里的哀歌——评莫里亚克的心理现实主义小说〈爱的荒漠〉》,《重庆大学学报》(社会科学版),2001年第2期。
2　胡健生、陈晓红:《莫里亚克小说〈爱的沙漠〉解读》,《青海师专学报》(教育科学版),2005年第1期。
3　*Le noeud de vipères* 的汉译名有《蝮蛇结》《蛇结》《盘缠在一起的毒蛇》等。
4　汪家荣等:《前言》,第2页,见汪家荣、薛建成译:《盘缠在一起的毒蛇》,北京:外语教学与研究出版社,1980年。
5　王晓郡:《译者前言》,第2页,见王晓郡译:《蝮蛇结》,重庆:重庆出版社,1987年。
6　马家骏:《论莫里亚克及其创作》,《西北大学学报》(哲学社会科学版),1990年第1期,第63—64页。
7　柳鸣九:《法兰西女性"难养也"的"发条"种种——莫里亚克的黛莱丝四部曲》,见柳鸣九:《超越荒诞》,上海:文汇出版社,2005年,第69页。

于传统的现实主义流派,然而,传统与现代既不是两个不共戴天的阵营,也不是两个毫无干系的派别。对莫里亚克小说创作实践的考察表明,二者之间还有互为因果的一种联系。可以说,莫里亚克既是传统现实主义坚定的继承者,又是现代主义某些艺术手法的积极的实践者。因为他既继承了巴尔扎克、福楼拜乃至司汤达等人的创作方法,也汲取了波德莱尔、普鲁斯特和陀思妥耶夫斯基等人的艺术手法。柳鸣九认为:"莫里亚克的心理描写,是传统的心理现实主义在二十世纪的一个高峰",他"小说创作中的艺术形象,充分地表明他身上汇合着传统与现代的两股潮流,他的心理描写方法既属于传统,又面向现代,这是他作为一个伟大作家的重要标志之一,而在法国心理小说的发展过程中,他的创作又清楚地显示了心理现代主义对于心理现实主义的渗透,现代派文学潮流对于传统文学的渗透"[1]。如果柳鸣九从文学潮流之间互动的大视野指出,心理现代主义对心理现实主义的"渗透"或"潜移",是莫里亚克的心理现实主义达到二十世纪高峰的一个重要原因,我们也完全可以换一个角度认为,这是莫里亚克作为一个创作主体,在"面向现代"的过程中创作意识上的一种自觉,就像他是一个坚定的天主教徒,却没有被宗教的清规戒律完全禁锢其思想一样。柳鸣九所说的二十世纪心理现实主义高峰的"启示",不仅在于未来的现代派还会对传统"进行新的渗透",还在于,一个像莫里亚克这样的作家之所以"杰出""伟大",是因为他既继承了传统中的精华,又吸纳了那个时代的新倾向、新意识,所以他才能"高水平地发扬"传统的心理现实主义。

莫里亚克的文艺观与其宗教观是结合在一起的。法国天主教思想家巴斯卡尔和现代派诗歌的创始人波德莱尔,都给予他重要的影响,使他把发掘和提炼恶中之美作为自己的创作原则。因为"人的本性如果不是受到腐化,也是受到伤害。……一个基督教小说家……无须避开罪恶的秘密"[2],所以,他要"描绘处于罪恶深渊之中的人",并且认为,"强迫这些罪人发出像巴斯卡尔要求的那种呻吟和叹息,那才称得上美"[3],而一旦那些罪恶

---

[1] 柳鸣九:《二十世纪心理现实主义高峰的启示——莫里亚克的小说》,见柳鸣九:《超越荒诞》,上海:文汇出版社,2005年,第55—61页。
[2] 莫里亚克:《受奖辞》,转见桂裕芳译:《爱的荒漠》,桂林:漓江出版社,1983年,第440页。
[3] 转见汪家荣:《小说家莫里亚克》,《法国研究》,1983年第3期,第24页。

的灵魂意识到自己的罪孽，发出呻吟，他也就完成了以丑审美的创作，就此"拉下帷幕"[1]。在这一问题上，汪家荣和金志平都做过深入分析[2]。

从创作的内容角度看，"传统价值标准和人的内在感情的要求在人物的心灵深处形成了一种对抗性的张力场，这是他的作品内容的主要特点"[3]。而阎素伟认为："他没有像巴尔扎克或左拉那样，描绘出整个时代的画卷，他的主题只有一个：人的心灵；他的小说只有一种背景：荒草甸子和种满葡萄的山坡；他描写的社会阶层也只有一个：外省的资产阶级"，但"他的作品是真诚的"，虽"题材单一"却"具有普遍意义"[4]。莫里亚克这样说："整个人类展示在我们出生地的农民中，世界地平线内所有农村通过我们童年的眼光呈现。……小说家的天才就在于他能揭示这个狭小世界的普遍性。"[5] 他的描写"狭小世界"的作品超越了国界，成功地走向世界文学，说明他对生活是很有认识的，似乎也印证了"杯中有乾坤"的道理。

莫里亚克的小说技巧，在杨剑看来，可以概括为以下两点：一、注意故事情节的完整性，而又不拘泥于传统小说的结构框架，其中倒叙、顺叙、插叙等手法的运用，改变了传统小说的单调的线型结构，使其小说成为意境开阔、容量大、层次多的复合结构。桂裕芳对此也有论析。二、注重调动各种表现手段深入揭示人物的内心世界，尤其大量采用回忆、联想、内心独白等多种多样的现代派的表现手法，比如"运用回忆将人物目前的境遇和往日的生活情景连结起来，……使往日的灰暗的生活画面和目前人物阴郁的思绪浑然一体"[6]。对于这一点，我国不少学者都有同样的认识，汪家荣、金志平等在他们的文章中都有论及。

莫里亚克作品中的语句常常出现在法语教科书和语法工具书里，说明他的语言具有典范性。奥斯特林在1952年诺贝尔奖的《授奖辞》中就说过："莫里亚克的语言无可匹敌，简洁而富于表现力。他的散文能以暗

---

1 奥斯特林：《授奖辞》，转见桂裕芳译：《爱的荒漠》，桂林：漓江出版社，1983年，第435页。
2 参见汪家荣：《小说家莫里亚克》，《法国研究》，1983年第3期，第24页；金志平：《前言》，第7页，见杨维仪、金志平等译：《莫里亚克小说选》，北京：外国文学出版社，1991年。
3 杨剑：《文学变革时期的小说家莫里亚克》，《当代外国文学》，1988年第4期，第171页。
4 阎素伟：《莫里亚克小说创作艺术特色》，《文艺报》，1985年10月26日第3版。
5 莫里亚克：《受奖辞》，转见桂裕芳译：《爱的荒漠》，桂林：漓江出版社，1983年，第438页。
6 杨剑：《文学变革时期的小说家莫里亚克》，《当代外国文学》，1988年第4期，第173—174页。

示性的短短几行，说清楚最复杂和最困难的事。他的最著名的作品都具有逻辑的纯正和古典式的措词简练。"[1]我国不少学者在这一点上也具有共识：桂裕芳就认为，莫里亚克的语言"精练，含蓄，生动，又因句子的节奏、音韵、主题的反复出现而显得抒情，仿佛是散文诗"[2]；李清安甚至认为，"莫里亚克享有文笔精彩的独特名声"[3]。有些论者还认为，"莫里亚克善于创造诗的意境"，"感情深沉"[4]；"他的文笔像诗一样优美流畅，读来情真意切，扣人心弦"[5]。

莫里亚克在《小说家及其笔下的人物》中谈到人物的塑造时，论及了主观与客观的结合问题。他说："我们把对别人的观察所得和对自己本身的了解或多或少巧妙地结合起来。小说的主人公是小说家同现实结合的产物。"[6]阎素伟就此说道：莫里亚克"将观察和体验结合，使内在和外在一体，人物的外貌、处境、特点是从观察中来的，作家又把自己心灵深处的东西给予了人物，好比画龙点睛，用主观的体验和客观的观察组成了小说中的人物"，因而，"人物有血有肉，有思想，有受自己思想支配的行动"[7]。柳鸣九对此也给予高度评价，认为莫里亚克"在所要表现的客观现实内容与用来作为载体的人物主观心理心绪机制之间，保持了一种令人赞叹的经典式的平衡"[8]。

除了从上述某个具体的层面或视角探讨了莫里亚克的创作艺术外，我国不少学者还从综合或整体的角度做过评论。汪家荣指出了莫里亚克小说的"一个共同特色：文笔高雅，句子简洁，构思严谨，篇幅不长……小说家具有极深的古典主义文学修养，同时也……对每部作品都下了很大的功夫"[9]。金志平"从总体"指出，莫里亚克的小说"犹如古典悲剧，……人物不多，……层次分明，显得十分凝练。情节……常常围绕一场危机进

---

[1] 奥斯特林：《授奖辞》，转见桂裕芳译：《爱的荒漠》，桂林：漓江出版社，1983年，第433页。
[2] 桂裕芳：《译本前言》，第10页，见桂裕芳译：《爱的荒漠》，桂林：漓江出版社，1983年。
[3] 李清安："最后一朵传统之花"，《读书》，1989年第9期，第58页。
[4] 金志平：《前言》，第9页，见杨维仪、金志平等译：《莫里亚克小说选》，北京：外国文学出版社，1991年。
[5] 阎素伟：《莫里亚克小说创作艺术特色》，《文艺报》，1985年10月26日第3版。
[6] 金志平：《前言》，第6页，见杨维仪、金志平等译：《莫里亚克小说选》，北京：外国文学出版社，1991年。
[7] 阎素伟：《莫里亚克小说创作艺术特色》，《文艺报》，1985年10月26日第3版。
[8] 柳鸣九：《法兰西女性"难养也"的"发条"种种——莫里亚克的黛莱丝四部曲》，见柳鸣九：《超越荒诞》，上海：文汇出版社，2005年，第69页。
[9] 汪家荣：《小说家莫里亚克》，《法国研究》，1983年第3期，第27页。

行，主人公面临难以忍受的境地，内心冲突强烈"[1]。周国强则指出："莫里亚克的作品从总体看，不管是在思想或艺术方面，都继承了法兰西文学三位伟大作家的衣钵：巴斯卡尔、拉辛和波德莱尔，写人生的悲剧，从恶中提炼美"，而其小说中的现代性便在于"力求采用普鲁斯特的艺术手法来描写人物的心理活动"[2]。

另外，在对莫里亚克小说创作艺术的研究探讨中，论及其"浓缩的小说艺术"、"小说人物"分析和"心理现象分析"的几篇文章也值得一读[3]。还有不少研究文章，探讨了其创作上的"特征"或"魅力"、"小说题材"、"文学史意义"、"小说中的宗教意识"以及"莫里亚克与陀思妥耶夫斯基的叙述形式比较"等内容[4]。近十余年来，有关莫里亚克的研究也时有成果问世，主要围绕其作品的"宗教"、"人性"、"罪与赎"、"叙事艺术"、"时间艺术"、"人物形象"以及"继承与超越"等主题展开[5]。

研究莫里亚克，首先应该把他放在二十世纪初传统观念与现代思潮撞击的大背景中。尽管他的文学观念曾经遭到萨特的尖锐批评[6]，但这并不能

---

[1] 金志平：《前言》，第8页，见杨维仪、金志平等译：《莫里亚克小说选》，北京：外国文学出版社，1991年。

[2] 周国强：《译后记》，见周国强、徐和瑾译：《爱的沙漠》，南京：译林出版社，2000年，第234页。

[3] 见李小巴：《弗·莫里亚克的小说：浓缩的艺术》，《小说评论》，1985年第1期；黄晓敏：《爱的永恒与沙漠——谈莫里亚克小说人物》，《外国文学》，1996年第3期；刘求长：《莫里亚克心理现象分析》，《求索》，1996年第6期。

[4] 见胡健生：《家庭丑恶的深入开掘者——莫里亚克小说创作特征管窥》，《济宁师专学报》，1997年第1期；沈永赋：《永久的艺术魅力——莫里亚克创作谈》，《西北大学学报》（哲学社会科学版），1994年第1期；古渐：《莫里亚克小说题材论》，《西北第二民族学院学报》，1999年第1期；曹路漫：《试析莫里亚克小说题材》，《许昌师专学报》，2002年第4期；李美丽：《罪恶·悲剧·救赎——莫里亚克小说的文学史意义》，《安康师专学报》，2004年第1期；车永强：《论莫里亚克小说中的宗教意识》，《海南大学学报》（社会科学版），1999年第2期；黄燕：《陀思妥耶夫斯基和莫里亚克叙述形式比较》，《淮阴师范学院学报》（哲学社会科学版），2003年第2期。

[5] 见史军：《罪恶与拯救——远藤周作与弗朗索瓦·莫里亚克宗教观之比较》，《解放军外国语学院学报》，2010年第5期；龚亚琼：《弗朗索瓦·莫里亚克对人性的探索》，《南京工程学院学报》，2010年第2期；解薇：《寻找失去的纯洁——莫里亚克笔下女性的罪与赎》，《江苏技术师范学院学报》，2012年第5期；王宛颖：《从莫里亚克的小说看婚姻神圣性的消解与回归——以〈给麻风病人的吻〉与〈黛莱丝·德克罗〉为中心》，《湖北教育学院学报》，2007年第10期；康洁：《〈苔蕾丝·德斯盖鲁〉叙事艺术之分析》，《西南民族大学学报》，2012年第9期；刘吉平：《莫里亚克〈拍字簿〉的时间艺术》，《法国研究》，2017年第2期；陈泽帆、陈穗湘：《浅析莫里亚克〈蝮蛇结〉中的时间》，《法国研究》，2017年第2期；高娟：《"可怕的母亲"与"巫母群像"——论莫里亚克与张爱玲对传统母亲形象的颠覆性书写》，《山东社会科学》，2012年第7期；邢军：《莫里亚克"德斯盖鲁"系列小说中的人物形象分析》，《辽宁师范大学学报》，2014年第6期；张希媛：《"莫里亚克"的继承与超越》，《贵州民族学院学报》，2008年第5期。

[6] 萨特：《莫里亚克先生与自由》，冯汉津译，见萨特：《萨特文学论文集》，施康强等译，合肥：安徽文艺出版社，1998年。

否认他在法国文学史上应有的重要地位。从其文学上取得的成就看，这朵传统文学的最后的花朵并不是故步自封的。他是一个深深地扎根在传统观念的基础上而又面向现代思潮的作家。他在现实主义的创作过程中，吸收并运用了象征主义、意识流乃至超现实主义等表现手法，所以，才会把传统的心理现实主义发展成二十世纪一个醒目的高峰。莫里亚克从天主教观念出发，描绘灰色的内心世界和罪恶的秘密，那些令人忧郁的阴暗的画面也给他罩上了"绝望的作家"的阴影。他做了自我辩护："任何一个作家，如果他把依据上帝形象创造的、得到耶稣基督拯救和受到灵圣启示的人作为他的创作中心，……就不能被认为是绝望的作家。"[1] 我们认为，人类文明的进步就在于人类能够意识到自身的错失，一步步地加以改变，一步步地走向完善。而"莫里亚克艺术真谛的一部分——正如莫洛亚所说——就在于向我们指出，这些魔鬼的成分在我们每个人的身上都存在"[2]。他曾经清楚地指出来，"我们每个人都知道自己能够变得比目前更少一些罪恶"[3]。这句话是文明的人类理解他的作品的一个关键，是他的作品具有当下意义和未来意义之所在。

1　见桂裕芳译：《爱的荒漠》，桂林：漓江出版社，1983年，第440页。
2　莫洛亚：《从普鲁斯特到萨特》，袁树仁译，桂林：漓江出版社，1987年，第48页。
3　见桂裕芳译：《爱的荒漠》，桂林：漓江出版社，1983年，第436页。

第七章
圣埃克絮佩里与另一种目光

圣埃克絮佩里在法国文学史上具有独特的地位。他是个战士,是个作家。他的作品在全世界拥有无数的读者。翻译家马振骋对他这样评价道:

> 圣埃克苏佩里有着双重身份,飞行员与作家,这两个生涯在他是相辅相成的。从《南方邮件》(1928)到《小王子》(1943)这十六年间,仅出版了六部作品,都以飞机为工具,从宇宙的高度,观察世界,探索人生。这些作品篇幅不多,体裁新颖,主题是:人的伟大在于人的精神,精神的建立在于人的行动。人的不折不挠的意志可以促成自身的奋发有为。

马振骋是中国翻译圣埃克絮佩里作品的主要译家之一。他对圣埃克絮佩里的作品,对他的人生,对他的精神世界,有着独特的理解。他对圣埃克絮佩里作品的解读与理解具有相当的代表性。在本章中,我们将就圣埃克絮佩里在中国的翻译状况,特别是结合《小王子》的翻译与接受情况,对圣埃克絮佩里在中国的生命历程做一梳理,对其影响做一探讨。

第一节 "小王子"在中国

圣埃克絮佩里与二十世纪一起诞生。1900年,圣埃克絮佩里出身在

第七章　圣埃克絮佩里与另一种目光

法国里昂一个传统的天主教贵族家庭。他的童年生活有过温馨和希望，但更有过惶惑和迷惘。第一次世界大战的爆发，就像尼采说的"上帝死了"那样，令圣埃克絮佩里的心中从失望到绝望，在战争的废墟上，对他而言再也没有了信仰。1921 年，圣埃克絮佩里应征入伍，被编入斯特拉斯堡第二飞行大队担任机械修理工。同年 12 月，他获得军事飞行证书，从此和飞行结下了不解之缘。

圣埃克絮佩里与飞行的不解之缘是双重的。"圣艾克絮佩里作品集"的主编黄荭认为："如果说飞行给圣艾克絮佩里提供的是肉体感性的飞升，那么写作就是诗人灵魂智性的翱翔。"[1] 飞行，远离大地和人类，给了圣埃克絮佩里观察人类赖以生存的地球与思考人类存在的新的空间。1926 年，他在《银舟》杂志发表了短篇小说《飞行员》。在此后的十八年里，他飞行，写作，写作，再飞行，直至 1944 年 7 月 31 日，四十四岁的圣埃克絮佩里在执行侦察任务时，永远消失了——消失在空中。

圣埃克絮佩里的一生是短暂的。他在身后给我们留下的作品也不多，有《南线邮航》(1928)、《夜航》(1931)、《人的大地》(1939，英译名《风沙星辰》)、《空军飞行员》(1942)、《小王子》(1943) 和《要塞》(1948) 等。但是，随着岁月的流逝，他的生命因升华而成了传奇，他的作品因独特而变为不朽。

对于当今的中国读者而言，圣埃克絮佩里就是"小王子"的化身。近年来，圣埃克絮佩里的作品在中国拥有了越来越多的读者。根据北京大学中法文化关系研究中心和北京图书馆参考研究部中国学室主编的《汉译法国社会科学与人文科学图书目录》，早在 1942 年，陈占元就向处在抗日战火中的中国文学界介绍了圣埃克絮佩里这位独特的作家，当时作家的名字译为圣·狄瑞披里。陈占元翻译的作品为《夜航》，列入"西洋作家丛刊"，由明日社出版。不过，圣埃克絮佩里的这部作品在当时的中国并没有产生多大的影响，也未见有深入的评价。直到 1979 年，商务印书馆在"法汉对照读物"系列中，推出了程学鑫与连宇译注的《小王子》，圣埃克絮佩里才真正开始了他在中国的生命之旅。

中国对圣埃克絮佩里的翻译与接受主要集中在近三十年。二十世纪

---

[1] 黄荭：《圣艾克絮佩里的人生和创作轨迹》，《当代外国文学》，2006 年第 2 期，第 171 页。

八十年代初期,他的主要作品《夜航》与《小王子》开始出现不同的译本;九十年代初,《空军飞行员》和《人类的大地》又陆续被介绍给中国读者,李清安还编选了《圣爱克苏贝里研究》,于1992年由中国社会科学出版社出版。到了新世纪,圣埃克絮佩里似乎获得了重生,受到了中国读者格外的关注。他的遗作《要塞》由马振骋执译,于2003年由海南出版社出版。《小王子》更是得到中国读者青睐,国内一时掀起了一股《小王子》复译的热潮,而且这股热潮一直在持续。根据掌握的资料,我们列了一份从1981年至2006年的圣埃克絮佩里作品汉译与出版目录:

《夜航》	圣埃克絮佩里著,汪文漪等译	外国文学出版社	1981年
《夜航》	圣埃克絮佩里著,汪文漪等译	人民文学出版社	1989年
《夜航》	圣埃克苏佩里著,吴岳添译	接力出版社	1996年
《夜航·人类的大地》	圣艾克苏贝里著,刘君强译	安徽文艺出版社	1997年
《夜航·人类的大地》	圣埃克絮佩里著,刘君强译	上海译文出版社	2003年
《夜航·人的大地》	圣埃克絮佩里著,黄天源译	漓江出版社	2006年
《人的大地》	圣埃克苏佩里著,马振骋译	外国文学出版社	1999年
《人类的大地》	圣艾克絮佩里著,黄荭译	江苏教育出版社	2005年
《风沙星辰》	安东尼·德·圣艾修伯里著,艾柯译	哈尔滨出版社	2002年
《风、沙与星星》	圣埃克苏佩里著,雨过天晴译	海南出版社	2002年

第七章　圣埃克絮佩里与另一种目光

《空军飞行员》	圣埃克苏佩里著，马振骋译	外国文学出版社	1991 年
《空军飞行员》	圣埃克苏佩里著，马振骋译	漓江出版社	1996 年
《战争飞行员》	圣艾克絮佩里著，黄旭颖译	江苏教育出版社	2005 年
《圣爱克苏贝里研究》	李清安编选	中国社会科学出版社	1992 年
《要塞》	安东尼·德·圣埃克苏佩里著，马振骋译	海南出版社	2003 年
《小王子》	圣·德克序贝里著，程学鑫、连宇译注	商务印书馆	1979 年
《小王子》	圣－埃克絮佩利著，胡雨苏译	中国少年儿童出版社	1981 年
《小王子》	圣－埃克絮佩利著，张荣富译	浙江少年儿童出版社	1985 年
《小王子》	圣－埃克絮佩利等著，萧曼等译	贵州人民出版社	1997 年
《星王子》	圣·埃克絮佩利原著，杨玉娘译	二十一世纪出版社	1998 年
《小王子》	圣埃克苏佩里著，胡雨苏译	中国友谊出版公司	2000 年
《小小王子》	安东·圣·爱克苏贝著，毛旭太译	作家出版社	2000 年
《小王子》	圣埃克苏佩里著，薛菲译，萧望图文编纂	浙江文艺出版社	2000 年
《小王子》	圣埃克苏佩里著，林珍妮译	译林出版社	2001 年
《小王子》	安东·德·圣艾修伯里著，艾柯译	哈尔滨出版社	2001 年

《小王子》	圣埃克絮佩里著,周克希译	上海译文出版社	2002年
《小王子》	圣埃克苏佩里著,潘岳译	南海出版公司	2002年
《小王子》	安东尼·圣修伯里原著/绘图,吴淡如编译	新蕾出版社	2002年
《小王子》	圣爱克苏贝里著,小意译	中国社会科学出版社	2002年
《小王子》	圣爱克苏贝里著,程惠珊译	伊犁人民出版社	2003年
《小王子》	圣埃克苏佩里著,马振骋译	人民文学出版社	2003年
《小王子》	安东·德·圣艾修伯里著,王宝泉译	延边人民出版社	2003年
《小王子》	圣埃克苏佩里著,郑闯琦译,侯海波图	金城出版社	2003年
《小王子》	安东尼·圣艾修伯里著,李思译	中国华侨出版社	2004年
《小王子》	圣·德克旭贝里著,白栗微译	春风文艺出版社	2004年
《小王子》	安东尼·圣埃克苏贝里著,戴蔚然译	文化艺术出版社	2004年
《小王子》	圣埃克苏佩里著,刘文钟译,中英对照	中国书籍出版社	2004年
《小王子》	圣艾克絮佩里著,黄荭译	江苏教育出版社	2005年
《小王子》	圣埃克絮佩里著,郭宏安译	北京十月文艺出版社	2006年
《小王子》	圣埃克絮佩里著,柳鸣九译,沈宏绘	中国少年儿童出版社	2006年

《小王子》	圣埃克絮佩里著，八月译	北京连环画出版社	2006年
《小王子》	圣埃克絮佩里著，大壮译	黑龙江人民出版社	2006年
《小王子》	圣埃克絮佩里著，紫陌译	哈尔滨出版社	2006年

  这是截至2006年的一份书目。而我们根据当当网、亚马逊、博库网提供的书目，搜集到从2006年到2017年7月《小王子》的复译本竟近达百种。梳理圣埃克絮佩里在中国的翻译情况，我们从中发现有关译介活动的一些值得关注的现象。

  首先，最为引人关注的，是圣埃克絮佩里的作品在中国的重译现象。除《要塞》外，圣埃克絮佩里的每部作品都有复译，如《夜航》《人类的大地》《空军飞行员》等，短时间内，有四五个译本问世。特别是《小王子》一书，在2000年至2005年这五年内，出现了近二十个不同的译本，2006年至2017年，又出现了近一百个译本，再加上二十世纪八十年代至世纪末出版的译本，至少有一百三十个之多。这在中国的外国文学出版史上，也许是绝无仅有的。

  其次，是译者队伍与出版社的庞杂。在译者中，我们可以看到一些非常熟悉的名字，他们是国内法语界多年来从事法国文学与语言研究的重要学者，且有丰富的经验，如柳鸣九、郭宏安、汪文漪、胡玉龙、吴岳添、林秀清、马振骋、周克希、李清安、刘君强、黄天源、周国强、李玉民、唐珍、黄荭、刘云虹、宋学智、树才等，还有一些如今在翻译界有相当影响力的译者，如马爱农、李继宏等。但也有许多在法语界很不熟悉的名字，甚至有的也许根本不懂法语。如在书目中显示的，艾柯、雨过天晴、杨玉娘、小意等署名，显然是笔名，或一时编造的笔名。众多的出版社参与了圣埃克絮佩里的作品的翻译出版，其中有国内专事外国文学出版的专业出版社，也有在翻译出版外国文学作品方面做出过重要成绩的出版机构，如人民文学出版社、外国文学出版社、上海译文出版社、译林出版社、漓江出版社等，还有一些近年来涉及外国文学出版的知名出版社。值得关注的是，专业出版社或在出版外国文学作品方面有着丰富经验的出版社往往与知名的法语学者或译家合作，如汪文漪、马振骋与外国文学出版社，刘君强、周克希与上海译文出版社，黄天源与漓江出版社。另有一点特别需要指出的是，除《小王子》外的几部作品，基本是由法语界的学者翻译的；而译者队伍之"庞杂"，主要体现在《小王子》一书的翻译上。

再次，是原文本和译介形式的多样化。我们发现，各个译本所依据的不仅仅是法语版，还有英语版，甚至可能是德文版。如作家出版社出版的毛旭太的译本，译者标明"1997年译于德国波鸿"，文中也未注明译自何种版本。另外，译介的形式也显多样化，如商务印书馆于1979年出版的，是译注本，主要面向法语爱好者；哈尔滨出版社和中国书籍出版社出版的，是"中英对照"版；还有的采用了"编译"的形式，如新蕾出版社的译本。新技术也被用于译本的生产与传播，如中国书籍出版社的"中英对照"版还随书赠MP3，将视与听结合在一起。此外，我们还注意到，《小王子》的大部分译本都采用原著的附图，但有的译本，出版社请人根据原图重新绘摹，注入了新的元素，甚至还有译者自己既翻译，又描摹，图与文一起，全都"翻译"了一遍。

有关圣埃克絮佩里作品翻译的上述几个现象，特别是《小王子》的一译再译，应该说不是孤立的现象。翻译本身就是一项复杂的跨文化交流活动，作品的翻译与传播和接受语境紧密相连，"翻译的过程不是一个相对封闭的过程，从一个原文本的选择到它在目的语中的接受与传播，都或多或少地要受到诸如社会环境、文化价值取向和读者审美期待等因素的影响，而这些因素也都不是一成不变的，而是随着历史的发展而处在不断变化的开放态势之中"[1]。《小王子》在中国的翻译接受情况就是一个非常典型的例子。《小王子》在中国受到读者的喜爱，应该说是《小王子》被一译再译的最根本的原因之一。实际上，《小王子》不仅仅在中国广为流传，它在全世界的各个地方都有知音。《小王子》在全世界的广为翻译，也是中国出版社和译者所津津乐道的。有的说《小王子》"全球有46种译文"[2]。有的说"《小王子》至今已译成八十多种语言。不同民族、宗教、语

---

[1] 许钧：《翻译论》，武汉：湖北教育出版社，2003年，第197—198页。
[2] 见哈尔滨出版社2001年版封一。

言或社会地位的群体对这部作品表示一致的喜爱"[1]。还有的说"《小王子》在西方国家是本家喻户晓的书，它的发行量仅次于《圣经》"[2]。有网民也跟着说："已然被译成五十多国文字的《小王子》，据称，它还是本世纪以来全世界阅读率最高的第三本书（第一是《圣经》，第二是《可兰经》）。"[3] 出版者、译者或普通读者的这些说法虽然不一，而且也没有准确的依据，但就其根本而言，传达的信息是一致的，那就是《小王子》在全世界深受喜爱和广为传播。

  读者的喜爱，对于出版社而言，便意味着潜在的市场。短短的几年时间里，数十家出版社参与《小王子》的译事，纷纷推出中文译本，就此不可否认的是，市场因素起到了决定性作用。自二十世纪九十年代初以来，复译现象在中国成为一个令人关注也值得思考的社会现象。只要哪一部名著有市场，且没有版权的约束，就会有许多出版社瞄上这部作品，跟风出版。在纯经济利益驱动下问世的这些版本，不可避免地会出现一个问题，那就是翻译质量良莠不齐，鱼龙混杂。读者熟悉的《红与黑》《简爱》《钢铁是怎样炼成的》等，都各有近十个甚至二十个译本，其中当然不乏优秀的译作，但也有质量低下，甚至拼凑、"抄译"而成的盗本。《小王子》的翻译看上去一片欣欣向荣，且形式多样，但其后却隐藏着莫大的危机。其最重要的后果之一，就是普通读者难以在众多的译本中做出比较准确的选择。加之翻译批评缺乏，读者没有行家的引导，购买翻译图书都是以作者的名气为准，很少注意译者在翻译中所起的创造性、决定性的作用，因此购买翻译图书基本上不考虑译者是否优秀，译本是否可靠。在这样的状况下，读者买的要是一个质量得不到保证或者说质量低劣的译本，那么读者就无法真正欣赏到原文本的魅力，领悟到其真正的价值。在这个意义上，那些质量低下的译本实际上是在扼杀原文本的生命，在伤害读者的同时，也在双重的意义上伤害原作者，因为质量低劣的译本一方面有碍于作品的传播，另一方面它歪曲了原文本的精神，破坏了原作者的真实生命。《小王子》在中国的翻译，无疑也存在着类似的问题。记得在十多年

---

[1] 见马振骋为1999年外国文学出版社《人的大地》写的前言第5页。该书实际上是一个合集，其中除《人的大地》之外，还收有马振骋译的《夜航》、《空军飞行员》和《小王子》。
[2] 周克希《再版译序》，第1页，见：《小王子》，周克希译，上海：上海译文出版社，2005年。
[3] 见elong网陈建忠《沉重的童话——重读〈小王子〉》一文。

前，国内一位著名的兼写儿童文学的作家，想读一读《小王子》，但读了之后说了一句话："《小王子》写得不像人们赞美的那样好。"笔者很诧异，经了解后才知道该作家读的是挂名内蒙古一家出版社的一种盗本，根本不是出自法语语言文学专家之手。于是，笔者向该作家推荐上海译文出版社的译本。读了这个译本，这位作家得以领悟原文本的美妙所在，认为《小王子》确实是一部好书，同时对翻译家的创造性劳动也有了新的理解。这件事引起了我们深刻的思考。确实，优秀的译本有助于拓展原作的生命空间，有助于其传播，而低劣的译本，则阻隔了读者接近原作、理解原作、欣赏原作的道路。在这个意义上，《小王子》在中国看似繁荣的译事，实际上对于圣埃克絮佩里而言，并不是一件值得庆幸的事，因为该书在中国的生命历程中，存在着不少质量没有保证的译本，他有可能因此遭受歪曲、误解甚至"厌弃"。

第二节　是战士，也是作家

对圣埃克絮佩里，中国读者的认识或理解过程，可大概分成两个阶段或两个方面。而这两个阶段或两个方面的接受，与翻译的过程，与评论家和译者对圣埃克絮佩里作品的评介是紧密相连的。中国读者对圣埃克絮佩里的作品的阅读、理解与接受，有一个发展和变化的过程。

在上文中，我们提到，圣埃克絮佩里是个战士，也是个作家。对于这一两者兼有的形象，无论是法国读者，还是中国读者，基本都是认同的。但是，翻译的接受与接受国的社会文化语境紧密相连。中国对于圣埃克絮佩里的接受，是动态的。在第一个阶段，读者偏重的，是作为英雄飞行员的圣埃克絮佩里；而在第二个阶段，则是作为"小王子"化身的作家圣埃克絮佩里。

在法国，圣埃克絮佩里作为一个作家，评论界与一般读者所看重的，既有一致的地方，也有不同的地方。两者看法一致的，是圣埃克絮佩里的双重形象，而不一致的，特别是主流小说评论界与一般读者相异的地方，就是前者比较看重《夜航》等前期作品，而后者则偏重于《小王子》。这一情况在中国也基本一致。

米歇尔·莱蒙在其编撰的《法国现代小说史》中，将圣埃克絮佩里列

第七章　圣埃克絮佩里与另一种目光

入"描绘人类境遇"的小说家之列，与塞林、马尔罗、贝尔纳诺斯、蒙泰朗和阿拉贡等作家在二十世纪三十年代"确立了自己的声望，取代了过去那些大师的地位"。他指出：

> 这些作家并不怎么关心使读者得到消遣娱乐，只是企图去影响他们的思想。他们在自己的作品中提出了某种生活的方式。精神和道德的内容在他们的小说中占据了首要地位。他们笔下的人物与其说是社会典型人物的代表，毋宁说是种种价值的具体化身。小说本身要成为一种行动，而不是一种描写。[1]

对于圣埃克絮佩里的创作，米歇尔·莱蒙在其著作中列举了他的《南方邮航》、《夜航》、《人的大地》和《空军飞行员》四部作品，并做了分析，但对《小王子》却只字未提。米歇尔·莱蒙的这一选择无疑是具有某种倾向性的。他看重的是作为小说家的圣埃克絮佩里对于小说艺术的贡献，而不是作品在普通读者之中产生的共鸣。为此，他特别强调圣埃克絮佩里的创作关键，"已不是去虚构一个假想的世界，而是使读者去体味作者亲身经历过的感受，使他们进入人生的崇高境界"[2]。于是，在圣埃克絮佩里的作品中，经历、行动与叙述结为一体，而从中所要凸显的，是人类应该正视的生存方式，在道德与精神的层面得到升华。

米歇尔·莱蒙的评价是从小说创作的倾向出发的。中国的法国文学研究界对米歇尔·莱蒙的这一看法在很大程度上是认同的。无论是江伙生与肖厚德合著的《法国小说论》，还是郑克鲁著的《现代法国小说史》，都给了圣埃克絮佩里相应的位置。《法国小说论》为圣埃克絮佩里专辟一章，对其生平与创作情况进行了简要的评述，其中详述的还是圣埃克絮佩里的飞行经历和与之相关的创作成果。与米歇尔·莱蒙不同的是，江伙生和肖厚德选择了《夜航》与《小王子》这两部书作为圣埃克絮佩里的代表作加以重点评介。在评介中，两位作者特别强调法国文学界对圣埃克絮佩里的评价："在不少教科书、文学史和小说史中，圣-戴克絮佩里都被列为'人

---

1 米歇尔·莱蒙：《法国现代小说史》，徐知免、杨剑译，上海：上海译文出版社，1995年，第293页。
2 同上，第295页。

类处境小说家'之列，认为'从那时起，他便提倡为适应时代的要求而创造一种英雄主义'[1]。这就是，面对严酷的大自然，人类应该克服自身的弱点，特别是内心（情感）的弱点。"[2]在江伙生和肖厚德看来，《夜航》便是创造这种"英雄主义"的尝试。对于《小王子》，《法国小说论》的作者则采用法国文学史家雅克·勃来纳的观点，认为《小王子》的"主题是友谊和驯化人类的艺术"；同时，他们强调《小王子》是"一部呼唤人类友谊的小说"[3]。

郑克鲁的《现代法国小说史》是一部关于法国现代小说发展、演变的系统性著作。一方面，他从时间的角度，将二十世纪两端的小说家分为"跨世纪小说家"与"新一代小说家"；另一方面，他又根据小说家的创作倾向和特点，将他们的创作分为"意识流小说"、"长河小说"、"心理小说"、"社会小说"、"乡土小说"、"超现实主义小说"、"存在主义小说"和"新小说"等。在他的这部著作中，他把圣埃克絮佩里的作品归入了"社会小说"之列。郑克鲁从"生平与创作"、"小说内容"与"艺术特点"三个方面对圣埃克絮佩里进行了评价。他认为，"安东尼·德·圣艾克絮佩里是法国20世纪上半叶的现实主义小说家，他以独特的题材征服了广大读者，在小说史上占据了一个突出的地位"[4]。关于圣埃克絮佩里的生平，郑克鲁与江伙生和肖厚德的介绍基本是一致的。与《法国小说论》不同的是，郑克鲁力图在总体上把握圣埃克絮佩里的创作内容与特色。就其创作内容而言，郑克鲁归纳了三点：一、"圣埃克絮佩里的小说描写了飞行员的生活，给人们展示了飞行员惊险多变、生死莫测的职业和勇敢大胆、进取开拓的精神"[5]。二、圣埃克絮佩里"力图表达深邃的哲理。他提倡责任感，要阐明一种行动的哲学。圣埃克絮佩里的全部作品，从《夜航》至《城堡》，都对行动作出道德上的辩解"[6]。三、"圣埃克絮佩里的小说充满了人道主义精神"[7]。郑克鲁对圣埃克絮佩里的这三点评价，与米歇尔·莱蒙

---

1 皮埃尔·亚伯拉罕、罗兰·戴斯纳：《法国文学史》第六卷，法国社会出版社，第570页。
2 江伙生、肖厚德：《法国小说论》，武汉：武汉大学出版社，1994年，第322页。
3 同上，第323页。
4 郑克鲁：《现代法国小说史》，上海：上海外语教育出版社，1998年，第327页。
5 同上，第331页。
6 同上，第335页。
7 同上，第336页。

的观点明显是一种呼应。米歇尔·莱蒙强调"精神和道德的内容"在马尔罗、蒙泰朗、圣埃克絮佩里等小说家的作品中"占据了首要位置",且"小说本身要成为一种行动";郑克鲁在其评析中,突出的也正是"精神"、"道德"与"行动"这三个层面。

李清安是国内对圣埃克絮佩里进行过较为全面与深入研究的重要学者。他编选的《圣爱克苏贝里研究》[1]收录了王苏生翻译的《南线邮航》、马振骋翻译的《人的大地》、马铁英翻译的《战区飞行员》(节译)和肖曼译的《小王子》,还收录了"圣爱克苏贝里杂文选",其中包括《给一个人质的信》(马铁英译)和《城堡》(葛雷、齐彦芬节译)。此外,该书还收录了罗歇·卡佑阿的《〈圣爱克苏贝里文集〉序言》和玛雅·戴斯特莱姆的评论《面对评论界》。李清安在《编选者序》中对圣埃克絮佩里的创作的独特价值和思想倾向进行了探讨,并加以肯定,其中有两点意味深长,需要特别关注。

第一点涉及圣埃克絮佩里作品的独特性。李清安指出,圣爱克苏贝里"对人类的贡献并不止于飞翔,他还作为一个作家在飞翔中体验了人生,探求并且表达了由此得来的独特的哲理。[……]崇尚行动,塑造'超人',这一点圣爱克苏贝里与海明威确乎相似。但是,只要做更进一步的分析,我们就会发现,圣爱克苏贝里作品的思想内涵比《老人与海》等名作有着更深更高的哲学意味。圣爱克苏贝里在自己的创作历程中,始终不是注重故事的陈述,而是着力于表现自己独特的感受,并且更多是阐发某种人生哲理。比较起来,他的作品甚至不如他本人的经历更富情节性。他的特色、他的价值以及他所引起的争论,盖源于此"[2]。西方评论界有人将圣埃克絮佩里称为"会飞的康拉德"、空中的海明威。李清安强调圣埃克絮佩里有别于康拉德和海明威,其独特性表现在作品的"行动性"大于"叙述性",由此而揭示的精神与蕴含的价值更具影响。不过,他认为圣埃克絮佩里作品的思想内涵高于、深于《老人与海》,这一点值得商榷。

第二点涉及对圣埃克絮佩里所倡导的"英雄主义"的理解。法国评论界认为,圣埃克絮佩里的"英雄"与尼采的"超人"有所不同。赞扬者认

---

[1] 李清安编选:《圣爱克苏贝里研究》,北京:中国社会科学出版社,1992年。
[2] 同上,第4页。

为前者的"英雄主义"有着独特的含义，责难者认为圣埃克絮佩里的"英雄"与尼采的"超人"一脉相承。如在二十世纪七十年代，法国社会出版社出版的《法国文学史读本》就以激烈的口吻指出："由于圣爱克苏贝里认定行动的领域和义务与幸福的领域是正好吻合的，所以他的道德观与尼采及其信徒们的道德有着危险的近似之处。不幸的是，众所周知，不久以前就有过血的教训，如果不惜任何代价去扮演'超人'或'英雄'，将会导致何等卑鄙无耻的恶果。"[1]针对这一观点，李清安援引萨特的思想，提出"要能正确地理解一个思想，那就必须起码把握思想和作品的整体，把握'其文'与'其人'的关系"[2]。李清安指出："圣爱克苏贝里的作品中着意强调行动对实现人的价值的重要意义，却很少表明人所突出的是一种什么价值。这颇有些'只管耕耘，勿问收成'的意味。但是应当承认，他作品中的人，都是有着具体的行动指向的，诸如开辟航线，架设桥梁，反对法西斯等等。"鉴于此，虽然年轻时圣埃克絮佩里对尼采的"超人"之说有着共鸣，但"无论从具体内容，还是从社会效果看，圣爱克苏贝里的'行动哲学'与尼采的'超人哲学'均有本质不同。代表邪恶势力的法西斯纳粹曾从尼采那里找到了理论依据，却没有也不可能从圣爱克苏贝里的著作中捞到任何好处"[3]。李清安相信，为进步和正义事业而战，并为维护人的尊严而呼唤的圣爱克苏贝里将真正留在人类的记忆之中[4]。

李清安的观点具有相当的代表性。从他的《编选者序》中，我们发现，他所关注的，主要是圣埃克絮佩里的思想价值与精神导向。他所分析的作品，也主要是体现圣埃克絮佩里"行动哲学"的《夜航》和《人的大地》等。而对《小王子》，他与法国的米歇尔·莱蒙持一样的态度，基本上没有提及。

文学评论家对圣埃克絮佩里的关注与普通读者对之的关注具有明显的不同点。不管在西方，还是在东方，圣埃克絮佩里对于读者的影响，主要集中在被评论界所忽视的《小王子》。就圣埃克絮佩里在中国的影响而言，李清安、郑克鲁、江伙生、肖厚德的观点固然起到了一定作用，但真正引

---

[1] 转引自李清安编选：《圣爱克苏贝里研究》，北京：中国社会科学出版社，1992年，第9页。
[2] 同上，第9页。
[3] 同上，第9—10页。
[4] 同上，第10页。

起广大读者共鸣的,则是随着译本一起进入中国文化语境、走向普通读者的"副文本"。

第三节　　永远活着的"小王子"

　　翻译是一种历史的奇遇。虽然在中国存在种种质量低劣的译本,但值得庆幸的是,圣埃克絮佩里在中国不乏知音。首先是他遇到了优秀的译者,像我们在第一节中提到的那份长长的法语译家的名单。我们提到的这些法语译家有着丰富的译事经验,更有着严谨的译风。在与圣埃克絮佩里的相遇中,他们不断接近圣埃克絮佩里,一步步加深对他的理解。就我们所了解,不同的译者选择翻译《小王子》,市场的因素当然是决定性的因素,因此不少译家都是受出版社之邀参与翻译的。但我们也知道有的译家有着不同的翻译动机。如柳鸣九,他翻译《小王子》,有着对该书文学价值的考量,因为在他看来,"这个童话堪称人类文库中一块精致的瑰宝,它写得既美丽动人又具有隽永深邃的涵义,在儿童文学中,它是想象与意蕴、童趣与哲理两个方面最齐备并结合得最为完美的范例"[1];但更是源自对他远在美国的小孙女的深厚的感情和强烈的思念,他"对小孙女如此熟悉、如此钟爱、如此思念,就不免总有要为她做点什么的意愿与志向"[2],要译出他心目中的"小王子",那个"天真、善良、单纯、敏感、富有同情心"的小王子,送给他的小孙女,"温馨乐趣淹没了世故的考虑,我轻快地完成了《小王子》的译本,然后,高高兴兴在译本的前面加上了这样一个题辞:'为小孙女艾玛而译',在自己心目中,这个题辞胜于一切,重于一切,是一个老祖父的心意"[3]。如果说对于老一辈的翻译家柳鸣九而言,翻译《小王子》是一种爱的传达,那么,对于新一代的学者而言,阅读《小王子》、翻译《小王子》则是他们成长过程的宝贵记录。如刘云虹,她在《小王子》的译后记中写道:"因为初中就开始学习法语的缘故,接触法国小说和法语原著的时间都比较早,其中有两部作品在我心中留下了最深刻的印象,一部是都德的《最后一课》,它让我对优美的法语多了一份

---

[1] 柳鸣九:《代译序》,第4—5页,见圣埃克苏佩里:《小王子》,柳鸣九译,深圳:海天出版社,2016年。
[2] 同上,第3页。
[3] 同上,第4页。

真诚而纯粹的热爱，另一部就是圣埃克苏佩里的《小王子》，它让我在美丽的童话故事中真切感受到人生中可能交织着的欢喜悲愁，'责任'、'忠诚'、'孤独'这些和'人生'一样意味深长、一样充满神秘色彩的词语也牵动了少女心中的青春思绪。"[1] 对她来说，"《小王子》不仅是青春记忆里弥足珍贵的一部分，在后来的人生中，它就像一位老朋友，一直陪伴"着她[2]。而翻译《小王子》，于她便是一种缘分与必然："关于重译《小王子》，那个隐约间无法言明的缘由，正是关乎这样一种感觉。法国当代翻译家、翻译理论家安托瓦纳·贝尔曼曾说过，翻译是'对原文的一种馈赠'，对我而言，这种馈赠不仅寄托着一份相识的情谊，也承载着一份对岁月和成长的纪念。"[3]

在考察一个作家在国外的翻译与接受情况时，译者的介绍与评论值得特别注重。安妮·布里塞在《翻译的社会批评——1968—1988年间在魁北克的戏剧与他者》一书中指出：

> 我们首先要探究的是编辑机制是如何塑造"异"之形象的。为此，我们要对副文本进行研究，所谓的副文本，就是与出版的译本结合在一起的序、后记、生平介绍、评介以及插图，因为插图也是文本性的另一符号形式。[4]

从我们手中掌握的一些材料看，对于圣埃克絮佩里在中国的评介以及圣埃克絮佩里在中国之形象的形成，安妮·布里塞所说的副文本确实起到了非常重要的作用。随着译本出版的序言和译后记，往往为普通读者起着导读的作用。这些文字或介绍作者的生平与创作经历，或探讨作品的结构与写作特点，或分析作品的主题、思想与价值，对普通读者了解作者、理解作家产生直接的影响。何况普通读者在阅读正文之前，往往会先阅读序言、后记或相关的介绍文字。在这个意义上，副文本对于读者而言，就成

---

1 刘云虹：《一湾心灵的泉水——〈小王子〉译后记》，见圣埃克苏佩里：《小王子》，刘云虹译，南京：南京大学出版社，2016年，第121页。
2 同上。
3 同上，第123页。
4 Annie Brisset, *Sociocritique de la traduction: Théâtre et altérité à Québec (1968–1988)*, Les Editions du Préambule, 1990, p. 38.

了读者认识作者、形成作者或文本之"形象"的先入为主的影响要素,其作用不可低估。

在翻译圣埃克絮佩里的众译者中,马振骋是非常突出的一位。他翻译了圣埃克絮佩里的《夜航》、《人的大地》、《空军飞行员》、《小王子》和《要塞》(一译《城堡》)等主要作品。作为翻译者,马振骋对圣埃克絮佩里的理解角度与深度和一般的研究者或评论者有着明显的区别。首先是马振骋几乎翻译了圣埃克絮佩里的全部作品。翻译,在某种意义上,是理解与使人理解。译者对于一个作家的理解与评价,主要的功夫是用在文本上。马振骋对圣埃克絮佩里的评价,也主要是从文本出发,而不是根据国外评论者的观点,再加上中国长期以来形成的作品分析模式,从生平到思想再到写作特色的路径进行评价。其次,马振骋对圣埃克絮佩里的评价,不是从观念出发,而是善于从作品的字里行间去把握作者的思想脉搏,触及作品的深层,领悟其奥妙之处,进而评价其精神价值。他以译本的前言、序言和读后感等多种副文本的形式,发表了一系列解读圣埃克絮佩里作品的文章,这些文章随着译文的大量发行而广为流传,一些精彩的篇什还发表在国内较有影响的报刊上,如《背负青天看人间域廓——圣埃克絮佩里生平与作品》(《外国文学》1982年第1期)、《圣埃克苏佩里与〈小王子〉》(人民文学出版社《小王子》中译本前言,2000年)、《小王子,天堂几点了——圣埃克苏佩里的〈夜航〉与〈人的大地〉》(《中国图书商报》,2002年,后收入马振骋的《镜子中的洛可可》一书,上海社会科学院出版社,2004年)、《圣埃克苏佩里的〈小王子〉生在纽约》(《译文》2002年第1期)和《逆风而飞的作家——圣埃克苏佩里和〈要塞〉》(《文景》2003年第4期)等文章。仅从上述的文章名看,马振骋对圣埃克絮佩里的研究是与翻译紧密结合的。早期的文章主要是对圣埃克絮佩里的整体评介,后期则结合翻译的文本,重点就作品本身展开讨论。作为译者,马振骋特别重视与读者的交流与对话,读他的评介圣埃克絮佩里的文字,看不见观念性的评说、难解的术语,有的是质朴但深刻的见解,不知不觉中会跟着他的指点,渐渐走进圣埃克絮佩里的世界。在这个意义上,一个好的译者对于作者而言,无疑是个福音,因为优秀的译者将有助于拓展作者的生命空间。

像马振骋一样,翻译圣埃克絮佩里作品的其他一些译者也大都以序言或译后记的形式，将自己对圣埃克絮佩里的认识与理解形成文字，与读者进行交流。如周克希，他为《小王子》的初版（上海译文出版社，2001年）和再版（上海译文出版社，2005年）都写过译序，在序中以清新而简洁的文字，与读者谈圣埃克絮佩里其人其文，还与读者谈理解与翻译圣埃克絮佩里的甘苦，把apprivoiser一词的翻译当作一个"有待解决的问题"，向读者求教，从而拉近了与读者的距离。如柳鸣九，他在《代译序》中交代了他翻译《小王子》的动机，也以一个老祖父的眼光谈了他对《小王子》的理解："小王子就是作者心目中的人类，小王子唯一可依存、可归依的就是他自己那颗小星球，小王子的寥寂感、落寞感、孤独感、嘤嘤求友的需求都是圣埃克絮佩里所要传达出来的人类感受，小王子所遇见的基本状况与种种问题也是作者所欲启示人类思考的课题。也许这些课题不仅对儿童而且对成年人来说都是稍嫌深奥而严肃，但都是愈来愈多的人类所应该思考的，也必然会加以思考的，儿童则在记住小王子故事中关于玫瑰花、关于飞翔与星际旅行的种种有趣故事的同时，也会慢慢学会思考这些问题，而且会随着年龄的增长与时代社会的发展而愈来愈思考得更多、愈来愈思考得更深入。我希望我的孙女将来是善于思考这类严肃问题的人群中的一分子。《小王子》将来该会成为可供她不断咀嚼、不断回味的一个童话故事。"[1]又如黄荭，她在翻译了圣埃克絮佩里的妻子龚苏萝·德·圣埃克絮佩里写的《玫瑰的回忆》（上海译文出版社，2002年）后，被龚苏萝和圣埃克絮佩里的故事打动了，征服了，心中挥不去龚苏萝心中那个"小王子"圣埃克絮佩里的形象，"知道自己终有一天也会把《小王子》占为己有"[2]，而这种占有，便是由忘情地阅读圣埃克絮佩里开始，到组织"圣艾克絮佩里作品集"的翻译，再到自己翻译《小王子》，为中文版《小王子》画插图。在她写的《小王子》译后记中，我们看到的，不是有关"精神"、"道德"与"行动"的评说与判断，而纯粹是从一个普通"读者"（译者在某种意义上就是"读者"）的角度，以敏感而有些惆怅的笔调，把读《小王子》当作分享"人生一次灰色的感悟"的过程，且伴随着"对成长过程中失去纯真的一份痛惜"。这样的译后记，它作用

---

[1] 柳鸣九：《代译序》，第5—6页，见圣埃克苏佩里：《小王子》，柳鸣九译，深圳：海天出版社，2016年。
[2] 黄荭：《译后记》，见圣艾克絮佩里：《小王子》，黄荭译，南京：江苏教育出版社，2005年，第89页。

的，不再是读者的心智，而是读者的情怀。还如刘云虹，她在《小王子》的译后记里，把《小王子》比作"一湾心灵的泉水"："翻译《小王子》无疑是一次最深刻的阅读，它不仅让我感动、令我思索，更带给我许多新的感悟。《小王子》在全世界拥有数不清的读者，可以说，那个寻找朋友的孤独男孩就是每个人童年的影子，那个静谧中繁星闪烁的夜空就是每个人心灵的向往。而此刻，在我心里，小王子的故事更是一个关于简单和快乐、关于责任和幸福的故事。"[1]

通过译本的副文本，让译本走近读者，再吸引读者走进作者的世界，译者、读者与作者因此而形成了一种互动的关系，为圣埃克絮佩里在中国的传播起到了积极的推动作用。特别是《小王子》一书，有的版本不仅有译序，还有导读。有的出版社还借助名家的影响力，请名家为译本作序，如周国平就为中国友谊出版公司胡雨苏的译本（2000）写过译序。中国友谊出版公司的译本出自胡玉龙之笔，胡雨苏是其笔名。胡玉龙长期从事法语语言文学的教学与研究。早在1981年，他的译本就在中国少年儿童出版社出版，后来他的译本又被收入郭麟阁先生与文石选编的《法国中篇小说选》下册（中国青年出版社，1985年）。对于《小王子》，胡玉龙有独特的理解。他对《小王子》的象征意义的研究很有深度，曾以《〈小王子〉的象征意义》为题将其研究心得发表在《外国文学评论》1998年第1期上。2000年，中国友谊出版公司选择了胡玉龙的译本，邀请在中国读者中具有重要影响力的周国平写序。2013年，作家出版社又邀请周国平为黄荭的译本作序，周国平在序中再次谈到了他所理解的《小王子》："用头脑思考的人是智者，用心灵思考的人是诗人，用行动思考的人是圣徒。倘若一个人同时用头脑、心灵、行动思考，他很可能是一位先知。在我的心目中，圣艾克絮佩里就是这样一位先知式的作家。世上只有极少数作品，既高贵又朴素，既深刻又平易近人，从内容到形式都几近于完美，却不落丝毫斧凿痕迹，宛若一块浑然天成的美玉。这样的作品仿佛是人类精神园林里偶然绽放的奇葩，可是一旦产生，便超越时代和民族，从此成为全人类的传世珍宝。在我的心目中，《小王子》就是这样一部奇书，一部

---

[1] 刘云虹：《一湾心灵的泉水——〈小王子〉译后记》，见圣埃克苏佩里：《小王子》，刘云虹译，南京：南京大学出版社，2016年，第122页。

永恒之作。"[1]而当南京大学出版社版的《小王子》问世时，出版方更是通过"法国文学经典译丛"主编许钧教授邀请2008年诺贝尔文学奖得主勒克莱齐奥参加发布会，为读者朗读《小王子》的原文片段，并结合自己的"诗学历险"，谈了他对《小王子》的理解。就这样，优秀的译本加上具有影响力的学者写的译序或做的某种形式的导引，引起了广泛的反响，为圣埃克絮佩里赢得了无数的中国读者。

特别需要关注的是，《小王子》的这些副文本通过互联网这一强大的媒介，为《小王子》在中国的传播起到了不可忽视的作用。通过百度搜索引擎搜寻，《小王子》的条目在2006年是384万条[2]，而到了2017年，则增加到了1 490万条[3]。不少出版社、书店，还有网民，在网上开辟讨论区，围绕《小王子》的认识与理解展开热烈的讨论，使《小王子》的传播一步步扩大、深入。那么，在中国读者的眼里，《小王子》到底意味着什么呢？

在elong网上，我们读到了一篇署名陈建忠的文章，文章的题目叫"沉重的童话——重读《小王子》"。他在文中这样写道：

> 已然被译成五十多国文字的《小王子》，据称，它还是本世纪以来全世界阅读率最高的第三本书（第一是《圣经》，第二是《可兰经》），而光是国内，就有不下十种译本。看到市面上如此多的《小王子》译本，我经常都会翻阅他们对圣艾修伯里文学的介绍，不过每每还是会为国内贫瘠的阅读文化而感到不满。可以确定的是，无论出版商或译者、导读者，都只让读者停留在将作者视为一个童话作家，或者，充其量是一个喜欢飞行的作家这样的印象上，而这远不是圣艾修伯里在二十世纪法国文学史中的评价。

陈建忠的这篇文章不知写于哪一年，《小王子》也不知是否如他所说"被译成五十多国文字"，他对"国内贫瘠的阅读文化而感到不满"，对出版商或译者、导读者的质疑，也不一定完全在理，但他的那篇文章实实在

1　周国平：《序》，第1页，见圣埃克絮佩里：《小王子》，黄荭译，北京：作家出版社，2013年。
2　2006年9月17日查询。
3　2017年8月15日查询。

在地说明了他想深入接近圣埃克絮佩里的努力。在上文中，我们说过，专业评论者和读者对圣埃克絮佩里的评价有一定差别。这里，我们将目光集中在《小王子》上，看一看在我们中国，评论者、译者、学者和普通读者是如何看《小王子》的。

第一，对《小王子》的政治性解读。江伙生与肖厚德是比较看重《小王子》的评论者。在其合著的《法国小说论》中，他们对《小王子》有如下一段评说：

> 圣-戴克絮佩里是一位反法西斯斗士，他在反法西斯战斗的间隙中，创作了《军事飞行员》这样的战斗檄文般的反法西斯小说；但圣-戴克絮佩里更多地是一位人道主义小说家，他的人道主义一方面如《夜航》中所体现出的冷峻的英雄主义，认为为了战胜大自然这个人类的劲敌（从某种意义上讲），就不能感情用事；人类中个别个体的牺牲是必要的，是人类必须忍受的；另一方面如在《小王子》中，圣-戴克絮佩里的人道主义则体现为一种"一体主义"，认为不仅仅应该战胜和揭露法西斯的罪恶，更重要的是用伟大的人道主义精神去反对法西斯的野蛮行径。在《小王子》中，作者喻示了这样一个真理，即人不能绝对孤立地生活，个人需要和他人相互依存。小说中出现的狐狸，它需要人类（实为他人）的友谊，也希望他人需要自己的友谊，甚至那朵本来清高孤傲的玫瑰，也希望得到他人的"收养"和需要"收养"他人。[1]

结合圣埃克絮佩里的人生经历解读其《小王子》的内涵，是国内评论界常见的一种方法。在《小王子》中读出"反对法西斯的野蛮行径"，是这种解读途径的必然结果。

第二，对《小王子》的主题性解读。张彤在《外国文学评论》1995年第 4 期上发表过一篇题为《法国作家笔下的第二次世界大战》的文章，文章中她对圣埃克絮佩里的《夜航》、《人的大地》和《小王子》进行了分析。关于《小王子》，她写道：

---

[1] 江伙生、肖厚德：《法国小说论》，武汉：武汉大学出版社，1994 年，第 324 页。

在美国出版家的建议下，圣埃克絮佩里创作发表了一部给成人看的童话，一部看似简单，实则高扬人类理性、尊严，高扬和平、博爱和人道主义的作品——《小王子》。［……］作者选择了童话作为载体，以一个天真未凿、形似自然之精灵的儿童的视角，将自己对于人类的理性与非理性、人的存在价值与存在的荒诞性命运等问题的深刻思考，对于战争与和平、自由与义务、文明与自然等问题的独特见解，以春秋笔法，深藏于童话意象的底蕴之中。[1]

张彤对小说的价值的这番解读，不可谓不深刻。在文章中，她所提炼的作品的主题与价值，有助于成年读者去更深刻地领悟作品的内涵，对人类所生存的环境进行思考。

第三，对《小王子》的寓言性解读。《小王子》看似一部童话，但它是给成年人看的童话，简单的故事后深藏着复杂的思考，简单的语言后有着深刻的内涵。译者胡玉龙（胡雨苏）在他的那篇《〈小王子〉的象征意义》的文章中，对《小王子》进行了寓言性的解析，试图从中挖掘出丰富而深邃的象征意义。他认为，要解读《小王子》的象征意义，需要特别注意以下三个方面的问题：

首先，"《小王子》中运用的象征是扎根于现实的。圣埃克絮佩里以哲人的眼光来看待生活，以跨越时空的界限来研究长期积累的、具有普遍意义的心理经验。这篇童话是作者从生活中提炼、升华的人生哲学的集中表现"，因此，他认为要解读《小王子》的寓意，不能忽视《小王子》所扎根的现实。

其次，《小王子》的象征大都取材于生活，且为我们所熟知，需要仔细揣摩，反复思考才能解读出其中的含义。他指出，若要领悟书中蛇、狐狸、花、水与井等的寓意，应该把握列维-施特劳斯所说的"历史性横组合轴"与"共时性纵组合轴"。在这个意义上，解读《小王子》，需要一定的理论指导。

最后，要解读《小王子》的象征意义，还要善于从作者所处的时代背景和西方的文化传统角度去进行探讨。

---

[1] 张彤：《法国作家笔下的第二次世界大战》，《外国文学评论》，1995年第4期，第52页。

除了上述三点之外，胡玉龙还借用神话的叙述模式的解析方法，对《小王子》的叙事结构进行了分析。

第四，对《小王子》的感悟式解读。这一类的解读与上述三种解读方式有着明显的差别。它的特点是完全从文本出发，结合读者自身的经历，走进文本的世界，从中获得某种感悟。周国平为中国友谊出版公司的《小王子》所写的序中有这样两段话：

> 我说《小王子》是一部天才之作，说的完全是我自己的真心感觉，与文学专家们的评论无关。我甚至要说，它是一个奇迹。世上只有极少数作品，如此精美又如此质朴，如此深刻又如此平易近人，从内容到形式都几近于完美，却不落丝毫斧凿痕迹，宛若一块浑然天成的美玉。
>
> 令我感到不可思议的一件事是，一个人怎么能够写出这样美妙的作品。令我感到不可思议的另一件事是，一个人翻开这样一本书，怎么会不被它吸引和感动。我自己许多次翻开它时都觉得新鲜如初，就好像第一次翻开它时觉得一见如故一样。每次读它，免不了的是常常含着泪花微笑，在惊喜的同时又感到辛酸。我知道许多读者有过和我相似的感受，我还相信这样的感受将会在更多的读者身上得到印证。[1]

周国平不是作为哲学家，也不是作为专业的文学评论家来解读《小王子》的。他完全是以一个普通读者的身份来读《小王子》，谈他读《小王子》含着泪花的微笑，惊喜时的辛酸，谈他的种种感受与感悟。后来，他还写过一篇重读《小王子》的文章，同样是一篇感悟性的文字。也许正是他以这种普通读者的姿态写下的充满真情实感的文字，才受到广大读者的格外青睐。应该说，周国平为《小王子》写的序，在中国读者中产生了巨大的影响。他的写作风格也被广大读者所效仿。网上有许多谈《小王子》的文章，都带有类似的散文化、随感式的印记。

有评论说："《小王子》是自传，是童话，是哲理散文。它没有复杂

---

[1] 周国平：《序》，见圣埃克苏佩里：《小王子》，胡雨苏译，北京：中国友谊出版公司，2000年。

的故事，没有崇高的理想，也没有深远的智慧，它强调的只是一些本质的、显而易见的道理，惟其平常，才能让全世界的人接受，也因其平常，这些道理都容易在生活的琐碎里被忽视，被湮灭，被视而不见。"[1] 这段评说与我们在上面提及的第一种和第二种解读看似格格不入，却揭示了《小王子》之所以为全世界读者所喜爱的根本原因之一。周国平希望"把《小王子》译成各种文字，印行几十亿册，让世界上每个孩子和每个尚可挽救的大人都读一读"，因为"这样世界一定会变得可爱一些，会比较适合于不同年龄的小王子们居住"[2]。全世界的人读《小王子》，当有各种各样的读法，也会有各种各样的感受。

在互联网上，我们在有关《小王子》的条目中，读到了一个"豆娘童话专栏"，其中有豆娘于2006年3月11日发表的一篇文章《走进〈小王子〉》，其中有这样一段充满感情的话：

> 《小王子》是那么的迷人，常看常新，每次都会有不同的感受与不同的发现，但是，不变的是带给我内心深刻却淡然的感动，可以说，只要心中有爱，或至少是有过爱，就不会不为《小王子》而动容。虽然作者说这是一部童话，但是看过之后就能明白这绝不仅仅是一部童话……短短几万字的语言，简单清新的童话小故事，一个那么忧伤的小王子，在我看来却是一个世纪来最触及人心底深处的作品，我们会发现，我们遗忘过那么多的撞击过心灵的事，我们忽略过那么多在乎着我们的人，当我们匆忙地活在成人世界里，我们应该庆幸，有《小王子》为我们打开了一扇门，一扇通往心底最纯净处之门。文学的最大魅力莫过于如此……可以说，《小王子》是童话的奇迹，更是文学的奇迹。[3]

豆娘的这段话，如果能传达到在另一个世界的圣埃克絮佩里那里，他一定会感到欣慰，一定不会再感到忧伤，因为"小王子"没有在地球上消失，他连同圣埃克絮佩里，永远活在读者心中，在中国，在全世界。

---

1 黄荭：《译后记》，见圣艾克絮佩里：《小王子》，黄荭译，南京：江苏教育出版社，2005年，第90页。
2 周国平：《序》，见圣埃克苏佩里：《小王子》，胡雨苏译，北京：中国友谊出版公司，2000年。
3 见http：//www.dreamkidland.com/blog/more.asp?name=douniang&id=544。

第八章
尤瑟纳尔与思想的熔炉

在法国当代三位有影响的女作家中,玛格丽特·尤瑟纳尔既不同于率性而为、钟情于悲绝的情爱故事的杜拉斯,也不同于捍卫女权、偏爱存在主义哲思的波伏瓦,她是一位从历史深处走来的具有淳朴作风和渊博学养的作家。她长于人文思考,并始终以人类生存中的具有永恒性和普遍性的价值为鹄的。她的作品文笔洗练典雅、凝厚隽永、雍容大气,用古典的外壳包裹着现代的意识,因而同时散发出古色古香和时代的气息,同时,展示出一种融古于今的"不朽者"的风范。

第一节 走近"不朽者"

1980年,法兰西学院经过投票,同意接纳近三百五十年来的第一位女士"不朽者"尤瑟纳尔,1981年1月22日举行了正式接纳仪式。从此,这位大而不显的远离媒体的文学家,不仅更加引起了欧美读者广泛的关注,也引起了遥远的东方读者的热烈兴趣;在中国,对她的译介与研究的两条线索,在相互交织和相互推动中向前发展。

1981年,《外国文学动态》发表了赵坚编译的《玛格丽特·尤尔塞娜尔进入法兰西学院之前的一次谈话》。在谈话中,尤氏发表了自己对法国文学创作现状的看法,也介绍了自己的创作情况和文学观念[1]。就在同一时期,《外国文艺》发表了林青翻译的尤氏短篇小说三篇,其中一篇《王佛保命之道》是根据我国的古代传说和道家思想写成的,它是尤氏《东方奇观》(新版)小说集中的第一篇。译者在译文前对尤氏的创作生涯及主要作品做了简要的介绍,希望通过这三个短篇,让我国读者"从不同的角度来认识这位(二十世纪)八十年代国际文坛上声誉很高的法国女作家的思想境界和文学才华"[2]。紧随其后,《外国文学报道》于次年也发表了刘秉文翻译的尤氏的另外三个短篇。同一期上还发表了一篇作家介绍《玛格丽特·尤瑟娜》,其中主要还是传达了尤氏的文学观念,如"所谓文学,就是思想的书面表达";"作家就是他所创造的人物的秘书,人物口授,作家笔录"。而文章作者的一句译文"遗憾的是,我写不出一个丝毫没有我个人观点的哈德良"[3],比起他人的译文"不幸的却是我很愿意写一个丝毫没有我个人观点的哈德良"[4],显然更为准确地表达了尤氏的语义,但从整段译文来看,似乎也能看出前者对后者的某些借鉴。另有译者后来在《世界文学》和《散文诗》上发表过尤氏的作品[5]。

1986年4月,法国《欧罗巴》杂志刊登了让·勒维的文章《法国文学在中国》,勒维注意到,"最近四年来尤瑟纳尔(在中国)一下子走红起来"[6]。这种洞察力很快就得到了验证,因为从1986年起,我国的多家出版社陆续出版了尤氏作品,如漓江出版社推出的柳鸣九主编的"法国廿世纪文学丛书"中,就有尤氏的《东方奇观》。柳鸣九为《东方奇观》写下了译本序《异国情调、东方色彩之今昔》,为作品集中的《一弹解千愁》写下了译本序《一份真实人性的资料》。漓江出版社同年推出的"外国文学名著丛书"中,也有刘扳盛翻译的《熔炼》,译者也为译作写下了一万多字的《译者前言》。这些都将在下文具体论及。同一年,长江文艺出版社在"当代外国文学名著译丛"里,推出周光怡等翻译的《致命的一击》。1987年,人民文学出版社出版了罗芃翻译的《东方故事集》,书中收有

---

1 赵坚编译:《玛格丽特·尤尔塞娜尔进入法兰西学院之前的一次谈话》,《外国文学动态》,1981年第6期。
2 林青译:《尤尔瑟娜尔短篇小说三篇》,《外国文艺》,1981年第6期,第45页。
3 薛立华:《玛格丽特·尤瑟娜》,《外国文学报道》,1982年第2期,第18—19页。
4 见《外国文学动态》1981年第6期,第36页。
5 见林青译:《梦幻中的罗马古币》,《世界文学》,1990年第6期;陈筱卿等译:《园中随笔片断》,《散文诗》,2005年第11期。
6 转见谭华译:《法国文学在中国》,《外国文学动态》,1988年第2期,第41页。

《王佛保命之道》等九篇短篇小说。1988年，花城出版社推出了刘扳盛译的《一个罗马皇帝的临终遗言》。台湾的光复书局同年也出版了洪藤月翻译的《当代世界小说家读本之十六——尤瑟娜》。

进入二十一世纪，翻译尤氏作品的突出成就，是2002年至2003年间由东方出版社隆重推出的史忠义主编的"尤瑟纳尔文集"，内含《虔诚的回忆》、《北方档案》、《何谓永恒》、《哈德良回忆录》、《苦炼》、《火／一弹解千愁》和《时间，这永恒的雕刻家／遗存篇》七卷。史忠义在总序《走近尤瑟纳尔》中，道出了这套文集诞生的缘由："一晃近二十年（从1983年起——笔者注）过去了，尤瑟纳尔的作品在国内仍鲜有译本，有关她的研究资料也仅限于柳鸣九先生编选的一本《尤瑟纳尔研究》，我国读者对尤瑟纳尔还相当陌生。在这种情况下，东方出版社推出这套《尤瑟纳尔文集》，定会增加我国读者对尤瑟纳尔的感性认识。"同时，史忠义还在总序中，针对尤氏"博大精深"的作品，"向读者提供了几点思考线索"[1]。

其实，就是从译介的角度看，自尤瑟纳尔成为世界文坛上一颗耀眼明珠，我国对她的翻译与介绍活动，也是两条相互交织和补充的线索缠绵互动向前推进的。例如，林青的"译"与"介"就是结合在一起的。她在二十世纪八十和九十年代翻译尤氏作品的同时，都配发了必要的介绍文字。她的介绍还随着其对尤氏认识的加深而得到调整，从对尤氏的"传统的伦理道德观念"的理解，调整到认为尤氏的"古典主义特质中浸透着一种现代人的思考"，使得她对尤氏的融古于今的"新古典主义"的诠释更为合理。林青在翻译发表《梦幻中的罗马古币》的同时所发表的小传《玛格丽特·尤瑟纳尔》[2]，对尤氏重要作品的简析，至今仍有学术研究的参考作用。

还是在尤氏刚刚被选为法兰西学院院士，开始引起中国读者注目的时候，柳鸣九就及早地向我们介绍了他所见到的"不朽者"。通过柳文，我们了解到尤氏在作品中力图表现的人类状况和这样的思想意义："总的来说，对真理的探索是我的主题，我认为，要通过人、通过有生命的东西来寻求真理，这是我主要的见解。"我们还领略到尤氏"主张对人类生活和人类文化的各个方面都发生兴趣"的"全球性"的视野以及其"既属于传

---

[1] 史忠义：《走近尤瑟纳尔——总序》，第1—3页，见史忠义主编："尤瑟纳尔文集"，北京：东方出版社，2002年。
[2] 林青：《玛格丽特·尤瑟纳尔》，《世界文学》，1990年第6期。

统又不属于传统"的创作倾向和这样的创作主张:"我认为作品的内容很重要,人的感情很重要,作品应该有内容,应该表现人的感情。"[1]

上述《玛格丽特·尤瑟娜》与刘秉文的三篇译文同期发表,也是"译"与"介"交织互动的又一体现。刘氏的三篇译文出自小说集《东方奇观》,《东方奇观》充满了异国情调和传奇色彩,反映出作者生平中的实地之旅和精神之旅的特色。而《玛格丽特·尤瑟娜》一文则揭示了旅行之于尤氏的重要意义,它"就'像思想、写作、爱情、工作和疾病一样',是生活的一个组成部分,与'在物质方面的要求同样强烈'";"旅行的目的就在于完善对自身的认识和改造"[2]。旅行可以"打破国与国之间的边界",正是通过旅行,尤氏拥有了"开阔的眼界"。我们还可以在进入新世纪后的《中国图书商报》上,读到《顺时间的呼唤而行:法国女小说家尤瑟纳尔》这样的很有见地的介绍文章[3]。

尤瑟纳尔打破了法兰西学院在三个半世纪的历史上"宁愿把女人安奉在一只雕像的基座上,但却不肯正式奉献给她一把座椅"的"成规惯例"[4],第一个闯进代表法国文化学术界最高荣誉和终身荣誉的"男性俱乐部",这本身就值得人们关注。因此,有学者撰写了《法兰西学院首位女院士尤瑟纳尔》,介绍了她的生活、创作和入选情况。还有学者撰写了《第一位被请进"不朽者"行列的女性》[5],追忆这位帮助过文章作者走上文学研究之路并盼望法中加强文化交流的女院士。

第二节 探测历史的回声

考察尤氏及其作品在中国的研究情况,我们首先注意到1987年漓江出版社出版的柳鸣九编选的《尤瑟纳尔研究》。这部著作为国内喜爱、关注和研究尤瑟纳尔的读者、学人提供了丰赡的资料,具有很高的赏析价值和学术价值。我们还注意到,在我国对尤瑟纳尔的译介工作与研究工作之间,有一种十分紧密的联系。这是因为,大多数研究文章均出自我国具有

---

[1] 转见柳鸣九:《我所见到的"不朽者"》,《读书》,1982年第5期,第130—132页。
[2] 转见薛立华:《玛格丽特·尤瑟娜》,《外国文学报道》,1982年第2期,第17页。
[3] 董强:《顺时间的呼唤而行:法国女小说家尤瑟纳尔》,《中国图书商报》,2003年9月19日,第2版。
[4] 尤瑟纳尔语,转见柳门:《法兰西学院首位女院士尤瑟纳尔》,《读书》,1988年第4期,第116页。
[5] 刘秉文:《第一位被请进"不朽者"行列的女性》,《钟山》,1999年第2期。

法语语言水平的文学研究者，他们或者直接参与了尤氏作品的翻译，或者自己读过了尤氏的法文原著，在我国对法国其他作家的研究活动中，很少出现这样明显的情况。

《哈德良回忆录》和《熔炼》[1]是两部确立了尤氏世界名家地位的杰作，前者曾销售达百万余册，后者曾被译成二十多种外国文字。我们先从对这两部作品的探讨说起。

1988年，施康强发表了《从内部再现一个世界——介绍玛格丽特·尤瑟纳的名作〈亚得里安回忆录〉》。作者认为："《亚得里安回忆录》同时达到了哲学的壮美和诗的优雅"；尤氏"渊博的学识、极其严肃的创作态度和长期艰巨的劳动使《亚得里安回忆录》成为本世纪公认的世界文学名作"。施康强在这篇篇幅不长的文章中，较为偏重地描述了亚得里安这位罗马皇帝一生中惟妙惟肖的样态及思想意识，较少从创作的角度加以评析；其实，这正说明了尤氏成功地"摆脱"了"中间人"的角色，她运用"三条无限伸展、时而接近又时而分开的曲线"，即罗马皇帝"自以为的样子，他愿意成为的那个样子和他实际的样子"，成功地"深入到"罗马皇帝的"内心深处"，"深入到"这个对象的"各个隐蔽角落"，"从内部去重新整理十九世纪的考古学家们从外部所做过的事"[2]。所以，我们才会被作品中酷似罗马皇帝本人的第一人称的叙述视角吸引。施康强文章的标题说明，他已经准确地领会到尤氏"重内心分析远远胜过外部描写"的创作特色。

一个译者能够翻译到一部自己"爱不释手"的作品，他对作品的感受应该是很值得我们关注的。《哈德良回忆录》的译者陈筱卿认为：尤瑟纳尔"并不是一个突发灵感的作家，而是一位久久地酝酿、构思自己的作品，使之逐渐成熟，臻于完善的艺术家"；《哈德良回忆录》"写出了她对人类文明的命运的思考"，"该书既是小说、历史，又是诗作"，其魅力、其美妙，源自她对历史的真实而生动、细腻的精确的追溯[3]。不过，文章与

---

[1] 《哈德良回忆录》又译《亚得里安回忆录》、《阿德里安回忆录》或《一个罗马皇帝的临终遗言》；《熔炼》又译《苦炼》。
[2] 此段中的引文出自施康强：《从内部再现一个世界——介绍玛格丽特·尤瑟纳的名作〈亚得里安回忆录〉》，《文艺报》，1988年8月27日，第6版；以及陈筱卿译：《哈德良回忆录》，北京：东方出版社，2002年，第307—319页。
[3] 陈筱卿：《玛·尤瑟纳尔其人其书——〈哈德良回忆录〉和〈北方档案〉译后感》，《国际关系学院学报》，2003年第6期，第55页。

史忠义的《走近尤瑟纳尔》一文有雷同的认识。在此还值得一提的是，译者在译著中翻译了作者的一段创作笔记："一只脚踏进旁征博引之中，一只脚踏进妖术之中，或者更确切地、不加隐喻地说，踏进富于同情的妖术之中，这种妖术就在于设想自己的思想渗入到某个人的内心深处。"[1] 而在其发表的译后感中，为了描述尤氏何以"探究到故去的皇帝的内心世界"时，译者把同一段文字翻译成："一只脚踏进渊博学识之中，另一只脚踏进魔力，或者更确切，更直截了当地说，踏进使我思想上深入到一个人的内心深处的那种喜爱的魔力之中。"[2] 这似应可以说明，翻译活动总是在追求最恰当地表达原作者的思想，总是在追求最大程度上的能指与所指的统一。

1986年，当漓江出版社推出《熔炼》的时候，译者刘扳盛就写下了近万字的《译者前言》。在对尤氏做了概要式的介绍后，译者首先介绍了故事发生的时代背景，指出主人公泽农之死是反动的封建势力疯狂反扑具有新思想人物的必然结果，并肯定了尤氏自己对作品的认识，即它是"反映凝聚在我们称为历史的一系列事件中人的命运的一面镜子"。接着，译者介绍并评析了作品的内容和主人公，也论及了尤氏的"新古典主义"的创作风格，但其文中有时也露出译者自己的传统认识和思维模式的痕迹，如认为尤氏"正是通过他（泽农）一生的经历去反映（十六世纪）这个风云变换的时代的"[3]。而笔者认为，尤氏主要应是通过"这个风云变换的时代"来塑造人物形象、刻画人物内心、描写人的命运的；泽农的典范性并不在于有限的历史中，而在于对有限历史的超越；历史只是尤氏创作的一个"着眼点"，但这个"着眼点"不是封闭的，而是面向现代的。

尤瑟纳尔的《东方奇观》是中国读者普遍青睐的一部异域故事集，因而名列中国最早出版的尤氏作品之中。柳鸣九曾为这部故事集写下《异国情调、东方色彩之今昔》一文，指出尤氏作品与法国以往传统的描写异国情调的作品的两点不同：其一在于"尤瑟纳尔采撷到了比过去更为广泛丰富的异国色彩，特别是东方亚洲的色彩"；其二在于尤氏"摈弃"了这类传统作品中的"猎奇精神"，"而代之以探求的精神、思考的精神，摈弃了

---

[1] 陈筱卿译：《哈德良回忆录》，北京：东方出版社，2002年，第310页。
[2] 陈筱卿：《玛·尤瑟纳尔其人其书——〈哈德良回忆录〉和〈北方档案〉译后感》，《国际关系学院学报》，2003年第6期，第55页。
[3] 刘扳盛：《译者前言》，第12页，见刘扳盛译：《熔炼》，桂林：漓江出版社，1986年。

第八章 尤瑟纳尔与思想的熔炉

好奇的心理与眼光,而代之以辨析与比较的兴趣"。通过对其中的《马尔戈的微笑》、《被砍头的女神迦利》和《暮年之恋》三个短篇的描述,柳鸣九指出:"正由于尤瑟纳尔不是以猎奇的眼光去看待东方,而是以研究与思考的态度去对待东方异域,她的《东方奇观》就得以具有盎然的思想情趣与隽永的哲理。"柳文还通过《燕子圣母院》等作品,指出了"作者对人类不同文化体系汇集融合的理想"和作者眼中所看重的"东方的精神美,东方的精神力量,异域的风采,异域的精华"。柳鸣九最后认为:"超出狭隘的地域界限与民族界限,……善于发现不同民族、不同国度、不同文化体系的精华,并把它表现在文学形象中而诉诸世界人民,是何等重要的一步。正是在这个意义上,尤瑟纳尔的《东方奇观》自有它的价值。"[1] 柳鸣九对作品的剖析无疑是准确的、深刻的,同时也是富于启迪性的。

《东方奇观》之所以让中国读者感到亲切,还因为其开篇就虚构了中国古代一个画家的故事。这个故事也自然成为我国论者关注的对象。《尤瑟纳尔世界中的一位道家人物》一文认为,不应当"将这篇小说(《王佛得救记》)作为一个封闭、孤立的文本来看待",而应当"联系《王佛得救记》的哲学背景并将它置于《东方故事集》乃至尤瑟纳尔整个创作的背景之中来考察",这样,"王佛得救的故事将会显示出更为深刻的内涵"[2]。也有论者从"新寓言小说中本体与符号的关系"分析了这篇小说[3]。

在对尤氏的研究中,我们一定还会注意到柳鸣九为《一弹解千愁》写下的《一份真实人性的资料》。作者指出,《一弹解千愁》是借一个战争题材"写一个爱情的故事,通过这个故事来剖析人性中的层次,探测人性中的深度,表现人性中的戏剧变化以及它在实际生活中所造成的事件与变故"。尤瑟纳尔说过,"《一弹解千愁》的成书正是为了它所具有的人的资料价值,而不是政治价值"。也正是从这样的认识出发,柳鸣九指出,"尤瑟纳尔不仅力图避免对这场战争作历史社会的结论、对这些人物作道德伦理的评判,而且努力超出政治历史的范畴,而集中力量于展示人性的

---

[1] 柳鸣九:《异国情调、东方色彩之今昔——尤瑟纳尔〈东方奇观〉》,《文汇月刊》,1986 年第 4 期,第 47—49 页。
[2] 段映虹:《尤瑟纳尔世界中的一位道家人物——试析〈王佛得救记〉》,《法国研究》,2001 年第 1 期,第 17—18 页。另:《王佛得救记》亦译为《王佛保命之道》;《东方故事集》亦译为《东方奇观》。
[3] 见吴春兰:《论新寓言小说中本体与符号的关系》,《泉州师范学院学报》(社会科学版),2003 年第 5 期。

状态"[1]。

第三节　理解尤瑟纳尔

除上述对尤氏单独作品的研究外，还有两篇对尤氏或尤氏作品的综合研究文章不容忽视。其中之一就是郑克鲁的《试论尤瑟纳尔的历史小说》。作者认为，尤氏的"历史小说分历史题材和家族史两类，前者描写杰出的历史人物和先进分子，后者以家族变迁表现社会变化"。然而，在对《阿德里安回忆录》和《苦炼》两部历史题材以及《虔诚的回忆》和《北方档案》两部家族史做过描述后，他指出："通过一个杰出人物来表现一个重要的历史时期，是尤瑟纳尔创作历史小说的一个重要方法"；《虔诚的回忆》"反映了19世纪比利时列日地区的社会风貌"，而"《北方档案》反映了400年来法国北部地区的历史的一个侧面，构成法国近代编年史的一个组成部分"。这未免让读者产生迷惑，尤氏撰写这些作品的目的，究竟是要通过某个人物来"表现历史"，通过家族史的演变来"表现历史进程"，还是要通过历史，主要来表现人物，揭示人的本质或人类的根本问题？孰轻孰重，还值得再认识。笔者认为，尤氏从历史出发，是为了创造一个真实环境，而创造一个真实环境，是为了更好地虚构人物，但虚构人物主要不是为了反映某个历史环境、社会环境的。从历史出发，是为了寻找永恒的价值，借历史人物的塑造（无论真实还是虚构），是为了探索具有永恒价值的人的问题，就像尤氏自己所说，深入历史，是为了"把握一个人的内心世界"，同时也是为了思考具有普遍意义的人类生命的本质问题。但不管怎么说，此文反映了作者高度的理论意识、锐利的批评意识和有力的论述与评析，而且，作者还从"艺术上"指出了尤氏历史小说的一些成功经验和创新之处[2]。

另一篇是史忠义为"尤瑟纳尔文集"所写的总序《走近尤瑟纳尔》。在这篇超过万字的总序中，作者从"历史与小说体裁的关系""经常转移为历史与时间的关系"出发，论及了"上溯型历史观与哲学式的时间诗学

1　柳鸣九：《一份真实人性的资料》，见刘君强、老高放等译：《东方奇观》，桂林：漓江出版社，1986年，第105、111页。
2　郑克鲁：《试论尤瑟纳尔的历史小说》，《抚州师专学报》，1997年第4期，第14—19页。

在尤瑟纳尔的作品中共存"的多种手法，再从其"静止的历史观以及变时光为空间的时间观"转而论及尤氏"奇异的自传观和不留自传痕迹的自传写法"。接着，作者指出了尤氏对神话的双重态度（既"不愿走单纯创作神话之路"，又让"神话以各种形式出现在她的全部作品中"），并从哈德良和泽农"两个普罗米修斯式的巨人"的"基本向往"和表现出来的"典型人物"的"共性和普遍性"角度，转而指出"具体与抽象、个体与普遍性、即时性与永恒是尤瑟纳尔作品中的一个永久话题"，同时指认了尤氏作品中的"排斥个性经验"的"意愿"和"追求永恒价值的使命感"。其中既兼论尤氏的提喻、隐喻和讽喻等修辞手段，其"魔幻现实主义"的"审美情趣"和"相似论"的创作手法，也指明了"热衷于艺术，涉猎多种艺术形式是尤瑟纳尔作品备受读者喜爱的重要原因之一"。这一个主题接一个主题的剖析，显示了作者深厚的理论水平、强劲的研究能力和独到的辨析力量，具有不可否认的很高的学术价值，但是否真能让普通读者读后产生"走近尤瑟纳尔"的念头，恐怕还需实践的检验。不过，作者最后所做的概括则是简捷明了的："尤瑟纳尔作品的思想性和哲理性很强，……她对历史和时间关系的思考和处理，对传记体裁的思考和处理，对神话的思考，对超验性和永恒价值的思考，对众多艺术家和艺术形式的评说，都蕴含着很深的思想性和哲理性。可以说，尤瑟纳尔的全部作品构成了一部生存诗和生存诗学。"[1]

在"尤瑟纳尔文集"的主编为了"向读者提供几点思考线索"而撰文后不久，《博览群书》也在《读书时空》栏目下，发表了一篇《缺席者的使命》。该文的发表这一事实与其内容相比，同样值得我们来认识，因为这一事实说明了我国的读书界正在把这套文集推荐给读者，正在帮助读者去认识和理解尤氏的作品，也同样说明，"尤瑟纳尔文集"的翻译出版是成功的，它已被我国的读书界接纳。如题所示，一方面，文章描述了尤氏在其作品中是如何"缺席"的，如何在创作中"让自己尽可能地摆脱任何中间人，哪怕是我自己"，另一方面，文章也指出，"尤瑟纳尔隐秘的使命，就在于找到这样一个人，这样一种声音：'他举目纵观世界的眼神分外明

---

[1] 史忠义：《走近尤瑟纳尔——总序》，第1—15页，见史忠义主编："尤瑟纳尔文集"，北京：东方出版社，2002年。

亮，因为他毫无倨傲之心'"。换一种说法，缺席者的使命不是要"再现"往昔的生活，而是要"接近"往昔的生活，要"完全进入人物角色"，"活跃"在人物的"躯体和心灵中"，由此来介入时代，面对整个人类历史[1]。

如果说，《缺席者的使命》一文代表了我国读书界对汉译尤氏作品的接受，那么，余华的《小说的世界》中的有关议论，则代表了我国作家对尤瑟纳尔的明显带有接受性质的认识和领会。余华在文中这样表明："我在整个阅读过程中有很多比较经典的经历，并且一直在潜移默化地左右我的写作。比如我读到一个法国的女作家叫尤瑟纳尔，这是我最喜爱的一个女作家，因为这个女作家非常地有力量。其他的女作家，像在中国比较受欢迎的另一个女作家杜拉斯，她的作品，就是很伤感，又很优美，她的力量当然也有，但是我喜欢的是尤瑟纳尔的那种力量，就是一把匕首刺进来的那种感觉。而她（杜拉斯）那种感觉就是胳肢你，挑逗你的那种力量，不是那种刺向你的力量，这不一样。"[2] 余华关于尤瑟纳尔和杜拉斯的比较性评论还向我们揭示，对尤瑟纳尔和杜拉斯乃至波伏瓦三位法国当代不同寻常的女作家在中国的接受情况的比较研究，也是一个非常值得继续探讨的很有意义的课题。

---

1 止庵：《缺席者的使命》，《博览群书》，2004年第2期，第100—102页。
2 余华：《小说的世界》，《天涯》，2002年第1期，第32页。

第九章
杜拉斯在中国的奇遇

　　玛格丽特·杜拉斯无疑是当代法国作家中在全世界最有影响、拥有读者最多的作家之一。她出生在前法属殖民地越南的交趾支那，在那里一直生活到十八岁，而后前往法国，一去不复返。然而，她在印度支那的生活经历、生命体验和生存感受，却成为她日后文学创作取之不尽的源泉。在她的创作生涯中，《抵挡太平洋的堤坝》是成名之作；《琴声如诉》奠定了她在法国文坛上的地位；《副领事》是她"生命中的第一部"；而《情人》则是她的小说艺术登峰造极之作，荣获1984年龚古尔文学奖。那融戏剧对话、电影画面、音乐效果、绘画色彩和诗歌节奏于小说之中的全新无比的叙述方式，令全世界读者为之震撼；那简单、直接的语言文字，蕴含了丰富的情感和力量，充满了艺术的张力和魔力，激烈地撞击读者的感官和心底，令读者回味无穷；那"像微风般自由吹拂"的"流动"的"《写作》"方式，让平凡的琐事发出了奇光异彩，让"未知的所在"唤醒了读者从未体验过的艺术感觉，令无数文学爱好者迷醉。《情人》不仅集杜拉斯艺术手法之大成，使她独步法国文坛，而且在中国，也让成千上万的读者为之倾倒。在作品获奖后不到两年的时间里，我国就连续出版了多个译本，人们争相阅读，引发了持续多年的"杜拉斯热"。作为二十世纪一位极富艺术魅力的天才作家，杜拉斯对中国当代年轻作家，尤其年轻女作家，有着挡不住的诱惑。

第一节　　选择杜拉斯

杜拉斯在中国至少有两次成为明显的热点：第一次发生在1985年往后的四五年间，由《情人》多种汉译本纷纷出版引起，其中王东亮率先出版的译本成为"杜拉斯热"的前奏；第二次发生在1996年她逝世后的大约五年间。为纪念这位世界文坛上的天才，我国多家出版社竞相出版她的各种作品。

杜拉斯的作品中首先传入我国的是由王道乾翻译、发表在《外国文艺》1980年第2期上的《琴声如诉》。而她最辉煌的作品《情人》在我国，仅1985年至1986年间，就出了六个版本[1]，形成了第一次翻译出版杜拉斯作品的高潮。其中，王道乾的译本受到我国读者普遍的欢迎，《情人·乌发碧眼》版本的发行总量突破五万册；而漓江出版社在推出《悠悠此情》（即《情人》）的同时，也出版了《长别离·广岛之恋》。在1999年至2000年间，我国出现了翻译出版杜拉斯及相关作品的高潮，其中主要有：1999年7月，漓江出版社推出了她的《外面的世界》和《黑夜号轮船》以及布洛-拉巴雷尔的《杜拉斯传》和米歇尔·芒索的《闺中女友》。1999年10月，作家出版社推出由陈侗、王东亮编的"杜拉斯选集"共三册，第一册收了《如歌的中板》（即《琴声如诉》）、《毁灭，她说》和《卡车》；第二册收录了《坐在走廊里的男人》、《80年的夏天》、《大西洋的男人》、《萨瓦纳湾》、《死亡的疾病》和《诺曼底海滨的妓女》；第三册收录了《话多的女人》和《埃米莉·L》。2000年1月，春风文艺出版社推出了由许钧主编的"杜拉斯文集"，共十五个单本，收录其二十五部作品，分别是：《厚颜无耻的人》《抵挡太平洋的堤坝》《塔吉尼亚的小马》《街心花园》《阿邦、萨芭娜和大卫》《广岛之恋》《纳塔丽·格朗热》《音乐之二》《英国情人》《塞纳-瓦兹的高架桥》《来自中国北方的情人》[2]《树

---

[1] 《情人》六个译本分别是：王东亮译，成都：四川人民出版社，1985年7月版；蒋庆美译，见《当代外国文学》1985年第4期；王道乾译，见《外国文艺》1985年第5期；颜保译，北京：北京语言学院出版社，1985年12月版；戴明沛译，北京：北京出版社，1986年8月版；李玉民译，桂林：漓江出版社，1986年8月版（译名《悠悠此情》）。另有林瑞新译，兰州：敦煌文艺出版社，2000年版。

[2] 《来自中国北方的情人》另有华艺出版社1993年出版的纪应夫的译本和中国文联出版公司1992年出版的胡小跃的译本，胡小跃译本的译名为《北方的中国情人》。

上的岁月》《巨蟒》《多丹太太》《工地》《平静的生活》《直布罗陀水手》《劳儿的劫持》《夏日夜晚十点半》《安德马斯先生的午后》《副领事》《印度之歌》《爱》《恒河女子》《写作》。这套文集"网罗了作家从步入文坛到离开世界各个阶段的代表作，包括小说、电影、戏剧、随笔等各种形式的建树……集中展示了目前国内学术界对这位天才女作家全部人生风貌和艺术面貌的整体特色的总览和把握"[1]。同时，春风文艺出版社也出版了袁筱一翻译的劳拉·阿德莱尔的《杜拉斯传》。而海天出版社于 1999 年 9 月也推出了弗莱德里克·勒贝莱的《杜拉斯生前的岁月》和雅恩·安德烈亚的《我的情人杜拉斯》，该书的后半部是杜拉斯写的《杜拉斯的情人》。此外，我们还能在《世界文学》、《外国文学》、《当代外国文学》和《外国文艺》等期刊上，读到杜拉斯的其他作品，如《广场》、《洛儿·瓦·斯泰因的迷狂》、《在树林间的日日夜夜》和《杜拉谈话录》[2]。还有她的一些作品，零星地出版或散见在各种文集中，如 1994 年安徽文艺出版社就出版过《抵挡太平洋的堤坝》；1996 年 9 月，春风文艺出版社出版的《世界中篇小说经典·法国卷》中收录了她的《痛苦》[3]；1997 年 8 月，百花文艺出版社出版了她的《物质生活》，这是我国作家很感兴趣的一部关于写作的随笔集。

在二十一世纪，上海译文出版社陆续引进杜拉斯作品的版权，推出了"玛格丽特·杜拉斯作品系列"，截至 2017 年 12 月，已经翻译出版 34 种，还有 6 种待出。这一系列采用的译本，大都出自国内法语文学翻译界的名家之手，如王道乾、桂裕芳、王文融、马振骋、徐和瑾、施康强、王东亮、谭立德、金志平、金龙格、户思社等，有的为旧译重版，但也有多种新译。还值得关注的是，2014 年，是杜拉斯诞辰百年纪念之年，国内学界举办了纪念活动。重庆大学出版社出版了黄荭翻译的《爱，谎言与写作——杜拉斯影像记》，同期再版了袁筱一翻译的《杜拉斯传》。在 2014 年 11 月 27 日至 30 日，由华东师范大学主办，南京大学、国际杜拉斯学

---

[1] 刘恩波：《杜拉斯的全景画卷》，《中华读书报》，2001 年 7 月 25 日。
[2] 《广场》见《世界文学》1984 年第 1 期；《洛儿·瓦·斯泰因的迷狂》见《当代外国文学》1992 年第 1 期；《在树林间的日日夜夜》见《外国文学》1984 年第 8 期；《杜拉谈话录》见《外国文艺》1990 年第 3 期，是《物质生活》的选译。
[3] 该译本为王东亮译；另有张小鲁的译本，发表于《外国文艺》1987 年第 2 期；作家出版社于 1989 年 4 月以《痛苦·情人》为名也出版过王道乾的译本。

会和上海译文出版社协办的"杜拉斯神话：跨越时空的百年"国际学术研讨会在华东师范大学举行。这次研讨会"以杜拉斯对现当代法国作家的影响，杜拉斯的自传体小说和多元化写作，杜拉斯在中国的翻译、接受和继承为主要议题，来自法国、英国、日本、泰国、巴西和中国六个国家的学者，全程以法文进行研讨和交流，分别从文学、翻译、哲学、美学等多种角度，对杜拉斯这位20世纪法国文学史上独具特色和魅力的女作家进行全面的解读与剖析"[1]。国际杜拉斯学会副会长卡特琳娜·罗杰斯和杜拉斯协会副会长若埃尔·巴杰斯-班冬女士出席了研讨会，并做了大会发言；国内法国文学翻译研究界的马振骋、徐和瑾、王东亮、袁筱一、黄荭等与会，并分别做了会议报告。作为研讨会学术委员会主席，许钧做了研讨会总结发言，指出"杜拉斯的神话能够不断在法国、中国乃至世界续写，源自于作家本人的勇气与真诚，而阅读杜拉斯，则为我们打开了拷问自我内心、直面外面的世界的大门"。2008年诺贝尔文学奖得主勒克莱齐奥先生也为此次研讨会发来贺信："玛格丽特·杜拉斯深谙将个人历史变为一种普遍体验之道，就像艾米莉·迪金森和科莱特一样，正因为如此，她所有的一切都不会湮灭。"[2]

第二节　　杜拉斯及其作品研究

在翻译杜拉斯作品的同时，一些评介文章首先以译序、译后记或前言的形式出现。其中，王东亮译本的《代译后记》、戴明沛译本的《玛格丽特·杜拉斯简介》、王道乾关于《情人》和《琴声如诉》的前言都各有见地，起到导读的作用，具有参考性研究价值。柳鸣九为《悠悠此情》写的前言《自传文学中的新探索》和胡小跃为《北方的中国情人》写的译后记《杜拉斯的魅力》都具有相当的深度，给他人的研究带来启迪。

对杜拉斯的本文研究主要集中在小说《情人》上面。刘自强从杜拉斯答《新观察家》杂志记者问出发，这样认为："《情人》之所以给人一种新奇感觉，正因为它不是自传，不是小说，也不是叙述，而是兼而有之。

---

[1] 谢晨星、沈柯、黄荭：《杜拉斯神话源自勇气与真诚》，《深圳商报》，2014年12月4日。
[2] 同上。

它是文学，是一个洞察历史、认识人生和人的问题的地方。"[1]江伙生在分析了小说"获攫住"读者心灵的原因的同时，指出了《情人》式的"情爱""既不是中国式的宝黛'情怨'，也不是法国式的于连'情谋'，它就是它"[2]。而木子则从第一人称叙述、人物的消解、结构的非悲剧性和深度的丧失四个方面对《情人》加以论析，并给我们这样的启示："现当代小说的目的在于开发读者身上那种被阅读习惯禁闭许久的感受潜能，让读者能用自己的感受去和小说叙述者合作，共创一种平等沟通、互相共鸣共振的文本。……《情人》无疑达到了这样的效果。"[3]关于《情人》，张小鲁早期还在《文学报》上把它震动法国文坛的情况做了介绍[4]。袁筱一结合自己的专业，从《情人》不同译本的比较，探讨了现代技巧小说的翻译问题[5]。户思社则比较了《情人》和《中国北方的情人》的语言特色[6]。还有论者探讨了作品中女主人公的性格[7]。

当然，这时期也有关于杜拉斯其他作品的研究，如针对她的成名作也是她创作第一阶段的代表作《抵挡太平洋的堤坝》，柳鸣九指出，这本"带有自传性的写实的书"中的中心形象、主要形象母亲，对必然的悲剧命运的抗争，显然"带有西西弗的色彩"[8]。柳鸣九还把《抵挡太平洋的堤坝》作为杜拉斯创作轨迹的起点做了论述[9]。在柳鸣九的《枫丹白露的桐叶》中，还有关于《广岛之恋》、《长别离》和《悠悠此情》的评论随笔。王东亮对自己翻译的与《睡美人》童话有互文关系的《劳儿的劫持》进行了评介，认为"劳儿的终点就是她的起点，故事开始的地方；而杜拉斯也和她的劳儿一样，被回归初始所纠缠：这里，她根本没有进入文学想象，她只是又看到了世纪初的印度支那，她十八岁走出却从来没有真正离

---

[1] 刘自强：《玛格丽特·杜拉斯和她的小说〈情人〉》，《当代外国文学》，1985年第4期。
[2] 江伙生：《玛·杜拉斯和她的〈情人〉》，《武汉大学学报》（社会科学版）1988年第5期。
[3] 木子："新小说"派观念与玛格丽特·杜拉斯的〈情人〉》，《外国文学评论》，1994年第3期。
[4] 张小鲁：《震动法国文坛的〈情人〉》，《文学报》，1985年4月25日。
[5] 袁筱一：《从〈情人〉不同译本比较看现代技巧小说之翻译》，《法国研究》，1994年第1期。
[6] 户思社：《文学的失落，语言的重复——〈情人〉与〈中国北方的情人〉语言特色比较》，《外语教学》，1997年第3期。
[7] 宋军：《自恋的结局——析〈情人〉中女主人公性格》，《西南民族学院学报》（哲学社会科学版），1998年第1期。
[8] 柳鸣九：《西西弗式的奋斗》，见柳鸣九：《凯旋门前的桐叶》，北京：三联书店，1998年，第156—164页。
[9] 柳鸣九：《杜拉斯创作轨迹的起点——杜拉斯:〈抵挡太平洋的堤坝〉》，《名作欣赏》，1995年第2期。

开过的印度支那"[1]。在此之前，游云曾就王道乾翻译的同一部小说（王译为《洛儿·瓦·斯泰因的迷狂》）也发表了文章，认为这是"杜拉文学创作中具有关键性的一部小说，它表明杜拉的小说创作转入了一个新的阶段"[2]。对于《副领事》，宋学智作文着重分析了作品里的几个主要人物，指出《副领事》是杜拉斯鲜明的个人风格与"新小说"的写作手法完美融合的一个突出展示[3]。黄晞耘的文章则从《抵挡太平洋的堤坝》到《来自中国北方的情人》，分析了"情人"形象的神话实质，揭示了杜拉斯如何通过叙事策略建构起心灵欲望的真实[4]。还有文章探讨了《琴声如诉》和《广岛之恋》等[5]。至此，杜拉斯的主要作品在我国几乎都有了论者们不同程度的涉猎、探讨和研究。

同时期内，我们还注意到了一些综合性的评介与研究，如吴岳添的《玛格丽特·杜拉斯轶事》，在介绍阿兰·维尔贡德雷的《杜拉斯传》的同时，无疑增添了广大读者对杜拉斯的浓厚兴趣[6]。吴岳添还在《文艺报》上评介过杜拉斯和萨冈的爱情小说，在《世纪末的巴黎文化》中谈到了"世纪之星"——杜拉斯的一生[7]。《世界文学》在较早的时间里介绍了杜拉斯的概况[8]。王东亮的《盖棺难以定论的杜拉斯》，对女作家的创作生涯和代表作进行了全面的回顾与评述[9]。还有论者探讨了具有创新意义的"二分对位、双层复调"的小说结构在杜拉斯作品中形成的特色[10]。刘成富则揭示了女作家如何以独特的方式表达了独特的爱情观和人生观，认为杜拉斯通过文学创作生活在梦幻之中，生活在乌托邦式的爱情之中，她通过对酗酒、情杀和抗拒现实等行为的描绘，为我们生动地展现了她一生寻求绝对爱情

---

1 王东亮：《杜拉斯的"睡美人"》，《读书》，1999 年第 8 期。
2 游云：《玛格丽特·杜拉的小说创作》，《当代外国文学》，1992 年第 1 期。
3 宋学智：《杜拉斯笔下的谜》，《当代外国文学》，2000 年第 3 期。
4 黄晞耘：《一个形象的神话——从〈抵挡太平洋的堤坝〉到〈来自中国北方的情人〉》，《外国文学评论》，2001 年第 1 期。
5 户思社：《一部风格日臻成熟的作品〈琴声如诉〉》，《西安外国语学院学报》，1999 年第 3 期。宋琳：《集体经历的历史事件和个人的痛苦经历：简析玛格丽特·杜拉斯的〈广岛之恋〉》，《西安外国语学院学报》，2000 年第 8 期。
6 吴岳添：《玛格丽特·杜拉斯轶事》，《读书》，1992 年第 1 期。
7 吴岳添：《杜拉斯和萨冈的爱情小说》，《文艺报》，1991 年 3 月 9 日；《玛格丽特·杜拉斯的一生》，见吴岳添：《世纪末的巴黎文化》，北京：社会科学文献出版社，1998 年，第 73—77 页。
8 程伟：《玛格丽特·杜拉》，《世界文学》，1984 年第 1 期。
9 王东亮：《盖棺难以定论的杜拉斯》，《世界文学》，1996 年第 5 期。
10 彭姝祎：《杜拉斯的二分对位、双层复调小说结构》，《当代外国文学》，1998 年第 2 期。

的心路历程[1]。这一时期最不应忽视的文章,就是王道乾的《关于杜拉的小说创作》[2]。作者在《情人》的翻译上显耀的成功与其在文中表现出的深厚的文学功力和具有穿透力的见解是紧密联系在一起的。此外,综合性的评论还涉及"杜拉斯的精神空间"和"爱是不死的欲望"[3]等内容。除文章外,我们还看到了《痛苦欢快的文字人生——玛格丽特·杜拉斯传》[4]这部著作的出版。

第三节 《情人》的东方情结:杜拉斯与中国作家

一、简述

《情人》走进中国的时候,正值中国文坛从"伤痕文学"经过"寻根热"而转入"人"的解放和对"人性"的挖掘,同时,也正是法国新小说派对小说形式的追求引起中国作家关注并促使他们探索小说形式审美效果的时候。就实质而言,杜拉斯在中国的影响,可以说,就是《情人》的影响。从题材到体裁,从创作主题到叙述方式,《情人》都具有不同凡响的艺术魅力,在中国当代年轻作家尤其年轻女作家中,产生了广泛的影响,让他(她)们豁然进入了一个别有洞天的写作新天地。

从题材上说,杜拉斯的女性化、私人化、情绪化的叙事话语,使我国当代女作家的性别意识充分觉醒,让她们找到了被历史长期湮没的女性私人话语,对以女性私人叙事话语为特征的中国当代女性文学的形成起到了重要的催发作用,启发她们用女性特有的性别特征和性别立场构建起二十世纪末中国女性文学的奇观异景,启发她们用女性个人化乃至极端化的写作从社会边缘向传统的男性主流叙事话语发出抗衡的声音。

从体裁上说,杜拉斯的自传体小说给中国女作家也带来了写作参照。书写自身成为一种创作策略,从现实的生活和一己的经历提取素材,在写作中重构艺术的可能。自传体的真实性与小说的虚构性融为一体,亦真亦

---

1 刘成富:《杜拉斯:寻求绝对爱情的人》,《当代外国文学》,2003年第2期。
2 王道乾:《关于杜拉的小说创作》,《法国研究》,1995年第2期。
3 户思社:《杜拉斯的精神空间》,《法国研究》,1997年第1期。余杰:《杜拉斯:爱是不死的欲望》,《外国文学动态》,1997年第3期。
4 户思社:《痛苦欢快的文字人生——玛格丽特·杜拉斯传》,北京:中国文联出版社,2002年。

幻的回忆成为叙述视点，写实与想象巧妙地结合，从女性个人生活、个人隐私的微观世界出发，既寻找一种自我抒发和自我体认的过程，又让作品成为自我观察世界、感受世界、认知世界的媒介，通过自传体小说，展示出现代文学的新魅力。

从创作主题上说，杜拉斯讲述永恒的爱情、揭示女性的命运、坦露女性原欲、倾诉内心活动、直视复杂人性的文学叙述，使中国当代不少年轻女作家的视线收移向女性个人体验和个人经验上，从女性之躯出发，沉浮于现实与往昔的时空，或展露女性的欲望本能，或探索女性的精神世界，全方位、多角度地抒发女性隐秘的生理和心理感受，透视女性私人生活的本质，表现出不可替代的女性个人化色彩。杜拉斯对种种正常和畸形的情爱和性爱的大胆张扬，直抵我国年轻一代女作家的笔端，把她们的写作引入女性本我、原我、自我、真我的经验世界和精神世界。不过，我国年轻一代女作家在现代小说领域里的艺术探索与写作实践，都具有一种崭新的生命指向，都或多或少地揭示出女性生存和女性价值的深刻主题，在人类双性文化的构建中，表现出来一种坚定执着的拓荒精神。

从叙述方式上说，杜拉斯的对话体叙述令全世界的读者耳目一新。当然文学作品中的对话体并非狭义上的对话，它主要指通过心灵倾诉、心灵自述来和读者沟通的话语表达形式，除对话外，也包括谈心、自语、独语等形式。杜拉斯成功的对话体叙述方式通过下面几个层面得以精彩地表现：在叙述主体上，第一人称与第三人称灵活切换，让读者对作品中的人物既有亲和又有疏分，这样大大增加了本文的吸引力；在叙述语言上，注重语言的诗性与节奏，注重语言对感官的作用，使用电报式、素描式的短句子产生张力的艺术效果；在叙述结构上，记忆的碎片、生活的片段与互文性叙述，受审美效果的重新安排，解构了传统小说中的人物形象和故事情节，留下真情实感于读者；在叙述视角上，从多重的时空视点和多变的心理角度展开叙述，并从电影、话剧、音乐等视角进入文学场，观照小说，产生艺术多元结合之美；在叙述基调上，通篇的绝望与局部的抒情、抑制不住的自恋与适可而止的裸露以及"悠悠此情"般的怀旧，构成《情人》作品最有感染力的复合情调；在叙述动机上，不但注意情绪的渲染，也更注重心灵的昭示，让人物可见可闻的外在言行与人物复杂微妙的内心活动建立直接的关联。

这些不同于传统的叙述方式大大增强了文学的表现力，丰富了现代小说的审美内涵，对我国当代作家产生了不同程度的影响，尤其给当代女性作家的创作观念带来新启示，引导她们勇于突破传统的小说形式，大胆尝试现代小说的各种可能。

二、杜拉斯之于林白

林白是一个偏爱怀旧、长于表达欲望的作家，也是当代女性文学的主要写作者之一。创作对于她来说，就是"置身于语言之中"，让语言"创造无数的现实"，带上"激情与力度"，表达"生命与呐喊"。她为自己确立的纯粹女性写作的姿态与写作实践，让我们自然地感觉到杜拉斯对她产生的某些影响。

从体裁上看，林白的《一个人的战争》就是一部标准的自传体小说。当然，单就自传体而言，那是作者生命历程的真实写照，而让自传体与小说牵手，那就等于让作者在虚拟的岁月中描述、想象一种经历了。所以在《一个人的战争》中，"记忆不是一种还原性的记忆的真实，而是一种姿势……一种想象力"，在"回望"中，也让"一些从来没有发生过的事情经由语言诞生"[1]。虚虚实实的叙述让我们注意到，林白对这一体裁把握得很好。

从题材上看，林白的"女性个人化写作"多少都受到杜拉斯女性叙事话语的影响。《情人》中少女"我"如此率性地体验女性生命和如此大胆地表白女性感受，洞开了女性隐秘的内心世界，让林白充分意识到了女性自身就是一个神话。于是，将创作视线投入从女性感觉到女性意识的隐私地带，在一块依旧陌生、多少令人惊异的领域开发女性话语机制，寻找从女性体验到女性经验的新的家园，成为林白创作的一个方向。不过，林白的创作在女性角色与女性价值的自我体认上，确实拓展了女性文学的美学蕴含。对于女性个人化写作，林白已经有了自己深刻的见解。她说："个人化写作是一种真正生命的涌动，是个人的感性与智性、记忆与想象、心灵与身体的飞翔与跳跃，在这种飞翔中真正的、本质的人获得前所未有的

---

[1] 林白：《置身于语言之中》，见林白：《一个人的战争》，武汉：长江文艺出版社，1999年，第242，252页。

解放。"[1]

从创作主题看，欲望是《情人》里一个很显然的话题。杜拉斯说过："女人的写作不从欲望入手，那就不叫写作。"因此，对中国情人的欲望、对小哥哥的欲望以及对女同伴的欲望成了她书写的一个内容。而在《一个人的战争》里，欲望更是构成作品内容的不可或缺的要素，我们完全可以说，《一个人的战争》就是一部女性欲望的成长史，多重欲望的表达成为林白探索女性隐秘与女性命运的出发点。另外，就像《情人》中欲望离不开性一样，在《一个人的战争》中，从纯粹的女性欲望中，也凸显出性的生理与心理反应。而不同的是，《情人》似乎更着重于传真一种原欲，揭示性欲望和性体验在女性内心中的微妙反映。而林白探索女性隐秘的性欲，似乎更想要揭示性在女性成长过程中的重要作用，揭示传统男性话语机制下女性生命的独特性。

从叙述主体看，林白在《一个人的战争》中也采用了第一人称与第三人称切换的艺术手法，通过第一人称"我"表露叙述者丰富的内心感受，通过第三人称"她"来进行客观化的勾画，使得读者在叙述者人称的变化中，不知不觉被其吸引，信以为真地走进叙述者虚构的真实中。然而杜拉斯不论以"我"还是以"她"来叙述，总是让一个人称登台亮相，而林白则突破性地让指涉同一个人物的"我"和"她"同时出现在读者面前。例如在《一个人的战争》中，作者最后写道，"我常常在地铁站看见她……像幽灵一样徘徊在地铁入口处"；又如在《守望空心岁月》中，人称的切换时而在"我"与姚笠之间进行，时而在"我"与作者之间进行，而"当姚笠爱上子速的时候我忽然意识到这个女人才是我钟爱的对象"，则更让我们感觉到了先锋小说的意味。

从叙述基调看，"裸露"是《情人》和《一个人的战争》中明显的一个基调。似乎女性个人化写作缺少裸露，就无法进入自我指涉的世界。而在林白那里，这种裸露既有复杂微妙的女性心理世界的裸露，也有赤裸裸的女性身体裸露，就像在《守望空心岁月》开篇部分作者写的那样："在这个漫长的夏天，我每天在房间里进行裸身运动，赤身裸体地打电脑，赤身裸体扇扇子，赤身裸体吃西瓜，赤身裸体下挂面，……我还常常跑到镜

---

[1] 林白:《置身于语言之中》，见林白:《一个人的战争》，武汉：长江文艺出版社，1999年，第244页。

子前观看自己，主要目击物是腹部、腰和胸部。"林白说过："镜子就是我的源泉。"从这里，我们也可以发现林白作品中另一个叙述基调：自恋，它恐怕同样也源于《情人》中的自我观照。当然，林白作品中的自恋同《情人》作品中的自恋一样，也伴随着一种抒情的基调。

从叙述语言看，《情人》的语言具有诗意化的倾向。例如杜拉斯对少女"我"十五岁半的光景十分怀旧，语言的韵味就很富诗性："我才十五岁半，在那个国土上……我才十五岁半，就是那一次渡河……才十五岁半，那时我已经敷粉了……才十五岁半，体型纤弱修长……"而在林白的《一个人的战争》里，多米"我"十九岁（半）的华年也获得了语言诗性的飞扬："十九岁半的日子像顺流而下的大河上漂浮的鲜艳花瓣……十九岁半的往事如同新买的皱纸花……在我十九岁的时光中，遍布着它们（蔷薇）的芬芳……""十九岁（半）"竟然出现有二十多次。这种语言的诗意化当然与自恋和抒情的基调也是联系在一起的。另外，林白的女性性描写和身体描写也同样具有诗意的境界，给读者带来了与阅读《情人》一样的诗性的快感。

从叙述结构看，互文性与记忆碎片在《情人》中构成了一种全新的叙述方式，彻底解构了传统叙事。我们可以看见，《情人》中引进了《抵挡太平洋的堤坝》和《副领事》中的叙述；同一个人物，如安娜·玛丽·斯特雷泰尔出现在了多部作品中；同样的话语、段落也有重复出现。这种一反传统的叙述方式给读者带来了前所未有的别样感受，因为这样的叙述方式也会因为叙述重点和中心的迁移而形成新的情感流变。我们注意到，林白在自己的创作中，也采用了这样的叙述方式来构建自己的作品，于是，《回廊之椅》中那个习惯了拎着一只桶独自冲凉的南国女孩"我"，胆战心惊地初次经历集体澡堂群女沐浴的描述，在《一个人的战争》环境下又让读者得到了新的回顾；艾影的"颀长的颈项、光滑的肩膀、凸起的乳房、凹陷的腰、饱满沉实的臀部以及双腿……"在《守望空心岁月》作品的正部与副部，在不同的时空下，两次"从朦胧的光线中浮现"。还有姚琼，还有北诺，不一而足。然而有评论因此认为，林白面临生活贫乏、题材枯竭的危机，她的创造力已被欲望的裸露湮没。看来，评论者并没有注意到林白在尝试杜拉斯的艺术手法，在尝试一种反主题的情节构思。笔者从中看到更多的是实实在在情感的自然流露。在杜拉斯的《情人》中，

"回忆都是片断的、零碎的，作者从不以完整的章节介绍某一带有全局性的环境与情势，描绘某一广阔的生活场景，叙述某一完整事件的始末，说明某一思想情感的发展过程，她只以散文诗式的段落表述局部的印象、短暂的心绪、事件不完整的片段，而且，这些各自独立的段落似乎是漫不经心地散布在各处，且微有点零乱，但它们却……具有点染的风格……"有印象派画之韵味[1]。林白在《一个人的战争》中也让记忆的碎片随情感的波澜和流变去主导叙事，让"往事的某一个瞬间所携带的气味、颜色、空气的流动与声音的掠过"，还有"水滴""亮光"等"从集体的眼光中分离出来"。她说："在我的写作中，记忆的碎片总是像雨后的云一样弥漫，它们聚集、分离、重复、层叠，像水一样流动，又像泡沫一样消失，使我的作品缺乏严密的结构和公认的秩序。"[2]实际上，我们很难说这种缺乏理性逻辑的叙述不具有感性活动的审美效果。各个生活的片段之间的确具有相对的独立性，但也不可否认，它们彼此间也形成了一种和声的关系。

从叙述视角看，《一个人的战争》像《情人》一样，叙述者以情绪的抒发为主，在过去与现实之间跳跃，切换人称，造成叙述视角的转移。同时，叙述视角也随内心活动而凝固某一时间和空间，表达某种感觉、感受，生发想象和联想。另一方面，林白叙事的电影化倾向既有得益于自己某种经历的事实，也有师从杜拉斯手法的可能。她对作品蒙太奇式的编排组合和视角效果的处理都十分成功。双重的时间视点和多维的空间视点之间的跳跃，不免带有淡入淡出或切入切出的电影技法。

三、杜拉斯之于陈染

读陈染，的确可以感觉到，她总是身处于精神世界里，"在一条孤立寂寥的荒僻路上"，通过不住的艺术创新与尝试，冒险与突破，"独立而自省"地探索超性别的语境下女性生命的独特意义，展示主流文学之外的女性多重而又深刻的个人化意识，表现出对生命终极关怀的深层思考。

可以说，陈染是以自传体小说的体裁形式走上文坛的。1986年，她写了《人与星空》《孤独旅程》等五篇小说，用第一人称作为叙述主体，

---

[1] 柳鸣九：《自传文学中的新探索》，见《悠悠此情》，北京：北京师范大学出版社，1996年，第9页。
[2] 林白：《置身于语言之中》，见林白：《一个人的战争》，武汉：长江文艺出版社，1999年，第241—242页。

描述了叙述者"我"成长过程中的经历、体验和找寻自我生存定位的种种感受。这些作品正好写在《情人》多种译本面世之后。不过，当有评论把她这时期的作品称为"自述传"的时候，陈染这样说："我不太同意'自叙式'这种说法。我喜欢用第一人称写作，但这并不能说明我的小说完全是我个人生活的'自叙'。"[1] 这种观点和我们在前面对自传体小说的解释并不相悖。

从题材上说，杜拉斯长于从个我出发，从女性自身出发去描述世界，认知世界，倾诉一己情怀。这种突出的女性私语特征也让陈染从女性之躯去寻找私人话语，用女性独特的体验和经验去重构叙事本身。于是，我们读到了观照女性命运、揭示女性生理和心理隐秘以及揭示女性精神世界的《私人生活》似的作品。在她的文本实验中，非常个人化的女性写作意识常常颠覆传统的男性叙事话语，在多元价值共存的新时期文化语境中，表现出建构女性私人话语的创作自觉。

从创作主题上说，杜拉斯与陈染都喜欢围绕着"爱"在最宽泛的甚至超道德的意义层面上生成女性叙事话语。杜拉斯在《情人》中叙述了各种各样的爱情，既有情爱和性爱，也有异性爱和同性爱，还有乱伦的爱和自爱（自恋）。同样，陈染在《无处告别》《潜性逸事》《麦穗女与守寡人》《私人生活》等作品中，也不仅书写了天公地道的异性爱，还大量记录了女性之间一反常规的情感波澜。如果说，杜拉斯围绕着爱情这个永恒的创作母题，在原欲的裸露平台上，有意无意地指涉生命本质的话，那么，陈染看来是深刻地领悟到了这种叙述方式的艺术价值。于是，在女性原欲的裸露与女性生存的意义之间建立自觉的关联性思考和探索，便成为她指向生命终极价值的一种精神追求。并且，她把杜拉斯带有坦白阴暗面意味的叙述转变成为一种纯属自然的超性别意识的创作。她这样说过："真正的爱超于性别之上，就像纯粹的文学艺术超于政治而独立。"[2]

从叙述主体上说，陈染无疑也感受到了第一人称与第三人称切换来分流叙述的艺术魅力。女性第一人称的内心倾诉产生的效果能从感情上抓住读者，而转以第三人称叙述的效果，在于让读者与叙述者之间呈现出一个

---

[1] 陈染、萧钢：《另一扇开启的门》，《花城》，1996年第2期。
[2] 陈染：《超性别意识与我的创作》，《钟山》，1994年第6期。

理想的审美距离，这样就大大增加了作品的艺术感染力，大大提高了读者的审美兴致。陈染对叙述主体人称切换的运用是成功的。赵毅衡就曾结合她的作品对此现象评论说："《嘴唇里的阳光》的主角黛二小姐，在某些部分是过滤经验的角色人物'她'，在某些部分则是叙述者'我'，这样，人物心理就从内从外对照展示。《空的窗》则采取三部复合式，在第一人称超叙述框架下套了两个相对的部分，一个部分以盲女为'她'，另一个部分以盲女为'我'，主角'他'百般追寻'她'，而'我'以逸待劳处变不惊。精心安排的叙述者与视角方位转移，给叙述语流添增了对话性张力，而整篇作品则获得如巴赫或勃拉姆斯的赋格曲一般富于质感的形式美。"[1]不过，我们还应看到陈染在叙述人称运用上的突破：在《另一只耳朵的敲击声》里，叙述者"我"时而是黛二小姐，时而是"大树枝"，时而是黛二的母亲，这就体现出陈染在第一人称叙述上面对传统规则的超越，体现出陈染具有先锋意识的文本实验精神。

　　从叙述结构上说，互文性也是陈染作品的一个明显特征。譬如黛二小姐就出现在《嘴唇里的阳光》《另一只耳朵的敲击声》《无处告别》等作品中；同样的情节、话题在同一部作品中或不同的作品中也有重复。不过这种现象是其艺术探索乃至精神追求的一种方式，而非写作要素枯竭的一种表现。何况，关于"重复"，陈染早已有自己颇富哲理的见解，她说："重复从来都不'发生'……回忆是一种向后的重复，而我们称之为'重复'的，实际上是向前的回忆。"她还认为，"一个优秀的作家，她真正的重复是不存在的，而循环往复是存在的，而每一次循环到同一个位置上的时候，其实已经不是原来的那个位置"[2]。的确，从审美的角度来看，适宜的重复可以构成人物不同维度下的心理空间，建立起丰厚的叙述层次来描述现代人复杂多变的心理感受；它也可以使情节在突破传统脉络的同时，呈现出荡漾着真情实感的那种回声、那种复调、那种变奏。

　　从叙述语言上说，陈染的对话体叙述方式主要表现在，通过女性躯体与心理两个场所，探测男性中心话语之外的女性独有的私人生活体验和经验，寻找女性认知世界、指向生命本质的独特感悟，把读者引向超越传

---

[1] 赵毅衡：《读陈染，兼论先锋小说第二波》，《文艺争鸣》，1993年第3期。
[2] 陈染、萧钢：《另一扇开启的门》，《花城》，1996年第2期。

统的"另一扇开启的门"。另一方面,语言的张力是杜拉斯一个醒目标识,也是陈染叙述的一个特点。不同之处在于,杜拉斯的语言张力主要表现在使用那些简洁和纯朴但具有诗一样蕴义和灵性的词句,最大程度地调动读者的感觉和知觉,从言语上引起读者共鸣后的停留、回味与感想;而陈染的语言张力主要表现在,促使人们在精神领域对女性生存的意义和价值乃至对生命终极关怀的绵长的思索。

从叙述基调上讲,绝望是杜拉斯的《情人》里最浓重的色调之一。它源于柔弱固执的母亲率领儿女徒劳无益地与大海一次次的抗争,源于殖民地上这个普通的白人家庭的贫困无援,因而杜拉斯对于绝望有着最敏感最深刻的体验。王道乾就曾这样评道:《情人》里"悲剧内容既十分沉重又弥漫全篇,很是低沉悲伤"[1]。而陈染在《超性别意识与我的创作》中,称自己为"带有自然的绝望主义者和温和怀疑主义者倾向的人",就像在其作品《另一只耳朵的敲击声》里把自己的化身黛二小姐称为"自然的或温和的怀疑论者和绝望主义者"一样。陈染两次提到"自然",恐怕旨在表明,绝望在她身上是一种先天的气质,也就是说,她的绝望先于存在而存在。不管怎么说,杜拉斯的绝望在陈染身上产生了共振,因为陈染曾这样感慨过:"今天,我远远还没有权力说出'我已年迈'、'容颜沧桑'这等句子,但我的内心的确走过了太多的危机与毁灭。"[2] 所以,我们也就不难理解,为什么陈染给自己喜爱的作品《另一只耳朵的敲击声》也抹上了浓稠的绝望色调,从开篇的"这个绝望的城市是我的家"和"所有的情感都是绝望的",经过"一种不会写小说了的小说家的绝望",直至"黛二不禁悲从中来,感叹那无法摆脱的游魂般缠绕的绝望"。绝望的叙述基调笼罩全篇。

作家王干说过:"在陈染的小说中,像空气一样存在着一个人的影像,她像一道阳光照亮陈染心灵的角落,又像阴影一样深重地包围着陈染的语言。陈染顽强地抵抗着这种笼罩,又渴望地需要这种照耀,玛格丽特·杜拉斯以她宽阔的胸怀拥抱着东方的陈染,而中国的陈染以她独特的光芒反

---

[1] 王道乾:《情人·前言》,第 4 页,见杜拉斯:《情人·乌发碧眼》,王道乾、南山译,上海:上海译文出版社,1997 年。
[2] 陈染:《自语》,《文艺争鸣》,1993 年第 3 期。

射出杜拉斯那些被遮蔽的空间,重新发现了玛格丽特·杜拉斯。"[1]我们认为,陈染的文本实验与杜拉斯的实验小说都表现出对文学艺术的大胆探索与尝试,表现出对传统审美范式的强烈挑战与超越。另一方面,当我们看出杜拉斯对陈染的影响是可以寻踪觅影的同时,我们也应注意到,陈染对小说内容与形式的双重创新也同样是客观存在的。

四、杜拉斯之于赵玫

在当代女作家圈子里,赵玫是众所周知的杜拉斯迷。她在《怎样拥有杜拉》一文中,坦露了自己拥有杜拉斯的种种感受、感想和感悟。她说:"很多朋友知道我喜欢杜拉","很多年来我用我的文字说出这爱"。从1980年阅读杜拉斯在中国的第一个译本《琴声如诉》起,她就被杜拉斯"诱惑",从此开始"追踪"杜拉斯,以一种"惶惶不安的感觉"和"望穿秋水的心境"渴望得到杜拉斯的作品。因为杜拉斯的作品"确乎是一种灯塔般的照耀,在我们的夜航中"。在赵玫看来,"你不管那个女人是不是有时会让人难以忍受,但她就是那个人,亲近着你的灵魂";"我们的内心永远不会具备她那种那么强大的爱情力量。她仿佛是为爱而生"。而且,"她成功地运用了上天所赋予她的爱和写作的能力。而她又把她生命的成果留给了我们"。这种"独自的认识"来自长久以来她和杜拉斯建立起的一种"心灵的契合"。赵玫说:"是我的心灵在要求我,让我真的能与她灵肉相依。"[2]

赵玫尤其欣赏杜拉斯作品中切短语流,使词句富有节奏、充满张力的断句风格。她这样说过:"我不仅仅是杜拉忠实的读者,还对这个女人充满了一种近乎病态的迷恋。一度我喜欢沉溺于她的文字——即所有的字句,和,所有的标点——或者就让她的书时时刻刻在身边。不看,但却感觉着。"[3]她的作品"都是些能陪伴我们终身的文字。它们是最好的"。她的《怎样证明彼此拥有》[4],可以说,就是运用短句子进行创作的实验文本。我们随便摘引两段就可看出这种语言风格:

---

1 王干:《寻找叙事的缝隙》,《文艺争鸣》,1993年第3期。
2 赵玫:《怎样拥有杜拉》,《出版广角》,2000年第5期。
3 同上。
4 赵玫:《怎样证明彼此拥有》,《花城》,1999年第5期。

"她的童年在支那。西贡的炎热和肮脏的人群。湄公河上的渡船。这我们都知道。中国情人。那丝绸一般光滑的黄色的皮肤。便是这一切,给予了杜拉语言。天生小说家的语言。用短句造成的情境。一开始就这样了。"还有:"她们两个(伍尔芙和杜拉斯)一样都是那么深邃地爱着海。海的形态。海浪和灯塔的意象。还有堤坝。和大自然亲和着。在原野上或者沙滩上,散步。然后,她们成为了自己。"[1]

这种断句风格在她的长篇小说《朗园》开篇也十分突出,不过很快却消失而去。另外,在《朗园》中,萍萍与小哥哥萧小阳之间乱伦的爱,在萍萍来探监抓紧萧小阳的手叫着小哥哥小哥哥的时候,似乎让人感觉到,多少有点是《情人》中少女"我"与小哥哥的乱伦的爱的某种嬗变。同时,我们也能感觉到,杜拉斯笔下的"绝望"的叙述基调,也不时给《朗园》某个局部场景投下阴郁的色调。

但不管怎么说,赵玫对杜拉斯的认识和对其艺术成就的分析,由于一种"心心相印"而变得深刻、独到。她曾这样评说自己生命中的"熟人":杜拉斯"总是能把具体的爱在小说中送进一种诗境";"她是纯粹小说的女人……只生活在隐私中。那些关于爱的美丽的隐私";"因为有爱,和爱的体验,和把这体验诉说出来的才华,……于是《情人》拥有了龚古尔奖的桂冠"[2]。

在《怎样拥有杜拉》一文中,赵玫特别提到了《情人》的译者王道乾。她说:"与杜拉一道我不愿忘记的,是那位同样已经故去的王道乾先生",他"把杜拉翻译得至善至美","因为杜拉,我便也熟悉了王先生的译文。先生的文笔如此优美。他不仅翻译了杜拉的短句子,还翻译了她的灵魂。后来我格外偏爱王先生翻译的杜拉的小说。总觉得惟有王先生是和杜拉共同着生命"。一部外国文学名著的翻译得到承认,得以产生影响,当然离不开译者的才情。赵玫对王道乾的赞语是十分恰当的,绝非溢美之词。

然而,赵玫对杜拉斯更深刻的拥有还在后头,正如她所说:"……只是因为我还在写作。但迟早有一天,我也要像那些专家那样,写一本关于

---

[1] 赵玫:《怎样证明彼此拥有》,《花城》,1999年第5期,第32、30页。
[2] 同上,第33页。

杜拉的专著……为了我心里的那一片永远的圣地。""我可能会为我一页一页在读的杜拉写一点什么。不单单是感悟，还有我的思想。关于一个写作的女人的思想……那将是更深刻的拥有。"[1]

五、杜拉斯之于王小波

王小波曾在《出版广角》《博览群书》《中华读书报》《香港笔荟》等报刊上发表过不少文化随笔，如《用一生来学习艺术》《小说的艺术》《盖茨的紧身衣》《艺术与关怀弱势群体》《我的师承》以及收录在《王小波文集》里的《关于文体》《我对小说的看法》《道德堕落与知识分子》[2]等，对杜拉斯及其作品《情人》给予了极高的评价。他说："现代小说的最高成就：卡尔维诺、尤瑟纳尔、君特·格拉斯、莫迪阿诺，还有一位不常写小说的作者，玛格丽特·杜拉斯。"[3]说杜拉斯不常写小说，恐怕是因为她不仅仅是小说家而已，用王小波自己的话说，大概因为她"除了写小说，还去搞搞电影"吧。

尽管构成王小波完善的文学谱系的外国作家除杜拉斯外还有不少，但杜拉斯这位"感性的天才"在他的心目中，一直占据着非常重要的位置。可以说，《情人》就是他为自己确立的一个重要的写作模式。他这样说过："凭良心说，除了杜拉斯的《情人》之外，近十几年来没读到过什么令人满意的小说"[4]；"六七十年代，法国有一批新小说家，立意要改变小说的写法，作品也算是好看，但和《情人》是没法比的"[5]。在他眼里，《情人》就是现代小说的典范，正如他所说："现代小说的精品，再不是可以一目十行往下看的了……杜拉斯《情人》的第一句是：'我已经老了。'无限沧桑尽在其中。如果你仔细读下去，就会发现，每句话的写法大体都是这样的，我对现代小说的看法，就是被《情人》固定下来的。"[6]此外他还认为，《情人》的一个重要的艺术价值，就体现在作品的韵律上面。他曾这样评论过："我喜欢过不少小说……但都不能和《情人》相比。"乔治·奥

---

1 赵玫：《怎样拥有杜拉》，《出版广角》，2000年第5期。
2 上述文化随笔均可参见《王小波文集》第四卷，北京：中国青年出版社，1997年。
3 参见《王小波文集》第四卷，第315页。
4 同上，第343页。
5 同上，第307页。
6 同上，第313页。

威尔的《1984》"是帮我解决人生中的一些疑惑,而《情人》解决的是有关小说自身的疑惑。这本书的绝顶美好之处在于,它写出了一种人生的韵律。书中的性爱和生活中别的事一样,都按一种韵律来组织,使我完全满意了"[1]。

对《情人》备加推崇的王小波,在自己的文学创作中自然会受到杜拉斯的影响。实际上,我们已从王小波的作品中发现了与《情人》相同的一些叙事方式。具体地说,从叙述主体看,杜拉斯采用的第一人称与第三人称灵活切换的叙述艺术,在王小波的《黄金时代》和《革命时期的爱情》里,都有非常娴熟的运用。

从叙述结构看,我们已经知道,碎片、打破时间顺序的跳跃式的思维,看似随心所欲而实则经过精心布局的构思,形成了杜拉斯式的艺术风格。戴锦华对王小波作品的评论中也提到了这样的艺术风格:"王小波的小说始终有着相当复杂的叙事结构……跳跃式的、似破碎的叙述洞穿了叙述时间","小说在多个层面、多重线索、叙事人的多重身份、视点间构造了一处立体且开放的叙事空间"[2]。而王小波本人对《情人》的下述评论,更可视为他已把杜拉斯这种艺术风格接受下来的一种确认:"我认为这篇小说(指《情人》)的每一个段落都经过精心的安排,第一次读时,你会感到极大的震撼;但再带着挑剔的眼光重读几遍,就会发现没有一段的安排经不起推敲。从全书第一句……给人带来无限的沧桑感始,到结尾的一句'他说他爱她将一直爱到他死',带来绝望的悲凉终,感情的变化都在准确的控制之下。叙述没有按时空的顺序展开,但有另一种逻辑作为线索,这种逻辑我把它叫做艺术——这种写法本身就是种无与伦比的创造。"[3]

从叙述语言看,王小波的妻子李银河说过:"小波的文字极有特色。就像帕瓦罗蒂一张嘴,不用报名,你就知道这是帕瓦罗蒂……小波的文字也是这样,你一看就知道出自他的手笔。"[4] 而杜拉斯的文字也同样,具有十分明显的风格特色。最重要的是我们注意到了,两人在叙述语言上的个

---

[1] 参见《王小波文集》第四卷,第344页。
[2] 戴锦华:《智者戏谑》,《当代作家评论》,1998年第2期。
[3] 参见《王小波文集》第四卷,第307页。
[4] 参见李银河:《代跋》,见王小波:《青铜时代》,广州:花城出版社,1997年,第624页。

人化标识，正表现在两个共同点上：一是对话体的叙述方式；二是语言的诗性。当王小波在《我的师承》里说"我们……不必用艰涩、缺少表现力的文言来写作"的时候，这当然是对王道乾优美绝妙的翻译语言的艺术价值的肯定，但同时也可以说明，王小波已经把杜拉斯的对话体叙述确立为自己的一种书写方式。《青铜时代》就运用了这种对话体叙述方式，使叙述者悠然自得地穿行于古今中外。而《情人》的语言就是一种诗的语言，诗情、韵律、节奏跃然纸上。杜拉斯说过："小说是诗，要么就什么也不是。"[1] 充满诗意的语言在她的笔下还发出了铿锵的声音，具有了音乐般的效果。她说过："写书就像作曲一样。无论在什么情况下，对一本书的整理就是要让它符合音阶的规律。"[2] 当然她也说过："男性文学，废话连篇，喋喋不休……他们根本不可能达到诗的境界……男人的小说，根本不是诗。"[3] 然而在东方，才华横溢的王小波偏偏得到杜拉斯的"诗家三昧"，让自己的写作实践朝着诗的方向发展，把诗的韵律和音乐的旋律完美地结合在一起，最终拥有了诗意的世界。他从杜拉斯与王道乾"合铸"的《情人》汉译文学作品中，发现了"文字的筋骨"，唤醒了全新的文学意识和语言意识，成功地让他的诗性立场在现代汉语写作崭新的平台上，散发出轻风一般自然、自在的艺术魅力。于是，《黄金时代》就像一首配乐的散文诗呈现在我们面前。

从叙述话题看，《情人》作者总是从生活的琐事出发，或对局部的某个场景，或对人物即刻的心理活动进行捕捉和描述，让平凡的琐事解构传统的主题，发出光彩。而王小波的《黄金时代》及其他作品，也是从生活的琐事里去发掘艺术的生命，从缺乏诗意的世界中去寻找诗意，正如李银河所说："他的文学就是想超越平淡乏味的现实生活。"[4] 另一方面，杜拉斯沉迷于讲述永恒的爱情，对情爱和性爱进行了大胆的张扬。《情人》中虽然没有可歌可泣的崇高爱情，却有着直面人性、抒发女性隐秘的心理感受和生存价值的地方。而在王小波的《黄金时代》里，则表现为"用汪洋恣

---

[1] 杜拉斯：《婚礼弥撒》，见杜拉斯：《物质生活》，王道乾译，天津：百花文艺出版社，1997年，第166页。
[2] 戴明沛：《杜拉斯对〈情人〉一书的解释》，见杜拉斯：《情人》，戴明沛译，北京：北京出版社，1986年，第99页。
[3] 杜拉斯：《婚礼弥撒》，见杜拉斯：《物质生活》，王道乾译，天津：百花文艺出版社，1997年，第166页。
[4] 参见李银河：《代跋》，见王小波：《青铜时代》，广州：花城出版社，1997年，第624页。

肆的手法描写男欢女爱，言说爱情的惊人美丽和势不可挡的力量，展示出超拔卓绝的价值境界"(《黄金时代》"编者的话"，1997年)，描绘出"性爱场景的喷薄、灿烂"[1]。

此外，《情人》作品篇幅的长度也是王小波很满意的，也构成了王小波写作篇幅上的一种参照尺度。他这么说过："我也特别喜欢写长中篇（六万字左右），比如我的《未来世界》，就是这么长。《情人》《法官和他的刽子手》等名篇也是这么长"；"现代小说中几个中篇，如《情人》之类，比之经典作家的鸿篇巨制毫不逊色"[2]。在他看来，这样的篇幅可以减去"纯属冗余的成分"。

然而从叙述基调看，《情人》中的抒情与《黄金时代》中的抒情有着本质的不同。《情人》里的抒情主要源于杜拉斯的一种自由与浪漫、一种自恋与怀旧以及白人少女的一种自豪与梦幻；而《黄金时代》里的抒情，则主要源于王小波乐观超然的境界和"智者戏谑"的情怀以及他行吟诗人般的气质。

总之，王小波从外国经典文学作品中，汲取过构建自己诗意世界的养分，而在那些代表了"现代小说艺术的顶峰"的外国作家行列中，杜拉斯高度敏感的艺术语言与全新无比的叙述方式不可否认地成为"特立独行"的王小波所师承的一条不可忽视的文学脉络。《情人》的艺术手法在王小波的《黄金时代》和《革命时期的爱情》里已再现辉煌。

王小波在高度评价杜拉斯及其作品的同时，也对《情人》的译者王道乾给予了极高的评价。他说："我总觉得读过了《情人》，就算知道了现代小说的艺术；读过道乾先生的译笔，就算知道什么是现代中国的文学语言了"，"杜拉斯的文章好，但王先生译笔也好"[3]。他并没有从文化交流的层面对王道乾所起的桥梁作用进行称颂，而是站在语言文学史的高度，独具慧眼地看到了王道乾优美绝妙的译笔给中国现代语言文学带来的艺术境界，对于创造新言语、新文体乃至对于中国文学语言的发展将会起到的作用。他说："我十五岁，就懂得了什么样的文字才能叫做好……到了将近四十岁时，我读到了王道乾先生译的《情人》，又知道了小说可以达到什

---

1 戴锦华：《智者戏谑》，《当代作家评论》，1998年第2期。
2 参见《王小波文集》第四卷，第314页。
3 同上，第306，302页。

么样的文字境界";"最好的作者在搞翻译";"最好的文体都是翻译家创造出来的"[1]。的确，王道乾译的《情人》可以说就是中西合璧的一种艺术结晶，它既包含了杜拉斯天才小说家的艺术造诣，也融合了王道乾精湛绝妙的译笔。因此《情人》在中国的影响，自然也包含了王道乾对现代汉语及汉语韵律无人可比的把握和感觉给阅读者和写作者所带来的影响。

六、一点说明

我们在这里列举出我国的四位作家来探讨杜拉斯对他们的影响，并不排除外国其他名家对他们的影响，比如尤瑟纳尔、伍尔夫或博尔赫斯、卡尔维诺等，也不排除我国其他作家可能受杜拉斯的影响，比如残雪、徐小斌、海男、卫慧等。女作家赵凝也发表了一篇题为《我是一名杜拉斯"中毒者"》的文章，坦白杜拉斯影响了她的叙事方式，并庆幸自己是杜拉斯的"中毒者"，因为杜拉斯给了她自信。同时她也指出，"特别是在（我国）文学界，几乎没有一个女作家没有读过杜拉斯的"[2]。还有论者揭示并论证了作为网络写手成名的作家安妮宝贝的作品《蔷薇岛屿》"更直截了当地展示出与杜拉斯惊人的相似之处"[3]。另一方面，我们在论及杜拉斯对我国当代作家的影响的时候，既不排除这些作家自身原创艺术细胞被杜拉斯的艺术魔力激活，也不排除他们自身艺术原创力的同时发轫。我们深信，假如王小波还活着的话，他一定能实现自己的"抱负"，写出能够"冒犯"杜拉斯的"好东西"；我们也深信，无论是林白，还是陈染或赵玫，在她们未来的文学创作中，不会变成别的什么人，只会成为更具性别魅力、更有艺术特色的林白、陈染、赵玫。

---

[1] 参见《王小波文集》第四卷，第 301，304，345 页。
[2] 赵凝：《我是一名杜拉斯"中毒者"》，《国外文学》，2002 年第 4 期。
[3] 孔新人：《织茧自入——〈蔷薇岛屿〉与杜拉斯》，《当代文坛》，2003 年第 5 期。

第十章
勒克莱齐奥与诗意历险

在当代法国文学在中国的译介中，勒克莱齐奥是一个具有代表性的人物。《反叛、历险与超越——勒克莱齐奥在中国的理解与阐释》[1]一书就勒克莱齐奥在中国译介与接受的历程做了较为全面的梳理，其中所收录的研究成果，充分地展示了中国学者对勒克莱齐奥的认识、理解与阐释的历史过程。在本章中，我们将结合勒克莱齐奥在中国的翻译与接受情况，对勒克莱齐奥与中国的缘分、在中国的诗意历险与在中国的阐释重点做一探讨。

第一节　勒克莱齐奥与中国之"缘"

勒克莱齐奥与中国有缘。他与中国的缘分可以追溯到二十世纪七十年代。那个时期，勒克莱齐奥最关注的东方国家是中国，他想到中国来，也曾向法国外交部提交过到中国来教书的申请。虽然他未能如愿，且鬼使神差地被派往了泰国，但他对中国的那份热爱未变，并随着岁月的流逝而不断加深。

---

[1] 高方、许钧主编：《反叛、历险与超越——勒克莱齐奥在中国的理解与阐释》，南京：南京大学出版社，2013年。

说勒克莱齐奥与中国有缘,是因为在中国有他不少朋友。早在三十五年前,即1983年11月,南京大学的钱林森先生在巴黎的金塔饭店与勒克莱齐奥先生见面,就《沙漠》汉译问题和老舍的短篇小说集《北京人》的法译问题进行了交流和对话。1990年,在法国留学的董强用法语直接撰写了一部小说,并寄给了伽利玛出版社。据后来成为北京大学教授的董强回忆:"不久之后,收到了一封信,居然来自大作家勒克莱齐奥。他在信中约我见面,并留下了电话。我激动地与他联系,结果约在了一家墨西哥风格的酒吧。后来我才知道,他对玛雅文化、印加文化情有独钟。当时我一个人去赴约,他有两个人相随,其中一个是他的夫人——摩纳哥人热米娅。在整个交谈的过程中,只有他一个人说话。我记得,我们交谈的内容主要是三点:一点是关于我的书稿,因为他是伽利玛出版社的作品审阅委员会的成员;一点是超现实主义,我们谈论了洛特雷阿蒙和亨利·米肖,米肖是他的忘年交;一点就是中国,尤其是老舍,因为中国文明是他最向往的文明之一,而老舍是他最喜爱的中国作家。"[1] 此后,董强教授在北京、巴黎、上海多次与勒克莱齐奥先生见面,谈文学,谈文化,谈艺术,结下了深厚的友谊。1992年,勒克莱齐奥访问中国,在法国驻华大使的陪同下来到南京,与《沙漠》(又译《沙漠的女儿》)的译者之一许钧教授见了面,后来两人成了好友。2011年、2012年勒克莱齐奥两次到许钧教授所在的南京大学访问。从2012年10月开始,勒克莱齐奥受聘担任南京大学教授,每年秋季到南京大学,为南京大学学生开设有关文学、艺术与文化的通识课程。

2008年元月,勒克莱齐奥作为获奖者到北京参加"二十一世纪外国小说奖"授奖仪式。2009年12月,勒克莱齐奥应邀担任在北京大学举行的首届傅雷翻译出版奖的颁奖嘉宾,并做了精彩的演讲。2011年8月,勒克莱齐奥应邀参加上海国际书展,顺访华东师范大学,做了题为《都市中的作家》的演讲,并且参加了书展组委会组织的勒克莱齐奥作品朗诵会,与毕飞宇、许钧、袁筱一对谈。2012年5月,勒克莱齐奥参加南京大学110周年校庆活动,发表了题为《论文学的普遍性》的公开演讲。

---

[1] 董强:《勒克莱齐奥:其人其作》,见高方、许钧主编:《反叛、历险与超越——勒克莱齐奥在中国的理解与阐释》,南京:南京大学出版社,2013年,第333页。

2013年冬季，他先后访问武汉大学与广东外语外贸大学，并发表演讲。2015年10月，他应2012年诺贝尔文学奖得主莫言之邀，访问北京师范大学，并于10月19日晚做了题为"相遇中国文学"的演讲，演讲由莫言主持，次日又与作家余华进行了文学对话。同月，他又应邀参加了北京大学首届博雅人文论坛，做了题为"文学与全球化"的主旨发言。同年秋季，勒克莱齐奥与许钧应湖北作家协会主席、华中科技大学中国当代写作研究中心主任方方邀请，到华中科技大学驻校讲学两周，并参加了法国文化周活动。活动期间，勒克莱齐奥先后做了题为"想象与记忆"和"文学与人生"的演讲，引起巨大反响。2016年5月，勒克莱齐奥又专程来到浙江大学参加该校建校120周年纪念活动，与莫言就文学与教育的关系进行了深入的对话。在这些交流活动中，勒克莱齐奥与作家莫言、毕飞宇、余华、方方，学者仲伟合、杜青钢、何莲珍、张清华，画家范曾，出版家黄育海，翻译家袁筱一，记者王寅等或交流或对话，结下了难忘的友谊。南京大学法语系的教师与同学更是有机会在巴黎、在南京与勒克莱齐奥先生见面，就文学与翻译问题进行交流。他对后学特别鼓励，关心青年学者的成长，如为高方教授的法文著作《中国现代文学在法国的译介和接受》作序，为南京大学的青年学子写推荐信。

说勒克莱齐奥与中国有缘，是因为勒克莱齐奥在中国拥有了越来越多的读者。1980年，勒克莱齐奥的长篇小说《沙漠》问世，获得当年创立的保尔·莫朗奖，钱林森与许钧被作品强大的思想力量与艺术价值所打动，向湖南人民出版社推荐翻译出版此书。勒克莱齐奥先生慷慨授予版权，耐心回答译者提出的有关翻译问题，并为其中文版（书名为《沙漠的女儿》）寄语中国读者。

《沙漠》一书中文版于1983年问世，开启了勒克莱齐奥作品的中国之旅。不过，如钱林森先生所言，中国读者差不多等了近十年，才读到勒克莱齐奥的其他汉译作品："先是刊载在《世界文学》（1991年第2期）上的五个短篇小说《蛊惑》《时光永驻》《雨季》《齐娜》《曙光别墅》，再是长篇《诉讼笔录》（许钧译，安徽文艺出版社，1992年初版，上海译文出版社，1998年一版，2008年二版）和短篇小说集《蒙多与其他故事》（中译本题为《少年心事》，金龙格译，1992年，漓江出版社），两书皆列入权威批评家柳鸣九所主编的'法国廿世纪文学丛书'，并由柳先生亲自赐序,标示着我国文学界对勒克莱齐奥的介绍和接受已走上了自觉发展的阶段。"[1]1992年勒克莱齐奥到南京与许钧教授见面后,每有新作出版,便会寄给许钧,许钧又将好友的新作介绍给学生阅读、翻译,于是又有了中文版的《战争》(袁筱一、李焰明译,许钧校,译林出版社,1994年)和《流浪的星星》(袁筱一译,花城出版社,1998年)。到了二十一世纪初,我们又先后读到了勒克莱齐奥先生的《金鱼》(郭玉梅译,百花文艺出版社,2000年)与《乌拉尼亚》(紫嫣译,许钧校,人民文学出版社,2008年)。

2008年10月,勒克莱齐奥荣获诺贝尔文学奖,其作品在中国的译介与传播进入了一个新的时期,之前翻译出版的七部重要作品很快有了新版。从2008年10月至今,人民文学出版社先后组织翻译出版了《饥饿间奏曲》(2009年,余中先译)、《巨人》(2009年,赵英晖译,许钧校)、《看不见的大陆》(2009年,袁筱一译)、《燃烧的心》(2010年,许方、陈寒译,许钧校)、《非洲人》(2010年,袁筱一译)、《奥尼恰》(2010年,高方译)[2]、《墨西哥之梦》(2012年,陈寒译)、《迭戈和弗里达》(2012年,谈佳译)、《寻金者》(2013年,王菲菲译,许钧校)、《脚的故事》(2013年,金龙格译)。此外,上海译文出版社出版了《逃之书》(2012年,王文融译)和《偶遇》(2012年,蓝汉杰、蔡孟贞译),湖南少年儿童出版社还出版了《蒙多的故事》(2010年,顾微微译)。近年来,随着读者群体的不断扩大以及研究的逐步深入,国内对勒克莱齐奥的关注不再局限于其小说创作,而是将目光转移至其他文类:2014年,上海文艺出版社发行了他的散文集《罗德里格斯岛之旅》(杨晓敏译);2016年,他的电影评论集《电影漫步者》出版(黄凌霞译,吉林出版集团有限责任公司);2017年,人民文学出版社翻译出版了勒克莱齐奥及其夫人所作散文集《逐云而居》(张璐译)。与此同时,作家的童书作品也得以在中国翻译出版:2016年,人民文学出版社组织翻译了一批"诺奖童书",其中收录了勒克莱齐奥的《树国之旅》与《夜莺之歌》,均由南京大学张璐所译。如今,勒克莱齐奥在中国的译介已经走过了三十五个春秋,其中译本无论

---

[1] 钱林森:《勒克莱齐奥:永远的行者》,见高方、许钧主编:《反叛、历险与超越——勒克莱齐奥在中国的理解与阐释》,南京:南京大学出版社,2013年,第50页。
[2] 高方翻译的《奥尼恰》一书获得江苏省作家协会颁发的第四届紫金山文学奖翻译奖(2011)。

是从数量上还是从质量上看都取得了令人瞩目的成果，充分说明了我国学界及普通读者对其文学创作的认可与接受。

从上面简要的介绍中，我们可以看到，从1983年《沙漠》由湖南人民出版社正式出版开始，勒克莱齐奥在中国的译介和传播已经有三十五个年头。从勒克莱齐奥作品译介的年代看，2008年作家获得诺贝尔文学奖，无疑大大推动了其作品在中国的译介。但是，我们也注意到，勒克莱齐奥在获奖前虽然在中国的普通读者中还未形成重要且广泛的影响，但中国的法国文学研究界对他的了解和研究是在不断地发展与深化的。早在勒克莱齐奥获得诺贝尔文学奖之前，在法国的当代作家中，他就一直处于中国的法国文学研究界的视野内，而且被认为是具有独特创作个性的代表性作家。三十五年前《沙漠》的汉译以及二十五年前《诉讼笔录》与《少年心事》两部作品入选"法国廿世纪文学丛书"是个明证；《乌拉尼亚》被我国外国文学研究会授予"二十一世纪外国小说奖"又是个明证。一位当代作家，在其获得诺贝尔文学奖之前，其作品就有七部在中国得到译介，充分说明了我国的法国文学界对勒克莱齐奥创作的特别关注以及对其作品价值的认可。

勒克莱齐奥作品在中国的不断译介，直接推动了国内对作家的研究。在早期，对勒克莱齐奥的研究主要是以作品译介的副文本形式出现的。《沙漠》的中译本序以及钱林森先生在译序基础上撰写的《美与刺的统一——读法国当代小说〈沙漠的女儿〉》一文，可以说是国内对勒克莱齐奥最早的研究，而柳鸣九先生作为"法国廿世纪文学丛书"主编为《诉讼笔录》和《少年心事》写的长篇译序，则为中国读者把握勒克莱齐奥的创作思想与早期的创作特色与价值提供了学术参照。许钧和袁筱一分别为《战争》与《流浪的星星》写的译序，以及《战争》的译者之一李焰明与尚杰写的《勒克莱齐奥及其笔下的异域》一文，从勒克莱齐奥的创作内涵与艺术特色，包括语言特色等层面展开了思考与探索。袁筱一在勒克莱齐奥获奖前出版的《文字·传奇——法国现代经典作家与作品》一书，就将勒克莱齐奥置于萨特、加缪等重要作家之列，以两讲的篇幅就勒克莱齐奥的《流浪的星星》这部作品展开了深入研究，赋予其经典的地位，充分显示了中国学人敏锐的学术目光和学术判断力。

如果说在勒克莱齐奥获奖之前中国学界对其的研究，主要出自丛书主编与作品译者之笔，且往往以译本副文本的形式出现的话，那么在他获奖之后，国内对勒克莱齐奥的研究在深度与广度上则有了很大的拓展。据不完全统计，从 2008 年 10 月至今，国内学术刊物发表的有关勒克莱齐奥的研究文章达一百五十余篇。有的学者还在国外学术刊物上发表研究与评述文章，如南京大学的青年学者张璐[1]。这些论文研究的重点涉及勒克莱齐奥的创作思想、创作风格、作品结构与叙事话语等。我们还注意到，从 2009 年起，勒克莱齐奥及其作品成为众多硕博士论文的选题，据知网统计，国内至今共发表硕士论文五十四篇、博士论文三篇：论文从勒克莱齐奥作品的生态美学、小说人物的身份构建以及作家对非主流文明的关注等多个角度展开探索，丰富了国内关于勒克莱齐奥的研究。其中，北京语言大学冀可平的《勒克莱齐奥作品中的女性声音》（2012）以及南京大学张璐的《回归自然——勒克莱齐奥自然主题研究》（2014）、樊艳梅的《勒克莱齐奥作品中的风景诗学》这三篇博士学位论文分别从"女性声音"、"自然主题"和"风景诗学"三个方面着手对作家作品进行了系统、科学的探索，进一步深化了国内学界对相关主题的研究。此外，高方主持的研究课题"勒克莱齐奥小说研究"还于 2011 年获得了国家社会科学基金的立项资助，许钧与樊艳梅等参加了研究工作。2013 年，时值勒克莱齐奥在中国的译介满三十年，高方和许钧教授在当时国内学术刊物发表的近百篇研究性文章中选择了一批具有代表性的成果结集成册，与勒克莱齐奥在中国所做的三篇演讲一道出版，题为《反叛、历险与超越——勒克莱齐奥在中国的理解与阐释》，对国内勒克莱齐奥的阶段性研究成果进行了系统的梳理和展示，以期为今后的研究开拓方向。就总体而言，国内目前对作

---

[1] 勒克莱齐奥国际研究会会刊《勒克莱齐奥研究》先后发表了张璐博士的三篇文章与访谈：Zhang Lu: "Entretien avec J.-M. G. Le Clézio sur les philosophies orientales", *Les Cahiers J.-M. G. Le Clézio*, numéro 8 "Le Clézio et la philosophie", Editions Passage(s), 2015, pp.87–102; Zhang Lu: "L'évolution des pensées orientales dans l'oeuvre de J.-M. G. Le Clézio", *Les Cahiers J.-M. G. Le Clézio*, numéro 8 "Le Clézio et la philosophie", Editions Passage(s), 2015, pp.103–124; Zhang Lu: "Je pense que la littérature doit beaucoup à la terre", Entretien avec J.-M. G. Le Clézio, *Les Cahiers J.-M. G. Le Clézio*, numéro 10 "Habiter la terre", Editions Passage(s), 2017. 此外，该刊还发表了许钧与勒克莱齐奥的对话以及加拿大学者对许钧的访谈：Xu Jun: "Entretien inédit avec J.-M. G. Le Clézio", *Les Cahiers J.-M. G. Le Clézio*, numéro 7 "Le goût des langues, les langues à l'oeuvre", Editions Complicités, 2014, pp.193–212; Balint-Babos, Adina: "Entretien avec Xu Jun, traducteur en chinois", *Les Cahiers J.-M. G. Le Clézio*, numéro 7 "Le goût des langues, les langues à l'oeuvre", Editions Complicités, 2014, pp.179–192。

家创作的整体关注远远不够，研究视角也期待扩展。作为创作宏富、不断探索与超越的重要作家，勒克莱齐奥的创作思想与小说的艺术价值还有待于更多的研究者去研究与挖掘。

第二节　翻译的选择与渐进的理解

文学译介活动，是一个动态的发展过程。翻译学界曾就法国文学经典《红与黑》在中国的译介进行过深入的研究，指出文学翻译活动，尤其是"阐释活动是一个动态的、历史的过程，也是一个不断发展的过程"[1]。勒克莱齐奥在中国的译介与阐释，同样呈现出不断发展的特征。本节以勒克莱齐奥的代表作《沙漠》在中国的译介与理解的情况为例，就勒克莱齐奥在中国被发现的历程、翻译文本的选择与文本的理解和阐释做一探讨。

2008年10月9日，诺贝尔文学奖颁给了法国作家勒克莱齐奥，中国媒体迅速做出反应。在之后的一个月间，我们可在许多媒体上读到有关勒克莱齐奥获奖的各种报道和评论，也听到了各种不同的观点和声音。10月10日，《生活新报》发表文章，题为"叶匡政：诺文学奖得主克莱齐奥属三流作家"[2]。10月13日，《深圳晚报》发表专版报道，在同一版面上刊出《三流作家还是文学泰斗？中国读者看勒克莱齐奥》和《许钧：不读他的作品，不要轻易下结论》两篇文字表达了完全不同的观点：一方援引作家叶匡政的判断，把勒克莱齐奥定为"三流作家"；另一方则发表了许钧的看法：评论一个作家，应该有一个认识和了解的过程，不应该妄下断论[3]。类似不同的观点，见诸不少媒体，如董强就针对"勒克莱齐奥获诺贝尔文学奖令人大跌眼镜"的说法，针锋相对地指出评论家们的近视："让本来就近视的评论家们的眼镜都跌碎了，他们还能看到什么呢？"[4]我们在这里无意就上述争论与不同观点的是与非做一判断，但对勒克莱齐奥的评价，应该基于对其作品和思想的了解与理解。基于此，我们以勒克莱齐奥在中国最早译介的《沙漠》一书的选择与理解为例，通过中国的法国文学

---

[1] 许钧：《翻译论》（修订本），南京：译林出版社，2014年，第80页。
[2] 包倬：《叶匡政：诺文学奖得主克莱齐奥属三流作家》，见《生活新报》，2008年10月10日。
[3] 杨青：《许钧：不读他的作品，不要轻易下结论》，见《深圳晚报》，2008年10月14日，"阅读周刊"，C4版。
[4] 董强：《勒克莱齐奥：其人，其作品》，见《中华读书报》，2008年10月15日，第5版。

翻译和研究界对该作品渐进的认识与理解的过程的描述与分析，说明对一个作家的思想和创作的理解是一个发展的过程，其中涉及包括意识形态、社会和美学等在内的多种因素。

一、翻译的选择与作品思想性的认同

对于中国读书界来说，勒克莱齐奥获得诺贝尔文学奖也许有些意外，但是勒克莱齐奥对于中国读者，绝不是完全陌生的。在 2008 年 10 月勒克莱齐奥获得诺贝尔文学奖之前，他已经有七部作品在中国得到译介。早在 1980 年，当他的小说《沙漠》（一译《沙漠的女儿》）出版并获得当年法国设立的保尔·莫朗奖首次颁发的小说奖时，钱林森和许钧就已经把关注的目光投向了这位年轻的作家。他们认真地研读了小说，写了长篇的故事梗概，又试译了部分章节，向湖南人民出版社推荐此书。在他们的努力说服下，出版社接受了此书。经过一年的悉心翻译，他们合作完成了小说的翻译。为了解决翻译中遇到的难题和更好地向中国读者介绍这部作品，他们通过法国伽利玛出版社，与勒克莱齐奥建立了联系。勒克莱齐奥不仅回答了两位译者提出的疑难问题，还应他们的要求，于 1982 年 7 月为中文版写了热情的《寄语中国读者》。在寄语中，勒克莱齐奥感谢译者的努力，为自己的作品能与中国读者见面而感到"荣幸"和"喜悦"。他以十分精练而又饱含热情的语言这样写道：

> 对我来说，中国人民的文化和生活经历是个典范。《沙漠的女儿》讲述的是一个英勇斗争的故事，它描写了一位老人在信仰的激励下，在人民力量的支持下，与殖民主义灭绝人性的侵略进行了双方实力不相等的斗争，同时也描写了一位年轻的姑娘在当今西方世界与不公平和贫困所进行的力量悬殊的孤立斗争。他们的斗争绝不会是无益的。我从游牧人首领玛·埃尔·阿依尼纳和年轻的移民姑娘拉拉那儿汲取了我无法表达的力量。我希望中国读者原谅我，接受我这一部不完善的作品，它远不只是一个历史故事，更是一种感情的交流。[1]

---

[1] 勒克莱齐奥：《寄语中国读者》，见勒·克莱基奥：《沙漠的女儿》，钱林森、许钧译，长沙：湖南人民出版社，1983 年，第 1 页。

这是勒克莱齐奥通过中国的两位译者与中国读者的第一次交流。寄语十分简短，但字里行间透露出一个强烈的信息：勒克莱齐奥对当代的中国是有一定了解的，同时他也十分希望通过他的作品与中国读者进行一种情感的交流。仔细阅读寄语，我们可以看到，勒克莱齐奥特别强调小说的思想价值，而尤为值得令人深思的是，他所强调的两种斗争，即"与殖民主义灭绝人性的侵略"的斗争和"在当今西方世界与不公平和贫困所进行的"斗争，是完全契合中国当时的意识形态与政治立场的。

就我们所了解，年轻时的勒克莱齐奥在思想上和写作上敢于与传统决裂。他的成名作《诉讼笔录》在1963年问世，以其思想的反叛性和写作的探索性，引起了法国文坛的普遍关注。之后，他几乎每年都有作品问世。在1963年至1980年，他有《发烧》《洪水》《物质迷醉》《逃之书》《战争》《巨人》等十余部作品问世。但是，中国的翻译界为何首先选择了《沙漠》一书呢？《沙漠》的译者之一许钧在接受《南方周末》的记者访问时，谈及了这一问题。关于勒克莱齐奥的作品，他说："我读过的第一本书是《诉讼笔录》，那是在1977年，我在法国留学，觉得语言很怪诞，形式也很怪诞，很难懂，但书中那个主人公的形象，读了就挥之不去，主人公在街头演讲的那一段，更是难以忘怀。"[1] 答案是非常明确的，《诉讼笔录》荒诞太难懂，是没有被选择的主要原因，但令人难以忘怀的主人公同时也在译者许钧的心里埋下了翻译勒克莱齐奥的种子。直到1980年，许钧与勒克莱齐奥的《沙漠》再次相遇，但这一次，差点又与勒克莱齐奥失之交臂。他在《我和翻译》一文中把翻译比作"苦恋"。他说："我在法兰西当代文苑中不懈地寻觅，我爱上了勒克莱齐奥的《沙漠的女儿》，又恋上了博达尔的《安娜·玛丽》，梦中又在特丽奥莱的《月神园》中遨游。爱是幸福的，也是痛苦的。就说《沙漠的女儿》吧，她外貌并无惊人之美，更无妩媚之处，却不乏新小说的某种古怪。时空的跳跃，词语的怪奇，初次见面时，我非但没有一见钟情，感情上没有激起一丝涟漪，反而感到陌生、不理解，当时险些与她分手。可初次相见时，她的古怪中似乎蕴含着某种新颖，我好奇地打量着她，凝望着她，渐渐地，那跳跃的时空

---

[1] 许钧：《读读他，再下结论》，见《南方周末》，2008年10月16日，第22版。

中呈现出一个荒凉与繁华、贫乏与豪富兼而有之、对比鲜明、寓意深刻的世界，那怪奇的词语创造出一幅幅色彩缤纷、变幻无穷的图像，处处透溢出一种超凡脱俗的美。她理应受到，也确实得到了广大中国读者的喜爱。我庆幸没有彻底抛弃她，要不，我会后悔一辈子的。"[1] 许钧的这段充满情感的话，在一定程度上说明了他当初阅读《沙漠》的心理感受和选择的理由。不可否认，《沙漠》的艺术的独特性是被选择的重要原因之一，但这只是译者个人的选择。在二十世纪八十年代初，对翻译作品的选择，思想性是第一位的，译者的选择和出版社的选择在这一点上必须吻合。从《沙漠的女儿》的《译者序》中，我们可以清晰地看到这一点。在《译者序》中，译者强调作品的思想性：

> 《沙漠的女儿》写的是非洲人民反帝反殖民的斗争故事。作品通过游牧部族的首领玛·埃尔·阿依尼纳老人率部英勇抗击殖民军的斗争，特别是通过女主角拉拉的生活遭遇的描写，深刻地揭露了殖民主义的罪恶和法国当今社会的黑暗现实，反映了非洲人民身受民族压迫的痛苦和要求独立、自由，向往美好生活的愿望，从而开掘了富有现实主义的思想主题。[2]

译者对作品思想主题的分析和提升，显然得到了出版部门的呼应，在该译本的"内容提要"中，我们看到了几乎一致的表达：

> 书中以非洲大沙漠人民悲壮的反殖民主义的斗争为背景，通过女主人公拉拉的际遇，深刻地揭示出西方世界的黑暗。作者把非洲大沙漠的荒凉、贫瘠与西方都市的黑暗、罪恶进行对比和联系，把那里的人民反殖民主义的斗争与拉拉反抗西方社会的种种黑暗的斗争交织在一起，不仅在布局谋篇上显出一定的匠心，而且开掘了作品的思想深度。[3]

---

[1] 许钧：《我和翻译》，见《江苏学人随笔》，南京：南京大学出版社，1997年，第38页。
[2] 钱林森、许钧：《译者序》，第1—2页，见勒·克莱基奥：《沙漠的女儿》，钱林森、许钧译，长沙：湖南人民出版社，1983年。
[3] "内容提要"，见勒·克莱基奥：《沙漠的女儿》，钱林森、许钧译，长沙：湖南人民出版社，1983年。

对比作者的寄语、译者的序言和出版社的内容提要，我们不难发现，三者之间是一脉相承的。作者寄语在前，译者的序言和出版社的内容提要在后，突出了作品的思想性，为作品在中国翻译与出版提供了可能性。不过，值得注意的是，在译者序和内容提要中，作者所说的两种斗争，加上了一些类似"罪恶""黑暗"的具有明确指向的字眼，无疑大大增强了作品的批判性，而这正是那个时期的外国文学出版很关注的一个方面。从表面上看，作者、译者和出版者在对作品思想性的认识上达到了高度的一致，甚至我们可以据此进行如下的推测：我们不知是否可以在勒克莱齐奥对中国读者的寄语中，读出作家为接近中国读者所做的一份特别的努力，对自己的作品做了一种符合当时的中国读者接受视野和中国的社会与政治语境的解读。关于这种猜测，我们下文中还会论及。这里涉及对勒克莱齐奥的创作思想的理解与评价的原则问题。

勒克莱齐奥获得诺贝尔文学奖，《沙漠》是一个重要的因素。瑞典学院在勒克莱齐奥获奖公报中特别提到了这一部小说，说《沙漠》一书"用北非沙漠一个失落文明的壮美影像，与不受欢迎的移民眼中的欧洲形成强烈的反差"。以此评价，反观中译本译者对于作品的认识，我们可以发现，译者对于非洲古老文明与当今欧洲的"强烈反差"这一点把握得是非常准确的。唯一的差别，是对这一反差或对比的强调程度不同，落脚点也不同。译者特别强调的斗争具有强烈的意识形态和政治的色彩，而公报所强调的只是失落的文明与现代文明的反差。前者导向的是对殖民主义的罪恶和当今西方资本主义的黑暗的批判，后者则是引起人们对古老文明的关注和对"不受欢迎的移民眼中的欧洲"的思考。

二、开拓的视野与渐进的理解

如果我们把目光从三十多年前渐渐拉回到现在，看看中国评论界对于《沙漠》一书的认识，我们可以发现对这部作品的评价，事实上是发生了重要变化的。《沙漠》中译本问世的第二年，译者之一钱林森发表了评论文章，在《译者序》的基础上，对小说的思想与艺术进行了分析。关于小说的思想价值，在总体上，钱林森仍然强调作品对于"殖民主义灭绝人性的统治"和"殖民主义的罪恶和黑暗"的批判，在拉拉回归大沙漠的抉择中，看到了"拉拉对资本主义金钱关系以及由此而建立起来的道德准则的公然反叛"[1]。从话语实践的角度看，文章还明显带有那个时期的语言风格，而且在评论中还通过转述作者的观点而阐释了自己的政治主张："作者认为，世界上任何民族，不论肤色如何，不论贫富、强弱，都享有独立、自由的生活权利，任何扼杀人民的自由和独立的势力，都是该诅咒的、邪恶的势力，应当受到历史的谴责与人民的讨伐。"[2]读原文，我们确实可以看到勒克莱齐奥对殖民主义的批判态度，但在小说中，勒克莱齐奥并未明确表达如此的政治观点。应该看到，在那个时期，对原著的批判色彩的强调，是外国文学评论的一种基本倾向。然而，细读钱林森的全文，我们可以看到，作者在《译者序》的基础上，已经改变了探讨《沙漠》一书的重点，在继续关注作品思想性的同时，着手分析作家的艺术探求。他在文中探讨了《沙漠》一书的特点，认为小说有别于法国现实主义文学的批判传统，具有"肯定又否定、美与刺相结合的特点"。他对小说主人公的际遇进行了细致的分析，在蓝面人和拉拉所遭遇的苦难中，看到了"拉拉是美的，大沙漠的自然美，热情洋溢的青春美，沙漠人民古道热肠的心灵美，集于她一身"，进而指出"拉拉身上闪耀的，是一种新的道德、新的情操的美，它本身就是对生活中丑陋现象的一种嘲弄与否定。作者对这种美开掘得愈深，对现实生活的否定也就愈有力"。对小说中拉拉与阿尔塔尼的爱情，文章更是认为"远非一般意义上的两性之爱，而是她对大沙漠爱恋的一种表现，是她对养育她的那块故土的爱的升华"[3]。基于对作品和作家这样的认识，文章作者认为：勒克莱齐奥是一个"不断致力于艺术创新的作家"，而《沙漠》一书则"是他在这一方面不断继续进行探求的重要成果"。从对《沙漠》的思想性的把握，到对作品创新性的探讨，再到对作家总体性的评价，一方面可以看到中国学者在那个时期的评论倾向和局限，但另一方面也可以看到对勒克莱齐奥的总体评价是非常准确的。在二十世纪八十年代初，勒克莱齐奥虽已有十余部作品问世，但就其总体而言，并未得到中国评论界的广泛关注。钱林森在三十多年前对勒克莱齐奥的艺术创新和不断探求的判断，在根本的意义上说，与 2008 年 10 月瑞

---

1 钱林森：《美与刺的统一——读法国当代小说〈沙漠的女儿〉》，《外国文学研究》，1984 年第 1 期，第 72 页。
2 同上，第 70 页。
3 同 1。

典学院颁奖公报上对勒克莱齐奥的"不断决裂""诗意冒险"（一译"诗意的遭遇"）的评价是相通的。就此而言，我们可以看到作为法国文学译者和研究者的钱林森，在勒克莱齐奥获得诺贝尔奖的二十四年前就能做出这样的评价，是难能可贵的，体现了中国学者独特的判断力。

自1983年《沙漠》在中国出版后，中国的法国文学翻译与研究界对勒克莱齐奥的翻译和研究，到了九十年代初有了新的发展。1991年，《世界文学》发表了倪莉的文章，认为勒克莱齐奥的创作"以浓厚的神秘色彩、哲理寓意、新颖的写作手法独树一帜"[1]。在倪莉的文章中，《沙漠》也是被评价的作品之一。值得注意的是，倪莉没有把勒克莱齐奥作品的思想价值当作批评的重点，也没有使用那些政治色彩浓重的词语，而是从多个角度对作家的创作特点进行了探讨。对于《沙漠》一书，倪莉指出："如果说以前的人物是通过'看'建立与物的联系，那么在《沙漠》中则上升为一种与物之间达成的完美而又和谐的沟通，人的内心世界和外界自然隔开的间距荡然无存：沙漠包容、吞噬着'蓝人'，'蓝人'的眼里不也充满着某种渴求、追寻的异样光彩吗？渴望包容、捕捉一望无际的沙漠的'蓝人'变成了沙漠的镜子，最终与沙漠融为一体。"[2] 若对勒克莱齐奥的后期作品有较为全面的了解，可以发现倪莉的这一评价可谓一语中的。"蓝人"与沙漠融为一体，才是北非那正在消失的古老文明的精髓。勒克莱齐奥所关注的，正是那古老文明的独特性，而他所要呼唤的，也正是人与自然的这种和谐的相处和融合。倪莉对《沙漠》一书的评价虽然并不全面，但其深刻的见解和开阔的思路见证了中国学者对勒克莱齐奥不断加深的理解。

中国学者对勒克莱齐奥具有整体把握和独立判断性的评价，还可见于江伙生与肖厚德合著的《法国小说论》和郑克鲁的《现代法国小说史》。《法国小说论》出版于1994年，重点评介了从十九世纪到二十世纪的三十七位作家。勒克莱齐奥与普鲁斯特、纪德、萨特和加缪等一流作家一起，进入了两位作者的视野，单列一节加以评介，表明了他们大胆而独立的选择。他们认为，勒克莱齐奥的小说"反映着现代意识与历史意识的某

---

[1] 倪莉：《勒克雷齐奥简评》，《世界文学》，1991年第2期，第95页。
[2] 同上，第98—99页。

种融合性，体现着世界秩序与写作秩序的某种一致性"[1]。除了这一总体性的评价之外，两位作者对勒克莱齐奥的多篇小说做了评介，在对《沙漠》的评介中对小说的深刻寓意做了一定的阐发。《现代法国小说史》自1993年开始写作，历时五年，出版于1998年。在该书中，郑克鲁重点论述了四十余位作家，一般论及的作家近八十位；重点论述的小说两百部。在现代法国文学史中，优秀的作家数以百计，要选择四十位重点作家进行重点介绍，这是需要眼力和判断力的。而郑克鲁不仅选中勒克莱齐奥，在下编的第六章"新一代小说家"中辟专节加以重点评介，还在全书的绪论中对勒克莱齐奥做了介绍。诚然，《现代法国小说史》的写作参照了法国学者撰写的小说史或文学史，但是在法国评论家的眼里，勒克莱齐奥在法国现代小说史中是否能占据如此重要的地位是有分歧的，有的法国小说史甚至连勒克莱齐奥的名字都没有提及。如在法国文学评论界具有相当影响的让-伊夫·塔迪埃的《二十世纪小说》中，勒克莱齐奥没有进入作者的视野。郑克鲁在《现代法国小说史》中指出，在法国新一代的小说家中，真正杰出的很少，但勒克莱齐奥是值得关注的一位，"他表达了现代文明对人们生活的负面影响，并以壮美的大自然来衬托现实生活给人们的压抑，能发人深省"[2]。虽然郑克鲁认为当时的勒克莱齐奥还不能进入大作家的行列，但他把勒克莱齐奥当作新一代法国小说家的代表之一，在专节的评介中对《沙漠》一书也给予了应有的介绍，为中国读者了解和理解勒克莱齐奥在法国文学史中的地位提供了宏观性的参照。

三、走近《沙漠》，把握作家的创作思想与诗学追求

勒克莱齐奥获得诺贝尔文学奖之后，《沙漠》一书成了中国的法国文学研究界最为关注的作品之一，有论者甚至认为勒克莱齐奥是"凭借小说《沙漠》获得了诺贝尔文学奖"[3]。

我们看到，一方面，国内媒体有关勒克莱齐奥的报道几乎都要提到这部书，但大都限于内容的简要介绍，缺乏文本阅读的基础；另一方面，国内的

---

[1] 江伙生、肖厚德：《法国小说论》，武汉：武汉大学出版社，1994年，第354页。
[2] 郑克鲁：《现代法国小说史》，上海：上海外语教育出版社，1998年，第22—23页。
[3] 赵秀红：《让文字随音乐起舞——论克莱基奥小说〈沙漠的女儿〉的音乐性》，《外语研究》，2009年第1期，第97页。

第十章　勒克莱齐奥与诗意历险

法国文学研究界对该书予以了足够的重视，2009年有多篇论文发表，几位作者在阅读文本的基础上从多种角度对《沙漠》一书进行了解读和探讨。

瑞典学院颁奖词中对勒克莱齐奥的总体性评价和对《沙漠》这部小说的突出评价，无疑对研究者选择该小说进行研究起到了重要的引导作用。郭宏安在他的长文中这样写道："瑞典皇家文学院*把2008年的诺贝尔文学奖授予克莱齐奥，表彰这位'长于表现断裂、诗意的遭遇和感觉的迷醉'的作家，而克莱齐奥的代表作《沙漠》正是表现了这种优长，即排除理障、直击当下，用细密画一般精巧的语言描写眼前的事物，刻画出一种对即将消失的文明的怀念与怅惘。"[1]从这段话中，我们可以看到郭宏安是在诺贝尔文学奖颁奖词的总体评价框架下对《沙漠》展开研究的。但是，作者没有囿于一般性的总体评价，而是深入文本之中，以其一贯的敏感而又尖锐的批判风格，通过细微而富有洞察力的发掘，以"悲剧"、"诗"和"寓言"三个关键词，对《沙漠》的主题、精神内核和艺术价值进行了独到的概括。

他首先认同诺贝尔文学奖颁奖词的总体评价，认为"'断裂'是《沙漠》的第一个主题，西方殖民主义者的残暴和图阿雷格人的反抗之间的对立，也就是现代文明与即将消失的文明之间的对立，人与自然之间的对立，掠夺与自由之间的对立，成为贯穿和笼罩整部小说的线索和氛围，最后以蓝面人的悲壮而惨烈的失败告终，但是，'最后幸存的蓝面人又踏上了南下的小道'，蓝面人追求自由的意志仍得以延续"。由此，我们从这种种对立之中，联想到上文中提及的勒克莱齐奥《寄语中国读者》强调的那两种斗争："双方实力不相等的斗争"和"力量悬殊的孤立斗争"。也许，失败的悲壮而惨烈，或者如郭宏安所言的悲剧就产生于这两种斗争的实力不相等与力量的悬殊。但正如勒克莱齐奥所说，这种斗争并非是无益的。在小说悲壮、惨烈甚或悲剧的氛围中，勒克莱齐奥给人的不是悲观，而是直面历史的勇敢，是绝望中不灭的希望。于是，我们在小说那些看似不经意的文字中，看到了闪现的希望。那些又踏上了南国小道的幸存的蓝面人代表着作者心中不灭的希望；诞生在非洲的无花果树下，与大沙漠融

---

* 引文中的"瑞典皇家文学院"应为"瑞典学院"，是瑞典皇家学院之一。作为评选诺贝尔文学奖的机构，许多人想当然地认为它应该叫瑞典文学院；又由于它是瑞典国王创立的，许多人又想当然地认为它应该叫瑞典皇家文学院。——编者

[1] 郭宏安：《〈沙漠〉：悲剧·诗·寓言》，《书城》，2009年1月号，第79页。

为一体的婴儿的"尖利的啼哭"见证了这份希望。若我们再把目光从这部小说扩展到勒克莱齐奥的其他小说，我们也许可以更为深刻地体会到勒克莱齐奥的一贯思想。无论是与殖民主义的斗争，还是与现代文明的物质主义的斗争，基本上贯穿了勒克莱齐奥的创作历程。如在《奥尼恰》中，与殖民主义的斗争还是那么悲壮，连写作的一些方法，也有着继承性：两条主线，历史与现实相互衬托。甚至小说文字的排版，也完全一样："历史部分的版心只占一个版面的三分之二，与主体部分判然有别，读起来令人有恍若隔世之感。"[1]2008年11月，许钧、高方有机会与勒克莱齐奥在巴黎见面。当许钧问作家是否在创作新的作品时，他回答说，正在思考写一部有关殖民主义的小说，"要想写的是殖民帝国如何坍塌的历史。殖民帝国是如何坍塌的，我一直都想弄明白。过去的那些殖民强国，都依恋过去辉煌的历史，但它们现在所能维持的，只是一种强大的外表而已"[2]。是的，一时取得胜利的殖民帝国最后坍塌了，而历史上被殖民主义侵略的国家相继独立，濒临消失的文明有了继续的希望。对于殖民主义的思考和批判，是勒克莱齐奥创作的一个重要动机。如此看来，勒克莱齐奥在三十多年前所写的《寄语中国读者》中所表达的观点，就不是我们上文曾推测的对中国那个时期的意识形态的一种迎合，而是其创作的根本思想的明确表达。

在两种文明的"断裂"或冲突中，或在力量悬殊的斗争中，虽然悲壮却没有悲观，绝望中又燃烧着希望，如此便有了对古老文明的热爱，对他者文明的关注。这份热爱与关注表现在勒克莱齐奥小说的字里行间，体现在对大自然的迷醉里，体现在对社会文明和大自然和谐的追求中。由此而产生的便是那种燃烧着希望的诗意。郭宏安认为，勒克莱齐奥的笔下"处处流露出盎然诗意"。拉拉对沙漠中的那些动植物，"都怀着一种温馨的同情，与它们分享沙漠上的食物、清水和阳光。这里，从沙漠、大海到各种动植物，从日月星辰到风火光影，都有精妙的描写，这是一种'润物细无声'的化境"[3]，也就是勒克莱齐奥所主张的那种物我合一的"物质迷醉"所产生的诗意。关于这一点，赵秀红从对小说《沙漠》的音乐性结构和音

---

[1] 郭宏安：《〈沙漠〉：悲剧·诗·寓言》，《书城》，2009年1月号，第81页。
[2] 许钧：《勒克莱齐奥的文学创作与思想追踪——访诺贝尔文学奖得主勒克莱齐奥》，《外国文学研究》，2009年第2期，第8页。
[3] 郭宏安：《〈沙漠〉：悲剧·诗·寓言》，《书城》，2009年1月号，第82页。

乐性叙事节奏的探讨入手,揭示了贯穿小说的"拉拉·海娃之歌"和"地中海之歌"所蕴含的浓浓诗意,认为在小说的"字里行间能够很清晰地感觉到作家在叙事方面的匠心独运,处处都能够体会到音乐的律动。小说有一种强烈的乐感,在阅读的同时,读者仿佛是在聆听一首首动人的乐章:如梦如幻的背景音乐,神秘而悠远;女主人公哼唱的小调,意味深长;文本结构的和声与交响,雄浑而圆润;音乐式的叙事节奏,诗意绵长。音乐是小说之魂,文字随着音符而灵动"[1]。论文对于小说的音乐性与诗意的关联的认识,确实是很有见地的。

勒克莱齐奥对创作艺术性的追求,体现在各个方面。他对于小说的诗意的营造,是非常用心的。从词的色彩,到句子的节奏,再到小说诗意的叙事和结构的安排,无不体现作者的"诗意的遭遇"。尤为值得关注的是,所有这一切,不仅仅是一种形式上的创新和追求,而是发乎于心,动之于情,词语与生命一体:"当词中出现舞蹈、节奏、运动和身体的脉搏,出现目光、气味、触迹、呼喊,当词不仅从嘴而且从肚皮、四肢、手……尤其当眼睛说话时……我们才在语言中……"[2] 正是鉴于对勒克莱齐奥的这一深刻的认识,郭宏安认为,读《沙漠》这样的小说"要有一个平和、安静的心态,跟着字句慢慢地进入一种浅斟低唱的叙述状态,取忘我、吸纳、参与、认同的态度,摒弃语言和概念,进入与事物直接接触的境地。这样你不但不会觉得它的描写冗长枯燥,反而会觉得浮躁暴戾之气得到了平复和净化,任由想象力带你驰骋翱翔"[3]。这里触及了一个有关阅读与理解的双重问题。其一,对于小说的阅读,需要一种平和的心态,不能有浮躁和暴戾之心,这样有助于进入小说,也有利于理解小说。其二,如果对作家有了深刻的理解,反过来就有可能从更为本质和深刻的意义上去阅读小说和理解作家的创作。郭宏安的这一段话显然是有所指的。首先是针对中国评论界时下的浮躁之风而发,其次也是针对《沙漠》的中译本的序中有关看法而发。确实,在1983年版的《沙漠》的《译者序》中,可见关于小说"正面描写沙漠人民长途跋涉的情景和老酋长率部出征祈祷的场面"之

---

[1] 赵秀红:《让文字随音乐起舞——论克莱基奥小说〈沙漠的女儿〉的音乐性》,《外语研究》,2009年第1期,第97页。
[2] 转引自郭宏安:《〈沙漠〉:悲剧·诗·寓言》,《书城》,2009年1月号,第83页。
[3] 同上,第71页。

"未免冗长枯燥"的评论。如今看来,《沙漠》中的那些描写,不管读者在阅读中有何反应,作为评论者,都应该从作者的创作意图和艺术追求上加以把握。

2009年,《当代外国文学》开设了《勒克莱齐奥专论》栏目,发表了多篇有关勒克莱齐奥创作的研究文章,其中一篇就《沙漠》的结构和叙事空间进行了细致的分析。该文认为《沙漠》是部奇书。为了了解作者真正的写作意图,论文作者从形式入手考察小说的叙事结构,进而分析了小说母题与子题之间的关系以及文本中的星形分布,最后就小说的叙事空间展开分析。论文作者在叙事理论的指导下,对小说文本进行了细致入微的分析,在文本的细读与步步深入的分析中,发现了小说中两个故事的对立而又有联系的二元结构,以及形式结构与主题结构之间的同构关系,最后揭示了小说二元对立的象征意义,"从而彰显作者的哲学思想以及写作意图:人只有与自然相处,才能回归到自由、简朴、幸福的生活"[1]。以理论的指导,在文本细读的基础上进行分析而得出的结论,体现的是研究者严谨的科学精神,其研究的成果也为我们走近《沙漠》提供了方法论的参照。至此,我们也许可以更好地理解作者为什么以《沙漠》来命名他的小说,为什么要不惜笔墨对沙漠、对消失的文明加以细腻而动情的描写,为什么要以二元的结构来强化对立。确实,勒克莱齐奥的努力是持续不断的,他"充分表达了他对异域文明的赞美之情。他所看重的,是不同于西方主流文明的世界观和价值观,是异域文明中与大自然和谐相处的积极因素,是人对自身的超越"[2]。

在上文中,我们对《沙漠》一书在中国三十余年的译介历程做了客观而有重点的描述,凸显了影响翻译的一些选择因素,发现了作者、译者和出版者之间事实上存在的某种互动。通过对《沙漠》一书在中国的批评过程和主要观点的分析,可以看到两点:一、对勒克莱齐奥的选择、翻译和评价,说明了中国的法国文学翻译与研究者具有独特的目光和独立判断力;二、对一位作家或一部作品的理解,是一个渐进的、不断深入的过程,而对作品的细读,有利于对作家创作思想与艺术追求的

---

[1] 鲁京明、冯寿农:《与沙漠的和谐结合——析勒克莱齐奥的〈沙漠〉》,《当代外国文学》,2009年第2期,第86页。
[2] 高方、许钧:《试论勒克莱齐奥的创作与创作思想》,《当代外国文学》,2009年第2期,第65页。

正确把握。

第三节　勒克莱齐奥在中国的诗意历险与阐释

勒克莱齐奥在中国的诗意历险，具有多重的含义：其作品在中国的生命之旅、他与中国的相遇与缘分以及其作品在中国的理解和阐释。我们在本章的第一节就其作品在中国的译介历程以及作家与中国的缘分做了较为细致的梳理与介绍。勒克莱齐奥在中国的诗意历险的历程，是一个具有互动性的过程。在我们看来，勒克莱齐奥在中国的诗意历险，既是其作品在中国的译介与传播的过程，也是勒克莱齐奥发现中国文学、理解中国文学的历程，两者呈互动之势。我们都知道，勒克莱齐奥对中国文化与中国文学一直有着浓厚的兴趣。比较文学学者钱林森就勒克莱齐奥对中国文化的选择与钟情的原因有过深入的思考，从政治、文化、文学、审美等各个层面加以考察并指出："如果说，得益于前辈诗人米修的引领和启迪而使勒克莱齐奥投向东方，促成他作'文化中国'的选择，那么，在通往中国的道路上与小说家老舍相遇，才真正开启了他与中国文化、文学层面的交流、碰撞，真正意义上开始他对'文化中国'的接受和择取。"[1] 勒克莱齐奥与老舍的相遇也开启了中国文学在法国译介与传播的一段佳话。"1982年，老舍的《断魂枪》《我这一辈子》《月牙儿》等九篇中短篇小说法译选集《北京市民》(*Gens de Pékin*, Gallimard, 1982)，由法国研究老舍的权威专家保尔·巴迪和华裔著名翻译家李治华等译界高手联袂推出，在巴黎出版，受到莫泊桑故乡广大读者异乎寻常的欢迎。1983年，勒克莱齐奥在巴黎有影响的《解放报》(*Libération*, 14 février 1983) 上刊发了《老舍，北京人》("Lao She, Un homme de Pékin") 一文，予以高度评价，这是中法两位心气相通的小说家首次对话。接着老舍长河小说《四世同堂》(*Quatre générations sous un même toit*) 法文版在巴黎问世，勒克莱齐奥又以'师者，老舍'(Professeur Lao She) 为题为之作序，向老舍致敬。勒克莱齐奥在这两篇文章中，以深厚的人文情怀和敏锐的艺术鉴赏

---

[1] 钱林森：《勒克莱齐奥：永远的行者》，见高方、许钧主编：《反叛、历险与超越——勒克莱齐奥在中国的理解与阐释》，南京：南京大学出版社，2013年，第57—58页。

力，对老舍其人、其作品进行了细致的分析、解读，充分表现出他对老舍悲剧命运的真切理解和同情，对老舍艺术创造的深刻领悟和高度赞赏，并让我们从其眼里的老舍，转换视角互看，看到这两位来自不同文化背景的小说家，有着怎样相似的精神气度、相通的文化视野、相近的艺术和生命追求，由此而将'施予者'（老舍）和'接受者'（勒克莱齐奥）一起推向我们的视线，进入跨文化的文学观照与比较。"[1]钱林森认为，勒克莱齐奥与老舍的相遇与对话，既有"两者对作家使命和创作旨趣上的认同"，也有"精神气度上的相通"。

  作为一个善于发现的比较文学专家，透过勒克莱齐奥与老舍创作的文本，钱林森甚至发现勒克莱齐奥的创作在一定程度上受到了老舍的影响："倘若我们细读他们的文本，作深入的考察和追问，我们就不难发现他们之间接受与影响的新天地。比如，老舍《骆驼祥子》和他的一些中短篇小说，通过作品主人公（如祥子）漂流北京街头的遭遇和命运的描写，特别是由主人公的行止、目光和感受再现北京地理和人文风貌这一特点，曾得到包括勒克莱齐奥在内的西方接受者高度称道，老舍创作的这一特点，在勒克莱齐奥后期写流浪者生活的《沙漠》《流浪的星星》《金鱼》等长篇小说中，得到了新的承继和发展，由作品中流浪的女主角拉拉、艾斯苔尔等探寻家园的行踪、视角、遭际、感受来展开西方主流文化、都市风貌和边缘文化、地缘风情的描写，并由此展开构思谋篇，就是一个典型的例证。"[2]钱林森的这一观点，实际上可以从勒克莱齐奥在中国的多次公开演讲中得到一定的印证。实际上，勒克莱齐奥在其中国的诗意历险过程中，对中国文学的发现促进了对文学渊源的探寻和对中国文学与文化之影响的思考。在北京大学首届博雅人文论坛的主旨发言中，他指出："中国诗随着文化自然迁徙进入西方思想，深刻改变了西方文学的走向。彼特拉克时代，意大利抒情诗的创新很大程度上受到奥克语吟游诗人的启发，而在此之前，还得益于莪默·伽亚谟（一译奥马尔·海亚姆）的波斯语诗篇（有必要提醒一句，该诗人于1048年出生于今伊朗境内的内沙布尔市）。或许，断言波斯诗与（同时代的）宋诗宋词，或与更早的佳作迭出的唐代诗

---

[1] 钱林森：《勒克莱齐奥：永远的行者》，见高方、许钧主编：《反叛、历险与超越——勒克莱齐奥在中国的理解与阐释》，南京：南京大学出版社，2013年，第58页。
[2] 同上，第62页。

歌（杜甫、李白、王维，那是大诗人辈出的时代）有直接的联系，显得过于大胆。但（由丝绸贸易带来的）东风西进的可能与数种乐器的西传都为这一迷人猜想留下了空间。此外还不应忘记民间故事的流传，某些故事显然源于中国，比如灰姑娘与水晶鞋的故事，或是我们从伊索那儿读到的一些寓言，抑或亚瑟王圆桌骑士传奇中有关凤鸟与龙的传说。"[1]

对于中国文学，勒克莱齐奥始终带有一份热爱，也始终在探寻途中。在 2015 年 10 月 19 日晚莫言于北京师范大学为勒克莱齐奥主持的演讲会上，勒克莱齐奥更是以"相遇中国文学"为题，就其与中国文学的相遇历程做了深情的回顾，就其对中国文学的理解做了深刻的说明。在演讲中，他对老舍的创作表达了由衷的敬意。他谈到，他最早读到的老舍的作品，是保尔·巴迪翻译的小说选，一部"法语版的短篇小说选，题为'北京人'。其中不少故事都对我是一种启迪。故事写的是京城里平民百姓的生活，颇有莫泊桑或斯坦贝克短篇小说中的现实主义神韵，但其中弥漫着的伤怀之感却是老舍所独有的。我对《初雪》一文印象深刻，它写的是一个女人受婆婆虐待最终自杀的故事。老舍最有名的小说《骆驼祥子》法译版题为《人力车》（英文为 Rickshaw），读过之后，我确信，老舍无愧为中国当代文学最重要的作家之一。之后不久，我受邀撰写同样由保尔·巴迪负责的老舍巨著《四世同堂》的法译版序。风趣幽默与深刻的心理刻画贯穿这部小说的每个段落。老舍被比作狄更斯，年轻时他曾旅居英国，对狄更斯进行过研究。诚然，这两位作家都倾向描绘民众的悲惨生活，也惯于刻画同样的社会典型，揭露富人的自私与权力的腐败。但老舍又在其中加入了一种天生的讽刺感，全由他对胡同生活的细致观察而来。他笔下的小崔，还有那个脸蛋发红、身材圆胖、外号'大赤包'的丑妇，就像狄更斯笔下的斯克鲁奇，给读者留下难以忘却的印象。而老舍不同于欧洲作家之处，则在于他与记忆的关系。这位出身满族的作家心头总有一股挥之不去的忧伤，与他对个人际遇的记忆以及他们一家在政治清洗中的境遇紧密相连。他和世界文学的几位代表作家一样（普鲁斯特、乔伊斯、福克纳）怀抱忧愁，那是面对某个写作之时已不复存在的世界的忧愁。这种情感，我敢说，我也是了解的，因为我也属于一个正在消失的族群，法国裔

---

[1] 勒克莱齐奥：《文学与全球化》，施雪莹译，许钧校，《文艺报》，2015 年 10 月 30 日。

毛里求斯人"[1]。这段讲话,深刻地印证了钱林森所提出的勒克莱齐奥与老舍之间的那份精神上的相通,也充分地证明了勒克莱齐奥对老舍之独特性的深刻理解与准确把握。在这次演讲中,我们可以看到,勒克莱齐奥对中国文学的诗意历险是持续的、不断深入的。他谈到了对中国古典文学的发现:"感谢艾田蒲教授的付出,让我读到了中国文学名著的法译本,特别是《红楼梦》(曹雪芹)和传奇小说《水浒传》。两者吸引我之处,恰恰在于它们迥然不同。一部描写的是一个理性的人在偏远州县面对政治动荡的命运与思考。另一部则把我领入世家大族的生活中去,体味他们的恩怨、角力与志趣——而且这本书从女性视角出发,不同于上一部的草莽英雄。但是这两种视角在我看来却有共通之处,它们都让我走进一种文化的内核,让我得以在心驰神往的文化中徜徉。"[2] 为了更深刻地理解中国文学与中国文化,他在好友许钧的帮助下,有机会"直接接触到这片孕育了数个一流作家的土地,比如《西游记》的作者吴承恩、《红楼梦》的作者曹雪芹,还有《大地》的作者赛珍珠——她是我在南京相隔八十年光阴的近邻"[3]。在探寻中国文化与中国古典文学的同时,勒克莱齐奥还与中国当代作家建立了深厚的友谊,阅读他们的作品,走进他们的世界,试图对他们的心灵世界与作品有更深入的了解:"最打动我的,莫过于去年和莫言先生一道去他儿时及至青年时期居住的地方高密。我看到了给莫言灵感写下《红高粱家族》的高粱地,还参观了高密县为作家莫言设立的文学馆。但这趟旅途中最动人的时刻,还是到高密乡村去看莫言出生的老屋。陋室还是三十年前莫言夫妇离开时的样子,这让我得以想见那个年代这家人经历的苦难,那时莫言往返于军队和老屋,在此写下了他的早期作品。小屋以土为地,窄窄的砖墙裸着,没有墙漆,它给人极度贫困的感觉,却同时让人感觉充满希望,因为正是在这种环境下,才能看出夫妇二人如何凭意志创造出全新生活、激发出文学才情。莫言小说中的每一个字因此而变得更加真实、更加有力,因为无论《红高粱家族》还是《檀香刑》,都在这片景象中生根,都扎根于这座逼仄的老屋中。"[4] 与作家毕飞宇,勒克莱齐

---

[1] 勒克莱齐奥:《相遇中国文学》,施雪莹译,许钧校,《文学评论》,2016 年第 1 期,第 5—6 页。
[2] 同上,第 5 页。
[3] 同上,第 6 页。
[4] 同上。

奥有很多的交流。他明确表示："我很欣赏他的作品。从《三姐妹》(《玉米》《玉秀》《玉秧》)到《平原》，毕飞宇展现了变化中的中国社会，并通过对苦难年代的讽刺，塑造出一个个活灵活现、自然逼真的人物，这与关于中国现实的种种成见大相径庭。我还喜欢听他讲童年经历，说他对写作的发现，他说那时自己非常痴迷文字，直把一个个汉字划在农村的田间地头——这让我也想起战后自己在法国感受过的写作的渴望，那时我只有一本用过的旧定量购货证和一段木匠用的铅笔头，而我正是用这截铅笔头在那本购货证的旧页上写下了最初的文字。"[1] 与中国文学的相遇，让勒克莱齐奥更为深刻地认识了自己，并由此而产生了共鸣。他对中国文学的发现，为他在中国的诗意历险画上了独特的一笔。回望中外文学的交流，可以看到历史上有多位诺贝尔文学奖获得者踏上过中国的土地，访问中国，与中国作家交流，但可以说，很难找到能像勒克莱齐奥那样深入、持续，有着互动与共鸣的探索与发现之旅。

一方面，勒克莱齐奥不断探索与发现中国文化与中国文学，另一方面，他的作品在中国得到持续的译介、阐释与传播。出于与中国的特殊缘分，勒克莱齐奥对自己的作品在中国的译介与阐释始终持开放的心态与信任的态度。许钧在回忆与勒克莱齐奥交往的访谈中谈到，在《诉讼笔录》中文版问世后，"法国大使陪同勒克莱齐奥夫妇来南京与我见面，我们有机会在一起谈他的作品，谈翻译，他对我非常支持，不仅认真解答我提出的问题，还予以我极大的信任，说：'你翻译我的作品，就等于参与我的创作，我给你一定的自由'"[2]。这是对翻译者的信任，这样的信任导向的是具有积极意义的互动。而对于中国学界对他创作思想与文学创作的批评与阐释，他也同样持积极肯定的态度。当他得知《反叛、历险与超越——勒克莱齐奥在中国的理解与阐释》一书将出版时，主动为此书写了一段具有重要意义的话："文学批评有助于开拓作品理解新的可能性。我衷心地感谢本批评集的作者对我的作品富有见地的分析和富于启迪的阐释。"[3]

作家与译者、读者以及研究者之间的互动，为中国读者了解勒克莱齐

---

[1] 勒克莱齐奥：《相遇中国文学》，施雪莹译，许钧校，《文学评论》，2016年第1期，第6页。
[2] 许钧、丁尘馨：《理解让-马利·古斯塔夫·勒克莱齐奥——答〈中国新闻周刊〉》，见高方、许钧主编：《反叛、历险与超越——勒克莱齐奥在中国的理解与阐释》，南京：南京大学出版社，2013年，第395页。
[3] 此段话由勒克莱齐奥题于2013年11月28日，见高方、许钧主编：《反叛、历险与超越——勒克莱齐奥在中国的理解与阐释》，南京：南京大学出版社，2013年，扉页。

奥、理解勒克莱齐奥提供了新的可能性。作为勒克莱齐奥在中国最早的译者，许钧与勒克莱齐奥之间有过多次交谈，其中最重要的有两次，一次是在2008年11月28日，勒克莱齐奥获得诺贝尔文学奖后不久，另一次是在2015年11月17日。这两次对话根据录音整理，分别发表在《外国文学研究》2009年第1期和《文艺研究》2016年第5期上。他们的谈话很自由，也很坦诚。勒克莱齐奥对文学中人与自然的关系这一主题有自己明确的观点："关于人与自然，我想盎格鲁-撒克逊文学传统对此问题比较敏感。他们对自然很关注，而法兰西的文学传统，对精神，对逻辑比较看重，也是比较关注城市的一种文学。我说的是法语文学。我小的时候读过一些撒克逊传统的文学作品，像吉卜林的一些作品。这位作家把自然世界引入到文学作品中，去探索人类有过的一种神话式的过去。人类的存在不是仅仅由城市文化构成的。人类的过去，人类的神话阶段是与自然力量以及大自然联系在一起的。我在过去读的那些作品，对我是很重要的。"[1] 而关于现实主义创作方法，他也有独到的看法："现实主义是不够的，心理分析也不够。都不足以解释全部现实，不足以去揭示人类存在的全部现实。总有一部分我们难以捕捉到。即使是逻辑分析，现实主义的描写，都无法做到。所以，我们刚才谈到的莱维-斯特劳斯，我很感兴趣。莱维-斯特劳斯关注人类所有的文明和知识，而不是只关注城市文明。比如他特别关注自然的层面。人类一旦进入了自然的层面，就会发现人对社会，对人的存在的某种认识是有偏差的。有必要融合各种知识和利用各种手段去认识现实。文学中的现实主义有很多缺陷，其缺陷是明显的。"[2] 正是鉴于这样的认识，勒克莱齐奥不断探索写作之路，拿他自己的话说，永远处在历险的路上。

中国学界对勒克莱齐奥的文学创作也同样处于不断的探索之中。从勒克莱齐奥的《沙漠》在中国翻译出版之后，中国学界对勒克莱齐奥的认识、理解在不断加深。在本章第二节，我们以《沙漠》为例，就文学译介的动态发展性做了探讨。在这里，我们将集中关注中国学界主要从哪些方面去理解、阐释勒克莱齐奥，以期展现中国学界对勒克莱齐奥的研究重点。

---

1 许钧：《勒克莱齐奥的文学创作与思想追踪——访诺贝尔文学奖得主勒克莱齐奥》，见高方、许钧主编：《反叛、历险与超越——勒克莱齐奥在中国的理解与阐释》，南京：南京大学出版社，2013年，第337页。
2 同上，第337—338页。

第十章　勒克莱齐奥与诗意历险

一、对勒克莱齐奥创作思想的关注与研究

如我们在上文中所述，钱林森是国内最早研究勒克莱齐奥的学者。他在二十世纪八十年代初就勒克莱齐奥的《沙漠》一书所撰写的论文为中国读者认识勒克莱齐奥开辟了道路；从接受的角度，他对中国学界眼中的勒克莱齐奥也有全面的观照和精到的分析：

> 在他们眼里，勒克莱齐奥是一个具有世界视野的、"真正的流浪者"，一个为数不多的"在流浪的过程中真的发现了自己的家"，且回到"自己家"的人[1]，是一个远离尘嚣，始终关注人类生存境遇，始终坚守对人性、对人的精神、对人类命运进行思考和探索的不平凡的"行者—作者"，他的出现适逢其时。因为在当今"这样一个消费社会，大众喧嚣的社会，我们需要有一颗能够静下来的心，需要一个能远离市场，对人的精神进行思考的人"。"而这四十年来，他坚决走的就是这条路。所以他是一种社会的良心，或者说是群体的一种灵魂"。就这样，他从描述流浪汉边缘生活的处女作《诉讼笔录》开始流浪，在大地上，在内心里和文字中，一路走来，"用文字一砖一瓦地搭建起了这个家"，四十个春与秋，"他没有一天浮躁，每年都有好作品问世，每一部作品都不错，他是很少和市场有'瓜葛'的人"。[2]
>
> 他们认为，这位浪迹四方的作家是抒写"新童话"的"魔法师"，他的为人为文，本身就"像一个成功遁世的童话：遁世，却能够直面这个物质世界的现实——当然，是用文字的方式"。文字在他那里，不是炫耀于象牙塔里的手杖，拒绝认识这个世界，而是书写新童话的工具，建造另一个真实的工具，"在清醒认识的基础上，用一种优雅的方式慢慢地向后退去，直至退进神秘、悠远、美丽和充满力量的远古神话"。[3] 他"不是奢望靠文字来改变这个世界，而是靠文字乌托邦来抵抗这个世界"。[4] 如果"真实"可以是一种构建，"童话就是它的

1　袁筱一：《文字·传奇——法国现代经典作家与作品》，上海：复旦大学出版社，2008年，第171页。
2　许钧答记者问，据邓丽、高凌伟《隐居者：勒克莱齐奥》，21世纪网，2008年10月11日。
3　袁筱一：《文字·传奇——法国现代经典作家与作品》，上海：复旦大学出版社，2008年，第171页。
4　袁筱一：《勒克莱齐奥：跨越通向乌托邦的门槛》，《东方早报》，读书网，2008年10月21日。

外衣，它的居所。勒克莱齐奥所创建的世界，就是用美丽的词语盖了一座与现实隔离的透明屋子，在现实的存在废墟之中，它是那么耀眼，给每一个相信文字力量的人以安慰和避处"；如果我们"真的相信对于小说的定义，真的相信好的小说家都是魔法师，好的小说都是寓言性的小说。勒克莱齐奥的所有小说几乎都是这样，作为个体的故事，一切显得匪夷所思，然而，作为人类命运的探索，一切却又令人胆战心惊"。[1]

我们在上面所援引的这两段话，出自钱林森的《勒克莱齐奥：永远的行者》[2]，可以说深刻地展现了中国学界对勒克莱齐奥的理解与精神把握。勒克莱齐奥的写作，有着自身的独特性。要理解勒克莱齐奥的文学创作，首先要对其创作思想有一个基本的把握。从诺贝尔文学奖的颁奖词来看，勒克莱齐奥的创作的重要特征之一，就是不断前行，敢于探索，在反叛、历险的进程中，不断超越。在勒克莱齐奥获得诺贝尔文学奖之后，《当代外国文学》2009年第2期发表了《试论勒克莱齐奥的创作与创作思想》一文，其作者"试图在他的创作发展脉络的基础上，对他的创作思想作一梳理与分析，为中国读者理解勒克莱齐奥提供一个新的角度"[3]。该文从勒克莱齐奥在七岁随母亲出发去非洲的途中写作第一部小说的经历谈起，对勒克莱齐奥的写作动机与写作目的加以探讨，指出："为什么要写作？在现实与想象之间，对海上漂泊时刻有可能出现的危险的恐惧，对看不见的非洲大陆的渴望，在未知中，勒克莱齐奥通过写作来想象自己的生命旅程，继而用写作来把握自己真正的人生之路：写作之于他，是为了摆脱未知中的危险，是为了'适应未来'。写作就这样成了'将我带走，将我变为"另一个人"的'过程[4]。对勒克莱齐奥来说，'文学自有神秘存在'，写作就是为了出发去探索未知，在探索中去发现，去领悟，去理解。"[5] 正是

---

1 袁筱一：《从翻译勒克莱齐奥开始》，《新民晚报》，2008年10月27日。
2 钱林森：《勒克莱齐奥：永远的行者》，见高方、许钧主编：《反叛、历险与超越——勒克莱齐奥在中国的理解与阐释》，南京：南京大学出版社，2013年，第54页。
3 高方、许钧：《试论勒克莱齐奥的创作与创作思想》，《当代外国文学》，2009年第2期，第63页。
4 转引自袁筱一译：《勒克莱齐奥注解勒克莱齐奥》，载《南方周末》，2008年10月16日，D22版，见 *Dictionnaire des écrivains contemporains de la langue française par eux-mêmes*, sous la direction de Jérôme Garcin, Mille et une nuits, 1988, p.417。
5 高方、许钧：《试论勒克莱齐奥的创作与创作思想》，《当代外国文学》，2009年第2期，第64页。

基于这样的写作动机，勒克莱齐奥"一路前行，一路写作，半个多世纪以来，勒克莱齐奥没有停下人生的脚步，也没有停下手中的笔。他一次又一次地启程，他离开城市，去非洲，去亚洲，去美洲。每次启程，都是一次新的探索，都有新的发现，都用他的笔留下他生命旅程的一个个路标。他用小说，用故事，用散文，用随笔，写下了他对人类境遇的思考与担忧，写了他对消失的文明的关注，写下了他对社会边缘人的关爱之情"[1]。

在对勒克莱齐奥创作思想的研究中，中国学者注意到，勒克莱齐奥的写作从一开始就有着一种反叛与颠覆的姿态。对此，研究者指出："勒克莱齐奥在其写作的道路上，首先遭遇的是他的那个时代给他提出的一个根本性的问题：如果他认同于小说创作的传统，那他将囿于传统，封闭在传统的写作观念之中；如果他摈弃传统，那他就得失去他的思想赖以生存的传统的土壤和环境。为此，他首先要寻找一种出路，在放弃小说传统的同时，去寻找新的探索空间。"[2] 正是为了探索新的写作之路，勒克莱齐奥才有对现实主义写作方法的质疑，有与传统文学的"断裂"，才具有了"颠覆性"的特征。但是，"勒克莱齐奥的创作对传统小说的颠覆与反叛并非是一个个别的现象。他们所要颠覆的并非仅仅是传统的小说创作方法，而是想借助对文学规范的质疑、批判、动摇与颠覆，达到动摇西方现代文明的价值基石：对西方主流文明所肯定的一切都提出质疑，对写作、对人的存在和对现实不断提出疑问，进行思考"[3]。

二、对勒克莱齐奥创作主题的思考

勒克莱齐奥的创作宏富，视野开阔。董强曾专门撰文，结合勒克莱齐奥的人生经历与创作之路，就其创作视野做了分析，该文的题目就叫"勒克莱齐奥的世界视野"。具有世界视野的勒克莱齐奥的创作，由此而呈现出一个显著的特征，那就是对于空间的关注。就此而言，我们可以说勒克莱齐奥的文学创作充分地表达出了对他者文化的关注，其目光投向了非洲，投向了拉丁美洲，也投向了东方。空间的关注与书写，与主题的选择有着密切的关系。为此，中国学界对勒克莱齐奥的创作主题较为关注，结

---

[1] 高方、许钧：《试论勒克莱齐奥的创作与创作思想》，《当代外国文学》，2009年第2期，第64页。
[2] 同上，第68页。
[3] 同上。

合其创作，加以整体性的观照。董强认为，勒克莱齐奥自"以《诉讼笔录》为代表并开启的一系列作品（包括《发烧》《战争》等）"之后，"一直至今，显示出一种惊人的连贯性与逻辑性，尽管中间出现了从内容到主题的一些变化。简要地讲，他的作品中有四个大的主题：反叛、寻找他乡、童年世界、家庭自传。《诉讼笔录》是反叛类的代表作。疯狂成为反叛的武器。《发烧》《远古洪水》等作品都可以列为此类，主要表现对西方文明的不满，小说的场景也主要发生在城市或者说城市的边缘。'他乡'主题在他接触墨西哥文明之后，就开始越来越明显。早在1967年发表的著名散文集《物质的极乐》中，他就开始流露出对印第安人的思维方式的向往。这方面的作品有《战争》《逃逸之书》《沙漠》《流浪的星星》《乌拉尼亚》等。童年、少年世界除了出现在著名的长篇小说《金鱼》中以外，还表现在一些短篇小说中，这些作品往往具有童话般的意趣，为勒克莱齐奥带来了许多忠实的读者，如前面提到过的《蒙多与其他故事》等。'家庭寻根'主题主要体现为对与自己家族相关的故事的兴趣，带有很强的自传性质，如《寻金者》《奥尼恰》《检疫隔离》《非洲人》等"[1]。董强对于勒克莱齐奥写作主题的概括与论述是客观的。除了这四大主题之外，中国学者还注意到了勒克莱齐奥写作的"自然"主题。如张璐的博士论文对勒克莱齐奥写作的自然主题展开系统的研究，题目为"回归自然——勒克莱齐奥自然主题研究"。张璐在把握国内外对勒克莱齐奥研究的基本状况的基础上，对勒克莱齐奥作品中所涉及的文化身份、自然叙事、东方思想之演变等方面予以了特别的关注，曾就勒克莱齐奥作品所显现的东方思想和生态思想对勒克莱齐奥进行访谈。张璐的博士论文尤其针对勒克莱齐奥创作的自然主题，以文本分析和主题学的分析方法为主，同时借鉴发生学、人类学等批评视角拓展研究的深度和广度。该论文全面梳理了勒克莱齐奥四十余部主要作品，从中整理出关于自然的主要素材，深刻挖掘勒克莱齐奥关于自然的思想观念和人生态度，从而勾勒出他通过文字追寻本真、回归自然的轨迹。该论文指出，回归强调的是重新找到过去失去的时代、状态和境遇的动作，暗含了向童年、家族之根、本源甚至宇宙之初的回归，

---

[1] 董强：《勒克莱齐奥：其人其作》，见高方、许钧主编：《反叛、历险与超越——勒克莱齐奥在中国的理解与阐释》，南京：南京大学出版社，2013年，第23页。

而自然包含宇宙论的自然，即外部环境的整体，还有人性本源的自然，从而论证勒克莱齐奥在作品中呈现的自然与其理想的人性是一致的，向童年、根源、原初的追寻全都归结于自然之中。因此，在张璐看来，向大自然的回归是勒克莱齐奥所有作品中一个具有根本性的主题[1]。除了其博士论文，张璐还以文本细读为基础，对勒克莱齐奥小说《蒙多》的自然叙事进行了研究[2]，其中提出的一些见解，值得中国法国文学界关注。

三、对勒克莱齐奥诗学的研究

国内外对勒克莱齐奥的小说创作，有一个基本的共识，那就是勒克莱齐奥的创作富有诗意。那么，勒克莱齐奥的小说创作为什么会呈现出这一明显的特征？勒克莱齐奥为何要在创作中追求诗意？勒克莱齐奥是如何在创作中表现诗意的？这些问题引起了国内外学者的关注。在国际上，国际勒克莱齐奥研究会会刊《勒克莱齐奥研究》（Les Cahiers J.-M.G.Le Clézio）2012年期（总第5卷）发表了克洛德·加瓦莱洛教授（Claude Cavallero）的论文《勒克莱齐奥的诗意诱惑》，该文对勒克莱齐奥创作的诗学特征做了探讨。他认为："诗意小说是空间的叙述，在空间中展开探寻，在其中寻找某种隐秘的东西，而历险小说是把这种寻找置放在时间之轴，当然，这两者可以相互作用，如在《寻金者》中我们可以看到的。"[3] 在国内学界，许钧发表了长文《诗意诱惑与诗意生成——试论勒克莱齐奥的诗学历险》，从语言与存在的关系、诗意的表达与生成等方面，对勒克莱齐奥小说创作的诗学历险做了较为全面和深入的探讨。该文认为：

> 人类的生存，与语言直接相关。海德格尔借荷尔德林之诗句，从哲学的底蕴中阐释了人诗意地栖居在大地上的可能之路。对诗歌的向往，对诗所创造的诗意的天地的向往，开启了语言创造有可能带来精神自由的可能性。对于小说家而言，诗意的创造首先是从语言开始，

---

[1] 张璐博士学位论文《回归自然——勒克莱齐奥自然主题研究》，于2014年10月10日在南京大学答辩，参见张璐博士论文"内容摘要"。
[2] 张璐：《勒克莱齐奥小说〈蒙多〉的自然叙事》，《国外文学》，2013年第1期。
[3] Cavallero, Claude："La tentation poétique de J.-M.G.Le Clézio", Les Cahiers J.-M.G.Le Clézio, 2012 No 5, Paris：Editions Complicités, p. 30.

在"语言讲述"的困境中,探寻自由地抒发思想的路径,是勒克莱齐奥一直所致力的行动。在他的第一部小说《诉讼笔录》的创作中,就已经能非常明显地看到在语言的层面,他试图走出僵化的经院式语言;在小说叙述的层面,他更是明确表示,他"很少顾忌现实主义",要"避免充满尘味的描述和散发着哈喇味的过时的心理分析"[1]。首先从僵化的语言中解放出来,让自由的思想放飞,针对读者的感觉,在写作这片"广袤的处女地"不断勘察,打破"作者和读者之间相隔的辽阔的冰冻区"。此后的写作中,勒克莱齐奥从语言出发,不断历险,探寻充满生机、带着温暖、闪烁着诗意的写作之道。[2]

勒克莱齐奥文学创作的诗意生成,有着明确的追求与路径。许钧认为这主要表现在四个方面:一、勒克莱齐奥通过其富有生机和创造力的语言,赋予其文字以对现实的穿透力,让生命与物质相连,在贴近现实与生命的叙述中透出诗意的内涵。二、勒克莱齐奥作品所闪现的诗意与其思想深处的浪漫性紧密相连,其小说叙事的浪漫诗意,表现在人类在生存的困境中永远不灭的希望之光。面对人类的苦难与困境,勒克莱齐奥试图以小说的力量,撼动人类麻木的神经与冷漠的心,一方面引导人们清楚地认识到人类所面临的危机、战争与危难,另一方面则以其一贯的追求,在绝望中引导人们看到闪现的希望。三、勒克莱齐奥小说的诗意,还源于其小说中的人物与自然的特别紧密的关系,源于其小说中所描写的人对大自然的热爱、对大自然的迷醉和人与大自然的融合。四、勒克莱齐奥特别注重笔下的词与句、词与句构成的关系及其节奏、色彩、调性与音乐性[3]。对于勒克莱齐奥小说写作中语言创造所体现的美感,袁筱一在其对勒克莱齐奥的研究中曾多次论及。郭宏安更是把勒克莱齐奥的代表作《沙漠》看作是"诗","'诗意的遭遇'是这部小说的第二主题,也是它的最重要的主体,它被包容在两个世界、两种文明的'断裂'与冲突之中"[4]。

---

[1] 勒克莱齐奥:《诉讼笔录》,许钧译,上海:上海译文出版社,2008年,第Ⅱ页。
[2] 许钧:《诗意诱惑与诗意生成——试论勒克莱齐奥的诗学历险》,《浙江大学学报》(人文社会科学版),2016年第5期,第14页。
[3] 参见同上,第12—25页。
[4] 郭宏安:《〈沙漠〉:悲剧·诗·寓言》,见高方、许钧主编:《反叛、历险与超越——勒克莱齐奥在中国的理解与阐释》,南京:南京大学出版社,2013年,第161页。

四、对勒克莱齐奥作品的寓言性的研究

在当代法国文学界，勒克莱齐奥是最具国际影响力的作家。他获诺贝尔文学奖之后，国内媒体及文学批评家在介绍他时，往往会冠以一个标签——"新寓言派"，并将勒克莱齐奥、莫迪亚诺与图尼埃并列为法国"新寓言派"的代表人物。从我们所掌握的材料看，在法国文学批评界，"新寓言派"（Nouvelle Fable）这一概念首见于1978年出版、雅克·布尔奈编写的《法国文学史（从1940年至今）》。在该书中，雅克·布尔奈将自二十世纪六十年代开始创作的新一代十余位作家归入"新寓言派"，其中包括勒克莱齐奥、莫迪亚诺与图尼埃。布尔奈声称"新寓言派"这一概念并非自己首创，自1964年以来，弗朗索瓦·努里希埃、马提欧·加莱这两位批评家在评论勒克莱齐奥早期著作时便已使用过这一概念[1]。在布尔奈看来，"新寓言派"这一标签"可以汇集相当数量的独立作家，让我们看到一个或可接替'新小说'的新流派"；他认为这些作家"对于想象的游戏要求完全的自由，似乎在追寻新的神话"[2]。实际上，布尔奈对该流派并未进行详细界定，"新寓言派"这一指称在法国文学批评界也并未产生相应的影响。据我们的了解，在法国勒克莱齐奥研究批评中，几乎没有对作家做如此的界定。应该说，国内学界对勒克莱齐奥的这一界定，可以说带有中国学者的视角。法国文学专家柳鸣九在为《诉讼笔录》中文版所写的评论《对现代西方文明的极端厌弃》中，明确提出勒克莱齐奥是"新寓言派的主要代表人物"，而《诉讼笔录》是其代表作之一。他认为："亚当·波洛的惊世骇俗，就是作者勒克莱齐奥的惊世骇俗。亚当·波洛只是他臆造出来的一个人物，在现实世界里很难找到，即使在神奇的乞丐王国、在奇特的流浪汉群中也很难找到。这个人物只是他的工具，他寓意的表达工具。当然，他的寓意范围要比亚当·波洛的思想观点、行为方式、感觉方式所构成的范畴更为广泛，他不仅让亚当·波洛成为他寓意的形象载体，而且在这形象载体之外的形象描写中，也填进了自己的寓意。"[3]

---

[1] 参见 Brenner, Jacques: *Histoire de la littérature française. De 1940 à nos jours*, Paris, Fayard, 1978, p. 529。
[2] 同上。
[3] 柳鸣九：《对现代西方文明的极端厌弃》，见勒克莱齐奥：《诉讼笔录》，许钧译，上海：上海译文出版社，2008年，第283—284页。

勒克莱齐奥"通过亚当这个人物所见所闻、所思所感、所行所止而表现出来的寓意,构成了他对现代文明社会中人类异化的全面揭示,表现了他对人类工业化文明同时带来的严重后果的忧虑,他对人将失去大自然、失去自己的个性与生气,甚至在高度规范化的社会活动中将失去自己真正存在意义的忧虑,事出有因,发人深思,他把自己的寓意推到了惊世骇俗的极端,也许正是为了向世人敲一次警钟"[1]。柳鸣九对勒克莱齐奥作品的寓意的解读,对我们理解勒克莱齐奥的作品具有重要的启迪作用。

就勒克莱齐奥作品的寓言性而言,与柳鸣九持同样观点的,还有袁筱一。她撰写了《探索人性的寓言世界——论勒克莱齐奥的作品》一文,从"寓言"的角度去阐释与把握勒克莱齐奥的作品,并就勒克莱齐奥的"寓言世界"展开分析。在她看来,"任何一位以文字为己任的小说家都必须用自己的作品回答一个最根本的问题,那就是语言世界与现实世界的关系究竟是怎样的?"[2] 而在勒克莱齐奥看来,"没有语言世界的创建,我们就永远没有办法进入到处都是美和恐怖的物质世界","寓言由此而来,小说家提供理解、等待与思考的可能,但是他给不出,也不应该给出一劳永逸的答案。勒克莱齐奥首先要做的是在包括词语在内的物质世界里找寻到美,并且用林林总总的美填满他亲手创建的新世界"[3]。细读勒克莱齐奥的作品,可以看到,"所谓寓言世界中的所有因素都是现实的,只不过由于时间的关系遭到遗忘而已。并非西方文明没有容纳和包含勒克莱齐奥发现的这些美,而是在物质和词语快速的自我繁殖过程中,所有的美已经被掩埋了。也许从主题和叙述形式的角度来看,勒克莱齐奥在第一个十年后的转变的确存在,但是,他所缔造的南美、非洲以及莫里斯岛也仍然是一个寓言世界,而不是真正属于某个特定时代的南美、非洲或莫里斯岛社会。如果说勒克莱齐奥和他笔下的所有少年一样在寻找,如果说他所有出走都是为了寻找,他寻找的东西始终没有变过,那是大洪水之前的那个简单、自然的世界,有蓝天、大海、阳光、星星,还有尚未负载过剩意义之前的词

---

[1] 柳鸣九:《对现代西方文明的极端厌弃》,见勒克莱齐奥:《诉讼笔录》,许钧译,上海:上海译文出版社,2008年,第284—285页。
[2] 袁筱一:《探索人性的寓言世界——论勒克莱齐奥的作品》,见高方、许钧主编:《反叛、历险与超越——勒克莱齐奥在中国的理解与阐释》,南京:南京大学出版社,2013年,第101页。
[3] 同上。

语"[1]。在讨论《流浪的星星》的文章中，袁筱一再次论及了其作品的"寓言性"，认为"要想将作品的主题嵌入读者的生命里，这样的文字总需要有一种隐喻的力量。隐喻的根本意义就在于，它可以激活你表层的经验和感觉，却并不成为牢笼，把你框定在内容的牢笼里，在经验里，你找到了联系和想象"[2]。柳鸣九对《诉讼笔录》的阐释，袁筱一对《流浪的星星》的分析，都指向了勒克莱齐奥写作的寓言性。郭宏安对《沙漠》的读解，也从作者对故事的结构的安排中，看到了小说"充满寓意"：小说中对非洲与马赛、过去与现时场景的描写，凸显了两个世界的对立，"对立的两极统一在充满寓意和感觉之迷醉的叙述之中。这种明晰的两极结构甚至表现在文字落在纸面上的形式之中，充分而有力地表明了作者的意图，即一步步展示一个寓言：无关贫富，一个与自然相谐的生活才是幸福的生活"[3]。

国内对勒克莱齐奥的创作与具体作品的理解与阐释，可以说途径多样，还有从叙事角度、比较文学角度展开的，有的纯粹是中国视角，比如魏韶华和逄汲滨的《论老舍影响之于勒克莱齐奥文学创作的意义》[4]以及邱睿的《勒克莱齐奥的中国式阅读——兼论〈乌拉尼亚〉和〈桃花源记诗并序〉》[5]等文，其讨论的视角与提出的问题，都带有鲜明的特色。比较文学学者钱林森明确提出："伴随着勒克莱齐奥的作品在中国日益广泛的传播和被阅读，开辟出'勒克莱齐奥与中国'的新课题，比如：勒克莱齐奥笔下'天人合一'的审美境界、勒克莱齐奥创作与东方文明意象、勒克莱齐奥小说书写记忆[6]等跨文化现代命题，有待我们深入探讨。"[7]

2015年11月14日，勒克莱齐奥在武汉长江论坛发表了题为"文学

---

1 袁筱一：《探索人性的寓言世界——论勒克莱齐奥的作品》，见高方、许钧主编：《反叛、历险与超越——勒克莱齐奥在中国的理解与阐释》，南京：南京大学出版社，2013年，第102页。
2 袁筱一：《文字·传奇——法国现代经典作家与作品》，上海：复旦大学出版社，2008年，第189页。
3 郭宏安：《〈沙漠〉：悲剧·诗·寓言》，见高方、许钧主编：《反叛、历险与超越——勒克莱齐奥在中国的理解与阐释》，南京：南京大学出版社，2013年，第162—163页。
4 该文参见高方、许钧主编：《反叛、历险与超越——勒克莱齐奥在中国的理解与阐释》，南京：南京大学出版社，2013年，第340—351页。
5 同上，第323—331页。
6 参见傅正明：《为了忘却的记忆——谈勒克莱齐奥的文学主题》，《明报月刊》，2008年11月号。
7 钱林森：《勒克莱齐奥：永远的行者》，见高方、许钧主编：《反叛、历险与超越——勒克莱齐奥在中国的理解与阐释》，南京：南京大学出版社，2013年，第62页。

与人生"的演讲,他说:"书籍、文章、一词一句,都随我们一同成长。当生命步入不同阶段,它们的内涵与色彩也在不断改变。"[1]作为作家,他认为:"很简单,我只是从词语中感到了生命的密度,因为文学创造出分享的可能。使用语言的人类是相通的。无论他身处何处,无论他的日常生活如何,无论命运如何,读者都会在文学中找到更好地认识自我、更好地认识他人的方式,换言之,都会感受到将他与人类大家庭连接在一起的纽带。"[2]正如他所言,勒克莱齐奥用他的词语传达了生命的力量,创造了将人类大家庭连接在一起的纽带。而他在中国的诗意之旅,拓展了一个灵魂共鸣的空间。

---

[1] 勒克莱齐奥:《文学与人生——勒克莱齐奥在湖北省图书馆的演讲》,见华中科技大学中国当代写作研究中心编:《存在与发现——2015年秋讲·[法]勒克莱齐奥许钧卷》,武汉:长江文艺出版社,2016年,第16页。
[2] 同上,第17—18页。

第十一章
罗兰·巴特与文论

美国著名作家和文化批评家苏珊·桑塔格在二十世纪八十年代曾经说过："在二次大战后从法国涌现的所有思想界大师中，我敢绝对肯定地说，罗兰·巴尔特是使其著作永世长存的一位。"[1] 桑塔格的这一断言是富有远见的，巴特著作的不朽性在其逝世三十多年后的今天已然初露端倪。如果说这些著作本身在振聋发聩的力度上表现出的经典性是它们得以永世长存的根本原因，那么各国学者在各自文化语境中对它们的译介、研究和应用则更是在世界范围内构建和不断巩固这种不朽性的劳苦功高之举。从最早只言片语式的介绍性文字到后来对其主要著作的完整移译和在充分占有第一手资料后对其思想的研究，以及在研究基础上展开的运用，巴特思想在中国的传播已历经三十余年。作为一位才华横溢的思想家，巴特向来以研究领域的广泛著称，其理论建树中尤为中国知识界熟悉和青睐的则集中于广义上的文论领域，"零度写作"和"作者死了"这些代表性观点甚至为普通读者所津津乐道。面对这样的现象，人们不禁要问：中国读者究竟是如何一步步认识这位二十世纪的思想大师的呢？这一问题使得对巴特文论在中国的译介与接受历程进行整体的梳理，对其中的一些重要环节进行描

---

[1] 苏珊·桑塔格：《论罗兰·巴尔特》，见罗兰·巴尔特：《符号学原理——结构主义文学理论文选》，李幼蒸译，北京：三联书店，1988年，第182页。

述，揭示中国知识界在消化吸收其文论过程中表现出的特点和存在的问题，成为必要。本章试图在这些方面做出有益的尝试。

第一节　罗兰·巴特[1]在中国的译介历程

按照译介方式及侧重点的不同，巴特文论在中国的译介历程可以分为新时期初期、八十年代后半期到九十年代初和九十年代以后三个阶段。

一、新时期初期

新时期初期对巴特文论的译介肇始于一些从宏观上译介结构主义、后结构主义或形式主义理论的文章。1978年第3期的《哲学译丛》上曾经发表过一篇由苏联学者撰写的概述结构主义理论的文章。在该文的结尾处，我们可以读到这样几句话："法国结构主义还被运用到社会知识的其他广泛领域，如政治经济学、社会学、艺术、文学、诗等等，还被运用于这样一些生活现象，如时装、广告、群众性的报道手段等等。现代法国文学研究家R.巴尔特除去把结构方法用之于文学研究外运用之于妇女时装设计。"[2]我们注意到，作者之所以在此提及巴特，很大程度上只是为了证明其"法国结构主义还被运用到社会知识的其他广泛领域……还被运用于这样一些生活现象……"的观点。这种只言片语式的介绍显然过于简单和肤浅，基本毫无影响可言。

时隔近一年，刊登在1979年第2期《世界文学》上的袁可嘉的《结构主义文学理论述评》一文，通常被视为国内外国文学研究界发表的第一篇专述结构主义文学理论的文章，在当时产生了不小的影响[3]。但是，在这篇篇幅不短的文章中，巴特并未受到多大关注，文中仅有三处提到他的名字（其中一处还是以脚注的形式），且都是一笔带过。1980年由商务印书馆出版的李幼蒸翻译的《结构主义：莫斯科—布拉格—巴黎》一书，在介绍巴黎结构主义活动的第四章中，对巴特关于形式主义文学批评的观点及

---

[1] 在长达三十余年的译介历程中，Roland Barthes这个名字的中文译名似乎从来未曾固定："罗朗·巴特""罗兰·巴尔特""罗兰·巴特"都被不同时期的译者采用过。本文统一作"罗兰·巴特"，但在引用译介文本的标题或内容时则照原文摘录，不做修改。
[2] T. A. 萨哈罗娃：《结构主义》，《哲学译丛》，1978年第3期，第53页。
[3] 参见陈厚诚、王宁主编：《西方当代文学批评在中国》，天津：百花文艺出版社，2000年，第265—266页。

其理论来源也仅做了非常简单的介绍。不过，作者在书末"参考书目"中的"文学批评"部分列举了巴特的七部著作，一定程度上突出了身为巴黎结构主义阵营重要一员的巴特在文学批评领域的重要地位。

国内第一篇专门介绍巴特的文章应该是罗芃撰写的《纪念著名文艺理论家罗兰·巴尔特》一文，收录在1981年出版的由柳鸣九编选的《萨特研究》一书附录中。文章是为报道巴特于1980年逝世而作。它首先公布了巴特逝世的消息，然后对法国文化界就巴特逝世而在报刊上发表的一系列评价文章以及巴特本人的主要著作进行了扼要的介绍[1]。令人有些不解的是，罗文在着力强调巴特作为"批评家"这一文化身份的同时，却未将其与彼时国内知识界已有所接触的结构主义联系起来——纵观全文竟找不到一处涉及"结构主义"的表述。这一缺憾或许可以由刊载于1980年第2期《文艺理论研究》上的译文《结构主义——一种活动》来弥补。这是国内第一次对巴特原著的翻译，译者为袁可嘉。译者在译后记中指出："巴尔特的理论的唯心主义和形式主义倾向是相当明显的，但由于本文对结构主义的理论和方法都说得比较清楚，还可以供我们参阅。"[2] 译者翻译此文的目的似乎并不在于介绍巴特，而是由于当时国内研究界刚接触结构主义不久，尚无法完全依托自身的力量弄清其本质，故而从结构主义代表人物的著述中找来现成的答案释疑。借助这篇译文，巴特和结构主义之间密不可分的联系再一次得到了确认。

从1981年开始，关于巴特文论的介绍性文字陆续出现在一些介绍结构主义文论的文章中。王泰来是这一时期介绍文学结构主义较为积极的学者。他在发表于1981年至1983年间的两篇关于结构主义文学批评的文章[3]中均着重指出巴特对法国结构主义文学批评发展所做的卓越贡献。由于王泰来的介绍，《叙事作品结构分析导论》（*Introduction à l'analyse structurale du récit*）在这一时期被视为巴特在结构主义文学批评领域最重要的著作。1983年第1期《外国文学报道》上刊载的邓丽丹的《文学作品的结构分析》一文，其内容可以说就是《导论》的中文简化版。而一年

---

[1] 罗芃：《纪念著名文艺理论家罗兰·巴尔特》，见柳鸣九编选：《萨特研究》，北京：中国社会科学出版社，1981年，第515—518页。
[2] 罗朗·巴尔特：《结构主义——一种活动》，袁可嘉译，《文艺理论研究》，1980年第2期，第169页。
[3] 分别是：《关于结构主义文艺批评》，《外国文学研究》，1981年第2期；《一种研究文学形式的方法——谈结构主义文艺批评》，《国外文学》，1983年第3期。

之后，在同一期刊（1984年第4期）上，人们已经可以找到巴特这一论著的汉译全文[1]。这是国内知识界第一次真正以译介巴特为目的而进行的独立完整的翻译。

有意思的是，由于中国学界对巴特文论译介的滞后，巴特在几十年间完成的由结构主义向后结构主义的转向使得这种在短时期内迅速开展起来的译介工作在很大程度上具有了无逻辑性。正当越来越多的研究者致力于了解"结构主义者"巴特时，"后结构主义者"巴特却突然"抛头露面"了。张隆溪发表于《读书》1983年第2期上的《结构的消失——后结构主义的消解式批评》一文便是很好的例子[2]。作者着重介绍了巴特提出的文学作品分为"可读的"与"可写的"两类以及"读者的诞生必须以作者的死亡为代价"的观点，突出了巴特文论思想的后结构主义色彩。就我们目前所掌握的材料来看，张文应该是国内第一篇从后结构主义角度介绍巴特的文章，它使中国知识界开始了解到巴特的另一重文化身份。

二、二十世纪八十年代后半期到九十年代初

二十世纪八十年代后半期到九十年代初是巴特文论在中国译介的高潮时期，其著作以发表于学术期刊上的译文或者单行译本两种形式陆续与读者见面。从1987年到1991年，《外国文学报道》《上海文论》《外国文艺》《外国文学》等与外国文论研究密切相关的杂志相继发表了二十余篇巴特作品的译文，其中尤以《外国文学报道》和《上海文论》两家上海的文学期刊为主。这些译文在内容上涉及巴特的文本理论、符号理论、文学批评理论以及具体的文学批评实践等领域，既有属于前期结构主义思想范畴的，也有属于后期后结构主义思想范畴的。其中尤为引人注目的是，《外国文学报道》在1987年第6期上一次性地刊载了《文学与元语言》《符号的想象》《作家与写作者》《结构主义活动》《两种批评》《什么是批评》《文学与意指》《真实的效果》八篇译文。其中前七篇连在一起，由张小鲁翻译，总名为"罗朗·巴特论文七篇"。译者在译文之前作有一段"小引"，读者据此可知七篇文论均选自巴特于1964年出版的《批评文集》

---

[1] 译者张裕禾。
[2] 张隆溪：《结构的消失——后结构主义的消解式批评》，《读书》，1983年第2期，第95—105页。

(*Essais critiques*)。译者特别指出了《批评文集》在巴特结构主义符号学批评发展过程中的重要地位,并认为所选的七篇文论有助于读者了解其早期的批评思想。这一翻译事件折射出当时国内文学研究界在"方法论"热潮的带动下,极为关注以巴特为重要代表之一的西方结构主义文学批评理论这一事实。译文在很大程度上提高了《批评文集》一书在国内研究界的知名度。随后几年中,陆续有人选译该文集中的其他文章。进入九十年代,法国新小说越来越受到国内研究界的关注。在张小鲁的努力下,该文集中四篇巴特评论新小说派代表作品的论文[1]又恰逢其时地被译介过来。

面向更大读者范围的巴特著作翻译,则始自 *Éléments de sémiologie* 一书中文版的出版。1987 年,辽宁人民出版社率先以"符号学美学"为名(后面的译本都译为"符号学原理")出版了该书的中文译本,由董学文与王葵转译自英文版。引人注目的是,译者在正文前写有一篇长达三十多页的《译者前言》。其中不光介绍了原书的主要思想,还顺带提及了巴特其他几部重要著作的内容,但着墨最多的部分却是对整个文艺符号学理论发展史的梳理、对西方现代文艺符号学基本思想特征的总结和对如何评价文艺符号学提出的见解。译者此举显然是考虑到当时中国知识界对"文艺符号学"这一概念的认识尚处于启蒙阶段,故而有必要借助一次详细的介绍,帮助读者深入了解该书的内容。在分析巴特符号学理论的独特之处时,译者指出:"在罗兰·巴特符号学的论述中,透露着最新的符号学信息,预示着符号学美学发展的前景,表现着相当旺盛的理论活力。……"[2]可见,原作对于"最新的符号学信息"的"透露",对于"符号学美学发展的前景"的"预示",构成了"美学译文丛书"主编李泽厚把此书收入该丛书的重要原因。巴特在符号学理论发展史上的突出地位也由此得到了极大程度的彰显。

如果说《符号学美学》赋予了中国知识界一次专门认识身为符号学家的巴特的机会,那么 1988 年三联书店出版的由著名学者李幼蒸编译的《符号学原理——结构主义文学理论文选》一书,则致力于让读者了解巴特的多重文化身份。李幼蒸希望借助该书"使我国读者了解巴尔特其人及

---

1 分别为《不存在罗布-格里耶流派》《文学和不连续性》《如实的文学》《物的文学》。前两篇发表于《外国文艺》1990 年第 4 期,后两篇发表于《上海文艺》1991 年第 1 期。
2 罗兰·巴特:《符号学美学》,董学文、王葵译,沈阳:辽宁人民出版社,1987 年,第 22 页。

其文学思想的一个概貌"[1]。为此,他在编排入选该书的包括《符号学原理》在内的巴特著述时没有依循这些著述出版的时间顺序,而是通过人为设定的顺序来向读者逐一展示巴特的文化身份——"文学理论家、文学批评家和文化批评家以及符号学家"。非但如此,李幼蒸还认为光靠巴特的"自说自话"或许还不够,所以又在该书附录中加入了苏珊·桑塔格和朱丽叶·克莉思蒂娃从不同角度论述巴特文学思想的两篇文章,以期进一步拓宽读者了解巴特其人其思的渠道。

李幼蒸多年从事结构主义哲学和美学研究,素以译文的忠实准确著称。这本译文集在当年的学界引起了不小的反响,其中的《符号学原理》译文的引用率远远超过了《符号学美学》。李幼蒸在《译者前言》中对巴特整个思想产生的根源及其在学术生涯中展现出来的各个不同立面(作为文论家的巴特、作为文学家/文体学家的巴特、作为批评家的巴特、作为唯美主义者的巴特,等等)进行了深邃而独到的剖析,真正做到了要而不繁,简而不粗。应该说,这篇文章代表了当时国内巴特思想研究的最高水平。

这本译文集是"文化:中国与世界系列丛书"编委会编撰的"现代西方学术文库"之一种。该"丛书"另设有"新知文库",用于收录各类介绍性的二手著作,读者可以将两个文库互相参照,互为补充。对应于《符号学原理——结构主义文学理论文选》,我们可以在"新知文库"中找到美国结构主义文论家乔纳森·卡勒尔所著《罗兰·巴尔特》一书。李幼蒸在为该书撰写的《中译本序》中,将其定义为一部"巴尔特思想小传",并且认为由于卡勒尔撰写的这部小传的目的"意在为一般文学爱好者和研究者提供一个关于巴尔特其人及其思想的简明而又面面俱到的导引,因此非常适合于我国关心国外文学批评及理论的人阅读"[2]。我们注意到,李幼蒸所说的"关于巴尔特其人及其思想的简明而又面面俱到的导引",是就卡勒尔在该书中"把作为活生生精神统一体的巴尔特表现为兼涉十类文化和文学活动的天才人物"[3]这一点而言的。《罗兰·巴尔特》一书凡十章,每章以巴特的一种文化身份命名:多才多艺的人、文学史家、神话学家、

---

[1] 李幼蒸:《译者前言》,见罗兰·巴特:《符号学原理——结构主义文学理论文选》,李幼蒸译,北京:三联书店,1988年,第1页。
[2] 李幼蒸:《中译本序》,第1页,见乔纳森·卡勒尔:《罗兰·巴尔特》,方谦译,北京:三联书店,1988年。
[3] 同上,第2页。

批评家、论战家、符号学家、结构主义者、享乐论者、作家和文士,确实算得上"面面俱到"。这种多立面的介绍无疑和李幼蒸编译巴特著作时试图达到的目的相得益彰,两者确实"互相参照,互为补充",有力地推动了巴特思想在中国的传播。不过,由于到1988年为止被译成中文的巴特著作还相当有限,所以《罗兰·巴尔特》"对于还不熟悉巴尔特著作的读者来说难免有时会有略而不详之憾"[1]。

此外,巴特某些著作的中译本或节选,如《写作的零度》《叙事作品结构分析导论》《结构主义——一种活动》等在这一时期被选入一些高校和研究机构编选的关于西方文论的教材中,正式成为高等院校西方文学理论课程的授课内容。其中对入选内容评价较为客观、影响较大的,是由胡经之主编,北京大学出版社1988年出版的《西方文艺理论名著教程》。

三、二十世纪九十年代以后

我们将二十世纪八十年代后半期到九十年代初这段时间视为巴特文论在中国译介的高潮时期,主要是就译介的频率而言。而从译介文本涉及的内容上看,这段时期的译作无疑只反映了其思想的一部分。一些主要著作的中译本是在1992年之后才逐渐问世的。

首先值得注意的是某些著作的复译与再版现象。其中,*Éléments de sémiologie* 继1987年的辽宁人民版和1988年的三联版后,又出了两个新译本:其一由黄天源翻译,广西民族出版社1992年出版;另一是王东亮等人的译本,三联书店1999年出版。此外,《恋人絮语》继1988年首次以"恋人絮语——一个解构主义的文本"为名出版中译本后,1997年和2004年又分别以"一个解构主义的文本"和"恋人絮语——一个解构主义的文本"为名再版;《批评与真实》1995年首次由谈瀛洲据英译本译出第一部分,刊登在当年第1期的《文艺理论研究》上,1999年又由温晋仪据法文版全文译出,以单行本面世。

在这一时期翻译出版巴特著作的过程中,上海人民出版社在前期扮

---

[1] 李幼蒸:《中译本序》,第1页,见乔纳森·卡勒尔:《罗兰·巴尔特》,方谦译,北京:三联书店,1988年,第6页。

演了非常重要的角色。该社在 1988 年借巴特著作翻译的高潮率先出版了《恋人絮语——一个解构主义的文本》，1997 年到 2002 年又在"东方书林俱乐部文库"系列中再版了此书，同时相继出版和再版了《神话——大众文化诠释》（2009 年再版时更名为《神话修辞术》，并改用著名学者屠友祥的译本）、《批评与真实》、《流行体系——符号学与服饰符码》、《S/Z》和《文之悦》等一系列巴特著作的中译本。这些译本就个体而言具有内容上的完整性，但由于它们在出版顺序上带有很大的随意性，所以整体上体现不出巴特思想发展的历史脉络。百花文艺出版社 1995 年出版的《罗兰·巴特随笔选》在一定程度上弥补了这一不足。正如该书"内容提要"所言，"本书是国内第一部全面介绍罗兰·巴特各个时期著作的选集"，译者怀宇选译了巴特重要著作中有代表性的文论随笔和自述文字并"按作者最初发表的时间顺序"将它们编排起来。有必要指出的是，怀宇在选择翻译对象时有着自己独到的考虑："罗兰·巴特的写作道路，大体上分三个阶段，书中所选内容基本上反映了这一情况。但是，我不能说所选篇目都是其各个时期的代表作，因为其某些可称为代表作的作品，对一般读者来讲过于艰涩而不宜选入。"比如说译者认为《神话》、《符号学要素》和《服饰系统》虽同为巴特关于符号学的著述，但《神话》不如后两者具有代表性，之所以选译《神话》而不是后两者，原因正在于《神话》"是作者有关符号学著述中最容易读懂的作品"。另外，此前一直被学界视为巴特最重要著述的《叙事作品结构分析导论》也未被选入，因为"（巴特）后来很少再应用这篇文章中确定的方法"[1]。

除此之外，这本译文选还有两个特别之处。一是译者特别突出巴特"随笔式"的写作风格。我们注意到，在"外国名家散文丛书（第四辑）"所收录的十部作品中，该书是唯一冠名为"随笔选"的一部（其余九部都冠名为"××散文选"）。怀宇认为："概括起来，罗兰·巴特的著述包括两大部分：文艺随笔（文学、电影、戏剧等）和符号学著作……但不管哪方面的论述，罗兰·巴特的写作都是以随笔的形式出现的，而且其中相当一部分又是以'絮语'即'片断'的方式写成的。这种格言式的写

---

[1] 怀宇：《译后记》，见罗兰·巴特：《罗兰·巴特随笔选》，怀宇译，天津：百花文艺出版社，1995 年，第 372—373 页。

作，不能不说是罗兰·巴特随笔的一大特点。"[1] 二是译者并没有将翻译对象局限于理论范畴。"自述"部分是对 *Roland Barthes par Roland Barthes*（《罗兰·巴特论罗兰·巴特》）一书的选译，译者指出："作者在书中介绍了自己至 1975 年时的诸多学术观点和他个人的一些生活片断，这里所选的篇目侧重于后者。"[2] "杂录"部分则"除了个别篇目之外，译者有意使所选内容比较贴近作者个人的生活和志趣，而不想让读者带着满脑子有关符号学概念的问号合上此书"[3]。

中国人民大学出版社则在后期成为翻译出版巴特著作的重镇。该社邀请李幼蒸、张智庭（即上文提到的笔名为"怀宇"的译者）和张祖建三位学者担任译者，自 2008 年至 2010 年，陆续翻译出版了由十卷十二部作品组成的"罗兰·巴尔特文集"。这套文集除收录李幼蒸和张智庭两位译者此前所译巴特著作的修订本外，还向中文语境输送了多部巴特著作的第一个中译本或是中文全译本，如《米什莱》《文艺批评文集》《新文学批评论文集》《符号学历险》等；更难能可贵的是，其中包含了由法国巴特研究专家埃里克·马蒂（Eric Marty）牵头，根据巴特手稿和生前录音资料整理编辑而成的三部讲演集：《如何共同生活》《中性》《小说的准备》。至此，这一囊括法国最新出版巴特著述之中译本在内的文集，同上海人民出版社此前出版的译本一道，基本上为国内译介巴特著作的工作画上了阶段性句号。

这一时期译介的另一大特色是巴特传记类、研究类著作的翻译出版。

传记方面，北京大学出版社 1997 年出版了路易-让·卡尔韦所著 *Roland Barthes* 一书的中译本。为了更好地体现该书的"评传"性质，中译本在出版时更名为《结构与符号——罗兰·巴尔特传》，以"结构"与"符号"两个词来概括巴特一生的研究兴趣与学术贡献。这部传记的特色在于它"在描述巴尔特一生的历程时，突出了他遇到的艰难和曲折；不但介绍了他作为思想家的一面，更根据大量书面及亲朋好友提供的见证材料生动具体地描写了他鲜为人知的普通人的一面；不但记述了巴尔特思想的

---

[1] 怀宇：《译后记》，见罗兰·巴特：《罗兰·巴特随笔选》，怀宇译，天津：百花文艺出版社，1995 年，第 373—374 页。
[2] 同上，第 233 页。
[3] 同上，第 373 页。

主流，而且揭示了那些因为转瞬即逝而可能会被一般读者忽视的细小的思想浪花，从而使我们接触到一个有血有肉的人"[1]。2002年，百花文艺出版社出版了由怀宇翻译的 *Roland Barthes par Roland Barthes* 的中译本《罗兰·巴特自述》。此书的价值一方面体现在它是巴特本人的自传，另一方面——某种意义上也是更重要的一方面——则体现在作者用于陈述事实、阐发观点的独特手法：刻意地写作"断片"。读者可以在加深对巴特个人认识的同时直观地感受到他的美学思想在实践层面的表露。

　　研究类著作的翻译则有河北教育出版社于2001年出版的《巴特——文本的愉悦》，收入"现代思想的冒险家们"丛书。该书主要是从文学角度评述巴特的思想，作者为日本著名的法国文学评论家铃村和成。这套丛书的最大特点在于"视角新颖"，因为"过去我国出版的这类译著，大多是西方哲学家阐述自己的哲学观点或者评述其他西方哲学家的观点，这套译著却是日本哲学家评论西方哲学家的哲学思想。由于东方和西方文化传统不同等因素，日本哲学家用以评论现代西方哲学的视角，既不同于西方哲学家的视角，也不同于我国哲学家的视角，因此，对于我国哲学界来说，日本哲学家的评论视角有其新颖之处，有助于开阔我们的视野"[2]。与乔纳森·卡勒尔的《罗兰·巴尔特》相比，《巴特——文本的愉悦》虽同属研究类著作，但在思路上却大相径庭。前者虽是一本了解巴特思想的普及性读物，在文字上平易近人，在内容上浅显易懂，但其框架是很明显的，即分别围绕巴特身上兼具的十种文化身份一一论述；相比之下，后者在内容的构建上似乎缺少明显的规律性，这是由于作者在写作该书时，"不想作为研究巴特的专家，而是竭力作为一个被巴特的魅力所吸引的普通读者"[3]。所以，正如我们所见，作者采取了类似巴特的那种"断片"式随笔写作来记录自己作为一个普通读者在阅读巴特时产生的感想。从这个意义上说，《巴特——文本的愉悦》在创建解读和研究巴特思想的新模式方面为我们提供了有益的借鉴。

1　罗芃：《代译序》，第2—4页，见路易-让·卡尔韦：《结构与符号——罗兰·巴尔特传》，车槿山译，北京：北京大学出版社，1997年。
2　涂纪亮：《总序》，第2—3页，见铃村和成：《巴特——文本的愉悦》，戚印平、黄卫东译，石家庄：河北教育出版社，2001年。
3　铃村和成：《后记》，见铃村和成：《巴特——文本的愉悦》，戚印平、黄卫东译，石家庄：河北教育出版社，2001年，第292页。

第二节　　译介与反思

对巴特文论在中国的译介历程进行回顾之后，有必要加以说明的是，并非每一个译介文本都完全"有利于"中文读者深入了解巴特文论，促使其在中文语境下得到正确理解与接受。就一种外来理论而言，伴随其在新的语境中传播的，必然是一定程度的"误读"。"误读"的产生很大一部分源自读者（更准确地说是专业研究者）按照主观意愿对这种理论所做的理想化解读，还有一部分则来自某些译介文本在读者理解与接受这种理论的过程中产生的"误导"作用。当然，这里所说的产生误导作用的译介文本并不包括那些翻译质量低劣的译作[1]，而是指从广义的翻译外部因素——抛开具体文本内容的翻译而言——考虑带有一定误导性的译介环节。

一、从《符号学美学》到《符号学原理》："经典"神话的破灭

在巴特文论的整个译介过程中，最引人注目的莫过于 *Éléments de sémiologie* 一书在1987年到1999年的十二年中出现了四个译本这一现象。通常认为，高频率的复译往往与某一著作的经典性联系在一起，因为只有经典著作才具有重译的价值和必要。按照这样的逻辑，似乎 *Éléments de sémiologie* 一书是当之无愧的"经典"了。然而实际上，与其说是这部著作的"经典性"促使其多个译本的出现，倒不如说是这些译本的出现以及它们的译者在翻译书名时多少有些夸大其词的做法编织了原作的"经典"神话。

作为该书在国内的第一个译本，《符号学美学》在1987年的首印数为三万七千册。这个数字对于今天文论类书籍的印数而言，可以用"惊人"二字形容。虽然这一转译自英文的译本问世不久即在译文质量上遭人质疑，但借助于它的广泛流传，*Éléments de sémiologie* 一书一时间被中国知识界视作巴特最重要的著作。这一点从时隔一年出版的《符号学原

---

[1] 《中华读书报》上曾经刊载过一篇名为《与罗兰·巴特无关———个不可思议的译本〈神话——大众文化诠释〉》的文章，其中揭露了《神话——大众文化诠释》一书在翻译上存在的严重弊病："几乎没有多少地方翻对的，如果要统计的话，只能统计正确的地方而无法计算错误的。"作者举其中《肥皂粉和清洁剂》一文为例："在我所对照的这一篇文章中，只有一句话没有明显的错误，其余的地方可以说译者根本就读不懂原文。"转引自 http://www.booktide.com/news/20011025/200110250011.html。

理——结构主义文学理论文选》一书的书名上便可得到印证。该书汇集了巴特的四篇文学随笔，日后真正对中国知识界产生较大影响的《写作的零度》一文，还有学术论著《符号学原理》，也收入了，但译者（或出版者）在拟定书名时却以"符号学原理"为主标题统领全书[1]，足见这部著作受当时中国知识界重视的程度。

如果说《符号学美学》的译者为了替自己"篡改"书名的行径辩护，以能够更好地将"符号学"这一西方审美思维模式融入当时国内兴起的美学研究热潮为借口，那么《符号学原理——结构主义文学理论文选》一书以"符号学原理"为主标题统领全书内容的做法，则似乎可以在当时文艺界掀起的另一股热潮——"方法论"热潮的背景下找到合理的解释。杜任之在为该书所写的《中译本序》中明确指出：

> 大致说来，符号学所涉及的学科有哲学、语言学、文学理论、美学、历史学、社会学、人类学等，它已成为上述学科中十分有用的分析工具。比较而言，符号学在文学理论和美学各领域中的作用尤为明显。为了了解当代西方文艺理论研究中出现的新观点和新方法，掌握符号学的基本知识是必不可少的。法国作家巴特著述的《符号学原理》对于我国读者了解这一领域内的基本知识是十分有益的。[2]

在这段话中，杜任之特别强调了符号学作为一种"十分有用的分析工具"，对于国内知识界"了解当代西方文艺理论研究中出现的新观点和新方法"具有的"必不可少"的作用。这显然是从"方法论"角度肯定了"符号学"思想的引进对于当时中国知识界的意义。应该说，当年文艺界从"方法论"角度生发出的对于《符号学原理》的重视，其前提是将该书视作引导中国知识界了解符号学这一领域内基本知识的一本十分有益的启蒙读物。然而随着时间的流逝，这一点似乎遭到了遗忘，《符号学原理》俨然成了西方符号学的经典著作，巴特成了"符号学"的代名词。在当年的许

---

[1] 有趣的是，该书1992年在台湾出版时，却更名为《写作的零度——结构主义文学理论文选》（台北：时报文化出版企业有限公司，1992年）。个中缘由，颇值玩味。
[2] 杜任之：《中译本序》，第1页，见罗兰·巴尔特：《符号学原理——结构主义文学理论文选》，李幼蒸译，北京：三联书店，1988年。

多中国读者心目中，巴特凭借着《符号学原理》成了符号学领域的绝对权威，相比较而言，真正对符号学理论构建产生过决定性影响的人物格雷马斯却没有得到应有的重视。这种不公平的状况应当得到改正。

1999年出版的新译本已经开始致力于帮助读者清除这一认识上的误区。作为该译本译者之一的王东亮在《译后记》中开门见山地指出："《符号学原理》不是一部经典。"他认为，"在从索绪尔算起的西方符号学发展史上，罗兰·巴特的《符号学原理》一书并没有人们想象的那样重要。它没有像《普通语言学教程》那样，提出一些振聋发聩的革命性概念，做出一个极富远见的符号学构想；也不似格雷马斯的《结构语义学》，一举确定了符号学研究的基本规范与方法，成为开宗立派的奠基之作。一部符号学史可以忽略《符号学原理》的存在，一个符号学家也可以没有读过巴特的这本小册子，而照样应付裕如地从事他的学术研究"[1]。在此基础上，王东亮进而对把书名译作"符号学原理"的做法提出了质疑："其实，巴特的这部著作的法文书名 *Éléments de sémiologie* 本应该不被译成'符号学原理'，因为它实实在在涉及的只是些符号学的 éléments，即'基础知识'或者'基本概念'。"[2] 在他看来，类似"符号学基础"或者"符号学入门"这样的译名才更名副其实。

其实，王东亮之所以坚持认为"符号学原理"这一译名有误，主要原因在于，他认为巴特在 *Éléments de sémiologie* 中所做的仅仅是一种"概念梳理工作"。按照这样的认识，将书名译成"符号学原理"确乎有些不妥，因为现代汉语中"原理"一词的意思是"带有普遍性的，最基本的，可以作为其他规律的基础的规律"，或者是"具有普遍意义的道理"。纯粹的"概念梳理"与对"基础规律"的揭示之间自然不可等同。其实，在"符号学原理"成为约定俗成的译名之前，国内某些研究者对该书书名的翻译还是比较客观的，比如，许国璋发表在1983年第1期《国外语言学》上的《关于索绪尔的两本书》一文中曾提及 *Éléments de sémiologie*，他将其译为《符号学要略》，并且指出这本书"写得像一本入门教科书"[3]；1986年李廷揆撰写的国内第一篇详细介绍该书内容的文章《略述罗

---

[1] 王东亮：《译后记》，见罗兰·巴特：《符号学原理》，王东亮等译，北京：三联书店，1999年，第124页。
[2] 同上，第125页。
[3] 许国璋：《关于索绪尔的两本书》，《国外语言学》，1983年第1期，第17页。

朗·巴特的符号学》中，作者给出的也是"符号学的基本概念"这样一个"名副其实"的译名[1]。由此看来，李幼蒸即便不是"符号学原理"这种译法的始作俑者，也毫无疑问扮演了使其"合理化"的重要角色。结合前面分析的《符号学原理——结构主义文学理论文选》一书在构建 *Éléments de sémiologie* 经典地位的过程中所起的重要作用，"符号学原理"这一译法深入人心的原因也就不难得知了。于是，1992年出版的黄天源的译本沿用了这一译法。到了王东亮的译本，尽管他指出这种译法不妥，但最终还是"出于约定俗成的缘故，也不好以更名副其实的译名如《符号学基础》或《符号学入门》来改称它"[2]。

二、《恋人絮语》：一个扑朔迷离的文本

我们今天重读那些发表于八十年代的介绍巴特思想和著作的文章时不难看出，当时由于第一手资料的匮乏，研究人员对于巴特著作的内容并不十分了解，因此在处理某些著作的译名时显得有些莫衷一是。比如，罗芃在《纪念著名文艺理论家罗兰·巴尔特》一文中曾将 *Système de la mode* 译为"方法体系"[3]。时隔七年，王宁在《后结构主义与分解批评》一文中提及 *Système de la mode* 时，使用的译名则为"模式的系统"[4]。这样的译名之所以出现，想必是译者对该书内容不太了解，同时也不知道巴特这样一位思想家会对流行服饰感兴趣，因而想当然地认为这部著作一定是巴特用来阐述自己的"方法体系"或者剖析"（某种）模式的系统"的。

然而，等到巴特著作的中译本陆续问世，其中一些在书名上和原作相比已有了较大的变化，这一点集中反映在上海人民出版社出版和再版的一系列巴特著作中。从1988年 *Fragments d'un discours amoureux* 的中译本《恋人絮语——一个解构主义的文本》，到1995年 *Mythologies* 的中译本《神话——大众文化诠释》，再到2000年 *Système de la mode* 的中译本《流行体系——符号学与服饰符码》，我们不难发现一个有趣的现象：这几

---

1 李廷揆：《略述罗朗·巴特的符号学》，《法国研究》，1986年第2期。
2 王东亮：《译后记》，见罗兰·巴特：《符号学原理》，王东亮等译，北京：三联书店，1999年，第125页。
3 罗芃：《纪念著名文艺理论家罗兰·巴尔特》，见柳鸣九编选：《萨特研究》，北京：中国社会科学出版社，1981年，第517页。
4 王宁：《后结构主义与分解批评》，《文学评论》，1987年第6期，第144页。

个译本似乎都对原作书名统领全书内容的能力表示怀疑，因此强行为它们配上了一个颇具诠释意味的副标题。译者（或出版者）的用意很明显，他们希望读者通过添加的副标题一目了然地知晓这些著作的类型与主题。对这种做法，我们或许不能一概否定，因为《神话——大众文化诠释》与《神话》相比，《流行体系——符号学与服饰符码》与《流行体系》相比，似乎确实能够有效避免读者对原作内容的误解，但对《恋人絮语》而言，"一个解构主义的文本"这个副标题是否合理就见仁见智了。该书译者之一汪耀进在《罗兰·巴特和他的〈恋人絮语〉》一文中陈述了将此书视作"一个解构主义文本"的原因："巴特将绵绵语丝斩为片断，无意雕凿拼凑一个有头有尾的爱情故事。……整个文本以及贯穿这部文本的无序与无定向性是解构主义大师巴特向终极意义挑战的一种尝试。这样说来，《絮语》又是一个典型的解构主义文本。"[1]

这种观点遭到了《罗兰·巴特随笔选》的译者张智庭（"怀宇"为其笔名）的驳斥。他指出，认为 Fragments d'un discours amoureux 是"一个解构主义文本"的观点很可能建立在对该书"是对歌德《少年维特之烦恼》一书的解读"这一认识基础上：

> 我认为这种看法并不准确。作者在书中开头的"本书是怎样构成的？"的文字中就告诉我们：这本书"……旨在展示一种陈述活动，而非一种分析"。在这段文字的结尾处，作者写道："……我们'拼凑了'来自多方面的片段。有的来自一种固定的阅读，即对于歌德《少年维特之烦恼》的阅读。有的来自一些经常浏览的读物（柏拉图的《会饮篇》，禅宗，精神分析学，某些神秘学说，尼采，德国浪漫曲）。有的来自偶然翻阅的读物。有的来自与朋友们的谈话。最后，还有的来自我个人的生活经历。"显然，这是在"拼凑"[2]一部"新的"作品，而不是像《S/Z》一书依据不同的能指符码解构巴尔扎克的《萨拉辛》

---

[1] 汪耀进：《罗兰·巴特和他的〈恋人絮语〉》，见罗兰·巴特：《恋人絮语——一个解构主义的文本》，汪耀进、武佩荣译，上海：上海人民出版社，1988年，第4、6页。
[2] 张智庭特别强调自己对《文本》译者没能将上引"本书是怎样构成的？"这段话中"monté"一词的意思准确翻译出来表示遗憾。他认为："罗兰·巴特特意为这个词加上了引号，足见有其特殊的用意。这个词为电影术语'蒙太奇'（montage）的动词 monter 的复合过去时变位形式，所以翻译成'拼凑了'更符合作者的用意和本书的结构特点。"

那样来分析一部作品。……这不仅不是一种"解构",反而却是某种程度的"结构化"（非严格的结构主义的意义）。[1]

他随即以巴特本人在《罗兰·巴特自述》中对自己写作过程所划分的四个阶段为依据,认为以《恋人絮语》的写作时间1977年来判断,这部作品应该算是巴特所说的第四个阶段即"道德观念研究阶段"的作品,因此"距离他的解构主义研究阶段已经过了七八年之久,如何还说其是解构主义的文本呢？"[2]

如果说张智庭的分析不无道理的话,那么颇具戏谑意味的是,我们在1995年出版的由他本人翻译的《罗兰·巴特随笔选》一书的"内容提要"中却发现《恋人絮语》竟然也被贴上了"解构主义"的标签[3]。更有甚者,1997年上海人民出版社再版《恋人絮语——一个解构主义的文本》时,干脆将"恋人絮语"四个字去掉而仅仅保留了"一个解构主义文本"。对于这一举动,贺晓波以出版社最大限度追求经济效益为由做出了诙谐的解释：

> 这在当前所有的日常生活领域都被"亚当·斯密的手"所牵着的境况下是容易理解的。……为了在足够的空间下给书以足够美丽的外衣,*Fragments d'un discours amoureux* 就成了《一个解构主义的文本》。"解构主义",看不懂吧,这就玄妙了,反正是一种"主义",买了吧,买了说明你有层次感了。[4]

1988年《恋人絮语——一个解构主义的文本》出版时,"解构主义"一词对于当时一些追求理论话语时髦感的读者而言,无疑具有极大的诱惑。然而,很多购买了此书的读者后来却对这个让他们当年倾心不已的"解构主义文本"发起了牢骚。作家赵玫曾坦陈自己对这本书由渴盼阅读到最终放弃进而觉得其并无多大价值的心态转变过程：

---

1 张智庭:《谈罗兰·巴特著述的翻译》,《文汇读书周报》,2001年6月9日,《译苑笔谈》专栏。
2 同上。
3 该书的"内容提要"中写道："(巴特)晚年写作的解构主义文本《恋人絮语》成为法国的畅销书。"
4 贺晓波：《罗兰·巴特与恋人》,见http://www.wsjk.com.cn/gb/paper23/6/class002300006/hwz37646.htm。

第十一章　罗兰·巴特与文论

> 从1988年我就提醒自己读当时非常时髦的罗兰·巴特的书和评价他的文章。老实说，那些理论很艰涩，读起来真是味同嚼蜡。但我还是要求自己把它们读下来，我也坚信读巴特的书一定会使我变得深刻和博学起来。但真实的情形是，巴特的话语我过目便忘。读了很多却无论怎样也弄不懂巴特说的是什么……
>
> ……《恋人絮语》出现了。副题上标着，这是一个解构主义的文本；封底上又写着：本书在法国问世后便立即风靡西方文坛，成了罕见的畅销书，被译成多种文字，并被搬上舞台。多么美妙诱人的广告语。我当然即刻被吸引了。……但是，终于地未能读完。[1]

赵玫后来曾试图再次阅读，但最终发现"这是一本过时的书"：

> 为什么会过时？就是因为作者太想花样翻新了。这本书所尝试的是一些最时髦的结构上扑朔迷离的排列组合，无非是在整体布局上玩儿一些花样。什么"解构主义的文本"？也无非是去解释一些关于恋人的词语和感觉，当然，还加上了他自己的一些认识理解和分析。而已。然后便弄得玄玄乎乎，煞有介事，令人头疼。[2]

显然，作家在此抱怨的正是"解构主义的文本"这一表述对读者的玩弄。然而，她对这本书所持的近乎全盘否定的态度似乎表明她并不知道原作书名中并没有这样一个副标题。巴特在这里被大大地冤枉了。其实，赵玫所抱怨的"结构上扑朔迷离的排列组合"恰恰是巴特力求达到的一种阅读效果，诚如贺晓波所言：

> 恋人的思维系统，在恋爱环境中，就处于一种近似梦呓的胡言乱语状态，逻辑和连续的生活就再也不是有效的了。而世间动人而跌宕起伏的爱情小说，从意识形态上来说，从来就是病态的社会为具有永恒的窥私癖的各个个体提供的一个个契机。恋人也在众目睽睽之下，

---

1 赵玫：《〈恋人絮语〉：拥有就足够了》，见《中国最佳随笔·2000卷》，沈阳：辽宁人民出版社，2001年，第276—277页。
2 同上，第278页。

按众人喜好的模式摆布着自己，以供娱乐。罗兰·巴特就是为了让恋人重新成为一个恋人，强行切分恋人所在的时间段，形成一个个本文，以恋人特有的非理性和不可读的方式，随意散落在作者似乎不在的意义系统中。[1]

毋庸讳言，构建一个"作者似乎不在的意义系统"与解构主义者（更确切地说是后结构主义者）巴特提出的最具标志性的观点"作者死了"如出一辙，从这一点上讲，将此书理解为"一个解构主义文本"倒也并非完全不正确。但问题是，这种理解方式毕竟只表明了译者的主观立场。即便我们赞同"作者已死"的观点，从翻译的角度看，译者也不该将自己嚼过的馍硬塞到其他读者口中。

第三节　巴特在中国的接受与影响

随着各种译介文本的问世，一个多立面的巴特最终展现在中国读者面前。人们逐渐信服了苏珊·桑塔格的话，"若把巴特仅看作一个文学评论家是非常不公平的"[2]，他们意识到巴特"是一个具有多重面目的大师，用一副或两副面孔来指称他，总显不合适"[3]。当然，这种认识上的不断丰富离不开译介文本客观上对巴特文论在中文语境下的传播所起的推动与促进作用，但更主要的原因则在于中国学者结合本土语境对其文论的研究和运用，正是这种研究和运用体现了巴特文论对于中国知识界的价值。然而需要指出的是，巴特文化身份的多样性使得广义上的巴特文论（文学—文化理论）在很多研究领域都能够找到侧重于某一方面的阐释者与信奉者。我们在此以中国学者对巴特文论的研究和运用为视角，观照其在中文语境下的接受状况，无意以那些从宏观或微观角度进行巴特文论本体研究的著述为考察对象，而是选取一些能够反映接受特点与存在问题的环节加以分析和总结。

1　贺晓波：《罗兰·巴特与恋人》，见 http://www.wsjk.com.cn/gb/paper23/6/class002300006/hwz37646.htm。
2　转引自孙康宜：《文学经典的挑战》，南昌：百花洲文艺出版社，2002年，第403页。
3　方珊：《形式主义文论》，济南：山东教育出版社，2002年，第298页。

一、"结构主义者"巴特/"后结构主义者"巴特：身份的疑惑

在介绍巴特文论的译介历程时我们曾经提到，新时期初期，正当人们日益了解和熟悉"结构主义者"巴特的思想时，张隆溪发表于《读书》杂志上的《结构的消失——后结构主义的消解式批评》一文却揭示了巴特作为"后结构主义者"的另一重文化身份。此后，巴特便经常轮换着以结构主义者和后结构主义者的面孔出现在中国读者面前，以至于人们在相当长一段时期内对其究竟是"结构主义者"还是"后结构主义者"感到困惑。王宁就曾在1987年谈到中国学界对巴特"结构主义者"与"后结构主义者"双重身份的模糊认识：

> 在论述二十世纪西方文学理论批评的书中，读者常常发现划分不一，因而弄不明白，究竟巴特是一位结构主义者呢，还是一位后结构主义者？当然，若从他的活动时间和产生的影响来看，他主要是一位结构主义者，或是一位后来走向后结构主义的结构主义者。他在1966年对叙事作品作结构分析以及1967年在符号学研究专著《模式的系统》(*Système de la mode*)中，还再清楚不过地表明，自己是一位"正统的结构主义者"，而到了1970年《S/Z》问世时，他的那种正统观念却发生动摇了。而且从那以后，他在自己的批评论著中，就似乎一直踯躅在结构主义与后结构主义之间：一方面对结构主义的思维模式和研究方法感到怀疑和不满，另一方面又不愿意彻底弃之，或者说难以摆脱既定模式的束缚。[1]

我们注意到，虽然王宁在这段论述中指出巴特"一直踯躅在结构主义与后结构主义之间"，但他还是倾向于认为巴特"主要是一位结构主义者，或是一位后来走向后结构主义的结构主义者"。其实，只要回想一下前文提到的当时国内西方文艺理论研究界对巴特的《叙事作品结构分析导论》的重视程度，我们便不难做出这样的推断：王宁的观点实际上代表了当时国内处于西方文艺理论研究前沿的绝大多数人士的看法。今天看来，尽管

---

1 王宁：《后结构主义与分解批评》，《文学评论》，1987年第6期，第144页。

《导论》一文对新时期中国文学批评的发展产生过较大影响,但仅仅以这样一个当时恰逢时机被先期译介过来的文本为据,便认定巴特是一位"结构主义者",还是不够全面的。

对于一位外国思想家,如果我们在评价他对中国知识界产生影响的大小时,以他的名字是否被《辞海》这一中国既具权威性又具普及性的百科辞书收录作为参照,那么巴特在1989年的中国还算不上鼎鼎大名,因为这一年出版的《辞海》中还没有"罗兰·巴特"这一词条。此后十年间,罗兰·巴特的名字借助各种译介性与研究性文本在中国知识界广为流传。待到1999年《辞海》发行新版本时,"罗兰·巴特"的词条已经收录其中:

> 罗兰·巴特(Roland Barthes, 1915—1980) 法国哲学家、文学批评家,后结构主义者。就学于巴黎大学,曾在法兰西学院主持符号学讲座。提出文学的零度的概念以反对萨特关于文学干预时事的理论。认为文学批评主要是对文本的分析,应当不涉及语词的所指,文学作品的言语只是一个符号系统。文学作品有三个层次,即功能层、行为层(人物层)、叙述层,以此分析读者对文本的横向阅读与纵向阅读。提出符号学,把索绪尔的语言符号理论运用于饮食、服装等生活对象上,认为它们也是一种符号现象。著有《符号学原理》、《叙事作品结构分析导论》等。[1]

在这段介绍性文字赋予巴特的三种文化头衔中,"后结构主义者"与彼时研究界将其视为"结构主义者"的观点相比有了明显变化。然而对接下来的内容略加分析后,我们却又发现其前后矛盾之处,似乎编写该词条的人对巴特学术思想的发展过程并不了解,不过是在拼凑着关于巴特的现成论断。其中关于巴特学术生涯的介绍主要涉及三个方面:文学的"零度"概念、文本的结构分析与社会生活领域的符号学研究。按照通常意义上对巴特思想发展阶段的划分,这三个方面与"后结构主义"并没有直接的联系,尤其是"文学作品有三个层次"的观点,出自向来被视为巴

---

[1] 辞海编辑委员会:《辞海》,上海:上海辞书出版社,2000年,第118页。

特在"结构主义"研究阶段的代表作《叙事作品结构分析导论》,与"后结构主义"更是毫无瓜葛。这些方面哪里体现出巴特是一个"后结构主义者"呢?从某种意义上说,这一无法自圆其说的矛盾恰恰印证了这样一个事实,即巴特文论在汉译过程中呈现的无序性和无逻辑性一定程度上导致了接受群体在认识上的混乱。今日的中国知识界对于巴特从"结构主义"阵营向"后结构主义"阵营的转变早已熟稔于心,而且人们清楚地知道这种转变是巴特这样一位思想大师得以于学术上始终引领时代风骚的关键。因此,不管是"结构主义者"还是"后结构主义者",都只是巴特在一个特定阶段内的文化身份,都无法勾勒出一个完整的巴特。就其文论在中国的接受状况而言,我们对其"结构主义者"和"后结构主义者"双重身份的认识虽然存在着长期的交叉性,但在不同时期还是各有侧重的,也就是说"在某一特定时期,(巴特)曾以某副面孔出现为主"[1]。

二、"结构主义者"巴特与《叙事作品结构分析导论》

新时期初期,在结构主义研究热潮中被译介到中国的巴特无疑是一位"结构主义者"。这不仅因为当时"罗兰·巴特"的名字出现在一些介绍结构主义文学理论的文章中,更主要是因为《叙事作品结构分析导论》的译文在当时的中国文学理论界和文学批评界产生了很大的反响。实际上,《导论》作为国内知识界第一次以译介巴特个人思想为目的进行的翻译并非偶然,它是中国当代文学理论及其批评实践在意识到传统文学具有"殊多'内容批评'而少有形式分析"[2]的重大缺陷后试图通过发展形式结构批评来完善自身的必然结果。但是,在传统的社会历史文化批评模式中浸淫已久的中国文学批评实践,在缺失前期理论积累的条件下似乎难以在短时期内具备形式结构批评要求的思维方式和掌握其文本分析方法的真谛,以至于一方面《导论》中提出的观点被很多介绍性文章引用,另一方面却很少有人真正运用文中提出的方法去研究分析某部作品。此外,当时研究界一些权威人士对结构主义批评的看法失之偏颇,其误导作用可能也是导

---

1 方珊:《形式主义文论》,济南:山东教育出版社,2002年,第298页。
2 康林:《本文结构批评的"拿来"与发展》,《文学评论》,1987年第5期,第159—160页。

致实践上冷寂局面出现的原因之一[1]。根据我们目前所掌握的为数不少的资料，对《导论》中的观点加以运用并产生过一定影响的研究屈指可数。人们较为熟悉的是李劼在《论小说语言的故事功能》一文中借用巴特在《导论》中使用的"催化"一词，并将自己提出的"小说语言的故事生成功能"和"故事催化功能"两个概念分别类比于巴特所说的叙事作品的"功能层"和"叙述层"，借以分析小说《百年孤独》的开篇名句[2]。

宣传上的不亦乐乎与实践上的悄然无声形成了鲜明的对比，促使一些研究者对《导论》展开了新的研究。发表于《外国文学评论》1991年第1期上韦遨宇的《"明修栈道 暗度陈仓"——读罗兰·巴特〈叙述分析导论〉》一文可以视为这方面的代表性研究成果。与以往将《导论》纯粹视为巴特结构主义文学理论代表作的观点不同，韦遨宇认为"巴特在建构自己的结构主义叙述学理论时，就已在准备摧毁这一理论并开始了向后结构主义的文本阅读理论与符号学理论的演进"[3]。在这篇文章的第二部分"对中心结构的内部颠覆"中，作者结合巴特在《导论》中提出的"功能层"这一概念，通过缜密的论证，让读者了解到巴特"对结构主义思维模式，对叙述作品中心结构、主导功能决定论"的怀疑立场，并意识到"一元论、决定论的结构主义思维方式让位于多元论、非决定论的解构主义思维方式的这一必然的趋势，早在1966年发表的这篇《叙述分析导论》中，就已明白无误地暗示给我们了"[4]。此外，韦遨宇还论证了"'读者'对封闭式叙述结构从外部进行的冲击"与巴特"慧眼独具的结构游戏观"，最终他总结道："（我们其实应该将《导论》视为）巴特明修结构主义叙述学之栈道，暗度后结构主义文本阅读理论之陈仓的语言式论著，视为巴特从结构主义转向后结构主义的一个理论转折点。"[5]

随着巴特文论研究的深入，巴特在"后结构主义"时期提出的一些振

---

[1] 如伍蠡甫曾经指出："（以巴特为代表的）结构主义批评只做了一桩事：完全否定文学和作家，它之所以如此荒谬，乃是由于非理性主义和形式主义的恶性发展啊！"（参见伍蠡甫：《现代西方文学批评的若干流派》，《文艺报》，1985年第3期，第59页）这样的观点在今天看来显然带有很大的偏见，至少它完全抹杀了结构主义文论在西方文坛上的积极作用。
[2] 参见李劼：《论小说语言的故事功能》，《上海文论》，1988年第2期。
[3] 韦遨宇：《"明修栈道 暗度陈仓"——读罗兰·巴特〈叙述分析导论〉》，《外国文学评论》，1991年第1期，第32页。
[4] 同上，第36页。
[5] 同上，第39页。

聋发聩的观点越来越为中国读者所熟悉。相比之下,《导论》则由于长期与中国文学批评实践脱节而不再受到关注。面对这一尴尬的局面,有的研究者将其归咎于《导论》本身的缺陷:

> (巴特)所提出的见解,除了适应时代需要的那些时髦的术语之外,人们并未看到他的真正新意;除了他在个别观点上的真知灼见以外,人们并未发现他那理论的系统性、层次的严密性、结构的实用性表现在哪里。……对于一个理论家来说,尤其重要的是他的理论应能返回到实践之中,指导实践。可惜我们只看到他在分析三大层次时零零星星地举了一些例子,却丝毫没有见到他这种理论系统地应用于实践的影子。这不得不给人留下这样一种印象:他是在为理论而理论,为结构而结构。[1]

这和怀宇在《罗兰·巴特随笔选》的《译后记》中对于《导论》为何没有成为该书译介对象所做的解释[2]不谋而合。

三、"后结构主义者"巴特与"作者死亡"论

当年通过张隆溪并不十分详细的介绍,中国读者在对巴特后结构主义文论的朦胧认识中依稀了解到,他在《S/Z》这部作品中对巴尔扎克的中篇小说《萨拉辛》所做的详细分析是实践其后结构主义批评理论的经典范例。对于当时的大多数读者而言,《结构的消失——后结构主义的消解式批评》一文是他们了解巴特后结构主义文论和实践的缘起。实际上,研究界的某些人士在此之前便已领略过这种全新批评方法的风采。乐黛云曾在《读书》1983年第4期上向国内读者介绍了1982年12月10日至20日在夏威夷召开的"批评方法与中国现代小说研讨会"的情况。此次研讨会的宗旨是"用各种最新的文艺理论与方法来分析中国现代短篇小说,从多方面试探这种结合的可能性和局限性"[3]。据乐黛云介绍,此次研讨会上即有学者"用类似(罗兰·巴特将巴尔扎克的一部短篇小说打散成

---

[1] 王允道:《评罗兰·巴特的结构主义》,《当代外国文学》,1996年第4期,第67—68页。
[2] 怀宇的解释是:"(巴特)后来很少再应用这篇文章中确定的方法,因此没有选入。"
[3] 乐黛云:《"批评方法与中国现代小说研讨会"述评》,《读书》,1983年第4期,第120页。

五百六十一个阅读单位来进行分析，以说明各单位的不同形式以及其间的相互关系）的方法来分析茹志鹃的《百合花》，把这个短篇分解为十四个不同的形象系列，找出各系列的特点和相互关系以说明《百合花》的抒情特点与节奏感的来源"[1]。遗憾的是，由于文章篇幅所限，乐黛云未能详细介绍研讨会上对这一"结合的可能性和局限性"进行讨论的结果。后来的事实证明，巴特的这种后结构主义批评理论在中文语境下同样遭遇了宣传与实践的严重脱节。导致这种局面的原因，一方面在于《S/Z》等相关著作在很长一段时间内没有译成中文，另一方面——也是更根本的一方面——则在于中国文学批评界中极少有人具有这种精细的文本分析所需要的耐心[2]。

虽然巴特的后结构主义批评实践没有在中国找到真正的志同道合者，但他提出的"作者死了"这一颇具后结构主义色彩的观点却被一些文学批评家在获悉后迅速奉为圭臬，以至于李洁非在《文本与作者——一个小说叙述学难题》中发出如下感叹："真正的幽灵是罗兰·巴特，他对当前中国文学思想的影响是怎样估价都不会过分的。"[3] 李洁非向我们描述了二十世纪八十年代中晚期之后，"作者死了"这一观点带给当时中国文坛的震撼：

> 由于意识到作者在其作品中的地位并非牢不可破，或者说作者对于作品的意义并非必然性的，今天的批评家已比过去任何时候都更加肆无忌惮地议论作家；王蒙、阿城、莫言、韩少功、张承志、残雪、刘索拉等等耀眼的明星纷纷受到尖锐的有时甚至是轻慢的挑剔，无疑表明一些偶像正在被拆除，而批评家则有勇气越过作者直接面对作品——并确认唯有后者才是自己的批评对象。[4]

面对这种"肆无忌惮"的议论，很多作家严词以对，痛加挞伐。当然，我们并不否认其中有某些评论家"居心叵测"，但更多的情况下则是作家在

---

[1] 乐黛云：《"批评方法与中国现代小说研讨会"述评》，《读书》，1983年第4期，第123页。
[2] 孙绍振：《西方文论的引进和我国文学经典的解读》，《文学评论》，1999年第5期，第24页。
[3] 李洁非：《文本与作者——一个小说叙述学难题》，《艺术广角》，1989年第1期，第38页。
[4] 同上。

尚未了解事实真相的情况下，想当然地将某些评论家对文学作品的批评视为"对某个具体作家的敌视"或者"企图借批名作家来炒作自己"。作家与批评家的相互攻讦在其后的很长一段时间内引发了更多研究者对"作者是死去还是活着"这一问题的思考。宁一中的《作者：是"死"去还是"活"着？》一文和兰珊珊的《也论"作者之死"》一文观点相对，是致力于探讨这一问题的众多文章中较有代表性的两篇。对"作者之死"持批判态度的宁文在考察了这一论点与各种文学理论的渊源后，又列举大量实例，试图证明这种理论"在为作品和读者的登场鸣锣开道的时候，采取了极端的态度，彻底否定了作者在作品中的存在，这样就否定了作品风格的存在，否定了作者应承担的道德、伦理、法律、政治等责任；也否定了仍然存在的某种意义上的作者的权威作用"[1]。而持欣赏态度的兰文则将这一论点置放于二十世纪文学研究语言学转向的大背景下加以审视，强调"作者之死并不是指经验世界中某个生命个体的消亡，它代表的是一种理论转向，代表着传统的本体论与认识论的本质与权威在强大的语言学理论面前分崩离析的命运。……'作者之死'并不是抹杀作者的存在，而是对作者存在的绝对权威提出质疑，对造就这种权威的社会意识形态提出质疑"[2]。这种学术争鸣使中国知识界逐渐意识到，正如新时期初期传统的社会历史文化批评模式亟待文本结构批评带来清新空气一样，中国批评界长期以来奉行的以作者意图为出发点的批评理念也需要借助"作者死了"这样的先锋理论来实现自身的变革与完善。李洁非当年在《文本与作者——一个小说叙述学难题》中提出的建议多年之后成为中国文学界在接受"作者之死论"的过程中应当遵循的准则：

> 我觉得罗兰·巴特"作者死了"这句话在中国当代批评中所起到的最好效果莫过于，评论家既因此改变了过去那种服从、论证作家的意识，又不致拿一些理论教条在自己与作家之间砌起一道无形的墙，而恰恰是借助于这种对"作者"的超越反过来建立我们真正的作家研究——这种研究并不是为树立作家权威而效劳的，毋宁说是我们尝试

---

1 宁一中：《作者：是"死"去还是"活"着？》，《国外文学》，1996年第4期，第31页。
2 兰珊珊：《也论"作者之死"》，《外国文学研究》，1997年第4期，第24—25页。

文学的现象描述与艺术分析的开端。[1]

四、"零度写作"与新写实主义

在1987年出版的《符号学美学》中,"零度写作"这一概念通过收录在"附录"中的林青翻译的《写作的零度》(节译)一文为中国知识界所了解。时隔一年,在李幼蒸编译的《符号学原理——结构主义文学理论文选》中,读者已经可以找到这篇文章的完整译文。自那以后,"零度写作"便成为一个在文学理论研究与文学作品评论类文章中频繁亮相的术语。其知名度之高从以下这些事实便可窥一斑:在漓江出版社2000年出版的由中国学者编写的《20世纪影响世界的百部西方名著提要》一书中,《写作的零度》超过了八十年代中期颇为吸引研究者眼球的《叙事作品结构分析导论》和到当时为止已经在国内出版了四个译本的《符号学原理》,跻身百部名著之列[2];2003年浙江文艺出版社出版的《二十世纪中国文学批评99个词》一书也将"零度写作"列为"99个词"之一。面对"零度写作"享有的如此之高的知名度,我们不禁要问:它对中国文坛究竟产生了什么样的影响呢?

其实,"零度写作"在相当长一段时期内遭遇的也是研究者"断章取义"式的曲解。林秀琴在《二十世纪中国文学批评99个词》一书中评述这一概念时就指出:

> 零度写作强调由字词独立品质所带来的多种可能性和无趋向性。然而这种无趋向性越来越被狭隘地理解和使用了。在今天的文学现实中,我们不无随意地用零度写作来定义那些采用了外部聚焦,行为主义式的叙事规范,新写实小说就时常不乏贬义地被冠以零度写作的头衔。我们还时常把九十年代被称作先锋写作,或那些不再承载某种主流意识形态,标榜无意义或消解中心的写作,或一些表现所谓后现代主义虚无态度的写作,也称为零度写作了。零度写作竟然变成类似于

---

[1] 李洁非:《文本与作者——一个小说叙述学难题》,《艺术广角》,1989年第1期,第45页。
[2] 张新木:《写作的零度》,见刘锋、张杰、吴文智主编:《20世纪影响世界的百部西方名著提要》,桂林:漓江出版社,2000年。

游戏的写作方式了。零度写作还成为区分文学是否"介入"现实世界，作家是否具有人文精神关怀的分水岭……[1]

我们认为，造成上述这些误解的根本原因在于，很多望文生义的研究者将"零度写作"与传统意义上文学作品应该具备的道德评价功能完全对立了起来。这种绝对对立使得在风格上具有"零度"意味的"新写实小说"被评论界嗤之以鼻；使得那些"不再承载某种主流意识形态，标榜无意义或消解中心的写作，或一些表现所谓后现代主义虚无态度的写作"能够凭着"零度写作"这一挡箭牌应对任何来自批评界的诘难；也使得一些在创作上带有"零度"风格的作家被批判为"缺乏人文精神"。一些有识之士已致力于纠正这一错误认识。林秀琴指出："不能否认，在《零度的写作》中罗兰·巴特既强调了写作的零度，即语言的多义性和不确定性，又肯定了语言的'介入性'的事实。但必须看到，零度写作和'介入'并不矛盾，准确地说，这是两个层面上的问题，前者是语言内部的，后者是就语言和意识形态的关系而言的：一切语言，一切文学都不能不是一种意识形态的写作或表达，都是一种'介入'。"[2] 更有论者提出"在'介入'和'零度'的结合中认识写作"这样的观点，他们认为"'介入'理论所强调的写作社会责任感与'零度'理论所体现出的关注个体的倾向，应该成为我们认识写作本质的一种有益参照"[3]。

至于"零度写作"在中国本土化过程中的影响，抛开那些有名无实的"零度写作"不论，"新写实文学"或许可以为我们研究这一概念在中国的接受状况提供一个独特的视角。虽然我们目前掌握的资料尚不足以揭示两者之间存在着必然联系，但在研究、评述"新写实文学"的文章中，"零度"一词被广泛使用，并且与"风格""情感""真实"这些词语搭配，构成了"零度风格""零度情感""零度真实"等新概念。这些现象至少表明，巴特使用的"零度"一词留给中国文学界的印象是非常深刻的。甚至有研究者认为，与先锋派、私语小说、后现代主义等这些在当代中国文坛

---

[1] 林秀琴：《零度写作》，见南帆主编：《二十世纪中国文学批评99个词》，杭州：浙江文艺出版社，2003年，第410页。
[2] 同上。
[3] 孟建伟：《在"介入"和"零度"的结合中认识写作》，《山西师大学报》（社会科学版），2004年第2期，第137，141页。

上昙花一现的小说创作模式相比,"新写实文学"之所以一度独领风骚,原因正在于它通过对"思想情感的表达"与"生存真实的审视"二者的零度把握,"实现了传统与现代的完美结合,体现出它独具的审美意蕴"[1];"零度情感"的"道是无情却有情"与"零度真实"的"真作假时假亦真"[2]这一组巧妙的譬喻在某种意义上概括了"新写实文学"所信奉的"零度写作"概念。当然,这里的"零度写作"也许并不完全遵循巴特当年的理论轨迹,但对于接受者而言,与其在巴特的阴影中徘徊踌躇,倒不如大胆信服自己对于"元理论"的阐释,以求走得更远。

以上我们对巴特文论在中国的译介与接受状况做了较为系统的回顾与总结。需要说明的是,在现时期进行这一研究,其目的并不在于为巴特文论的"中国之旅"画上句号。相反,我们希望它成为促使更多研究者关注这一问题的契机。虽然我们已经拥有大量的译介文本和研究成果,但量的积累从来不等于质的飞跃。译介与研究的高潮过后,等待我们的正应该是全面的回顾与反思。

---

[1] 顾梅珑:《"新写实"的零度审视及其审美意蕴》,《广西师院学报》,2001年第4期,第36页。
[2] 同上,第37—39页。

主要参考书目

Aragon, Louis: *Paris vu par les écrivains: anthologie*, Paris: Arcadia, 2003.
Barthes, Roland: *Roland Barthes*, Paris: Editions du Seuil, 1975.
Barthes, Roland: *Sur la littérature*, Grenoble: Presses universitaires de Grenoble, 1980.
Beauvoir, Simone de: *Le deuxième sexe*, Paris: Gallimard, 1976.
Beauvoir, Simone de: *Lettres à Nelson Algren: un amour transatlantique: 1947–1964*, Paris: Gallimard, 1999.
Brenner, Jacques: *Histoire de la littérature française. De 1940 à nos jours*, Paris: Fayard, 1978.
Breton, André: *Le surréalisme au service de la révolution*, Paris: Jean-Michel Place, 2002.
Brisset, Annie: *Sociocritique de la traduction: Théâtre et altérité à Québec (1968–1988)*, Longueuil: Les Editions du Préambule, 1990.
Butor, Michel: *Répertoire littéraire*, Paris: Gallimard, 1996.
Butor, Michel: *Anthologie nomade*, Paris: Gallimard, 2004.
Camus, Albert: *Le mythe de Sisyphe: essai sur l'absurde*, Paris: Gallimard, 1942.
Camus, Albert: *Outsider*, London: Hamish Hamilton, 1946.
Camus, Albert: *Correspondance: 1939–1947*, Paris: Fayard/Gallimard, 2000.
Chabert, Pierre (éd): *Samuel Beckett,* numéro spécial hors-série de *Revue d'Esthétique*, Toulouse: Privat, 1986.
Duras, Marguerite: *Un barrage contre le Pacifique*, Paris: Gallimard, 1950.
Duras, Marguerite: *Moderato cantabile*, Paris: Editions de Minuit, 1958.

Duras, Marguerite: *Le vice-consul*, Paris: Gallimard, 1966.

Duras, Marguerite: *L'amant*, Paris: Editions de Minuit, 1984.

Duras, Marguerite: *La vie matérielle: Marguerite Duras parle à Jérôme Beaujour*, Paris: P.O.L., 1987.

Duras, Marguerite: *Ecrire*, Paris: Gallimard, 1993.

Eluard, Paul: *Poèmes pour tous: Choix de poèmes 1917−1952*, Paris: Editeurs français réunis, 1952.

Eluard, Paul: *Poèmes d'amour et de liberté*, Paris: Temps des Cerises, 1995.

France, Anatole: *L'île des pingouins*, Paris: Calmann-Lévy, 1908.

France, Anatole: *Le crime de Sylvestre Bonnard: membre de l'institut*, Paris: Calmann-Lévy, 1921.

France, Anatole: *Thaïs*, New York: Illustrated Editions Co., 1931.

France, Anatole: *Les pensées*, Paris: Cherche Midi Editeur, 1994.

Gane, Mike: *Roland Barthes. Volume Ⅰ-Ⅲ*, London: Thousand Oaks, CA: Sage, 2004.

Gide, André: *Le roi Candaule*, Paris: Gallimard, 1904.

Gide, André: *La symphonie pastorale*, Paris: Gallimard, 1925.

Gide, André: *Les faux-monnayeurs*, Paris: Gallimard, 1925.

Gide, André: *Voyage au Congo, carnets de route*, Paris: Gallimard, 1928.

Gide, André: *Si le grain ne meurt*, Paris: Gallimard, 1928.

Gide, André: *L'école des femmes*, Paris: Gallimard, 1934.

Gide, André: *Retour de l'U.R.S.S.*, Paris: Gallimard, 1936.

Ionesco, Eugène: *Entre la vie et le rêve: entretiens avec Claude Bonnefoy*, Paris: Belfond, 1977.

Jouanny, Robert: *La cantatrice chauve: la leçon d'Eugène Ionesco,* Paris: Hachette, 1975.

Jouve, Vincent: *La littérature selon Roland Barthes*, Paris: Editions de Minuit, 1986.

Mauriac, François: *Le fleuve de feu*, Paris: J. Ferenczi & Fils, 1926.

Mauriac, François: *Le noeud de vipères*, Paris: Bernard Grasset, 1932.

Mauriac, François: *Le baiser au lépreux*, Paris: Bernard Grasset, 1942.

Mauriac, François: *Le désert de l'amour*, Paris: Club des Librairies de France, 1954.

Maurois, André: *Les silences du colonel Bramble*, Paris: Bernard Grasset, 1921.

Maurois, André: *Climats*, Paris: Bernard Grasset, 1928.

Maurois, André: *A la recherche de Marcel Proust: avec de nombreux inédits*, Paris:

Hachette, 1949.

Maurois, André: *Prométhée, ou, la vie de Balzac; Olympio, ou, la vie de Victor Hugo; Les trois Dumas*, Paris: R. Laffont, 1993.

Proust, Marcel: *Morceaux choisis de Marcel Proust*, Paris: Gallimard, 1928.

Proust, Marcel: *A la recherche du temps perdu*, Paris: Gallimard, 1984.

Proust, Marcel: *La confession d'une jeune fille suivi de Violante ou la mondanité et de Sentiments filiaux d'un parricide*, Bègles: Le Castor Astral, 1992.

Proust, Marcel: *Les plaisirs et les jours: suivi de l'indifférent et autres textes*, Paris: Gallimard, 1993.

Robbe-Grillet, Alain: *Les gommes*, Paris: Editions de Minuit, 1953.

Robbe-Grillet, Alain: *Dans le labyrinthe*, Paris: Editions de Minuit, 1959.

Robbe-Grillet, Alain: *La jalousie*, Paris: Editions de Minuit, 1963.

Robbe-Grillet, Alain: *Pour un nouveau roman*, Paris: Gallimard, 1963.

Rolland, Romain: *Jean-Christophe*, Paris: Albin Michel, 1931.

Rolland, Romain: *L'âme enchantée*, Paris: Editions Albin Michel, 1951.

Rolland, Romain: *Correspondance*, Paris: Editions Albin Michel, 1991.

Rolland, Romain: *Voyage à Moscou*, Paris: A. Michel, 1992.

Saint-Exupéry, Antoine de: *Vol de nuit*, Paris: Gallimard, 1931.

Saint-Exupéry, Antoine de: *La terre et les hommes*, Paris: Didier, 1975.

Saint-Exupéry, Antoine de: *Le petit prince: avec les dessins de l'auteur*, Paris: Gallimard, 1997.

Sarraute, Nathalie: *Oeuvres complètes*, Paris: Gallimard, 1996.

Sartre, Jean-Paul: *Les chemins de la liberté*, Paris: Gallimard, 1945.

Sartre, Jean-Paul: *Situations I: essais critiques*, Paris: Gallimard, 1947.

Sartre, Jean-Paul: *Situations II: qu'est-ce que la littérature?* Paris: Gallimard, 1948.

Sartre, Jean-Paul: *La responsabilité de l'écrivain*, Lagrasse: Verdier, 1998.

Simon, Claude: *The Flanders Road*, London: J. Calder, 1985.

Simon, Claude: *Le jardin des plantes*, Paris: Editions de Minuit, 1997.

Sykes, Stuart: *Les romans de Claude Simon*, Paris: Editions de Minuit, 1979.

Worth, Katharine: *Samuel Beckett's Theatre: Life Journeys*, Oxford: Clarendon Press, 2001.

Yourcenar, Marguerite: *Mémoires d'Hadrien*, Paris: Plon, 1954.

Yourcenar, Marguerite: *Nouvelles orientales*, Paris: Gallimard, 1963.

Yourcenar, Marguerite: *Le coup de grâce*, Paris: Gallimard, 1966.

Yourcenar, Marguerite: *L'Oeuvre au noir*, Paris: Gallimard, 1968.

Yourcenar, Marguerite: *Comment Wang-fô fut sauvé*, Paris: Gallimard, 1979.
Yourcenar, Marguerite: *Le temps, ce grand sculpteur*, Paris: Gallimard, 1983.
Yourcenar, Marguerite: *Souvenirs pieux; Archives du Nord; Quoi? L'éternité*, Paris: Gallimard, 1990.

阿拉贡：《论约翰·克利斯朵夫》，陈占元译，上海：平明出版社，1950年。
阿拉贡：《圣周风雨录》，李玉民等译，桂林：漓江出版社，1991年。
阿尼西莫夫：《罗曼·罗兰》，侯华甫译，上海：新文艺出版社，1956年。
艾吕雅：《保尔·艾吕雅诗选》，李玉民译，石家庄：河北教育出版社，2003年。
北京大学中法文化关系研究中心、北京图书馆参考研究部中国学室主编：《汉译法国社会科学与人文科学图书目录》，北京：世界图书出版公司，1996年。
贝尔沙尼等：《法国现代文学史》，孙恒等译，长沙：湖南人民出版社，1989年。
贝克特等：《普鲁斯特论》，沈睿等译，北京：社会科学文献出版社，1999年。
波伏瓦：《名士风流》，许钧译，桂林：漓江出版社，1991年。
波伏瓦：《萨特传》，黄忠晶译，南昌：百花洲文艺出版社，1996年。
波伏瓦：《第二性》，陶铁柱译，北京：中国书籍出版社，1998年。
波伏瓦：《女宾》，周以光译，北京：中国书籍出版社，2000年。
布吕奈尔等：《20世纪法国文学史》，郑克鲁等译，成都：四川文艺出版社，1991年。
布托尔：《变》，桂裕芳译，北京：外国文学出版社，1983年。
布托尔：《变化》，朱静译，上海：上海译文出版社，1998年。
陈德鸿、张南峰编：《西方翻译理论精选》，香港：香港城市大学出版社，2000年。
陈厚诚、王宁主编：《西方当代文学批评在中国》，天津：百花文艺出版社，2000年。
陈慧编著：《西方现代派文学简论》，石家庄：花山文艺出版社，1985年。
陈焘宇、何永康主编：《外国现代派小说概观》，南京：江苏文艺出版社，1985年。
陈晓明：《无边的挑战》，长春：时代文艺出版社，1993年。
陈周芳：《罗曼·罗兰》，沈阳：辽宁人民出版社，1985年。
剌外格：《罗曼·罗兰》，杨人楩译，上海：商务印书馆，1928年。
崔道怡等编：《"冰山"理论：对话与潜对话》，北京：工人出版社，1987年。
戴望舒：《戴望舒全集·诗歌卷》，北京：中国青年出版社，1999年。
丁子春主编：《欧美现代主义文艺思潮新论》，杭州：杭州大学出版社，1992年。
杜布莱西斯：《超现实主义》，老高放译，北京：三联书店，1988年。
杜拉斯：《情人》，王东亮译，成都：四川人民出版社，1985年。
杜拉斯：《情人》，颜保译，北京：北京语言学院出版社，1985年。
杜拉斯：《悠悠此情》，李玉民译，桂林：漓江出版社，1986年。
杜拉斯：《情人》，戴明沛译，北京：北京出版社，1986年。

杜拉斯：《北方的中国情人》，胡小跃译，北京：中国文联出版公司，1992年。
杜拉斯：《情人·乌发碧眼》，王道乾、南山译，上海：上海译文出版社，1997年。
杜拉斯：《物质生活》，王道乾译，天津：百花文艺出版社，1997年。
杜拉斯：《情人》，林瑞新译，兰州：敦煌文艺出版社，2000年。
杜拉斯：《情人》，王道乾译，上海：上海译文出版社，2005年。
杜拉斯：《广场》，王道乾译，上海：上海译文出版社，2005年。
杜拉斯：《劳儿之劫》，王东亮译，上海：上海译文出版社，2005年。
杜拉斯：《夏夜十点半钟》，桂裕芳译，上海：上海译文出版社，2005年。
杜拉斯：《写作》，桂裕芳译，上海：上海译文出版社，2005年。
杜拉斯：《广岛之恋》，谭立德译，上海：上海译文出版社，2005年。
杜拉斯：《琴声如诉》，王道乾译，上海：上海译文出版社，2006年。
杜拉斯：《中国北方的情人》，施康强译，上海：上海译文出版社，2006年。
杜拉斯：《爱》，王东亮译，上海：上海译文出版社，2006年。
杜拉斯：《无耻之徒》，桂裕芳译，上海：上海译文出版社，2006年。
杜小真、孟华、罗芃主编："二十世纪法国思想家评传丛书"，北京：北京大学出版社，1997年。
法朗士：《企鹅岛》，郝运译，上海：上海译文出版社，1981年。
法朗士：《黛依丝》，傅辛译，上海：上海译文出版社，1982年。
法朗士：《法朗士小说选》，郝运、萧甘译，上海：上海译文出版社，1992年。
法朗士：《苔依丝》，吴岳添译，桂林：漓江出版社，2001年。
方珊：《形式主义文论》，济南：山东教育出版社，2002年。
费振钟：《为什么需要狐狸》，南京：江苏文艺出版社，2006年。
傅敏编：《傅雷译罗曼·罗兰名作集》，郑州：河南人民出版社，1998年。
傅敏编：《傅雷文集·书信卷》，合肥：安徽文艺出版社，1998年。
高方、许钧主编：《反叛、历险与超越——勒克莱齐奥在中国的理解与阐释》，南京：南京大学出版社，2013年。
戈宝权：《〈阿Q正传〉在国外》，北京：人民文学出版社，1981年。
格非：《小说叙事研究》，北京：清华大学出版社，2002年。
格梅恩编：《西方超现实主义诗选》，柔刚译，福州：海峡文艺出版社，1988年。
桂裕芳主编：《世界中篇小说经典·法国卷》，沈阳：春风文艺出版社，1996年。
郭宏安主编：《加缪文集》，南京：译林出版社，1999年。
胡风编著：《罗曼·罗兰》，上海：新新出版社，1946年。
胡小跃编：《世界诗库》第3卷，广州：花城出版社，1994年。
户思社：《痛苦欢快的文字人生——玛格丽特·杜拉斯传》，北京：中国文联出版社，2002年。

黄忠晶：《萨特传》，武汉：长江文艺出版社，1996年。

纪德：《浪子回家集》，卞之琳译，上海：文化生活出版社，1936年。

纪德：《访苏联归来》，朱静、黄蓓译，广州：花城出版社，1999年。

加缪：《局外人·鼠疫》，郭宏安等译，桂林：漓江出版社，1990年。

加缪：《鼠疫》，顾方济等译，南京：译林出版社，2003年。

贾植芳、陈思和主编：《中外文学关系史资料汇编（1898—1937）》，桂林：广西师范大学出版社，2004年。

江伙生、肖厚德：《法国小说论》，武汉：武汉大学出版社，1994年。

江弱水：《卞之琳"诗"艺研究》，合肥：安徽教育出版社，2000年。

金子信选编：《外国中篇小说》第二卷，昆明：云南人民出版社，1982年。

老高放：《超现实主义导论》，北京：社会科学文献出版社，1997年。

勒·克莱基奥：《沙漠的女儿》，钱林森、许钧译，长沙：湖南人民出版社，1983年。

勒克莱齐奥：《诉讼笔录》，许钧译，上海：上海译文出版社，2008年。

勒克莱齐奥：《沙漠》，许钧、钱林森译，北京：人民文学出版社，2010年。

黎跃进：《外国文学新论》，上海：学林出版社，1997年。

李清安编选：《圣爱克苏贝里研究》，北京：中国社会科学出版社，1992年。

李岫、秦林芳主编：《二十世纪中外文学交流史》，石家庄：河北教育出版社，2001年。

李瑜青、凡人主编：《萨特文集》，合肥：安徽文艺出版社，1998年。

梁仁编：《戴望舒诗全编》，杭州：浙江文艺出版社，1989年。

梁宗岱：《诗与真·诗与真二集》，北京：外国文学出版社，1984年。

廖星桥：《外国现代派文学导论》，北京：北京出版社，1988年。

廖星桥：《萨特》，成都：四川人民出版社，2002年。

林莽编：《路翎文集》，合肥：安徽文艺出版社，1995年。

林骧华编著：《西方现代派文学评述》，上海：上海人民出版社，1987年。

铃村和成：《巴特——文本的愉悦》，戚印平、黄卫东译，石家庄：河北教育出版社，2001年。

刘成富：《20世纪法国"反文学"研究》，南京：江苏文艺出版社，2002年。

刘锋、张杰、吴文智主编：《20世纪影响世界的百部西方名著提要》，桂林：漓江出版社，2000年。

刘蜀贝：《罗曼·罗兰传》，北京：中国广播电视出版社，2003年。

刘岩编：《20世纪西方现代派文学名著导读·诗歌卷》，天津：天津人民出版社，2000年。

柳鸣九编选：《萨特研究》，北京：中国社会科学出版社，1981年。

柳鸣九：《巴黎对话录》，长沙：湖南人民出版社，1983年。

柳鸣九编选：《新小说派研究》，北京：中国社会科学出版社，1986年。
柳鸣九主编：《未来主义·超现实主义·魔幻现实主义》，北京：中国社会科学出版社，1987年。
柳鸣九：《法国廿世纪文学散论》，广州：花城出版社，1993年。
柳鸣九主编：《从现代主义到后现代主义》，北京：中国社会科学出版社，1994年。
柳鸣九：《凯旋门前的桐叶》，北京：三联书店，1998年。
柳鸣九：《巴黎名士印象记》，北京：社会科学文献出版社，1997年。
柳鸣九、沈志明主编：《加缪全集》，石家庄：河北教育出版社，2002年。
柳鸣九：《超越荒诞》，上海：文汇出版社，2005年。
路易-让·卡尔韦：《结构与符号——罗兰·巴尔特传》，车槿山译，北京：北京大学出版社，1997年。
吕同六编：《二十世纪世界小说理论经典》，北京：华夏出版社，1995年。
绿原编：《古今中外文学名篇拔萃·外国诗卷》，青岛：青岛出版社，1990年。
罗大冈：《论罗曼·罗兰》，上海：上海文艺出版社，1979年。
罗大冈：《论罗曼·罗兰》（修订本），上海：上海文艺出版社，1984年。
罗大冈：《罗大冈学术论著自选集》，北京：北京师范学院出版社，1991年。
罗兰·巴特：《符号学美学》，董学文、王葵译，沈阳：辽宁人民出版社，1987年。
罗兰·巴尔特：《符号学原理——结构主义文学理论文选》，李幼蒸译，北京：三联书店，1988年。
罗兰·巴特：《恋人絮语——一个解构主义的文本》，汪耀进、武佩荣译，上海：上海人民出版社，1988年。
罗兰·巴特：《罗兰·巴特随笔选》，怀宇译，天津：百花文艺出版社，1995年。
罗兰·巴特：《符号学原理》，王东亮等译，北京：三联书店，1999年。
罗洛译：《法国现代诗选》，长沙：湖南人民出版社，1983年。
罗曼·罗兰：《悲多汶传》，杨晦译，上海：北新书局，1927年。
罗曼·罗兰：《白利与露西》，叶灵凤译，上海：文化励进社，1930年。
罗曼·罗兰：《孟德斯榜夫人》，李璟、辛质译，上海：商务印书馆，1930年。
罗曼·罗兰：《甘地》，陈作梁译，上海：商务印书馆，1930年。
罗曼·罗兰：《甘地奋斗史》，谢济泽译，上海：卿云图书公司，1930年。
罗曼·罗兰：《贝多芬传》，傅雷译，上海：骆驼书店，1946年。
罗曼·罗兰：《理智之胜利》，贺之才译，上海：世界书局，1947年。
罗曼·罗兰：《爱与死之赌》，贺之才译，上海：世界书局，1947年。
罗曼·罗兰：《爱与死的角逐》，李健吾译，上海：文艺生活出版社，1950年。
罗曼·罗兰：《罗曼·罗兰文钞》，孙梁辑译，上海：新文艺出版社，1957年。
罗曼·罗兰：《哥拉·布勒尼翁》，许渊冲译，北京：人民文学出版社，1958年。

罗曼·罗兰:《搏斗》,陈实、黄秋耘译,广州:广东人民出版社,1980年。
罗曼·罗兰:《母与子》上/中/下,罗大冈译,北京:人民文学出版社,1980/1985/1987年。
罗曼·罗兰:《约翰·克利斯朵夫》(初译),傅雷译,上海:商务印书馆,1937/1941年。
罗曼·罗兰:《约翰·克利斯朵夫》(重译),傅雷译,上海:平明出版社,1952/1953年。
罗曼·罗兰:《约翰·克利斯朵夫》(重译),傅雷译,北京:人民文学出版社,1957年。
罗曼·罗兰:《约翰·克利斯朵夫》(重译),傅雷译,北京:人民文学出版社,1980年。
罗曼·罗兰:《傅译传记五种》,傅雷译,北京:三联书店,1996年。
罗曼·罗兰:《约翰·克利斯朵夫》(重译),傅雷译,北京:中国友谊出版公司,2000年。
罗曼·罗兰:《约翰·克里斯托夫》,许渊冲译,长沙:湖南文艺出版社,2000年。
罗曼·罗兰:《约翰·克利斯朵夫》,韩沪麟译,南京:译林出版社,2000年。
罗新璋选编:《莫洛亚研究》,桂林:漓江出版社,1988年。
罗新璋编选:《莫洛亚女性小说》,上海:上海文艺出版社,1997年。
马原:《马原散文》,杭州:浙江文艺出版社,2001年。
茅盾:《茅盾全集》第18卷,北京:人民文学出版社,1989年。
米歇尔·莱蒙:《法国现代小说史》,徐知免、杨剑译,上海:上海译文出版社,1995年。
明兴礼:《巴金的生活和著作》,王继文译,上海:文风出版社,1950年。
莫蒂列娃:《罗曼·罗兰的创作》,卢龙等译,上海:上海译文出版社,1989年。
莫里亚克:《盘缠在一起的毒蛇》,汪家荣、薛建成译,北京:外语教学与研究出版社,1980年。
莫里亚克:《蝮蛇结》,王晓郡译,重庆:重庆出版社,1987年。
莫里亚克:《蛇结》,金志平等译,北京:外国文学出版社,1998年。
莫里亚克:《黛莱丝·德克罗》,周国强译,南京:江苏人民出版社,1981年。
莫里亚克:《苔蕾丝·德斯盖鲁》,桂裕芳译,北京:人民文学出版社,1986年。
莫里亚克:《黛莱丝·戴克茹》,罗新璋译,合肥:安徽文艺出版社,1999年。
莫里亚克:《黛莱丝·代科如》,吴友仁译,长春:吉林摄影出版社,2001年。
莫里亚克:《黑夜的终止》,周国强译,长沙:湖南人民出版社,1981年。
莫里亚克:《爱的沙漠——莫里亚克选集》,周国强、汪家荣等译,长沙:湖南人民出版社,1983年。

莫里亚克：《爱的荒漠》，桂裕芳译，桂林：漓江出版社，1983年。
莫里亚克：《爱的沙漠》，周国强、徐和瑾译，南京：译林出版社，2000年。
莫里亚克：《莫里亚克小说选》，杨维仪、金志平等译，北京：外国文学出版社，
　　1991年。
莫洛亚：《雪莱传》，魏华灼译，台北：台湾商务印书馆，1967年。
莫洛亚：《屠格涅夫传》，江上译，台北：志文出版社，1976年。
莫洛亚：《屠格涅夫传》，谭立德等译，太原：山西人民出版社，1983年。
莫洛亚：《雨果传》，莫洛夫译，台北：志文出版社，1979年。
莫洛亚：《雨果传》，沈宝基等译，长沙：湖南人民出版社，1983年。
莫洛亚：《伟大的叛逆者——雨果》，陈伉译，北京：世界知识出版社，1986年。
莫洛亚：《雨果传》，程曾厚译，北京：人民文学出版社，1989年。
莫洛亚：《悲惨世界的画师：雨果传》，沈宝基等译，长沙：湖南文艺出版社，
　　1992年。
莫洛亚：《雨果传》，国竹编译，北京：中国人事出版社，1995年。
莫洛亚：《雨果传》，周国珍等译，杭州：浙江文艺出版社，1998年。
莫洛亚：《雨果传》，周玉玲译，北京：中共中央党校出版社，2000年。
莫洛亚：《瓦朗蒂娜和她的私生女》，江伙生译，武汉：长江文艺出版社，1985年。
莫洛亚：《一个女人的追求：乔治·桑传》，郎维忠译，长沙：湖南文艺出版社，
　　1986年。
莫洛亚：《风流才女——乔治·桑传》，邹义光等译，北京：中国青年出版社，
　　1988年。
莫洛亚：《乔治·桑传》，郎维忠等译，杭州：浙江文艺出版社，1998年。
莫洛亚：《狄更斯评传》，王人力译，上海：上海译文出版社，1986年。
莫洛亚：《人生五大问题》，傅雷译，北京：三联书店，1986年。
莫洛亚：《栗树下的晚餐》，孙传才、罗新璋译，桂林：漓江出版社，1986年。
莫洛亚：《生活的艺术》，王辉等译，北京：三联书店，1986年。
莫洛亚：《生活之艺术》，秦云等译，合肥：安徽文艺出版社，1987年。
莫洛亚：《艺术与生活——莫洛亚箴言和对话集》，郑冰梅译，上海：三联书店，
　　1989年。
莫洛亚：《生活的智慧：安德烈·莫洛亚超凡入圣集》，傅雷等译，西安：陕西师范
　　大学出版社，2003年。
莫洛亚：《生活的智慧》，张爱珠等译，北京：西苑出版社，2004年。
莫洛亚：《从普鲁斯特到萨特》，袁树仁译，桂林：漓江出版社，1987年。
莫洛亚：《爱的气候》，姜德山译，北京：中国文联出版公司，1987年。
莫洛亚：《爱情的气候》，马金章译，哈尔滨：黑龙江人民出版社，1988年。

莫洛亚：《情界冷暖》，周光怡译，桂林：漓江出版社，1992年。
莫洛亚：《三仲马传》，郭安定译，北京：人民文学出版社，1996年。
莫洛亚：《拜伦情史》，沈大力等译，北京：中国文联出版社，2001年。
南帆主编：《二十世纪中国文学批评99个词》，杭州：浙江文艺出版社，2003年。
普鲁斯特：《追忆似水年华》（七卷本），南京：译林出版社，1989—1991年。
普鲁斯特：《寻找失去的时间》，沈志明选译，合肥：安徽文艺出版社，1992年。
普鲁斯特：《追寻逝去的时光》第一卷，周克希译，上海：上海译文出版社，2004年。
钱林森：《法国作家与中国》，福州：福建教育出版社，1995年。
乔纳森·卡勒尔：《罗兰·巴尔特》，方谦译，北京：三联书店，1988年。
秦天、玲子主编：《萨特文集》（三卷本），北京：中国检察出版社，1995年。
萨波塔：《第一号创作：隐形人物和三个女人》，江伙生译，长沙：湖南人民出版社，1988年。
萨特：《存在主义是一种人道主义》，周煦良等译，上海：上海译文出版社，1988年。
萨特：《文字生涯》，沈志明译，北京：人民文学出版社，1988年。
萨特：《萨特自述》，苏斌等译，石家庄：河北人民出版社，1988年。
萨特：《萨特自述》，黄忠晶等编译，郑州：河南人民出版社，2000年。
萨特：《词语》，潘培庆译，北京：三联书店，1989年。
萨特：《我的自传：文字的诱惑》，张放译，桂林：漓江出版社，1990年。
萨特：《文字生涯》，郑永慧译，北京：中国检察出版社，1995年。
萨特：《自由之路》三部曲，丁世忠、沈志明译，北京：中国文学出版社，1998年。
萨特：《萨特文学论文集》，施康强等译，合肥：安徽文艺出版社，1998年。
塞利纳：《茫茫黑夜漫游》，沈志明译，桂林：漓江出版社，1988年。
莎士比亚等：《外国诗歌经典100篇》，屠岸等译，北京：人民文学出版社，2003年。
上海译文出版社编：《作家谈译文》，上海：上海译文出版社，1997年。
沈志明编选：《阿拉贡研究》，北京：中国社会科学出版社，1986年。
沈志明编：《普鲁斯特精选集》，济南：山东文艺出版社，1999年。
沈志明、艾珉主编：《萨特文集》（七卷本），北京：人民文学出版社，2000年。
圣埃克苏佩利：《小王子》，胡雨苏译，北京：中国友谊出版公司，2000年。
圣埃克絮佩里：《小王子》，周克希译，上海：上海译文出版社，2005年。
圣艾克絮佩里：《小王子》，黄荭译，南京：江苏教育出版社，2005年。
圣埃克苏佩里：《小王子》，柳鸣九译，深圳：海天出版社，2016年。
圣埃克苏佩里：《小王子》，刘云虹译，南京：南京大学出版社，2016年。
史忠义主编："尤瑟纳尔文集"（共七册），北京：东方出版社，2002年。
苏童：《片段拼接》，北京：西苑出版社，2001年。

孙康宜：《文学经典的挑战》，南昌：百花洲文艺出版社，2002年。
孙宜学：《浪漫的精神行旅：走近文学大师莫洛亚》，桂林：广西师范大学出版社，
　　2002年。
孙玉石主编：《中国现代诗导读》，北京：北京大学出版社，1990年。
谭楚良：《中国现代派文学史论》，上海：学林出版社，1996年。
唐弢主编：《中国现代文学史》，北京：人民文学出版社，1979年。
唐荫荪编：《戴望舒译诗集》，长沙：湖南人民出版社，1983年。
唐正序、陈厚诚主编：《20世纪中国文学与西方现代主义思潮》，成都：四川人民
　　出版社，1992年。
涂卫群：《普鲁斯特评传》，杭州：浙江文艺出版社，1999年。
汪曾祺：《汪曾祺全集》（第三卷），北京：北京师范大学出版社，1998年。
王庆生主编：《中国当代文学》，武汉：华中师范大学出版社，1999年。
王惟甦、邵明波编：《20世纪外国诗选》，成都：四川文艺出版社，1987年。
王小波：《王小波文集》（第四卷），北京：中国青年出版社，1997年。
王小波：《青铜时代》，广州：花城出版社，1997年。
王元化：《向着真实》，上海：上海文艺出版社，1982年。
王忠琪等译：《法国作家论文学》，北京：三联书店，1984年。
未凡、未珉主编：《外国现代派诗集》，北京：中国文联出版公司，1989年。
魏明伦：《戏海弄潮》，上海：文汇出版社，2001年。
魏明伦：《好女人与坏女人：魏明伦女性剧作选》，北京：作家出版社，2001年。
吴炫：《中国当代文学批判》，上海：学林出版社，2001年。
吴岳添：《法国文学流派的变迁》，北京：北京大学出版社，1995年。
吴岳添编选：《法朗士精选集》，济南：山东文艺出版社，1997年。
吴岳添：《世纪末的巴黎文化》，北京：社会科学文献出版社，1998年。
吴祖光：《吴祖光选集·杂文卷》，石家庄：河北人民出版社，1995年。
西蒙·波娃：《西蒙·波娃回忆录》，谭健、温子健、陈欣章、陈标阳译，南京：江
　　苏文艺出版社，1992年。
伍蠡甫主编：《现代西方文论选》，上海：上海译文出版社，1983年。
谢天振主编：《翻译的理论建构与文化透视》，上海：上海外语教育出版社，2000年。
解志熙：《生的执著》，北京：人民文学出版社，1999年。
辛晓征、郭银星编：《外国诗歌精品》，沈阳：春风文艺出版社，1994年。
徐崇温：《萨特及其存在主义》，北京：人民出版社，1982年。
许钧主编："杜拉斯文集"，沈阳：春风文艺出版社，2000年。
许钧：《翻译论》，武汉：湖北教育出版社，2003年。
许渊冲编：《罗曼·罗兰精选集》，北京：燕山出版社，2004年。

颜之等选编：《世界著名作家传世作品》，南宁：广西民族出版社，1996年。
杨昌龙：《萨特评传》，杭州：浙江文艺出版社，1999年。
杨晦：《杨晦文学论集》，北京：北京大学出版社，1985年。
杨深：《萨特传》，北京：中国广播电视出版社，2002年。
杨晓明：《欣悦的灵魂：罗曼·罗兰》，成都：四川人民出版社，1997年。
杨义、张环编：《路翎研究资料》，北京：十月文艺出版社，1993年。
尤瑟纳尔：《熔炼》，刘扳盛译，桂林：漓江出版社，1986年。
尤瑟纳尔：《东方奇观·一弹解千愁》，刘君强、老高放等译，桂林：漓江出版社，1986年。
余华：《读与写》，北京：西苑出版社，2001年。
余华：《在细雨中呼喊》，上海：上海文艺出版社，2004年。
袁可嘉等编：《外国现代派作品选》（第二册），上海：上海文艺出版社，1981年。
袁可嘉：《现代派论·英美诗论》，北京：中国社会科学出版社，1985年。
袁可嘉等编选：《现代主义文学研究》，北京：中国社会科学出版社，1989年。
袁可嘉主编：《欧美现代十大流派诗选》，上海：上海文艺出版社，1991年。
袁可嘉：《欧美现代派文学概论》，上海：上海文艺出版社，1993年。
袁筱一：《文字·传奇——法国现代经典作家与作品》，上海：复旦大学出版社，2008年。
乐黛云等：《比较文学原理新编》，北京：北京大学出版社，2003年。
曾繁仁编：《20世纪欧美文学热点问题》，北京：高等教育出版社，2002年。
曾小逸主编：《走向世界文学——中国现代作家与外国文学》，长沙：湖南人民出版社，1985年。
张秉真、黄晋凯主编：《未来主义·超现实主义》，北京：中国人民大学出版社，1994年。
张大明编著：《西方文学思潮在现代中国的传播史》，成都：四川教育出版社，2001年。
张国义编选：《生存游戏的水圈》，北京：北京大学出版社，1994年。
张容：《荒诞、怪异、离奇——法国荒诞派戏剧研究》，北京：社会科学文献出版社，1995年。
张若名：《纪德的态度》，北京：三联书店，1994年。
张新木：《普鲁斯特的美学》，南京：南京大学出版社，2015年。
张业松编：《路翎批评文集》，珠海：珠海出版社，1998年。
张业松、徐朗编：《路翎晚年作品集》，上海：东方出版中心，1998年。
张英伦等编：《外国名作家传》（上、中、下），北京：中国社会科学出版社，1979/1980年。

张泽乾、周家树、车槿山：《20 世纪法国文学史》，青岛：青岛出版社，1998 年。
赵稀方：《翻译与新时期话语实践》，北京：中国社会科学出版社，2003 年。
郑克鲁：《现代法国小说史》，上海：上海外语教育出版社，1998 年。
郑择魁、王文彬：《戴望舒评传》，天津：百花文艺出版社，1987 年。
郑振铎、傅东华编：《文学百题》，上海：上海书店，1935 年。
朱寿桐主编：《中国现代主义文学史》，南京：江苏教育出版社，1998 年。
朱维之等：《比较文学论文集》，天津：南开大学出版社，1984 年。
朱伟编：《中国先锋小说》，广州：花城出版社，1990 年。
作家出版社编辑部编：《怎样认识〈约翰·克利斯朵夫〉》，北京：作家出版社，1958 年。

法国作家和学者及其著作索引

阿波利奈尔，纪尧姆　Apollinaire, Guillaume　4, 64
　《莱茵河秋日谣曲》　4
　《烧酒与爱情》　4
阿达莫夫，阿蒂尔　Adamov, Arthur　128, 130, 137
　《侵犯》　130, 137
阿德莱尔，劳拉　Adler, Laure　8, 327
　《杜拉斯传》　8, 327
阿尔诺，克洛德　Arnaud, Claude　246
　《普鲁斯特对阵谷克多》　246
阿尔托，安托南　Artaud, Antonin　48, 65
阿拉贡，路易　Aragon, Louis　4, 10, 16, 17, 19, 31, 38, 39, 40, 42, 44, 45, 46, 47, 48, 52, 60, 61, 62, 63, 64, 65, 66, 178, 301
　《阿拉贡诗文钞》　44
　《阿拉贡文艺论文选集》　10, 44
　《艾尔莎的眼睛》　46
　《巴塞尔的钟声》　16, 47
　《法兰西晨号》　44
　《共产党人》/《共产党员们》　16, 44, 64
　《关于苏联文学》　44
　《论司汤达》　44
　《论约翰·克利斯朵夫》　178
　《罗马法不复存在》　46

法国作家和学者及其著作索引

  《玫瑰与香草》 42
  《让·布里埃尔还活着吗？》 44
  《圣周风雨录》/《受难周》 16, 44, 45, 47, 60, 62, 64
  《戏剧——小说》/《戏剧/小说》 46, 64
  《现实世界》 60
  《自杀》 40, 66
  《左拉的现实意义》 44
阿兰-傅尼埃 Alain-Fournier 16
  《大个子莫纳》 16
阿隆，雷蒙 Aron, Raymond 9
阿努伊，让 Anouilh, Jean 6
埃里亚，菲利普 Hériat, Philippe 16
  《宠儿们》 16
埃马纽埃尔，皮埃尔 Emmanuel, Pierre 5
埃梅，马塞尔 Aymé, Marcel 15
  《变貌记》 15
  《陈尸台》 15
  《侏儒》 15
  《捉猫故事集》 15
埃蒙，路易 Hémon, Louis 16
  《玛丽亚·沙德莱纳》 16
埃什诺兹/艾什诺兹，让 Echenoz, Jean 23, 27
  《高大的金发女郎——让·艾什诺兹小说选》 27
  《我走了》 23
埃斯卡尔皮，罗贝尔 Escarpit, Robert 10
  《文学社会学》 10
埃斯特涅，爱德华 Estaunié, Édouard 285
艾吕雅/爱吕阿尔，保尔/保罗 Éluard, Paul 5, 39, 40, 42, 43, 44, 45, 46, 47, 48, 50, 52, 60, 61, 62, 63, 65
  《艾吕雅诗钞》 44
  《保尔·艾吕雅诗选》 48
  《盖尔尼加的胜利》 46
  《感觉》 42
  《公告》 39
  《公共的玫瑰》 47

《黎明溶解了怪物》 42
　　《恋人》 46
　　《你眼睛的曲线》 60
　　《人们不能》 50, 51
　　《诗选》 44
　　《视觉给以生命》 46
　　《为了饥馑的训练》 39
　　《自由》 39, 60
艾田蒲，勒内　Étiemble, René　32, 368
　　《中国之欧洲》 32
安德烈亚，雅恩　Andréa, Yann　7, 327
　　《我的情人杜拉斯》 7, 327
奥布里，奥克塔夫　Aubry, Octave　7
　　《拿破仑的私生活》/《拿破仑外史》 7

巴比塞，亨利　Barbusse, Henri　15, 21, 22
　　《地狱》 15
　　《光明》 15
　　《火线》 15
巴迪，保尔　Bady, Paul　365, 367
　　《北京市民》/《北京人》（合译） 365, 367
巴尔扎克，奥诺雷·德　Balzac, Honoré de　7, 8, 9, 16, 25, 107, 108, 113, 114, 223, 259, 261, 267, 268, 274, 279, 280, 281, 284, 287, 288, 395, 403
　　《人间喜剧》 25, 223, 268
　　《萨拉辛》 395, 403
巴杰斯-班冬，若埃尔　Pagès-Pindon, Joëlle　328
巴尼奥尔，马塞尔　Pagnol, Marcel　5, 16
　　《爱情的时代》 16
　　《巴尼奥尔喜剧选》 5
　　《法妮》 16
　　《父亲的光荣》 16
　　《泉水的玛侬》 16
巴什拉尔，加斯东　Bachelard, Gaston　9, 10
巴斯卡尔，布莱兹　Pascal, Blaise　287, 290
巴塔伊，乔治　Bataille, Georges　64

巴特/巴尔特，罗兰/罗朗　Barthes, Roland　9, 10, 11, 32, 111, 119, 247, 381—405, 407, 408

 《S/Z》　10, 388, 395, 399, 403, 404

 《不存在罗布-格里耶流派》　385

 《符号的王国》　10

 《符号的想象》　384

 《符号学历险》　389

 《符号学原理》/《符号学美学》/《符号学要素》/《符号学要略》/《符号学的基本概念》/《符号学基础》/《符号学入门》　10, 385, 386, 388, 391—394, 400, 406

 《符号学原理——结构主义文学理论文选》　381, 385, 386, 392, 394, 406

 《结构主义活动》　384

 《结构主义———一种活动》　383, 387

 《恋人絮语》/《恋人絮语——一个解构主义的文本》/《一个解构主义的文本》　10, 387, 388, 394—397

 《两种批评》　384

 《流行体系——符号学与服饰符码》/《服饰系统》/《方法体系》/《模式的系统》　11, 388, 394, 395, 399

 《罗兰·巴特随笔选》　388, 389, 395, 396, 403

 《罗兰·巴特自述》　390, 396

 《米什莱》　389

 《批评文集》　384, 385

 《批评与真实》　10, 387, 388

 《普鲁斯特和名字》　247

 《如何共同生活》　389

 《如实的文学》　385

 《什么是批评》　384

 《神话修辞术》/《神话——大众文化诠释》　11, 388, 391, 394, 395

 《文学和不连续性》　385

 《文学与意指》　384

 《文学与元语言》　384

 《文艺批评文集》　389

 《文之悦》　388

 《物的文学》　385

 《小说的准备》　389

《写作的零度》/《零度的写作》 10, 387, 392, 406, 407
《新评论集》 247
《新文学批评论文集》 389
《新小说派两论》 111
《叙事作品结构分析导论》/《叙述分析导论》 383, 387, 388, 399, 400, 401, 402, 403, 406
《真实的效果》 384
《中性》 389
《作家与写作者》 384

巴赞，埃尔韦 Bazin, Hervé 16
　　《绿色教会》 16
白利欧，欧仁 Brieux, Eugène 146
班佐尼，朱莉埃特 Benzoni, Juliette 7
　　《拿破仑与女明星》 7
邦，弗朗索瓦 Bon, François 27, 371
　　《工厂出口——弗朗索瓦·邦小说选》 27
贝杜安，让-路易 Bédouin, Jean-Louis 62
贝尔曼，安托瓦纳 Berman, Antoine 24, 306
　　《翻译批评论》 24
贝尔纳诺斯，乔治 Bernanos, Georges 15, 301
　　《少女穆谢特》 15
　　《在撒旦的阳光下》 15
贝尔内，让-雅克 Bernard, Jean-Jacques 6
贝尔沙尼，雅克 Bersani, Jacques 11, 62
　　《法国现代文学史》 11, 62
贝克特，塞缪尔 Beckett, Samuel 6, 11, 27, 95, 128, 129, 130, 131, 132, 136, 137, 138, 246
　　《啊，美好的日子！》 6, 130
　　《贝克特选集》 27
　　《等待戈多》 6, 129, 130, 132, 135, 136, 137, 138
　　《剧终》 6, 130, 131
　　《普鲁斯特论》（合著） 11, 246, 247
贝朗瑞，皮埃尔-让·德 Béranger, Pierre-Jean de 143
贝西埃，让 Bessière, Jean 10, 11
　　《当代小说或世界的问题性》 10

《诗学史》/《诗学史（修订版）》（合编） 11
《文学理论的原理》 10
《文学与其修辞学：20 世纪文学性中的庸常性》 10
波德莱尔，夏尔 Baudelaire, Charles 287, 290
波伏瓦/波娃，西蒙娜/西蒙·德 Beauvoir, Simone de 17, 18, 27, 31, 33, 68, 75, 76, 78, 79, 80, 81, 82, 84, 85, 87, 88, 89, 92, 99, 315, 324
《第二性》 79, 89, 92
《美丽的形象》 17
《名士风流》 17, 79, 89, 92
《女宾》/《女客》 17, 79, 89, 92
《人总是要死的》/《人都是要死的》 17, 78, 92
《萨特传》 81, 87
《他人的血》 17, 79, 89, 92
《万里长征》 76
《西蒙·波娃回忆录》 79
"西蒙娜·德·波伏瓦作品系列" 27
《越洋情书》 79
《知命之年》 78
波兹，卡特琳娜 Pozzi, Catherine 4
伯努瓦，皮埃尔 Benoit, Pierre 16
《大西洋岛》 16
伯桑，勒内 Bazin, René 146
柏格森，亨利 Bergson, Henri 9, 37, 41, 43, 76, 157, 238, 247, 248, 251
《论意识的直接材料》 247
《笑》 9
博达尔，吕西安 Bodard, Lucien 16, 32, 355
《安娜·玛丽》 16, 32, 355
博马舍，皮埃尔-奥古斯丁·加隆·德 Beaumarchais, Pierre-Augustin Caron de 143
博斯凯，阿兰 Bosquet, Alain 5
布尔奈/勃来纳，雅克 Brenner, Jacques 302, 377
《法国文学史（从 1940 年至今）》 377
布尔热，保尔 Bourget, Paul 13
《弟子》 13
《死亡的意义》 13

布兰，安德烈　Bourin, André　11
    《当代法国文学辞典》（合著）　11
布勒东，安德烈　Breton, André　4, 17, 38, 39, 40, 41, 42, 43, 44, 46, 47, 48, 59, 61, 62, 63, 64, 65, 67
    Vous m'oublierez（合著）　39
    《超现实主义宣言》　41
    《答问录》　46
    《黑色幽默选》（编著）　59
    《论黑色幽默》　59
    《娜嘉》/*Nadja*　17, 38, 43, 61
    《醒觉状态》　63
    《自由结合》　43, 63
布雷，热尔梅娜　Brée, Germaine　247
    《失去的时间到重现的时间》　247
布里塞，安妮　Brisset, Annie　306
    《翻译的社会批评——1968—1988年间在魁北克的戏剧与他者》　306
布鲁奈尔/布吕奈尔，皮埃尔　Brunel, Pierre　10, 11, 62
    《19世纪法国文学史》（合著）　11
    《20世纪法国文学史》（合著）　11, 62
    《什么是比较文学》　10
布洛-拉巴雷尔，克里斯蒂娜　Blot-Labarrère, Christiane　7, 326
    《杜拉斯传》　7, 326
布托尔，米歇尔　Butor, Michel　18, 32, 33, 107, 108, 109, 110, 111, 112, 114, 115, 116, 119, 120, 121
    《巴尔扎克与现实》　111
    《变》/《变化》/《变更》　18, 107, 108, 110, 116
    《曾几何时》/《时情化忆》/《日程表》　18, 110, 120
    《度》　110
    《小说技巧研究》　111
    《作为探索的小说》/《小说是探求》　107, 109

大仲马　Dumas, Alexandre　261, 267
戴斯纳，罗兰　Desne, Roland　302
    《法国文学史》（合著）　302
戴斯特莱姆，玛雅　303

《面对评论界》 303
德勒兹，吉尔　Deleuze, Gilles　247
　　《普鲁斯特与符号》 247
德吕翁，莫里斯　Druon, Maurice　16
　　《大家族》/《豪富世家》/《家族的衰落》 16
　　《宫廷恩仇记》 16
德斯诺斯，罗贝尔　Desnos, Robert　5, 45, 46, 48, 61, 65
狄德罗，德尼　Diderot, Denis　156
第波德，阿尔贝　Thibaudet, Albert　38
　　《1930年的法国文坛》 38
都德，阿尔丰斯　Daudet, Alphonse　305
　　《最后一课》 305
杜阿梅尔，乔治　Duhamel, Georges　14
　　《帕斯吉埃家族史》 14
　　《萨拉万的生平和遭遇》 14
　　《文明》 14
　　《子夜的忏悔》 14
杜布莱西斯，伊冯娜　Duplessis, Yvonne　62
　　《超现实主义》 62
杜伽尔，罗歇·马丁　du Gard, Roger Martin　14, 23, 286
　　《蒂博一家》 14
杜拉斯，玛格丽特　Duras, Marguerite　7, 8, 18, 20, 27, 28, 315, 324, 325—346
　　《80年的夏天》 326
　　《阿邦、萨芭娜和大卫》 7, 326
　　《埃米莉·L》 326
　　《爱》 327
　　《安德马斯先生的午后》 327
　　《长别离》 326, 329
　　《大西洋的男人》 326
　　《抵挡太平洋的堤坝》 325, 326, 327, 329, 330, 335
　　《杜拉斯的情人》 327
　　"杜拉斯文集" 7, 20, 27, 326
　　"杜拉斯小丛书" 7, 20
　　"杜拉斯选集" 20, 326
　　《杜拉谈话录》 327

《多丹太太》 327

《副领事》 325, 327, 330, 335

《工地》 327

《广场》 327

《广岛之恋》 7, 326, 329, 330

《黑夜号轮船》 326

《恒河女子》 7, 327

《厚颜无耻的人》 326

《话多的女人》 326

《毁灭，她说》 326

《婚礼弥撒》 344

《街心花园》 326

《巨蟒》 327

《卡车》 326

《来自中国北方的情人》/《北方的中国情人》/《中国北方的情人》 326, 328, 329, 330

《劳儿的劫持》/《洛儿·瓦·斯泰因的迷狂》 327, 329, 330

"玛格丽特·杜拉斯作品系列" 27, 327

《纳塔丽·格朗热》 7, 326

《诺曼底海滨的妓女》 326

《平静的生活》 327

《琴声如诉》/《如歌的中板》 325, 326, 328, 330, 340

《情人》/《悠悠此情》 20, 325, 326, 328, 329, 331—337, 339, 341—346

《萨瓦纳湾》 326

《塞纳-瓦兹的高架桥》 7, 326

《树上的岁月》 327

《死亡的疾病》 326

《塔吉尼亚的小马》 326

《痛苦》 327

《外面的世界》 326

《乌发碧眼》 326, 339

《物质生活》 327, 344

《夏日夜晚十点半》 327

《写作》 325, 327

《伊甸园影院》 7

《音乐之二》 7, 326
《印度之歌》 7, 327
《英国情人》 326
《在树林间的日日夜夜》 327
《直布罗陀水手》 327
《坐在走廊里的男人》 326

杜梅泽尔/杜梅齐尔，乔治 Dumézil, Georges 9, 11
《从神话到小说——哈丁古斯的萨迦》 11

端木松，让 D'ormesson, Jean 32
《流浪犹太人的故事》 32
《上帝及其生平和业绩》 32

多奈，莫里斯 Donnay, Maurice 6

多泰尔，安德烈 Dhôtel, André 16
《谁也到不了的地方》 16

恩迪耶，玛丽 Ndiaye, Marie 27
《女巫师——玛丽·恩迪耶小说选》 27

法朗士，阿纳托尔 France, Anatole 10, 13, 21, 23, 27, 28, 143—166
《阿伯衣女》 148
《白石上》 149
《贝尔热雷先生在巴黎》 165
《波纳尔的罪行》/《波纳尔之罪》/《希尔维斯特·波纳尔的罪行》 13, 148, 149, 150, 151, 153, 160, 164, 165
《布雨多阿》 147
《裁判官的威严》 149
《穿白衣的女人》 146
《鹅掌女王烤肉店》 13, 150, 151, 165
《二年花月的故事》 146
《法朗士短篇小说集》 21, 149, 151, 159
《法朗士短篇小说选》 150, 151
《法朗士集》 149
《法朗士精选集》 13, 27, 143, 144, 150, 152, 165
《法朗士小说选》 150, 151, 164, 165
《佛朗士童话集》 149

《红百合》/《红百合花》 149, 150, 151, 160, 165

《红蛋》 146

《滑稽故事》 160

《金眼睛的玛塞尔》 150

《堪克宾》 149

《克兰比尔》/《克兰克比尔》/《嵌克庇尔》 148, 149, 164

《快乐的过新年》 144, 155

《蓝胡子和他的七个妻子》 150, 165

《乐园之花》 149

《李俐特的女儿》 146

《蜜蜂》/《蜜蜂公主》/《温柔蜜蜂》 149, 150

《企鹅岛》 13, 149, 151, 160, 162, 163, 165

《乔斯加突》 149

《圣母的卖艺者》 146

《时代的智慧》 149

《苔依丝》/《女优泰倚思》/《泰绮思》/《黛依丝》/《黛丝》 13, 149, 150, 151, 153, 154, 160, 162, 163, 165

《天使的叛变》/《天使的反叛》 13, 150, 160, 165

《亡灵的弥撒》 150

《文学渴了》 150

《现代史话》 13

《哑妻》 145, 146, 155

《一个孩子的宴会》 149

《艺林外史》 149

《友人之书》 149

《在光荣的路上》 158

《贞德传》 150, 151

《诸神渴了》 13, 149, 150, 151, 159, 160, 162, 163, 164, 165

法意,倍尔拿 Faÿ, Bernard 39

《世界大战以后的法国文学》 39

法约尔,罗杰 Fayolle, Roger 11

《法国文学评论史》 11

凡尔纳,儒勒 Verne, Jules 1

《八十日环游记》 1

菲利普,沙尔-路易 Philippe, Charles-Louis 13

法国作家和学者及其著作索引

弗雷诺,安德烈 Frénaud, André 5
伏尔泰/服尔德 Voltaire 8, 9, 21, 143, 154, 156, 164, 259
福尔,保尔 Fort, Paul 4, 50
福柯,米歇尔 Foucault, Michel 9, 81
福楼拜,古斯塔夫 Flaubert, Gustave 16, 208, 279, 281, 283, 284, 287

戈德曼,吕西安 Goldmann, Lucien 10, 11, 111
 《论小说的社会学》 10
 《新小说与现实》 111
 《隐蔽的上帝》 10
哥尔,伊凡 Goll, Yvan 48
 《伊凡·哥尔诗选》 48
格拉克,朱利安 Gracq, Julien 17, 47, 64
 《林中阳台》 17
 《沙岸》/《沙岸风云》/《西尔特沙岸》 17, 47, 64
格雷马斯,A. J. Greimas, A. J. 393
 《结构语义学》 393
格诺,雷蒙 Queneau, Raymond 5, 17, 64, 65
 《扎齐在地铁》 17
贡丝坦,波尔 Constant, Paule 23
 《心心相诉》 23

华尔,让 Wahl, Jean 77
 《存在主义简史》 77

基拉尔,勒内 Girard, René 11
 《浪漫的诺言与小说的真实》 11
吉耶维克,欧仁 Guillevic, Eugène 5
吉约,勒内 Guillot, René 15
 《丛林虎啸》 16
纪德,安德烈 Gide, André 11, 13, 15, 22, 23, 28, 29, 69, 198—222, 225, 359
 《安德烈·纪德给张若名的信》 203
 《安德烈·纪德日记》 204
 《背德者》/《背道者》 13, 14, 198, 210, 218
 《大地食粮(续篇)》/《新的粮食》/《新粮》 14, 198, 212, 213

《地粮》/《大地食粮》 13, 14, 15, 198, 205, 213, 215
《凡尔德手册》 215
《梵蒂冈的地窖》/《梵蒂冈地窖》/《梵谛岗的地窖》 13, 14, 15, 198, 215
《访苏联归来》/《苏联归来》/《从苏联归来》 14, 198, 200, 202, 209, 210, 216, 218—220, 221
《〈访苏联归来〉之补充》 218, 220
《菲罗克忒忒斯》 206
《刚果之行》 14, 198, 200, 218
《刚陀尔王》 210
《哥丽童》 215
《纪德散文精选》 218
《纪德文集》 13, 14, 198, 213, 218, 221
《浪子回家》 13, 198, 202, 206, 211
《浪子回家集》 22, 211, 212
《六论集》 205
《罗贝尔》 14, 198
《藐视道德的人：纪德作品选》 218
《帕吕德》 14, 198, 218
《热纳维埃芙》 14, 198
《如果种子不死》/《若是种子不死》/《如果麦子不死》 14, 198, 205, 210, 215
《少女的梦》/《妇人学校》 13, 210
《太太学堂》 14, 198
《忒修斯》 14, 198, 218
《田园交响乐》/《田园交响曲》/《牧歌交响曲》 13, 14, 198, 202, 209, 210, 218, 222
《托言》 210
《伪币制造者》/《伪币犯》/《造假钱者》/《赝币制造者》 13, 14, 15, 198, 199, 200, 210, 211, 213, 215, 216, 218, 222
《为我的〈从苏联归来〉答客难》 210, 221
《文坛追忆与当前问题》 69
《乌连之旅》 14, 198
《新托言》 210
《赝币制造者写作日记》 212
《意想访问之二》 69
《乍得归来》 14, 198

《窄门》 13, 198, 202, 206, 210, 212, 215, 218

《沼泽》 199

季奥诺，让 Giono, Jean 16, 28

《人世之歌》 16

《再生草》 16

加莱，马提欧 Galey, Matthieu 377

加里，罗曼 Gary, Romain 16

《绿林情仇》 16

《天根》 16

加缪／卡缪，阿尔贝 Camus, Albert 6, 9, 10, 17, 23, 27, 28, 29, 68, 70, 73, 74, 76, 77, 78, 79, 80, 81, 82, 84, 85, 86, 88, 90—92, 93, 94, 95, 96, 100, 104, 105, 262, 351, 359

《不贞的妻子》 78

《沉默者》 78

《第一个人》 17, 92

《堕落》 17, 29, 84, 92

《加缪全集》 27, 79

《加缪文集》 27, 79

《加缪中短篇小说集》 78

《戒严》 6

《局外人》／《外人》 17, 29, 70, 73, 74, 77, 78, 80, 84, 90, 91, 94, 95

《卡利古拉》 6

《流亡与王国》／《流放与王国》 17, 29

《叛教者》 84

《鼠疫》 17, 78, 79, 80, 84, 90, 91, 92, 94

《误会》 6, 94

《西绪福斯神话》／《西西弗的神话》 29, 70, 79, 80, 91, 96

《正义者》 6, 92

加斯卡尔，皮埃尔 Gascar, Pierre 33

加瓦莱洛，克洛德 Cavallero, Claude 375

《勒克莱齐奥的诗意诱惑》 375

加伊，克里斯蒂安 Gailly, Christian 27

《逃亡者——克里斯蒂安·加伊小说选》 27

居尔蒂斯，让-路易 Curtis, Jean-Louis 16

《夜森林》 16

《一对年轻的夫妇》/《离异》 16
居雷尔，弗朗索瓦·德 Curel, François de 6

卡尔韦，路易-让 Calvet, Louis-Jean 389, 390
　　《结构与符号——罗兰·巴尔特传》 389, 390
卡托伊，乔治 Cattaui, Georges 247
　　《失去和重新找到的普鲁斯特》 247
卡佑阿，罗歇 303
　　《〈圣爱克苏贝里文集〉序言》 303
凯菲莱克，亚恩 Queffélec, Yann 16
　　《野蛮的婚礼》 16
凯塞尔，约瑟夫 Kessel, Joseph 16
　　《骑士》 16
柯莱特/科莱特，西多妮-加布里埃尔 Colette, Sidonie-Gabrielle 16, 18, 328
　　《姬姬》 16
　　《流浪女伶》 16
　　《茜朵》 16
　　《紫恋》 16
科克托/高克多，让 Cocteau, Jean 5, 17, 40, 42, 48, 50, 61, 64, 65
　　《可怕的孩子》 17
克朗西埃，乔治-艾玛纽埃尔 Clancier, Georges-Emmanuel 16
　　《黑面包》 16
克里斯蒂娃/克莉思蒂娃，茱莉娅/朱丽叶 Kristeva, Julia 10, 386
　　《符号学：符义分析探索集》 10
克洛岱尔，保尔 Claudel, Paul 3, 6, 28, 286
　　《缎子鞋》 6
　　《正午的分界》 6
昆德拉，米兰 Kundera, Milan 201

拉伯雷，弗朗索瓦 Rabelais, François 21, 143, 164
　　《巨人传》 143
拉迪盖，雷蒙 Radiguet, Raymond 15
　　《德·奥热尔伯爵的舞会》 15
　　《魔鬼附身》 15
拉封丹，让·德 La Fontaine, Jean de 143

《寓言诗》 143
拉夫丹，亨利 Lavedan, Henri 146
拉康，雅克 Lacan, Jacques 9
拉图尔迪潘，帕特里斯·德 La Tour du Pin, Patrice de 5
拉西莫夫，亨利 Laczymow, Henri 246
　　《亲爱的普鲁斯特今夜将要离开》 246
拉辛，让 Racine, Jean 274, 290
莱蒙，米歇尔 Raimond, Michel 11, 23, 199, 200, 204, 300, 301, 302, 303, 304
　　《法国现代小说史》/《大革命以来的法国小说史》 11, 23, 199, 200, 204, 300, 301
兰波，让·尼古拉·阿蒂尔 Rimbaud, Jean Nicolas Arthur 37, 46, 58
朗贝尔，艾曼纽 Lambert, Emmanuelle 27
　　《我的大作家》 27
朗松，居斯塔夫 Lanson, Gustave 10, 11
　　《方法、批评及文学史》 11
勒贝莱，弗莱德里克 Lebelley, Frédérique 7, 327
　　《杜拉斯生前的岁月》 7, 327
勒布朗，莫里斯 Leblanc, Maurice 20
　　《空心石柱》 20
　　"亚森·罗宾探案系列" 20
勒克莱齐奥/勒·克莱基奥，让-马里·古斯塔夫 Le Clézio, Jean-Marie Gustave 18, 23, 32, 310, 328, 347—380
　　《奥尼恰》 350, 362, 374
　　《电影漫步者》 350
　　《迭戈和弗里达》 350
　　《都市中的作家》 348
　　《发烧》 355, 374
　　《非洲人》 350, 374
　　《蛊惑》 349
　　《洪水》/《远古洪水》 355, 374
　　《饥饿间奏曲》 350
　　《检疫隔离》 374
　　《脚的故事》 350
　　《金鱼》 18, 350, 366, 374
　　《巨人》 350, 355

《看不见的大陆》 350
《老舍，北京人》 365
《流浪的星星》 18, 350, 351, 366, 374, 379
《论文学的普遍性》 348
《罗德里格斯岛之旅》 350
《蒙多》 375
《墨西哥之梦》 350
《偶遇》 350
《齐娜》 349
《燃烧的心》 350
《沙漠的女儿》/《沙漠》 18, 32, 348, 349, 351, 353—364, 366, 370, 371, 374, 376, 379
《少年心事》/《蒙多的故事》/《蒙多与其他故事》 18, 349, 350, 351, 374
《师者，老舍》 365
《时光永驻》 349
《曙光别墅》 349
《树国之旅》 350
《诉讼笔录》 18, 32, 349, 351, 355, 369, 371, 374, 376, 377, 378, 379
《逃之书》/《逃逸之书》 350, 355, 374
《文学与全球化》 367
《文学与人生》 349, 379, 380
《乌拉尼亚》 350, 351, 374, 379
《物质迷醉》/《物质的极乐》 355, 374
《相遇中国文学》 367, 368, 369
《想象与记忆》 349
《寻金者》 350, 374, 375
《夜莺之歌》 350
《雨季》 349
《战争》 18, 350, 351, 355, 374
《逐云而居》（合著） 350

勒里斯，米歇尔 Leiris, Michel 64

勒帕普，皮埃尔 Lepape, Pierre 11
    《爱情小说史》 11

勒韦尔迪/核佛尔第/雷佛尔第，皮埃尔 Reverdy, Pierre 5, 38, 40, 48, 50, 52, 61, 65

《被伤害的空气》 48
《勒韦尔迪诗选》 48
勒维，让　Levi, Jean　316
　　《法国文学在中国》 316
雷尼埃，亨利·德　Régnier, Henri de　4
雷维尔，让-弗朗索瓦　Revel, Jean-François　11
李治华　Li Tche-houa　365
　　《北京市民》（合译）　365
里卡尔杜，让　Ricardou, Jean　111, 113
　　《为什么"新小说"遇到冷遇？》 111
利科，保尔　Ricoeur, Paul　9
列维-施特劳斯/莱维-斯特劳斯，克劳德　Lévi-Strauss, Claude　9, 11, 312, 370
　　《看、听、读》 11
卢梭，让-雅克　Rousseau, Jean-Jacques　269, 270
　　《忏悔录》 269, 270
鲁斯洛，让　Rousselot, Jean　11
　　《当代法国文学辞典》（合著）　11
罗阿，克洛德　Roy, Claude　43
　　《代表理性的真正诗人保尔·艾吕雅》 43
罗伯-格里耶/罗伯-葛利叶，阿兰　Robbe-Grillet, Alain　17, 27, 28, 30, 32, 33, 107, 108, 109, 110, 111, 112, 113, 114, 115, 116, 118, 119, 120, 121, 123, 124
　　《昂热丽克或迷醉》 116
　　《不朽的女人》 110
　　《重现的镜子》 18, 110, 115
　　《从现实主义到现实》 109
　　《反射影象三题》 110
　　《海滨》 110
　　《吉娜》 18, 27
　　《嫉妒》 18, 107, 110, 112, 115, 120, 121
　　《科兰特最后的日子》 110, 116
　　《窥视者》/《漠然而视》 17, 107, 108, 110, 115
　　《罗伯-格里耶作品选集》 27, 110
　　《欧洲快车》 110
　　《去年在马里安巴》 18, 110, 115
　　《弑君者》 110

《桃色与黑色剧　玩火》 110

《玩火游戏》 110

《未来小说之路》 107, 111

《舞台》 110

《现代小说中的"人物"》 111

《橡皮》 18, 107, 108, 110, 115, 120

《新小说》 111, 119

《伊甸园及其后》 110

《欲念浮动》 27, 110

《在迷宫里》 107, 108, 110, 111, 120

《自然、人道主义、悲剧》 111

罗布莱斯/洛布莱斯，埃玛纽埃尔/艾玛吕埃勒　Roblès, Emmanuel　16, 33

《蒙塞拉》 16

《威尼斯的冬天》 16

《这就叫黎明》 16

罗兰，罗曼　Rolland, Romain　9, 14, 21, 22, 23, 24, 28, 29, 143, 158, 167—197, 220, 222

《哀尔帝》 174

《爱与死之赌》/《爱与死的角逐》 174, 177

《白利与露西》 170

《悲多汶的政见》 171

《贝多芬：伟大的创造性年代》 179

《贝多芬传》/《悲多汶传》 9, 170, 171, 174, 176, 179

《搏斗》 177, 179

《丹东》 174

《悼高尔基》 171

《甘地》/《甘地奋斗史》 170

《哥拉·布勒尼翁》 14, 143, 177

《歌德与贝多芬》 179

《歌德与音乐》 171

《革命戏剧》 174

《韩德尔传》/《亨德尔传》 177, 179

《精神独立宣言》 167, 168, 170

《巨人三传》/《名人传》 9, 179

《李柳丽》 174

法国作家和学者及其著作索引

《理智之胜利》 174
《卢梭的生平与著作》 179
《罗曼·罗兰读书随笔》 179
《罗曼·罗兰革命剧选》 177
《罗曼·罗兰给敬隐渔书手迹》 168
《罗曼·罗兰回忆录》 179
《罗曼·罗兰精选集》 180
《罗曼·罗兰隽语录》 179
《罗曼·罗兰论欧罗巴精神》 171
《罗曼·罗兰妙语录》 179
《罗曼·罗兰日记选页》 179
《罗曼·罗兰如是说》 179
《罗曼·罗兰文钞》 177, 178, 179
《罗曼·罗兰戏剧丛刊》 174
《罗曼·罗兰音乐散文集》 179
《罗曼·罗兰箴言录》 179
《罗曼·罗兰自传》 180
《孟德斯榜夫人》 170
《弥盖朗琪罗传》/《米开朗琪罗传》 9, 170, 179
《米莱传》 179
《莫斯科日记》 179, 220
《内心旅程》 179
《七月十四日》 170, 174, 176, 177
《群狼》/《狼群》 174, 177
《认识罗曼·罗兰：罗曼·罗兰谈自己》 179
《若望-雅克·卢梭》 178
《圣路易》 174
《圣·桑丝》 171
《托尔斯泰传》 9, 170, 177, 179
《现代音乐家评传》 177
《欣悦的灵魂》/《母与子》 14, 178, 179, 183, 189
《信仰悲剧》 174
《艺术与行动：论列宁》 171
《约翰·克利斯朵夫》/《约翰·克里斯托夫》/《若望克利司朵夫》/《詹恩·克里士多夫》/《若望·葛利斯朵夫》 14, 167, 168, 170—197

441

罗曼，于勒　Romains, Jule　6, 7, 15
　　《克洛克医生》　7
　　《克诺克或医学的胜利》　6
　　《善意的人们》　15
罗斯当，爱德蒙　Rostand, Edmond　6
　　《西哈诺·德·贝热拉克》　6
洛蒂，皮埃尔　Loti, Pierre　13
洛特雷阿蒙　Comte de Lautréamont　348

马蒂，埃里克　Marty, Eric　389
马尔罗，安德烈　Malraux, André　15, 28, 31, 301, 303
　　《人的状况》　15
　　《王家大道》　15
　　《希望》　15
　　《征服者》　15
马基，劳拉　Makki, Laura El　246
　　《与普鲁斯特共度假日》（合著）　246
马色尔，加布里埃尔　Marcel, Gabriel　86
芒迪亚格，安德烈·皮埃尔·德　Mandiargues, André Pieyre de　17, 64
　　《摩托车》　17
　　《闲暇》　17
芒索，米歇尔　Manceaux, Michèle　7, 326
　　《闺中女友》　7, 326
梅尔勒，罗贝尔　Merle, Robert　16
　　《倾国倾城》　16
　　《瑞德库特的周末》　16
　　《杀人是我的职业》　16
　　《有理性的动物》　16
梅洛-庞蒂 / 马劳·庞蒂，莫里斯　Merleau-Ponty, Maurice　9, 85
蒙泰朗，亨利·德　Montherlant, Henry de　15, 301, 303
　　《少女们》　15
蒙田，米歇尔·德　Montaigne, Michel de　17, 21
米修 / 米肖，亨利　Michaux, Henri　3, 4, 348, 365
　　《米修诗选》　4
米伊，让　Milly, Jean　229, 242

明兴礼　Monsterleet, Jean　190
　　《巴金的生活和著作》　190
莫泊桑　Guy de Maupassant　365, 367
莫迪亚诺 / 莫迪阿诺，帕特里克　Modiano, Patrick　18, 23, 342, 377
　　《暗店街》　18
　　《魔圈》　18
　　《凄凉别墅》　18
　　《往事如烟》　18
　　《寻我记》　18
　　《一度青春》　18
莫朗 / 穆朗，保尔　Morand, Paul　16, 23, 40, 42, 349, 354
　　《天女玉丽》　16
莫里哀　Molière　143
　　《伪君子》　143
莫里亚克 / 莫里约克 / 莫利亚克 / 摩里亚克，弗朗索瓦 / 法朗所怀　Mauriac, François　15, 23, 28, 273—291
　　《爱的荒漠》/《爱的沙漠》　15, 276, 277, 278, 279, 282, 283, 285, 286, 287, 288, 289, 290, 291
　　《爱的沙漠——莫里亚克选集》　276, 277, 279
　　《戴锁链的孩子》　282
　　《黛莱丝·德克罗》/《戴莱斯·苔斯盖胡》/《苔蕾丝·德斯盖鲁》/《黛莱丝·戴克茹》/《黛莱丝·代科如》等　15, 275, 276, 277, 278, 282, 283, 284, 285, 290
　　《法利赛女人》　283
　　《弗隆特纳之秘》　283
　　《蝮蛇结》/《盘缠在一起的毒蛇》/《蛇结》　15, 276, 277, 278, 282, 283, 286, 290
　　《羔羊》　283
　　《海之路》　283
　　《合手》　274
　　《黑天使》　278, 283
　　《火之河》/《火河》　275, 278
　　《命运》　283
　　《莫里亚克精品集》　278
　　《莫里亚克小说选》　277, 278, 279, 285, 288, 289, 290
　　《母亲大人》/《母亲》/《日宜脱莉斯》/《热尼特里克斯》　275, 276, 277,

283, 285
《裙子遁牌》 282
《失去了的》 283
《受奖辞》 277, 287, 288
《苔蕾丝在旅馆》/《黛莱丝住旅馆》 278, 283
《苔蕾丝在诊所》/《黛莱丝求医》 278, 283
《昔日一少年》/《昔日之少年》 274, 277, 283
《向患麻风者接吻》/《给麻风病人的吻》 275, 276, 278, 282, 285
《小说家及其笔下的人物》 282, 289
《血与肉》 282
《夜的尽端》/《黑夜的终止》 274, 275, 276, 278, 283
《优先权》 275, 282
《脏猴儿》 276, 278

莫里亚克，克洛德 Mauriac, Claude 247, 280
《普鲁斯特》 247

莫洛亚/莫洛阿/莫鲁瓦/莫罗亚，安德烈 Maurois, André 8, 15, 31, 223, 224, 225, 230, 231, 238, 242, 246, 247, 248, 256, 258—272, 273, 274, 282, 291
《阿莉雅娜，我的妹妹》 15
《爱俪尔》/《雪莱传》 8, 259, 260, 261, 268, 269
《巴尔扎克传》 8, 9, 261, 268
《拜伦传》/《拜伦情史》/《唐璜：拜伦传》 8, 261, 266
《布朗勃尔上校的沉默》/《军前琐语》 259
《从纪德到萨特》 262
《从普鲁斯特到加缪》 238, 262
《从普鲁斯特到萨特》 81, 87, 262, 282, 291
《大师的由来》 15, 261
《狄更斯评传》/《迭更司评传》 259, 266
《迪斯雷利传》 266, 269
《法国的惨败》/《法兰西的悲剧》 260
《服尔德传》/《伏尔泰传》 8, 9, 259
《交友的艺术》 260
《结婚的艺术》 260
《快乐的艺术》 260
《栗树下的晚餐》 15, 261, 265
《恋爱与牺牲》/《幻想世界》 259, 262

《美国史：从威尔逊到肯尼迪》 260
《莫洛亚女性小说》 261, 265
"莫洛亚传记丛书" 8
《普鲁斯特传》 8, 224, 225, 241, 242, 246, 247, 248, 261
《启程》 265
《气候》/《爱底雰围》/《爱的气候》/《爱情的气候》/《情界冷暖》/《变幻的情感》/《女王的水土》/《情人的悲哀》 259, 261, 264
《乔治·桑传》 8, 261, 266, 267
《人生五大问题》 259, 262, 265
《三仲马传》 8, 261, 267
《少年歌德之创造》 259
《生活的艺术》/《生活艺术三种：爱的艺术、工作艺术、指导艺术》/《生活艺术》/《生活之艺术》/《工作的艺术》/《处世艺术》 259, 262, 265, 266
《生活的智慧》 262
《生活的智慧：安德烈·莫洛亚超凡入圣集》 262
《时令鲜花》 261
《谈自传》 259, 269, 270
《坦纳托斯大旅社》 265
《屠格涅夫传》 8, 259, 260, 266
《维多利亚时代英宫外史》 259
《文学生涯六十年》 274
《文艺家之岛》 259
《无限之谜》 260
《夏多布里昂传》 8, 260
《星期三的紫罗兰》 261, 265
《幸福的本能》/《瓦朗蒂娜和她的私生女》 261, 264, 274
《艺术与生活——莫洛亚箴言和对话集》 262, 266
《因了巴尔扎克先生底过失》 259
《雨果传》/《伟大的叛逆者——雨果》 8, 261, 267, 272
《在中途换飞机的时候》 261
《再谈友情》 260
《〈追忆似水年华〉序》 223, 230, 246, 247, 256

穆勒，马塞尔 Müller, Marcel 247
  《〈追忆似水年华〉中的叙述声音》 247
穆通，让 Mauton, Jean 247

《普鲁斯特的风格》 247

尼米埃，罗歇　Nimier, Roger　16
　　《堕入情网的火枪手》 16
尼赞，保罗　Nizan, Paul　16
　　《阴谋》 16
努里希埃，弗朗索瓦　Nourissier, François　377
诺，约翰-安托万　Nau, John-Antoine　23
　　《敌对势力》 23
诺阿伊，安娜·德　Noailles, Anna de　4

佩吉，夏尔　Péguy, Charles　4
　　《夏娃》 4
佩雷/佩尔特，邦雅曼　Péret, Benjamin　47, 65
佩斯，圣-琼　Perse, Saint-John　3, 4
　　《圣-琼·佩斯诗选》 4
蓬热，弗朗西斯　Ponge, Francis　5, 65
皮埃尔-甘，莱昂　Pierre-Quint, Léon　246
　　《普鲁斯特传》 246
皮孔，加埃唐　Picon, Gaëtan　247
　　《阅读普鲁斯特》 247
普雷韦尔/普雷维尔，雅克　Prévert, Jacques　5, 46, 48, 65
　　《落叶》 46
　　《我就是我》 46
　　《这爱》 46
普列伏斯特，C.　Prévost, C.　62
　　《阿拉贡：成长与变化》 62
普鲁斯特/卜罗思忒，马塞尔　Proust, Marcel　8, 11, 12, 14, 22, 28, 30, 81, 87, 114, 123, 223—257, 261, 262, 280, 282, 285, 287, 290, 291, 359, 367
　　《驳圣伯夫》 11, 224, 231, 232, 257
　　《欢乐和时日》 229
　　《论画家》 232
　　《普鲁斯特精选集》 232, 238, 247, 248
　　《普鲁斯特致安德烈·纪德的信》 251
　　《让·桑特伊》 224

《书信集》 251
《薇奥朗特，或名迷恋社交生活》 229
《一个少女的自白》 229
《追忆似水年华》/《追寻失去的时间》/《往昔之追寻》/《失去时间的找寻》/
　《追忆往昔》/《追忆流水年华》/《寻找失去的时间》/《追寻逝去的时光》/
　《追忆逝水年华》/《寻找失去的时光》等　14, 22, 25, 30, 223, 224, 225,
　227—257
《在斯万家那边》/《斯万家一边》/《在斯旺家那边》/《史万家一边》/《去斯
　万家那边》/《在斯万家这边》　224, 225, 228—231, 234, 235, 239, 245
《在少女们身旁》 224, 225, 231
《盖尔芒特家那边》/《在盖芒特家那边》 224, 231
《索多姆和戈摩尔》 224, 231
《女囚》 224, 231
《女逃亡者》 224, 231
《重现的时光》/《重新获得的时间》 224, 231

热奈特，热拉尔　Genette, Gérard　10, 11, 241, 246, 247, 249
　《普鲁斯特和间接言语》 241
　《热奈特论文集》 10
　《热奈特论文选》 10
　《叙事话语·新叙事话语》 10, 246
热内/谢奈，让　Genet, Jean　6, 128, 130
　《女仆》 6, 130, 137
如弗/茹佛，皮埃尔·让　Jouve, Pierre Jean　5, 42

萨巴蒂埃，罗贝尔　Sabatier, Robert　16
　《大街》 16
　《瑞典火柴》 16
萨波塔，马克　Saporta, Marc　18, 110
　《第一号创作》/《作品第一号》 18, 110
萨冈，弗朗索瓦丝　Sagan, Françoise　19, 330
　《豺狼的盛宴》 19
　《淡彩之血》 19
　《毒》 19
　《孤独的池塘》 19

447

《枷锁》 19
《肩后》 19
《狂乱》 19
《冷水中的一点阳光》 19
《灵魂之伤》 19
《凌乱的床》 19
《蚂蚁和知了》 19
《租来的房子》 19
《某种凝视》 19
《某种微笑》 19
《你好，忧愁》 19
《您喜欢勃拉姆斯吗？》 19
《平静的风暴》 19
《奇妙的云》 19
"萨冈情爱小说" 19
《失落的爱》 19
《逃亡之路》 19
《我心犹同》 19
《我最美好的回忆》 19
《无心应战》 19
《舞台音乐》 19
《心灵守护者》 19
《一个月后，一年之后》 19
《战时之恋》 19

萨洛特，娜塔丽 Sarraute, Nathalie 18, 28, 33, 107, 108, 109, 110, 111, 112, 114, 115, 116, 119, 121, 122
　　《怀疑的时代》 107, 111
　　《〈怀疑的时代〉论文集作者自序》 111
　　《金果》 18
　　《陌生人的肖像》 107, 110
　　《天象馆》/《行星仪》 18, 107, 109, 110, 112, 122
　　《童年》 18, 110, 116
　　《这里》 18

萨特/沙特，让-保罗/让-保尔 Sartre, Jean-Paul 5, 9, 11, 17, 23, 28, 31, 63, 68, 69, 70, 71, 72, 73, 74—78, 79, 80, 81, 82, 83, 84, 85, 86, 87, 89, 90, 92, 93, 94,

95, 96, 97, 98, 99, 100, 101, 102, 103, 104, 105, 106, 116, 119, 262, 280, 282, 290, 291, 304, 351, 359, 383, 394, 400

《肮脏的手》/《脏手》 72, 75, 78, 94

《闭塞》/《禁闭》/《此门不开》等 69, 77, 78, 98, 105

《辩证理性批判》 77, 79, 81, 96

《苍蝇》 69, 79, 94

《处境种种》 11

《存在与虚无》/《生命与虚无》 69, 77, 81, 89, 96

《存在主义是一种人道主义》 70, 71, 76, 77, 78, 81, 96, 104

《存在主义与马克思主义》/《方法论若干问题》 76

《法共的作家与争取和平的斗争》 76

《房间》 68

《恭顺的妓女》/《毕恭毕敬的妓女》/《义妓》/《丽瑟》/《可尊敬的妓女》 5, 70, 71, 72, 75, 78, 82, 93

《共产党人与和平》 75

《关于存在主义的几点说明》 80

《间隔》 93

《科学和辩证法》 81

《理性的时代》 74

《魔鬼与上帝》 94

《莫里亚克先生与自由》 290

《涅克拉索夫》 75

《墙》 17, 68, 69, 73, 78, 89, 90

《萨特论艺术》 80

"萨特文集"(李瑜青、凡人主编) 79

《萨特文集》(秦天、玲子编) 79

《萨特文集》(沈志明、艾珉主编) 79, 98, 99

《萨特文论选》 11, 80

《萨特文学论文集》 11, 79, 290

《萨特戏剧集》 5, 78, 79

《萨特小说集》 79

《萨特哲学论文集》 79

《什么是文学?》 11, 63, 80, 86, 104

《生活、境遇——萨特言谈、随笔集》 80

《死无葬身之地》 78

《唯物主义与革命》 72

　　《文字生涯》/《萨特自述》/《词语》/《我的自传：文字的诱惑》 74, 77, 79, 80, 89, 90, 98, 99, 100

　　《我对新中国的观感》 75

　　《我们所见到的中国》 76

　　《想象的事物》/《想象心理学》 81

　　《厌恶》/《恶心》 17, 73, 77, 79, 89, 90, 95

　　《厌恶及其他》 78

　　《争取倾向性文学》 77

　　《自画像》 79

　　《自由之路》 17, 77, 79

塞利纳/塞林，路易－费迪南　Céline, Louis-Ferdinand　15, 301

　　《茫茫黑夜漫游》/《长夜行》 15

桑，乔治　Sand, George　8, 261, 267

瑟盖斯，皮埃尔　Seghers, Pierre　33

圣埃克絮佩里/圣爱克苏贝里/圣埃克苏佩里/圣艾克絮佩里等，安托万·德 Saint-Exupéry, Antoine de　15, 31, 96, 292—314

　　《飞行员》 293

　　《给一个人质的信》 303

　　《空军飞行员》/《战争飞行员》/《战区飞行员》/《军事飞行员》 15, 293, 294, 295, 297, 299, 301, 303, 307, 311

　　《南方邮件》/《南线邮航》/《南方邮航》 292, 293, 301, 303

　　《人的大地》/《人类的大地》/《风沙星辰》/《风、沙与星星》 15, 293, 294, 297, 299, 301, 303, 304, 307, 311

　　"圣艾克絮佩里作品集" 293, 308

　　《小王子》/《星王子》/《小小王子》 15, 96, 292—300, 301, 302, 303, 304, 305—314

　　《要塞》/《城堡》 293, 294, 295, 297, 302, 303, 307

　　《夜航》 15, 293, 294, 297, 299, 300, 301, 302, 304, 307, 311

圣埃克絮佩里，龚苏萝·德　Saint-Exupéry, Consuelo de　308

　　《玫瑰的回忆》 308

司汤达　Stendhal　44, 208, 281, 287

　　《红与黑》 299, 353

苏波/苏卜/苏保/苏保尔，菲利普/菲列伯　Soupault, Philippe　4, 9, 37, 38, 39, 42, 46, 48, 65

Vous m'oublierez（合著） 37
　　《今夜伦敦第一百次遭到轰炸》 46
　　《尼克·加特的死》/《尼卡特之死》 37, 38, 42
　　《夏洛外传》 9
苏佩维埃尔/许拜维艾尔/苏拜维艾尔,于勒　Supervielle, Jules　4, 39, 42, 48, 50, 51, 62, 64
　　《肖像》 39
　　《一头灰色的中国牛》 39
　　《远方的法兰西》 51
　　《烛焰》 50, 51

塔迪埃/塔蒂埃,让-伊夫　Tadié, Jean-Yves　10, 11, 229, 240, 241, 242, 246, 360
　　《20世纪的文学批评（修订版）》/《20世纪的文学批评》 10, 11
　　《二十世纪小说》 360
　　《普鲁斯特和小说》 11, 246, 247
塔迪厄,让　Tardieu, Jean　5
泰纳,伊波利特　Taine, Hippolyte　9
　　《艺术哲学》 9
特丽奥莱,艾尔莎/爱尔莎　Triolet, Elsa　18, 19, 44, 355
　　《阿维侬情侣》 19
　　《第一个回合花费了二百法郎》 19, 44
　　《人类的愿望》 19
　　《月神园》 19, 355
特洛亚,亨利　Troyat, Henri　8, 14, 32
　　《巴尔扎克传》 9
　　《彼得大帝》 8
　　《风流女皇：叶卡特琳娜二世》 8
　　《末代沙皇尼古拉二世》 8
　　《莫斯科人》 15, 32
　　《普希金传》 8
　　《契诃夫传》 8
　　《神秘沙皇：亚历山大一世》 8
　　《一代暴君——伊凡雷帝》 8
　　《永远的叛逆者：茨维塔耶娃的一生》 9
　　《正义者之光》/《巴黎之恋》/《异国之恋》 14, 15

图莱，保尔-让　Toulet, Paul-Jean　4
图尼埃，米歇尔　Tournier, Michel　18, 377
　　《礼拜五或野蛮生活》　18
　　《礼拜五——太平洋上的灵薄狱》　18
　　《桤木王》　18

瓦莱里/瓦雷里，保尔　Valéry, Paul　3, 11, 28, 32, 50
　　《风灵》　3
　　《海滨墓园》　3, 50
　　《蜜蜂》　3
　　《失去的美酒》　3
　　《石榴》　3
　　《水仙辞》　3, 32
　　《瓦雷里诗歌全集》　3
　　《文艺杂谈》　11
　　《友爱的森林》　3
瓦扬，罗歇　Vailland, Roger　16
　　《325 000 法郎》　16
　　《弗斯特上校服罪了》　16
　　《荒唐的游戏》　16
　　《律令》　16
韦伊，西蒙娜　Weil, Simone　9
维昂，鲍里斯　Vian, Boris　17, 63, 64
　　《岁月的泡沫》/《流年的飞沫》　17, 63, 64
　　《维昂小说精选》　17
维尔登，D.　Wilden, D.　70
　　《新法国的文学》　70
维尔贡德雷，阿兰　Vircondelet, Alain　330
　　《杜拉斯传》　330
维尔科　Vercors　16
　　《病榻前的故事》　16
　　《海的沉默》　16
魏尔伦，保罗　Verlaine, Paul　4
翁弗雷，米歇尔　Onfray, Michel　81

法国作家和学者及其著作索引

西蒙，克洛德　Simon, Claude　18, 23, 27, 29, 105, 107, 109, 110, 111, 112, 114, 116, 117, 123
 《刺槐树》　27, 110
 《弗兰德公路》　18, 110, 116, 123
 《农事诗》　18, 110
 《有轨电车》　110
 《在斯德哥尔摩的演说》　111
 《植物园》　18, 110, 116

西默农，乔治　Simenon, Georges　20
 《黄狗》　20
 "梅格雷探长系列"　20

夏尔，勒内　Char, René　5, 46, 48, 61, 63, 65
 《悲痛，爆炸，沉寂》　46
 《勒内·夏尔诗选》　48
 《你出走得好，兰波！》　46
 《早起者的淡红色》　46

小仲马　Dumas, Alexandre, fils　1, 267
 《茶花女》／《巴黎茶花女遗事》　1

谢阁兰，维克多　Segalen, Victor　3, 4
 《碑》　4
 《出征》　4
 《画 & 异域情调论》　4
 《诗画随笔》　4
 "谢阁兰文集"　4
 《谢阁兰中国书简》　4

雅各布，马克斯　Jacob, Max　4, 65
雅斯培／雅斯贝尔斯，卡尔　Jaspers, Karl　86
亚伯拉罕，皮埃尔　Abraham, Pierre　302
 《法国文学史》（合著）　302
亚兰　Alain, 原名 Émile-Auguste Chartier　171, 196
 《论詹恩·克里士多夫》　171, 196
耶麦，弗朗西斯　Jammes, Francis　50
尤奈斯库，欧仁　Ionesco, Eugène　6, 30, 95, 128, 129, 130, 131, 132, 137
 《阿麦迪或脱身术》　6, 130, 137

《荒诞派戏剧家纵谈古今》 131

《论先锋派》 131

《起点》 130

《秃头歌女》 6, 98, 130, 131, 137

《〈秃头歌女〉——语言的悲剧》 130

《犀牛》 6, 130, 134, 135, 137

《戏剧经验谈》 131

《新房客》 130

《椅子》 6, 129, 130

尤尼克，皮埃尔 Unik, Pierre 61

尤瑟纳尔 / 尤瑟娜 / 尤瑟纳，玛格丽特 Yourcenar, Marguerite 18, 19, 31, 33, 271, 315—324, 342, 346

《北方档案》 19, 317, 322

《被砍头的女神迦利》 321

《东方奇观》/《东方故事集》 316, 318, 320, 321, 322

《哈德良回忆录》/《亚得里安回忆录》/《阿德里安回忆录》/《一个罗马皇帝的临终遗言》 19, 317, 319, 320, 322

《何谓永恒》 19, 317

《画家王福历险记》/《王佛保命之道》/《王佛得救记》 19, 316, 317, 321

《火》 19, 317

《苦炼》/《熔炼》 19, 316, 317, 319, 320, 322

《马尔戈的微笑》 321

《梦幻中的罗马古币》 316, 317

《暮年之恋》 321

《虔诚的回忆》 19, 317, 322

《三岛由纪夫或空的幻景》 19

《时间，这永恒的雕刻家 / 遗存篇》 19, 317

《燕子圣母院》 321

《一弹解千愁》 19, 316, 321

"尤瑟纳尔文集" 19, 317, 322, 323

《园中随笔片断》 316

《致命的一击》 316

雨果，维克多 Hugo, Victor 7, 8, 60, 261, 264, 267, 272

《悲惨世界》 264

左拉，埃米尔 Zola, Emile 21, 147, 161, 288

法国作家和学者及其著作索引

另：其他外国作家和学者及其作品

阿尔比，爱德华　Albee, Edward　6, 129, 130
　　《动物园的故事》　6, 130
阿尔格伦，尼尔森　Algren, Nelson　92
阿夫托尔（阿夫托尔哈诺夫），阿　Авторха́нов, Абдурахма́н Гена́зович　220
　　《权力学》　220
阿尼西莫夫，И　Анисимов, И　178
　　《罗曼·罗兰》　178
艾斯林，马丁　Esslin, Martin　129, 130
　　《荒诞派戏剧》　129, 130
　　《荒诞派之荒诞性》　130
爱伦堡，伊利亚　Эренбу́рг, Илья́ Григо́рьевич　40
　　《论超现实主义派》　40
奥威尔，乔治　Orwell, George　343
　　《1984》　343
巴思，约翰　Barth, John　120
　　《迷失在开心馆中》　120
拜伦，乔治·戈登　Byron, George Gordon　8, 261, 266
贝克，雷登　82
　　《存在主义与心理分析》（合著）　82
彼特拉克　Petrarch　366
柏拉图　Plato　395
　　《会饮篇》　395
勃莱克（布莱克），威廉　Blake, William　215
勃朗宁，罗伯特　Browning, Robert　215
博尔赫斯，豪尔赫·路易斯　Borges, Jorge Luis　120, 123, 346
　　《小径分叉的花园》　120
布兰兑斯，格奥尔　Brandes, Georg　146, 160
　　《法朗士论》　160
布雷德伯里，马尔科姆　Bradbury, Malcolm　246
　　《马塞尔·普鲁斯特》　246
查拉，特里斯坦　Tzara, Tristan　4, 39, 65, 66
川路柳虹　40
　　《不规则的诗派》　40

455

茨威格 / 刺外格，斯特凡　Zweig, Stefan　168, 169, 180, 193

　　《罗曼·罗兰，其人及其作品》/《罗曼·罗兰》/《罗曼·罗兰传》　168, 169, 180

丹图，A. C.　Danto, A. C.　87

　　《萨特》　87

登肯，阿　Duncan, A.　111

　　《克洛德·西蒙：再现真实的危机》　111

狄更斯 / 迭更司，查尔斯　Dickens, Charles　259, 266, 367

迪金森，艾米莉　Dickinson, Emily　328

迪斯雷利，本杰明　Disraeli, Benjamin　266, 269

恩格斯，弗里德里希　Engels, Friedrich　76

弗洛伊德 / 胡罗特 / 弗洛依特，西格蒙德　Freud, Sigmund　37, 41, 43

福克纳，威廉　Faulkner, William　80, 367

高尔德，迈　Gold, Michael　44

　　《阿拉贡：诗人——组织者》　44

高尔基，马克西姆　Го́рький, Макси́м　159, 164, 196

歌德，约翰·沃尔夫冈·冯　Goethe, Johann Wolfgang von　171, 179, 203, 259, 395

　　《少年维特之烦恼》　395

格拉斯，君特　Grass, Günter　342

格梅恩 / 杰曼，爱德华·B.　Germain, Edward B.　47, 62

　　《超现实主义诗歌概论》　62

　　《西方超现实主义诗选》（编著）　47

海德格尔 / 海德格，马丁　Heidegger, Martin　71, 72, 82, 85, 375

海勒，约瑟夫　Heller, Joseph　105, 123

　　《第二十二条军规》　105

海明威，欧内斯特　Hemingway, Ernest　303

　　《老人与海》　303

荷尔德林，弗里德里希　Hölderlin, Friedrich　375

赫尔曼，西奥　Hermans, Theo　152, 153

　　《翻译的再现》　153

黑塞，赫尔曼　Hesse, Hermann　105

怀特，爱德蒙　White, Edmond　246

　　《马塞尔·普鲁斯特》　246

吉卜林 / 吉柏龄，约瑟夫·拉迪亚德　Kipling, Joseph Rudyard　147, 370

伽亚谟/海亚姆，莪默/奥马尔　Khayyam, Omar　366
今道友信　103
　　《存在主义美学》/《艺术的实存哲学》　103, 104
卡尔维诺，伊塔洛　Calvino, Italo　120, 123, 342, 346
　　《命运交叉的城堡》　120
卡夫卡，弗朗茨　Kafka, Franz　105, 115, 123
　　《变形记》　115, 137
卡勒尔，乔纳森　Culler, Jonathan　386, 387, 390
　　《罗兰·巴尔特》　386, 387, 390
坎伯，理查德　Kamber, Richard　87
　　《萨特》　87
康拉德，约瑟夫　Conrad, Joseph　303
康诺利，西里尔　Connolly, Cyril　62
　　《告别超现实主义》　62
克尔凯郭尔/齐克果，索伦·奥比　Kierkegaard, Søren Aabye　71, 72, 73, 85
莱勒，乔纳　Lehrer, Jonah　246
　　《普鲁斯特是个神经学家》　246
莱蒙托夫，米哈伊尔·尤里耶维奇　Лермонтов, Михаил Юрьевич　196
雷巴科夫，阿纳托利　Рыбаков, Анатолий　220
　　《阿尔巴特街的儿女》　220
列维斯基，鲍罗斯　Levytsky, Borys　220
　　《三十年代斯大林主义的恐怖》（编）　220
铃村和成　390
　　《巴特——文本的愉悦》　390
卢卡奇，格奥尔格　Lukács, Georg　77
　　《存在主义还是马克思主义？》　77
略萨，马里奥·巴尔加斯　Llosa, Mario Vargas　81, 91, 123
　　《加缪与文学》　81
　　《评〈局外人〉——局外人该死》　81, 91
　　《萨特与加缪》　81
罗杰斯，卡特琳娜　Rodgers, Catherine　328
罗斯金，约翰　Ruskin, John　224
　　《亚珉的圣经》　224
　　《芝麻与百合》　224
洛尔迦，费德里科·加西亚　Lorca, Federico García　51

《木马栏》 51
马尔克斯,加夫列尔·加西亚 Márquez, Gabriel García 120, 123, 201
 《百年孤独》 402
 《迷宫中的将军》 120
马克思,卡尔 Marx, Karl 10, 37, 58, 72, 76, 77, 102, 103, 220
马雅可夫斯基,弗拉基米尔·弗拉基米洛维奇 Маяко́вский, Влади́мир Влади́мирович 19, 44
麦德维杰夫,罗·亚 Медве́дев, Рой Алекса́ндрович 220
 《让历史来审判——斯大林主义的起源及其后果》 220
 《苏联的少数者的意见》 220
梅勒,诺曼 Mailer, Norman 105
莫蒂列娃,塔玛拉 Мотылеба, Тамара 180
 《罗曼·罗兰的创作》 180
南奇利埃,Ф 272
 《〈伟大的叛逆者——雨果〉俄文版序》 272
尼采,弗里德里希·威廉 Nietzsche, Friedrich Wilhelm 71, 72, 73, 85, 105, 215, 293, 303, 304, 395
帕斯捷尔纳克,鲍里斯·列奥尼多维奇 Пастерна́к, Бори́с Леони́дович 220
 《日瓦戈医生》 220
片山孤村 39
 《磓磓主义的研究》 39
品特,哈罗德 Pinter, Harold 6, 129, 130
 《送菜升降机》 6, 130
普莱/布莱,乔治 Poulet, Georges 246, 247
 《普鲁斯特的空间》 246, 247
乔伊斯,詹姆斯 Joyce, James 114, 123, 367
沁费尔德 131
 《贝克特剧作的艺术特色》 131
萨哈罗娃,Т. А. 382
塞林格,J. D. Salinger, J. D. 91, 105
 《麦田里的守望者》 91, 105
赛珍珠 Buck, Pearl S. 368
 《大地》 368
桑塔格,苏珊 Sontag, Susan 381, 386, 398
 《论罗兰·巴尔特》 381

莎士比亚，威廉　Shakespeare, William　48, 94, 246
　　《哈姆雷特》　94
斯坦贝克，约翰　Steinbeck, John　367
索尔仁尼琴，亚历山大　Солженицын, Александр　220
　　《癌病房》　220
　　《古列特群岛》(《古拉格群岛》)　220
索绪尔，费尔迪南·德　Saussure, Ferdinand de　393, 400
　　《普通语言学教程》　393
唐南遮，加布里埃尔　D'Annunzio, Gabriele　147
屠格涅夫，伊凡·谢尔盖耶维奇　Тургéнев, Ивáн Сергéевич　8, 196, 259, 260, 266
托尔斯泰，列夫·尼古拉耶维奇　Толстóй, Лев Николáевич　9, 170, 177, 187, 196
　　《战争与和平》　92, 191, 196
陀思妥耶夫斯基/陀思朵易夫斯基/陀斯妥也夫斯基，费奥多尔·米哈伊洛维奇
　　Достоéвский, Фёдор Михáйлович　81, 196, 215, 281, 287, 290
王尔德，奥斯卡　Wilde, Oscar　147
魏克，戴维·索罗　Wieck, David Thoreau　103
　　《一种存在主义美学：沙特和梅劳——庞蒂的学说》　76, 103
魏特夫，卡尔　Wittfogel, Karl A.　220
　　《东方专制主义》　220
伍尔夫/伍尔芙，弗吉尼亚　Woolf, Virginia　341, 346
席尔士　169
　　《罗曼·罗兰》　169
雪莱，珀西·比希　Shelley, Percy Bysshe　8, 259, 260, 261, 266, 268
亚里士多德　Aristotle　138
伊壁鸠鲁　Epicurus　154
易卜生，亨里克　Ibsen, Henrik　6, 138, 144
　　《娜拉》　144

中国学者、译者和作家及其著译索引

阿城　404
艾柯　294, 295, 297
　　《风沙星辰》（译）　294
　　《小王子》（译）　295
艾珉　8, 79, 98, 99
　　《萨特文集》（联合主编）　79, 98, 99
　　《巴尔扎克传》（莫洛亚著）（合译）　8
艾青　175
安妮宝贝　346
　　《蔷薇岛屿》　346
安少康　27, 59
　　《超现实主义及其承上启下的作用》　59
　　《高大的金发女郎——让·艾什诺兹小说选》（合译）　27
安延明　87
　　《萨特》（译）　87
敖军　11
　　《流行体系——符号学与服饰符码》（译）　11, 388, 394, 395

八月　297
　　《小王子》（译）　297
巴金　135, 189, 190, 209
　　"文化生活丛书"（主编）　209

中国学者、译者和作家及其著译索引

白桦　172, 177
　　《克利斯笃夫与悲多汶——罗曼·罗兰的新英雄主义》　172
　　《现代音乐家评传》（译）　177
白栗微　296
　　《小王子》（译）　296
白砂　49, 50
　　《从批评说到现代绘画的认识》　49, 50
包倬　353
　　《叶匡政：诺文学奖得主克莱齐奥属三流作家》　353
北塔　198, 201, 210, 213, 214, 217, 222
　　《纪德在中国》　198, 201, 210, 213, 214, 217, 222
毕飞宇　348, 349, 368, 369
　　《平原》　369
　　《玉米》　369
　　《玉秀》　369
　　《玉秧》　369
毕笑　19
　　《豺狼的盛宴》（译）　19
碧果　53
边芹　34
　　《直布罗陀水手》（译）　327
卞之琳　3, 13, 22, 28, 34, 70, 198, 202, 211, 212, 213, 217, 227, 228, 232, 233, 235, 236, 237, 243, 251
　　《纪德和他的〈新的粮食〉》　212
　　《浪子回家集·译者序》　22
　　《普鲁斯特小说巨著的中译名还需斟酌》　227, 233, 236, 237
　　《西窗集》　227, 228
　　《卞之琳译文集》（译）　228
　　《风灵》（译）　3
　　《海滨墓园》（译）　3, 50
　　《浪子回家》（译）　13, 198, 202, 211
　　《浪子回家集》（译）　22, 211, 212
　　《蜜蜂》（译）　3
　　《失去的美酒》（译）　3
　　《石榴》（译）　3

461

《睡眠与记忆》/《〈斯万家一边〉第一段》（译） 227, 228, 235
《新的粮食》（译） 212
《赝币制造者》（译） 211
《赝币制造者写作日记》（译） 212
《友爱的森林》（译） 3
《窄门》（译） 13, 212

蔡鸿滨 10, 47
  《巴塞尔的钟声》（译） 16, 47
  《隐蔽的上帝》（译） 10
蔡孟贞 350
  《偶遇》（合译） 350
蔡若明 6, 16
  《大家族》（译） 16
  《正午的分界》（译） 6
蔡先保 186
  《试论〈约翰·克利斯朵夫〉的音乐性》 186
残雪 120, 346, 404
曹丹红 34
曹德明 34
  《写作》（译） 325, 327
曹路漫 290
  《试析莫里亚克小说题材》 290
曹文轩 245, 247
  《寂寞方舟——关于普鲁斯特》 247
曹雪芹 251, 368
  《红楼梦》 201, 368
曹娅 27, 286
  《荒漠里的哀歌——评莫里亚克的心理现实主义小说〈爱的荒漠〉》 286
  《史前史——新小说新一代作家作品选（2）》（合译） 27
曹杨 19
  《画家王福历险记》（译） 19
晁梅 93
  《论萨特剧作的"处境观"》 93
晁召行 115

《隐蔽的视点在〈嫉妒〉中的作用》 115
《游移于各种窥视关系之间》 115
《原型与变形——〈橡皮〉浅析》 115
车槿山 3, 4, 9, 27, 65, 137, 390
《20世纪法国文学史》（合著） 3, 9, 12, 65, 137
《碑》（合译） 4
《高大的金发女郎——让·艾什诺兹小说选》（合译） 27
《结构与符号——罗兰·巴尔特传》（译） 389, 390
车永强 290
《论莫里亚克小说中的宗教意识》 290
陈德鸿 162
《西方翻译理论精选》（合编） 162
陈寒 350
《墨西哥之梦》（译） 350
《燃烧的心》（合译） 350
陈厚诚 52, 73, 74, 382
《20世纪中国文学与西方现代主义思潮》（合编） 52, 67, 73, 74
《西方当代文学批评在中国》（合编） 382
陈慧 61, 112
《西方现代派文学简论》（编著） 61, 112
陈际阳 79
《西蒙·波娃回忆录》（合译） 79
陈家琪 87, 92
《爱与正义之间》 92
《论萨特伦理学的方法论特征》 87
陈嘉 132
《谈谈荒诞派剧本〈等待戈多〉》 132
陈剑 19
《孤独的池塘》（译） 19
陈建忠 299, 310
《沉重的童话——重读〈小王子〉》 299, 310
陈骏涛 97, 101
《关于存在主义答文学青年》（合著） 97
《关于存在主义与我国当前的文学创作》 101
陈康棣 286

463

陈优 261, 272
　　《伟大的叛逆者——雨果》（译） 261, 272
陈梦然 96
　　《存在主义视域中的童话书写——以圣埃克苏佩里的童话〈小王子〉为例》（合著） 96
陈默 89
　　《终身的情侣——波娃与萨特》 89
陈聘之 149
　　《白石上》（译） 149
陈淇 79
　　《女宾》（译） 17, 79
陈曲 222
　　《从〈伪币制造者〉解读纪德小说遗产》 222
陈染 91, 336—340, 346
　　《超性别意识与我的创作》 337, 339
　　《孤独旅程》 336
　　《空的窗》 338
　　《另一扇开启的门》（合著） 337, 338
　　《另一只耳朵的敲击声》 338, 339
　　《麦穗女与守寡人》 337
　　《潜性逸事》 337
　　《人与星空》 336
　　《私人生活》 337
　　《无处告别》 91, 337, 338
　　《自语》 339
　　《嘴唇里的阳光》 338
陈燊 266
　　《评〈屠格涅夫传〉》 266
陈石湘 69, 70, 71
　　《法国唯在主义运动的哲学背景》 70, 71
陈实 176, 177, 179
　　《搏斗》（合译） 176, 177, 179
陈瘦竹 133
　　《谈荒诞戏剧的衰落及其在我国的影响》 133

《荒漠中的苦苦挣扎——〈爱的荒漠〉人物浅析》 286

陈思和　168, 211
　　《中外文学关系史资料汇编（1898—1937）》（联合主编）　168, 211
陈穗湘　290
　　《浅析莫里亚克〈蝮蛇结〉中的时间》（合著）　290
陈泰宇　61, 112
　　《外国现代派小说概观》（联合主编）　61, 84, 112
陈侗　20, 27, 326
　　"杜拉斯选集"（合编）　20, 326
　　《罗伯-格里耶作品选集》（联合选编）　27, 110
　　"午夜文丛"（策划）　27
陈西滢　169, 259
　　《闲话》　169
　　《少年歌德之创造》（译）　259
陈先元　57
　　《超现实主义的发展》　57
陈小航　146, 156, 160
　　《法朗士著作编目》　146
　　《法朗士传》　146, 156, 160
　　《布兰兑斯的法朗士论》/《法朗士论》（节译）　146, 160
陈晓红　286
　　《莫里亚克小说〈爱的沙漠〉解读》（合著）　286
陈晓明　105, 117, 123
　　《后现代主义与中国当代先锋文学》（合著）　105
　　《无边的挑战》　117, 123
陈筱卿　15, 19, 34, 316, 319, 320
　　《玛·尤瑟纳尔其人其书——〈哈德良回忆录〉和〈北方档案〉译后感》　319, 320
　　《北方档案》（译）　19, 317, 322
　　《梵蒂冈的地窖》（合译）　15
　　《哈德良回忆录》（译）　19, 317, 319, 320
　　《时间，这永恒的雕刻家/遗存篇》（合译）　19, 317
　　《园中随笔片断》（合译）　316
陈旭光　124
　　《"新写实小说"的终结》　124
陈旭英　261, 264
　　《爱的晴雨表》　264

《变幻的情感》（译） 261, 264
陈宣良 92
  《读德·波伏瓦的两部哲理小说》 92
陈学昭 175
陈映红 221
  《寻觅、体验、"存在"的意识——探寻纪德的轨迹》 221
陈泽帆 290
  《浅析莫里亚克〈蝮蛇结〉中的时间》（合著） 290
陈占元 13, 34, 171, 178, 293
  《论约翰·克利斯朵夫·后记》 178
  《论约翰·克利斯朵夫》（译） 178
  《论詹恩·克里士多夫》（译） 171, 197
  《夜航》（译） 15, 293
陈周芳 187
  《罗曼·罗兰》 187
陈宗宝 34
陈作梁 170
  《甘地》（译） 170
陈祚敏 15
  《异国之恋》（合译） 15
谌容 101
  《杨月月与萨特之研究》 101, 102
成柏泉 183
  《〈约翰·克利斯朵夫〉在中国》 183
程抱一 57, 66, 240, 241
  《法国超现实主义运动》 57, 66
  《天一言》 58
程干泽 8
  《魔鬼附身》（合译） 15
  《雨果传》（合译） 8, 261, 267
程惠珊 296
  《小王子》（译） 296
程静 27
  《工厂出口——弗朗索瓦·邦小说选》（合译） 27
程巍 92

《布景倒了——读加缪的〈堕落〉》 92
程伟　330
　　《玛格丽特·杜拉》 330
程晓岚　46, 57, 61, 65
　　《超现实主义述评》 61, 65
　　《谈谈超现实主义的若干理论》 57
程学鑫　293, 295
　　《小王子》（合译） 293, 295
程依荣　34
程宜思　6, 77, 128
　　《法国先锋派戏剧剖视》 6, 128
　　《存在主义文学印象》 77
程曾厚　8, 261
　　《魔鬼附身》（合译） 15
　　《雨果传》（合译） 8, 261, 267
池莉　122
　　《烦恼人生》 122
褚伯承　133
　　《荒诞派戏剧及其代表作》 133
褚朔维　81
　　《想象心理学》（译） 81
崔成德　132
　　《虚无与绝望的悲剧》 132
崔道怡　282
　　《"冰山"理论：对话与潜对话》（合编） 282

大壮　297
　　《小王子》（译） 297
戴晖　136
　　《等待中的世界——看贝克特的〈等待果多〉》 136
戴锦华　343, 345
　　《智者戏谑》 343, 345
戴明沛　328, 344
　　《杜拉斯对〈情人〉一书的解释》 344
　　《玛格丽特·杜拉斯简介》 328

《情人》(译) 326, 344
戴巧 19
　　《奇妙的云》(译) 19
戴望舒 / 陈御月 4, 13, 16, 34, 38, 39, 42, 48, 50, 51, 52, 69, 73
　　《比也尔·核佛尔第》 38
　　《戴望舒全集·诗歌卷》 73
　　《灯》 50, 51
　　《等待》 52
　　《记诗人许拜维艾尔》 39, 50
　　《〈墙〉译后附记》 73
　　《我和世界之间是墙》 73
　　《我思想》 52
　　《我用残损的手掌》 51, 52
　　《眼》 50, 51
　　《弟子》(译) 13
　　《法兰西现代短篇集》(译) 42
　　《公告》(译) 39
　　《莱茵河秋日谣曲》(译) 4
　　《尼卡特之死》(译) 42
　　《墙》(译) 17, 69, 73
　　《世界大战以后的法国文学》(译) 39
　　《天女玉丽》(译) 16
　　《为了饥馑的训练》(译) 39
　　《肖像》(译) 39
　　《一头灰色的中国牛》(译) 39
　　《紫恋》(译) 16
　　《自由》(译) 39, 60
戴蔚然 296
　　《小王子》(译) 296
邓丽 371
　　《隐居者：勒克莱齐奥》(合著) 371
邓丽丹 383
　　《文学作品的结构分析》 383
邓世还 94
　　《"荒谬的现实"与"荒谬的作品"》 94

邓双琴　285
　　《从〈苔蕾丝·德斯盖鲁〉看莫里亚克创作对传统的弘扬》　285
邓永忠　60, 62, 110
　　《试论阿拉贡的创作倾向》　62
　　《自由的梦幻——艾吕雅〈自由〉一诗赏析》　60
　　《弑君者》（译）　110
狄宇仁　13
丁世忠　79
　　《自由之路》（合译）　17, 77, 79
丁晓花　150
　　《金眼睛的玛塞尔》（译）　150
丁耀瓒　30, 128
　　《西方世界的"先锋派"的文艺》　30, 128
丁子春　64
　　《欧美现代主义文艺思潮新论》（主编）　64
东西　221
　　《纪德〈从苏联归来〉的中国回响》　221
董鼎山　114
　　《法国"新小说"两大师》　114
董衡巽　30, 128
　　《戏剧艺术的堕落——谈法国"反戏剧派"》　30, 128
董继平　48
　　《伊凡·哥尔诗选》（译）　48
董强　17, 34, 318, 348, 353, 373, 374
　　《勒克莱齐奥的世界视野》　373
　　《勒克莱齐奥：其人其作》/《勒克莱齐奥：其人，其作品》　348, 353, 374
　　《顺时间的呼唤而行：法国女小说家尤瑟纳尔》　318
　　《娜嘉》（译）　17, 43, 61
董学文　385
　　《符号学美学·译者前言》　385
　　《符号学美学》（合译）　385, 386, 391, 392, 406
董焰　186
　　《论〈约翰·克利斯朵夫〉的音乐性》（合著）　186
董友宁　91, 113
　　《〈鼠疫〉的宿命思想》　91

《"新小说"产生的社会及其主要理论初探》 113
豆娘 314
　　《走进〈小王子〉》 314
杜甫 367
杜高
　　《〈车站〉三人谈》（合著）
杜衡 149
　　《黛丝》（译） 149
杜林 116
　　《性爱与战争：〈弗兰德公路〉》 116
杜青钢 4, 34, 60, 349
　　《独特的意象组合——艾吕雅〈你眼睛的曲线〉浅析》 60
　　《米修诗选》（译） 4
杜任之 392
　　《符号学原理——结构主义文学理论文选·中译本序》 392
杜小真 9, 87, 89, 95, 98
　　《读萨特的〈厌恶〉一书》 89
　　《"二十世纪法国思想家评传丛书"总序》 9
　　《一个绝望者的希望——萨特引论》 87, 98
　　"二十世纪法国思想家评传丛书"（联合主编） 9, 33
段慧敏 19, 20
　　《某种凝视》（译） 19
　　《无心应战》（译） 19
　　《心灵守护者》（译） 19
　　《租来的房子》（译） 20
段映虹 321
　　《尤瑟纳尔世界中的一位道家人物——试析〈王佛得救记〉》 321
　　《文艺杂谈》（译） 11

凡人 79
　　"萨特文集"（联合主编） 79
樊艳梅 352
　　《勒克莱齐奥作品中的风景诗学》 352
范传新 185, 186
　　《〈约翰-克利斯朵夫〉的象征意蕴》 185, 186

方德义 150
 《蜜蜂公主》（合译） 150
方方 122, 349
 《风景》 122
 《落日》 122
方克强 55
 《迈在探索和创新的路上——宗璞短篇近作漫评》（合著） 55
方平 266
 《狄更斯评传·前言》 266
方谦 386, 387
 《罗兰·巴尔特》（译） 386, 387, 390
方荃 19
 《您喜欢勃拉姆斯吗？》（译） 19
方仁杰 7
 《杜拉斯生前的岁月》（译） 7, 327
方珊 398, 401
 《形式主义文论》 398, 401
方莘 53
 《无言歌：水仙》 53
飞白 4
费振刚 55
 《迈在探索和创新的路上——宗璞短篇近作漫评》（合著） 55
费振钟 257
 《梦到狐狸也不惊》 257
 《为什么需要狐狸》 257
冯百才 16
 《豪富世家》（译） 16
冯汉津 11, 34, 61, 82, 83, 94, 95, 111, 112, 131, 132, 228, 244, 245, 290
 《超现实主义小说》 61
 《当代法国文学流派披涉》 83, 111, 132
 《法国意识流小说作家普鲁斯特及其〈追忆往昔〉》 228
 《卡缪和荒诞派》 94
 《评萨特的存在主义文学》 83, 95
 《萨特和存在主义》 83
 《"新小说"漫步》 112

《新小说派小说》 112
《当代法国文学辞典》（联合编译） 11
《剧终》（译） 6, 130, 131
《莫里亚克先生与自由》（译） 290
《娜嘉》（选译） 61

冯季庆 91
《特殊话语标记和语义无差异性——论加缪〈局外人〉与塞林格〈麦田里的守望者〉的叙事意义》 91

冯若怡 46
《落叶》（译） 46

冯寿农 110, 364
《与沙漠的和谐结合——析勒克莱齐奥的〈沙漠〉》（合著） 364
《时情化忆》（译） 110

冯伟 138
《〈等待戈多〉与西方喜剧传统》 138

冯沅君 69, 70, 72
《新法国的文学》（译） 70

冯至 71, 181
《对于〈约翰·克利斯朵夫〉的一些意见》 181

冯志军 8
《风流女皇：叶卡特琳娜二世》（译） 8

符锦勇 10
《文学社会学》（译） 10

傅东华 40, 170
《翻译的理想与实际》 170
《译什么和叫谁译》 170
《文学百题》（合编） 40

傅雷 8, 9, 14, 22, 24, 28, 33, 34, 170, 171, 172, 173, 174, 175, 176, 177, 178, 185, 187, 188, 192, 197, 259, 260, 262, 265, 348
《傅译传记五种·贝多芬传·译者序》 174
《傅雷全集》 178
《傅雷译文集·第十一卷·译者序》 22
《人生五大问题·译者弁言》 259, 265
《夏洛外传·译者序》 9
《约翰·克利斯朵夫·译者弁言》 188

《约翰·克利斯朵夫·译者献辞》172, 188, 192, 197

　　《贝多芬评传》（译）171

　　《贝多芬传》（译）9, 171, 174, 176, 179

　　《服尔德传》（译）8, 9, 259

　　《傅雷译罗曼·罗兰名作集》（译）173, 192, 193, 194, 197

　　《傅雷译莫罗阿名作集》（译）262

　　《傅雷译文集》（译）22, 178

　　《傅译传记五种》（译）174, 179

　　《巨人三传》（译）9, 179

　　《恋爱与牺牲》（译）259, 262

　　《弥盖朗琪罗传》（译）9, 170, 179

　　《人生五大问题》（译）259, 262, 265

　　《生活的智慧：安德烈·莫洛亚超凡入圣集》（合译）262

　　《托尔斯泰传》（译）9, 170, 177, 179

　　《文明》（译）14

　　《夏洛外传》（译）9

　　《艺术哲学》（译）9

　　《因了巴尔扎克先生底过失》（译）259

　　《约翰·克利斯朵夫》（译）14, 167, 168, 170, 171, 172, 173, 174, 175, 176—197

傅敏 173, 174, 192, 193, 194, 197

　　《傅雷文集》（编）174

　　《傅雷译罗曼·罗兰名作集》（编）173, 192, 193, 194, 197

傅辛 149, 162, 163

　　《〈黛依丝〉译后记》163

　　《黛依丝》（译）149, 162, 163

傅正明 379

　　《为了忘却的记忆——谈勒克莱齐奥的文学主题》379

馥泉 40

　　《不规则的诗派》（译）40

高方 34, 347, 348, 349, 350, 352, 362, 364, 365, 366, 369, 370, 372, 373, 374, 376, 378, 379

　　《试论勒克莱齐奥的创作与创作思想》（合著）364, 372, 373

　　《中国现代文学在法国的译介和接受》349

473

《反叛、历险与超越——勒克莱齐奥在中国的理解与阐释》(联合主编) 347,
348, 350, 352, 365, 366, 369, 370, 372, 374, 376, 378, 379
《奥尼恰》(译) 350, 362, 374

高虹 89
《新夏娃的诞生:西蒙·波伏瓦》 89

高娟 290
《"可怕的母亲"与"巫母群像"——论莫里亚克与张爱玲对传统母亲形象的颠覆性书写》 290

高凌伟 371
《隐居者:勒克莱齐奥》(合著) 371

高六珈 144, 146, 155
《红蛋》(译) 146
《快乐的过新年》(译) 144, 155

高明 38, 39
《1932年的欧美文学杂志》 39

高强 131
《约内斯库和〈秃头歌女〉》 131

高尚 100, 103
《论新时期小说创作的深度模式》 100, 103

高宣扬 87
《萨特传》 87

戈宝权 169, 171, 175, 176
《〈阿Q正传〉在国外》 169
《罗曼·罗兰的七十诞辰》 171
《罗曼·罗兰的〈约翰·克利斯朵夫〉》 175

格非 119, 120, 121, 123, 124
《风琴》 124
《褐色鸟群》 120
《迷舟》 120
《小说叙事研究》 119

葛雷 3, 10, 34, 59, 60, 62, 63, 92, 303
《布勒东的超现实主义美学及其诗歌创作》 63
《法国二十世纪诗坛漫笔》 60
《克洛岱尔与法国文坛的中国热》 3
《评波伏瓦的小说〈他人的血〉》 92

《城堡》(联合节译) 303, 307
《法诗人让-路易·贝杜安论超现实主义》(译) 62
《什么是比较文学》(合译) 10
《他人的血》(合译) 17, 79, 89, 92
《瓦雷里诗歌全集》(合译) 3

耿济之 144
宫宝荣 137
　《略论阿达莫夫的早期创作》 137
宫瑞华 150
　《蜜蜂公主》(合译) 150
龚亚琼 290
　《弗朗索瓦·莫里亚克对人性的探索》 290
龚毓秀 91
　《〈局外人〉的主题思想和艺术特色》 91
贡捷 82
　《西蒙娜·德·波伏瓦传》(合译) 82
古渐 290
　《莫里亚克小说题材论》 290
谷启珍 57
　《超现实主义》 57
顾方济 92
　《局外人·鼠疫》(合译) 29
　《鼠疫》(合译) 17, 92
顾梅珑 408
　《"新写实"的零度审视及其审美意蕴》 408
顾微微 15, 19, 47, 350
　《巴黎之恋》(合译) 15
　《公共的玫瑰》(合译) 47
　《凌乱的床》(译) 19
　《蒙多的故事》(译) 350
顾维熊 149
　《乔斯加突》(合译) 149
顾仲彝 149
　《乐园之花》(译) 149
管管 53

管筱明 4, 34
    《圣-琼·佩斯诗选》（译） 4
桂裕芳 11, 13, 18, 28, 34, 110, 150, 151, 198, 218, 231, 246, 277, 278, 279, 280, 281, 282, 286, 287, 288, 289, 291, 327
    《非凡的洞察力和艺术激情》 277, 279, 289
    《浅谈弗朗索阿·莫里亚克》 281
    《〈苔蕾丝·德斯盖鲁〉前言》 282
    《世界中篇小说经典·法国卷》（主编） 278, 327
    《爱的荒漠》（译） 277, 278, 279, 287, 288, 289, 291
    《变》（译） 18, 110
    《梵蒂冈地窖》（译） 14, 198
    《莫里亚克精品集》（合译） 278
    《普鲁斯特和小说》（合译） 11, 246, 247
    《苔蕾丝·德斯盖鲁》（译） 277, 278, 282, 283, 284
    《昔日一少年》（译） 277
    《在少女们身旁》（合译） 231
    《窄门》（译） 13, 198
    《贞德传》（译） 150, 151
郭安定 8, 267
    《〈三仲马传〉译本序》 267
    《三仲马传》（译） 8, 261, 267
郭昌京 27
    《贝克特选集》（合译） 27
郭宏安 27, 28, 29, 34, 79, 84, 88, 90, 284, 296, 297, 361, 362, 363, 376, 379
    《黛莱丝，包法利夫人的姐妹》 284
    《多余人？抑或理性的人？》 84
    《法官——忏悔者》 84
    《加缪的秘密》 88
    《加缪与小说艺术》 29
    《〈沙漠〉：悲剧·诗·寓言》 361, 362, 363, 376, 379
    《谈谈阿尔贝·加缪的〈鼠疫〉》 84
    《我读〈叛教者〉》 84
    《加缪文集》（主编） 27, 79
    "新人间喜剧书系"（联合主编） 27
    《堕落》（译） 29, 84, 92

《加缪中短篇小说集》（译） 78
《局外人》（译） 17, 29, 84
《局外人·鼠疫》（合译） 29
《流放与王国》（译） 29
《西绪福斯神话》（译） 29, 79
《小王子》（译） 296

郭麟阁 309
 《法国中篇小说选》（合编） 309
郭沫若 71, 175
郭银星 47, 125
 《告别新小说时代》（合著） 125
 《外国诗歌精品》（合编） 47
郭玉梅 350
 《金鱼》（译） 18, 350
国竹 261, 267
 《雨果传·前言》 267
 《雨果传》（编译） 261, 267

海男 346
韩沪麟 22, 25, 34, 180, 229, 230, 236
 《约翰·克利斯朵夫》（译） 180
韩明 245
 《灵魂探索的历程》 245
韩少功 404
郝运 34, 149, 150, 151, 152, 159, 162, 163, 164, 165
 《企鹅岛·译后记》 162, 163
 《波纳尔之罪》（译） 164
 《法朗士精选集》（合译） 13, 27, 143, 144, 150, 152
 《法朗士小说选》（合译） 150, 151, 164, 165
 《克兰克比尔》（译） 164
 《企鹅岛》（译） 149, 162, 163
 《天使的叛变》（合译） 13, 150
 《诸神渴了》（合译） 13, 149, 150, 151, 159, 160, 162, 163, 164
何高藻 137
 《论荒诞派戏剧的抒情性》（合著） 137

何敬业 34, 57
　　《超现实主义的形成与发展》 56, 57
何莲珍 349
何林 87
　　《萨特：存在给自由带上镣铐》 87
何新 103
　　《当代中国文学中的存在主义影响》 103
何永康 61, 112
　　《外国现代派小说概观》（联合主编） 61, 84, 112
贺晓波 396, 397, 398
　　《罗兰·巴特与恋人》 396, 398
贺之 183
　　《不要再对罗曼·罗兰和〈约翰·克利斯朵夫〉泼污水吧》 183
贺之才 170, 174
　　《哀尔帝》（译） 174
　　《爱与死之赌》（译） 174
　　《丹东》（译） 174
　　《革命戏剧》（译） 174
　　《李柳丽》（译） 174
　　《理智之胜利》（译） 174
　　《七月十四日》（译） 170, 174, 176
　　《群狼》（译） 174
　　《圣路易》（译） 174
　　《信仰悲剧》（译） 174
红雪 132
　　《荒诞剧纵横谈》 132
洪藤月 317
　　《当代世界小说家读本之十六——尤瑟娜》（译） 317
洪子诚 91
　　《读〈鼠疫〉的记忆》 91
侯贵信 8
　　《契诃夫传》（合译） 8
侯华甫 178
　　《罗曼·罗兰》（译） 178
胡风 160, 171, 175, 180, 189, 190, 191, 192, 194, 195, 196

478

《蔼理斯·法朗士·时代》 160
《〈财主底儿女们〉序》 192, 195, 196
《略谈我与外国文学》 190, 191
《罗曼·罗兰》（编著） 175

胡健生 286, 290
《家庭丑恶的深入开掘者——莫里亚克小说创作特征管窥》 290
《莫里亚克小说〈爱的沙漠〉解读》（合著） 286

胡经之 387
《西方文艺理论名著教程》（主编） 387

胡静华 183
《要作具体分析》 183

胡品清 19
《心灵守护者》（译） 19

胡伟民 94
《〈肮脏的手〉导演阐述》 94

胡小跃 4, 7, 27, 34, 152, 326, 328
《杜拉斯的魅力》 328
《世界诗库》第3卷（编） 4
"西方畅销书译丛"（策划） 27
《北方的中国情人》（译） 326, 328
《闺中女友》（译） 7, 326

胡尧布 8, 9
《巴尔扎克传》（特洛亚著）（译） 9
《末代沙皇尼古拉二世》（译） 8

胡玉龙/胡雨苏 295, 297, 309, 312, 313, 314
《〈小王子〉的象征意义》 309, 312
《小王子》（译） 295, 309, 312, 313, 314

胡仲持/仲持 146, 171
《七十老人罗曼·罗兰》 171
《圣母的卖艺者》（译） 146

户思社 8, 327, 329, 330, 331
《杜拉斯的精神空间》 331
《痛苦欢快的文字人生——玛格丽特·杜拉斯传》 8, 331
《文学的失落，语言的重复——〈情人〉与〈中国北方的情人〉语言特色比较》 329

《一部风格日臻成熟的作品〈琴声如诉〉》 330
华明 129, 137
 《崩溃的剧场——西方先锋派戏剧》 137
 《荒诞派戏剧》（译） 129
华堂 149
 《乔斯加突》（合译） 149
怀宇/张智庭 11, 388, 389, 390, 395, 396, 403
 《罗兰·巴特随笔选·译后记》 388, 389, 403
 《法国文学评论史》（译） 11
 《罗兰·巴特随笔选》（译） 388, 389, 395, 396, 403
 《罗兰·巴特自述》（译） 390, 396
 《如何共同生活》（译） 389
 《文艺批评文集》（译） 389
 《谈罗兰·巴特著述的翻译》 396
荒芜 69
 《墙》（译） 69
黄爱华 93
 《萨特剧作中的自由观剖析》 93
黄蓓 4, 14, 198, 218, 220, 221
 《访苏联归来》（合译） 218, 219, 220, 221
 《刚果之行》（译） 14, 198
 《画＆异域情调论》（译） 4
黄荭 19, 34, 48, 293, 294, 296, 297, 308, 314, 327, 328
 《杜拉斯神话源自勇气与真诚》（合著） 328
 《圣艾克絮佩里的人生和创作轨迹》 293
 《小王子·译后记》 308, 314
 "圣艾克絮佩里作品集"（主编） 293, 308
 《爱，谎言与写作——杜拉斯影像记》（译） 327
 《冷水中的一点阳光》（译） 19
 《蚂蚁和知了》（译） 19
 《玫瑰的回忆》（译） 308
 《人类的大地》（译） 294
 《外面的世界》（合译） 326
 《小王子》（译） 296, 308, 310, 314
黄慧珍 11

《19世纪法国文学史》（合译） 11
黄建华 34
黄晋凯 47, 137
　　《荒诞派戏剧》 137
　　《未来主义·超现实主义》（联合主编） 47
黄凌霞 350
　　《电影漫步者》（译） 350
黄颂杰 87
　　《萨特其人及其"人学"》（合著） 87
黄秋耘/秋云 176, 179
　　《搏斗》（合译） 176, 179
黄天源 34, 294, 297, 298, 387, 394
　　《符号学原理》（译） 387, 394
　　《夜航·人的大地》（译） 294
黄卫东 390
　　《巴特——文本的愉悦》（合译） 390
黄晞耘 88, 330
　　《加缪叙事的另一种阅读》 88
　　《加缪在斯德哥尔摩》 88
　　《一个形象的神话——从〈抵挡太平洋的堤坝〉到〈来自中国北方的情人〉》
　　　330
黄小彦 19
　　《淡彩之血》（译） 19
　　《逃亡之路》（译） 19
黄晓敏 290
　　《爱的永恒与沙漠——谈莫里亚克小说人物》 290
黄旭颖 295
　　《战争飞行员》（译） 295
黄燕 290
　　《陀思妥耶夫斯基和莫里亚克叙述形式比较》 290
黄一璜 137
　　《荒诞变形：创造悲剧的新世界——对中外戏剧变形手法的比较研究》 137
黄贻芳 264
　　《一幅惨淡世态的素描　一曲心灵历程的悲歌》 264
黄雨石 6, 62, 129

《超现实主义诗歌概论》(译) 62
《椅子》(译) 6, 129
黄源 171, 172
《罗曼·罗兰七十诞辰》 171, 172
黄真梅 91
《小说如何面对荒诞的世界》 91
黄忠晶 79, 87
《爱情与诱惑：萨特和他的女人们》 87
《第三性：萨特与波伏瓦》 87
《萨特研究中的难点和问题浅析》 87
《萨特传》 87
《萨特传》(译) 87
《萨特自述》(联合编译) 79

吉人 115
《独特的视角——罗伯-格里耶的小说〈嫉妒〉》 115
纪应夫 326
《来自中国北方的情人》(译) 326, 330
季羡林 187
《比较文学原理新编·序》 187
冀可平 352
《勒克莱齐奥作品中的女性声音》 352
家麒 234
《先着手研究，再动手翻译——记新版插图本〈追忆似水年华〉译者徐和瑾》 234
贾植芳 168, 211, 218, 219, 220, 221
《纪德〈访苏联归来〉新译本序》 218, 219, 220, 221
《中外文学关系史资料汇编（1898—1937)》(联合主编) 168, 211
蹇昌槐 113, 116
《多媒体：〈弗兰德公路〉的技术美学特征》 116
《后现代视角下的新小说》 113
江枫 259
《生活艺术》(译) 259
江伙生 4, 5, 12, 18, 34, 64, 84, 110, 199, 200, 261, 264, 274, 301, 302, 304, 311, 329, 359, 360
《法国小说论》(合著) 12, 64, 84, 199, 200, 301, 302, 311, 359, 360

《玛·杜拉斯和她的〈情人〉》 329
《瓦朗蒂娜和她的私生女·译者的话》 264
《第一号创作：隐形人物和三个女人》/《作品第一号》（译） 18, 110
《法国当代诗选》（编译） 5
《法国当代五人诗选》（译） 4
《瓦朗蒂娜和她的私生女》（译） 261, 264, 274

江龙 90, 93
《从萨特戏剧看"选择"的丰富内涵》 93
《解读存在——戏剧家萨特与萨特戏剧》 93
《论〈墙〉的双重主题》 90

江弱水 211, 212
《卞之琳"诗"艺研究》 211, 212

江上 260
《屠格涅夫传》（译） 260

姜超 186
《罗曼·罗兰的思想和〈约翰·克利斯朵夫〉的主题》 186

姜丹丹 19
《三岛由纪夫或空的幻景》（合译） 19

姜德山 261
《爱的气候》（译） 261

姜小文 27
《女巫师——玛丽·恩迪耶小说选》（合译） 27

姜学君 136
《解析戈多》 136

蒋孔阳 103
《二十世纪西方美学名著选》（主编） 103

蒋连杰 187
《托尔斯泰与罗曼·罗兰心理描写方法的比较》 187

蒋庆美 131, 326
《贝克特及其剧作》 131
《情人》（译） 326

蒋一民 246
《普鲁斯特传》（译） 246

蒋哲杰 150
《蜜蜂公主》（译） 150

焦菊隐　34, 175
金德全　89
　　《西蒙娜·德·波伏瓦研究》（联合选编）　31, 89
金桔芳　27, 110
　　《刺槐树》（译）　27, 110
金龙格　19, 34, 150, 151, 327, 349, 350
　　《法朗士短篇小说选》（译）　150, 151
　　《黑夜号轮船》（合译）　326
　　《脚的故事》（译）　350
　　《少年心事》（译）　18, 349, 351
　　《一个月后，一年之后》（译）　19
金满成　13, 34, 148, 149, 151
　　《阿伯衣女》（译）　148
　　《红百合》（译）　149
　　《友人之书》（译）　149
金嗣峰　135
　　《西方荒诞派戏剧和中国的荒诞剧》　135
金万扶　260
　　《法国的惨败》（译）　260
金志平　61, 278, 279, 280, 281, 285, 288, 289, 290, 327
　　《超现实主义和科克托的剧本〈奥尔菲〉》　61
　　《继承·借鉴·创新——介绍法国作家弗·莫里亚克》　281
　　《莫里亚克小说选·前言》　278, 279, 285, 288, 289, 290
　　《莫里亚克小说选》（合译）　277, 278, 279, 285, 288, 289, 290
　　《蛇结》（合译）　277, 278, 286
　　《死无葬身之地》（合译）　78
金子信　278
　　《外国中篇小说》第二卷（选编）　278
晋洒　49, 50
　　《中华独立美术协会画展及其"超现实主义"》　49
景体渭　132
　　《荒诞中的真实——论贝克特荒诞戏剧的艺术特点》　132
劲风　40
　　《碰碰派小说》　40
敬隐渔　146, 168, 169, 170, 173

《蕾芒湖畔》 168
《罗曼罗朗》 168, 170
《阿Q正传》（译） 169
《李俐特的女儿》（译） 146
《罗曼·罗兰给敬隐渔书手迹》（译） 168
《若望克利司朵夫》（译） 168, 170

静子 170
《安戴耐蒂》（合译） 170, 173

康洁 290
《〈苔蕾丝·德斯盖鲁〉叙事艺术之分析》 290

康林 401
《本文结构批评的"拿来"与发展》 401

康勤 27
《工厂出口——弗朗索瓦·邦小说选》（合译） 27
《望远镜——新小说新一代作家作品选》（合译） 27

柯岚 88
《加缪与政治哲学》 88

孔捷生 103
《大林莽》 103

孔潜 19
《舞台音乐》（译） 19

孔祥霞 186
《悲怆与欢乐的和谐交响——论〈约翰·克利斯朵夫〉》 186

孔新人 346
《织茧自入——〈蔷薇岛屿〉与杜拉斯》 346

兰珊珊 405
《也论"作者之死"》 405

蓝汉杰 350
《偶遇》（合译） 350

蓝仁哲 138
《感受荒诞人生　见证反戏剧手法——〈等待戈多〉剧中的人及其处境》 138

郎维忠 8, 34, 267
《乔治·桑传》/《风月情浓女作家：乔治·桑传》/《一个女人的追求：乔

　　　　治·桑传》（合译）8, 267
老高放　15, 57, 58, 59, 61, 62, 65, 218, 322
　　《超现实主义导论》65, 66
　　《超现实主义的自动写作及其他（一）、（二）》59
　　《超现实主义美学思想初探》59
　　《法国超现实主义面面观》58, 59
　　《法国超现实主义戏剧理论概说》61
　　《论超现实主义的"黑色幽默"理论》59
　　《评法国超现实主义思潮的历程》59, 65
　　《背德者·窄门》（合译）15, 218, 221
　　《超现实主义》（译）62
　　《东方奇观》（合译）322
老舍　348, 365, 366, 367, 368, 379
　　《北京人》/《北京市民》348, 365
　　《初雪》367
　　《断魂枪》365
　　《骆驼祥子》/《人力车》366, 367
　　《四世同堂》365, 367
　　《我这一辈子》365
　　《月牙儿》365
雷强　138
　　《"言无言"——论贝克特小说三部曲中的语言哲学思想》138
雷体沛　137
　　《荒诞派戏剧对艺术时间秩序的超越》137
蕾蒙　19
　　《失落的爱》（译）19
黎烈文　7, 13, 34, 40, 149, 151, 170, 173
　　《什么是超现实主义》40
　　《反抗》（译）170
　　《克诺克或医学的胜利》（译）6
　　《论超现实主义派》（译）40
　　《企鹅岛》（译）149
黎跃进　55
　　《外国文学新论》55
礼平　101

《晚霞消失的时候》 101
李白 367
李宝源 15
 《异国之恋》(合译) 15
李冰封 221
 《纪德的真话和斯大林的悲剧》 221
李伧人 150
 《天使的叛变》(合译) 150
李赐林 136
 《探究人类生存的奥秘——〈等待戈多〉的主题浅析》 136
李德恩 59
 《魔幻现实主义与超现实主义》 59
李东平 41, 49
 《超现实主义的美术之新动向》 41
 《什么叫做超现实主义》 41, 49
李方林 137
 《论荒诞派戏剧的抒情性》(合著) 137
李广平 9
 《永远的叛逆者：茨维塔耶娃的一生》(译) 9
李恒方 285
 《荒原上的女囚》 285
 《试论贝尔纳·德斯盖鲁的家族情结》 285
李恒基 19, 230, 231, 235
 《在斯万家那边》(合译) 230, 231, 235
李辉 192, 196
 《路翎和外国文学——与路翎对话》 192, 195
李继宏 297
李建琪 222
 《灵魂的拷问——精神分析批评视野下的〈田园交响曲〉主人公形象解读》 222
李建新 27
 《望远镜——新小说新一代作家作品选》(合译) 27
李健吾 34, 177
 《爱与死的角逐》(译) 177
李劼 402

《论小说语言的故事功能》 402
李洁非 404, 405, 406
　　《文本与作者——一个小说叙述学难题》 404, 405, 406
李金发 146, 147, 160, 171, 172
　　《法朗士之始末》 147, 160
　　《罗曼·罗兰及其生活》 172
李金佳 4
　　《出征》（译） 4
李钧 87
　　《存在主义文论》 87
李利军 87
　　《萨特》（编著） 87
李琭 170
　　《孟德斯榜夫人》（合译） 170
李美丽 290
　　《罪恶·悲剧·救赎——莫里亚克小说的文学史意义》 290
李明光 134
　　《荒诞川剧〈潘金莲〉众说纷纭》 134
李木 259
　　《生活的艺术》（译） 259
李青崖 34, 40, 147, 148, 149, 151
　　《现代法国文坛的鸟瞰》 40
　　《现代法国文学鸟瞰》 147
　　《波纳尔之罪》（译） 148, 149
　　《艺林外史》（译） 149
李清安 89, 110, 185, 263, 282, 289, 294, 295, 297, 303, 304
　　《重读〈约翰-克利斯朵夫〉》 185
　　《莫鲁瓦与阿兰》 263
　　《圣爱克苏贝里研究·编选者序》 303, 304
　　《"最后一朵传统之花"》 282, 289
　　《圣爱克苏贝里研究》（编选） 31, 294, 295, 303, 304
　　《西蒙娜·德·波伏瓦研究》（联合选编） 31, 89
　　《嫉妒》（译） 18, 110
　　《去年在马里安巴》（译） 18, 110
李商隐 237, 240

李思　296
　　《小王子》(译)　296
李天命　85
　　《存在主义概论》　85
李廷揆　393, 394
　　《略述罗朗·巴特的符号学》　393, 394
李万文　63
　　《论鲍里斯·维昂小说〈岁月的泡沫〉中的黑色幽默》　64
　　《现实与超现实——鲍里斯·维昂作品多维度研究》　64
李惟建　8
　　《爱俪尔》(译)　8, 259
李伟昉　114
　　《物本主义：罗伯-格里耶理论主张的核心》　114
李文俊　80
　　《福克纳评论集》(编选)　80
李夏裔　57, 60
　　《爱，就是未完善的人——论艾吕雅爱情诗的意义》　60
　　《超现实主义的起因及其主要理论》　57
　　《论艾吕雅诗中的女性形象》　60
李小巴　276, 290
　　《弗·莫里亚克的小说：浓缩的艺术》　276, 290
李兴武　104
　　《当代西方美学思潮评述》　104
李岫　53, 54, 67
　　《二十世纪中外文学交流史》(联合主编)　53, 54, 67
李玄伯　146
　　《二年花月的故事》(译)　146
李学阳　285
　　《苔蕾丝悲剧——现代文明与传统价值之争》　285
李焰明　19, 34, 350, 351
　　《勒克莱齐奥及其笔下的异域》(合著)　351
　　《平静的风暴》(译)　19
　　《战争》(合译)　18, 350, 351
李银河　343, 344
　　《青铜时代·代跋》　343, 344

李幼蒸　381, 382, 385, 386, 387, 389, 392, 394, 406
　　《符号学原理·译者前言》　386
　　《罗兰·巴尔特·中译本序》　386, 387
　　《符号学历险》（译）　389
　　《符号学原理——结构主义文学理论文选》/《写作的零度——结构主义文学理论文选》（译）　381, 385, 386, 392, 394, 406
　　《结构主义：莫斯科—布拉格—巴黎》（译）　382
　　《小说的准备》（译）　389
　　《写作的零度》（译）　10, 387, 392

李瑜青　79
　　"萨特文集"（联合主编）　79

李玉民　4, 14, 15, 19, 47, 48, 198, 200, 218, 221, 297, 326
　　《爱的梦呓：法国当代爱情朦胧诗选》（合译）　4
　　《巴黎之恋》（合译）　15
　　《保尔·艾吕雅诗选》（译）　48
　　《背德者》（译）　13, 14, 198, 218
　　《背德者·窄门》（合译）　15, 218, 221
　　《梵蒂冈的地窖》（合译）　15
　　《公共的玫瑰》（合译）　47
　　《火／一弹解千愁》（合译）　19, 317
　　《纪德散文精选》（译）　218
　　《帕吕德》（译）　14, 198, 218
　　《帕斯吉埃家族史》（前两卷）（合译）　14
　　《烧酒与爱情》（译）　4
　　《圣周风雨录》（合译）　16, 47, 62
　　《忒修斯》（译）　14, 198, 218
　　《田园交响曲》（译）　14, 198, 218
　　《悠悠此情》（译）　326
　　《在撒旦的阳光下》（译）　15

李泽厚　102, 385
　　《两点祝愿》　102

李智　87
　　《萨特》（译）　87

丽尼　202, 209
　　《田园交响乐》（译）　13, 202, 209

栗林　263
　　《传记大师莫洛亚》　263
连宇　293, 295
　　《小王子》（联合译注）　293, 295
梁栋　3
　　《瓦雷里诗歌全集》（合译）　3
梁芳　285
　　《不孤独的孤独者》　285
梁启超　272
梁仁　51, 52
　　《戴望舒诗全编》（编）　51, 52
梁锡鸿　41, 49
　　《超现实主义画家论》　41
　　《超现实主义论》　41
梁宗岱　3, 28, 32, 34, 171, 172, 179, 189, 190
　　《诗与真·诗与真二集》　172, 190
　　《忆罗曼·罗兰》　172, 190
　　《歌德与贝多芬》（译）　179
　　《歌德与音乐》（译）　171
　　《水仙辞》（译）　3, 32
廖练迪　57, 112
　　《法国超现实主义初探》　57
　　《法国的"新小说"》　112
廖星桥　59, 61, 84, 87, 95, 112, 114, 136, 137, 245
　　"法国现代派文学浅探"　59
　　《法国现当代文学论》　137
　　《法兰西是西方现代派的发源地——法国现代派文学浅探之一》　59
　　《荒诞文学批判意识与局限》　137
　　《荒诞文学中的理性》　95
　　《论超现实主义》　61
　　《论克洛德·西蒙小说创作风格的形成》　114
　　《普鲁斯特和他的〈忆流水年华〉——法国现代派文学浅探之三》　229, 245
　　《萨特》　87
　　《外国现代派文学导论》　61, 84, 112, 137
林白　333—336, 346

《回廊之椅》 335
《守望空心岁月》 334, 335
《一个人的战争》 333, 334, 335, 336
《置身于语言之中》 333, 334, 336

林青 78, 110, 116, 152, 316, 317, 406
《〈变〉的第二人称的叙述视角》 116
《玛格丽特·尤瑟纳尔》 317
《肮脏的手》（译） 78
《梦幻中的罗马古币》（译） 316, 317
《王佛保命之道》（译） 316
《橡皮》（选译） 110
《写作的零度》（节译） 392, 406
《尤尔瑟娜尔短篇小说三篇》（译） 316

林如莲 207, 208
《超越障碍——张若名与安德烈·纪德》 207

林瑞新 326
《情人》（译） 326

林纾 / 林琴南 1, 24, 259
《巴黎茶花女遗事》（合译） 1
《军前琐语》（合译） 259

林骧华 61, 112
《西方现代派文学评述》（编著） 61, 112

林秀琴 406, 407
《零度写作》 407

林秀清 34, 60, 110, 113, 114, 297
《阿拉贡曲折的生活与创作道路》 60
《关于法国新小说派》 113
《克洛德·西蒙在小说创作上的探索》 114
《黑夜号轮船》（合译） 326
《橡皮》（译） 110
《左拉的现实意义》（合译） 44

林亚光 56
《二十世纪一股世界性的文学新潮——现实主义与"超实主义"相结合》 56
《现实主义和超实主义相结合——当代世界文坛一股引人注目的新潮流》 56

林珍妮 295

《小王子》(译) 295
玲子 79
　　《萨特文集》(合编) 79
刘爱英 138
　　《贝克特英语批评的建构与发展》 138
刘扳盛 316, 317, 320
　　《熔炼·译者前言》 316, 320
　　《熔炼》(译) 316, 320
　　《一个罗马皇帝的临终遗言》(译) 317
刘半农 144
刘秉文 316, 318
　　《第一位被请进"不朽者"行列的女性》 318
刘波 245
刘成富 34, 63, 114, 137, 138, 245, 330, 331
　　《20世纪法国"反文学"研究》 114, 137, 138
　　《杜拉斯：寻求绝对爱情的人》 331
　　《讴歌生命的夜莺——评当代诗人勒内·夏尔》 63
刘东 222
　　《当纪德进入中国》 222
刘恩波 327
　　《杜拉斯的全景画卷》 327
刘方 231
　　《女逃亡者》(合译) 231
刘放桐 86
　　《存在主义与文学》 86
刘锋 252, 406
　　《20世纪影响世界的百部西方名著提要》(联合主编) 252, 406
刘广新 8
　　《一代暴君——伊凡雷帝》(合译) 8
刘国彬 129
　　《荒诞派戏剧》(译) 129
刘海峰 268
　　《莫洛亚传记美学初探》(合著) 268
刘晖 152
　　《法朗士精选集》(合译) 152

刘吉平　290
　　《莫里亚克〈拍字簿〉的时间艺术》　290
刘靖之　186, 187
　　《神似与形似——刘靖之论翻译》　186
　　《〈约翰·克利斯朵夫〉里有关音乐和音乐的翻译》　186
刘君强　294, 297, 298, 322
　　《东方奇观》（合译）　322
　　《夜航·人类的大地》（译）　294
刘凯芳　246
　　《马塞尔·普鲁斯特》（译）　246
刘明厚　93, 137
　　《二十世纪法国戏剧》　137
　　《萨特与存在主义戏剧》　93
刘强　132, 137
　　《荒诞派戏剧及其表现手法的借鉴》　132
　　《荒诞派戏剧艺术论》　137
刘求长　290
　　《莫里亚克心理现象分析》　290
刘蜀贝　187
　　《罗曼·罗兰传》　187
刘索拉　102, 103, 105, 404
　　《你别无选择》　102, 105
刘文钟　296
　　《小王子》（译）　296
刘武和　63
　　《真实与虚假：二律背反中的阿拉贡》　63
刘锡珍　57
　　《超现实主义》　57
刘熙载　123
　　《艺概》　123
刘勰　116
　　《文心雕龙》　116
刘雪芹　91
　　《反抗的人生》　91
　　《荒谬的人生》　91

刘岩　63
　　《20世纪西方现代派文学名著导读·诗歌卷》（编）　63
刘莹　211
　　《法国象征派小说家纪德》　211
刘煜　218
　　《刚果之行》（合译）　218
刘云虹　19, 34, 297, 305, 306, 309
　　《一湾心灵的泉水——〈小王子〉译后记》　305, 306, 309
　　《塔吉尼亚的小马》（译）　326
　　《我最美好的回忆》（译）　19
　　《小王子》（译）　305, 306, 309
刘再复　106
　　《笔谈外国文学对我国新时期文学的影响》　106
刘志威　264
　　《变幻的情感·前言》　264
刘自强　228, 235, 245, 328, 329
　　《玛格丽特·杜拉斯和她的小说〈情人〉》　329
　　《普鲁斯特的寻觅》　245
　　《追忆流水年华》（节译）　228, 235
柳门　318
　　《法兰西学院首位女院士尤瑟纳尔》　318
柳鸣九　12, 15, 17, 18, 19, 22, 24, 25, 26, 27, 29, 30, 31, 32, 33, 47, 61, 62, 63, 79, 82, 83, 85, 89, 90, 91, 92, 95, 96, 99, 100, 108, 109, 112, 115, 116, 119, 121, 122, 183, 185, 189, 221, 231, 232, 234, 235, 236, 237, 238, 239, 244, 245, 247, 248, 265, 280, 283, 284, 285, 286, 287, 289, 296, 297, 305, 308, 316, 317, 318, 320, 321, 322, 328, 329, 336, 349, 351, 377, 378, 379, 383, 394
　　《巴黎对话录》　33, 115
　　《巴黎名士印象记》　17, 30, 115
　　《超越荒诞》　284, 286, 287, 289
　　《存在文学与二十世纪文学中的存在问题》　85
　　《杜拉斯创作轨迹的起点〈堤坝〉》　329
　　《对现代西方文明的极端厌弃》　377, 378
　　《二十世纪心理现实主义高峰的启示——莫里亚克的小说》　287
　　《法国廿世纪文学散论》　12, 29
　　《法国"新小说派"剖视》（合著）　108

495

《法兰西女性"难养也"的"发条"种种——莫里亚克的黛莱丝四部曲》 284, 286, 289

《枫丹白露的桐叶》 329

《给萨特以历史地位》 83

《后甲子余墨》 18

《〈局外人〉的社会现实内涵与人性内涵》 91

《凯旋门前的桐叶》 24, 329

《克洛德·西蒙的荣誉与他的代表作》 116

《历史画卷中的历史哲理——阿拉贡：〈圣周风雨录〉》 63

《罗曼·罗兰与〈约翰·克利斯朵夫〉的评价问题》 183, 185, 189

《母子亲情矛盾的一种标本——莫里亚克：〈母亲大人〉》 285

《诺贝尔文学奖选莫迪亚诺很有道理》 18

《评〈星期三的紫罗兰〉》 265

《普鲁斯特传奇——〈寻找失去的时间〉》 30, 231, 232, 237, 238, 247

《人性的沉沦与人性的窒息》 221

《萨特早期作品两种》 90

《我所见到的"不朽者"》 318

《西西弗式的奋斗》 329

《现当代资产阶级文学评价的几个问题》 82, 95

《现实与超现实之间——鲍里斯·维昂：〈岁月的泡沫〉》 63

《小王子·代译序》 305, 308

《严酷无情的自我精神分析》 90

《一代知识分子的自我写照》 92

《一份真实人性的资料》 316, 321, 322

《一个漫长的旅程——写在 F.20 丛书七十种全部竣工之际》 22, 24, 26

《艺术中不确定性的魔力》 115

《异国情调、东方色彩之今昔》 316, 320

《"于格洛采地"上的"加尔文"——阿兰·罗伯-葛利叶》 30

《与克·莫里亚克谈法·莫里亚克》 280

《自传文学中的新探索》 328, 336

《从现代主义到后现代主义》（主编） 112, 115

《"存在"文学与文学中的"存在"》（主编） 96

《二十世纪文学中的荒诞》（主编） 95

"法国当代文学广角文丛"（联合主编） 12

"法国龚古尔文学奖作品选集"（主编） 17, 27

"法国廿世纪文学丛书"（主编） 15, 17, 22, 25, 26, 28, 33, 231, 316, 349, 351
"法国现代当代文学研究资料丛刊"（联合主编） 31
《加缪全集》（联合主编） 27, 79
《马尔罗研究》（联合编选） 31
"萨冈情爱小说"（主编） 19
《萨特研究》（编选） 31, 83, 89, 99, 100, 383, 394
《未来主义·超现实主义·魔幻现实主义》（主编） 47, 61
《新小说派研究》（编选） 31, 112, 119, 121, 122
《尤瑟纳尔研究》（编选） 31, 317, 318
《小王子》（译） 296, 305, 308

柳前 183
《重读〈约翰·克利斯朵夫〉的随想》 183

龙昕 136
《贝克特戏剧与远古神话》 136

卢龙 180
《罗曼·罗兰的创作》（合译） 180

鲁京明 364
《与沙漠的和谐结合——析勒克莱齐奥的〈沙漠〉》（合著） 364

鲁迅 71, 144, 153, 163, 168, 169, 189, 190
《阿Q正传》 169
《罗曼·罗兰的真勇主义》（译） 169

鲁芋 193, 194, 197
《蒋纯祖的胜利——〈财主底儿女们〉读后》 193, 194, 197

陆秉慧 34, 231
《女逃亡者》（合译） 231

陆梅林 103
《西方马克思主义美学文选》（选编） 103

陆茉妍 246
《亲爱的普鲁斯特今夜将要离开》（合译） 246

路海波 61
《超现实主义戏剧》 61

路翎 175, 190, 191—197
《财主底儿女们》 189, 191—197
《〈财主底儿女们〉题记》 193, 194, 195, 197
《对舒芜〈论主观〉的几条意见》 195

《〈何为〉与〈克罗采长曲〉》 191
《胡风谈他的文学之路》 190
《路翎批评文集》 190, 195
《路翎文集》 196
《认识罗曼·罗兰》 191, 195
《我与外国文学》 196
《英雄时代和英雄时代的诞生》 196

吕同六 62
《二十世纪世界小说理论经典》（编） 62

吕文甲 41
《最近法国文艺界之动向》 41

吕志祥 19
《狂乱》（译） 19

绿原 47, 196
《路翎文集·序》 196
《古今中外文学名篇拔萃·外国诗卷》（译） 47

伦静 150
《苔依丝》（合译） 13, 150

罗长江 89
《西蒙波娃》 89

罗大冈 5, 14, 28, 30, 34, 43, 44, 45, 57, 58, 65, 66, 69, 70, 71, 72, 75, 78, 82, 83, 93, 95, 97, 131, 176, 177, 178, 179, 182, 183, 184, 188, 189, 230, 237, 245, 246, 247, 279, 280
《阿拉贡的小说〈共产党人〉》 44
《阿拉贡的小说〈受难周〉——现代修正主义文学产物之一例》 45
《超现实主义札记》 58, 66
《存在主义札记》 69
《答刘智、郭襄二位同志》 182
《悼艾吕雅》 43, 44
《悼萨特》 82
《弗·莫里亚克简介》 280
《关于存在主义答文学青年》（合著） 97
《关于存在主义文学》 75, 82, 93
《关于法国现代派文学的几点初步认识》 58
《关于〈恭顺的妓女〉》 82, 93

《近年来法国进步小说概况》 44

《两次大战间的法国文学》 43, 70, 176

《论罗曼·罗兰》 177, 183, 184, 189

《论罗曼·罗兰》（修订本） 177, 184

《罗大冈同志答本刊记者问——谈谈〈论罗曼·罗兰〉一书问题》 184

《罗大冈学术论著自选集》 182, 184

《罗曼·罗兰的长篇小说〈欣悦的灵魂〉》 183

《罗曼·罗兰在创作〈约翰·克利斯朵夫〉时期的思想情况》 182

《耐人寻味的〈秃头歌女〉》 131

《萨特的新著：〈涅克拉索夫〉》 75

《生命的反刍——论〈追忆逝水年华〉》 245

《试论二十世纪法国文学》 58, 66, 82

《试论〈追忆似水年华〉》 30, 231, 246, 247

《〈义妓〉译序》 69

《〈约翰·克利斯朵夫〉和文学遗产的批判继承问题》 182

《〈约翰·克利斯朵夫〉及其时代》 181

《〈约翰·克利斯朵夫〉与资产阶级人道主义》 182

《约翰·克利斯朵夫这个人物——给青年的一封公开信》 182

《认识罗曼·罗兰：罗曼·罗兰谈自己》（编选） 179

《阿拉贡诗文钞》（译） 44

《阿拉贡文艺论文选集》（合译） 10, 44

《艾吕雅诗钞》（译） 44

《法兰西晨号》（译） 44

《恭顺的妓女》/《丽瑟》（译） 5, 75, 78

《母与子》/《欣悦的灵魂》（译） 14, 178, 179, 183, 189

《若望-雅克·卢梭》（译） 178

《诗选》（艾吕雅）（合译） 44

罗国林 4, 8, 14, 16, 28, 32, 34, 198, 218, 230

《访问端木松先生》 32

《爱的梦呓：法国当代爱情朦胧诗选》（合译） 4

《沉默者》（译） 78

《大地食粮》（译） 14, 198

《家族的衰落》（译） 16

《流浪犹太人的故事》（译） 32

《帕斯吉埃家族史》（前两卷）（合译） 14

《人世之歌》（译） 16
《如果种子不死》（译） 14, 198
《夏多布里昂传》（译） 8, 260
《再生草》（译） 16
《子夜的忏悔》（译） 14

罗国祥 34, 93
《萨特存在主义"境遇剧"与自由》 93

罗嘉美 110
《天象馆》（译） 110

罗洛 4, 34, 47, 51
《法国现代诗选》（译） 4, 47, 51
《人们不能》（译） 50, 51
《烛焰》（译） 50, 51

罗门 53

罗芃 9, 34, 221, 316, 383, 390, 394
《纪念著名文艺理论家罗兰·巴尔特》 383, 394
《结构与符号——罗兰·巴尔特传·代译序》 390
"二十世纪法国思想家评传丛书"（联合主编） 9, 33
《东方故事集》（译） 316

罗新璋 15, 31, 34, 99, 259, 260, 261, 263, 264, 265, 268, 269, 270, 271, 274, 278
《〈巴尔扎克传〉（选译）前序》 268
《法国著名传记作家——莫洛阿》 259, 263
《莫洛亚女性小说·选本序》 261, 265
《莫洛亚研究·编选者序》 270
《萨特年表》 99
"法国现代当代文学研究资料丛刊"（联合主编） 31
《马尔罗研究》（联合编选） 31
《莫洛亚女性小说》（编选） 261, 265
《莫洛亚研究》（选编） 31, 259, 260, 261, 264, 265, 268, 269, 270, 271, 274
《阿莉雅娜，我的妹妹》（译） 15
《大师的由来》（译） 15, 261
《黛莱丝·戴克茹》（译） 278, 283
《栗树下的晚餐》（译） 15, 261, 265

《时令鲜花》（译） 261
《星期三的紫罗兰》（译） 261
《在中途换飞机的时候》（译） 261

罗英 52, 53
《二分之一的喜悦》 53
《云的捕手》 53
《战事》 53

罗玉君 34

洛夫 48, 52, 53, 54, 55, 64
《超现实主义的诗与禅》 64
《超现实主义与中国现代诗》 52
《诗人之镜——〈石室之死亡〉自序》 52
《石室之死亡》 52

马爱农 297

马家骏 283, 286
《论莫里亚克及其创作》 283, 286

马金章 261
《爱情的气候》（译） 261

马莉 245

马鹿 146
《佛朗西访问记》 146

马森 131
《〈椅子〉的舞台形象》 131

马铁英 303
《给一个人质的信》（译） 303
《战区飞行员》（节译） 303

马尾松 171
《罗曼·罗兰的七十年》 171

马小朝 87, 113
《揪着自己的头发不能飞离脚下的大地》 113
《萨特存在主义文学的价值论批判》 87

马秀兰 63
《勒内·夏尔和他的诗》 63

马原 118, 119, 120, 121, 123, 124

《方法》 118
《冈底斯的诱惑》 120, 121
《拉萨河女神》 119, 121
《马原散文》 118
《我的想法》 119
《喜马拉雅古歌》 119
《小说》 124
《虚构》 120
《游神》 120

马振骋 14, 34, 198, 218, 292, 294, 295, 296, 297, 298, 299, 303, 307, 327, 328
《背负青天看人间堿廓——圣埃克絮佩里生平与作品》 307
《镜子中的洛可可》 307
《逆风而飞的作家——圣埃克苏佩里和〈要塞〉》 307
《圣埃克苏佩里的〈小王子〉生在纽约》 307
《圣埃克苏佩里与〈小王子〉》 307
《小王子，天堂几点了——圣埃克苏佩里的〈夜航〉与〈人的大地〉》 307
《空军飞行员》（译） 295, 299, 307
《人的大地》（译） 294, 299, 303, 307
《人都是要死的》（译） 78
《田园交响曲》（译） 14, 198
《小王子》（译） 296, 299, 307
《要塞》（译） 294, 295, 307
《夜航》（译） 299, 307

马中红 186
《试论克利斯朵夫的个人英雄主义》 186

马忠东 285
《苔蕾丝·德斯盖鲁犯罪动机探析》 285
《〈苔蕾丝·德斯盖鲁〉原型分析》 285

马宗融 147, 148, 171
《罗曼·罗兰的七十诞辰在法国》 171
《布雨多阿》（译） 147
《嵌克庇尔》（译） 148

曼华 171
《罗曼·罗兰》 171

芒 38

《超现实主义》 38
毛崇杰 104
　《存在主义美学与现代派艺术》 104
毛文锤 259
　《军前琐语》（合译） 259
毛旭太 295, 298
　《小小王子》（译） 295, 298
茅盾 / 沈雁冰 / 雁冰　39, 40, 42, 71, 144, 146, 147, 148, 156, 157, 158, 160, 162, 168, 170, 175, 189, 190, 199, 201, 202
　《法国文坛杂讯》 199, 201
　《法朗士逝矣！》 146, 156—158
　《海外文坛消息》 40
　《两本研究罗曼·罗兰的书》 168
　《罗曼·罗兰》 168
　《罗兰的近作》 168
　《罗兰的最近著作》 168
　《茅盾全集》 190
　《"媒婆"与"处女"》 170
　《新文学研究者的责任与努力》 147
　《一个译人的梦》 170
　《又一篇帐单》 170
　《杂感》 190
　《直译顺译歪译》 170
梅思繁 150
　《温柔蜜蜂》（译） 150
蒙田 17
　《维昂小说精选》（合译） 17
孟安 77
　《局外人》（译） 77
孟华 9
　"二十世纪法国思想家评传丛书"（联合主编） 9, 33
孟建伟 407
　《在"介入"和"零度"的结合中认识写作》 407
莫洛夫 261
　《雨果传》（译） 261

莫言　349, 367, 368, 404
　　《红高粱家族》　368
　　《檀香刑》　368
牟宗三　86
木子　329
　　《"新小说"派观念与玛格丽特·杜拉斯的〈情人〉》　329
穆木天　34, 149, 202, 210
　　《蜜蜂》（译）　149
　　《牧歌交响曲》（译）　202, 210
　　《窄门》（译）　202, 210

南帆　407
　　《二十世纪中国文学批评99个词》（主编）　406, 407
南山　27, 110, 339
　　《吉娜》（译）　18, 27
　　《吉娜·嫉妒》（译）　110
　　《情人·乌发碧眼》（合译）　326, 339
南珊　79
　　《第二性》（合译）　79
倪莉　359
　　《勒克雷齐奥简评》　359
聂茂　96
　　《存在主义视域中的童话书写——以圣埃克苏佩里的童话〈小王子〉为例》（合著）　96
宁一中　405
　　《作者：是"死"去还是"活"着？》　405
宁英　133
　　《荒诞派戏剧纵横谈》　133
牛竟凡　88
　　《走向澄明之境》　88

欧力同　82, 87, 95
　　《关于萨特的文艺思想基础——与柳鸣九同志商榷》（合著）　95
　　《评萨特文学的哲学倾向》　87
欧阳英　46

《〈答问录〉三章》（译） 46
欧阳子 54
  《墙》 54
  《最后一节课》 54

潘皓 188
  《关于罗曼·罗兰和〈约翰·克利斯朵夫〉的评价问题》 188
潘军 123
潘丽珍 34, 231
  《盖尔芒特家那边》（合译） 231
潘培庆 74, 77, 79, 98, 99, 100
  《词语》（译） 74, 77, 79, 80, 98, 99, 100
潘岳 296
  《小王子》（译） 296
逄汲滨 379
  《论老舍影响之于勒克莱齐奥文学创作的意义》（合著） 379
彭伦 240
  《周克希访问》 240
彭姝祎 330
  《杜拉斯的二分对位、双层复调小说结构》 330
彭伟川 7
  《我的情人杜拉斯》（译） 7, 327
皮皮 91
  《局外人的悲剧》 91
聘梁 175
  《罗曼·罗兰的生平——为罗曼·罗兰逝世三周年纪念而作》 175

七等生 54
  《精神病患者》 54
  《我爱黑眼珠》 54
  《隐遁者》 54
戚译引 150
  《蜜蜂公主》（译） 150
戚印平 390
  《巴特——文本的愉悦》（合译） 390

齐放 177
 《罗曼·罗兰革命剧选》（译） 177
 《七月十四日》（译） 177

齐蜀夫 173
 《若望·葛利斯朵夫》第一卷《黎明》（合译） 173

齐彦芬 89, 303
 《西蒙娜·德·波伏瓦小说中的女性形象及其所反映的存在主义观点》 89
 《城堡》（联合节译） 303
 《他人的血》（合译） 17

齐宗华 8
 《彼得大帝》（合译） 8

钱春绮 4
 《法国名诗人抒情诗选》（译） 4

钱谷融 125
 《论"探索小说"——中国新时期文学的一个侧面》 125

钱红林 113, 114
 《艺术交叉口的选择》 114

钱理群 192
 《探索者的得与失——路翎小说创作漫谈》 192

钱林森 3, 6, 13, 15, 17, 21, 22, 29, 48, 84, 129, 144, 145, 146, 148, 156, 180, 187, 191, 214, 348, 349, 350, 351, 354, 356, 357, 358, 359, 365, 366, 368, 371, 372, 379
 《法国作家与中国》 3, 6, 13, 17, 21, 22, 29, 48, 84, 129, 144, 145, 146, 148, 156, 191, 214
 《勒克莱齐奥：永远的行者》 350, 365, 366, 372, 379
 《罗曼·罗兰自传·后记》 180
 《美与刺的统一——读法国当代小说〈沙漠的女儿〉》 351, 358
 《三和弦：良伴、向导、勇士——罗曼·罗兰与中国》 187
 《沙漠的女儿·译者序》（合著） 356, 357, 358
 《罗曼·罗兰自传》（编译） 180
 《莫斯科人》（合译） 15, 32
 《沙漠的女儿》（合译） 18, 32, 348, 349, 354, 355, 356

钱奇佳 93
 《萨特的"境遇观"和"境遇剧"》 93

钱锺书 73, 74, 80, 81

《人生边上的边上》 80
《围城》 73, 74
《写在人生边上》 74
《想象的事物》（译） 81

秦海鹰 3, 4, 34
《中西"气"辨——从克洛岱尔的诗谈起》 3
《碑》（合译） 4

秦林芳 53, 54
《二十世纪中外文学交流史》（联合主编） 53, 54, 67

秦群雁 186
《〈约翰·克利斯朵夫〉的结构艺术》 186

秦天 79
《萨特文集》（合编） 79

秦云 262, 266
《生活之艺术·代译序》 266
《生活之艺术》（合译） 262, 265, 266

清滨 260
《无限之谜》（译） 260

丘上松 91
《莫尔索是局外人，还是局内人？》 91

邱睿 379
《勒克莱齐奥的中国式阅读——兼论〈乌拉尼亚〉和〈桃花源记诗并序〉》 379

秋耘 183
《为〈约翰·克利斯朵夫〉说几句公道话》 183

裘荣庆 8
《彼得大帝》（合译） 8

裘小龙 8, 133
《荒诞派戏剧》 133
《唐璜：拜伦传》（合译） 8

瞿秋白 144, 145

全小虎 82
《西蒙娜·德·波伏瓦传》（译） 82

冉东平 94, 137
《评尤奈斯库的〈阿麦迪或脱身术〉》 137

《浅谈萨特〈间隔〉的戏剧假定性》 94
《萨特观念戏剧的艺术特征》 94

壬夫 186
《用"真诚"和"朴质"构筑不朽的里程碑——罗曼·罗兰与〈约翰·克利斯朵夫〉》 186

任傲霜 284
《莫里亚克的魔杖——谈〈苔蕾丝·德斯盖鲁〉中背反手法的运用》 284

任生名 93
《萨特处境剧理论的哲学阐述》 93

任晓润 267
《站在传统与现代的契合点上》 267

柔刚 47
《西方超现实主义诗选·译者序》 47
《西方超现实主义诗选》（译） 47

茹志鹃 404
《百合花》 404

桑竹 79
《第二性》（合译） 79

商禽 52, 53, 54
《梦或者黎明》 53
《遥远的天空》 54

尚杰 351
《勒克莱齐奥及其笔下的异域》（合著） 351

邵明波 47
《20世纪外国诗选》（合编） 47

邵南 4
《诗画随笔》（合译） 4

邵荃麟 / 荃麟 176, 181
《搏斗·代序——从个人主义到集体主义的道路》 176
《修正主义文艺思想一例》 181

邵如芳 134
《从法国荒诞派戏剧〈犀牛〉说起：中国是否也要荒诞派戏剧？》 134

邵洵美 270
《谈自传》（译） 259, 269, 270

佘协斌　34
沈宝基　34, 202, 210, 211, 261
　　《纪德》　210, 211
　　《雨果传》/《悲惨世界的画师：雨果传》（合译）　261
沈大力　266
　　《拜伦情史》（合译）　266
沈柯　328
　　《杜拉斯神话源自勇气与真诚》（合著）　328
沈浪　27
　　《关于陈侗和他策划的"午夜文丛"》　27
沈起予　9, 177
　　《狼群》（译）　177
　　《艺术哲学》（译）　9
沈睿　11
　　《普鲁斯特论》（合译）　11, 246, 247
沈性仁　145, 146, 149, 155
　　《法朗士集》（合译）　149
　　《哑妻》（译）　145, 146, 155
沈一民　46
沈永赋　290
　　《永久的艺术魅力——莫里亚克创作谈》　290
沈泽民　168
　　《罗曼·罗兰传》　168
沈志明　15, 34, 46, 47, 61, 62, 79, 98, 99, 110, 231, 232, 235, 238, 243, 245, 247, 248
　　《阿拉贡研究·编选者序》　62
　　《普鲁斯特的创作思想和小说艺术》　247, 248
　　《阿拉贡研究》（编选）　31, 46, 47, 61, 62
　　《加缪全集》（联合主编）　27, 79
　　《普鲁斯特精选集》（编选）　232, 238, 247, 248
　　《萨特文集》（联合主编）　79, 98, 99
　　《驳圣伯夫》（译）　11, 232
　　《德·奥热尔伯爵的舞会》（译）　15
　　《论画家》（译）　232
　　《茫茫黑夜漫游》（译）　15

《去年在马里安巴》（译） 18, 110, 115
《萨特戏剧集》（合译） 5, 78
《文字生涯》（译） 79
《寻找失去的时间》（选译） 231, 232, 234, 235, 237, 238, 244, 247
《自由之路》（合译） 17, 77, 79

盛成 202, 203
《纪德的态度·序》 202, 203

盛澄华 10, 13, 15, 22, 28, 29, 34, 42, 44, 69, 70, 71, 176, 198, 200, 210, 212, 213, 214, 215, 216, 217, 218, 276
《安德烈·纪德》 213
《纪德研究》 214, 217
《纪德艺术与思想的演进》 214, 215, 216
《〈新法兰西杂志〉与法国现代文学》 42, 69, 176
《阿拉贡文艺论文选集》（合译） 10, 44
《地粮》（译） 13, 15, 213
《论司汤达》（译） 44
《日尼薇》（译） 213
《伪币犯》/《伪币制造者》（译） 13, 15, 198, 213, 218
《文坛追忆与当前问题》（译） 69
《意想访问之二》（译） 69
《脏猴儿》（译） 276, 278
《左拉的现实意义》（合译） 44

盛明若 264
《爱底雾围》（译） 259, 264

盛年 79
《西蒙·波娃回忆录》（合译） 79

施康强 5, 11, 14, 27, 34, 57, 78, 82, 83, 95, 198, 218, 223, 230, 246, 256, 290, 319, 327
《超现实主义》 57
《从内部再现一个世界——介绍玛格丽特·尤瑟纳的名作〈亚得里安回忆录〉》 319
《从萨特的"境遇剧"看他的自由观》 83
《萨特的存在主义释义》 83
《不贞的妻子》（译） 78
《工厂出口——弗朗索瓦·邦小说选》（合译） 27

《荒诞派戏剧选》（合译） 5, 6, 130
《女仆》（译） 6, 130
《萨特文论选》（译） 11, 80
《萨特文学论文集》（合译） 11, 79, 290
《什么是文学？》（译） 11, 63, 80
《乌连之旅》（译） 14, 198
《追忆似水年华·序》（译） 223, 230, 246, 256

施咸荣 6, 129
《等待戈多》（译） 6, 129, 130
《荒诞派戏剧集》（合译） 6, 129, 130
《荒诞派戏剧选》（合译） 5, 6, 130
《送菜升降机》（译） 6, 130

施雪莹 367, 368, 369
《文学与全球化》（译） 367
《相遇中国文学》（译） 368, 369

施蛰存 38, 52
《戴望舒诗全编·引言》 52

石海峻 116
《人类灵魂的自我拯救》 116

石横山 276, 278
《给麻风病人的吻》（译） 276, 278
《莫里亚克精品集》（合译） 278

史军 290
《罪恶与拯救——远藤周作与弗朗索瓦·莫里亚克宗教观之比较》 290

史铁生 104, 257

史忠义 10, 11, 19, 317, 320, 322, 323
《走近尤瑟纳尔》 317, 320, 322, 323
"尤瑟纳尔文集"（主编） 19, 317, 322, 323
《20世纪的文学批评（修订版）》（译） 10
《20世纪的文学批评》（译） 11
《当代小说或世界的问题性》（译） 10
《符号学：符义分析探索集》（译） 10
《热奈特论文集》（译） 10
《热奈特论文选》（译） 10
《诗学史》/《诗学史（修订版）》（译） 11

511

《文学理论的原理》（译） 10
《文学与其修辞学：20 世纪文学性中的庸常性》（译） 10

舒小菲 79
《第二性》（译） 79

舒笑梅 136
《诗化、对称、荒诞——贝克特〈等待戈多〉戏剧语言的主要特征》 136

树才 34, 46, 48, 297
《勒内·夏尔：居住在闪电里的诗人》 46
《〈散文诗六首〉译序》 46
《被伤害的空气》（译） 48
《勒内·夏尔诗选》（译） 48
《勒韦尔迪诗选》（译） 48
《你出走得好，兰波！》（译） 46
《早起者的淡红色》（译） 46

宋军 329
《自恋的结局——析〈情人〉中女主人公性格》 329

宋琳 330
《集体经历的历史事件和个人的痛苦经历：简析玛格丽特·杜拉斯的〈广岛之恋〉》 330

宋敏生 222
《艺术家的使命——论纪德的自我书写》（合著） 222

宋学智 252, 297, 330
《杜拉斯笔下的谜》 330

宋旸 19
《枷锁》（译） 19

苏斌 79
《萨特自述》（合译） 79

苏启运 19
《何谓永恒》（译） 19

苏童 121, 123, 124
《1934 年的逃亡》 124
《片段拼接》 124
《罂粟之家》 124

孙传才 261
《栗树下的晚餐》（合译） 15, 261, 265

孙福熙　41, 50
　　《酵母性艺术之捣乱》　41
　　《艺术问题的讨论》　50
孙甘露　120, 121, 123
　　《请女人猜谜》　120
孙恒　11, 62, 116
　　《〈弗兰德公路〉的读解：绘画结构》　116
　　《法国现代文学史》（合译）　11, 62
孙晋三　42, 69
　　《所谓存在主义——国外文化述评》　69
　　《照火楼月记》　42, 69
孙康宜　398
　　《文学经典的挑战》　398
孙梁　177, 178, 179
　　《〈罗曼·罗兰文钞〉代序》　178
　　《罗曼·罗兰文钞》（辑译）　177, 178, 179
孙敏　4
　　《诗画随笔》（合译）　4
孙绍振　404
　　《西方文论的引进和我国文学经典的解读》　404
孙席珍　42
　　《大大主义论》　42
孙宜学　268
　　《浪漫的精神行旅：走近文学大师莫洛亚》　268
孙玉石　51, 67
　　《中国现代诗导读》（主编）　51, 67
孙源　74
　　《战斗的法国进步文学》　74
索从鑫　19
　　《三岛由纪夫或空的幻景》（合译）　19

谈方　89
　　《波伏瓦与她的小说创作》　89
谈佳　350
　　《迭戈和弗里达》（译）　350

谈瀛洲　387
　　《批评与真实》（节译）　387
谭楚良　52, 53, 54, 67
　　《中国现代派文学史论》　52, 53, 54, 67
谭华　316
　　《法国文学在中国》（译）　316
谭健　79
　　《西蒙·波娃回忆录》（合译）　79
谭立德　8, 19, 34, 266, 327
　　《长别离·广岛之恋》（合译）　326
　　《某种微笑》（译）　19
　　《屠格涅夫传》（合译）　8, 266
　　《雪莱传》（合译）　8
汤永宽　62
　　《告别超现实主义》（译）　62
唐弢　144, 145, 147
　　《中国现代文学史》（主编）　144, 145, 147
唐杏英　65
　　《北京2000年纪念法国诗人雅克·普雷维尔诞辰100周年文集》（合编）　65
唐荫荪　39
　　《戴望舒译诗集》（编）　39
唐珍　297
唐正序　52, 67, 73, 74
　　《20世纪中国文学与西方现代主义思潮》（合编）　52, 67, 73, 74
陶健昕　136
　　《等待的荒谬：〈等待戈多〉主题分析》　136
陶铁柱　79
　　《第二性》（译）　79
滕爱云　91
　　《生存境遇的思考与探询》　91
天迦　144
　　《快乐的过新年》（译）　144
田汉　71, 144
涂纪亮　390
　　《"现代思想的冒险家们"总序》　390

涂卫群　27, 245, 246, 250, 251
　　《普鲁斯特评传》　246
　　《新中国 60 年普鲁斯特小说研究之考察与分析》　250
　　《女巫师——玛丽·恩迪耶小说选》（合译）　27
屠岸　48
　　《外国诗歌经典 100 篇》（合译）　48
屠友祥　11, 388
　　《S/Z》（译）　10, 388
　　《神话修辞术》（译）　11, 388
　　《文之悦》（译）　388

万俊人　87
　　《萨特伦理思想研究》　87
汪家荣　276, 277, 279, 280, 282, 286, 287, 288, 289
　　《爱的沙漠——莫里亚克选集·序言》　277, 279
　　《盘缠在一起的毒蛇·前言》（合著）　286
　　《小说家莫里亚克》　280, 282, 287, 288, 289
　　《爱的沙漠——莫里亚克选集》（合译）　276, 277, 279
　　《盘缠在一起的毒蛇》（合译）　276, 286
汪文漪　34, 294, 297, 298
　　《夜航》（合译）　294
汪耀进　395
　　《罗兰·巴特和他的〈恋人絮语〉》　395
　　《恋人絮语》/《恋人絮语——一个解构主义的文本》/《一个解构主义的文本》
　　　（合译）　10, 387, 388, 394, 395, 396, 397
汪义群　132
　　《痛苦人生的探索——论荒诞派戏剧》　132
汪曾祺　73
　　《复仇》　73
　　《礼拜天早晨》　73
　　《落魄》　73
　　《美学情感的需要与社会效果》　73
　　《汪曾祺全集》　73
王安忆　185, 186
　　《〈约翰·克利斯朵夫〉的世界》　185, 186

王宝泉　92, 296
　　《〈女宾〉——存在主义文学的名作之一》　92
　　《小王子》（译）　296
王册　180
　　《建议讨论〈约翰·克利斯朵夫〉》　180
王成军　268
　　《莫洛亚传记美学初探》（合著）　268
王道乾　28, 34, 231, 326, 327, 328, 330, 331, 339, 341, 344, 345, 346
　　《关于杜拉的小说创作》　331
　　《琴声如诉·前言》　328
　　《情人·前言》　339
　　《驳圣伯夫》（译）　11, 231
　　《广场》（译）　327
　　《洛儿·瓦·斯泰因的迷狂》（译）　327, 330
　　《琴声如诉》（译）　326, 328, 340
　　《情人》（译）　20, 326, 328, 329, 339, 341—346
　　《情人·乌发碧眼》（合译）　326, 339
　　《痛苦·情人》（译）　327
　　《物质生活》（译）　327, 344
王德华　283
　　《饰满荣誉的文学生涯——谈弗朗索瓦·莫里亚克及其作品》　283
王殿忠　34
王东亮　20, 34, 326, 327, 328, 329, 330, 387, 393, 394
　　《杜拉斯的"睡美人"》　330
　　《符号学原理·译后记》　393, 394
　　《盖棺难以定论的杜拉斯》　330
　　《情人·代译后记》　328
　　"杜拉斯选集"（合编）　20, 326
　　《符号学原理》（合译）　393, 394, 406
　　《劳儿的劫持》（译）　327, 329
　　《情人》（译）　20, 326
　　《痛苦》（译）　327
王菲菲　350
　　《寻金者》（译）　350
王福和　91

《被"玻璃板"阻隔的荒诞人生——默尔索形象新释》 91

王干 339, 340
    《寻找叙事的缝隙》 340

王化伟 186
    《〈约翰·克利斯朵夫〉的音乐特性浅议》 186

王辉 262
    《生活的艺术》（合译） 262

王吉英 15
    《少女穆谢特》（译） 15

王继文 190
    《巴金的生活和著作》（译） 190

王加 19
    《毒》（译） 19

王家骥 149
    《泰绮思》（译） 149

王建齐 61
    《超现实主义的理论基础》 61

王捷 132
    《抽象、寓意、割裂、外化——浅谈荒诞派戏剧的象征手法》 132

王金英 27
    《我的大作家》（译） 27

王克千 82, 95, 97
    《关于存在主义答文学青年》（合著） 97
    《关于萨特的文艺思想基础——与柳鸣九同志商榷》（合著） 95

王葵 385
    《符号学美学》（合译） 385, 386, 391, 392, 406

王了一 13, 210, 259, 264
    《女王的水土》（译） 259, 264
    《少女的梦》（译） 13, 210

王林佳 27
    《女巫师——玛丽·恩迪耶小说选》（合译） 27

王蒙 122, 404
    《中国的先锋小说与新写实主义》 122

王妮娜 136
    《期待中感受虚无：再论〈等待戈多〉的主题》 136

王宁　105, 122, 137, 382, 394, 399
　　《后结构主义与分解批评》　394, 399
　　《后现代主义与中国当代先锋文学》（合著）　105
　　《西方文艺思潮与新时期中国文学》　105, 122
　　《20世纪西方现代派文学名著导读·戏剧卷》（主编）　137
　　《西方当代文学批评在中国》（联合主编）　382
王庆生
　　《中国当代文学》（下），（主编）　118
王庆勇　67
　　《亨利·米勒小说中的超现实主义与"自我重建"主题》　67
王群　186
　　《试论〈约翰·克利斯朵夫〉中的女性形象》　186
王人力　8, 266
　　《狄更斯评传》（译）　266
　　《唐璜：拜伦传》（合译）　8
王锐　217
王森　11, 246
　　《普鲁斯特和小说》（合译）　11, 246, 247
王少杰　187
　　《约翰·克利斯朵夫性格的异质与俄国文学》（合著）　187
王寿昌　1
　　《巴黎茶花女遗事》（合译）　1
王淑艳　65
　　《超现实主义的创作实践》（合著）　65
王苏生　303
　　《南线邮航》（译）　303
王泰来　113, 114, 244, 245, 383
　　《从阿兰·罗伯-格里耶的三篇短文看新小说》　113
　　《从普鲁斯特的小说片断看意识流的表现手法》　244
　　《关于结构主义文艺批评》　383
　　《文字的魔术师——克洛德·西蒙》　114
　　《一种研究文学形式的方法——谈结构主义文艺批评》　383
王恬　17
　　《可怕的孩子》（译）　17
王宛　259

《生活艺术三种：爱的艺术、工作艺术、指导艺术》（译） 259

王宛颖 290
  《从莫里亚克的小说看婚姻神圣性的消解与回归——以〈给麻风病人的吻〉与〈黛莱丝·德克罗〉为中心》 290

王惟甡 47
  《20世纪外国诗选》（合编） 47

王维 367

王维克 5
  《法国名剧四种》（译） 5

王文彬 50, 51, 67, 85
  《戴望舒评传》（合著） 50, 51, 67
  "关于存在主义" 85

王文融 6, 10, 218, 246, 327, 350
  《逃之书》（译） 350
  《西哈诺·德·贝热拉克》（译） 6
  《叙事话语·新叙事话语》（译） 10, 246

王西彦 190, 191
  《打开的门窗——我和外国文学》 191

王锡明 186
  《论〈约翰·克利斯朵夫〉的音乐性》（合著） 186

王向峰 265
  《牵情动魄的一束小花》 265

王小波 342—346
  《道德堕落与知识分子》 342
  《盖茨的紧身衣》 342
  《革命时期的爱情》 343, 345
  《关于文体》 342
  《黄金时代》 343, 344, 345
  《青铜时代》 343, 344
  《王小波文集》 342, 343, 345, 346
  《未来世界》 345
  《我的师承》 342, 344
  《我对小说的看法》 342
  《小说的艺术》 342
  《艺术与关怀弱势群体》 342

《用一生来学习艺术》 342
王晓峰 14, 19
  《蒂博一家》（合译） 14
  《虔诚的回忆》（译） 19, 317
王晓华 136
  《后上帝时代的等待者——对荒诞派戏剧〈等待戈多〉文本分析》 136
王晓郡 277, 286
  《蝮蛇结·译者前言》 286
  《蝮蛇结》（译） 15, 277, 286
王晓侠 116
  《从新小说到新自传——真实与虚构之间》 116
王晓雪 285
  《莫里亚克的小说心理描写手法浅探》 285
王辛笛 213, 214
  《忆盛澄华与纪德》 213, 214
王璇 65
  《超现实主义的"同路"人——法国超现实主义和弗兰克·奥哈拉的诗艺研究》 65
王艳秋 150
  《亡灵的弥撒》（译） 150
王以培 63
  《一束冰水里的阳光——保罗·艾吕雅诗歌赏析》 63
王意强 45
王元化 175, 176
  《关于〈约翰·克利斯朵夫〉》 175
  《向着真实》 175
王允道 403
  《评罗兰·巴特的结构主义》 403
王战 27
  《逃亡者——克里斯蒂安·加伊小说选》（合译） 27
王振孙 5, 34
  《巴尼奥尔喜剧选》（译） 5
王志耕 187
  《约翰·克利斯朵夫性格的异质与俄国文学》（合著） 187
王忠琪 61, 111, 119, 131

《法国作家论文学》（合译） 61, 111, 119, 131
韦遨宇 402
　　《"明修栈道　暗度陈仓"——读罗兰·巴特〈叙述分析导论〉》 402
卫慧 346
未凡 47
　　《外国现代派诗集》（联合主编） 47
未珉 47
　　《外国现代派诗集》（联合主编） 47
魏华灼 259, 260
　　《雪莱传》（译） 259, 260
魏柯玲 246
　　《马塞尔·普鲁斯特》（译） 246
魏明伦 133—135, 139
　　《好女人与坏女人：魏明伦女性剧作选》 135, 139
　　《潘金莲》 133—135, 136, 139
　　《戏海弄潮》 134, 135
魏韶华 379
　　《论老舍影响之于勒克莱齐奥文学创作的意义》（合著） 379
温晋仪 387
　　《批评与真实》（译） 10, 387, 388
文石 309
　　《法国中篇小说选》（合编） 309
闻笛 184
　　《罗大冈谈外国文学翻译和研究》（合著） 184
闻家驷 4, 13, 34, 175, 176
　　《罗曼·罗兰的思想、艺术和人格》 175
翁绍军 85
　　《从存在主义的定义谈起》 85
吴承恩 368
　　《西游记》 368
吴春兰 321
　　《论新寓言小说中本体与符号的关系》 321
吴达元 69, 70
　　《名著评介〈外人〉》 70
吴淡如 296

《小王子》（编译） 296
吴格非 106
　　《从译介到接受——萨特作品在中国的传播与影响》 106
吴俊 104
　　《当代西绪福斯神话》 104
吴康茹 19, 89
　　《追求卓越的自由心灵：西蒙娜·德·波伏瓦传》 89
　　《肩后》（译） 19
吴亮 119
　　《马原的叙事圈套》 119
吴文智 252, 406
　　《20世纪影响世界的百部西方名著提要》（联合主编） 252, 406
吴炫 117, 118
　　《中国当代文学批判》 117, 118
吴友仁 278
　　《黛莱丝·代科如》（译） 278, 283
吴裕康 180
　　《罗曼·罗兰》（译） 180
吴元迈 23
　　《新的角度、新的视野、新的开拓——"获国际著名文学奖作家作品丛书"序》 23
　　"获国际著名文学奖作家作品丛书"（主编） 23
吴岳添 10, 12, 13, 16, 27, 34, 61, 63, 64, 86, 95, 112, 114, 137, 143, 144, 150, 151, 152, 153, 154, 159, 160, 161, 162, 164, 165, 166, 294, 297, 330
　　《阿拉贡的"炼狱"》 63
　　《被遗忘了的法朗士》 151, 159, 160, 161, 162
　　《超现实主义简论》 61
　　《杜拉斯和萨冈的爱情小说》 330
　　《法国文学流派的变迁》 12, 16, 64, 112, 137
　　《法朗士精选集·编选者序　人道主义的斗士》 13, 143, 144, 165
　　《法朗士生平及创作年表》 152
　　《法朗士小说选·译本序》 164, 165
　　《荒诞的小说与异化的世界》 95
　　《玛格丽特·杜拉斯的一生》 330
　　《玛格丽特·杜拉斯轶事》 330

《娜塔丽·萨洛特的创作道路》 114

　　《萨特与加缪的恩怨》 86

　　《世纪末的巴黎文化》 63, 330

　　"法国当代文学广角文丛"（联合主编） 12

　　《法朗士精选集》（编选，合译） 13, 27, 143, 144, 150, 152, 165

　　《波纳尔的罪行》（译） 13, 150, 165

　　《鹅掌女王烤肉店》（译） 13, 150, 165

　　《红百合花》（合译） 150, 151, 160, 165

　　《蓝胡子和他的七个妻子》（译） 150, 165

　　《论小说的社会学》（译） 10

　　《萨特、波伏瓦和我》（译） 81

　　《苔依丝》（译） 13, 150, 153, 154, 160, 165

　　《文学渴了》（译） 150

　　《夜航》（译） 294

吴祖光 134

　　《吴祖光选集》 134

伍光建 149

　　《红百合花》（选译） 149

伍蠡甫 61, 80, 111, 402

　　《现代西方文学批评的若干流派》 402

　　《现代西方文论选》（主编） 61, 80, 111

仵从巨 94, 136

　　《〈等待戈多〉：贝克特的谜语与谜底》 136

　　《"脏手"不脏》 94

武斌 97

　　《大学生对存在主义的看法——对三百名大学生的调查》（合著） 97

武佩荣 395

　　《恋人絮语》/《恋人絮语——一个解构主义的文本》/《一个解构主义的文本》（合译） 387, 388, 394, 395, 396, 397

肖厚德 12, 64, 84, 199, 200, 301, 302, 304, 311, 359, 360

　　《法国小说论》（合著） 12, 64, 84, 199, 200, 301, 302, 311, 359, 360

肖曼 303

　　《小王子》（译） 303

肖四新 136, 186

　　《力与爱的生命——论约翰-克利斯朵夫对奴性的反抗》 186

523

《信仰的破灭与重建——论〈等待戈多〉的潜在主题》 136
萧甘 149, 150, 151, 159, 162, 163, 164, 165
　　《法朗士小说选》（合译） 150, 151, 164, 165
　　《诸神渴了》（合译） 13, 149, 150, 159, 160, 162, 163, 164, 165
萧钢 337, 338
　　《另一扇开启的门》（合著） 337, 338
萧军 175
萧曼 295
　　《小王子》（合译） 295
萧萍 178
　　《约翰·克利斯朵夫》（缩改） 178
萧三 175
小凤 191
　　《约翰·克利斯朵夫 / 破浪 / 谢南多——诗人于坚访谈录》 191
小意 296, 297
　　《小王子》（译） 296
晓风 193, 194
　　《胡风、路翎来往书信选》（辑注） 193, 194
晓宜 79
　　《女性的秘密》（合译） 79
谢晨星 328
　　《杜拉斯神话源自勇气与真诚》（合著） 328
谢济泽 170
　　《甘地奋斗史》（译） 170
谢康 149
　　《佛朗士童话集》（译） 149
谢天振 27, 153
　　"当代名家小说译丛"（主编） 27
　　《翻译的理论建构与文化透视》（主编） 153
解薇 290
　　《寻找失去的纯洁——莫里亚克笔下女性的罪与赎》 290
解志熙 72, 73, 74, 106
　　《生的执著》 72, 74, 106
辛晓征 47, 125
　　《告别新小说时代》（合著） 125

《外国诗歌精品》(合编) 47
辛郁 53
辛质 170
　　《安戴耐蒂》(合译) 170, 173
　　《孟德斯榜夫人》(合译) 170
邢军 290
　　《莫里亚克"德斯盖鲁"系列小说中的人物形象分析》 290
徐崇温 72, 75, 77, 82
　　《萨特及其存在主义》 72, 75, 77
徐枫 110
　　《不朽的女人》(译) 110
徐和瑾 7, 8, 14, 15, 34, 93, 98, 198, 218, 221, 224, 225, 228, 231, 234, 235,
　　241, 242, 244, 245, 246, 247, 248, 251, 278, 290, 327, 328
　　《论萨特的剧作〈间隔〉中的三人存在》 93, 98
　　《马塞尔·普鲁斯特》 228, 241
　　《普鲁斯特传·译后记》 241, 242
　　《追忆似水年华·译后记》 241
　　《爱的沙漠》(合译) 278, 290
　　《辩证理性批判》(合译) 79, 81, 96
　　《长夜行》(译) 15
　　《重现的时光》(合译) 231
　　《杜拉斯传》(布洛-拉巴雷尔著)(译) 7, 326
　　《普鲁斯特和间接言语》(译) 241
　　《普鲁斯特传》(译) 8, 224, 225, 241, 242, 246, 247, 248
　　《伪币制造者》(译) 14, 198
　　《与普鲁斯特共度假日》(译) 246
　　《追忆似水年华》(第一、二、三、四卷)(译) 234, 241, 242, 247, 248,
　　251
徐继曾 34, 230, 231, 235
　　《方法、批评及文学史》(译) 11
　　《普鲁斯特年谱》(编译) 231
　　《在斯万家那边》(合译) 230, 231, 235, 245
徐军 101
　　《近的云》 101
徐朗 196

《路翎晚年作品集》（合编） 196

徐敏　87
　　《萨特：文学与政治的处境》87
徐普　27, 110
　　《欲念浮动》（译） 27, 110
徐潜　87
　　《萨特文学创作中的非理性倾向》87
徐曙　285
　　《莫里亚克〈给麻风病人的吻〉主题质疑》285
徐蔚南　149, 150
　　《女优泰倚思》（译） 149
　　《时代的智慧》（译） 149
　　《泰绮思》（译） 149, 150
徐霞村　37, 38, 42
　　《〈尼克·加特的死〉译后记》37, 38
　　《尼克·加特的死》（译） 37, 38, 42
　　《现代法国小说选》（译） 42
徐肖楠　114
　　《阿兰·罗伯-格里耶小说的复现手法》114
徐小斌　346
徐小亚　218
　　《刚果之行》（合译） 218
徐晓雁　17
　　《维昂小说精选》（合译） 17
徐星　102, 103
　　《无主题变奏》102
徐真华　65
　　《超现实主义的创作实践》（合著） 65
徐知免　3, 4, 11, 28, 34, 46, 52, 199, 229, 245, 301
　　《克洛岱尔与〈认识东方〉》 3
　　《论〈追忆逝水年华〉》 245
　　《艾尔莎的眼睛》（译） 46
　　《悲痛，爆炸，沉寂》（译） 46
　　《法国现代小说史》（合译） 11, 23, 199, 200, 204, 300, 301
　　《今夜伦敦第一百次遭到轰炸》（译） 46

《恋人》(译) 46
《现代法国诗抄》(译) 4
《远方的法兰西》(译) 51, 52
《在斯旺家那边》(第一部第一章)(译) 229

徐仲年 42, 274, 275
《巴黎解放前后的法国文学》 42
《无限凄凉的法国文学》 274, 275
《感觉》(译) 42
《黎明溶解了怪物》(译) 42
《玫瑰与香草》(译) 42

许方 350
《燃烧的心》(合译) 350

许国璋 393
《关于索绪尔的两本书》 393

许金生 186, 187
《克利斯朵夫——真诚地追求真善美的人》 186
《真诚,以及对真善美的追求——从"人格三要素"漫谈三部外国小说》 187

许钧 7, 15, 17, 20, 24, 27, 30, 34, 79, 222, 231, 245, 298, 310, 326, 328, 347, 348, 349, 350, 351, 352, 353, 354, 355, 356, 362, 364, 365, 366, 367, 368, 369, 370, 371, 372, 373, 374, 375, 376, 377, 378, 379, 380
«Entretien inédit avec J.-M. G. Le Clézio» 352
《读读他,再下结论》 355
《"杜拉斯文集"·序》 20
《翻译论》 298, 353
《风格与翻译——评〈追忆似水年华〉汉译风格的传达》 30
《句子与翻译——评〈追忆似水年华〉汉译长句的处理》 30
《勒克莱齐奥的文学创作与思想追踪——访诺贝尔文学奖得主勒克莱齐奥》 362, 370
《理解让-马利·古斯塔夫·勒克莱齐奥——答〈中国新闻周刊〉》 369
《论翻译活动的三个层面》 24
《沙漠的女儿·译者序》(合著) 356, 357, 358
《神秘的普鲁斯特与好奇的中国人》 252
《诗意诱惑与诗意生成——试论勒克莱齐奥的诗学历险》 375, 376
《试论勒克莱齐奥的创作与创作思想》(合著) 364, 372, 373
《文学翻译的自我评价》 30

《文学翻译批评研究》　30
　　《我和翻译》　355, 356
　　《相通的灵魂与心灵的呼应：安德烈·纪德在中国的传播历程》　222
　　《形象与翻译——评〈追忆似水年华〉汉译隐喻的再现》　30
　　《译本整体效果评价——评〈追忆似水年华〉卷一汉译》　30
　　"杜拉斯文集"（主编）　7, 20, 27, 326
　　"法国文学经典译丛"（主编）　310
　　《反叛、历险与超越——勒克莱齐奥在中国的理解与阐释》（联合主编）　347,
　　　　348, 350, 352, 365, 366, 369, 370, 372, 374, 376, 378, 379
　　《安娜·玛丽》（译）　16, 32, 355
　　《名士风流》（译）　17, 79
　　《莫斯科人》（合译）　15, 32
　　《沙漠的女儿》（合译）　18, 32, 348, 349, 354, 355, 356, 358
　　《诉讼笔录》（译）　18, 32, 349, 351, 369, 376, 377, 378, 379
　　《索多姆和戈摩尔》（合译）　231
　　《中国之欧洲》（译）　32
许天虹　259
　　《迭更司评传》（译）　259
许渊冲　14, 34, 177, 180, 231, 237
　　《罗曼·罗兰精选集》（编选）　180
　　《盖尔芒特家那边》（合译）　231
　　《哥拉·布勒尼翁》（译）　14, 177
　　《约翰·克里斯托夫》（译）　180
许子东　103
　　《现代主义与中国新时期文学》　103
玄明　38, 39
　　《巴黎艺文逸话》　38
薛菲　295
　　《小王子》（译）　295
薛建成　276, 286
　　《盘缠在一起的毒蛇》（合译）　276, 286
薛立华　316, 318
　　《玛格丽特·尤瑟娜》　316, 318
薛绍徽　1
　　《八十日环游记》（译）　1

中国学者、译者和作家及其著译索引

雪岗 178
 《约翰·克利斯朵夫》（改写） 178

痖弦 52, 54
 《给超现实主义者——纪念与商禽在一起的日子》 52
 《深渊》 53
 《盐》 53

严文蔚 177
 《韩德尔传》（译） 177

严泽胜 113
 《新小说：写作的历险》 113

阎素伟 288, 289
 《莫里亚克小说创作艺术特色》 288, 289

颜保 326
 《情人》（译） 20, 326

颜歆 38
 《1930年的法国文坛》（译） 38

颜之 278
 《世界著名作家传世作品》（联合选编） 278

燕妮 92
 《加缪与萨特的论战》 92

杨伯元 264
 《情人的悲哀》（译） 259, 264

杨昌龙 73, 86, 87, 91, 94, 98
 《存在主义的艺术人学——论文学家萨特》 87
 《多维判断论是非》 94
 《解读萨特》 86
 《论萨特的文学主张》 86
 《萨特评传》 87, 98
 《萨特在中国》 73
 《写实的载体　存在的精髓——论加缪的〈鼠疫〉》 91

杨翠屏 79
 《西蒙·波娃回忆录》（译） 79

杨国政 116
 《怀疑时代的自传》 116

529

杨晦　170, 175, 176
　　《罗曼·罗兰的道路》　176
　　《杨晦文学论集》　176
　　《悲多汶传》（译）　170
杨建钢　113, 114, 118
　　《从冒险的叙述到叙述的冒险》　113, 118
　　《罗伯-格里耶小说理论与技巧初探》　114
杨剑　11, 85, 89, 90, 104, 199, 281, 282, 285, 288, 301
　　《本世纪法国小说创作的几种主要倾向及其美学特征》　85
　　《存在主义的哲理与审美之间的关系》　104
　　《简议萨特的小说〈恶心〉》　90
　　《莫里亚克及其成名作〈给麻风病人的吻〉》　285
　　《文学变革时期的小说家莫里亚克》　282, 288
　　《法国现代小说史》（合译）　11, 23, 199, 200, 204, 300, 301
　　《可尊敬的妓女》（译）　78, 82
杨令飞　27, 34, 116
　　《论罗伯-格里耶与萨特的文学之争》　116
　　《罗伯-格里耶作品选集》（联合选编）　27, 110
杨青　353
　　《许钧：不读他的作品，不要轻易下结论》　353
杨人梗　169
　　《罗曼·罗兰》　169
　　《罗曼·罗兰》（译）　169
杨荣　93, 137
　　《超越哲学的图解，显示深刻的批判》　93
　　《异中之同、同中之异——〈变形记〉与〈犀牛〉之比较》　137
杨莘燊 / 莘燊　263, 265
　　《当代法国文坛上的精英——安·莫洛亚》　263
　　《上穷碧落下黄泉……》　265
杨深　87
　　《萨特传》　87
杨寿康　13
　　《死亡的意义》（译）　13
杨松河　231
　　《索多姆和戈摩尔》（合译）　231

杨维仪　278, 285, 288, 289, 290
　　《莫里亚克小说选》（合译）　277, 278, 279, 285, 288, 289, 290
杨晓敏　350
　　《罗德里格斯岛之旅》（译）　350
杨晓明　187
　　《欣悦的灵魂：罗曼·罗兰》　187
杨义　192, 193, 194, 195, 196, 197
　　《路翎——灵魂奥秘的探索者》　192, 193, 195
　　《路翎研究资料》（合编）　192, 193, 194, 195, 196, 197
杨亦军　136
　　《荒诞派戏剧的"伸延语言"与原始宗教》　136
杨玉娘　295, 297
　　《星王子》（译）　295
杨玉珍　186
　　《〈约翰·克利斯朵夫〉深广的文化内涵》　186
杨正润　89, 268, 269, 271, 272
　　《论传记的要素》　272
　　《莫洛亚传记文学述评》　268, 269, 271, 272
　　《一个伟大时代的最后代表——波伏瓦》　89
姚公涛　115
　　《试论〈窥视者〉的叙述艺术》　115
姚雪垠　135
　　《关于我国社会主义文学的发展方向刍议》　135
野艾　197
　　《对一个熟悉的陌生人的问候——向路翎致意》　197
叶君健　149
　　《一个孩子的宴会》（译）　149
叶匡政　353
叶立文　97
　　《语言的竞技——论新时期初存在主义文学的传播策略》　97
叶灵凤 / 灵凤　51, 170, 260
　　《白利与露西》（译）　170
　　《人生小品：再谈友情》（译）　260
叶汝琏　4, 5
　　《法国现代诗与古典诗》（译）　5

叶舒宪 67
　　《论 20 世纪文学与人类学的同构与互动——从超现实主义到魔幻现实主义》
　　　　67
叶玄 82
　　《存在主义与心理分析》（译） 82
叶兆言 200, 201, 202
　　《谜一般的纪德》 200, 201
易丹 91
　　《论加缪〈局外人〉主人公的冷漠》 91
易言 100
　　《评〈波动〉及其他》 100
迎晖 8
　　《神秘沙皇：亚历山大一世》（合译） 8
永恒 265
　　《一座新式的吃人魔窟》 265
由权 14, 198
　　《苏联归来》（译） 14, 198
　　《乍得归来》（译） 14, 198
游云 87, 330
　　《从普鲁斯特到萨特》 87
　　《玛格丽特·杜拉的小说创作》 330
幼雄 39
　　《礴礴主义是什么》 39
于坚 191
于沛 46, 281
　　《法国现代作家莫里亚克》 281
余凤高 92
　　《波伏瓦写〈名士风流〉》 92
　　《波伏瓦写〈女客〉》 92
余光中 54
　　《天狼星》 54
余华 118, 119, 120, 121, 122, 123, 124, 254, 255, 256, 257, 324, 349
　　《读与写》 122
　　《河边的错误》 119
　　《世事如烟》 119, 121, 124

《往事与刑罚》 120
《现实一种》 119, 124
《小说的世界》 324
《虚伪的作品》 118
《眼睛和声音》 121
《一九八六年》 119
《在细雨中呼喊》 254, 255, 256
《在细雨中呼喊·韩文版自序》 256
《在细雨中呼喊·意大利文版自序》 255

余杰 331
　　《杜拉斯：爱是不死的欲望》 331
余开伟 87
　　《萨特：永在爱火中燃烧》 87
余秋雨 135, 139
余树勋 110
　　《植物园》（译） 18, 110
余熙 57, 58
　　《程抱一：东西文化"摆渡"人》 57, 58
余小山 246
　　《亲爱的普鲁斯特今夜将要离开》（合译） 246
余扬灵 170
　　《托尔斯泰传》（译） 170
余中先 6, 23, 27, 34, 110, 116, 350
　　《被散栽在花圃中的记忆碎片》 116
　　《贝克特选集》（合译） 27
　　《缎子鞋》（译） 6
　　《饥饿间奏曲》（译） 350
　　《欧洲快车》（译） 110
　　《史前史——新小说新一代作家作品选（2）》（合译） 27
　　《桃色与黑色剧　玩火》（译） 110
　　《玩火游戏》（译） 110
　　《我走了》（译） 23
　　《伊甸园及其后》（译） 110
　　《有轨电车》（译） 110
　　《植物园》（译） 18, 110, 116

俞芷倩　8
　　《巴尔扎克传》（莫洛亚著）（合译）　8
雨过天晴　294, 297
　　《风、沙与星星》（译）　294
禹慧灵　90
　　《自我意识的深渊》　90
愈之　146
　　《得一九二一年诺贝尔奖金的文学家安那都尔佛朗西》　146
袁可嘉　46, 47, 51, 61, 64, 67, 80, 188, 382, 383
　　《结构主义文学理论述评》　382
　　《欧美文学在中国》　188
　　《欧美现代派文学概论》　64
　　《现代派论·英美诗论》　51, 67
　　《外国现代派作品选》（联合选编）　46, 130
　　《现代主义文学研究》（联合编选）　61, 80
　　《结构主义——一种活动》（译）　383, 387
　　《欧美现代十大流派诗选》（译）　47
袁莉　34, 251
　　《普鲁斯特致安德烈·纪德的信》（译）　251
袁树仁　34, 231, 245, 262, 282, 291
　　《从普鲁斯特到萨特》（译）　81, 262, 282, 291
　　《萨特戏剧集》（合译）　5, 78
　　《在少女们身旁》（合译）　231
袁筱一　8, 34, 327, 328, 329, 348, 349, 350, 351, 371, 372, 376, 378, 379
　　《从翻译勒克莱齐奥开始》　372
　　《从〈情人〉不同译本比较看现代技巧小说之翻译》　329
　　《勒克莱齐奥：跨越通向乌托邦的门槛》　371
　　《探索人性的寓言世界——论勒克莱齐奥的作品》　378, 379
　　《文字·传奇——法国现代经典作家与作品》　351, 371, 379
　　《杜拉斯传》（阿德莱尔著）（译）　8, 327
　　《非洲人》（译）　350, 374
　　《看不见的大陆》（译）　350
　　《勒克莱齐奥注解勒克莱齐奥》（译）　372
　　《流浪的星星》（译）　18, 350, 351, 379
　　《外面的世界》（合译）　326

《战争》（合译） 18, 350, 351
袁震华 46
乐黛云 187, 222, 403, 404
　　《比较文学原理新编》（合著） 187
　　《"批评方法与中国现代小说研讨会"述评》 403, 404
　　《异国心灵的沟通——纪念安德烈·纪德诞生140周年》 222
匀锐 146
　　《穿白衣的女人》（译） 146

臧小佳 30, 245, 246, 251
　　《经典的诞生——〈追忆似水年华〉文学批评研究》 30
　　《普鲁斯特对阵谷克多》（译） 246
曾繁仁 65, 188, 193
　　《20世纪欧美文学热点问题》（编） 65, 188, 193
曾杰 87, 90
　　《萨特自由形象说初探》 87
　　《痛失乐园的现代人》 90
曾觉之 226, 227, 228, 235
　　《法国小说家普鲁斯特逝世十年纪念——普鲁斯特评传》 226, 227
曾军 90
　　《一个孤独者的精神漫游》 90
曾鸣 41, 49
　　《超现实主义的批判》 41
　　《超现实主义的诗与绘画》 41
曾小逸 193
　　《走向世界文学——中国现代作家与外国文学》（主编） 193
曾晓阳 27
　　《史前史——新小说新一代作家作品选（2）》（合译） 27
曾艳兵 85, 92, 115, 245
　　《面对死亡的沉思——论波伏瓦的〈人都是要死的〉》 92
　　《文学化的哲学与哲学化的文学》 85
　　《写作的零度与阅读的创造》 115
曾仲鸣 149
　　《堪克宾》（译） 149
展之 68

《房间》（译）68
张爱珠 262
　　《生活的智慧》（合译）262
张碧梧 20
　　《空心石柱》（译）20
张斌 63
　　《献给自由的赞歌——浅析艾吕雅的〈自由〉》63
张秉真 47
　　《未来主义·超现实主义》（联合主编）47
张成柱 34
张承志 404
张驰 284
　　《生活的真实与艺术的真实》284
张大明 67
　　《西方文学思潮在现代中国的传播史》（编著）67
张定璜 169
　　《读〈超战篇〉同〈先驱〉》169
张帆 184
　　《罗大冈谈外国文学翻译和研究》（合著）184
张放 27, 63, 79, 89
　　《爱与梦的诗人——保尔·艾吕雅及其诗作》63
　　《波伏瓦追求真理的一生》89
　　《布勒东及其代表诗作赏析》63
　　《超现实主义诗人——路易·阿拉贡》63
　　《望远镜——新小说新一代作家作品选》（合译）27
　　《我的自传：文字的诱惑》（译）79
张亘 19
　　《时间，这永恒的雕刻家/遗存篇》（合译）19, 317
张冠尧 14, 46, 198
　　《大地食粮（续篇)》（译）14, 198
张国义 119
　　《生存游戏的水圈》（编选）119
张和龙 136
　　《荒诞、虚空、解构：论贝克特的小说创作》136
张环 192, 193, 194, 195, 196, 197

《路翎研究资料》（合编） 192, 193, 194, 195, 196, 197

张继双 8
  《普希金传》（合译） 8

张建华 264, 265
  《论莫洛亚爱情小说的主题类型》 265
  《探索复杂奇特的方程式——莫洛亚小说〈爱的气候〉分析》 264

张健 19
  《我心犹同》（译） 19

张杰 252, 406
  《20世纪影响世界的百部西方名著提要》（联合主编） 252, 406

张静 260
  《交友的艺术》（译） 260
  《结婚的艺术》（译） 260
  《快乐的艺术》（译） 260

张聚宁 98
  《万花筒》 98

张丽 285
  《火把照亮的深渊——简析苔蕾丝的心理世界》 285

张连奎 10
  《什么是比较文学》（合译） 10

张玲霞 94
  《"王子复仇"的差异》 94

张隆溪 384, 399, 403
  《结构的消失——后结构主义的消解式批评》 384, 399, 403

张璐 350, 352, 374, 375
  «Entretien avec J.-M. G. Le Clézio sur les philosophies orientales» 352
  «Je pense que la littérature doit beaucoup à la terre» 352
  «L'évolution des pensées orientales dans l'oeuvre de J.-M. G. Le Clézio» 352
  《回归自然——勒克莱齐奥自然主题研究》 352, 375
  《勒克莱齐奥小说〈蒙多〉的自然叙事》 375
  《树国之旅》（译） 350
  《夜莺之歌》（译） 350
  《逐云而居》（译） 350

张默 52, 54

《夜读》 54
张南峰 162
　　《西方翻译理论精选》（合编） 162
张清华 349
张荣富 295
　　《小王子》（译） 295
张容 85, 88, 91, 137
　　《阿尔贝·加缪》/《阿尔贝·卡缪》 88
　　《当代法国文学史纲》 137
　　《法国当代文学》 85, 88
　　《荒诞的人生》 91
　　《荒诞、怪异、离奇——法国荒诞派戏剧研究》 137
　　《形而上的反抗——加缪思想研究》 88
张蓉 19
　　《战时之恋》（译） 19
张若名 / 张砚庄 202—209, 213, 217
　　《关于安德烈·纪德》 208
　　《纪德的介绍》 209
　　《纪德的态度》 202—209
　　《小说家的创作心理——根据司汤达（Stendhal）、福楼拜（Flaubert）、纪德（Gide）三位作家》 208
张生泉 133
　　《荒诞戏剧与相对主义》 133
张世君 186
　　《〈约翰·克利斯朵夫〉的大河式艺术结构》 186
张嵩年 167, 168
　　《〈精神独立宣言〉附注》 168
　　《精神独立宣言》（译） 167, 168, 170
张彤 311, 312
　　《法国作家笔下的第二次世界大战》 311, 312
张唯嘉 114, 115, 116, 186
　　《论约翰·克利斯朵夫的自我追求》 186
　　《罗伯-格里耶的"非意义论"》 114
　　《〈橡皮〉：用传统擦抹传统》 115
　　《用虚幻建构真实——解读罗伯-格里耶的"新自传"》 116

张闻天 9
　　《笑》(译) 9
张希媛 290
　　《"莫里亚克"的继承与超越》 290
张小鲁 231, 327, 329, 384, 385
　　《震动法国文坛的〈情人〉》 329
　　《不存在罗布-格里耶流派》(译) 385
　　《符号的想象》(译) 384
　　《结构主义活动》(译) 384
　　《两种批评》(译) 384
　　《女囚》(合译) 231
　　《如实的文学》(译) 385
　　《什么是批评》(译) 384
　　《痛苦》(译) 327
　　《文学和不连续性》(译) 385
　　《文学与意指》(译) 384
　　《文学与元语言》(译) 384
　　《物的文学》(译) 385
　　《作家与写作者》(译) 384
张辛欣 101
　　《我们这个年纪的梦》 101
　　《在同一地平线上》 101
张新木 30, 34, 222, 245, 246, 247, 248, 249, 250, 406
　　《论〈追忆似水年华〉的叙述程式》 249
　　《论〈追忆似水年华〉中符号的创造》 249, 250
　　《普鲁斯特的美学》 30, 250
　　《写作的零度》 406
　　《艺术家的使命——论纪德的自我书写》(合著) 222
　　《用符号重现时光的典型——试释〈追忆似水年华〉的符号体系》 249
　　《普鲁斯特的空间》(译) 246
张亚莉 79
　　《女性的秘密》(合译) 79
张艳华 136
　　《中西话剧舞台上的荒诞色彩》 136
张业松 190, 195, 196

《路翎批评文集》（编） 190, 195
《路翎晚年作品集》（合编） 196
张寅德 231, 245, 247, 248, 249
《意识流小说的前驱：普鲁斯特及其小说》 249
《女囚》（合译） 231
张英伦 62, 82, 237
《萨特——进步人类的朋友》 82
《外国名作家传》（合编） 62
张裕禾 113, 384
《二十世纪法国主要文学流派》 113
《法国新小说》 113
《叙事作品结构分析导论》（译） 383
张月楠 98
《萨特〈禁闭〉译后记》 98
《禁闭》（译） 78
张元松 171
《艺术与行动：论列宁》（译） 171
张泽乾 3, 9, 12, 34, 47, 65, 136, 137
《20世纪法国文学史》（合著） 3, 9, 12, 65, 137
《话说荒诞：西方荒诞文学》 137
《沙岸风云》（译） 17, 47
张志 8
《一代暴君——伊凡雷帝》（合译） 8
张祖建 389
《米什莱》（译） 389
《中性》（译） 389
赵国平 87
《萨特的人生哲学》 87
赵家鹤 27, 150, 152
《法朗士精选集》（合译） 13, 27, 143, 144, 150, 152
《高大的金发女郎——让·艾什诺兹小说选》（合译） 27
《红百合花》（合译） 150
《逃亡者——克里斯蒂安·加伊小说选》（合译） 27
《望远镜——新小说新一代作家作品选》（合译） 27
赵坚 315, 316

《玛格丽特·尤尔塞娜尔进入法兰西学院之前的一次谈话》（编译） 315, 316
赵景深 202, 217
 《康拉特的后继者纪德》 202
赵九歌 14
 《蒂博一家》（合译） 14
赵凯 87
 《论萨特文艺创作中的悲观主义》 87
赵克非 14, 19, 198
 《苦炼》（译） 19, 317, 319
 《罗贝尔》（译） 14, 198
 《热纳维埃芙》（译） 14, 198
 《太太学堂》（译） 14, 198
赵丽宏 233, 243, 245, 253, 254, 255
 《心灵的花园——读〈追忆似水年华〉随想》 233, 243, 253, 254, 255
赵玫 125, 340—341, 342, 346, 396, 397
 《朗园》 341
 《〈恋人絮语〉：拥有就足够了》 397
 《无形的渗入》 125
 《怎样拥有杜拉》 340, 341, 342
 《怎样证明彼此拥有》 340, 341
赵凝 346
 《我是一名杜拉斯"中毒者"》 346
赵培文 97
 《一些青年为什么对西方学说兴趣浓厚》 97
赵青 186
 《孤独的英雄——克利斯朵夫》 186
赵瑞蕻 236
赵少侯 21, 28, 34, 108, 149, 151, 152, 159, 169
 《法国的"新小说派"》 108
 《法朗士短篇小说集·前记》 21
 《罗曼·罗兰评传》 169
 《法朗士短篇小说集》（译） 21, 149, 151, 159
 《法朗士精选集》（合译） 13, 27, 143, 144, 150, 152
 《克兰比尔》（译） 149
赵兽 41, 49

赵武平　33
　　《法国明年将加大"傅雷计划"赞助——法国驻华使馆文化科技合作参赞卜来世访谈录》　33
赵稀方　102，161
　　《翻译与新时期话语实践》　102
　　《"名著重印"与新时期人道主义》　161
赵新林　114
　　《罗伯-格里耶新小说理论与传统人道主义文学观的分歧》　114
赵秀红　360，362，363
　　《让文字随音乐起舞——论克莱基奥小说〈沙漠的女儿〉的音乐性》　360，363
赵阳　27
　　《史前史——新小说新一代作家作品选（2）》（合译）　27
赵毅衡　338
　　《读陈染，兼论先锋小说第二波》　338
赵英晖　350
　　《巨人》（译）　350
赵园　193
　　《路翎——未完成的探索》　193
赵振开／北岛　100
　　《波动》　100，101
赵子祥　97
　　《大学生对存在主义的看法——对三百名大学生的调查》（合著）　97
真茹　259
　　《工作的艺术》（译）　259
郑冰梅　262，266
　　《艺术与生活——莫洛亚箴言和对话集·译者的话》　266
　　《艺术与生活——莫洛亚箴言和对话集》（译）　262，266
郑超麟／林伊文　146，156，202，210，221
　　《佛朗西的非战主义》　146
　　《从苏联归来》（译）　202，210，221
　　《法朗士的非战事主义》（译）　156
　　《为我的〈从苏联归来〉答客难》（译）　210，221
郑闯琦　296
　　《小王子》（译）　296
郑克鲁　4，5，11，12，14，15，30，34，62，64，79，84，86，88，109，112，185，221，

229, 245, 247, 248, 249, 251, 301, 302, 303, 304, 322, 359, 360
 《纪德小说的艺术特色》 221
 《加缪小说创作简论》 88
 《普鲁斯特的意识流手法》 30, 247
 《普鲁斯特的语言风格》 30, 247
 《普鲁斯特〈追忆似水年华〉的多声部叙事艺术》 247
 《萨特小说创作的特点》 86
 《社会的批判——纪德小说的思想内容》 221
 《试论尤瑟纳尔的历史小说》 322
 《谈谈罗曼·罗兰的〈约翰·克利斯朵夫〉》 185
 《现代法国小说史》 12, 15, 64, 84, 112, 249, 301, 302, 359, 360
 《19世纪法国文学史》（合译） 11
 《20世纪法国文学史》（合译） 11, 62
 《爱情小说史》（译） 11
 《第二性》（译） 79
 《蒂博一家》（译） 14
 《法共〈新评论〉讨论"先锋派"文学和党的文艺政策》（联合编译） 110
 《法国爱情诗选》（译） 4
 《法国抒情诗选》（译） 5
 《死无葬身之地》（合译） 78
 《薇奥朗特，或名迷恋社交生活》（译） 229
 《一个少女的自白》（译） 229
郑敏 89
 《论西蒙娜·德·波伏瓦自身的"第二性"及其教训》 89
郑其行 8, 152
 《法朗士精选集》（合译） 13, 27, 143, 144, 150, 152
 《屠格涅夫传》（合译） 8, 266
 《雪莱传》（合译） 8
郑若麟 115
 《从〈变形记〉到〈窥视者〉——西方现代派文学剖析》 115
郑异凡 221
 《作家的良知——读纪德的〈从苏联归来〉》 221
郑永慧 17, 34, 78, 79, 110, 218
 《窥视者》（译） 17, 110
 《蔑视道德的人：纪德作品选》（译） 218

《萨特小说集》（合译） 79
　　《文字生涯》（译） 79
　　《厌恶及其他》（译） 78
郑择魁 50, 51, 67
　　《戴望舒评传》（合著） 50, 51, 67
郑振铎 40, 144, 146
　　《文学百题》（合编） 40
止庵 324
　　《缺席者的使命》 323, 324
钟本康 125
　　《小说形式的创新及其对内容的超越》 125
钟良明 85
　　《论存在文学的人道主义内涵》 85
钟宪民 173
　　《若望·葛利斯朵夫》第一卷《黎明》（合译） 173
　　《若望·葛利斯朵夫》第二卷《晨》（译） 173
钟翔 60
　　《永远进击、锐意创新——阿拉贡和他的创作》 60
钟语甫 264
　　《大作家的成长之路——闲话莫洛亚》 264
仲伟合 349
周光怡 261, 316
　　《情界冷暖》（译） 261
　　《致命的一击》（合译） 316
周国平 92, 309, 310, 313, 314
　　《"非典"期间读〈鼠疫〉》 92
　　《小王子·序》 309, 310, 313, 314
周国强 34, 231, 274, 275, 276, 277, 278, 279, 284, 286, 290, 297
　　《爱的沙漠·译后记》 278, 290
　　《"法兰西王冠上最美的明珠"——弗·莫利亚克初探》 274, 279, 284
　　《爱的沙漠》（合译） 278, 290
　　《爱的沙漠——莫里亚克选集》（合译） 276
　　《重现的时光》（合译） 231
　　《黛莱丝·德克罗》（译） 15, 276, 283
　　《黑夜的终止》（译） 275, 276, 278

《来自中国北方的情人》（译） 326

周国珍 261
　　《雨果传》（合译） 261

周海珍 46
　　《视觉给以生命》（译） 46

周家树 3, 9, 65, 137, 208
　　《20世纪法国文学史》（合著） 3, 9, 12, 65, 137
　　《纪德的态度》（译） 208

周克希 34, 231, 234, 235, 238, 239, 240, 241, 242, 243, 244, 245, 247, 248, 251, 296, 297, 298, 299, 308
　　《小王子·再版译序》 299, 308
　　《追寻逝去的时光·译序》 239, 247, 248
　　《女囚》（合译） 231
　　《小王子》（译） 296, 299, 308
　　《追寻逝去的时光》（第一、二、五卷）（译） 234, 235, 239—241, 247

周立波 171
　　《纪年罗曼·罗兰七十岁生辰》 171

周丽君 60
　　《阿拉贡逝世后法国报刊对其评价综述》 60

周荣 59
　　《超现实主义剖析》 59

周尚文 222
　　《一场跨越半个多世纪的风波——评罗曼·罗兰与安德烈·纪德访苏观感引发的纷争》 222

周文波 259
　　《处世艺术》（译） 259

周小珊 23, 92
　　《走近加缪——读〈第一个人〉》 92
　　《心心相诉》（译） 23

周煦良 71
　　《茶杯里的风波——法国小说家及其领域》（译） 109
　　《存在主义是一种人道主义》（合译） 71, 78, 81, 96

周以光 79
　　《女宾》/《女客》（译） 79

周玉玲 261

《雨果传》(译) 261
周作人 144
朱春晔 150
　　《苔依丝》(合译) 150
朱光潜 71
朱广赢 19
　　《灵魂之伤》(译) 19
朱虹 108, 109, 129, 266
　　《法国"新小说派"剖视》(合著) 108
　　《法国新小说派"新"在哪里?》 108
　　《荒诞派戏剧述评》 129
　　《也和狄更斯交个朋友吧》 266
朱卉芳 285
　　《现实主义和现代主义的完美统一》 285
朱静 14, 18, 110, 116, 130, 131, 198, 218, 220, 221
　　《布托尔及其代表作〈变化〉》 116
　　《法国现代小说〈变化〉的创作手法与刘勰的〈文心雕龙〉创作论》 116
　　《纪德传》 218
　　《变化》(译) 18, 110, 116
　　《访苏联归来》(合译) 218, 219, 220, 221
　　《访苏联归来》(译) 14, 198
　　《〈访苏联归来〉之补充》(译) 218, 220
　　《〈秃头歌女〉——语言的悲剧》(译) 130
　　《戏剧经验谈》(译) 131
朱立元 80, 104
　　《二十世纪西方文论选》(联合主编) 80
　　《现代西方美学史》(主编) 104
朱寿桐 52, 53, 54, 55, 67
　　《中国现代主义文学史》(主编) 52, 53, 54, 55, 67
朱维之 187
　　《比较文学论文集》(合著) 187
朱伟 118
　　《中国先锋小说·序》 118
　　《中国先锋小说》(编) 118
朱溪 149

《裁判官的威严》（辑译） 149
朱雪峰 138
《贝克特后期戏剧的时空体诗学》 138
朱延生 34, 266, 282
《莫里亚克和他的代表作》 282
《狄更斯评传》（译） 266
朱正琳 91
《"放逐在自己家中"的生涯》 91
庄云路 246
《普鲁斯特是个神经学家》（译） 246
紫陌 297
《小王子》（译） 297
紫嫣 350
《乌拉尼亚》（译） 350, 351
宗璞 55
《给克强、振刚同志的信》 55
《蜗居》 55
《我是谁》 55
邹定宾 123, 124
《论中国当代实验小说本体的内在矛盾》 123, 124
邹广胜 87
《论萨特创作中的共时性》 87
邹平 103
《中国存在现代主义文学土壤吗？》 103
邹琰 4
《谢阁兰中国书简》（译） 4
邹义光 261, 267
《风流才女——乔治·桑传》（合译） 261, 267

代结语

"二十世纪法国文学在中国的译介与接受"是一个很有意思但也很有难度的研究课题。六年前向教育部人文社会科学研究规划基金申请这个研究项目时，兴奋点主要集中在对课题意义的把握上。法国文学源远流长，流派纷呈。在二十世纪，中国的法国文学研究与翻译工作者一方面对从中世纪到十九世纪的法国文学进行了有选择的译介；另一方面，他们关注二十世纪法国文学的发展，重视对二十世纪法国文学的译介工作，取得了令人瞩目的成绩。但在译介工作中，翻译家们如何选择作品？哪些因素对翻译和研究工作起着不可忽视的影响？整个译介工作又有哪些特点？二十世纪法国文学在中国产生了何种影响？对中国当代文学观念、对中国作家的创作起了怎样的作用？若我们能在对二十世纪法国文学在中国的译介情况进行全面梳理的基础上，对上述问题进行一番探索和研究，那会有多方面的意义和价值：首先，这样的研究有助于理解翻译，在文化意义上认识文学翻译的实质与作用；其次，有助于从目的语文化和接受者这一新的角度来评价二十世纪法国文学，这对于法国文学研究者来说，是一个重要的角度；再次，借二十世纪法国文学这一明镜，或许可以给国人进一步认识本国文学的地位与发展历史提供一点帮助。此外，通过研究，我们可以进一步了解中法两国文学之间的交流状况，认识其意义。同时，通过研究，可以总结法国文学在中国翻译的成绩与不足，有助于改善以后的文学翻译工作，使中外文学、文化交流向健康的方向发展。

基于对这一研究课题的意义的认识，我们确定了研究的总的思路。我们认为，对二十世纪法国文学在中国译介情况的梳理需要把握好两个尺度：一是史实掌握要准确，要着力搜集第一手的可靠的资料，避免草率地使用第二手资料，以讹传讹；二是梳理要尽可能全面，在充分掌握资料的基础上，有重点、有侧重地加以论述，避免重大翻译事件的疏漏，也力戒面面俱到，把梳理工作做成一个个孤立的翻译事件的简单罗列。在具体内容的安排上，我们觉得史实的梳理仅仅是个基础，在此基础上，我们争取把重点放在两个方面：一方面注意客观分析二十世纪法国文学在中国译介的特点，由此进一步揭示翻译的选择、翻译的策略和原则的确立与目的语文化及社会的关系，着力探索翻译的历史、文化条件；另一方面注意从文学和文化交流的角度，就二十世纪法国文学被译介到中国后对中国文学、文化以及对作家创作所产生的影响情况进行有重点的分析。在研究中，我们始终意识到，文学翻译不是一种简单的语言变异与转换，而是一种跨文化的交流活动。因此在研究中，我们试图以较为广阔的文化视界，把二十世纪法国文学的译介放在文学、文化交流的背景下加以考察，并结合二十世纪中国不同阶段的政治、经济、社会等因素，给二十世纪法国文学在中国的翻译工作及翻译家们对我国文学与文化交流所做的贡献进行客观的定位，做出应有的评价。在具体方法上，我们则采取史论结合的方法，既注意尽可能全面准确的史实梳理，又注意系统深刻的理性分析，在梳理中融入我们的历史思考与文化观，试图通过这一课题的研究，为进一步梳理与考察外国文学在中国的译介与接受情况提供某种方法论的参照。

本着以上的研究思路和具体路径，在实际的研究中，我们首先对二十世纪法国文学的主题和风格的特点以及变化进行梳理，把目光投向在二十世纪法国文坛上出现的不同流派，如超现实主义、存在主义、新小说、荒诞派戏剧等，注意梳理这些流派在中国的翻译与研究状况，结合中国的具体语境，探讨二十世纪法国文学流派与思潮在中国的接受问题。在此基础上，我们再把研究的重点放在一些重要作家在中国的译介和传播上。需要说明的是，这里所说的"重要"，是相对于中国具体的文化与接受语境而言。实际上，对于法国或是中国，作家的重要性是有差异的。这里所涉及的就是一个接受的问题。在法国的语境中，有的作家非常

二十世纪法国文学在中国的译介与接受（增订本）

重要，在法国文学史上占有重要地位，但对于翻译而言，其重要性不应仅仅局限于该作家在源语国家文学史上的地位，而应该注重该作家在翻译目的语国家的文化与接受语境中产生的实际影响。鉴于此，我们在研究中，特别注重结合二十世纪中法两国的历史、文化与文学发展的状况，对法国作家在中国语境中的译介、传播、认同与接受的整个过程加以考察与分析。

全书的结构主要分为三个部分，即绪论、上篇与下篇。我们在绪论部分从总体入手，从诗歌、戏剧、小说与文学理论等几个方面，对二十世纪法国文学在中国的译介状况进行梳理，进而结合中国文化语境，分析二十世纪法国文学在中国的译介特点。在上篇，我们主要对超现实主义、存在主义、新小说和荒诞派戏剧四个重要流派在中国的译介与接受情况进行了较为全面的梳理与分析。凡在上篇中所论及的主要作家，在下篇中都不再辟章另述。在下篇中，我们从被翻译介绍到中国的众多法国作家中，根据其在中国的实际译介过程与影响，选择了十位加以重点研究。应该说，下篇中所考察的作家在中国都具有较大且持久的影响，且就其接受与影响而言，具有相当的代表性。但我们也充分意识到，就二十世纪法国文学在中国的译介与影响而言，还有一些重要的作家应该辟专章加以进一步的研究，但限于篇幅，我们只有割爱了。幸好我们的工作是基础性的，也是开放性的，我们所开辟的这一研究空间可以在同人们今后的探索中不断加以拓展。

在研究中，我们也遇到了不少困难，其中最大的是资料的搜集与整理。在这一方面，宋学智博士做了大量的工作，他的细心、用心与专心，为研究的顺利进行提供了某种保证。在写作过程中，我们在资料的选择与使用上也下了一番功夫，如何在繁杂的资料中，去伪存真，择要加以重点分析，既需要有宏观的把握能力，也需要有微观的辨析能力。关于全书的写作，我们既有分工，也有协作，从研究思路和写作大纲的确定，再到具体章节的写作，我和宋学智都通力合作，一起讨论，一起研究。在研究过程中，柳鸣九、郭宏安、吴岳添、秦海鹰等学者给了我们不少帮助。我们还得到了南京大学法语系同人的全力支持，在此，我们要感谢钱林森、张新木、刘成富、刘云虹、黄荭、高方、张晓明等同人在研究思路与资料收集工作上给予我们的帮助。本书下篇的第十章[1]，由在职攻读博士的张晓明独力完成，在此特别说明并致谢。

许钧

2007年1月8日于南京大学

---

1 即"罗兰·巴特与文论"一章。由于再版时新增"勒克莱齐奥与诗意历险"一章，"罗兰·巴特与文论"从之前的第十章变为本书增订本的第十一章。下篇中重点研究的作家也变为十一位。

再版补记

在新的历史时期，随着中国文化走出去成为一项国家战略，文学译介的问题越来越受关注。我一直认为，就文化交流而言，文学译介是必经之路。最近，我在《人民日报》撰文指出："新时期，译介工作要积极适应中华文化走出去的新形势，改变旧的以单向输入为主的文化交流模式，关注并推动中外文化之间的平等双向交流。这既意味着要以开放的心态面对异质文明，积极吸收各国优秀文明成果，认识并弥补本国文化的局限，又意味着中华文化要主动走出国门、融入世界，把优秀文化成果持续有效地介绍给世界，增进世界对中国的了解，维护人类文化的多样性。"[1] 在这里，我所强调的，是文学与文化交流的双向、互动的重要性与必要性。基于这一认识，我在教学与研究中，也有意识地从两个方面开展工作。一方面，我近期在《小说评论》《外语与外语教学》《中国翻译》等杂志主持《小说译介与传播》《文学外译研究》《译家研究》等栏目，关注中国文学外译的状况、问题，对之进行思考，探讨译介与传播之道。在教学中，我还指导几位博士研究生先后做过有关中国现代文学、中国当代文学与中华典籍《论语》《孙子兵法》等在法国的翻译与接受研究。另一方面，我花了不少精力，仔细梳理并密切跟踪法国文学在中国翻译与接受的历史与现状，指导博士生撰写这一领域的论文，我和宋学智教授合作撰写的《二十世纪法国文学在中国的译介与接受》一书出版后，得到了学术界的关注，《中国

---

[1] 许钧：《文学译介助推中华文化走出去》，《人民日报》，2017年8月9日理论版。

比较文学》《外语教学与研究》等杂志发表了长篇评论，复旦大学的朱静教授还在法国二十世纪文学研究会于巴黎举办的学术研讨会上做了有关研究的学术报告，就《二十世纪法国文学在中国的译介与接受》一书的主要内容、研究路径和学术贡献做了探讨。因其在学术上的积累与开拓，该书获得了江苏省人民政府颁发的江苏省哲学社会科学研究优秀成果一等奖(2011)。学术界的这些肯定，说明了这项工作的必要性，也在一定意义上说明了这部著作再版的价值所在。

《二十世纪法国文学在中国的译介与接受》首版由湖北教育出版社出版，系国家"十五"重点图书。这次再版，根据近十年来掌握的一些新材料，我们对全书进行了修订，而且增加了2008年诺贝尔文学奖得主勒克莱齐奥在中国译介的一章，由我与主持国家社科基金项目"勒克莱齐奥小说研究"的高方教授合作撰写。本书得以再版，我要特别感谢译林出版社顾爱彬社长的一贯支持。学术出版，少有市场回报，能得到译林出版社如此重视，让我感动，也让我深深感受到了译林人为促进中外文化交流、拓展思想疆界所做的可贵的努力。

许钧
2017年8月20日于南京朗诗钟山绿郡

三版小记

译林出版社王理行编审给我电话，说他在编辑第三版《二十世纪法国文学在中国的译介与接受》，嘱我为三版写几句话。我欣然应允，想借此机会，就文学翻译的译介与接受史的研究强调几点：

一、文学翻译的译介与接受的历史，在中国文学发展与文化交流史中，具有重要的地位，需要加强研究。从目前研究的状况看，国别文学的译介与接受研究已经取得不少成就，但就整个外国文学在中国的译介与接受史的研究而言，还有许多工作需要去做。我与谢天振教授曾一起合作，为申丹、王邦维教授主持的国家社科基金重大项目"新中国60年外国文学研究"做了一个子课题，成果的题目为"外国文学译介研究"。我们对新中国60年来的外国文学翻译进行了考察，探讨了外国文学经典化与翻译之间的关系，探索了外国文学翻译与译入语国家世界文学地图构建之间的关系，以及外国文学在中国译介与接受的特质与规律。从外国文学在中国的译介与接受史研究的角度看，无论是总体性的研究，还是国别外国文学的译介研究，都需要加强与拓展。

二、外国文学翻译，本质上是一项跨文化交流活动。文学交流往往与文化交流融合，为中外文明互鉴起到重要的促进作用。文学译介与接受研究，应该具有双向交流的立场，把文学翻译置放在文化交流、文明互鉴的高度加以定位与考察，充分关注诸如社会、文化、经济、政治与意识形态等因素对译介与接受活动的影响。

三、文学译介与接受研究，要特别关注翻译活动的主体，关注译者的主体化过程及其重要作用。重读《二十世纪法国文学在中国的译介与接受》，我的眼前浮现出一张张熟悉的面孔，罗大冈、许渊冲、郝运、柳鸣九、桂裕芳、李恒基、郑克鲁、郭宏安……他们已经离开了这个世界，但永远活在广大读者的心中。重读我和宋学智教授一起写下的文字，我们感到欣慰，因为我们用自己的笔，忠实地记录下了中国法国文学与翻译界所走过的路，充分地肯定了一代又一代翻译家为中法文学与文化交流所做的努力，深刻地展现了他们的精神风貌与历史贡献。

许钧

2023年3月17日于黄埔花园